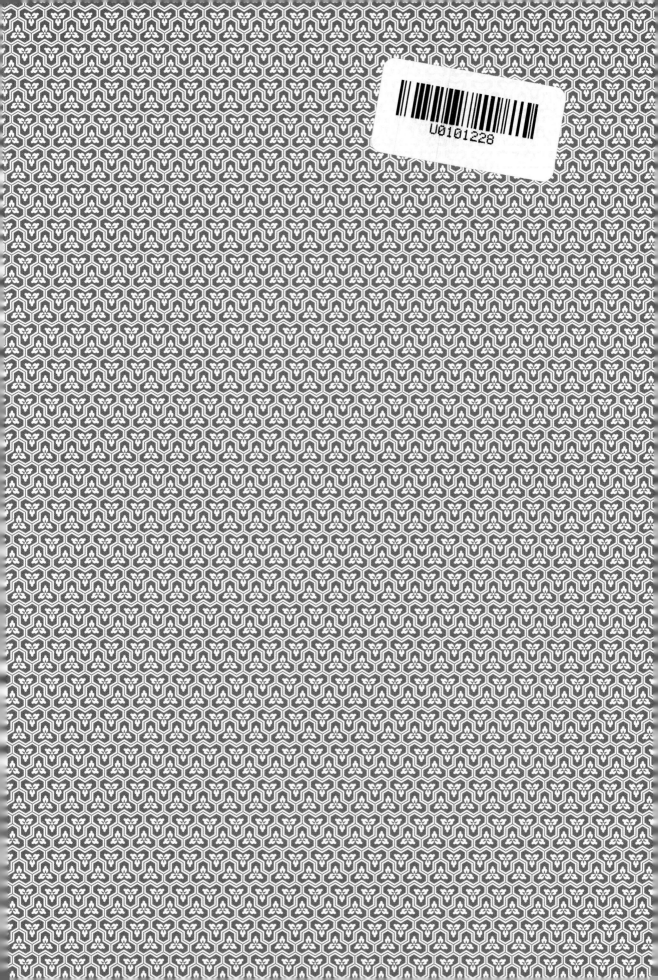

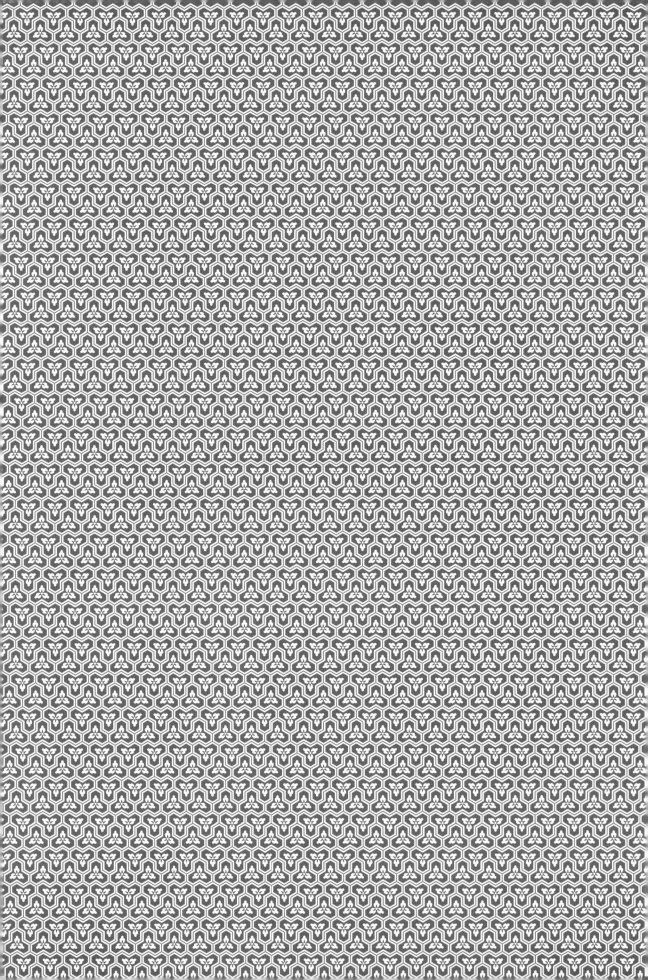

海峡两岸民间歌仔册校理丛书·民间传说卷

黄科安　蔡明宏　主编

陈三五娘

［上册］

陈彬强　王曦　编著

海峡出版发行集团　福建教育出版社
THE STRAITS PUBLISHING & DISTRIBUTING GROUP

图书在版编目（CIP）数据

海峡两岸民间歌仔册校理丛书. 民间传说卷. 陈三五娘：共2册/黄科安，蔡明宏主编；陈彬强，王曦编著. —福州：福建教育出版社，2023.10
ISBN 978-7-5334-9234-2

Ⅰ.①海⋯　Ⅱ.①黄⋯　②蔡⋯　③陈⋯　④王⋯　Ⅲ.①民间故事－作品集－中国　Ⅳ.①I277.3

中国版本图书馆CIP数据核字（2021）第251422号

海峡两岸民间歌仔册校理丛书·民间传说卷

黄科安　蔡明宏　主编

Chen San Wuniang

陈三五娘（上下册）

陈彬强　王曦　编著

出版发行	**福建教育出版社**
	（福州市梦山路27号　邮编：350025　网址：www.fep.com.cn
	编辑部电话：0591-83716932
	发行部电话：0591-83721876　87115073　010-62024258）
出 版 人	江金辉
印　　刷	福建新华联合印务集团有限公司
	（福州市晋安区福兴大道42号　邮编：350014）
开　　本	787毫米×1092毫米　1/16
印　　张	53.75
字　　数	819千字
插　　页	4
版　　次	2023年10月第1版　2023年10月第1次印刷
书　　号	ISBN 978-7-5334-9234-2
定　　价	168.00元（共二册）

如发现本书印装质量问题，请向本社出版科（电话：0591-83726019）调换。

编辑体例

一、本书收入民间传说"陈三五娘"的刊刻本和手抄本，每一本包括原本影印部分和文字整理部分。刊刻本收入清代木刻版《绣像荔枝记陈三歌》以及1915年厦门会文堂书局发行的《特别最新五娘挤荔枝歌》（第一册）、《特别最新黄五娘送寒衣歌》（第二册）、《改良黄五娘跳古井歌》（第三册）、《最新改良洪益春告御状歌》（第四册）。手抄本收入郭斌源（永春）手抄《陈三歌全本》、张主示（惠安）藏佚名抄本《陈三歌》、王光辉（德化）手抄《陈三歌》、黄九成（洛江）手抄《陈三山歌传》。收入篇目大体按出版和手抄的时间先后顺序编排。四种手抄本，因其中两种具体抄写时间不详，故又参考了内容繁简进行排列。

二、本书影印原本文字为繁体字竖排，此次文字整理统一改为简体字横排。每本影印部分在前，文字整理在后。为方便查阅，影印图片按从右到左、从上到下的顺序。

三、本书整理时，尽量尊重原本原貌。原本的繁体字、异体字，统一改为现代通行简化字；对部分特殊的方言字予以保留，如"俩""焘""㑶""㤟""㑜"等；明显错讹字或笔误字，直接改为本字；对方言中用来借音的别字，则予以保留，并做注说明；而对同一篇中涉及人名或地名的前后细微差别，如"林代"和"林玳"、"朋山岭"和"凭山岭"，则保留原样不做统一处理。如出现原本无法辨认的残缺字或模糊字，以□代替，依数标出。

四、本书对部分方言俗语或难解字词，统一做页下注释。注释时一篇之中相同字词只在第一次出现时出注，同篇注释格式相对统一。因多人参与整理工作，故各篇注释相对独立。

五、本书影印的原本文字没有标点，文字整理版统一按现代汉语规范加上标点符号。

总　序

广袤的闽南地域过去曾经流行一种民间的"俗曲唱本"，有词无谱，多以七言为一句，四句为一葩，亦称"四句联"，全篇可连缀至百句千言。这种既说且唱、用以演绎故事的文学，内容广博活络，涵纳了中国民间传说、历史故事、社会新闻、劝世教化等，闽南人习惯称之"歌仔""歌仔簿""歌册"或"歌仔册"。它也曾伴随着闽南先民飘洋过海，扩散流播至台湾地区以及东南亚诸国。这一类歌仔册以方言演唱和记录，淋漓尽致地再现闽南族群在礼俗、历史、文化、社会、经济等方面的生动图景，并由此成为海峡两岸人民交流往来、文脉相通、血脉相亲的重要凭证。因此，闽台歌仔册作为中华文化的宝贵遗产，其独特的文化价值和历史价值应引起人们的重视与研究。

闽台歌仔册作为中国俗文化中的讲唱文学，承续唐代俗讲变文的系统，其嫡系有宋代的陶真、涯词、鼓子词、诸宫调、覆嫌，元代的词话，明清的弹词、鼓词、宝卷等。据稽考，明代"陈三五娘"戏文刊本的嘉靖本《荔镜记》和万历本《荔枝记》中所辑录的诗作，就出现闽南方言的"在地化"表征，可视为闽南语歌仔册的先声。但真正意义上的闽南语歌仔册究竟出现在何时呢？众所周知，中国的俗文化向来不受传统社会中统治者和士大夫的重视和保护。闽南语歌仔册虽为底层民众所喜好，但公共图书机构均不屑收藏，且随着时间的流逝，如今基本已消失殆尽。1980年代，陈香的《陈三五娘研究》曾提及自己持有两种最早的"陈三五娘"歌仔册——《荔镜传奇缘》和《图像荔镜传陈三五娘歌》，称前一种为"明永历己丑（三年）刻，唯出处不详"，后一种系"清康熙戊午（十八年）刻，洁心堂版"。[①] 不过，他所说的文献并未随他携带入台。迄今为止，学界也尚未发现这两种文献的直接证据，自然也就无从确认

---

① 清康熙戊午应为十七年，疑原作有误——编者注。

他所说的真实性。就现存文献而言，薛汕在《陈三五娘之笺》中所刊出的一帧清乾隆己亥年（1779）《绣像荔枝记陈三歌》的书影，应算是已知现存最早的闽南语歌仔册，该刊本如今有幸收藏在中国国家图书馆里。再者，若要论收藏具有一定规模歌仔册的地方有两处：一是英国牛津大学博德利图书馆（Bodleian Library）东方图书部收藏了一批清代歌仔册；一是台湾地区图书馆在日据时期收藏了装订成册的《台湾俗曲集》（上、中、下）。两处文献标明的最早刊刻时间是道光六年（1826），这意味着闽南语歌仔册至少在清道光年间就已经相当盛行了。经我们初步勘校，扣除重复和非闽南语文献，这一批清代歌仔册大致有 50 余种。目前，两岸存世的歌仔册主要是以民国后印制的居多。需要说明的是，台湾地区与大陆仅一水之隔，两岸民间来往甚为便利，早期歌仔册一般是在厦门、泉州、漳州，乃至上海的一些书坊印制，然后大量输入台湾地区销售。不过，1930 年以后，台湾地区有了自己的民间书坊，开始大量翻印或新编歌仔册，从而进入另一个难得的发展阶段。不过，随着台湾光复和国民党败退台湾，歌仔册因跟不上时代的变化，慢慢地走入式微之途。

现代学者和学术团体收集和收藏闽南语歌仔册的活动始于 1926 年。那一年，著名历史学家、民俗学家顾颉刚受聘于厦门大学国学院，他来闽南工作不久就关注到一向鲜为外界所知却在本区域民间甚为流行的闽南语"唱本"。陈万里的《闽南游记》记述，1926 年 12 月 16 日，他与顾颉刚一起参访泉州，在当地道口街育文堂，顾氏购得"泉州唱本数十小册"。这是最早的现代学者购得闽南语歌仔册的文字记录。可惜，由于种种原因，顾颉刚不久就离开厦门大学，前往中山大学工作。不过，他到广州后仍延续对民间文学的兴趣，在中山大学成立"民俗学会"，创建"风俗物品陈列室"，继续购藏不少闽南语歌仔册。据潘培忠统计，目前中山大学所藏的闽南语歌仔册有 49 种 52 册。遗憾的是，顾颉刚在上世纪 30 年代后学术兴趣发生转移，因而没能在此基础上贡献出更多丰硕的学术成果。而在这之后，中国整个社会发生重大的变迁，虽然闽南语歌仔册偶尔进入过少数海内外现代学者的学术视域，但整体文献的征集与研究一直处于较为薄弱的环节。

1980 年代，海峡两岸学界开始意识到闽南语歌仔册的文化价值与学术意

义，由此引发对歌仔册文献的搜集与整理工作。目前，歌仔册书目的辑录成果主要有：台北"帝大"东洋文学会稻田尹主编的《台湾歌谣书目》（1940），欧洲汉学家施博尔的《五百旧本"歌仔册"目录》（1965），陈兆南的《闽台"歌册"目录略稿——叙事篇》（1983），薛汕的《台湾歌仔册叙录》（1985），曾子良的《闽台歌仔叙录与存目》（1990），陈兆南的《台湾歌册综录》（1994），王顺隆的《闽台"歌仔册"书目·曲目》（1994）、《"歌仔册"书目补遗》（1996），陈益源与柯荣三合撰的《春晖书房所藏闽南语歌仔册概况与价值》（2012），潘培忠的《中山大学"风俗物品陈列室"旧藏闽南语歌仔册述论》（2015），潘培忠、徐巧越的《龙彼得教授旧藏闽南语歌仔册之概况与价值》等。毋庸讳言，由于各位学者编辑书目辑录的时间点不同，所掌握的文献资料有异，因此这些文献书目编述尚存明显的不足与缺陷。但它们为今后统纂海峡两岸歌仔册的书目奠定了坚实的基础，此可谓功莫大焉。

在当前国家推动"一带一路"倡议和重视"非遗"文化传承的大背景下，2018年，黄科安教授领衔一支由福建师范大学博硕士生和泉州师范学院教师构成的研究团队，开始系统涉足闽台歌仔册的研究领域。负责人以其主持国家社会科学基金冷门"绝学"研究专项"两岸稀有古本歌仔册整理研究暨数据库建设"为抓手，经与福建教育出版社领导、编辑商定，拟遴选一批具有代表性的海峡两岸歌仔册作为重点整理对象，出版"海峡两岸民间歌仔册校理丛书"。该丛书拟分为三卷：第一卷为"民间传说卷"；第二卷为"历史故事卷"；第三卷"风俗教化卷"。每卷包含闽台两地歌仔册原始文献影印和文字校勘信息，以供人们比对、参照和研究，属于珍贵的史料汇录，具有较高的文献与研究价值。该项目2021年入选国家新闻出版署"十四五"时期国家重点出版物出版专项规划；2022年入选"中华民族音乐传承出版工程"扶持项目。

总之，推出"海峡两岸民间歌仔册校理丛书"将有助于今天人们更多地了解闽南语歌仔册的前世今生，甄别其所栖身的闽南文化土壤，这对于保护与阐发中华优秀传统文化，进而促进海峡两岸文化的融合与发展，均具有重要的社会影响与现实意义。

序

黄科安

"陈三五娘"民间传说曾广泛流传于闽粤地域，并随着明清闽南先民的足迹而传播至海外各地，成为世界"闽南文化圈"里有着广泛影响的文化奇观。2014年，该传说成功入选第四批国家级非物质文化遗产代表性项目名录。泉州市洛江区至今还保留有陈三坝、陈三故里等不少相关遗迹。明清以来，该传说经好事者之笔，衍化为各类文艺作品，其中以戏文和歌仔册的版本最为丰富。2010年，郑国权主编的明清戏文刊本《荔镜记荔枝记四种》出版，但遗憾的是歌仔册文献校理一直处于空白状态。因此，我们借本次主编"海峡两岸民间歌仔册校理丛书"的机会，将该传说的歌仔册作为重点整理对象，对其刊刻本与手抄本一并进行辑录和校注，有利于今后人们更好地传承和研究。

本书辑录的"陈三五娘"刊刻本共有五种。第一种为《绣像荔枝记陈三歌》，木刻版，具体年份不明，封面印"会文堂胜记"，"会文堂"系清代厦门成立的一所书局。该文献现藏于英国牛津大学博德利图书馆（Bodleian Library）东方图书部，也收入于日据时期台湾地区辑录的《台湾俗曲集》；后四种文献分别为《特别最新五娘挑荔枝歌》（第一册）、《特别最新黄五娘送寒衣歌》（第二册）、《改良黄五娘跳古井歌》（第三册）、《最新改良洪益春告御状歌》（第四册），均源于台湾地区王汎森等主编的《俗文学丛刊》。其中，前两种封面均有"厦门会文堂书局发行"和"民国四年石印"，信息较为完整，第三种有"厦门会文堂书局发行"，最后一种只有书名，均无书局和年份。但细观这四种文献，版心分别标"陈三歌"第几册字样，说明这四种是同一个"陈三五娘"敷衍开来的连贯故事。因此，根据"陈三五娘"歌仔册版本的刊布情形，台湾地区学者陈兆南将第一种独立成系统的刊刻本称为"全歌系"，而把后四种相关联的同一故事演义称为"四部系"。这个称法划分有其科学性和合理性，后来得到

人们的普遍认同和接受。

此次辑录的手抄本为闽南民间寻访所得。泉州市洛江区文化体育和旅游局高度重视"陈三五娘传说"的传承发展，在吕培基局长的亲自带领下，我们与泉州师范学院展开深度合作，开展"陈三五娘传说"相关文献的普查和整理工作，并拨付专项经费支持，安排工作人员周剑宝同志配合，带领研究人员深入泉州各地开展田野调查，四处寻访传抄本，力图将这一宝贵的民间文献遗产保护、传承下来。经过寻访，共获得四种手抄本，分别为《陈三歌全本》（郭斌源抄本）、《陈三歌》（张主示藏佚名抄本）、《陈三歌》（王光辉抄本）、《陈三山歌传》（黄九成抄本）。

2019 年，我们获悉定居于洛江区罗溪镇的非遗传承人、退休教师黄九成手中有一本歌仔册《陈三山歌传》，遂前往寻访。黄九成告知，该歌仔册系他抄自年代约在清末民初的毛笔字抄本，但之后再去询问该书，已无下落。黄九成又说，台投区洛阳镇的退休教师张主示家也藏有一册《陈三歌》。在张主示家，我们见到该歌仔册，发现系由毛笔字写在账簿上，除"陈三五娘"外，另抄数种南音曲目及其他诗文，皆系清代事。又抄录《泉晋潘安妻禀章》一份，抄录者注云："此乃福建省泉州府晋江县廿九都石坑乡潘安娶田边乡某某之女，安自幼往南洋小吕宋经商，多年不返。"清代晋江县城外分四十七都，1935 年后晋江县实行区、保甲制度，1943 年改建乡（镇）。据此，约可判断该抄录者生活的主要年代应在清末民国间，此歌仔册大概率为民国抄本。

王光辉抄本《陈三歌》，得来也颇有意思，系与祖籍德化的陈仁昭先生闲聊得知，其叔叔在老家德化县藏有一本"陈三五娘"歌仔册，翌日，陈先生从叔叔家借来一观。该抄本保存较为完好，后记题字有"石古堂智辉抄完"及"王光辉抄　陈三歌全本宝裕王记"。石古堂或为地名，在同安、龙溪、海澄三县交界处一带，清末闽南小刀会曾在此啸聚起事；宝裕或指宝裕保险公司，成立于同治九年（1870 年），除上海总行外，大英伦敦、香港、日本、福州、汉口、新加坡各口岸皆有代办料理公司，经营水火保险业务。由于信息不全，殊难断定该抄本的年代，我们也只能根据这些有限信息推测，此歌仔册大约传抄于清末民国年间。

郭斌源抄本《陈三歌全本》系我们在永春县一都镇做田野调查时发现。山歌是一都有名的非遗项目，当地干部在打造全域旅游"山歌小镇"过程中，搜集、整理了800多首山歌，其中就有"陈三歌"，这本歌仔册也是村镇干部向当地村民征集而来，放在游客接待中心展示。该歌仔册系用毛笔小字抄写，扉页上记"惠源礼号（郭）斌源亲抄，1957年旦立"，文后记"这本歌内中的字是二万一千八百三十三字"，另抄有《士基歌》《刘永歌》及《十二更鼓》三种。郭斌源抄本的年代已有明确记载，其抄录来源，大概也是流传于清末民国年间的"陈三五娘"歌仔册。

　　这些歌仔册反映了闽南民间老百姓对"陈三五娘"的喜爱程度。在田野调查中，有不少村民跟我们提到，以前这种歌仔册很常见，也常听村里老人讲"陈三五娘"故事，在酬神的节庆日，也会有民间艺人前来说唱。观众喜欢听什么就讲什么，即兴改编故事情节也是常有之事，"陈三五娘"歌仔册传抄至今，也就衍化出了多个不同版本。如今，随着现代生活方式的加快，这种俚俗文化正在逐渐消亡，遗存的民间文献也在快速散佚。因此，保存、记录和保护民间文献遗产，既是传承、弘扬非物质文化遗产的重要方式，也是文化人应尽的一份责任。

　　有鉴于此，我们对"陈三五娘"歌仔册五种刊刻本和四种手抄本进行影印和校理。在丛书总负责人黄科安的策划指导下，参与刊刻本的整理工作有蔡明宏、王曦、谢小博、郑将来，具体分工是蔡明宏校注《绣像荔枝记陈三歌》《特别最新五娘挨荔枝歌》，王曦校注《特别最新黄五娘送寒衣歌》，谢小博校注《改良黄五娘跳古井歌》，郑将来校注《最新改良洪益春告御状歌》。参与手抄本整理工作的有王曦、陈彬强，具体分工是王曦校注《陈三歌全本》（郭斌源抄本）、《陈三山歌传》（黄九成抄本），陈彬强校注《陈三歌》（张主示藏佚名抄本）、《陈三歌》（王光辉抄本）。另外，黄九成和张主示两位先生核校各自的抄本和藏本，洛江区文体旅游局为此也做了大量工作，在此一并感谢！

2023 年 7 月 13 日

目 录

上 册

下　册

绣像荔枝记陈三歌

新刻绣像荔枝陈三歌全传

福建下落泉州城
祖代做官共臣使
第一门前好石狮
第三门庭有石狮
第五主门楼好出宫有石狮
予孙夫婿曾有官名声
横后陈唇有各声

第二门前水城
第四门前好青青
聪明伶俐泉州一水城
赛过凤流诗人来
且说读书恰是爱读青诗人
心头恰是爱药虚瘪
问着绣娘做人名
婶娘食饭食过人
直来兴姨嫂细思量

陈三今罢言咨
两姐妹近前问
人见陈三近前是
眼搬见嫂三回言
嫂今罢言咨
陈三回言答

且说潮州好景致
却说潮州好秀城
生下二女多秦秀城
不日来到潮州城
同说潮州好言语
六娘未曾食君茶
身骑多少马楼下
画前高楼富贵
忽然伊看多见一小上
陈三上楼多见一小上
见有楼上何名小
正是九郎富贵名
街述借荔枝
却有仙女在撑院

便知不见罢死尸
结开眠帐穿床忆
夜眠眠声亿
陈三做罢死尸
欲求嫂已做好
若知目面知是三娘仔
嫂还不见罢已死
眉头目知奴是三...
就知罚奴好成

前是叔已说
轻移稳步到庚房
罚言回秘书把讨
仔细思量投彼也
陈三用手投彼是房姨
我莫来广南做运使
莫兄败坏面来我家说
我来广南做运使
一时看又见泪淋漓

有也脱去一九镜
李公家富贵赛泉城
兑得打破莫相欺
若顺娆得姻缘就
百尺罗绫挂你心
一家听说笑纷纷
李公道路笑纷纷
贡去磨一手镜出外所光
说有眉磨镜...
五娘...客贵姓名
五良专问客贵姓名

陈益春就抱镜头
简今叫磨镜随小娘
见有眉头有畏人
就问我今任尔去着磨
有钱不怕千金爱
念我今年罢绫配官林荫
伊今罢言你缘就
李公莲打...金磨
陈三有所说仙女心...

右半・上欄（右から左へ）

相比代比盡磨鏡
思量磨了數甚在年明
今即娘娘身出來接頭心不羹觀音
五正娘何時氣冲天忙做聲音分明
一年限進奴死便身倍作得當成
三限滿乞伊父親行親千

陳三見說起因依
我納鏡在賓是府前所理
娘手中掃黃所
房三拜伏掃死哥即
陳三罵賊未接桃三獨自夫
煞見五娘磨鏡工
只會磨鏡只路行
不會磨鏡只路行

陳三接鏡在身邊
十似瓶花揷肩前分光彩十分
陳三抱鏡在家邊破鏡
登時我煞地破碎
打破一身值身中當鏡片
九即寫卜賣身契
想伊尒今一身值身中
叫伊尒今著卜賣身
心肝好笑又好啼

陳三說出
陳三近前喝一聲
即時將言問寬因依
居我虫即作我奴租
跟我居住我虫娘
結果我六娘娘嫁不當
院娘今一時愛著陳三
五娘今心頭愛著陳三
院娘愛我是林大
為何落海只竹義

今真記心莫
四更過了見雞
耳述過聽見
雙人結鴛鴦
恰是哥作牛
哥是五娘三哥
五更三哥
陳三就
莫一更
一送顧共三哥
願共三哥結
因為荔枝掛

陳三說出五
陳三近前泰來
五娘早起想
冥日愛思想
邪日我五娘
叫我看乞見掃
六娘嫁乞掃
人九比即尽稱对陳
九即家回家
我家也回家客
是借問秀才人

繡像陳三歌記

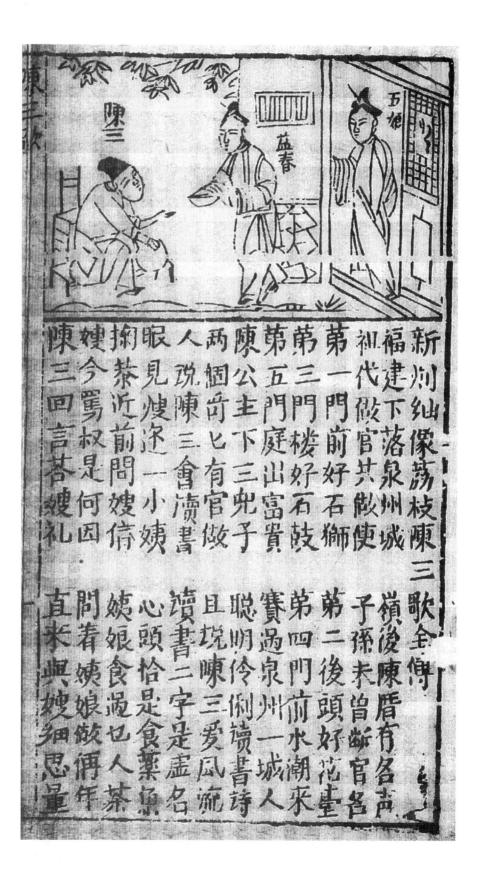

新刻绣像荔枝陈三歌全传

福建下落泉州城
祖代做官共敵使
子孫未曾斷官名
嶺後陳厝有名声
第二後頭好花臺
第一門前好石獅
第四門前水潮來
第三門樓好富貴
賽過泉州一城人
聰明伶俐讀書詩
第五門庭山富貴
且悅陳三愛風流
陳公主下三兜官做
讀書拾是虛名
人說陳三會讀書
心頭拾是食藥泉
眼見近前問嫂倩
姨娘食過已人茶
搵茶今罵叔是何因
問養姨娘嫩偖年
陳三回言苔嫂礼
直米興嫂細思量

看見姨娘生得好
欲求嫂乜做主張
罵言叔乜說的呆

門樓鼓打三更時
敗壞繡常人定知
陳三見罵死言答
回轉書房把計思

小煩困去不知天
夜眠不寐憶小姨
便要開羅帳床上摸盜人
輕移步到廣房邊

嫂庄睡中驚一醒
嫂今着亞知心已多時
前是兄嫂後是姨

夫就是廣南官運我便房
夫在有人入我房
若還得面知是三叔
陳三用手掩嫂口

昨夜有人入我房
眉頭目面不成人
仔細思量被叔欺

公姑相勸莫做夜示
就罵賊奴好無死礼
敗壞人倫偶也通

帶着公姑失面夜
豈知賊奴入簸箕
莫兄廣南做運家

陳生廣南舍我兒
收拾衣裳恨討相辭
我来廣南做運家

竟生被罵死我兒
早共爹恨討相辭
一時看見淚淋漓

尔今路上寬心去
改過心性方成人
嫂今功叔着記心

公娇吩咐好言音，同说潮州好景致。
不日来到潮城，蔡秀生娘未曾食。
多人携手茶秀，六娘多少郎。
身上衙阙千柏君，街上骑马楼下过行。
陈三看见马楼上，忽然看见楼上一小娘。
荇伊捧长一小姓，见前有楼上何名人姓。
画前高楼，正是九郎富贵人。

只去路上须仔细，亦爱潮州走一塌。
且说楼上乘黄九郎凉，每日说楼上乘风凉。
五月原来荔枝比时，面向街中笑微意。
有人生来好整齐，看见神仙死二伊。
生浮荔枝投乞伊，将送借问一李公。
街途仙女在楼中，却有仙女在楼中。
陈三听说心欢喜。

除花戒酒莫贪心，一路行程急如箭。
家积金银千万箱，五娘益春益上楼来听。
五娘共讲乞结姻，五娘斜眼正看楼东。
情愿共伊结姻缘，共阮接着心慌忙。
陈三接着，问你一事通不通。
李公就荅贵客官，求托公已去做媒。

若順頻得姻緣就
兇得打破你心腸
李公辞话莫相欺
李公富贵赛泉城
有也道路见五娘
脱去锦被换布衫
黄厝一嫺名梅春
黄厝有磨镜十分光
说有义手出外所光
五娘问客贵姓名
五娘转长问益春

百尺罗绫挂你身
伊今评配林厝了
念我泉城官荫兇
有俊任尔思量
有财问李公李磨镜
就问李公李磨镜
肩头畏痛也着担
只厝有人爱磨镜笑纷纷
简今叫在小所尾
见有磨镜随后行
益春抱头五娘说
陈三就头五娘说
客人磨镜不怨分

李公说乞官人听
我俩呢一马掛两鞍
我兄广南做运使姓陈
付伊明日早起床
陈三明日用心孝
冥日街后巷不敢声
前日用心传一声去
千万为我传相房门
连步走到绣房门
陈三靖近前来去
小人姓陈名三兄
指甲因何长三寸

看来不是做土人
祖比代比盡磨鏡
神量价数是在年
鏡今磨了甚分明
一身娇媚餐观音
五娘身下头心不慌做声
五娘来接氣冲天
尔九郎出来时倍慌做成
我身上今死伐身作当千
我厝奴娣死万千
五娘进来劝父亲
二年限满乞伊行

陳三說乞小娘听
不会磨鏡只只路光
只见磨鏡顏色清光
陳三磨鏡十分光
房中单夫自完
娘手未接三哥放
就罵賊伏黄九郎
納在青府涤掃堂
客人生得颇伶俐
我鏡窦是无价宝
陳三見說起因依

我厝住在泉州城
陳三接鏡在身边
十分光彩十分伐
面似荷花肩如柳
陳三抱鏡在娘前
试問五娘嫁何人
登时磨地鏡破二片
打破我家鏡一身当
鏡今着了驅气胸中
九郎一身值几伐
想尔寫卜賣身契
叫伊寫卜賣身契
心内好笑又好啼

9

陳三歌

前日騎馬撥前過

因為赤水一庄田

林即請來堂上坐

陳三付五娘做下嫁粧過

秀才未曾所打死官知書

賊如說陳三娘遊木造請書好

從幼爹娘好事好

不敢說尔掃厝奴掃屑

見說掃厝奴掃屑奴

六月過了七月時嫋

今来乞人且做奴嫋時

今日幼君且忍奈

今日做出這形兒

二人即一時死主張兒

林大知提筆來做田狀

明大知寫狀告官做田狀

只狀狀不去所是兩年判

一章就詞上所並曉

文時呈請禮義都通曉

陳三時想心表悲

陳三明想心表悲明

五娘聽謗英嘆些

千萬寬心莫遲疑

陳三入門未几時

叫人去請林厝田即

苦还去得此田博

一筆寫起此狀稿行

近前偷眼看狀稿黃

爭的說蓋不說姓黃

莫論此狀做不得說

尔今用心爭不得轉

果然告狀歸九即

前日有家費心腸富貴

前日有告狀也歸富貴

九即騎馬去收私腸

九即得三哥費心腸

陳三撑傘隨后行
齊來近前唱一嗌
即時下馬問因依
陳三將言作莫告
畫居我虫上去我租田
跟我居我虫上去不租
結姻配六娘嫁我是不當伊
院娘嫁我是不當
五娘心頭陳三即驚
院今愛著心頭陳三即愲
五娘一時只頭愲
為何落淎只竹義

陳三歌

直去前店三日路
是也問秀才也路來
我家回家客說言三五千
九即已盡稱西帶紅奴
六娘看見稱西帶紅
叫我五娘嫁乞掃厝奴
那日界思想都死眠
宴日界起來奉茶湯
五娘近前奉茶湯
陳三近前
陳三說出五娘听

人已盡叫陳官人
九即馬上簪一驚
莫敗面皮死咎一聲
此處卻是我田客
陳三原倜得糊惜
看來伶事甚心頭酸糜
爹媽見說心頭酸糜
陳三將見六娘换犬厝即
就妹愛嫁林厝即
我三姊六娘换犬厝中
陳今問伊障伶唎
娘今問伊障伶唎
廣南遷使遣我兄

前日騎馬樓下過
網緣事志阮主持
二人相憶惜情意深
十萬不通惕佳期
莫是爹娘進入眠床前
三哥進入眠床前
二人相邀上好樓應承
全望即落了三更時
二更過了四更嶠
香体軟添了頭告催
三更過了四更嶠
双人相抱莫放離
娘今共君相断纷

因為荔枝掛心腸
送哥手怕值千金
願共三哥結百歲
莫是一更三月色明后床
一更三月色未記來
陳三就共哥五娘新訴衷腸
哥作牛即做奴績女
恰是結鴛鴦即做連理池
双人結鴛鴦
耳人迷听見雞声嶠翁
四更迷過了丑更在
今冥記心莫失期

五娘把話就劝伊
莫乞外人上喈唇
今冥定約綉房來
五娘翻覆不成眠
二更月色正中天
念奴花心莫放遲
是頭冥比莫放整
旦甲露透胭脂露
溶上眉尖金娘落床來
阮眉尖娘落床未醒
五娘邀君出房門

二人相看心頭酸
陳三五娘話正長
看見陳三貌似觀音
益春笑一塲
若我攬來呀嗔娘面
魚落塔鉤難脫離
立誓三人同生死
長急抽身林頭走
敝迷掃晉無悲眠
一遷掃晉心悲走
情願共慈全相量
就叫益春來相量
陳三那

作冥煩惱更漏短
五娘春連忙見落眠床
陳三看見忙叫人
益春被攬心慌忙
罵汝聽見心長髮
益春听見心莫放遲
穿山入石莫放遲
毋親知人情罵起來
免涓多人說涓好
好事多磨卜相隨
天迷海角下相隨
尒全共第一齊去

今日煩惱月頭長
快到五娘綉房中
千萬包存莫露机
人說的惜花連枝惜
五娘嗔作戲哭急不來劝伊
任供早起不敢辞
養尒賊婢不成人
陳三臨時攬淚知啼
五娘牵君有主張
双人断男有主張
強尒灶前点茶湯

陳三哥

益春拜伏娘共君
百艘刑罰俱相惜
只去三人好相惜
收拾金銀在箧箱
益春開門三人逐
不疑今旦到大分溪遂遂走
三人走到大分溪遂遂走
有人查問為因伊遞
有公見我應不知事
渡人問我應不知事
三哥問娘噤也不知事
援落金釵來謝伊
來到王婆茶內歇

道服事志再議論
五娘近前劝益春
更故羅裙乞尔穿
七月十五雞未啼時
當初不是值路來
放早裁同行过
三人同行何如天
煩惱只略遠如又天欺
行过赤水是前村
吩咐三哥莫開門

途中恐怕人挐到
生死三人做一群
益春見說免勞心
月光养院功劳大
爹娘养院身只略行
阮令浮三人探采情
俩尔一串共我说
送也大事过百伐
有娘心酸泪淋
五娘心酸过长溪
渡于歇卿酸
娘娴煩惱
恐畏我爹趕來緊

力院鴛鴦折離群
不間起来天渐光
神佛炉前烧好香
許下大猪共大羊
今旦見覚鞋不見
稍子回言茶三九
問我此去幾日程
有人尋的我子即死
打走女犯是如何返
七月十六林曆知
做出這事尔不知
陳三歌

三人走路不用唱
不見五娘来梳粧
必定三人相焦走
追涯陳三共五娘
力郎走到赤水溪
脚下泥足一男相年走行
昨夜三人出帖掛渡我船还
不即金銀做工伐到
若論尋涯三人来到
林曆尋家上門来
親家請坐食茶湯

旦說後画黃九曆
不見墜来掃香
目滓淋流落連腹呑返
保庇三人相焦返鞋
只見溪边还一船
慌忙走借问禅值一船方哥
来知走到探尋親
小夫人四處尋五娘
差人回家罵芐婆
九郎回家罵芐婆生剝皮
連尔若猶生剝皮
就罵菜家死教訓
做過親家聖父長

陳三歌

五娘見然奴焉走
六娘嫁我比不當
林厝親家去告狀
養的女妃到王婆店
心頭恰似虎吞鈴
三人押入潮州城
咸流大事值人走死
國何通好相值人情
全州就罵出黃五娘
知州官法佐平常
力只官法佐平常
牡丹不近芭蕉桐

就將六娘配林郎
前日得過我財礼
知州收狀問林郎
即時准狀出差去
看見三人做一場
五娘勸君莫著驚
沿是陳三二千
三長一日說知州所
不比說爾識文章
人人乞客黃氏分
大人比說尔識文章
風皇不入山雞群

林大開口來罵俊
一伐要討十倍伐
潮州九郎第一伐
直拿陳三共五娘家
三時生死天莫相詿定
丁人大家問因由
劝尔意落告泉城
知州陞堂問知州
五娘跪堂告泉城
是阮失愛看五大浸礼
俩通失除是大浸倫
夫帰綢常是大浸礼
五娘不問押一逡

病吊益春来问伊
先谷听简诉因端
娘简楼上诉弓难
打破宝镜做长年
定阮一时死主张
益春宝镜做礼义
俩通犯法问数声
知州徒罪受三年
崖州徒去当酒钱
送君金钗一金钗
头上再拔一金钗
来世依旧佐夫妻

陈三歌

想来觅钏不引线
阮人骑马透大街
伊人高楼透前过街
搬落荔枝引伊来
就是陈阮荔枝心意
陈三诉陈三娘骂
敲坏人抢偷不知
三人抢出州衙门
鬼路上早晚相照顾
送君沽酒共买物
娘简泪别转回家

偷来暗去你知机
五月天气南风才
胜是潘安君貌才
共阮即假意已出磨千
尔是伊简意一
常着尔连使免是我奴兄
常娘听阮讲细
五兵牵羊阮测
泮千加喰夜早眠
今日生共哥缘分
一日思君十二时

一七日思君十二时

楼下亲李正闹花
煞身一醒摸死人
保庇三哥死事志
所见官員唱道声
運使看见心长城驚
前日劝李潮州城
知州浮財向我罪
不念川資没人情
即時打發黃昏去
拜辞知州回泉城

陳三歌终

冥日思君不見面
早起当天燒好香
近来駕鸯佐一池
我弟為何犯罪名
九郎請我徒去教罪青
癸配崖州運使听
知州忙答運使听
即着驚送亲来
沿途男女都稱賛

梦裡共哥仝床困
可憐青春黃五娘
陳三押解在略行
陳三茂長说分明
認着運使伊亲见
林大誣告我姦情
運使带回見知州
令弟揽愛黃五姑
满城文武来通送
傳说至今有名声

七

绣像荔枝记陈三歌

新刻绣像荔枝陈三歌全传

福建下落泉州城，岭后陈厝有名声。

祖代做官共做使，子孙未曾断官名。

第一门前好石狮，第二后头好花台。

第三门楼好石鼓，第四门前水潮来。

第五门庭出富贵，赛过泉州一城人。

陈公生下三儿子，聪明伶俐读书诗。

两个哥哥有官做，且说陈三爱风流。

人说陈三会读书，读书二字是虚名。

眼见嫂边一小姨，心头恰是①食药鱼。

掬恭②近前问嫂信，姨娘食过乜人茶。

嫂今骂叔是何因，问着姨娘做俩年③。

陈三回言答嫂礼，直来与嫂细思量。

看见姨娘生得好，欲求嫂嫂做主张。

骂言叔叔说的呆，败坏纲常人定知。

陈三见骂无言答，回转书房把计思。

门楼鼓打三更时，夜眠不寐忆小姨。

轻移步到姨房里，小姨困去不知天。

结开罗帐床上摸，前是兄嫂后是姨。

嫂在睡中惊一醒，便要喊声窃盗人。

陈三用手掩嫂口，就是三叔二家人，

嫂今着亟已多时，仔细思量被叔欺。

夫在广南官运使，若还得知心带疑。

---

① 恰是：恰似，好像是。

② 掬恭：鞠躬。

③ 做俩年：做什么。

嫂嫂明日投①大人，昨夜有人入我房。
眉头目面是三叔，败坏人伦俪乜通②。
公姑相劝莫做声，岂知贼奴不成人，
我儿回来切莫说，带着公姑失教示。
就骂贼奴好无礼，莫来败坏我家声。
陈三被骂无面皮③，收拾衣裳入箦箱。
我兄广南做运使，竟生广南会我兄。
早共爹娘讨相辞，一时看见泪淋漓。
尔今路上宽心去，改过心性方成人。
嫂今劝叔着记心，公姑吩咐好言音。
只去路上须仔细，除花戒酒莫贪心。
闻说潮州好景致，亦爱潮州走一场。
一路行程急如箭，不日来到潮州城。
且说潮州黄九郎，家积金银千万箱。
生下二女多春秀，每日楼上乘风凉。
五娘受了林厝礼，六娘未曾食人茶④。
五月原来荔枝时，五娘益春上楼来。
身倚阑干相携手，面向街中笑微微。
五娘讲乞益春听，街上多少郎君行。
有人生得中阮意，情愿共伊结姻缘。
陈三骑马楼下过，看见高楼好整齐。
五娘斜眼看楼东，忽然看见马上郎。
生得神仙无二样，共阮清醒正成双。
等伊举头楼上看，将只荔枝揿乞伊⑤。

---

① 投：告状。
② 俪乜通：怎么可以。
③ 无面皮：无脸面。
④ 食人茶：受人聘礼。
⑤ 揿乞伊：扔给他。

陈三接着心慌忙，见有楼上一小娘。

街途暗问一李公，问你一事通不通①。

面前高楼何名姓，却有仙女在楼中。

李公就答贵客官，正是九郎富贵人。

陈三听说心欢喜，求托公公去做媒。

若烦讲得姻缘就，百尺罗绫挂你身。

李公说乞官人听，免得打破你心肠。

伊今许配林厝了，俩呢一马挂两鞍。

李公讲话莫相欺，念我泉城官荫儿。

我兄广南做运使，一家富贵赛泉城。

有钱不怕千金女，讨伊不来不姓陈②。

李公听说笑纷纷，有财任尔去思量。

陈三明日早起床，有乜道路见五娘。

就问李公学磨镜，冥日③用心学得成。

脱去锦褛换布衫，肩头畏痛也着担④。

前街后巷不敢去，直去九郎厝前行。

只厝有人爱磨镜，千万为我传一声。

黄厝一婳⑤名益春，见有磨镜笑纷纷。

连步走到绣房门，说有磨镜十分光。

简⑥今叫在小厅尾，来请小姐去相量。

五娘叉手出外厅，益春抱镜随后行。

陈三近前来行礼，五娘问客贵姓名。

陈三就共五娘说，小人姓陈名三兄。

五娘转头问益春，客人磨镜不认分。

---

① 通不通：可不可以。
② 讨伊不来不姓陈：讨不了她来做妻子就不姓陈。
③ 冥日：日夜。
④ 也着担：也要担在肩上。
⑤ 婳：婢女。
⑥ 简：婳，婢女。下文同。

指甲因何长三寸，看来不是做工人。

陈三说乞小娘听，我厝住在泉州城。

祖祖代代尽磨镜，不会磨镜只路行。

陈三接镜在身边，相量价数是在年。

只镜磨得十分光，十分光彩十分钱。

镜今磨了甚分明，照见五娘颜色清。

面似桃花眉如柳，一身娇媚赛观音。

陈三磨镜工夫完，试问五娘嫁何人。

五娘下头①不做声，房中单枕独自眠。

陈三抱镜在娘前，五娘来接心慌忙。

娘手未接三哥放，登时②落地破二片。

九郎出来气冲天，就骂贼奴好无理。

打破我家照身镜，尔今何时倍③得成。

陈三拜伏黄九郎，镜今破了我耽当④。

身上无钱身作当，纳在贵府扫厅堂。

九郎着亚气胸中，我厝奴婢无万千。

我镜实是无价宝，想尔一身值乜钱⑤。

五娘进来劝父亲，客人生得颇伶俐。

叫伊写下卖身契，二年限满乞伊行⑥。

陈三见说总因依⑦，心内好笑又好啼。

前日骑马楼前过，今日做出这形儿。

陈三入门未几时，因为赤水一庄田。

九郎一时无主张，叫人去请林厝郎。

---

① 下头：低头。
② 登时：当时，那个时候。
③ 倍：赔。
④ 耽当：承担。
⑤ 值乜钱：值什么钱？意即不值钱。
⑥ 乞伊行：放他走。
⑦ 因依：答应他。

林郎请来堂上坐，二人议论去争讼。

若还争得此田传，尽付五娘做嫁妆。

林大提笔来做状，一笔写起二三行。

陈三扫厝厅下过，明知写状告田庄。

近前偷眼看状稿，秀才未曾打官书。

这状去告官不判，争的此田不姓黄。

贼奴说话好无知，只状不厅是俩年。

陈三说实不说虚，从幼爹娘送读书。

文章礼义都通晓，莫论此状做得来。

见说陈三本事好，一时就请上厅堂。

尔今用心争得转，不敢叫尔扫厝奴。

陈三呈词做得明，果然告状归九郎。

六月过了七月时，陈三暗想心头悲。

前日在家乜富贵，今来乞人①做奴婢。

五娘听讲笑嘻嘻，亏得三哥费心肠。

今日劝君且忍奈，千万宽心莫迟疑。

九郎骑马去收租，陈三举伞随后行。

直去前庄三日路，人人尽叫陈官人。

齐来近前唱一喏，借问秀才乜路来②。

九郎马上着一惊，即时下马问因依③。

是乜亲人共我说，莫败面皮无名声。

陈三将言照实告，我家田客三五千。

此处都是我田客，尽居我厝作我田。

九郎回家说言伊，陈三原是好人儿。

跟我田上去收租，人人尽称陈秀才。

---

① 乞人：给人家。
② 乜路来：从哪里来。
③ 问因依：问原因。

25

看来伶俐得人惜①，结果六娘嫁乞伊②。

六娘看见面带红，爹妈作事甚糊模。

阮姊配乞林大厝，叫我嫁乞扫厝奴。

陈三见说心头酸，六娘嫁我是不当。

那爱五娘对得我，就将六娘换林郎。

五娘心头着一惊，冥日思想都无眠。

我妹爱嫁林大厝，阮今爱着陈三郎。

五娘早起来梳妆，陈三扫厝在厅中。

五娘一时心头渴，陈三近前奉茶汤。

娘今问伊障③伶俐，为何落莅④只行义。

陈三说出五娘听，广南运使是我兄。

前日骑马楼下过，因为荔枝挂心肠。

五娘把话就劝伊，姻缘事志阮主持。

愿共三哥结百岁，莫乞外人上嘴唇。

二人相忆情意深，送哥手帕值千金。

今冥定约绣房来，千万不通⑤误佳期。

一更月色照后床，五娘翻覆不成眠。

莫是爹娘句未困⑥，莫是三哥未记来⑦。

二更月色正中天，三哥进入眠床前。

陈三就力⑧五娘揽，是恁人情莫着惊。

二人相邀上楼床，五娘共哥诉衷肠。

念妾花心天句整，全望郎君好应承。

哥作牛郎奴织女，旦头冥冥莫放迟。

① 得人惜：让人疼惜。
② 嫁乞伊：嫁给他。
③ 障：那么。
④ 落莅：落魄。
⑤ 千万不通：千万不可。
⑥ 句未困：还未睡。
⑦ 未记来：忘记来了。
⑧ 力：扐，掠。

二更过了三更时，恰是鸳央①做一池。

汗甲湿透胭脂露，香体软落头告崎。

双人结做连理树，溶溶露滴牡丹开。

三更过了四更催，耳边听见鸡声啼。

阮厝爹妈句未醒，双人相抱莫放离。

四更过了五更在，五娘邀君落床来。

娘今共君相断约，今冥记心莫失期。

五娘送君出房门，二人相看心头酸。

昨冥烦恼更漏短，今旦烦恼日头长。

陈三五娘话正长，益春听见落眠床②。

挨到五娘绣房中，看见陈三笑一场。

五娘连忙叫益春，千万包存莫露机。

益春一貌似观音，陈三看见动人心。

人说惜花连枝惜，等我揽来唷又唷。

益春被揽心慌忙，唷的满面红又红。

若无带着阿娘面③，骂汝几声贼蛆虫。

五娘作急来劝伊，鱼落搭钩难脱离。

益春听见心头松，任伊戏弄不敢辞。

立誓三人同生死，穿山入石莫放迟。

五娘早起来照镜，头眩目凹又无眠。

母亲知情骂起来，养尔贱婢不成人。

做急抽身林厝去，免得外人说嫌疑。

陈三临时得知机，一边扫厝心头悲。

好事多磨俩得好④，五娘牵君揽泪啼。

情愿共恁同心走，天边海角卜相随。

---

① 鸳央：鸳鸯。
② 落眠床：下床。
③ 带着阿娘面：看在五娘的面上。
④ 俩得好：怎么是好。

双人断另有主张，就叫益春来相量。

尔同共君一齐去，强尔灶前点茶汤①。

益春拜伏娘共君，这般事志再议论。

途中恐怕人拏到②，百般刑罚俩年当。

五娘近前劝益春，生死三人做一群。

只去三人好相惜，更故罗裙乞尔穿。

益春见说就动心，收拾金银在笼箱。

七月十五三更时，月光如水无人知。

益春开门三人走，走到花园鸡未啼。

爹妈养阮功劳大，不疑今旦分二边。

当初不是来磨镜，俩得阮身只路行③。

三人走到大溪边，舵子借问值路来④。

阮今三人探亲情，有人查问为阮遮。

放早载阮过赤水，送尔一串二百钱。

渡公见说问因伊，三人同行何人氏。

有乜大事共我说，有人问我应不知。

舵子撑船尾又欺，五娘心酸泪滓流。

三哥问娘啼乜事⑤，烦恼只路远如天。

渡子歇船过溪边，拔落金钗来谢伊。

行过赤水是前村，娘婿烦恼心头酸。

来到王婆店内歇，吩咐三哥莫开门。

恐是我爹赶来紧，力阮鸳鸯折离群。

三人走路不用唱，且说后面黄九郎。

早间起来天渐光，不见五娘来梳妆。

———————————

① 强尔灶前点茶汤：比起你在灶前煎茶水做奴婢强。

② 拏到：抓到。

③ 俩得阮身只路行：我怎么会走这条路呢？

④ 值路来：从哪里来。

⑤ 啼乜事：因为何事哭泣。

不见陈三来扫厝，不见益春煎茶汤。

必定三人相㧒走①，目滓流落连腹吞。

神佛炉前烧好香，追得陈三共五娘。

保庇三人相㧒返②，许下大猪共大羊③。

九郎走到赤水溪，只见溪边一弓鞋。

今旦见鞋不见子，脚下无鞋做俩行④。

慌忙借问撑船哥，清早有见三人无。

二女一男相㧒走，未知走到值一方⑤。

梢子回言答九郎，昨夜三人渡我船。

卜去泉州探亲戚，问我此去几日程。

九郎出帖挂溪边，差人四处寻五娘。

有人寻的我子返，不论金银做工钱。

九郎回家骂老婆，打走女儿是如何。

若还寻得三人到，连尔老猫生剥皮。

七月十六林厝知，林厝亲家上门来。

就骂亲家无教训，做出这事尔不知。

亲家请坐食茶汤，做过亲家望久长。

五娘见然⑥奴㧒走，就将六娘配林郎。

林大开口来骂伊，六娘嫁我我不当。

前日得过我财礼，一钱要讨十倍钱。

林厝亲家去告状，知州收状问林郎。

潮州九郎第一家，养的女儿败家风。

即时准状出差去，查拿陈三共五娘。

差人直到王婆店，看见三人做一场。

---

① 相㧒走：结伴逃走了。

② 相㧒返：相伴回来。

③ 许下大猪共大羊：即许愿用猪和羊来酬谢神的庇佑。

④ 做俩行：可怎么行走。

⑤ 未知走到值一方：不知走到哪里了。

⑥ 见然：即然。

一时三人难脱身，心头恰似虎吞枪。

五娘劝君莫着惊，三人生死天注定。

三人押入潮州城，动得看人三二千。

劝尔大家莫相笑，风流大事值人无①。

三人押上知州厅，知州升堂问因由。

因何通奸相毛走，从头一一说分明。

五娘跪落告知州，全头诉出拙因情。

不是陈三毛阮走，是阮意爱看泉城。

知州就骂黄五娘，人人说尔识文章。

俪通②失除五从礼，力只官法佐乎常。

大人乞容黄氏分，夫妇纲常是大伦。

牡丹不近芭蕉树，凤皇③不入山鸡群。

五娘不问押一边，就吊益春来问伊。

想来无针不引线，偷来暗去尔知机。

老爷听简诉因端，阮厝高楼透大街④。

五月天气南风晓，娘简楼上绣弓鞋。

伊人骑马楼前过，胜是潘安郎君才。

是阮一时无主张，掞落荔枝引伊来。

伊即假意来磨镜，打破宝镜做长年。

这是阮娘心意爱，共阮简儿已出干。

益春喝退跪一边，就吊陈三骂连天。

尔是伊厝一奴儿，俪通犯法失礼义。

陈三诉乞知州听，带着⑤运使是我兄。

知州发怒骂数声，败坏人伦不可当。

① 值人无：谁没有呢。
② 俪通：怎么可以。
③ 凤皇：凤凰。
④ 高楼透大街：高楼临近大街。
⑤ 带着：顾忌，考虑到。

30

带着尔兄免刑罚，崖州徒罪问三年。

三人押出州衙门，五娘牵哥那好啼。

亏君一去受奔波，亏阮一旦难别离。

牌头听阮讲一遍，送尔金钗当酒钱。

路上早晚相照顾，日千加食夜早眠。

头上再拔一金钗，送君沽酒共买物。

今生共哥缘分薄，来世依旧佐夫妻。

娘简泪别转回家，一日思君十二时。

楼下桃李正开花，冥日思君不见面。

梦里共哥同床困，掀身一醒摸无人。

早起当天烧好香，可怜青春黄五娘。

保庇三哥无事志，返来鸳鸯佐一池。

陈三押解在路行，听见官员喝道声。

一时躲在街边去，认着运使伊亲兄。

运使看见心头惊，我弟为何犯罪名。

陈三从头说分明，前日劝学潮州城。

九郎请我去教书，林大诬告我奸情。

知州得财问我罪，发配崖州徒罪名。

运使带回见知州，不念同寮①没人情。

知州忙答运使听，令弟总爱黄五娘。

即时打轿黄厝去，九郎着惊送亲来。

满城文武来迎送，拜辞知州回泉城。

沿途男女都称误，流传至今有名声。

陈三歌终

①　同寮：同僚。

特別最新五娘挷荔枝歌

（第一册）

並無田子在身過
林大看見黃五娘
造起繡樓掛紗窗
繡樓前

生有二子是女兒
陳三看見笑咳咳
親像嫦娥城出仙台
無心刺繡做針指

五娘返來問無意
心頭歎惜辛嘴大塊
思想郎君都無時
恨落月老時不輕

人人賞燈都盡下
想着郎君老都不喜
拜學唐鏡某一年
本是官家受磨子

我田子兒在暗由
正是西街林秀利
日落西邊起宴席
五娘一覩看

天大恩情尔一人
黃家果然真興利
卜求五娘一親聽
五娘坐落眠牀去

恁你官人好造化
門樓竟打一兩時
一更過了二更來
五娘道步上林去

既是官媒婆東作生
花外知
卜求五娘匹配妻
五娘思君無人知

媒人疎財廣重義
未知乜人求親證
直透行來黃家生
孫驚鵲鳥不是伴

尔身單生二女兒
爾着心頭無放鬆
百歲賣人子兒
二更過了四更時

正是富貴人子兒
九郎聽見心歡喜
就叫官媒人來商議
三更過了日頭紅

九郎聽見笑微微
二子名做黃五娘
林大看見黃五娘
早間起來天光時

九郎出來就問伊
大子名做黃六郎
繡樓上
只人分得通見面

九郎讀書真伶俐
家財數萬人傳名
昔出九郎好名聲
早聞起來天光時

拜別員外返鄉里
五娘親成卜做尔
起到廣南未幾時
陳三一時心煩惱

遷奔花邊好胆智
取出金環作聘儀
五月過了六月天
靖卜李公我問你

說卜員外關的知
益春捧茶走出來
五娘思想者未遲
梳妝樓上九郎子

即時拜別林厝去
娘嫺果然生親醒
就共益春說透机
李公出來就知机

取出銀兩來送伊
說出多謝就返去
幸遇員童來報知
陳三心內照歡喜

一路趕到潮州市
三人相見未幾過
親相月裡對嫦娥
李公出來問一聲

運去暫江崩山嶺
叫出陳三來叮嚀
安童馬前來報知
陳三一時內照歡喜

伴着三冥過一冥
拜別爹媽就起程
陳三聽見就胆智
梳妝樓上一時安

幸遇十五元宵冥
文武辦延來靖伊
陳三近前問因伊
近前說出李公聽

娘嫺近前看一見
卜去賞燈看旨致
李公聽見就瞭理
李公出來問一聲

陳三假意失落扇
即知林大生却示
陳三看娘心頭鬆
一盞工夫傳乎伊

幸遇李姐來看見
手取鐵板響幾聲
錦衣脫落換布衫
五娘親成配林郎

雙人相看難分離
泉州朝來潮州城
肩頭民痛不着擔
近前說出李公聽

來報娘嫺去看伊
滿街滿巷受磨子
本是官家受磨子
五娘親成卜林郎

陳三聽見心歡喜　將只鏡擔挑入去
陳回顧來看見　看見花園對魚池
陳三聽見笑微微　陳三心內也歡喜
陳三聽見笑咳咳　果欲是寶好無比
粗俗大磨達乜錢　阮只大磨花賣是
三官說話真格樣　司阜說話真格樣
娘姨頭花合處　阮厝門前封石獅　亦有棋杆做龍台
娘就罵臭賤脾　五娘就共五娘說　五娘相看未幾時
春入內說透枝　悠今入內去捧茶　文人相看未幾時
只人為記在身邊　我厝祖家泉州城　借問司阜乜祖家
看許楊枝乜怪悲　祖家代代傳厝鏡　小人姓陳名三元
有馬不騎障行采　羅帕繡花娘針指　十指伸出如姜牙
送尔絲線繡花叢　看見阿娘卜磨鏡　阿娘卜磨障出來

五娘看見氣冲天　益春行入秀房去　陳三被罵笑文文
早間起來夫郎光　益春捧水到繡房　第一掃厝掃大廳
今日我有一實話　陳三捧水到繡房　五娘梳頭好頭鬃
去請卜請真延遲　五娘看見面帶紅　陳三看見心頭鬆
來到林大未幾時　就叫阿娘共尔捧　今日會得見娘來
就共姑姊說透機　親娘叫我不願捧　阮今梳頭盆水面
咱今工鏡先斷定　悠卜愛多阮愛少　林大應允就起行
念阮工夫卜傳名　慈多是少達悠送　雙人接檻住廳邊
一點水銀在中央　多少提出我就行　家童捧茶來請伊
二點娘眉欄傈隨　照見阿娘好梳粧　林大傲呈都完成
三點娘身配林大　親像洞賓對小鬼　若還爭得到田返
阮就不願配林大　恁乞阮娘咒咀落　若能爭得到田返
林大十分生卻示　恰程工錢總分無　九郎近前來留伊
誰人打破我寶鏡　寶鏡工破響叮冬　賢婿做事得遠道
我今無銀通賠起　將身寫出做奴婢　看看呈詞笑微微
念尔一身通來乜　卜賠掃厝兼煎茶　我身自幼讀書時
大胆賤奴說什麼　伊今無銀通來賠　大胆賤奴說透機
帶念司阜好人子　就叫益春舉筆硯　文章禮義做什
三舉筆寫契詩　想着好笑亦好嘻　只田告得會乜難
郎跪見回心意　嚟着娘嬌生繚繳　後日同我去收租
三舉筆寫契詩　平卜陳三寫契詩　入田傳呈見圖記
娘跪落訴許多　就叫益春舉筆硯　就叫先生說知机
郎聽見氣冲天　圓記送呈見圖記　知州看見就知机
鏡磨好都完備　九郎送呈見圖記　去入傳呈租衆判
二晚落應完　陳三對口就應伊　如州隨時出批示
勞煩司阜有鏡聲　九郎聽見就歡喜　將只田衆判起
娘跪落訴盡畫　陳三接茶住廳過　早間起來夫時到
陳三果然本事好　詩書才情應處討
二舉筆寫契詩　六月曷了七月中

特別最新 五娘挨荔枝歌 第一冊

民國四年石印

廈門會文堂書局發行

最新黃五娘挽茘枝歌　會文堂石印

唱出九郎好名聲　家財數萬人傳名
並無男子在身邊　生有二子是女兒
大子五娘繡紅鴛　二子名做黃六娘
造起高樓掛紗窗　平卜十二子好看人
五娘刺繡在樓上　神魂渺渺不在經
林大近來有主意　林大站在繡樓前
憑爾官人好造化　卜求五娘一親誼
媒人聽見笑微微　就叫媒人來商議
我卜托爾黃厝去　百般嘴話由在我
不免官人爾掛意　只親若能結成雙
爾着心頭無放鬆　天大恩情爾一人
媒人相辭出府門　直透行來黃家莊
黃家果然真爽利　花婆行入黃家去
林大再三托媒人　媒人近前說透机
卜求五娘一親成　未知花婆來黃家莊
九郎出來就問伊　未知乜人求親誼
媒人說出員外知　正是西街材秀才
員外聽見心歡喜　既然卜來求親成
媒人卜來求親成　着提字仔來探聽
九郎聽見笑微微　於身單生二女兒
正是富貴人子兒　祖上世代有官做
聰明讀書真伶俐　九郎聽見真貪人
百萬家財稱員外　將只五娘匹配伊
媒人掠話就應伊　做人疎財兼重義
九郎聽見甚歡喜

一厦門會文藝印行

媒人聽見就知机　拜別員外返鄉里　來共林大說因伊　五娘親成卜做尔

林大聽見其歡喜　應堂花婆好胆智　林大行入伊房去　取出金環作聘儀

花婆就再黃曆來　說卜員外爾的知　九郎金環收入內　益春捧茶走出來

花婆獻茶食完備　即時拜別林厝去　林大近前來問伊　娘嫻果然坐親醒

林郎聽見就知枝　取出銀兩來送伊　益無蹯蝠半此淫　說出多謝就返去

再唱陳三有名聲　厝在晉江崩山嶺　運使奉吉卜起程　叫出陳三來叮嚀

陳三聽見有主意　就請同年來相議　伴行人馬三二十　拜別爹媽就起程

一家大小甚歡喜　暫宿公館過一冥　文武辦筵來請伊

來到潮州未幾時　幸遇十五元稍冥　卜去賞燈看景致

一路趕到潮州市　陳三風流甚無比　陳三看娘心頭鬆

遊賞花燈鬧紛紛　遇着五娘共益春　娘嫻賞丁變看人　即知林大生却示

李姐看見林大鼻　來報娘嫻去看伊　五娘近前看一見　陳三看娘心頭鬆

陳三看娘笑微微　雙人相看難分離　陳三假意失落扇　幸遇李姐來看見

益春進前來拾扇　緊報阿娘說知枝　五娘將扇看一見　看是伯卿伊名字

林大十分生起示　為何只人生親醒　五娘看見心歡喜　勝遇潘安一般开
陳三看見笑咳咳　親像嫦娥出仙台　娘嬋李姐伴返去
五娘返來悶無意　人人賞燈都完備　捧起粥飯不愛吞
粥飯吃來三二嘴　無心刺繡做針指　想著燈下一郎君　將院注定林大真
日落西邊虎宴昏　心頭歡卒喘大塊　恨落月老卻不是　親相丁心離丁油
門樓鼓打一兩時　思想郎君無時休　親相丁心離丁油
一更過了二更來　五娘移步入房門　今卜值日再相見
二更二點月斜移　五娘坐落眠牀邊　丁下郎君生清醒　月照芎蕉花弄影
三更過了四更朗　五娘思君無人知　翻身起來窗前行
孤鸞鷥鵲不是伴　五娘道步上牀去　院心思哥只事誌　自有嫦娥德知機
早間起來日頭紅　耳邊聽見鳥叫聲　風吹梧桐生悲怨　舉起針指繡孤鸞
只人兮得通見画　親相院身配林大　五更落頦天暫光　抱起鏡台來梳妝
早聞起來天光時　恨父恨母恨媒人　丁下郎君生親醒　未知值處人子兒
　　　　　　　　生死共伊做一陳　恰好中秋伴月新　嘴食清水也甘心
　　　　　　　　　　　　　　　　　　　　　　　　　早知值處人子兒

陳三開書鏡邊枝　稟稅往行人盡知　三爺運使到行台

起剿廣南未幾時　文武官員來賀喜

五月過了六月天　五娘樓上食荔枝

五娘忽然看一見　就共益春說透机

手帕拋落未幾時　幸遇安童來拾起

三人相見未幾遭　親相月裡對嫦城

陳三一時有脹智　即刻李公伊屑去

陳三近前問因伊　請卜李公我問你

李公說出三爺聽　梳粧樓上九郎子

陳三聽見就知机　一時心思一計智

錦衣脫落換布衫　一盞工夫傳手伊

手取鐵板响幾聲　肩頭畏痛亦着擡

黃曆門前叫數聲　泉州朝來潮州城

磨鏡工夫真時行　任是烏痕上歸堆

陳三一時心煩惱　轉回朝州去勒桃

陳三窗前繡工藝　陳三騎馬撨下過

拋手即包君做為記　陳三手帕收入去

安童馬前來報知　陳三手帕收入去

力馬推鞭就返去　三爺今日障巧行

陳三心內暗歡喜　未知值處人子兒

李公出來問一聲　五娘親咸配林郎

梳粧樓上娘嫺蟬　卜兼剌繡好梳粧

五娘親咸配林郎　我卜拜尔學磨鏡

近前說出李公聽　鏡担挑起出門去

一時心思一計智　拜學磨鏡未一年

本是官家受蔭子　今來磨鏡叫三兄

滿街滿巷不去行　卜去黃曆叫磨鏡

落手一下痕就開

黄厝一娴名益春　看見磨鏡笑文文　阮娘一个照身鏡　停久無磨像婚瘕

陳三聽見心歡喜　將只鏡担挑入去　看見花園對魚池　果然是寶好無比

益春回頭來看見　陳三心內也歡喜　阮只大厝花盡是　司阜卜行着細利

陳三聽見笑微微　粗裕大厝達也錢　阮厝門前對石獅　亦有棋杆對龍旗

益春聽見笑咳咳　司阜說話真格廩　慇厝棋杆盤龍旗　担只鏡担敲三代

益春入內稟娘哉　外面一位磨鏡司　婚去叫來咱埋坐　阿娘卜磨鏡出來

五娘蓮步出大廳　益春抱鏡隨後行　娘婚相隨到廳邊　借問司阜也祖家

雙人相看未幾時　五娘心內暗猜疑　借問司阜也祖家　十指伸出如善牙

陳三說出五娘聽　我厝祖家泉州城　小人姓陳名三元　祖家代代傳磨鏡

五娘就共益春說　慇今入內去捧茶　益春捧茶去請伊　看見羅帕包荔枝

益春入內說透枝　只人為記在身邊　看許荔枝也怪意　羅帕繡花娘針指

五娘就罵臭賤脾　管人東西是障年　卜是前日馬上墻　有馬不騎障行采

敬謝阿娘茶清香　勞煩小妹雙手捧　思量無物通相送　送尔絲線繡花堂

益春就叫磨鏡兒　咱今工錢先斷定　恁卜愛多阮愛少　磨了報嘴不好聽

小妹說話真有影　念阮工夫卜傳名　恁多是少遂恁送　多少提出我就行

陳三抱鏡在鏡床　一點水銀在中央　磨來磨去真清光　照見阿娘好梳粧

一照娘頭花含蕊　二點娘眉柳葉臨　三照娘身配林大　親像洞賓對小兒

五娘跪落咒重誓　恁今說話恰勞煩　害乞阮娘咒咀落　恰配林大阮會死

益春就罵磨鏡哥　勞煩小妹補收去　林大十分生卻示　恰配工錢總分無

寶鏡磨好都完備　害乞阮娘咒咀落　益春未抱三哥放　寶鏡賣破響叮冬

寶磨落塗有鏡聲　九郎內面著一驚　誰人打破我寶鏡　千兩黃金賠不成

陳三跪落應九郎　打破寶鏡我就當　我今無銀通賠起　將身寫出做奴婢

九郎聽見氣冲天　大胆賤奴說什麼　念今益春舉筆硯　卜賠鏡錢總不起

五娘跪落訴爹參　帶念司阜達人子　伊今無銀通來賠　共咱掃厝兼前茶

九郎聽見回心意　我子說話達道理　就叫益春舉筆硯　平卜陳三寫齪詩

陳三舉筆寫齪詩　想着好笑亦好嗤　噯着娘嫺生縹緻　今日下賤做奴婢

契詩寫好都完備　九娘親手收入去　益春掃手學一枝　三哥卜掃舂細利

第一掃厝掃大廳　第二掃厝掃大埕　第三掃到娘房口　看見五娘卜梳頭

五娘梳頭好頭鬃　陳三看見心頭鬆　今日會得見娘面　未知何時近娘身

五娘假意罵陳三　掃來掃去腳再踏　塗粉掃來益春腳

陳三被罵笑文文　聽見外面腳步聲　阿院今梳頭連頭因

益春行入秀房去　五娘看見就叫伊　去捧盆水入去

陳三捧水到繡房　阿娘叫尔捧盆水　待我退尔捧桶去

陳三入內說透機　就罵益春死賤婢　盆水共我捧桶去

益春聽見就叫伊　五娘看見面帶紅　盆水三哥退捧來

五娘聽見氣沖天　陳三伸手來接去　後次不必尔陰生

將刀面水來潑伊　媚媚阿娘莫受氣　尔着趕緊林厝去

員外卜請林大郎　親媽叫我去煮茶　尔着趕緊林厝去

早間起來天初光　叫出家童不親相　拜別員外就起行

今日我有一宗誌　三哥捧水不親相　後次不必尔陰生

去請賢壻莫延遲　叫出家童聽一聲　拜別員外就起行

來到林大來幾時　就共姑爺說透機　員外去我來請尔

員外去我來請尔　請卜姑爺辦代誌

林大應允就起行　家童引來到大廳
雙人接禮在廳邊　家童去右報員外知
九郎聽見應一聲　九郎隨時覷出來
九郎近前來留伊　喝托賢婿來做狀
陳三捧茶在廳邊　卜告赤水一坵正
九郎聽見就罵伊　提起紙筆來做呈
陳三對口就應伊　林大做呈都完備
九郎聽見心歡喜　接手五娘做嫁粧
陳三做呈達道理　來勸賢婿且慢去
　　　　　　　　若還爭討這田返
看呈詞笑微微　若能爭得只宗田
小人甘願不娶陳
大胆殿奴說是乜　賢婿做狀達道理
　　　　　　　　只狀不好是在年
我身自幼讀書時　文章禮義做什才
　　　　　　　　小人只狀做得來
就叫家童提筆硯　只田告得會了離
　　　　　　　　我子六娘配乎尔
九郎看狀心懽喜　後日同我去收租
　　　　　　　　不敢叫尔掃地奴
陳三做呈見圖記　就叫先生說透机
　　　　　　　　送尔白銀三元二
九郎送呈見圖記　去入傳呈莫延遲
　　　　　　　　將只田租來判起
園記送呈入衙去　知州看見就知机
　　　　　　　　判手九郎收三年
早間起來天晴時　知州隨時出批示
　　　　　　　　批語送到黃家去
陳三果然本事好　九郎看批縣歡喜
　　　　　　　　六月過了七月時
詩書才寶無處討　赤水收租莫延遲

九郎一時有主意　就叫陳三叮嚀伊　包伏雨傘歇齊備　隨我收租全來去

陳三心頭苦傷悲　前日住家官陰兒　阮曆闈鳳乜富貴　前來乞人作奴婢

九郎行來到都城　陳三舉鞭隨後行　行到赤水庄田社　人人叫伊陳三舍

九郎馬上著一驚　隨時落馬問分明　調是乜人說我聽　不通敗壞您名聲

陳三開言說真情　阮曆田庄三五十　祖家泉州山嶺陳　這人共我塊作田

九郎聽見笑微微　陳三原來官陰兒　員外收租都完備　雙人相隨返鄉里

九郎返來未變時　就共安人說透机　陳三原是官陰兒　前日同我赤水去

一齊行到赤水社　人人叫俀陳三舍　看伊伶利訂我意　將只六娘做乎伊

六娘聽見面帶紅　就罵我爹不是人　我扣卜做絲大去　甲阮卜嫁只奴婢

陳三聽見心頭酸　意愛五娘來嫁我　將只六娘操林大　阮身意愛陳三郎

陳三見心頭悶　一冥思想不愛困　我妹愛嫁林曆門　阮身意愛陳三郎

五娘入房心頭悶　六娘一時心頭酸　就叫益春在身邊　伴阮賣花同來去

八月中秋月正光　五娘一時心頭酸　就叫益春在身邊　伴阮賣花同來去

人說青春燕二世　賞花踏草遶春天　梧桐燈影月正光　娘嫺行入後花園

二人相隨到園裡　看見百花開齊備　滿園百花好景致　英介桂花開透枝

杜鵑茶花白如霜　右邊巖桂秋海棠　黃更水錦開透枝　霸降四英正當時

官蘭茶花味清香　月見噴香朱朱紅　紫薇開透花枝垂　各別西府對洛陽

芙蓉金鳳百子蓮　玉蘭開透有人緣　夜合轉絨向日葵　芍藥末莉白非莊

含笑歡喜在園中　園邊盡是月來香　瑞香紫燕紅牡丹　右邊微桂鶴脚蘭

杜微胭脂朱朱紅　雪花開透悶殺人　纓花開透結成球　牡丹金菊白石榴

梅花開透葉帶露　五上洞紅葉妻塗　繞球開化真好看　水仙開花對金盞

馬蹄開花顏異色　池邊數叢萬壽菊　臘梅雞冠鬧透枝　山茶各別水黃更

瓊花開透好奇模　園中盡是剌頭香　暗淡野花真醜態　百花賞了都景哉

一抱綠竹在園中　亭邊盡是七里香　五娘來賞紅牡丹　益春去賞白玉蘭

梧桐樹上馬蟹悲　越添得院悶無意　風吹楊柳心頭酸　秋月暴熱十分光

花園過了是池邊　看見鴛鴦微一池　鴛鴦交頸在水面　障般鬐尾畫動人心

陳三連步長亭去　待我興筆來做詩　作卜詩詞解心意　試看五娘也行宜

娉媠相隨到亭邊　看見壁上二首詩　益春看詩不曉理　全望阿娘說透机

獨坐花陰月滿亭　問伊何事致深情　行思坐想無人見　九重深望事未成

月下孤雁叫悲聲　割人心腸滿障痛　孤雁無伴來歸哭　我是為君在心頭

陳三憶著五娘子　花前月下連步行　五娘忽然看一見　大胆賤婢敢障生

因乜一胆敢障天　敢來做詩戲弄我　恐為爹媽得知机　賤婢一身尔養苑

陳三聽見喜冲天　可恨阿娘卻不是　我來德僭有二年　荔枝手拍不提起

五娘掠話應三哥　荔枝子帕誰人無　只是益春地勒桃　季帕摸落我卻無

陳三對嘴就應伊　恨殺阿娘薄情義　當初望下成連理　悞我一身無人時

益春說出阿娘聽　帶念三哥好人子　荔枝雖是娘勒桃　風流事誌誰人無

五娘聽見笑文文　優寧怪巧一益春　咱今相伴入來去　試看三哥乜行宜

為娘割昂心頭悶　捧起粥飯不愛吞　一心憶著五娘子　泉州朝來潮州城

門樓鼓打一更時　我只一身為娘尔　一身望下結成雙　誰知五更氣殺人

閒來無事意凄涼　悶對孤燈夜轉長　獨坐怨思僥倖女　孤眠深恨薄情娘

46

東方月白光如鏡　誑我一身費心成　未成風雨情千種　致惹相思病一場

挑盞燈火鼓二更　對燈無語恨自己　杜宇促春聲未去　隔壁人賦斷腸詩

二更過了三更時　雁聲高飛萬山去　對只嫦娥悶無意　未知姻緣卜值時

三更過了四更深　陳三心內暗沉吟　月斜花影紗窗邊　一陣清風冷微微

五更月落天漸光　為娘一病畏起床　起來焚香告奢天　保庇姻緣早權邊

早間起來日照庭　就共陳三說透机　安人叫我來尋爾

陳三聽見就知机　安童作爾先返去　為奴為婢五娘害　手人一哉見少代

咱厝門風好無比　三爺在此無了時　安童拜別就返去　辛遇益春來看見

安童返去未幾時　陳三心內有主意　特我入內收行李　手舉兩盒就卜去

益春出來看一見　三哥今日障行宜　三哥因何卜值去　全頭說出阮曉理

小妹聽我說因伊　卜去泉州取親誼　恨恨阿娘無行只　返來泉州卻便宜

益春聽見笑微微　返去泉州都也是　爾來阮厝有三年　內面誰人輕棄爾

陳三對嘴就應伊　恨恨阿娘薄情義　一身全望結連理　誰想荔枝不提起

益春近前來勸伊　三哥莫得苦相思
爾今有心來下鈎　不是春重不食餌

待阮入內稟娘哉　試看阮娘乜主裁
入去見娘遂出來　不通行東共去西

陳三聽見就知枝　試看薄情陳行宜
小妹入去看鑾來　不通手我難舉得

益春留金在廳邊　入內稟娘的知枝
未知三哥為是乜　收拾行李下返去

五娘出來就問伊　長工未滿卜值去
爾是官家人子兒　因乜下賤為奴婢

陳三伸手就指伊　今旦下賤為娘爾
荔枝下賤手帕故忘記　不通將只力做題

五娘掠語就應伊　大胆陳三說是乜
手帕不是我親做　今旦力我將輕棄

陳三聽見心憔悴　不受娘媚德國影
是恁當初看定意　今旦力我將輕棄

五娘一時回心意　就叫益春去留意
陳三若是返鄉里　賤婢一身爾着賣死

陳三极留來數時　益春心思一計智
二哥寫書寄阮去　剌看阮娘乜行宜

陳三寫書有一帮　勞煩小妹為阮送
爾去剌看恁阿娘　看伊今旦乜主張

益春提書嘴唏唏　剌着阿娘是在年
將詩投放落秀匣內　阮娘看畫伊就知

五娘一時悶無意　文房四寶排齊備
益春居墨來叫伊　就請阿娘畫帳備

五娘舉筆畫西施
再畫唐朝郭子儀
畫卜湘子來掃霸
再畫織女對牛郎

畫卜二龍來鬥寶
再畫鯉魚跳沙波
畫卜鯉魚食鉤仔
再畫毛蟹坦橫行

畫卜杜鵑會叫聲
畫卜鸚鵡叫人名
畫卜雙鳳朝牡丹
再畫喜鵲宿欄杆

畫卜緣竹隨落塗
再畫甜桃花帶露
再畫孤鸞飛來宿
親相阮身配林大

孫寶鳳凰繡完備
看見繡匣一首詩
未知只畫寫是乜
展開觀看就知枝

萬丈慈流百尺溪
數思三年隔東西
致思欲來相問信
寸心盼望與天齊

五娘看時都完備
就叫益春我問你
誰人來寫一帮詩
全頭說着阮知枝

益春聽見着疑疑
呵娘聽着蓋疑疑
三哥叫我送畫來
共阮益春無治事

五娘一時大受氣
可恨陳三恰無理
恐畏參媽得知枝
賤奴一身無處死

幸遇陳三親聽見
手與孫帝入房去
陳三伸手就指伊
果然阿娘須情義

五娘聽見春心起
阮卜共君結連理
輕輕小細三哥知
今冥三更尔即來

陳三見說心歡喜
即時跪落祝告天
呵娘真情君畫義
誰人僥娘露行宛

五娘伸手去牽伊
恨殺林大相六文纏
等待阮身配乞伊
須等黃河澄清時

陳三[介]見笑微微
門樓段打一更時
一丈過了二更來
二丈過了三更時
五娘一時有就當
隊三枕下就愿伊
如魚得水真恩愛
顯知恩歉長出廳
輕聲小細三哥知
且說林大有主意
益春入房說透枝
五娘看見嗬渗啼
五娘想着暗慌慌惚悲

微與阿娘好情意
陳三心內膳歡喜
私情外意眾人知
陳三輕步入房去
來牽三哥上繡床
我勸娘子莫疑疑
溶溶露滴牡丹開
今冥關着恰早來
腳酸手軟不愛行
就叫林郎真草苑
共君恩愛來纏生
林大八月卜娶去

五娘送君出門去
五娘一貌似觀音
愛去就近娘身投
林前輕輕叫一聲
錦衫脫落換布衣
一盞孤燈半息光
五更落擋天漸光
早間起來日出辰
勉強出來到廳邊
樣邊說出買外聽
八月十五好日子
林大親迎卜娶去

今冥不可枉佳期
想起果然水無比
為何三更即艷麗
阿娘因阿早團起
君卜採花著細刺
照見娘君做一床
五娘送君求卜房門
昨冥無困頭障眩
看見陳三亦無意
八月初一卜食定
愛阮三哥來纏生
未知三哥也去意

陳三一時有胆智　勸德娘嫺其傷悲　總著來去即會離　走到泉州不差遲

五娘聽見就從伊　叫出益春歇行李　三哥甲咱同伊去　未知益春也主意

益春勸娘見咱不通　三哥做事會害人　共君圍破二領席　力君收尔總未妻

五娘就罵呆益春　狂嫺叫阮娘共君　只邊共君走得離　三哥收尔做小娘

益春聽見笑文文　阿娘共嫺的落漠　只件事志娘不去　又畏林大得知机

恐異掠去上宮堂　親相活蝦落滾湯　三人來去做一群　到時娘嫺即平分

益春聽見應一聲　既然有份嫺卜行　陳三見說心軟喜　做嫺入內歇行程

五娘入房提金釵　捏了二雙繡弓鞋　五娘心內有胆智　身穿烏衫無人疑

益春行裡收齊備　三哥卜走歇來去　三人心內暗䅖疑　又畏夢媽得知机

三人行到花園邊　月光風靜好天時　一同開門就出去　走到花園蹄本靖

七月十四三更時　五娘跪落投告天　金望天地相保庇　保庇三人走得離

一直走到赤水溪　五娘褪了新弓鞋　益春就共三哥說　聚倩小船載過溪

陳三僱船送船租　乾船打跳依旧溪渡　阿娘羅裙著照顧　不可新鞋納落塗

三人落船暗歡喜

舵工近前來問伊
陳三被問著一驚
未知三人卜值去
客官說出阮知機
斜帆起錠船就行
阮卜赤水探親成
舵工岸邊常唱曲聲
船今使到赤水頭
五娘眩船都不知
三人上船未幾時
五娘擡君目滓流
憶著三哥情意好
放離爹媽在後頭
日頭卜落鳥聲悲
娘嫺看君淋滿啼
搬山過嶺心憂苦
今日為君行八路
彭德三人來到只
阮娘腳痛路未行
天光再行亦未邊
陳三一時有就當
三人一同入店行
不見五娘來梳粧
尋無益春煎茶湯
尋無陳三掃廳堂
尋無三人共一群
九郎想著目滓流
必是三人相聚走
驚討客店安身己
且說九郎天光時
叫出家童吩咐伊
屑前屑後叫益春
答謝正音大豬羊
趕緊入廟抽籤詩
保庇三人共一圓
投下三人返家鄉
隨我路上尋子兒
九郎返来有主意
包伏雨金歇齋備
看見一雙繡弓鞋
今日見鞋不見子
主僕赶到赤水溪
撥開弓鞋再個行
看見海水沙沙流
溪水流落無流起
九郎行到赤水頭
未知三人走冷去

九郎去問代工兄　早間只路乜人行　全頭說出乎我聽　奉送錢銀說多謝

代工說出員外裁　前日只路三人來　頭前娘嫺相伴行　後面一个泉州兄

九郎聽見就知機　提出碎銀有二錢　多謝代工好情意　二錢白銀奉送尔

九郎想着苦傷悲　貼出賣格大路過　乜人尋得我子返　答謝黃金我覺當

若是報說我知机　奉送白銀五兩二　糊出賣格都完備　赤水客店尔身已

九郎叫出店小二　請卜店主我問尔　前日三人來到只　全頭說出得知機

店主近前說因伊　前日三人乜怪意　前男後女全來到　必定就是相聖建

且說陳三無心成　收拾行李閣再行　陳三就叫店小二　我卜送尔身方錢

三人一同出店問　五娘看君心頭酸　笑殺林大生却示　將身背義來到只

五娘看君心頭酸　保庇夫妻脫身離　陳三近前來牽伊　果然阿娘焉情義

五娘跪落再投天　恨煞雙人却不是　三哥將院放一遍　既然無份嫺不去

益春聽見氣冲天　全望二位春莫疑　只是呵娘心忙記　不是存意來相欺

陳三近前來勸伊

第二册五娘送寒衣歌　　　　　第一册挨荔枝終

特别最新五娘揽荔枝歌

（第一册）

最新黄五娘挑荔枝歌

唱出九郎好名声，家财数万人传名。

并无男子在身边，生有二子是女儿。

大子五娘绣鸳鸯，二子名做黄六娘。

造起高楼挂纱窗，乎卜二子好看人①。

五娘刺绣在楼上，林大看见黄五娘。

林大站在绣楼前，神魂渺渺不在经。

林大返来有主意，就叫媒人来商议。

我卜②托尔黄厝去，卜求五娘一亲谊。

媒人听见笑微微，不免③官人尔挂意。

百般嘴话由在我，凭尔官人好造化。

林大再三托媒人，尔着心头无放松。

只亲④若能结成双，天大恩情尔一人。

媒人相辞出府门，直透行来⑤黄家庄。

花婆行入黄家去，黄家果然真爽利。

九郎出来就问伊，未知花婆来做乜⑥。

媒人近前说透机⑦，卜求五娘一亲谊。

员外听见心欢喜，未知乜人⑧求亲谊。

媒人说出员外知，正是西街林秀才。

九郎听见笑微微，老身单生二女儿。

---

① 乎卜二子好看人：让两个女儿方便观赏街景。

② 卜：要。

③ 不免：不用。

④ 只亲：这门亲事。

⑤ 直透行来：径直走到。

⑥ 来做乜：来做什么。

⑦ 说透机：说清楚，说明白。

⑧ 乜人：什么人。

既然卜来求亲成，着提①字仔来探听。

媒人掠话就应伊，正是富贵人子儿。

百万家财称员外，祖上世代有官做。

聪明读书真伶俐，做人疏财兼重义，

九郎听见甚欢喜，将只五娘匹配伊。

媒人听见就知机，拜别员外返乡里。

来共林大说因伊，五娘亲成卜做尔。

林大听见甚欢喜，褒掌②花婆好胆智。

林大行入伊房去，取出金环作聘仪。

花婆就再黄厝来，说卜员外尔的知。

九郎金环收入内，益春捧茶走出来。

花婆献茶食完备，即时拜别林厝去，

林大近前来问伊，娘嫺③果然生亲醒。

林郎听见就知枝④，取出银两来送伊。

并无瞒骗半些厘，说出多谢就返去。

再唱陈三有名声，厝在⑤晋江崩山岭。

运使奉旨卜起程，叫出陈三来叮咛。

陈三听见有主意，就请同年来相议。

伴行人马三二千，拜别爹妈就起程。

一家大小甚欢喜，一路赶到潮州市。

暂宿公馆过一冥，文武办筵来请伊。

来到潮州未几时，幸遇十五元稍⑥冥。

陈三风流甚无比，卜去赏灯看景致。

游赏花灯闹纷纷，遇着五娘共益春。

---

① 着提：要拿。
② 褒掌：夸奖。
③ 娘嫺：小姐和丫鬟。
④ 知枝：知道。
⑤ 厝在：家在。
⑥ 元稍：元宵。

娘嫻赏丁①爱看人，陈三看娘心头松。

李姐看见林大鼻，来报娘嫻去看伊。

五娘近前看一见，即知林大生却示②。

陈三看娘笑微微，双人相看难分离。

陈三假意失落扇，幸遇李姐来看见。

益春进前来拾扇，紧报阿娘说知枝。

五娘将扇看一见，看是伯卿伊名字。

林大十分生却示，为何只人生亲醒。

五娘看见心欢喜，胜过潘安一般年。

陈三看见笑咳咳，亲像嫦娥出仙台。

人人赏灯都完备，娘嫻李姐伴返去。

五娘返来闷无意，无心刺绣做针指③。

想着灯下一郎君，捧起粥饭不爱吞。

粥饭吃来三二嘴④，心头郁卒喘大块⑤。

恨落月老却不是，将阮注定林大鼻。

日落西边是冥昏，五娘移步入房门。

思想郎君无时休，亲相丁心⑥离了油。

门楼鼓打一更时，五娘坐落眠床边⑦。

丁下郎君生清醒，今卜值日再相见⑧。

一更过了二更来，五娘思君无人知。

翻身起来窗前行，月照芎蕉花弄影。

二更二点月斜移，五娘莲步上床去。

---

① 赏丁：赏灯。
② 生却示：长得很丑。
③ 针指：女红。
④ 粥饭吃来三二嘴：饭只吃了两三口。
⑤ 郁卒：心情郁闷。喘大块：叹气。
⑥ 亲相：就像。丁心：灯芯。
⑦ 坐落眠床边：坐在床边。
⑧ 今卜值日再相见：如今要什么时候才能再相见呢？

阮心思哥只事志①，自有嫦娥恁知机②。

三更过了四更明，耳边听见鸟叫声。

风吹梧桐生悲怨，举起针指绣孤鸾。

孤鸾莺鹉不是伴，亲相阮身配林大。

五更落类③天暂光，抱起镜台来梳妆。

早间起来日头红，恨父恨母恨媒人。

丁下郎君生亲醒，未知值处人子儿④。

只人兮得通见面，生死共伊做一阵。

恰好中秋伴月新，嘴食清水也甘心。

早间起来天光时，陈三开言说透枝。

禀报同行人尽知，三爷运使到行台。

赶到广南未几时，文武官员来贺喜。

陈三一时心烦恼，转同朝州去勒桃⑤。

五月过了六月天，五娘楼上食荔枝。

娘姐窗前绣工艺，陈三骑马楼下过。

五娘忽然看一见，就共益春说透机。

将阮手帕包荔枝，抛乎郎君做为记。

手帕抛落未几时，幸遇安童来拾起。

安童马前来报知，陈三手帕收入去。

三人相见未几遭，亲相月里对嫦娥。

陈三心内暗欢喜，力马⑥推鞭就返去。

陈三一时有胆智，即刻李公伊厝⑦去。

李公出来问一声，三爷今日障巧行。

---

① 只事志：这件事。
② 恁知机：你知道。
③ 落类：落雷。
④ 未知值处人子儿：不知道是哪里的人。
⑤ 勒桃：游玩，玩耍。
⑥ 力马：策马。
⑦ 伊厝：他的家。

陈三近前问因伊，请卜李公我问你。

梳妆楼上娘姛婢，未知值处人子儿①。

李公说出三爷听，梳妆楼上九郎子。

五娘亲成②配林郎，卜兼刺绣好梳妆。

陈三听见就知机，一时心思一计智。

近前说出李公听，我卜拜尔学磨镜。

李公听见就晓理，一尽工夫传乎伊③。

拜学磨镜未一年，镜担挑起出门去。

锦衣脱落换布衫，肩头畏痛亦着担④。

本是官家受荫子，今来磨镜叫三兄。

手取铁板响几声，泉州朝来潮州城。

满街满巷不去行，卜去黄厝叫磨镜。

黄厝门前叫数声，磨镜工夫真时行⑤。

任是鸟痕上归堆⑥，落手一下痕就开。

黄厝一姛名益春，看见磨镜笑文文⑦。

阮娘一个照身镜，停久无磨像暗痕。

陈三听见心欢喜，将只镜担挑入去。

看见花园对鱼池，果然是实好无比。

益春回头来看见，陈三心内乜欢喜。

阮只大厝花尽是⑧，司阜卜行着细利⑨。

陈三听见笑微微，粗俗大厝达乜钱⑩。

阮厝门前对石狮，亦有旗杆对龙台。

---

① 未知值处人子儿：不知道是哪户人家的女子。
② 亲成：姻缘之意。
③ 传乎伊：传给他。
④ 肩头畏痛亦着担：肩膀怕疼也要担着镜担。
⑤ 时行：流行。
⑥ 归堆：形容很多。
⑦ 笑文文：形容微笑的样子。
⑧ 阮只大厝花尽是：我们家这座大屋子有很多的花草。
⑨ 司阜：师傅。细利：小心一点。
⑩ 达乜钱：值什么钱。

益春听见笑咳咳，司阜说话真格屎①。

恁厝②旗杆盘龙台，担只镜担赦三代。

益春入内禀娘哉，外面一位磨镜司③。

婠去叫来咱埕坐，阿娘卜磨紧出来④。

五娘莲步出大厅，益春抱镜随后行。

娘婠相随到厅边，看见司阜生亲醒。

双人相看未几时，五娘心内暗猜疑。

借问司阜乜祖家，十指伸出如姜牙。

陈三说出五娘听，我厝祖家泉州城。

小人姓陈名三元，祖家代代传磨镜。

五娘就共益春说，恁今入内去捧茶。

益春捧茶去请伊，看见罗帕包荔枝。

益春入内说透枝，只人为记在身边。

看许荔枝乜怪意，罗帕绣花娘针指。

五娘就骂臭贱脾⑤，管人东西是障年。

卜是前日马上婿，有马不骑障行来。

敬谢阿娘茶清香，劳烦小妹双手捧。

思量无物通相送，送尔丝线绣花囊。

益春就叫磨镜兄，咱今工钱先断定。

恁卜爱多阮爱少，磨了报嘴不好听。

小妹说话真有影⑥，念阮工夫卜传名。

是多是少随恁送⑦，多少提出我就行。

陈三抱镜在镜床，一点水银在中央。

---

① 真格屎：吹牛，说大话之意。
② 恁厝：你家。
③ 磨镜司：磨镜的师傅。
④ 紧出来：赶快出来。
⑤ 贱脾：贱婢。
⑥ 真有影：有道理，是这样。
⑦ 是多是少随恁送：多少钱你随便给。

磨来磨去真清光，照见阿娘好梳妆。

一照娘头花含蕊，二照娘眉柳叶随。

三照娘身配林大，亲像洞宾对小鬼。

五娘跪落咒重誓，阮身不愿配林大。

林大十分生却示，若配林大阮会死。

益春就骂磨镜哥，恁今说话恰劳梭①。

害乞阮娘咒咀②落，恰程③工钱总分无。

宝镜磨好都完备，劳烦小妹尔收去。

益春未抱三哥放，宝镜贡破④响叮冬。

宝镜落涂有镜声，九郎内面着一惊⑤。

谁人打破我宝镜，千两黄金赔不成。

陈三跪落应九郎，打破宝镜我耽当。

我今无银通赔起，将身写出做奴婢。

九郎听见气冲天，大胆贱奴说什么。

念尔一身达乜钱，卜赔镜钱总不起⑥。

五娘跪落诉爹爹，带念⑦司阜好人子。

伊今无银通来赔，共咱扫厝兼煎茶。

九郎听见回心意，我子说话达道理。

就叫益春举笔砚，乎卜陈三写契诗。

陈三举笔写契诗，想着好笑亦好啼。

忆着娘姩生缥致，今日下贱做奴婢。

契诗写好都完备，九郎亲手收入去。

益春扫手⑧学一枝，三哥卜扫着细利。

---

① 恰劳梭：那么啰唆。

② 咒咀：赌咒发誓。

③ 恰程：待会儿。

④ 贡破：摔破。

⑤ 九郎内面着一惊：九郎在屋内吃一惊。

⑥ 卜赔镜钱总不起：要赔镜子的钱你赔不起。

⑦ 带念：顾念，顾及。

⑧ 扫手：扫帚。

第一扫厝扫大厅，第二扫厝扫大埕①。

第三扫到娘房口，看见五娘卜梳头。

五娘梳头好头棕②，陈三看见心头松。

今日会得见娘面，未知何时近娘身。

五娘假意骂陈三，贱奴扫地扫到今。

扫来扫去脚再踏，涂粉扫来盈阮脚③。

陈三被骂笑文文，手举扫手抵嘴唇。

听见外面脚步声，举头一看益春子。

益春行入秀房去，五娘看见就叫伊。

阮今梳头连头因，去捧盆水阮洗面。

益春捧水到厅边，陈三伸手来接去。

阿娘叫尔捧盆水，待我退尔捧入去④。

陈三捧水到绣房，五娘看见面带红。

就骂益春死贱婢，盆水共我捧值去⑤。

益春入内说透机，婶劝呵娘莫受气⑥。

亲妈叫我去煮菜，盆水三哥退捧来。

五娘听见气冲天，将力面水来泼伊。

三哥捧水不亲相⑦，后次不必尔障生。

早间起来天暂光，员外卜请林大郎。

叫出家童叮咛伊，尔着⑧赶紧林厝去。

今日我有一事志，去请贤婿莫延迟。

家童听见应一声，拜别员外就起行。

来到林大未几时，就共姑爷说透机。

---

① 大埕：屋前的大院子。
② 好头棕：形容头发很美。
③ 涂粉扫来盈阮脚：地上的灰尘都飞起来弄脏了我的脚。
④ 待我退尔捧入去：让我替你捧进去。
⑤ 盆水共我捧值去：捧水给我捧到哪里去了。
⑥ 莫受气：不要生气。
⑦ 不亲相：不像样子。
⑧ 尔着：你要。

员外差我来请尔，请卜姑爷办代志①。

林大应允就起行，家童引来到大厅。

家童去报员外知，九郎随时紧出来。

双人接礼在厅边，家童捧茶来请伊。

嘱托贤婿来做状，卜告赤水一田庄。

九郎听见应一声，提起纸笔来做呈。

林大做呈都完备，接礼相辞卜返去。

九郎近前来留伊，来劝贤婿且慢去②。

若还争讨这田返，尽乎③五娘做嫁妆。

陈三捧茶在厅边，看着呈词笑微微。

若能争得只宗田，小人甘愿不姓陈。

九郎听见就骂伊，大胆贱奴说是乜④。

贤婿做状达道理，只状不好是在年⑤。

陈三对口就应伊，我身自幼读书时。

文章礼义做什才，小人只状做得来。

九郎听见心喜欢，就叫家童提笔砚。

只田告得会了离，我子六娘配乎尔。

陈三做呈达道理，九郎看状心欢喜。

后日同我去收租，不敢叫尔扫地奴。

九郎送呈见图记，就叫先生说透机。

去人传呈莫延迟，送尔白银三元二。

图记送呈入衙去，知州看见就知机。

将只田租来判起，判乎九郎收三年。

早间起来天晴时，知州随时出批示。

---

① 办代志：做事情。
② 且慢去：请先不急着走。
③ 尽乎：全部都给。
④ 说是乜：说什么。
⑤ 只状不好是在年：这个状纸哪里写得不好了？

批语送到黄家去，九郎看批甚欢喜。

陈三果然本事好，诗书才宝无处讨。

六月过了七月时，赤水收租莫延迟。

九郎一时有主意，就叫陈三叮咛伊。

包伏雨伞款齐备，随我收租同来去。

陈三心头苦伤悲，前日在家官荫儿。

阮厝闻风乜富贵，前来乞人作奴婢。

九郎行来到都城，陈三举伞随后行。

行到赤水庄田社，人人叫伊陈三舍。

九郎马上着一惊，随时落马问分明。

尔是乜人^①说我听，不通^②败坏恁名声。

陈三开言说真情，阮厝田庄三五千。

祖家泉州山岭陈，这人共我块作田^③。

九郎听见笑微微，陈三原来官荫儿。

员外收租都完备，双人相随返乡里。

九郎返来未几时，就共安人说透机。

陈三原是官荫儿，前日同我赤水去。

一齐行到赤水社，人人叫伊陈三舍。

看伊伶利订我意^④，将只六娘做乎伊^⑤。

六娘听见面带红，就骂我爹不是人。

我姊卜做林大去，甲阮卜嫁只奴婢。

陈三听见心头酸，六娘做我不耽当。

意爱五娘来嫁我，将只六娘换林大。

五娘入房心头闷，一冥思想不爱困^⑥。

---

① 尔是乜人：你是什么人。
② 不通：不能。
③ 作田：耕田。
④ 订我意：我很满意。
⑤ 将只六娘做乎伊：将六娘许配给他。
⑥ 思想：思来想去。不爱困：不想睡觉。

我妹爱嫁林厝门，阮身意爱陈三郎。

八月中秋月正光，五娘一时心头酸。

就叫益春在身边，伴阮赏花同来去。

人说青春无二世，赏花踏草趁春天。

梧桐照影月正光，娘嫺行入后花园。

二人相随到园里，看见百花开齐备。

满园百花好景致，英爪桂花开透枝。

杜鹃茶花白如霜，右边岩桂秋海棠。

黄更水锦开透枝，霜降四英正当时。

官兰生来味清香，月见畴香朱朱红。

夜合转绒向日葵，紫藤开透花枝垂。

芙蓉金凤百子莲，玉兰开透有人缘。

芍药木莉白茫茫，各别西府对洛窗。

含笑数丛在园中，园边尽是月来香。

瑞香紫燕红牡丹，右边微桂鸡脚兰。

杜微胭脂朱朱红，雪花开透闷杀人。

樱花开透结成球，牡丹金菊白石榴。

梅花开透叶带露，玉占洞红叶垂涂。

绣球开花真好看，水仙开花对金盏。

马蹄开花真美色，池边数丛万寿菊。

腊梅鸡冠开透枝，山茶各别水黄更。

琼花开透好奇样，园中尽是莉头香。

暗淡野花真丑态，百花赏了都尽哉。

一抱绿竹在园中，亭边尽是七里香。

五娘来赏红牡丹，益春去赏白玉兰。

梧桐树上鸟声悲，越添得阮闷无意。

风吹杨柳心头酸，秋月果然十分光。

花园过了是池边，看见鸳鸯做一池。

鸳鸯交颈在水面，障般孳畜动人心。

陈三连步长亭去，待我举笔来做诗。

作卜诗词解心意，试看五娘乜行宜。

娘婳相随到亭边，看见壁上一首诗。

益春看诗不晓理，全望阿娘说透机。

独坐花阴月满亭，问伊何事致深情。

行思坐想无人见，九重深望事未成。

月下孤雁叫悲声，割人心肠满障痛。

孤雁无伴来啼哭，我是为君在心头。

陈三忆着五娘子，花前月下连步行。

五娘忽然看一见，大胆贱婢敢障生。

因乜一胆敢障天^①，敢来做诗戏弄我。

恐为爹妈得知机，贱婢一身尔着死。

陈三听见喜冲天，可恨阿娘却不是。

我来恁厝有二年，荔枝手帕不提起。

五娘掠话应三哥，荔枝手帕谁人无。

只是益春抛勒桃^②，手帕揿落我却无。

陈三对嘴就应伊，恨杀阿娘薄情义。

当初望卜成连理，误我一身无了时。

益春说出阿娘听，带念三哥好人子。

荔枝虽是娘勒桃，风流事志谁人无。

五娘听见笑文文，褒掌怪巧一益春。

咱今相伴入来去，试看三哥乜行宜。

为娘割吊心头闷，捧起粥饭不爱吞。

一心忆着五娘子，泉州朝来潮州城。

门楼鼓打一更时，我只一身为娘尔。

① 因乜一胆敢障天：因为什么胆子敢那么大。
② 抛勒桃：扔着玩的。

68

一身望卜结成双，谁知五更气杀人。

闲来无事意凄凉，闷对孤灯夜转长。

独坐怨思侥幸女，孤眠深恨薄情娘。

东方月白光如镜，枉我一身费心成。

未成风雨情千种，致惹相思病一场。

挑尽灯火鼓二更，对灯无语恨自己。

杜字促春声未去，隔壁人赋断肠诗。

二更过了三更时，雁声高飞万山去。

对只嫦娥闷无意，未知姻缘卜值时①。

三更过了四更深，陈三心内暗沉吟。

月斜花影纱窗边，一阵清风冷微微。

五更月落天渐光，为娘一病畏起床。

起来焚香告苍天，保庇姻缘早摧边。

早间起来日照庭，安童黄厝寻三舍。

就共陈三说透机，安人叫我来寻尔。

陈三听见就知机，安童作尔先返去。

为奴为婢五娘害，乎人一哉见少代。

咱厝门风好无比，三爷在此无了时。

安童拜别就返去，幸遇益春来看见。

安童返去未几时，陈三心内有主意。

特我入内收行李，手举雨伞就卜去。

益春出来看一见，三哥今日障行宜。

三哥因何卜值去，全头说出阮晓理。

小妹听我说因伊，卜去泉州取亲谊。

恨恁阿娘无行只，返来泉州却便宜。

益春听见笑微微，返去泉州都也是。

尔来阮厝有三年，内面谁人轻弃尔。

陈三对嘴就应伊，恨恁阿娘薄情义。

一身全望结连理，谁想荔枝不提起。

益春近前来劝伊，三哥莫得苦相悲。

尔今有心来下钓，不畏春鱼不食饵。

待阮入内禀娘哉，试看阮娘乜主裁。

入去见娘遂出来①，不通行东共去西②。

陈三听见就知枝，试看薄情障行宜。

小妹入去着紧来③，不通乎我④难等待。

益春留伞在厅边，入内禀娘的知枝。

未知三哥为是乜⑤，收拾行李卜返去。

五娘出来就问伊，长工未满卜值去。

尔是官家人子儿，因乜⑥下贱为奴婢。

陈三伸手就指伊，今旦下贱为娘尔。

我来恁厝有三年，荔枝手帕放忘记。

五娘掠话就应伊，大胆陈三说是乜。

手帕不是我亲做，不通将只力做题⑦。

陈三听见心憔悴，不受娘婳恁殴郁⑧。

是恁当初看定意，今旦力我将轻弃。

五娘一时回心意，就叫益春去留意。

陈三若是返乡里，贱婢一身尔着死。

陈三被留未几时，益春心思一计智。

三哥写书寄阮去⑨，刺看阮娘乜行宜。

---

① 遂出来：就出来。
② 行东共去西：东走西走，即离开之意。
③ 着紧来：要赶紧回来。
④ 不通乎我：不要让我。
⑤ 为是乜：为什么。
⑥ 因乜：因为什么。
⑦ 不通将只力做题：不要拿这个借题发挥。
⑧ 殴郁：污蔑，受屈。
⑨ 写书寄阮去：写封信让我带给五娘。

陈三写书有一帮，劳烦小妹为阮送。

尔去刺看恁阿娘，看伊今旦乜主张。

益春提书嘴唏唏，刺看阿娘是在年①。

将诗放落秀匣内，阮娘看尽伊就知。

五娘一时闷无意，文房四宝排齐备。

益春磨墨来叫伊，就请阿娘画账眉。

五娘举笔画西施，再画唐朝郭子义。

画卜湘子来扫霜，再画织女对牛郎。

画卜二龙来斗宝，再画鲤鱼跳沙波。

画卜鲤鱼食钩仔，再画毛蟹坦横行。

画卜杜鹃会叫声，画卜鹦鹉叫人名。

画卜双凤朝牡丹，再画喜鹊宿栏杆。

画卜绿竹随落涂，再画甜桃花带露。

再画孤鸾飞来宿，亲相阮身配林大。

孤鸾凤凰绣完备，看见绣匣一首诗。

未知只书写是乜②，展开观看就知枝。

万丈愁流百尺溪，数思三年隔东西。

致思欲来相问信，寸心盼望与天齐。

五娘看时都完备，就叫益春我问你。

谁人来写一帮诗，全头说着阮知枝。

益春听见着惊疑，呵娘听阮说因伊。

三哥叫我送书来，共阮益春无治事③。

五娘一时大受气，可恨陈三恰无理。

恐畏爹妈得知枝，贱奴一身无处死。

幸遇陈三亲听见，手举扫帚入房去。

———————————

① 是在年：是怎样。

② 未知只书写是乜：不知道这封信写的是什么。

③ 共阮益春无治事：跟益春我无关。

陈三伸手就指伊，果然阿娘薄情义。

五娘听见春心起，阮卜共君结连理。

轻声小细三哥知，今冥三更尔即来。

陈三见说心欢喜，即时跪落祝告天。

呵娘真情君尽义，谁人侥娘雷打死。

五娘伸手去牵伊，恨杀林大相交缠。

等待阮身配乞伊，须等黄河澄清时。

陈三听见笑微微，褒奖阿娘好情意。

五娘送君出门去，今冥不可误佳期。

门楼鼓打一更时，陈三心内暗欢喜。

五娘一貌似观意①，想起果然水无比②。

一更过了二更来，私情外意畏人知。

爱去就近娘身投③，为何三更即难到④。

二更过了三更时，陈三轻步入房去。

床前轻轻叫一声，阿娘因何早困定。

五娘一时有耽当，来牵三哥上绣床。

锦衫脱落换布衣，君卜采花着细利。

陈三枕下就应伊，我劝娘子莫惊疑。

一盏孤灯半息光，照见娘君做一床。

如鱼得水真恩爱，溶溶露消牡丹开。

五更落擂天渐光，五娘送君出房门。

轻声小细三哥知，今冥尔着恰早来⑤。

早间起来日出辰，昨冥无困头障眩。

头茹髻欹畏出厅⑥，脚酸手软不爱行。

---

① 观意：观音。
② 水无比：非常漂亮。
③ 娘身投：五娘的身边。
④ 为何三更即难到：怎么三更还没到。
⑤ 今冥尔着恰早来：今晚你要早点来。
⑥ 头茹髻欹畏出厅：头发凌乱不敢到大厅来。

勉强出来到厅边，看见陈三乜无意。

且说林大有主意，就叫媒人黄厝去。

媒婆说出员外听，八月初一卜食定。

益春入房说透枝，林大令人送日子。

八月十五好日子，林大亲迎卜娶去。

五娘看见喃泪啼，就骂林郎臭早死。

共君恩爱未几生，爱阮三哥是在年。

五娘想着暗伤悲，就共陈三说透枝。

林大八月卜娶去，未知三哥乜主意。

陈三一时有胆智，劝恁娘婠莫伤悲。

总着来走即会离，走到泉州不惊伊①。

五娘听见就从伊，叫出益春款行李。

三哥甲咱同伊去②，未知益春乜主意。

益春劝娘咱不通，三哥做事会害人。

共君困破三领席③，力君心腹总未着④。

五娘就骂呆益春，枉尔叫阮娘共君。

只遭共君走得离，三哥收尔做小姨⑤。

益春听见笑文文，阿娘共婠的落滚。

只件事志娘不去，又畏林大得知机。

恐畏掠去上官堂⑥，亲相活虾落滚汤⑦。

三人来走做一群，到时娘婠即平分。

益春听见应一声，既然有份婠卜行。

陈三见说心欢喜，做紧入内款行里。

---

① 不惊伊：不怕他。
② 三哥甲咱同伊去：三哥叫我们跟他一起去。
③ 共君困破三领席：和他睡破三床草席。
④ 力君心腹总未着：不知道他的心里想的是什么。
⑤ 小姨：小妾。
⑥ 恐畏掠去上官堂：害怕被官府抓去。
⑦ 亲相活虾落滚汤：好像活虾落到滚烫的汤里。

五娘入房提金钗，提了三双绣弓鞋。

五娘心内有胆智，身穿乌衫无人疑。

益春行里收齐备，三哥卜走紧来去①。

三人心内暗惊疑，又畏爹妈得知机。

七月十四三更时，月光风静好天时②。

一同开门就出去，走到花园鸡未啼。

三人行到花园边，五娘跪落投告天。

全望天地相保庇，保庇三人走得离。

一直走到赤水溪，五娘换了新弓鞋。

益春就共三哥说，紧倩小船载过溪③。

陈三雇船送船租，舵船打跳依溪渡。

阿娘罗裙着照顾，不可新鞋纳着涂④。

三人落船暗欢喜，舵工近前来问伊。

未知三人卜值去⑤，客官说出阮知机。

陈三被问着一惊，五娘不敢应一声。

白贼益春说分明，阮卜赤水探亲成⑥。

斜帆起锭船就行，舵工岸带唱曲声。

声声唱出风流代⑦，五娘眩船都不知。

船今使到赤水头，五娘牵君目滓⑧流。

忆着三哥情意好，放离爹妈在后头。

三人上船未几时，娘妗看君淋漓啼。

搬山过岭心忧苦，今日为君行只路⑨。

---

① 卜走紧来去：要走赶紧走。
② 好天时：天气很好。
③ 紧倩小船载过溪：赶紧雇艘小船载我们过溪。
④ 纳着涂：踩到泥土。
⑤ 卜值去：要去哪里。
⑥ 探亲成：拜访亲戚。
⑦ 代：事情。
⑧ 目滓：眼泪。
⑨ 行只路：走上这条路。

日头卜落①鸟声悲，亏伝三人来到只。

益春就叫三哥兄，阮娘脚痛路未行②。

紧讨客店安身已，天光再行亦未迟。

陈三一时有耽当，三人一同入店行。

且说九郎天光时③，寻无益春煎茶汤。

寻无陈三扫厅堂，不见五娘来梳妆。

厝前厝后叫益春，寻无三人共一群。

九郎想着目滓流，必是三人相娶走④。

赶紧入庙抽签诗，保庇三人紧返圆。

投下三人返家乡，答谢正音大猪羊。

九郎返来有主意，叫出家童吩咐伊。

包伏雨伞款齐备，随我路上寻子儿。

主仆赶到赤水溪，看见一双绣弓鞋。

今日见鞋不见子，拨开弓鞋再个行⑤。

九郎行到赤水头，看见海水沙沙流。

溪水流落无流起，未知三人走治去⑥。

九郎去问代工兄，早间只路乜人行。

全头说出乎我听，奉送钱银说多谢。

代工说出员外哉，前日只路三人来。

头前娘嫺相伴行，后面一个泉州兄。

九郎听见就知机，提出碎银有二钱。

多谢代工好情意，二钱白银奉送尔。

九郎想着苦伤悲，贴出赏格大路边。

乜人寻得我子返，答谢黄金我耽当。

---

① 日头卜落：太阳下山。
② 路未行：走不动路了。
③ 天光时：天亮时。
④ 相娶走：相约了一起逃走。
⑤ 再个行：继续走。
⑥ 走治去：走到哪里去。

若是报说我知机，奉送白银五两二。

糊出赏格都完备，赤水客店安身已。

九郎叫出店小二，请卜店主我问尔。

前日三人来到只，全头说出得知机。

店主近前说因伊，前日三人乜怪意。

前男后女同来到，必定就是相娶走。

且说陈三无心成，收拾行李阁再行。

陈三就叫店小二，我卜送尔屏房钱。

三人一同出店门，五娘看君心头酸。

笑杀林大生却示，将身背义来到只。

五娘跪落再投天，保庇夫妻脱身离。

陈三近前来牵伊，果然阿娘尽情义。

益春听见气冲天，恨恁双人却不是。

三哥将阮放一边，既然无份姛不去。

陈三近前来劝伊，全望益春莫受气。

只是呵娘心忙记，不是存意来相欺。

第二册五娘送寒衣歌

第一册挨荔枝终

特別最新黃五娘送寒衣歌

（第二冊）

陳三伸手牽伊起　莫得遲延緊來去
陳三越頭過來觀　勸共娘嫺心放寬
今日我身有一宗誌　阿娘脚小慢慢行
就說嫺姆探聽紅　念咱親成卜久長
叫出林大來思量　娶人一子配雙人
一頂小轎卜娘來　在道一子配雙人
卜字陳三兄娶兒　誰人打門姜應伊

三人一同再開行　千辛萬苦為三兄
只是關顧童　半路近悔細恰遲
一群跪落穿堂廳　勸我寸步亦難進
先吊班差役發喊聲　知州開言來幾時
陳三就叫陳三兄　要卜娘嫺入店門
三人一時有一宗　就叫林大來思量
阮娘脚痛路行覓

卜告泉州陳伯卿　拐崔重新只要仇
恩深蜜愛問圓記　自吊班頭吩咐伊
律倒重新只要仇　圖記記得覓應伊
毛取呈繳完備　卜入僞呈三元一
去時大藏出三枝　卜驚陳三共重辦
派卜大總同莊去　隨時趕到赤水市
起到客店金富利　認著陳三共益春
趙到客店莫縛君　人人近前來看伊

林大聽見氣冲天　狀罵益春臭賤兒
林大近前勸五娘　人人就罵爾識文章
五娘對嘴就應伊　嫺罵林大生却示
一群跪落穿堂廳　牡丹不對芭蕉刺
知州升堂來幾時　先吊益春問因伊
知州被閂目汗流　是阮卜去探因兒
知州聽見著一驚　若是卜認果三兄
知州開言再閂伊　做緊招認兒炎進
益春聽見打喊淚滂啼　老爺打阮說是乜
益春心恩暗況吟　陳三騎馬樓下過
益春有高樓向大街　假意院唇討鏡磨

陳三做人心思深　說伊做詩共採琴
益春不聞押一運　就吊五娘我問爾
五娘疏落新困伊　老爺聽阮兩說起
五娘想著心煩惱　不受老爺雜桃撥
一來三哥生線緻　二米好家人下跑
知州聽見笑咳咳　搖頭檔家泉州城
陳三被閂著一驚　燈下遇春一過
幸遇正月是新正　眼裡偷情心有意
三人相省難分離　假學磨鏡買履去
李公共我說透枝　奉送花燈到廣南城
到許時節慰就知　哥婚送鏡一過
老爺娶找卜重辦　打破寶鏡無半疑

三人坐在衙門口　林大省娘無梳頭
二人森押到衙前　一半少年說無采
林大省娘無梳頭　一森押到衙前口
低今娘嫺同我返　官府事誌我就富
因為六月食荔枝　照實招認毋嫺後
知州聽見氣半死　暴然陳三恰重磨
奉公共我說透枝　假學磨鏡買履去
做人小可一疑　是因娘嫺看定意
是因娘嫺看定意

說出官隂知州聽　廣南遐使我觀兄　西川太守親叔公
恁春驚話說透枝　在通禁獄假不党　爾叔西川却屬尿
班頭驚話說透枝　知娘出衙心憂憂　爾哥廣南揚側池
離父分開無梳粧　五姐迢未問無相干　了爾官獄總未遲
但著陳三心頭酸　無心刺繡做針指　娘卜為君恁討命
本府嚴法要人號　割我腸肝做寸斷　若還害死恁知州
帶念鄉里同屬遊　想著我君目屎流　四更醒來共君推
三哥犯活身無主　小心安排清水飯　骨頭疼痛未翻身
未知三哥然治屍　看見班頭目滓流　待姜伸手共君推
是阮三人好姻緣　林大好比青鋒劍　三哥遍身母憂是
十分愛着阮三哥　就叫娘嬌出監門　三哥遍身母憂理
失落陳三誰人富　新阮三人相看見　三人相看有心頭酸
容阮近前照顧伊　隨阮洛獄探三哥　阮卜共君時連理

　卜探陳三錢着來　五更落淚天暫光　待姜伸手共渭州市
人說衙門八字開　上司回文斷案件　知州看文傳一聲
奉送金錢德一枝　陳三發配渭州城　三人遍身無廉恥
恰好開門阮相見　五娘聽見着一驚　果照滿身無廉恥
便是眼飢失枝撟　就共陳三送出城
我君容顏瘴痕相　五娘聽見着一驚
勸共三哥吃饑嘴　就叫益春閂着箭
莫得目滓滿面垂　陳三送配渭州門

　益春聽說因伊　五娘聽見着一驚　媽親勸公千萬難
金錢送恁做酒錢　渭州充軍蕭着去　帶念伊兄有做官
待捧伸手共君洗　知州來文傳一聲　爺媽有隆卜咱去
四兩白銀辈送爾　再派差倦五娘隨　千般為著陳三哥
阮身不願离只厝　益春來說五娘聽　送卜共君再相見
一身只處枰着關　去說爺媽的知州　愛卜共君再相見
全顧共君結生死　陳三發去渭州市　死做願做恁别君
覓得三哥瘴痰遍　果照滿身無廉恥　五娘送君卜到那

　娘嫺見說就知枝　九郎聽見就罵伊　在生共恁無相隨
不滿娘嫺恁樹着　賤奴因何敢障生　娘嫺洛轎來别君
就共班頭說透枝　益春起來未幾時　有緣千里終相見
獄官看來就用錢　就共阿娘說知枝　等待故君只官眼
千般萬苦去着關　送卜共君去渭陽　一對喜雀飛洛陽
阿娘小姐有真心　五娘聽見有主意　難割難捨恁分离
恐畏娘子有真心　送卜陳三出城去　只時共君分开去
共謝娘子有真心　我只神魂隨哥行　勸恁娘嫺莫傷悲

　娘嫺聽說透枝　南台亭前淚紛紛　等待故君只官眼
就共班頭說透枝　在生共恁無相隨　勸恁娘嫺莫傷悲
獄官紛咐眾兄弟　死做願做猛鬼　五娘近前淚傷悲
陳三候濕不愛容　頭上金釵送君行　一對無親金看娘
勸共三哥吃饑嘴　五娘心頭真淚悲　四邊無親金分離
莫得目滓滿面垂　差役催迫卜起行　情深意切難割离
勸君卜食再相見　五娘近前應一聲　只時共君分开去
渭陽意切雞劏捨　一更過了二更時　差別再相辞

　娘嫺意着我三兄　陳三兄共五娘说透枝　送君千里終一别
值時脫离只官司　一身只處枰着驚　左手攀船劉船邊
覓得三哥瘴痰遍　全顧共君結生死　右手扶鍊叫苦天
　　　　　　　　阮身不願离只厝　送君千里終一别

特別最新 黃五娘送寒衣歌 第二冊

民國四年石印

厦門會文堂書局發行

愛情唱歌集

陳三伸手牽伊起　莫得遷延緊來去　千辛萬苦爲三哥

陳三越頭過來觀　勸共娘嫺心放寬　只是阿娘爾顧意　半路返悔總恰遲

益春進前平娘岸　阿娘腳小路行覓　舉目一看又無親　虧我寸步亦難進

益春就叫陳三兄　阮娘腳痛路未行　三人落山未幾時　來到客店金當利

陳三一時有航當　要卜娘嫺入店門　就共黃婆說透技　有人打門莫應伊

且說嫺姆探聽哉　一頂小轎黃屑來　恁今做人失教示　飼子被奴聚建去

嫺姆請坐食茶湯　念咱親成卜久長　五娘已然奴偷娶　將只六娘配林大

嫺姆受氣茶不捧　在道一子配雙人　娶無五娘對我子　力卜陳三萬滾遊

嫺姆坐轎返家鄉　叫出林大來恩童　誰人做呈達道理　告到御狀入京城

林大聽見面常紅　就罵九郎呆大人　可恨陳三恰無理　大胆敢佔我妻兒

林大一時有主童　今人去請毛先生　毛茲來到大廳邊　林大捧茶來請伊

今日我有一事誌　卜對陳三楊妻兒　毛先見說應一聲　取出紙筆來做呈

具狀生員林坡聲　卜告泉州陳伯卿　拐騙五娘同伊去　正是陳三恰無理

懇求筋差緊追究　律例重辦只寬仇　恩准施行如所請　公候萬世做官清

毛茹做呈纔完備　圖記先生就應伊　卜入傳里三元一

知州看見氣冲天　自吊班頭吩咐伊　去掠娘嬭來到案　卜掠陳三共重辦

差役查訪未幾時　派卜大總同差去　差役領票未幾時　隨時趕到赤水市

隨時大籤出三枝　趕到客店金富利　王婆店內鬧紛紛　認著陳三共益春

益春就出班頭聽　鐵鎖綑阮莫綑君　陳三鐵鎖掛落去　人人近前來看伊

五娘看見心頭悶　帶念三哥官蔭子　爾今來救阮三舍　金針手指說多謝

趣頭對嘴應一聲　本府嚴法令人驚　力無三人去到案　老爺掠我卜重辦

三人齊押一路來　十姊五妹笑咳咳　勸慰姊妹莫相笑　到許時節愆就知

一齊押到衙門前　來看人馬二三千　一半少年說無來　一半老人笑應茲

三人坐在衙門口　林大看人無梳頭　恁今娘嬭同我返　官府事誌我杭富

益春伸手就皆指　蝶爾大鼻老猴精　愛卜阮根匹配爾　須等後代再出世

林大聽見氣冲天　就罵益春臭賤婢　等待伊身我厝去　賣阮海外飼大魚

林大近前勸五娘　人人說爾識文章　是爾爺媽收我聘　帶念爾我夫妻情

五娘對嘴就應伊　嫌阮林大生却示　牡丹不對芭蕉刺　鳳凰不入山鷄裡

一跤跪落穿堂廳　班頭差役發喊聲　手持竹板共選指　須候老爺審奸成

知州聽見氣冲天　先吊益春問因伊　賤婢無針不引線　通奸事誌爾知枝

知州升堂未幾時　退院卜去探因兜　不是三哥聚院走　大大老叔我返院兜

知州開言再問伊　白賊賤婢說是乜　一時奉旨擋落去　就吊刑杖來打伊

益春被問目滓流　...

益春誠打嗊淚啼　老爺打院乜事誌　是院阿娘相意愛　共院益春有乜代

益春聽見氣冲天　做緊招認免凌遲　再吊刑杖說透枝　再打益春伊嘴邊

益春心思暗況吟　院今但得著招認　老爺容我說透枝　因為六月食荔枝

益春見著一驚　若是卜認累三兄　只是卜不招認　衙院一身打障痛

知州開言再問伊　老爺容我說透枝　因為六月食荔枝

院今但得著招認　陳三騎馬樓下過　院娘看伊生緣緻　拋落荔枝做為記

院有高樓向大街　打破寶鏡刁顧磨　假意院曆做奴婢

陳三騎馬樓下過

誰知三哥胆障大　假意院曆討鏡磨　打破寶鏡刁顧磨

假意院曆討鏡磨

陳三做人心思深
為奴只是阮娘宿
去問阮娘伊就知

蓋唇不聞押一邊
說伊做詩共操琴
爾是黃厝深閨女
在通現世隨奴娶

五娘跪落訴因伊
就吊五娘我問爾
是我命裡皆磨生
月老推排無差移

五娘想著心煩惱
老爺聽阮來說起
世間偷走誰人無

一來三哥生纏綿
不受老爺爾羅梭
風流事誌好勤桃

陳三被阮問者一驚
二來好家人子婦
三來年紀都正配

知州聽見笑咳咳
摇頭擋棹喊不諒
五娘不聞押一邊
就吊陳三我問爾
是阮甘心上障做

幸遇正月是新正
我曆祖家泉州城
先到潮州上元冥
輦回潮州來探聽

三八相著難分離
燈下遇著五娘子
遊賞花燈看景緻
看見娘嬭生親婌

李公共我說透枝
眼裡偷情心有意
哥嫂送到廣南城
奉送哥嫂廣南市

知州聽見氣半死
假學磨鏡費屑去
打破寶鏡無人疑
因為黃厝深閨女
做奴婞

李公共我說透枝
果然陳三恰無理
哥嫂送到廣南城
做人小可一欵婦
在通招頭母纏梭

因為六月食荔枝
是因娘嬭着定意
照實招認母纏梭
聚去娘嬭無奈何

知州一時有主意
就吊九郎吩咐伊
做人父母失教示
娘嬭令爾領返去

陳三一名禁獄兜　等侍上司回文到　陳三聽見也驚疑　想我一身卜障年

說出官陰知州聽　廣南運使我親見　西川太守親叔公　在通蔡獄假不完

知州對嘴就應伊　失胆畜生就說什也　爾叔西川却屬屏　了爾哥廣南揭側池

陳三聽見氣半死　恨殺知州太不是　等侍我哥若知枝　爾哥職職總未進

五娘出衙心愛憂　恨著早死是知州　娘卜為君恁討命

五娘返来問無意　無心剌繡做針指　若還害死我三兄

離父離母無相干　想著陳三心艱難　娘卜為君枉討命

共君分開愛梳粧　割我腸肝做寸斷　林大好比青鋒劍

日落黃昏心頭酸　五娘就叫益春聽　新阮三人好姻緣

娘嬭行来到獄兜　看見牢門目滓流　隨阮洛獄探三兄

益春就叫班頭見　就叫益春来阮伴　咱今来去探三兄

班頭就說益春聽　五娘就曲益春聽　益春近前叫班頭

本府嚴法要人驚　是阮娘嬭来探牢　十分變著阮三哥

益春恁話說過枝　但恐娘嬭救伊迍　失落陳三誰人富

常念鄉里同聲邊　三哥犯法身無主　容阮近前照顧伊

84

班頭見說就知枝　益春聽阮說因伊　人就衙門八字開　卜探陳三錢著來

五娘心內有主意　金錢送恁做酒錢　奉送金釵恁一枝　拾縣開門阮相見

班頭接釵開牢門　娘嫺看君心頭酸　我君容顏瘴衰損　便是腹飢失栽培

阮卜捧飯來飼君　陳三喉滰不愛吞　莫得目滓滿面垂　勸共三哥吃幾嘴

我君頭毛氣即瘥　阮卜共君頭兼洗面　待接伸手共君歸　益春捧水來洗面

感謝娘子有真心　獄官吩咐舉兄弟　阿娘小娘抽身返　恐畏獄官迎牢門

門樓鼓打才一更　獄官若來就用錢　千般萬苦為著蘭　娘嫺腰君過五更

五娘掠話就應伊　不須娘嫺愁掛意　咱只獄門落著鎖　甲伊娘嫺去恰好

五娘聽見喃哎嗬　就共班頭說透枝　獄官門落著鎖　容阮腰君過一冥

獄頭看銀笑微微　獄官心內暗驚疑　四兩白銀奉送爾　娘嫺腰君過五更

一更過了二更時　咱只獄門落著鎖　但恐會財放身離　只事一半乞恁害

五娘對嘴就應伊　娘嫺腰君去恰好　一身只處受艱苦　阮身不願林厝去

陳三共娘說透枝　阮身未願林厝去　全願共君結生死

勸共三哥莫傷悲　娘嫺意著我三兄　值時脫離只官司

情深意切難割捨　娘嫺意著我三兄　免得三哥障凌遲

二更過了三更名，忽然聽見哀怨聲，五娘開窗看一看，都是犯人叫飢寒。

意著娘嬋生親醒，致落監獄受凌遲，我唇門風乜富貴，賜我一身卻受虧。

我君腳勞手亦扣，汝娘為君目滓流，恨殺知州真草包，三人對著目滓流。

四更醒未不成眠，骨頭疼痛未翻身，待姜伸干共君扼，虧的我君直受虧。

益春植好苦傷悲，就共阿娘說透枝，三哥遍身骨盡是，害咱娘嬋苦切啼。

世間偷走人人有，無人拷咱即久，阮卜共君結連理，須著趁早了這官司。

五更落淚天暫光，陳三發配漳州城，三人相看心頭酸，親相執刀割不斷。

上司回文斷案件，陳三送出獄門，知州看文傳一聲，就吊陳三到官廳。

就共陳三說知枝，陳三發配漳州城，三人相看大傳一聲，就吊陳三到官廳。

五娘聽見著一驚，就叫益春問分明，卜押陳三到漳州城。

五娘聽見開聲啼，益春最緊返鄉里，再派差役有六名，三哥發配漳州城。

就叫益春問分明，益春來說五娘聽，我卜送君落船去，陳三發配去漳州市。

益春起來緊如箭，就共爺媽說因伊，阮卜送伊落船去。

九郎聽見就罵伊，賤奴因何敢陳生，果然滿身無廉恥，不驚外人笑便宜。

媽親勸公千萬般　常念伊兄有做官　容恁娘嫺去送伊
益春趕來未幾時　就共阿娘說知枝　勤共阿娘莫驚疑
五娘聽見有主意　送卜陳三出城去　爺媽有聲莫驚疑
離父離母勿相干　這邊離君心艱難　千般為著陳三哥
在坐共伊無相隨　死後願做恁厝鬼　愛卜共君再相見
南台亭前淚紛紛　娘嫺落轎來別君　頭上金釵來相送
陳三看娘心頭悲　五娘送君到洛陽　只去深山無見人
五娘意著我三兄　君爾卜行著那呵　叫苦一聲卜再樣
陳三對嘴就應伊　我只神魂隨哥行　神魂隨恁即會著
差役催迫卜起行　勤恁娘嫺返鄉里　有緣千里終相見
一對喜雀飛落陽　勤恁娘嫺莫傷悲　今旦但得折分離
三人拜別再相辭　四邊無親全着娘　等待放離只官司
左手攀船到船邊　難割難捨難分離　送恁金釵買酒食

九郎被勸回心意
但得分離沒奈何
今卜等待只一時
愛卜相見總有時
免我三哥費心情
情深意切難割捨
爾我一生障景命
五娘近前飛一聲
只時共君分開去
未知值日再相見
右手扶鍊叫苦天
送君千里終一別
千般萬苦來到只

四一

87

陳三聽見就應伊　將只家批緊寄去　恨殺知州不八想　掠我三哥記外洋

娘嫺近前卜別君　送卜我君爾落船　三人相看費心情　代工斜帆船就行

風送船開看不見　五娘就卜投水死　益春近前來牽伊　剌看尾稍是障年

五娘拖命到南庄　日割心肝實割腸　我君為著風流代　一身甘苦無人哉

黃甲日落是黃昏　五娘點燈入房門　共君分開是梳妝　刈我肝腸做寸斷

門樓鼓打一更時　意著我君亦好啼　富和望卜結連理　誰想今旦折分離

一更過了二更來　勸得陳三配天涯　阮心想著情生慘　勸我僥寢又忘餐

二更過了三更名　耳邊聽見鐵馬聲　月斜芭蕉花弄影　冥日意著我三兄

三更過了四更的　挑盡燈火不愛眠　獨對孤燈悶無意　親像孤雁宿孤枝

四更過了五更名　忽然聽見鵑聲啼　恨我不得翅飛去　共我三哥再相見

更五落淚天暫光　千般思想昆落床　憔憔悴悴費心肝　一冥足足二冥長

十月初一北風寒　煩惱我君伊孤單　聽見子規叫聲悲　寒衣誰人通送去

五娘繡房悶無意　叫出益春在身邊　為君掛吊心難艱　煩惱寒衣無人送

益春一時有主意　勸共阿娘莫傷悲　阿娘只宇莫煩惱　咱有二个小七哥

益春出來未幾時　叫出小七叮嚀伊　阿娘差我來叫爾　最緊入去莫延纏

小七聽見就知枝　入房跪在娘身邊　遂時近前問因伊　叫我小七边做甚麼

五娘近前就叫伊　小七聽我說透枝　阮卜使人送寒衣　未知小七边主意

小七聽見不聽辭　阿娘差我已值去　五娘聽見心歡喜　提出銀兩共做盤纏

小七說出阿娘聽　我今無某總不行　我身自幼做人奴　身穿破衫共破裤

衫破無人共我補　卜共阿娘爾討某　別人恰美我不值　一个益春合我意

五娘聽見笑微微　小七聽我說透枝　爾送寒衣莫延遲　返來共爾結冤婆

五娘聽見氣冲天　阿娘聽我說因伊　恐畏阿娘無憑定　又兼摆脚我不值

小七看說應一聲　我今愛束總著行　恐畏阿娘無憑定　返來尋無益春子

益春聽見說透枝　關今假意去騙伊　小七允隨兼凹嘴　返來共爾結冤婆

五娘磨墨卜完備　請卜阿娘來寫字　五娘舉筆淡哀哀　滿腹情事寄君哉

珠淚紛紛落硯池　令情急寫斷腸詩　回章共君恩愛時　如弓如劍無時離

今日發配崖州市　恰是如魚失水時　自從昔日分開去　真到於今懶畫眉

無藥可醫是冥恨　有錢難買有情君　日思別趙情生悴　夜想分開心蹝難

當初望卜成雙對　誰想今日折分開　官司若能早脫離　頃向同鄉歸故里

我今自幼做人奴　窮是破衫共破褲　益春甘願我做某　返來衫破有人補

益春雨會舉手伊　最緊送書莫延經　銀兩行李歇齊備　只去路上著細利

小七一時心歡喜　我卜偷塊做定錢　離別阿娘出門去　一路赶來緊如箭

五娘入房心頭酸　煩惱我君值外方　目滓流落繡羅衣　忘卜贊廣寢致一病

門樞敲打才一更　共君分開有幾時　冥日思想無處看　觀像鈍刀掛心肝

一更過了二更催　空對孤燈影相隨　月斜照影上闌杆　為吾掛吊心蹝難

二更過了三更名　窗外杜鵑鳥叫聲　對只嫦娥閒無意　冥日思君十二時

三更過了四更返　夢見三哥入阮床　說出千般真苦痛　荒忙醒來摸無人

五更落波天漸光　把起寶鏡畏梳粧　想著風流心頭酸　因也五更即久良

日闊起來日照台　風吹花香對面來　當時共君熱如火　誰知今旦分兩地

為君料吊肉盡消　阮只心中悶焦憔　值時會得再相見　恰是雲開見月圓

小七送書崖州來　陳三看書喃淚啼　呵㫤娘子盡情長

說卜三爺爾的戰　陳三寫書有一封　煩勞小七為我送　我哥必定報冤仇

書今有了多完備　叫出小七叮嚀伊　金頭說出這情由　行到廣南來幾時

將書送到廣南城　一封書信交我兄　一路趕來緊如箭　將書去看便知機

小七聽見應一聲　收拾行李再起行　小七近前說因伊

最緊入府卜探聽　邊著余安喊一聲　稟卜老爺爾的知　未知三爺為也代　差人入府上送書來

余安看書後飛來　稟卜老爺爾的知

遵使看書氣沖天　就罵林大恰不是　可恨知州不審理　力我賢弟障受虧　帶回潮州無延遲

遲使一時有主意　就吊小七入衙去　一角文書交過爾　衙役接文就問伊　將文去稟就知機

小七辭別返鄉里　手接文書入衙去

科房接文也怪意　就將文書送入去　稟卜老爺爾的知　將文去稟就知機　廣南文書來到京

知州看文著一驚　果然遵使是伊兒　刑罰陳三恰受虧　今卜也路過汝為

知州心內有主張　就吊林大來思量　林大聽見也驚疑　全望老爺爾主意

知州心思一計智，去請九郎來相議。
三人議論未幾時，只事今卜做漳牢。
九郎一時有就當，將力六娘做林郎。
林大聽見甚歡喜，拜別知州就返去。
知州遂時有主裁，坐轎赶到廣南來。
求乞大人容斯起，行入廳內跪落去。
卑職前日有失疑，草包知州說什乜。
當初說我恰不是，伏望大人免受氣。
陳三近前就偌伊，前言事誌莫再提。
是爾當初做過事，致蒙一身去外夷。
運使近前勸賢弟，罵我哥管顧池子。
不是卑職欺爾兄，前日事誌莫提起。
知州近前來求伊，林大告爾只奸成。
爾今最緊潮州去，去說九郎得知枝。
運使看見回心意，就叫知州叮嚀爾。
今國黃厝去下聘，知州應允就起程。
卜娶五娘入我門，將掠六娘配林郎。
九郎得知枝，知州應允就起程。
知州趕到黃厝去，說出九郎得知枝。
五娘想著暗歡喜，陳三卜娶爾五娘。
九郎聽見就從伊，叫出五娘說遠枝。
陳三卜娶爾五娘，未知員外也主張。
知州員外也主張，未知值日卜娶去。
安人一時有主張，四月念六娶五娘。
陳唐一家心歡喜，四月念六好日子。
安排公館未幾時，就請知州來相議。
四月念六好日子，娶卜五娘會佳期。

知州聽見的知枝
九郎遂時傳一聲
五娘益春心歡喜
香花臟蜀光無比
梁到黃昏未幾時
三爺親迎是辰時
伴行紳士十外對
來到黃昏來幾時
五娘心恩也歡喜
身穿蚡襖分八佩
起碼筵席食完備
子婿新人轎做頭
舅爺叔爺做頭前

就當日子黃昏去
就叫五娘出大廳
梳粧打扮也伶俐
娘嫺梳粧都完備
人人進前來看伊
一路熱閙極無比
轎後各有管家隨
梁請賢婿入廳去
梳粧打扮真親醒
腰圍五帶垂四方
燈輝十二正午時
益春隨嫁做轎後
轎前轎僆掛宮燈

行入黃昏大廳中
去歇嫁粧招齊備
早聞起來天光時
九郎嫁子鬧葱葱
知州出轎有主張
轎前大鑼長腳牌
摋拿捧茶吹開葱葱
管家捧茶來請伊
頭戴鳳冠真珠墜
一條羅裙繡西施
知州開言說透枝
轎前八音真好聽
五娘轎內也歡喜

家童捧茶來請伊
三爺親迎卜墨去
四月念六巳到期
知州坐轎做媒人
知州坐轎要五娘
打門送禮娶五娘
四个鳥紅續續精
轎邊頭尾人看人
坐在書軒候午時
七尺烏紅羅滿面墜
腳穿女鞋三寸二
新人上轎莫延遲
送嫁管家共伴行
抛落一枝歡心蒲

放起鼓炮亂紛紛，親戚唇邊來勸伊，今日嫁子好事誌。
一齊娶去陳府內，陳三出轎有主張，捧起米篩牽新娘。
新人牽到大廳來，送嫁開宮就說起，等待酉時進房去。
伴行嬌錢開完備，交椅字畫兩邊排，時鏡吊鐘貢緞綾。
長業八仙在中央，百子五彩掛門前，三層採傘練金龍。
日落黃昏正酉時，酒席棹上排五味，夫妻飲酒甚歡喜。
麒麟到此黏廳門，正是蘇貢白綾眉，花籃八掛銀鯉魚。
絲羅紋帳將床闌，石榴眠牀什錦廚，兩面劍帶結珍珠。
平實經銀做帳鈎，梳粧棹上排鏡台，金盞玉盞兩邊排。
一領錦被繡兩施，張燈結彩真成物，陳三舉筆就做詩。
機廊四仙安金字，文房四寶排齊備，陳三招娘來做詩。
墅上字盡好無比，阿娘做詩戲三哥，夫妻相尊笑微微。
益春磨墨說正好，阿嗟郎君好讀書，待妾舉筆來做詩。
五娘看詩笑微微，即知娘子好情意，戲看我君是璋年。
陳三君娘一首詩，二人做詩都兄備，招卜娘子安身已。

双人恩爱情意深

雲时雪雨乐桷心　　恩爱恰是鱼得水　将身平君德所备

门楼鼓打四更时　　益春独枕闷无意　厝我生见燕燕份
五更落桷天渐光　　益春入房排茶汤　听见二人有议论
陈三听见就应伊　　不须益春尔挂意　轻移细说三哥故
早闻起来天光时　　等待今宴三更时　今宴千万尔着来
内亲外戚来贺喜　　人客酒筵食完备　就卜共伊结连理
一齐行人续厝去　　陈三一时有主张　使人赦帖请伸谢
看了新人都完备　　叫出厨房办筵席　请卜列位着新娘
早闻起来天光时　　阿娘新人生亲醒　再奉冬瓜来请伊
来到陈府来魏时　　列位食茶来魏时　卜送亲家返乡里
安人一时有主张　　各人相解就卜去　九郎探听的知枝
一齐赶到一路来　　五娘出来喃泪啼　阔子有日再相见
趁到泉州未魏时　　勒我爹爹真悲伤　去歇行李莫延迟

一齐赶到一路来　　八个篙班扛运使　各人物件歇齐备
　　　　　　　　　一路赶来闹葱葱　二百人工扛箱笼
老少看见心欢喜　　运使高陞都御史　合家团圆全立住

八一

再唱林大娶六娘
安人一時有主張
說卜九郎的知機

媒人見說有主裁
即時行到黄厝來
就叫媒人黄厝去

六娘聽見苦傷悲
恨殺林大生却你
卜娶六娘陳厝來

九娘近前來勸子
只是因緣天注定
我姐匹配官蔭兒

六娘無余從爹意
知州前日有言起
虧我来嫁林大厝

媒人獻茶食完備
呵咾我子有孝意
約卜爾身氏配伊

六娘親事卜配爾
拜別員外林厝去
去看吉日來娶去

余榮聽見有主張
去問卜師擇日子
媒人来到大廳時

通直看了都完備
靖問卜看也生相
說卜娶人爾知枝

知州一時有主意
二月十五正未時
來見日師金先生
二月十五好日子

知州說出只因伊
早間林大来到只
不可冲犯馬牛猪
身外近来叫一牌

九郎見說應叫是
拜別老爺返鄉里
說上老爺的知枝
未知老爺有乜事
六娘聽見會佳期

去欲嫁粧招齊備
林厝十五卜娶去
六娘聽見出大廳
梳粧打扮起伶俐

九郎随時花廳来
林大行入府廳去
六娘聽見就知枝

日月如梭緊如箭　二月十五來到期　林大一時有主裁　打辦紅轎黃傘來

伴行叔爺作頭來　穀拿大鑼長腳牌　一仝趕到黃厝去　六娘入轎暗傷悲

新人杠入大廳來　放起鼓炮鬧猜猜　叔爺轎前來請伊　林大牽娘進房去

日落黃昏是酉時　夫妻食酒都完備　林大看見乜歡喜　請卜娘子安身已

早間起來天光時　安人心內有主意　就叫伊子來思量　去請親戚看新娘

內親外戚來齊備　就共安人說拳喜　看見新人生伶俐　各人相辭就迴去

唱出只八歌來完備　五娘陳三伊要去　林大心內暗受氣　筭我不達真無比

第三冊跳古井歌　　　　第二冊送寒衣歌終

特别最新黄五娘送寒衣歌

（第二册）

最新黄五娘送寒衣歌

陈三伸手牵伊起，莫得迟延紧①来去。

三人一同再阁②行，千辛万苦为三兄。

陈三越头③过来观，劝共④娘娟心放宽。

只是阿娘尔愿意，半路返悔总恰迟。

益春进前乎娘岸⑤，阿娘脚小路行宽。

举目一看又无亲，亏我寸步亦难进。

益春就叫陈三兄，阮娘脚痛路未行⑥。

三人落山未几时，来到客店金当利。

陈三一时有耽当⑦，娶卜娘娟入店门。

就共黄婆说透枝⑧，有人打门莫应伊。

且说娟姆探听哉⑨，一顶小轿黄厝来。

恁今做人失教示，饲子被奴娶走去。

娟姆请坐食茶汤，念咱亲成卜久长。

五娘已然奴偷娶，将只六娘配林大。

娟姆受气茶不捧，在通⑩一子配双人。

娶无五娘对我子，告到御状入京城。

娟姆坐轿返家乡，叫出林大来思量。

谁人做呈达道理⑪，力卜陈三万凌迟⑫。

---

① 紧：快。
② 阁：再，又。
③ 越头：回头。
④ 劝共：劝说。
⑤ 乎娘岸：让黄五娘扶靠。
⑥ 未行：不能行走。
⑦ 有耽当：有担当，有主意。
⑧ 说透枝：说清楚，说明白。
⑨ 娟姆：林大之母。探听哉：探听知晓。
⑩ 在通：怎能。
⑪ 做呈：写状纸。达道理：说明道理。
⑫ 力：其他本或作"扐"，抓。凌迟：这里表示施重刑。

林大听见面带红，就骂九郎呆丈人。

可恨陈三恰无理，大胆敢占我妻儿。

林大一时有主意，令人去请毛先生。

毛茹来到大厅边，林大捧茶来请伊。

今日我有一事志①，卜告陈三拐妻儿。

毛先见说应一声，取出纸笔来做呈。

具状生员林振声，卜告泉州陈伯卿。

拐骗五娘同伊去，正是陈三恰无理。

恳求饬差②紧追究，律例重办只冤仇。

恩准施行如所请，公侯万世做官清。

毛茹做呈才完备，林大取呈问图记。

图记先生就应伊，卜入传呈三元二。

知州看见气冲天，自吊③班头吩咐伊。

去掠娘婳来到案，卜掠陈三共重办。

随时④大签出三枝，派卜大总同差去。

差役领票未几时，随时赶到赤水市。

差役查访未几时，赶到客店金当利。

王婆店内闹纷纷，认着陈三共益春。

五娘看见心头闷，铁锁缚阮莫缚君。

陈三铁锁挂落去，人人近前来看伊。

益春说出班头听，带念三哥官荫子⑤。

尔今来放阮三舍⑥，金针手指⑦说多谢。

班头对嘴应一声，本府严法令人惊。

---

① 事志：事情。

② 饬差：官府的差役，这里指官家，官府。

③ 吊：调。

④ 随时：马上，立即。

⑤ 官荫子：官家子弟。

⑥ 阮三舍：舍源自舍人，宦家子据行第称日"几舍"。陈三行三，三舍特指陈三。

⑦ 金针：金簪。手指：戒指。

力无三人去到案，老爷掠我卜重办。

三人齐押一路来，十姊五妹笑咳咳。

劝恁姊妹莫相笑，到许时节①恁就知。

一齐押到衙门前，来看人马二三千。

一半少年说无采②，一半老人笑应该。

三人坐在衙门口，林大看娘无梳头。

恁今娘姆同我返，官府事志我耽当。

益春伸手就皆指③，嫌尔大鼻老猴精。

爱卜阮娘匹配尔，须等后代再出世。

林大听见气冲天，就骂益春臭贱婢。

等待尔身我厝去，卖尔海外饲大鱼。

林大近前劝五娘，人人说尔识文章。

是尔爷妈收我聘，带念尔我夫妻情。

五娘对嘴就应伊，嫌尔林大生却示。

牡丹不对芭蕉刺，凤凰不入山鸡里。

一齐跪落穿堂厅，班头差役发喊声。

手捧竹板共选指④，须候老爷审奸成⑤。

知州升堂未几时，先吊益春问因伊。

贱婢无针不引线，通奸事志尔知枝⑥。

益春被问目濡流，是阮卜去探因兜⑦。

不是三哥娶阮走，大老放我返阮兜。

知州听见气冲天，白贼贱婢说是乜⑧。

---

① 许时节：那个时节。
② 无采：可惜。
③ 皆指：指着他。
④ 选指：挵指。闽南语称"挵指"为"拴指"，"拴""选"闽南语音近，讹为"选指"。
⑤ 奸成：奸情。
⑥ 知枝：知晓。
⑦ 探因兜：探查他们的家世背景。
⑧ 是乜：什么。

一时奉旨挡落去①，就吊刑杖来打伊。

益春被打喃泪啼②，老爷打阮乜事志。

是阮阿娘相意爱，共阮益春有乜代③。

知州开言再问伊，做紧招认免凌迟。

再吊刑杖说透枝，再打益春伊嘴边。

益春听见着一惊，若是卜认累三兄。

只是若卜不招认，亏阮一身打障痛④。

益春心思暗沉吟，阮今但得着招认。

老爷容我说透枝，因为六月食荔枝。

阮有高楼向大街，陈三骑马楼下过。

阮娘看伊生缥致⑤，抛落荔枝做为记。

谁知三哥胆障大，假意阮厝讨镜磨。

打破宝镜刁顾意⑥，假意阮厝做奴婢。

陈三做人心思深，说伊作诗共操琴。

为奴只是阮娘害，去问阮娘伊就知。

益春不问押一边，就吊五娘我问尔。

尔是黄厝深闺女，在通现世⑦随奴婢。

五娘跪落诉因伊，老爷听阮来说起。

是我命里皆障生⑧，月老推排无差移⑨。

五娘想着心烦恼，不受老爷尔罗梭⑩。

风流事志好勒桃，世间偷走谁人无。

---

① 奉旨：令签。挡落去：扔下去。
② 喃泪啼：啼哭，形容一把鼻涕一把泪地哭。
③ 乜代：什么关系。
④ 打障痛：打得这么痛。
⑤ 缥致：标志，长得好。
⑥ 刁顾意：故意，存心。
⑦ 现世：丢丑，丢脸。
⑧ 皆障生：该这样。
⑨ 推排：安排。无差移：没有差池。
⑩ 罗梭：啰唆。

一来三哥生缥致，二来好家人子儿。

三来年纪都匹配，是阮甘心卜障做①。

知州听见笑咳咳，摇头挡桌②喊不该。

五娘不问押一边，就吊陈三我问尔。

陈三被问着一惊，我厝祖家泉州城。

奉送哥嫂广南市，先到潮州上元冥③。

幸遇正月是新正，灯下遇着五娘子。

游赏花灯看景致，看见娘嫺生亲醒④。

三人相看难分离，眼里偷情心有意。

哥嫂送到广南城，转回潮州来探听。

李公共我说透枝，假学磨镜黄厝去。

打破宝镜无人疑，因为黄厝做奴婢。

知州听见气半死，果然陈三恰无理。

做人小可一奴婢，在通拐骗深闺女。

因为六月食荔枝，是因娘嫺看定意。

照实招认毋罗梭，娶去娘嫺无奈何。

知州一时有主意，就吊九郎吩咐伊。

做人父母失教示⑤，娘嫺令尔领返去。

陈三一名禁狱兜⑥，等待上司回文到。

陈三听见也惊疑，想我一身卜障年⑦。

说出官荫知州听，广南运使我亲兄。

西川太守亲叔公，在通禁狱假不党⑧。

知州对嘴就应伊，大胆畜生说什乜。

---

① 卜障做：要这么做。
② 摇头挡桌：摇头敲桌子。
③ 上元冥：上元节的夜晚。
④ 生亲醒：长得漂亮。
⑤ 失教示：有失教养。
⑥ 禁狱兜：关在监狱里。
⑦ 卜障年：要怎么办呢。
⑧ 假不党：真不能这样。

尔叔西川却马屎①，尔哥广南扫侧池②。

陈三听见气半死，恨杀知州太不是。

等待我哥若知枝，了尔官职总未迟。

五娘出衙心忧忧，恨着早死呆知州。

若还害死我三兄，娘卜为君恁讨命。

五娘返来闷无意，无心刺绣做针指③。

想着我君目屎流，亏伊一身禁狱兜。

离父离母无相干，离着陈三心艰难。

林大好比青锋剑，斩阮三人好姻缘。

共君分开畏梳妆，割我肠肝做寸断。

五娘说出益春听，随阮落狱④探三兄。

日落黄昏心头酸，小心安排清水饭。

就叫益春来阮伴，咱今来去探三兄。

娘婀行来到狱兜，看见牢门目泺流。

未知三哥禁治处⑤，益春近前叫班头。

益春就叫班头兄，内面班头应一声。

是阮娘婀来探牢，十分爱看阮三哥。

班头就说益春听，本府严法娶人惊⑥。

但恐娘婀放伊返，失落⑦陈三谁人当。

益春掠话说透枝，带念乡里同厝边。

三哥犯法身无主⑧，容阮近前照顾伊。

班头见说就知枝，益春听阮说因伊。

---

① 却马屎：捡马粪。
② 扫侧池：扫厕所。
③ 做针指：做针线活。
④ 落狱：去监狱。
⑤ 禁治处：关在哪个地方。
⑥ 娶人惊：让人害怕。
⑦ 失落：弄丢。
⑧ 身无主：只身一人无家人。

人说衙门八字开，卜探陈三钱着来①。

五娘心内有主意，金钱送恁做酒钱。

奉送金钗恁一枝，恰紧②开门阮相见。

班头接钗开牢门，娘婳看君心头酸。

我君容颜障衰损③，便是腹饥失枝挡④。

阮卜捧饭来饲君，陈三喉涨不爱吞。

劝共三哥吃几嘴，莫得目滓满面垂。

我君头毛虱即厚⑤，阮卜共君恁梳头。

待接⑥伸手共君篦，益春捧水来洗面。

感谢娘子有真心，共君梳头兼洗面。

阿娘小娘抽身返，恐畏狱官巡牢门。

五娘掠话就应伊，狱官若来就用钱。

千般万苦为着尔，娘婳腰⑦君过五更。

门楼鼓打才一更，狱官吩咐众兄弟。

咱只狱门落着锁⑧，甲伊娘婳去恰好⑨。

五娘听见喃泪啼，就共班头说透枝。

四两白银奉送尔，容阮腰君过一冥。

狱头看银笑微微，不须娘婳恁挂意。

狱官心内暗惊疑，但恐贪财放身离。

一更过了二更时，陈三共娘说透枝。

一身只处爱艰呆⑩，只事一半乞恁害⑪。

---

① 钱着来：钱得来，给点好处。
② 恰紧：马上，赶快。
③ 障衰损：这么憔悴。
④ 失枝挡：三餐不准时，有了上顿没下顿。
⑤ 即厚：这么多。
⑥ 接：妾。
⑦ 腰："哄"的闽南话直音。
⑧ 狱门落着锁：牢狱关大门要上锁。
⑨ 甲伊娘婳去恰好：叫五娘和益春最好得离开。
⑩ 爱艰呆：承受艰辛。
⑪ 乞恁害：被你害的。

五娘对嘴就应伊，劝共三哥莫伤悲。

阮身不愿林厝去，全愿共君结生死。

情深意切难割舍，娘婳意着我三兄①。

值时②脱离只官司，免得三哥障凌迟。

二更过了三更名③，忽然听见哀怨声。

五娘开窗看一看，都是犯人叫饥寒。

意着娘婳生亲醒，致落监狱受凌迟。

我厝门风乜富贵，亏我一身却受亏。

我君脚劳手亦扣④，汝娘看君目淬流。

恨杀知州真草包，三人对看目淬流。

四更醒来不成眠，骨头疼痛未翻身。

待妾伸手共君搥，亏的我君直受亏。

益春搥好苦伤悲，就共呵娘说透枝。

三哥遍身骨尽是，害咱娘婳苦切啼。

世间偷走人人有，无人生惨咱即久⑤。

阮卜共君结连理，须着离了这官司。

五更落泪天暂光，陈三送娘出狱门。

三人相看心头酸，亲相敦刀⑥割不断。

上司回文断案件，陈三发配涯州城。

知州看文传一声，就吊陈三到官厅。

就共陈三说知枝，涯州充军尔着去。

再派差役有六名，卜押陈三涯州城。

五娘听见着一惊，就叫益春问分明。

益春来说五娘听，三哥发配涯州城。

---

① 意着：念着。
② 值时：啥时候。
③ 三更名：三更明。
④ 脚劳手亦扣：手脚都被扣住。
⑤ 生惨：这么悲惨。咱即久：咱们这么久。
⑥ 亲相：就像。敦刀：钝刀。

五娘听见开声啼，益春最紧①返乡里。

去说爷妈的知枝，我卜送君落船去。

益春赶来紧如箭，就共爷妈说因伊。

陈三发去涯州市，阮卜送伊落船去。

九郎听见就骂伊，贱奴因何敢障生。

果然满身无廉耻，不惊②外人笑便宜。

妈亲劝公千万般，带念伊兄有做官。

九郎被劝回心意，容恁娘娴去送伊。

益春赶来未几时，就共阿娘说知枝。

爷妈有声卜咱去③，劝共呵娘莫惊疑。

五娘听见有主意，送卜陈三出城去。

千般为着陈三哥，但得分离没奈何。

离父离母勿相干④，这遭离君心艰难。

爱卜共君再相见，今卜等待只一时。

在生共恁无相随⑤，死后愿做恁厝鬼。

头上金钗来相送，只去深山无见人。

南台亭⑥前泪纷纷，娘娴落轿来别君。

五娘送君到洛阳⑦，叫苦一声卜再样⑧。

陈三看娘心头悲，劝恁娘娴返乡里。

有缘千里终相见，今旦但得折分离⑨。

五娘意着我三兄，我只神魂随哥行。

---

① 最紧：最快的速度。
② 不惊：不怕。
③ 卜咱去：同意我们去送陈三。
④ 勿相干：没关系，这里是说离开父母没有这么难受。
⑤ 在生共恁无相随：这生跟你如果无法相伴一生，这句与后一句都是黄五娘的誓言。
⑥ 南台亭：位于泉州晋江清源山。
⑦ 洛阳：指泉州洛阳桥。
⑧ 卜再样：要怎样，能怎样。
⑨ 折分离：拆分离。

君尔卜行着那叫①，神魂随恁即会着②。

陈三对嘴就应伊，劝恁娘嫺莫伤悲。

等待放离③只官司，爱卜相见总有时。

差役催迫卜起行，五娘近前应一声。

送恁金钗买酒食，免我三哥费心情。

一对喜雀飞落阳④，四边无亲全看娘。

情深意切难割舍，尔我一生障呆命⑤。

三人拜别再相辞，难割难舍难分离。

只时共君分开去，未知值日⑥再相见。

左手攀船到船边，右手扶链叫苦天。

送君千里终一别，千般万苦来到只。

陈三听见就应伊，将只家批⑦紧寄去。

恨杀知州不八想⑧，掠我三哥配外洋。

娘嫺近前卜别君，送卜我君尔落船。

三人相看费心情，代工斜帆船就行。

风送船开看不见，五娘就卜投水死。

益春近前来牵伊，刺看尾稍⑨是障年。

五娘拖命到南庄，日割心肝冥割肠。

我君为着风流代，一身甘苦无人哉。

黄甲⑩日落是冥昏，五娘点灯入房门。

共君分开畏梳妆，刈我肝肠做寸断。

---

① 着那叫：边走边叫。
② 即会着：才跟得上。
③ 放离：了结。
④ 喜雀：喜鹊。落阳：洛阳。
⑤ 障呆命：命怎么这么不好。
⑥ 值日：哪一天。
⑦ 家批：家信。
⑧ 不八想：不好好想想。
⑨ 刺看：探看，试探。尾稍：尾梢，指船尾。
⑩ 黄甲：黄家。

门楼鼓打一更时，意着我君亦好啼①。

当初望卜结连理，谁想今旦折分离。

一更过了二更来，亏得陈三配天崖②。

阮心想着情生惨③，亏我废寝又忘食。

二更过了三更名，耳边听见铁马声。

月斜芭蕉花弄影，冥日④意着我三兄。

三更过了四更旬，挑尽灯火不爱困。

独对孤灯闷无意，亲像孤雁宿孤枝。

四更过了五更名，忽然听见鸡声啼。

恨我不得翅飞去，共我三哥再相见。

更五⑤落泪天暂光，千般思想畏落床。

憔憔悴悴费心肝，一冥足足二冥长。

十月初一北风寒，烦恼我君伊孤单。

听见子规叫声悲，寒衣谁人通⑥送去。

五娘绣房闷无意，叫出益春在身边。

为君挂吊心难艰⑦，烦恼寒衣无人送。

益春一时有主意，劝共阿娘莫伤悲。

阿娘只事莫烦恼，咱有一个小七哥。

益春出来未几时，叫出小七叮咛伊。

阿娘差我来叫尔，最紧入去莫延缠。

小七听见就知枝，入房跪在娘身边。

遂时近前问因伊，叫我小七做甚么。

五娘近前就叫伊，小七听我说透枝。

---

① 亦好啼：又想啼哭。

② 天崖：天涯。

③ 情生惨：真是惨。

④ 冥日：白天黑夜。

⑤ 更五：应是"五更"的倒文。

⑥ 通：可以。

⑦ 挂吊：牵挂，挂念。难艰：应是"艰难"的倒文。

阮卜使人送寒衣，未知小七乜主意。

小七听见不听辞①，阿娘差我乜值去②。

五娘听见心欢喜，提出银两做盘缠。

小七说出阿娘听，我今无某③总不行。

我身自幼做人奴，身穿破衫共破裤。

衫破无人共我补，卜共呵娘尔讨某④。

别人恰美我不值⑤，一个益春合我意。

五娘听见笑微微，小七听我说透枝。

尔送寒衣莫延迟，返来益春即做尔⑥。

小七看说应一声，我今爱某总着行。

恐畏阿娘无凭定⑦，返来寻无益春子。

益春听见气冲天，阿娘听我说因伊。

小七允龟兼凹鼻，又兼摆脚我不值⑧。

五娘听见说透枝，尔今假意去骗伊。

尔今送书乎⑨三哥，返来共尔结尪婆⑩。

益春磨墨卜完备，请卜阿娘来写字。

五娘举笔泪哀哀，满腹情事寄君哉。

珠泪纷纷落砚池，含情急写断肠诗。

回意⑪共君恩爱时，如弓如剑⑫无时离。

今日发配崖州市，恰是如鱼失水时。

自从昔日分开去，直到于今懒画眉。

---

① 不听辞：不推辞。
② 乜值去：要马上出发。
③ 无某：没有老婆。
④ 卜共呵娘尔讨某：这句是小七跟黄五娘讲条件，想跟黄五娘要一个老婆。
⑤ 不值：不要。
⑥ 即做尔：就给你做老婆。
⑦ 无凭定：口说无凭。
⑧ 允龟：驼背。凹鼻：塌鼻子。摆脚：瘸子。这两句是益春嫌弃小七的长相丑陋。
⑨ 乎：给。
⑩ 尪婆：夫妻。
⑪ 回意：回忆。
⑫ 如剑：如箭。

无药可医长冥恨，有钱难买有情君。

日思别离情生惨，夜想分开心艰难。

当初望卜成双对，谁想今日折分开。

官司若能早脱离，须向同乡归故里。

我今自幼做人奴，穿是破衫共破裤。

益春甘愿我做某，返来衫破有人补。

益春雨伞举乎伊，最紧送书莫延缠。

银两行李款齐备，只去路上着细利①。

小七一时心欢喜，我卜俭块做定钱②。

离别阿娘出门去，一路赶来紧如箭。

五娘入房心头酸，烦恼我君值外方③。

目滓流落绣罗衣，忘餐废寝致一病。

门楼鼓打才一更，共君分开有几时。

冥日思想④无处看，亲像钝刀挂心肝⑤。

一更过了二更催，空对孤灯影相随。

月斜照影上阑杆，为吾挂吊心艰难。

二更过了三更名，窗外杜鹃鸟叫声。

对只嫦娥闷无意，冥日思君十二时。

三更过了四更返，梦见三哥入阮床。

说出千般真苦痛，荒忙⑥醒来摸无人。

五更落泪天渐光，抱起宝镜畏梳妆。

想着风流心头酸，因也⑦五更即久长。

日间起来日照台，风吹花香对面来。

---

① 着细利：要小心。
② 俭块做定钱：节俭一些盘缠作为下聘礼的定钱。
③ 值外方：在外边。
④ 思想：思念。
⑤ 挂心肝：割心肝。
⑥ 荒忙：慌忙。
⑦ 因也：为何。

当时共君热如火，谁知今旦分两地。

为君挂吊肉尽消，阮只心中闷憔憔。

值时会得再相见，恰是云开见月圆。

小七送书崖州来，说卜三爷尔的哉①。

陈三看书喃泪啼，呵咾②娘子尽情义。

书今看了多完备，叫出小七叮咛伊。

陈三写书有一封，烦劳小七为我送。

将书送到广南城，一封书信交我兄。

全头③说出这情由，我哥必定报冤仇。

小七听见应一声，收拾行李再起行。

一路赶来紧如箭，行到广南未几时。

最紧入府卜探听，遇着余安喊一声。

小七近前说因伊，将书去看便知机。

余安看书后厅来，禀卜老爷尔的知。

未知三爷为乜代④，差人府上送书来。

运使看书气冲天，就骂林大恰不是。

可恨知州不审理，力我贤弟障凌迟⑤。

运使一时有主意，就吊小七入厅去。

一角文书交过尔，带回潮州无延迟。

小七拜别返乡里，手接文书入衙去。

衙役接文就问伊，将文去禀就知机。

科房⑥接文也怪意，就将文书送入去。

禀卜老爷尔的知，广南文书来到只。

知州看文着一惊，果然运使是伊兄。

---

① 卜三爷尔的哉：要三爷你得知。
② 呵咾：夸赞。
③ 全头：从头。
④ 乜代：什么事。
⑤ 障凌迟：这样严重处置。
⑥ 科房：明清县衙所设的职能办事机构。

刑罚陈三恰受亏①，今卜乜路通改为②。

知州心内有主张，就吊③林大来思量。

林大听见也惊疑，全望老爷尔主意。

知州心思一计智，去请九郎来相议。

三人议论未几时，只事今卜做障年。

九郎一时有耽当，将力六娘做林郎④。

林大听见甚欢喜，拜别知州就返去。

知州遂时有主裁，坐轿赶到广南来。

行入厅内跪落去，求乞大人容诉起。

卑职前日有失疑，冒犯三爷恰不是。

伏望⑤大人免受气，前日事志莫提起。

陈三近前就指伊，草包知州说什乜。

当初说我恰不是，骂我哥管厕池子。

运使近前劝贤弟，前言事志莫再提。

是尔当初做过事⑥，致惹一身去外夷。

知州近前来求伊，全望三爷莫受气。

林大告尔只奸成，不是卑职欺尔兄。

运使看见回心意，就叫知州叮咛尔。

尔今最紧潮州去，去说九郎得知枝。

卜娶五娘入我门，将掠六娘配林郎。

今尔黄厝去下聘，知州应允就起程。

知州赶到黄厝去，说出九郎得知枝。

陈三卜娶尔五娘，未知员外也主张。

九郎听见就从伊，叫出五娘说透枝。

---

① 刑罚陈三恰受亏：严重处置陈三确实比较理亏。
② 今卜乜路通改为：现在有什么办法可以解围。
③ 吊：叫来。
④ 做林郎：许配给林大为妻。
⑤ 伏望：希望。
⑥ 做过事：做错事。

115

五娘想着暗欢喜，未知值日卜娶去。

安人一时有主张，四月念六^①娶五娘。

陈厝一家心欢喜，一同赶到潮州市。

安排公馆未几时，就请知州来相议。

四月念六好日子，娶卜五娘会佳期。

知州听见的知枝，就带日子黄厝去。

行入黄厝大厅中，家童捧茶来请伊。

九郎遂时传一声，就叫五娘出大厅。

去款嫁妆招齐备^②，三爷亲迎卜娶去。

五娘益春心欢喜，梳妆打扮也伶俐。

早间起来天光时，四月念六已到期。

香花腊蜀^③光无比，娘婀梳妆都完备。

九郎嫁子闹葱葱^④，知州坐轿做媒人。

来到黄厝未几时，人人进前来看伊。

知州出轿有主张，打门送礼娶五娘。

三爷亲迎是辰时，一路热闹极无比。

轿前大锣长脚牌，四个鸟红^⑤闹猜猜。

伴行绅士十外对^⑥，轿后各有管家随。

梁伞^⑦鼓吹闹葱葱，厝边头尾^⑧人看人。

来到黄厝未几时，来请贤婿入厅去。

管家捧茶来请伊，坐在书轩候午时。

五娘心思也欢喜，梳妆打扮真亲醒。

头戴凤冠真珠垂，七尺红罗满面垂。

---

① 四月念六：四月二十六。
② 去款嫁妆招齐备：出嫁的嫁妆都准备齐全了。
③ 腊蜀：蜡烛。
④ 闹葱葱：非常热闹。
⑤ 四个鸟红："鸟"疑为"乌"，应是四个头戴黑帽、身着红衣敲锣举牌的人。
⑥ 十外对：十几对。
⑦ 梁伞：凉伞。
⑧ 厝边头尾：街坊邻居。

身穿蟒袄分八凤，腰围玉带垂四方。

一条罗裙绣西施，脚穿女鞋三寸二。

起码筵席食完备，点声①十二正午时。

知州开言说透枝②，新人上轿莫延迟。

子婿新人轿做头，益春随嫁做轿后。

轿前八音真好听，送嫁管家共伴行。

舅爷叔爷做头前，轿前轿后挂宫灯。

五娘轿内也欢喜，抛落一枝放心扇。

放起鼓炮乱纷纷，爷妈想着心头闷。

亲戚厝边来劝伊，今日嫁子好事志。

一齐娶去陈府内，大吹鼓炮闹猜猜。

陈三出轿有主张，捧起米筶牵新娘。

新人牵到大厅来，娘婿把盏双双拜。

送嫁开言就说起，等待酉时进房去。

伴行轿钱开完备③，轿下喊卜叫食员④。

交椅字画两边排，时镜吊钟贡缎丝。

长案八仙在中央，麒麟到此黏厅门。

百子五彩挂门前，三层梁伞绣金龙。

日落黄昏正酉时，请卜双人进房去。

酒席桌上排五味，夫妻饮酒甚欢喜。

平实纹银做帐钩，丝罗纹帐将床斗⑤。

正是苏贡白绫眉，花篮八挂银鳄鱼。

一领锦被绣西施，一对绣枕排两边。

石榴眠床什锦厨，两面剑带结珍珠。

---

① 点声：时辰。
② 说透枝：说明时辰，这里是知州宣布时辰到。
③ 伴行轿钱开完备：伴嫁随行的和抬轿子的要给利是钱。
④ 叫食员：叫了去吃丸子。应是娶亲时一个饮食风俗。
⑤ 将床斗：安置在床上。

机廊四仙安金字，桌上古玩满尽是。

梳妆桌上排镜台，金盘玉盏两边排。

壁上字画好无比，张灯结彩真成物。

文房四宝排齐备，陈三招娘来做诗。

益春磨墨说正好，阿娘做诗戏三哥。

夫妻相尊笑微微，陈三举笔就做诗。

五娘看诗笑微微，呵唠郎君好读书。

待妾举笔来做诗，戏看我君是障年。

陈三看娘一首诗，即知娘子好情意。

二人做诗都完备，招卜娘子安身已①。

双人恩爱情意深，霎时云雨乐称心。

恩爱恰是鱼得水，将身乎君恁所为。

门楼鼓打四更时，益春独枕闷无意。

听见二人有议论，亏我生见熟无份②。

五更落擂③天暂光，益春入房捧茶汤。

轻声细说三哥哉，今冥千万尔着来④。

陈三听见就应伊，不须益春尔挂意。

等待今冥三更时，就卜共恁结连理。

早间起来天光时，安人一时有主意。

叫出厨房办筵席，使人执帖请伸谢。

内亲外戚来贺喜，人客酒筵食完备。

陈三一时有主张，请卜列位看新娘。

一齐行入绣房去，呵唠新人生亲醒。

列位食茶未几时，再奉冬瓜来请伊。

看了新人都完备，就共安人说恭喜。

① 安身已：安歇，就寝。
② 亏我生见熟无份：可怜我看他们生米煮熟饭却没有我的份。
③ 落擂：打雷。
④ 尔着来：你得来。

118

各人相辞就卜去，陈三出厅来送伊。

早间起来天光时，陈厝一齐返送去。

九郎探听的知枝，卜送亲家返乡里。

来到陈府未几时，五娘出来喃泪啼。

劝我爹爹莫悲伤，尔子有日再相见。

安人一时有主张，叫出二子来思量。

去款行李莫延迟，各人物件款齐备。

一齐赶到一路来，八个轿班扛运使。

一路赶来闹葱葱，二百人工扛箱笼。

赶到泉州未几时，老少看见心欢喜。

运使高升都御史，合家团圆同立住①。

再唱林大娶六娘，安人一时有主张。

就叫媒人黄厝去，说卜九郎的知机。

媒人见说有主裁②，即时行到黄厝来。

就共员外说伊哉，卜娶六娘陈厝③来。

六娘听见苦伤悲，恨杀林大生却你④。

我姐匹配官荫儿，亏我来嫁林大鼻。

九郎近前来劝子，只是因缘天注定。

知州前日有言起，约卜尔身匹配伊。

六娘无奈从爹意，呵咾我子有孝意。

九郎一时心欢喜，去看吉日来娶去。

媒人献茶食完备，拜别员外林厝去。

媒人来到大厅时，说卜安人尔知枝。

六娘亲事卜配尔，去问日师⑤择日子。

---

① 立住：立柱，指封建社会获得功名的人在宗祠或家宅前竖立旗杆。
② 主裁：安排。
③ 陈厝：应为黄厝之讹。
④ 生却你：生却示。
⑤ 日师：看日子的先生。

林大听见心欢喜，来见日师余先生。

余荣听见有主张，请问卜看也生相①。

林大一时就应伊，不可冲犯马牛猪。

通书②看了都完备，二月十五正未时。

林大行入府厅去，说上老爷的知枝。

知州一时有主意，请卜九郎来商议。

九郎随时花厅来，未知老爷有乜事。

知州说出只因伊，早间林大来到只。

二月十五好日子，卜娶六娘会佳期。

九郎见说应叫是，拜别老爷返乡里。

员外返来叫一声，六娘听见出大厅。

去款嫁妆招齐备，林厝十五卜娶去。

六娘听见就知枝，梳妆打扮乜③伶俐。

日月如梭紧如箭，二月十五来到期。

林大一时有主裁，打扮红轿黄厝来。

伴行叔爷作头来，梁伞大锣长脚牌。

一同赶到黄厝去，六娘入轿暗伤悲。

新人扛入大厅来，放起鼓炮闹猜猜。

叔爷轿前来请伊，林大牵娘进房去。

日落黄昏是酉时，夫妻食酒都完备。

林大看见乜欢喜，请卜娘子安身已。

早间起来天光时，安人心内有主意。

就叫伊子来思量，去请亲戚看新娘。

内亲外戚来齐备，就共安人说恭喜。

看见新人生伶俐，各人相辞就返去。

---

① 也生相：什么属相。

② 通书：历书。

③ 乜：多么，十分。

唱出只歌未完备，五娘陈三伊娶去。

林大心内暗受气，箕^①我不达真无比。

第三册跳古井歌

第二册送寒衣歌终

---

① 箕：欺。

改良黃五娘跳古井歌

（第三冊）

大娶無黃五娘路古井歌
九郎隨時操聽知
心苦切一心氣
換罵林大着黃五娘
就叫親藏一齊來
六你為看乜代誌
將伊書兒歸陰司

六娘聚來未幾時
坐椅來到林厝內
看見六娘兒不該
丈人丈母太無禮
爾去罵林大受氣
九郎聽見大受氣
六娘明明你害死
官家不免心過疑

就罵林大配伊身
功德七巡着殯備
隨時晚浴下不是
皆由陳三來害起
無疑自吊歸陰司
嫁糖搬去無半絲
若不歡負不是是

今是林大都不是
劉爾七巡着殯備
修橋造路只代誌
一陳紅紅一陳青
不免六娘聚去
炒炒鬧鬧氣半天
杜強霸占伊我靚兄

就罵林大都不是
我家司毀離阿兄
嫁糖搬去無半絲
若不歡負不是是
強強霸占伊我靚兄
出只運使伊阿兄
人說一塊家人去

祖代做官有為聲
人代做官有為聲
隨時行到潮州城
一點恩情大如天
心內思着有主意
就對陳三說知枝
只塊穴結好地理

先生莫嫌路千里
我家司今旦有只聲
聽說林大相招請
先代做官只是張
張賢將他說透枝
為乜富貴不離身
思着家人去請伊

陳三聽見就知枝
相招約卜復地理
上山看上山看
祖地既然着過年
一好宗看完完
陰地富貴大古井
只塊穴結好地理

先生用心去
用計敗伊風水地
大地小地做一下
晉江鄉社崩山嶺
拜託先生有所不知枝
受著伊只有勢力
等待敗了再找我

張賢歡喜就允伊
只怕伊厝好養生
無疑自書歸陰司
害我面皮無半絲
就叫三千號謝儀
五百白銀做整羅
銀項無到再說起

先生有法通政為　富貴人丁來相隨

陳三聽見心内喜　拜託先生去料理

感謝先生好情義　著送謝禮做盤纏

門口二平兩爿井　感謝先生好情義

林大聽見喜紛紛　就共林大說知機

吩咐做塗頭塞落去　三爺功名大得意

妻妾雙生四孫兒　著照先生徳知機

鄭相聽見就奏起　王華跪落奏反意

王華御史就允伊　隨知山出姜報主知

兩爿原是龍蝦目　敗花龍蝦變死穴

陳唐全照不知機　主上聽見主只行宜

知州州目花看不明　看伊跪頭笑微微

就叫禦林軍紫去　一直走到泉州城

運使吉假返鄉里　說伊造反無只理

可恨御林軍馬去　為乜解官返鄉來

搜有軍裝埋含裏　相招御林兵卒來

王華御史就允伊　可恨御林軍大不是

運使吉假返鄉里　為乜解官返鄉來

隨知山出姜報主知　就叫御林軍馬去

卜見陳三伊親兄　陳唐飼狗掛含鈴

掠做運便月騎狗母　掠做運便月騎狗母

笑爾知府卜衰害　今日察滅有只影

黃五娘跳古井

人說下司令官府　不值頂司一狗母

益春出來看一見　看伊跪狗笑微微

知府聽見主只行宜　吩咐泉州知府伊

隨時落樓陳唐埋　不知狗頭掛含鈴

將只軍裝誌伊親兄　先至知府衙門内

一直走到泉州城　卜見陳三伊親兄

降落聖旨不停時　吩咐總督叫兵去

行文泉州知府伊　甲伊叫兵來搜起

正是王華兮門生　伊看厝主兮情面

地下軍裝滿厝是　無到十兮兔十二

銀項著用若干錢　知府正在大受氣

包決御史奏准　張賢見請行入來

軍裝埋在古井内　兩個古井住門前

一對棋杆兩平是　雙雙對對排二

地下軍裝滿厝是　見看知府笑嗳

阿唎先生好計智　卜托御史奏知機

就共林大為乜事　隨時點起御林軍

先生仔細辦事誌　不通破漏人知機

不免大哥心邊疑　掠甲搜掠不放離

定規搜掠不容情　可恨賤婢大不是

看我跪錯說便宜　聽見家人報知机

知府心内大歡喜　就共御史報知枝

拜謝先生報知枝　就叫捧茶來請伊

一直來到崩山嶺　卜共益春婦向來

歐落二萬交乞伊　只條事誌院細利

包決神鬼無知機　朝内差我卜掠伊

看我跪錯說便宜　外面一位張先

知府看只批信字　寄我一張批信字

就叫王華伊只行宜　王華申伊只行宜

拜謝先生報知枝　就叫捧茶來請伊

拜託著用三萬銀　一直就到潮州市

就叫王華兮門生　地下軍裝只事誌

隨便果然有反意　卜托御史用計智

泉州運便查反意　林大為看姜兒

將伊曆宅來敗起　埋落姜兵收京伊

托我親身查反意　林大為看姜兒

地下軍裝滿京伊　卜京全多關紛紛

晉前曹返御林軍　卜共御林兵卒來

就共御史林兵卒　卜共御史林兵卒

最新
黄五娘跳古井歌　第三冊

廈門會文堂書局發行

最新黃五娘跳古井歌

林大娶無黃五娘　　換只林大配伊身
六娘娶來未幾時　　因為冤家自盡死

九郎隨時探聽知　　就叫親戚一齊來
坐嬌來到林厝內　　看見六娘死不該

一心苦切一心氣　　就罵林大太無禮
將伊害死歸陰司　　將伊害死歸陰司

林大看娘就說起　　丈人丈母慢受氣
爾子目已破病死　　不是子婿來害伊

九郎聽說大受氣　　六娘明明你害死
六你為着乜代誌　　來看官府看陰年

隨時叫人毀家司　　屑內家司毀離離
嫁粧物件搬出去　　扛去伊卿原收起

公親出來就勸起　　勸爾九郎莫受氣
敢說無影乜代誌　　着讀賠罪恁歡喜

現有索藏做証見　　親家不免心遲疑
六娘既然貪盡死　　永遠陰司受凌遲

只素若卜告官司　　官府定來驗身屍
六娘實在自盡死　　買囑官府來放離

舒來辭去厝伊宛　　林大亦免命賠伊
人說驚厝不出世　　件件好看不惜錢

丈人子婿無別人　　只事望恁著放鬆
總是了錢只事誌　　棺材功德爾主意

罰伊跪落下不是　　罰伊出錢來佈施
克做地方好事誌　　未知爾心是隨年

第三歌第三冊　　廈門會文堂印行

九郎被勸就允伊
就罵林大卻不是
今是我無作情意
恐蘭官府受邊連

棺材着買一百二
功德七巡着齊備
罰爾鐪銀二千四
修橋造路只代誌

林大一一從就伊
隨時跪落下不是
起來面紅見誚死
一陣紅紅一陣青

心內思着大受氣
皆由陳三來害起
當初五娘無娶去
不免六娘做妻兒

六娘娶來半月時
無疑自吊歸陰司
外家來到滿盡是
炒炒鬧鬧氣半死

掠我家司毀離離
嫁糍搬去無半絲
罰爾跪落下不是
修橋造路來了錢

千害萬害是伊害
害我今旦有只事
若不報冤伊死敗
枉做我身叫林大

陳三靠伊親阿兄
做官遷使廣南城
有敗有勢相欺負
強強霸占我親兄

伊曆往洛泉州城
祖代做官有名聲
人說富貴地結定
出只運使伊阿兄

林大心內有主張
思卜來報只冤仇
就差家人去鎜州
請了名師來恩量

地理先生是張賢
人人總號小神仙
聽說林大卜相請
隨時行到潮州城

林大看見笑微微
轆轆叫道張先生
先生莫嫌路千里
一點恩情大如天

張賢聽見就應伊
林兄相請好情意
有緣千里來相見
莫怪小弟恰來遲

名姓問落說完備　排落酒還在廳邊　恭恭敬敬真好意　三餐五味不離時

張賢任落有幾時　受伊欵待好情意　心內一時愛未起　卜舟好地來手伊

看見林大悶無意　冥目吐氣不離時　說叫大哥乜事誌　長吁短嘆苦傷悲

林大說落喃淚啼　先生有所不知枝　可恨陳三恰不是　娶走五娘做妻兒

無時掠來吉官司　知州愛情就放伊　就將五娘來判起　判交陳三為書兒

將只六娘換親誼　無疑自畫歸陰司　受著九郎吵鬧宛　暗了禋數又了錢

冀衆笑去陳三伊　害我面皮無半絲　靠著伊只有勞利　橫行歸志只行宜

人說不微伊榮藏　只怕伊曆好羹堆　將伊風水來敗壞　富貴隨時嬰落衰

伊曆往洛泉州城　晉江鄉社崩山嶺　拜託先生去探聽　看伊風水也生成

用計敗伊風水地　大地小地做一下　財戱人亡衆相纏　報乞陳三只兗家

先生恩情大天如　送你三千敬謝儀　銀項無到再說起　總著先生恁歡喜

張賢歡喜就允伊　就叫大哥免掛意　只行阮對泉州去　敗伊風水無延遲

先提一半寄返去　五百白銀做盤纏　等待敗了再我起　未知爾心是隆羊

林大見允心歡喜　提出銀兩交呼伊　拜托先生用心意　不可錯悞只行宜

張賢見銀喜卓天　包伏歇落卜相辭　一直就對泉州去　來到崩山嶺下邊

相落一間眾住起　掛落招牌在店邊　精究地理四大字　斷地如神不差移

社內有人來請伊　做落隨時大趁錢　一人傳十就傳起　傳到陳三耳孔邊

陳三心內就遲疑　為乜先生障行宜　思卜請來上山去　試看祖地是障年

羨了家人去請伊　相招約卜覆地理　上山看了都完備　並無好地陰孫見

心內思着犬羗疑　為乜富貴不離時　祖地既然無陰起　看伊陽居是障年

返來行到大曆邊　陳三請人去聽見　就問先生上山去　看我祖地是障年

張賢將他說透枝　某地某時障行氣　一一好示說完備　件件對同無差移

陳三聽見响唠伊　先生地理真行時　陰地既然看過去　未知住家是障年

張賢看了就知枝　穴結龍蝦出海時　只塊富貴大吉利　盡是只地來陰起

心內思着有主意　就對陳三說知枝　只塊穴結好無比　可惜做作不合宜

代代做官雖不離　三房子孫單丁稀　若卜小可改做去　富貴人丁件件宜

陳三聽見相信伊　先生看地不差移　代代三房貴不利　不是貧窮便衰微

先生有法通改為　富貴入丁來相隨　感謝先生好情意　着送謝禮做盤纏

張賢用計就應伊　門口二平兩竹井　着用塗頭塞落去　免得風水來出氣

改了只堪一年期　爾見高升布政司　三爺功名大得意　妻妾雙生四孫兒

陳三聽見心內歡喜　拜托先生去料理　吩咐做塗司阜去　着照先生障行宜

張賢心內喜紛紛　中我計智有十分　兩井原是龍蝦目　敗花龍蝦變死穴

暗買軍裝下落去　莫落塗頭滿盡是　鋪落石板在上項　陳三全燕不知機

改了相解卜返去　一直就到潮州市　對着林大說完備　敗伊風水只行宜

林大聽見銀笑微微　感就先生恩大恩　再送一千五百銀　凑爾三千送家門

張賢見喜微微　就其林大說知機　我恩一條好計智　子伊超臊全家宛

林大聽落就問伊　未知計智見障年　會得陳三全家宛　先生恩情大如天

張賢見問就說起　只計着用大條錢　我有鄉親好兄弟　正是御史王華伊

王華貪財好商量　買嘱伊身毒害王　奏落邊使遵反意　地下軍裝滿盡是

君王聽見定受氣　　降落聖旨不停時　　吩咐總督叫兵去　　抄起軍裝共掠伊

總督定歸叫兵士　　行文泉州知府伊　　甲伊叫兵來搜起　　掠甲全家不放離

泉州知府李德耀　　正是王華分門生　　伊看塵主分情面　　定規搜掠不容情

報上朝廷得知機　　連便果然有反意　　地下軍裝滿盡是　　無到十二冤十二

林大聽見笑微微　　呵唉先生好計智　　卜托御史只享誌　　銀項點起御林軍

張賢聽落笑微微　　拜托着用三萬銀　　包決御史來奏准　　隨時點起若干錢

林大聽見心歡喜　　歆落二萬乞乞伊　　先生仔細辦事誌　　不通破漏人知機

張賢掠話就應伊　　包決神鬼無知機　　只條事誌院細利　　不免大哥心邊疑

說了擇日就起行　　一直來到南京城　　就入御史衙門內　　將伊名姓報上來

王華心內有主裁　　隨時就請伊入內　　就叫先生為乜事　　來只京城說阮知

張賢從頭說知機　　林大為着查某兒　　泉州陳二強娶去　　靠伊運便親兄弟

林大無計報冤伊　　托我親身泉州去　　將伊曆宅來敗起　　埋落軍裝地下是

大人拜本奏主知　　泉州運便造反意　　地下軍裝滿盡是　　趕緊奏兵收掠伊

只事若肯來行宜　大人恩情大如天　備著二萬銀簝起　送爾大人作禮儀

王華御史就允伊　随知出奏報主知　泉州運造便反意　地下軍裝滤滷盡

主上看見怒冲天　可恨運使大不是　就叫御林軍馬去　掠伊全家涅不延遲

鄭相聽見就奏起　運便吉假返鄉望　說伊造反無只理　君王不通來屈避

王華跪落奏知機　吩咐泉州知府伊　為乜解官返鄉里　預備軍裝滤滷盡

鄭相奏主只行宜　就叫禦林軍緊去　相招御林兵馬去　試看有無只事誌

主上聽見落聖音　一直走到泉州城　先到知府衙門内　免得著伊無性命

御林軍馬就起行　卜見陳三伊親兄　將只事誌說伊聽　將只事誌說伊知

知府聽見先起行　随時落橋陳厝埋　陳厝飼狗掛舍鈴　内面走出門口前

知州目花看不明　不知狗頭掛舍鈴　掠做運月騎馬出　赶緊近前雙脚屈

翻身來到崩山嶺　看伊跪狗笑微微　笑爾知府卜衰宛　甲狗行禮是障年

益春出來看一見　不值頂司一狗母　今日果然有只影　不是騙院是益春子

人說下司兮官府

知府聽見面紅紅　看是跪狗不是人　隨時打轎坐返去

返來恕着不願意　恨我目囝花看不見　掠做運便跪落去

朝內差我卜掠伊　說伊運便造反恣　是我一時存好意　先卜探伊也口氣

可恨幾婢大不是　看我跪錯說便窓　只兒不報做什麼　掠伊全豪慢凌遲

知府正在大受氣　聽見家人報知枝　外面一位張先生　有話卜說爺得知

張賢見請行入來　地下軍裝滿盡是　見着知府笑咳咳　運便造反有只事

軍裝埋在古井內　兩個古井在門前　雙雙對對排二平　運便埋落在內面

舖下石板共石庄　一對棋杆兩平是　古井近在棋杆邊　老爺叫人撮落去

京城御史王華伊　寄我一張批信字　卜交老爺親看去　內面未知是障年

知府看只批信字　王華申伊只行宜　將伊地下撮落去　不通做事來差移

看了心內大歡喜　拜謝先生報知枝　就叫捧茶來請伊　恭恭敬敬不離時

知府心內有主裁　就共御林兵馬來　一直來到崩山內　陳唐前後圍歸排

曆前曆後御林軍　卜掠全家鬧紛紛　雞今未啼狗未吠　曆邊厝頭尾盡都農

陳三聽見着大驚　一時着急未做聲　入房就尋五娘子　將只八事誌說伊聽

外面兵馬卜小千　卜掠全家叫無得　未知為着乜事誌　敢來咱厝障行宜

我兄運使在外方　只事乜人敢軌當　思卜本身出去問　但恐驚掠來未得返

五娘聽見喘咳啼　神魂恰慘飛半天　未知我君乜主意　趕緊打算莫延遲

益春聽見苦傷悲　嬋今共徒說知枳　昨日知府來到只　卜見運使說事誌

咱厝飼狗掛舍鈴　知府目花者不明　掠做運使騎馬出　雙腳跪落似拜佛

被閣近前說笑伊　笑伊不值一犬兒　隨時返去不愿意　朝工叫兵只行宜

可惜運使鳥在家　家内無猶鼠蹺脚　大胆知府不知宛　用只毒計來剖治

崎山庄内咱姓陳　叫出牡丁一千人　吩吩共伊着排命　掠只知府來做定

等待運使返鄉里　甲伊算賬也未遲　小小知府手中宛　看伊榮威有幾時

陳三就共黃五娘　大罵益春無主張　昨日為乜覓笑伊　致惹今日只八事誌

五娘掠話就應伊　卜叫誰人去通知　吩咐家長共老大　人人出力莫憑慉

陳三心内細堆排　思了就說五娘知　知府總為別伴事　隻敢叫兵只路來

134

思卜叫人對敵伊　慈了事誌大如天　待我放膽走出去　問伊叫兵是障拵

三人正在議論時　安童看着急報知枝　知府說是奉聖旨　咱厝遭及起歹意

軍裝埋落古井內　頂面石版鋪上來　現在兵馬攑落去　內面軍裝滿畫臺

厝前厝後伏兵馬　卜掠全家無半个　阮身險險走未離　未知三爺卜障拵

陳三聽見着驚疑　乜人害咱只行宜　暗用軍裝下落去　報上皇帝得知枝

我看只事天如天　恐驚掠去無便宜　思卜暗靜後面去　前後兵馬包不離

五娘着驚就應伊　總是短命張先生　代着乜人用計智　朝工害咱只行宜

益春思着就說起　咱厝並無得罪伊　無好早死林大鼻　叫伊害咱只行誌

五娘就說陳三聽　敢來只事看有影　狗拖短命林大鼻　無疑用只毒計智

阮卜共君德相隨　想來無法通改為　到只地步着主意　不通延緩伊掠去

思東恩去總着兒　去來花園投古井　魂到陰司着告伊　掠只大鼻慢凌遲

陳三見說嗬淚啼　娘子只話亦合宜　爾咱恩卜同齊死　戲咱青春少年時

當初娶走為卜意　為乜雙雙到百年　無疑林大毒計智　害咱今日只行宜

益香聽見氣紛紛　　生死原著做一堆

阮身不是真爛婆　　恁今二人思卜宛　　卜死亦無益香份

五娘掠話就應宛　　阮卜先跳古井內　　死到陰司相等待

爾今一人不通宛　　已共三哥結連理　　牢君懷胎五月期

益春聽見喃淚啼　　暗靜大空卜走出去　　通接三哥做一堆

呵娘只話正陳年　　翻望生落一子兒　　死到陰司無子兒

陳三聽見就應伊　　阮共君娘恁相隨　　死到陰司做一堆

爾娘只話正合宜　　爾今懷胎不通宛　　著念三哥無子兒

走去別日生更見　　亦通顧我香爐耳　　年冬月節有所依

只句言語憶著聽　　院落陰司亦願意　　免得掠去多名事

爾今將身讚狗空　　趕緊出去仔細行　　路上緊行著細利

等待黃昏者無人　　院同爾娘卜無命　　走出外位去逃生

卜嫁不嫁爾主意　　不通絕我香爐耳　　不通做事亂亂來

不通叔股院門路　　卜守不守爾心內　　著念三哥傷主顧

院曆門風著照顧　　歹事卜做著退步　　全家滅亡足心意

爾對陽間我陰司　　不通念三哥傷主顧

只个冤鑽著報起　　告到官咱林大裏　　全家滅亡足心意

五娘吩咐益春伊　　三哥言語爾著記　　全落爾心會嬈想

三哥言語爾著記　　千言萬語說不盡

淡泊金珠汝帶去　帶去他鄉共外里

益春跪落目紅紅　拜落呵娘共官人

共君共娘卜相隨　相隨地下做一堆

只去會得通逃生　天地祖公著保庇

嬌身只去卜節義　卜報君娘德情意

恨來恨去不是伊　可恨早死林大鼻

買囑奸臣報主來　就差御林兵馬來

只個寃仇阮卜報　行到京城亦卜告

陸家祖公著靈聖　保庇嬌心會岸定

說了聽見兵馬求　益春跳入狗空內

五娘着急淚哀哀　將只寶鏡抱上來

五娘行到古井邊　看見井內水青青

一領綉裙差離離　一般頭毛咬嘴邊

好人歹人着認識　阮寃死九泉亦不瞑目

叮嚀言語院著記　事事不敢來差遲

甲嬌逃生且吞忍　通顧陳厝香爐耳

保庇生出好男兒　若是事貴天地知

孝嬌一身無好死　井內運裝卜落去

拜托張賢來到只　害咱死死淚哀哀

不應林大來靠邊　害咱死走陰司

無人掠去有性命　不通一人來救難

聲聲呼卜掠嬌去　走出崩山陸唐社

寶鏡是院真意愛　帶去陰司捧上排

看見井內水青青　死落井內無收屍

無疑今日同君死　趕緊將身跳落去

一般頭毛咬嘴邊　跳落古井歸陰司

陳三看見淚哀哀　戲咱死人了無知　阮卜共娘行歸排

着急一肚淚落去　娘子神魂着等待　神魂渺渺歸陰司

益春讀入在犬空　跳落井內五娘邊　恰恢敦刀割肝腸

聽見兵馬到井腳　思着阿娘共官人　暗暗苦切心頭酸

益春着急心驚疑　叫掠五娘共陳三　三人卜掠做一群

心頭亂亂無時疑　卜出犬空在外邊　曆前曆後包不離

陳三五娘魂知機　驚伊掠去無性命　看見兵馬滿嶺是　保庇益春看無人掠

陳三驚路徹頭前　化作陰鳳冷枝枝　若娘神魂着靈聖　保庇益春無人掠

益春一時心忙忙　五娘押路在後面　變出鬼火有一拋

一隻猛虎卜咬去　看見一拋火紅紅　飛山走石烏雲起

来説運便出門去　山神土地來救伊　驚得兵馬閃離離

家人説落啼淚啼　辦了事誌返鄉里　變鑽走出有二里　宿落山頂大樹宜

説咱遵及起歹意　老爺不通返鄉里　陳三五娘相保庇　保庇路上村行宜

暗埋軍裝在古井　咱曆無好一事誌　看見伊曆老家人　御林兵馬滿嶺是

叫人掘落有日物　行到崩山五里亭

掠人放火緊如前

老爺德今免返去
赶緊逃走外鄉里
拜托御史保舉起
奏无只事跟究伊

運使聽見著大驚
楊內霉落未做聲
一時端宛无性命
去做崩山枷藍婦

知府入內掠歸拖
掠无運使共陳三
心頭著急亂紛紛
必定有人趙落去

來到花園升邊尋
看見一腳繡弓鞋
為乜名鞋在井邊

叫人落井卜去淘
看見有人也是無
老是有人頭割來
灰粉埋落柴桶內
放出毒煙格上來

司阜吊繩卜落去
一陣生風冷枝枝
變出大蛇滿井內
有人頭眩吐不離

司阜司仔下入去
隨時倒落歸陰司
有人卜看盡落去

知州著急悶得離
走入大轎歸半宛
一時受氣无主意
大層放火燒離離

社前社復尋人影
尋到半路彭山嶺
看見運使橋內死
叫人頭売割下來

頭売落落桶灰粉是
兵馬帶上京城去
將只下情奏主知
單走陳三五娘伊

主上看表就知情
可恨運使是奸臣
果然造反事明明
軍裝埋落門口前

掠來犯人四五十
掠叫御慈軍去縛
掠去校場去抬頭
不准容情一人留

林大聽見心歡喜
趙腳擋地趙半天
只因冤離有報起
銀子三萬水便宜

張賢心內有主張　　　說是陳三共五娘　　　益春三人掠未春

大哥報覚太一誰　　　為着陳三五娘陸　　　親相病食反不善涼

林大聽見會郎想　　　人心不足蛇吞象　　　瓷仇未報未歡喜

張賢掠語就就起　　　來去御史再用錢　　　就叫先生着障樣

林大聽見就歡喜　　　甲伊奏主出聖旨　　　害伊一死無人親相

榜文賞格湯湯是　　　天下官府盡知機　　　吩咐地方官掠伊

張賢帝銀上京去　　　個个說是本聖旨　　　不容伊身走得離

王筆見銀奏主知　　　就對王筆共佈置　　　買囑王筆奏掠伊

人說斬草着除根　　　可恨陳三掠未來　　　自己偷趁半萬金

皇帝見奏就允准　　　不過留滯消再擱　　　到時造反大伴代

移圖寅格過過是　　　隨時聖旨責其榜文　　吩咐天下來掠伊

獻出陳三是正身　　　主上榜文出落去　　　卜掠五娘共益春

王筆白銀有三千　　　誰人報說銀十二　　　高藏不獻罪同樣

陳三歌全番各册列下　有人收留看獻出　　　每人各賞二千銀

　　　　　　　　　　獻出五娘共益春　　　第三册黄五娘跳古井共終

改良黄五娘跳古井歌

（第三册）

最新黄五娘跳古井歌

林大娶无黄五娘，换只林大配伊身。

六娘娶来未几时，因为冤家[1]自尽死。

九郎随时探听知，就叫亲戚一齐来。

坐轿来到林厝内，看见六娘死不该。

一心苦切[2]一心气，就骂林大太无礼[3]。

六[4]你为着乜代志，将伊害死归阴司。

林大着惊就说起，丈人丈母慢受气。

尔子自己破病[5]死，不是子婿来害伊。

九郎听见大受气，六娘明明你害死。

敢说无影[6]只代志，来看官府看障年。

随时叫人毁家司[7]，厝内家司毁离离[8]。

嫁妆物件搬出去，扛去伊兜[9]原收起。

公亲出来就劝起，劝尔九郎莫受气。

六娘实在自尽死，不是刁意[10]来害伊。

现有索痕[11]做证见，亲家不免[12]心迟疑。

六娘既然自尽死，着该赔罪恁欢喜。

只案若卜告官司，官府定来验身尸。

---

① 冤家："吵架"的闽南话直音。
② 苦切：凄怆哀伤。
③ 无礼：无理。
④ 六：闽南话"六"与"那"谐音，此疑应作"那"，句首语气词，无实义。
⑤ 破病："生病"的闽南话直音。
⑥ 无影：闽南方言，指没有。
⑦ 家司：家什，器具。
⑧ 毁离离：指毁坏殆尽，也可指乱七八糟，一塌糊涂。
⑨ 兜：家，住所。
⑩ 刁意："故意"的闽南话直音。
⑪ 索痕：自缢后颈部绳索的勒痕。
⑫ 不免：不用。

人说验尸不出世①，永远阴司受凌迟。

亏来亏去亏伊死，林大亦免命赔伊。

总是了②钱只事志，买嘱③官府来放离。

丈人子婿无别人④，只事望恁着⑤放松。

棺材功德⑥尔主意，件件好看不惜钱。

罚伊跪落下不是⑦，罚伊出钱来布施。

充做地方好事志，未知尔心是障年。

九郎被劝就允伊，就骂林大却不是。

今是我无作情意⑧，恐尔官府受凌迟。

棺材着买一百二，功德七巡⑨着齐备。

罚尔钱银二千四，修桥造路只代志。

林大一一从就伊，随时跪落下不是。

起来面红见诮⑩死，一阵红红一阵青。

心内思着大受气，皆由陈三来害起。

当初五娘无娶去，不免六娘做妻儿。

六娘娶来半月时，无疑⑪自吊归阴司。

外家⑫来到满尽是，炒炒闹闹气半死。

掠我家司毁离离，嫁妆搬去无半丝⑬。

罚尔跪落下不是，修桥造路来了钱。

千害万害是伊害，害我今旦有只事。

---

① 人说验尸不出世：迷信说法，指验尸的行为亵渎尸体，惊扰亡魂，会使得死者无法投胎转世。

② 了："赔"或"浪费"的闽南话直音。

③ 买嘱：收买叮嘱。

④ 无别人：指关系亲密，不同旁人。

⑤ 着："要""须得"的闽南话直音。

⑥ 功德：请僧道为亡魂超度。

⑦ 下不是：道歉。

⑧ 作情意：指装腔作势。

⑨ 七巡：七旬。做功德以七旬计，即四十九日，规模最大，相传功德也最多。

⑩ 见诮："羞愧"的闽南话直音。

⑪ 无疑：指意料之外。

⑫ 外家：女子出嫁后对娘家的称呼。

⑬ 无半丝：全没了。

若不报冤伊死败，枉做我身叫林大。

陈三靠伊亲阿兄，做官运使广南城。

有败^①有势相欺负，强强^②霸占我亲兄。

伊厝住落泉州城，祖代做官有名声。

人说富贵地结定^③，出只运使伊阿兄。

林大心内有主张，思卜^④来报只冤仇。

就差家人^⑤去鉴州^⑥，请了名师来思量。

地理先生是张贤，人人绰号小神仙。

听说林大卜相请，随时行到潮州城。

林大看见笑微微，声声叫道张先生。

先生莫嫌路千里，一点恩情大如天。

张贤听见就应伊，林兄相请好情意。

有缘千里来相见，莫怪小弟恰^⑦来迟。

名姓问落说完备，排落酒筵在厅边。

恭恭敬敬真好意，三餐五味不离时^⑧。

张贤任落^⑨有几时，受伊款待好情意。

心内一时受未起，卜寻好地来乎伊。

看见林大闷无意，冥目^⑩吐气^⑪不离时。

说叫大哥乜事志，长吁短叹苦伤悲。

林大说落喃泪啼，先生有所不知枝。

可恨陈三恰不是，娶走五娘做妻儿。

---

① 有败：有财。
② 强强：指恃强硬来。
③ 结定：注定。
④ 思卜："想要"的闽南话直音。
⑤ 家人：指仆人。
⑥ 鉴州：该地名或有如下两种可能：其一，"鉴"与"建"普通话音同，"鉴州"疑为"建州"之讹，即今福建建瓯；其二，"鉴"与"赣"闽南话音同，"鉴州"疑为"赣州"之讹，今属江西。
⑦ 恰："这么"的闽南话直音。
⑧ 不离时：一直都是。
⑨ 任落：住落，即住下。
⑩ 冥目：冥日。
⑪ 吐气：叹气。

无时①掠来告官司，知州爱情就放伊。

就将五娘来判起，判交陈三为妻儿。

将只六娘换亲谊②，无疑自尽归阴司。

受着九郎吵闹死，赔了礼数又了钱。

算来算去陈三伊，害我面皮无半丝。

靠着伊兄有势利，横行肆志只行宜③。

人说不惊伊荣威④，只怕伊厝好墓堆⑤。

将伊风水来败坏，富贵随时变落衰。

伊厝住落泉州城，晋江乡社崩山岭⑥。

拜托先生去探听，看伊风水乜生成。

用计败伊风水地，大地小地做一下。

财散人亡来相继，报了陈三只冤家。

先生恩情大天如，送你三千敬谢仪。

银项无到⑦再说起，总着⑧先生恁欢喜。

张贤欢喜就允伊，就叫大哥免挂意。

只行阮对泉州去，败伊风水无延迟。

先提一半寄返去，五百白银做盘缠。

等待败了再找起，未知尔心是障年。

林大见允心欢喜，提出银两交呼伊。

拜托先生用心意，不可错误只行宜。

张贤见银喜半天，包伏⑨款落⑩卜相辞。

---

① 无时：立刻。
② 亲谊：亲事。
③ 行宜：指行为，事迹。
④ 荣威：富贵威风。
⑤ 墓堆：指祖坟风水。
⑥ 崩山岭：朋山岭，位于今泉州市区清源山北。古为泉州通往福州驿道必经之地。现仍存有陈三桥和祭祀陈三之兄陈伯贤的运使宫。
⑦ 无到："不够"的闽南话直音。
⑧ 总着："总要"的闽南话直音。
⑨ 包伏：包袱。
⑩ 款落：指准备好。

一直就对泉州去，来到崩山岭下边。

租落一间来住起，挂落招牌在店边。

精究地理四大字，断地如神不差移。

社内有人来请伊，做落随时大趁①钱。

一人传十就传起，传到陈三耳孔边。

陈三心内就迟疑，为乜先生障行宜。

思卜请来上山去，试看祖地是障年。

差了家人去请伊，相招②约卜覆③地理。

上山看了都完备，并无好地荫孙儿。

心内思着大尧疑④，为乜富贵不离时。

祖地既然无荫起，看伊阳居是障年。

返来行到大厝⑤边，陈三请人去听见⑥。

就问先生上山去，看我祖地是障年。

张贤将他说透枝，某地某时障行气⑦。

一一好呆⑧说完备，件件对同⑨无差移。

陈三听见呵咾伊，先生地理真行时⑩。

阴地既然看过去，未知住家是障年。

张贤看了就知枝，穴结龙虾出海⑪时。

只块富贵大吉利，尽是只地来荫起。

心内思着有主意，就对陈三说知枝。

---

① 趁："赚"的闽南话直音。

② 相招：指相约，约定。

③ 覆：指覆检，详察。

④ 尧疑："怀疑"的闽南话直音。

⑤ 大厝：又称"古厝"，闽南地区传统特色民居。现今闽南地区存留的古厝，除居住外，尚作为祭祀先人的祠堂之用，俗称"祖厝"，即祖屋之义。

⑥ 听见：打听。

⑦ 行气：节气。风水观念中认为节气运行与风水是紧密相通的。

⑧ 好呆：好歹。

⑨ 对同：对头，对得上。

⑩ 行时：时行。

⑪ 龙虾出海：风水学说中的宝穴，相传泉州鲤城区四堡街永潮宫、晋江市内坑镇坑尾村灵源寺即位于龙虾出海之穴。

只块穴结好无比，可惜做作①不合宜。

代代做官虽不离，三房②子孙单丁稀。

若卜小可③改做去，富贵人丁件件宜。

陈三听见相信伊，先生看地不差移。

代代三房皆不利，不是贫穷便衰微。

先生有法通改为，富贵人丁来相随。

感谢先生好情意，着送谢礼做盘缠。

张贤用计就应伊，门口二平④两个井。

着用涂头⑤塞落去，免得风水来出气⑥。

改了只堪一年期，尔兄高升布政司。

三爷功名大得意，妻妾双生四孙儿。

陈三听见心欢喜，拜托先生去料理。

吩咐做涂司阜⑦去，着照⑧先生障行宜。

张贤心内喜纷纷，中我计智有十分。

两井原是龙虾目，败花⑨龙虾变死穴。

暗买军装下落去，盖落涂头满尽是。

铺落石板在上项，陈厝全然不知机。

改了相辞卜返去，一直就到潮州市。

对着林大说完备，败伊风水只行宜。

林大听见喜纷纷，感就先生恁大恩。

再送一千五百银，凑尔三千送家门。

张贤见银笑微微，就共林大说知机。

---

① 做作：制作。
② 三房：陈三在家行三，三房即指他这一支。
③ 小可：稍微。
④ 平："边"的闽南话直音。
⑤ 涂头：泥土。
⑥ 出气：指风水宝穴之气散失。
⑦ 做涂司阜：泥水匠。
⑧ 着照：须得按照。
⑨ 败花：败坏。

我思一条好计智，乎伊赶紧全家死。

林大听落就问伊，未知计智是障年。

会得陈三全家死，先生恩情大如天。

张贤见问就说起，只计着用大条钱^①。

我有乡亲好兄弟，正是御史王华伊。

王华贪财好商量，买嘱伊身寻君王。

奏落运使造反意，地下军装满尽是。

君王听见定受气，降落圣旨不停时^②。

吩咐总督叫兵去，抄起军装共掠伊。

总督定归^③叫兵士，行文^④泉州知府伊。

甲伊叫兵来搜起，掠甲全家不放离。

泉州知府李德声，正是王华兮门生。

伊看座主^⑤兮情面，定规搜掠不容情。

报上朝廷得知机，运使果然有反意。

地下军装满尽是，无到十个死十二^⑥。

林大听见笑微微，呵咾先生好计智。

卜托御史只事志，银项着用若干钱。

张贤听落笑文文，拜托着用三万银。

包决^⑦御史来奏准，随时点起御林军。

林大听见心欢喜，款落二万交乞伊。

先生仔细办事志，不通破漏^⑧人知机。

张贤掠话就应伊，包决神鬼无知机。

只条事志阮细利，不免大哥心迟疑。

---

① 大条钱：指金额大。
② 不停时：不停留，不耽搁。
③ 定归：一定，必定。
④ 行文：发公文。
⑤ 座主：指科举时代中试者对主考官的尊称，亦称"师座"。
⑥ 无到十个死十二：句意为夸张说法，指绝对全部被杀。
⑦ 包决：保证。
⑧ 破漏：泄露。

说了择日就起行，一直来到南京城。

就入御史衙门内，将伊名姓报上来。

王华心内有主裁，随时就请伊入内。

就叫先生为乜事，来只京城说阮知。

张贤从头说知机，林大为着夺妻儿。

泉州陈三强娶去，靠伊运使亲兄弟。

林大无计报冤伊，托我亲身泉州去。

将伊厝宅来败起，埋落军装地下是。

大人拜本奏主知，泉州运使造反意。

地下军装满尽是，赶紧差兵收掠伊。

只事若肯来行宜，大人恩情大如天。

备着二万银算起，送尔大人作礼仪。

王华御史就允伊，随知①出奏报主知。

泉州运造使反意②，地下军装满尽是。

主上看见怒冲天，可恨运使大不是。

就叫御林军马去，掠伊全家不延迟。

郑相听见就奏起，运使告假返乡里。

说伊造反无只理，君王不通来差迟。

王华跪落奏知机，运使若无造反意。

为乜辞官返乡里，预备军装满尽是。

郑相奏主只行宜，吩咐泉州知府伊。

相招御林兵马去，试看有无只事志。

主上听见落圣旨，就叫御林军紧去。

搜有军装造反意，全家掠来莫放离。

御林军马就起行，一直走到泉州城。

先到知府衙门内，将只事志说伊知。

---

① 随知：随即。

② 运造使反意：应是“运使造反意”。

知府听见先起行，卜见陈三伊亲兄。

将只事志说伊听，免得害伊无性命。

翻身来到崩山岭，随时落桥①陈厝埕②。

陈厝饲狗挂含铃，内面走出门口前。

知州目花看不明，不知狗头挂含铃。

掠做③运日④骑马出，赶紧近前双脚屈。

益春出来看一见，看伊跪狗笑微微。

笑尔知府卜衰死，甲⑤狗行礼是障年。

人说下司今官府，不值顶司⑥一狗母。

今日果然有只影⑦，不是骗阮益春子。

知府听见面红红，看是跪狗不是人。

起来着急气半死，随时打轿坐返去。

返来思着不愿意，恨我目花看不见。

掠做运使跪落去，杀乎⑧益春笑便宜。

朝内差我卜掠伊，说伊运使造反意。

是我一时存好意，先卜探伊乜口气。

可恨贱婢大不是，看我跪错说便宜。

只冤不报做什么，掠伊全家慢凌迟。

知府正在大受气，听见家人报知枝。

外面一位张先生，有话卜说爷得知。

张贤见请行入来，地下军装满尽是。

见着知府笑咳咳，运使造反有只事。

军装埋在古井内，两个古井在门前。

---

① 落桥：落轿。

② 埕：闽台地区对庭院或场地的叫法。

③ 掠做："以为"的闽南话直音。

④ 日：原文漫漶，形似"日"，据句意应为"使"。

⑤ 甲：向，给。

⑥ 顶司：顶头上司。

⑦ 有只影：的确如此。

⑧ 杀乎：却被。

双双对对排二平，运使埋落在内面。

铺下石板共石庄①，一对棋杆②两平是。

古井近在棋杆边，老爷叫人掘落去。

京城御史王华伊，寄我一张批信字。

卜交老爷来看去，内面未知是障年。

知府看只批信字，王华甲伊只行宜。

将伊地下掘落去，不通做事来差移。

看了心内大欢喜，拜谢先生报知枝。

就叫捧茶来请伊，恭恭敬敬不离时。

知府心内有主裁，就共御林兵马来。

一直来到崩山内，陈厝前后围归排③。

厝前厝后御林军，卜掠全家闹纷纷。

鸡今未啼狗未吠，厝边头尾尽都畏。

陈三听见着大惊，一时着急未做声。

入房就寻五娘子，将只事志说伊听。

外面兵马卜小千④，卜掠全家叫无停。

未知为着乜事志，敢来咱厝障行宜。

我兄运使在外方，只事乜人敢耽当。

思卜本身出去问，但惊掠来未得返。

五娘着惊喃泪啼，神魂恰惨飞半天。

未知我君乜主意，赶紧打算莫延迟。

益春听见苦伤悲，娴⑤今共恁说知机。

昨日知府来到只，卜见运使说事志。

咱厝饲狗挂含铃，知府目花看不明。

---

① 石庄：石桩。
② 棋杆：旗杆。古代祠堂前置有旗杆石，上竖旗杆，表明族人得过功名。
③ 归排：一整排。
④ 卜小千：指将近一千人。
⑤ 娴：娴。

掠做运使骑马出，双脚跪落似拜佛。

被闲①近前说笑伊，笑伊不值一犬儿。

随时返去不愿意，朝工②叫兵只行宜。

可惜运使无在家，家内无猫鼠跷脚③。

大胆知府不知死，用只毒计来创治④。

崩山庄内咱姓陈，叫出壮丁一千人。

吩吩⑤共伊着拼命，掠只知府来做定⑥。

等待运使返乡里，甲伊算账也未迟。

小小知府手中死，看伊荣威有几时。

陈三就共黄五娘，大骂益春无主张。

昨日为乜说笑伊，致惹今日只事志。

五娘掠话就应伊，卜叫谁人去通知。

吩咐家长共老大，人人出力莫凭惮。

陈三心内细堆排⑦，思了就说五娘知。

知府总为别件事，只敢叫兵只路来。

思卜叫人对敌伊，惹了事志大如天。

待我放胆走出去，问伊叫兵是障年。

三人正在议论时，安童着急报知枝。

知府说是奉圣旨，咱厝造反起歹意。

军装埋落古井内，顶面石版铺上来。

现在兵马掘落去，内面军装满尽是。

厝前厝后伏兵马，卜掠全家无半个。

---

① 闲：姻。

② 朝工："故意"的闽南话直音。

③ 家内无猫鼠跷脚：句意犹山中无老虎，猴子称大王。

④ 创治："捉弄"的闽南话直音。

⑤ 吩吩：纷纷。

⑥ 做定：做定金，指先给知府小的惩戒，待运使回来再算帐。

⑦ 堆排：排算，权衡利弊。

阮身险险①走未离②，未知三爷卜障年。

陈三听见着惊疑，乜人害咱只行宜。

暗用军装下落去，报上皇帝得知枝。

我看只事大如天，恐惊掠去无便宜。

思卜暗静③后面去，前后兵马包不离。

五娘着惊就应伊，总是短命张先生。

代④着乜人用计智，朝工害咱只行宜。

益春思着就说起，咱厝并无得罪伊。

无好⑤早死林大鼻，叫伊害咱只事志。

五娘就说陈三听，敢来只事看有影⑥。

狗拖短命林大鼻，无疑用只毒计智。

阮卜共君恁相随，想来无法通改为。

到只地步着主意，不通延缓伊掠去。

思来思去总着死，来去花园投古井。

魂到阴司着告伊，掠只大鼻慢凌迟。

陈三见说喃泪啼，娘子只话亦合宜。

尔咱思卜同齐死，亏咱青春少年时。

当初娶走为卜意，为乜双双到百年⑦。

无疑林大毒计智，害咱今日只行宜。

益春听见气纷纷，生死原着做一群。

恁今二人思卜死，卜死亦无益春份。

---

① 险险：指差点。
② 未离：指来不及。
③ 暗静：偷偷地，静悄悄地。
④ 代：替，帮。
⑤ 无好：指没有好下场。
⑥ 敢来只事看有影：看来这件事莫非是真的。
⑦ 当初娶走为卜意，为乜双双到百年：疑"卜"与"乜"倒，应作"为乜意""为卜双双"。意为当初娶走是出于什么心思？是为了要相守到百年。

154

阮身不是真惊死①，不过看阮目无起②。

阮卜先跳古井内，死到阴司相等待。

五娘掠话就应伊，益春不通只行宜。

已共三哥结莲理，幸喜怀胎五月期。

尔今一人不通死，暗静犬空③走出去。

盼望生落一子儿，通接三哥香炉耳④。

益春听见喃泪啼，呵娘只话是障年。

阮共君娘恁相随，死到阴司做一堆。

陈三听见就应伊，尔娘只话正合宜。

尔今怀胎不通死，着念三哥无子儿。

走去别日⑤生男儿，亦通顾我香炉耳。

阮落阴司亦愿意，年冬月节有所依⑥。

只句言语恁着听，赶紧出去仔细行。

阮同尔娘卜无命，免得掠去歹名⑦事。

尔今将身赞⑧狗空，等待黄昏看无人。

路上紧行着细利，走出外位⑨去逃生。

卜嫁不嫁尔主意，不通绝我香炉耳。

卜守不守尔心内⑩，不通做事乱乱来。

阮厝门风着照顾，不通赦败⑪阮门路⑫。

歹事卜做着退步⑬，着念三哥旧主顾。

---

① 惊死：怕死。
② 看阮目无起：看不起我。
③ 犬空：狗洞。
④ 香炉耳：指子孙后代之义。
⑤ 别日：他日，将来。
⑥ 年冬月节有所依：指有人可以祭拜。
⑦ 歹名：歹命。
⑧ 赞：钻。
⑨ 外位："别处"的闽南话直音。
⑩ 尔心内：与前"尔主意"同，指陈三让益春自行主张。
⑪ 赦败：指丢脸，败坏。
⑫ 门路：与前"门风"同，指面子。
⑬ 退步：指三思，留退路。

只个冤仇着报起，尔对阳间我阴司。

告到害咱林大鼻，全家灭亡足心意。

五娘吩咐益春伊，三哥言语尔着记。

千言万语说不尽，全落①尔心会晓想②。

淡泊③金珠汝带去，带去他乡共外里。

好人歹人着认识④，阮死九泉亦瞑目。

益春跪落目红红，拜落呵娘共官人。

叮咛言语阮着记，事事不敢来差迟。

共君共娘卜相随，相随地下做一堆。

无奈恁身不肯允，甲婢逃生且吞忍。

只去会得通逃生，天地祖公着保庇。

保庇生出好男儿，通顾陈厝香炉耳。

婢身只去卜节义，卜报君娘恁情意。

若是辜负天地知，乎婢一身无好死。

恨来恨去不是伊，可恨早死林大鼻。

拜托张贤来到只，井内军装下落去。

买嘱奸臣报主来，就差御林兵马来。

卜掠全家押去抬⑤，害咱死泪哀哀走。

只个冤仇阮卜报，行到京城亦卜告。

不愿林大来靠遭⑥，害咱死走无奈何。

陈家祖公着灵圣，保庇婢心会岸定⑦。

无人掠去有性命，走出崩山陈厝社。

说了听见兵马来，益春惊入狗空内。

---

① 落：指依靠。
② 会晓想：指仔细思忖，能够考虑周全。
③ 淡泊："些许"的闽南话直音。
④ 认识：此指分辨出，识得。
⑤ 抬：刣，指斩杀。
⑥ 靠遭："捏造"的闽南话直音。
⑦ 岸定：安定。

声声叫卜掠齐去，不通一人来放离。

五娘着急泪哀哀，将只宝镜抱上来。

宝镜是阮真意爱①，带去阴司桌上排。

五娘行到古井边，看见井内水青青。

无疑今日同君死，死落井内无收尸。

一领绣裙差离离②，一股头毛③咬嘴边。

赶紧将身跳落去，跳落古井归阴司。

陈三看见泪哀哀，亏咱死人了无知。

娘子神魂着等待，阮卜共娘行归排④。

着急一时跳落去，跳落井内五娘边。

亏伊二人同齐死，神魂渺渺归阴司。

益春赞入在犬空，思着阿娘共官人。

暗暗苦切心头酸，恰惨敦刀割肝肠。

听见兵马到井脚⑤，叫掠五娘共陈三。

叫掠阿头⑥是益春，三人卜掠做一群。

益春着急心惊疑，卜出犬空在外边。

看见兵马满尽是，厝前厝后包不离。

心头乱乱无时疑，惊伊掠去无性命。

君娘神魂着灵圣，保庇益春无人掠。

陈三五娘魂知机，化作阴风冷枝枝。

飞山⑦走石乌云起，惊得兵马闪离离。

陈三娶⑧路做头前，五娘押路在后面。

---

① 意爱：喜爱。

② 差离离：指撕扯破碎。

③ 头毛：头发。

④ 行归排：指同行。

⑤ 脚：闽南方言中常用来表"……之下"。

⑥ 阿头：丫头。

⑦ 飞山：飞沙。

⑧ 娶：带。

变出鬼火有一抛①，卜照益春行路脚。

益春一时心忙忙②，看见一抛火红红。

憨憨③走出有二里，宿落山顶大树宜。

一只猛虎卜咬去，山神土地来救伊。

陈三五娘相保庇，保庇路上好行宜。

来说运使出门去，办了事志返乡里。

行到崩山五里亭，看见伊厝老家人。

家人说落喃泪啼，老爷不通返乡里。

咱厝无好一事志，御林兵马满尽是。

说咱造反起歹意，暗埋军装在古井。

叫人掘落有只物，掠人放火紧如箭。

老爷恁今免返去，赶紧逃走外乡里。

拜托御史保奏起，奏无只事跟究④伊。

运使听见着大惊，轿内晕落未做声。

一时惊死无性命，去做崩山枷蓝爷⑤。

知府入内掠归拖⑥，掠无运使共陈三。

掠无五娘共益春，心头着急乱纷纷。

来到花园井边寻，看见一脚绣弓鞋。

为乜名⑦鞋在井边，必定有人赵落⑧去。

叫人落井卜去淘，看见有人也是无。

若是有人头割来，灰粉埋落柴桶内。

---

① 抛：用来修饰火、灯光的量词，即把、盏。
② 心忙忙：指心中焦急忙乱。
③ 憨憨：傻傻。
④ 跟究：指追究，查究。
⑤ 枷蓝爷：即伽蓝神，指佛教寺院中的护法神。
⑥ 归拖："一堆""一群"的闽南话直音。
⑦ 名：此有二解：其一，"名"与"扔"闽南话音近，此疑为"扔"之讹；其二，"名"与"弓"形近，此疑为"弓"刊印之误。
⑧ 赵落：跳落。

司阜吊绳卜落去，一阵生风①冷枝枝。

变出大蛇满井内，放出毒烟格②上来。

司阜司仔③下入去，随时倒落归阴司。

有人卜看晕落去，有人头眩吐不离。

知州着急闪得离，走入大轿惊半死。

一时受气无主意，大厝放火烧离离。

社前社后寻人影，寻到半路彭山岭④。

看见运使桥内死，叫人头壳割下来。

头壳落桶灰粉是，兵马带上京城去。

将只下情奏主知，单走陈三五娘伊。

主上看表就知情，可恨运使是奸臣。

果然造反事明明⑤，军装埋落门口前。

掠来犯人四五十，掠叫御林军去缚。

掠去校场去抬头，不准容情一人留。

林大听见心欢喜，超⑥脚挡⑦地赵半天。

只因冤仇有报起，银子三万亦便宜。

张贤心内有主张，说走陈三共五娘⑧。

益春三人掠未着，亲相⑨病食不着药⑩。

大哥报冤为一谁，为着陈三五娘堕。

伊今三人已走去，冤仇未报未欢喜。

林大听见会晓想，人心不足蛇吞象。

---

① 生风：寒风。
② 格："升"的闽南话直音。
③ 司仔：师仔，指徒弟。
④ 彭山岭：同前"崩山岭"一样，均是"朋山岭"之讹。
⑤ 明明：显然如此，确实。
⑥ 超："跳"的闽南话直音。
⑦ 挡："蹦"的闽南话直音。
⑧ 说走陈三共五娘：指谎称陈三和五娘已经逃走。
⑨ 亲相："就像"的闽南话直音。
⑩ 病食不着药：指未抓到陈三和五娘，似没有对症下药，以至于病未根治。

就叫先生着障样，害伊死无人亲相。

张贤掠话就说起，来去御史再用钱。

甲伊奏主出圣旨，吩咐地方官掠伊。

榜文赏格满满是，天下官府尽知机。

个个说是奉圣旨，不容伊身走得离。

林大听见欢喜心，柜内再取一万金。

交乎张贤上京去，买嘱王华奏掠伊。

张贤带银上京去，就对王华去布置。

送伊银项只五千，自己偷趁半万金。

王华见银奏主知，可恨陈三掠未来[1]。

招军买马在山内，到时造反大伴代[2]。

人说斩草着断根，不通留落再搁春。

主上榜文出落去，吩咐天下来掠伊。

皇帝见奏就允准，随时圣旨共榜文。

卜掠陈三乱纷纷，卜掠五娘共益春。

形图[3]赏格遍遍是，谁人报说银千二。

有人收留着献出，窝藏不献罪同律。

献出陈三是正身，赏伊白银有三千。

献出五娘共益春，每人各赏二千银。

陈三歌全套各册列下
第三册黄五娘跳古井终

---

① 掠未来：指还未捉住。

② 伴代：叛代，指造反之事。

③ 形图：画像。

最新改良洪益春告御状歌

（第四册）

出益春走出衆　思着只事淚哀哀　陳生風冷青春　白額猛虎在路旁

蛇過了雪山頭　見着驚心忙忙　一尾毒蛇束身邊　雷公電母響叮東

虎走過來幾時　脚踏鐵板雙頭搖　樹林鳥暗不見光　蛇嘴展開三尺潤

山行過了鐵板橋　脚酸手軟無人知　蛇掠過日淳流　身長足足五丈二

神魂零伊過橋頭　霜雪凍落日淳流　受風受雨受飢寒　紙錢獻乙苦傷悲

鳳凰寨主手擧鈀　恨掠鄉村配百姓　聲聲叫出人嘶　一聲君娘一聲啼

掠橋過了鳳凰寨　出路姿娘無奈何　生成伶俐有十分　說出路鄉村配酒食淡去

爾令不從這事件　說上過大王聽　免別人某子不通他　肝配酒食淡去

三五娘細拚身　就同落山下　將只益春掠上寨　認真看無君爾人

一時如眠望　心頭怡慘吃苦藥　大王看伊去見志　返來思着氣半死

別日大漢身長　受風受雨受飢寒　念阮君娘一聲啼　阮君前日病一命

偷到河邊盡節死　流落英內大河邊　遇着一位釣魚翁　為着事志落水去

魚翁聽見就知枝　阮身不願來聽已　爾身無嫌阮身已　收爾阮陳姓人妻

益春跳路落水流　漁翁看着驚問伊　住在南安英內里　有時河邊來討食

益春說着嗑涙啼　待等功德做完情　到時結親亦未遲　功德事志傲完備

我時洪擧親名字　就叫契父拜落去　相帮契父去討

春嬌伊有脾氣
不敢再三來推辭
夢見陳三在床邊
昨冥官人說姻緣聽

娘蓮步扶入來
坐落偷看新子婿
思起前事在心內
恨着林大真不誌

魂被鬼來搶去
搶到陰間始知死
新娘共阮卜和合
我卜也物通伊值

醒來假意做秋香伊
又掠知府李德聲
鄭相跪奏王知機
君王聽見怒沖天

勸爾心肝兔狐狸精
為也寃枉身來事誌
從頭到尾爾知枝
卜告御狀林大鼻

龍顏大怒出聖旨
派出新官去接任
一道聖旨潮州去
御林兵馬二千四

二人恩義有話說
日做夫妻夜姊妹
內外無人會知枝
秋香隨後跪入宮庭

最新改良洪益春告御狀歌 第四

163

最新洪益春告御狀歌

唱出益春走出來　思着只事淚哀哀
一陣生風冷青青　登山扒嶺度夕事
猛虎走過未幾時　脚酸手軟無人知
看見着驚心忙忙　白額猛虎在路旁
毒蛇過了雪山頭　開嘴伸牙撲咬去
雪山行過大樹塘　山神土地緊救伊
樹林過了鐵板橋　一尾毒蛇來身邊
鐵橋過了鳳凰寨　蛇身足足米斗大
陳三五娘細聲喉　蛇嘴展開三尺闊
賽王掠過洪益春　身長足足五丈二
益春跪求淚沱沱　雷公電母響叮東
大王就罵死賤婢　掠只毒蛇來打死

恨只身上衫孤單
受風受雨受飫寒
霜雪凍落日澤流
鶯哥啼叫心頭酸
聲聲叫出斷人腸
樹林鳥暗不見光
卜過橋頭未得着
心頭怡慘吃苦藥
神魂豪伊過橋頭
脚踏鐵板雙頭搖
一時忙忙如眠望
認真看無君亲人
鳳凰寨主手舉鈀
就同娶爾做妻兒
將只益春掠上寨
生成伶俐有十分
說卜娶爾做妻兒
免得鄉村配百姓
大王爾有親妻兒
別人某子不通他
出路姿娘無奈何
爾今不從這事件
掠爾剖腹刀下死
心肝配酒食落去

益春就罵賊土工　樹身坐定一不氈風

大王聽見怒冲天　就吓寮囉卜剖伊　情願大王刀下七　不願失節嫁賊王

索囉說落大王聽　只人不從咱親成　破腹取心慢凌遲　出我一點大冤讎

益春禁落在山後　將伊暫關山後間　慢慢勸伊來退心　免得失節被人欺

黃昏日落風陰陰　心頭苦切目滓流　思卜咬舌自盡死　恰慘昭君在冷宮

一更過來蟲聲悲　內面烏暗無點燈　坐落地下冷侵侵　恰慘昭君在冷宮

二更過了三更來　想着當初娶走時　卜望百年結連理　無疑我君歸陰司

三更返來三更時　恨殺林大來陷害　套謀奸臣毒計智　害死全家無天理

四更過了五更推　官人阿娘落井死　放阮一身走出去　為着陳三昏爐耳

五更過去天漸明　十辛萬苦路呆行　毒蛇猛虎大風雨　山上寮囉來把路

三更過去四更聲　想我益春真克虧　今卜乜法通解為　總着思死恰榮成

天光起來日出辰　想只君娘心頭酸　我君我娘有靈聖　保庇益春緊無命

益春主意就憑伊　索囉入內說因由　勸恁娘子返心意　共阮大王結親誼

爾今說話亦怡是　大王卜阮結親成　着允一條願照行

阮卜河邊做功德
待等功德做完備
寮耀報乙大王聽
紙錢獻了苦傷悲
大王看伊跳落志
漁翁着驚就問伊
益春說着啼淚啼
阮身不願來聽伊
魚翁聽見就知枝
爾身無嫌阮身已
我叫洪舉親名字
益春隨時心歡喜

卜做功德十四日
到時結親亦未邊
大王就允依所行
一聲君娘一聲啼
返來思着氣半死
流落英內大河邊
爾是何方人妻兒
念阮陳姓人節死
偷到河邊盡節死
阿老益春有節義
住在南安英內里
收爾求做契子兒
就叫契父拜落去

五個和尚來誦經
紙錢燒送阮君身
卜允阮只事誌
益春河邊燒紙錢
卜結親成阮卜死
功德事誌做完備
將身跳落水流去
乎伊騙去不顧意
救上漁船漸回陽
盡情共阮說透枝
嬌母呆心卜賣去
幸遇恩人來救起
並無妻女在身邊
未和爾心也主意
不敢做事來姜遲
不嫁不嫁隨在阮
有時河邊來討魚
討趁淡薄賣魚錢
相帮契父去討魚
日日討魚大利市

月月返來十月期　十月滿足生男兒　號做守仁好名字　卜顧兩家香爐耳

日月如梭已五年　陳三五娘託夢起　卜報寃枉京城去　告准御狀通掠伊

益春醒來有主意　就對契父說透枝　意愛本身京城去　卜告御狀掠太鼻

將只我子交過爾　望爾照顧無差移　別日大漢會成器　着報恩情也未遲

洪與擧聽着驚疑　勸爾京城不通移　路途呆行遠無比　單身婦女不合宜

益春心性掠一定　女扮男裝就起行　上山扒嶺强拖命　行到半年到京城

宿落客店有幾時　恐經御狀不准理　冥日心頭未放鬆　交待王爺一跟班

引伊入去微跟班　做事認真與放鬆　小心跟隨有半年　屢次放官乎伊去

呵老做事真合利　有心思卜裁倍伊　屢次放官乎伊去　王爺十分大歡喜

益春心內有主意　跪落面前衆推辭　顧卜相隨在身邊　盼望別日出頭天

王爺聽見着大驚　一娬秋香卜償伊　不肯做官來分離

益春聽見着大驚　趕緊跪落說伊聽　就對益春來說起　阮厝已做陳厝子　賞爾秋香爲妻兒　不敢再做壞名聲

王爺聽說就講起　爾心不免來嫌疑　無分太小好無比　未知主意是障年

只事我己上意定　不汝爾再來推辭　擇定八月十五夜　平恁二人會佳期

益春勸伊有脾氣　不敢再三來推辭　嘴內應允退出去　心內着驚恰慘死

冥日苦切暗聲啼　夢見陳三在床邊　就叫益春免掛意　試看秋香是障年

益春醒來着一驚　昨冥官人說嫺聽　勸我心頭着岸定　着免秋香只親成

我今暫父只親誼　伊心若是不願意　到時來死亦未遲

陳三五娘在陰司　試看伊心是也年　陽間益春一女婢　女扮男粧來到遮

就對閻王說透枝　伊心若是不願意　恐驚出破害身己

懇求閻君作情意　也法改為無代誌　王府一嫺卜嫁伊

央告御狀林大鼻　卜報冤仇大如天　陽世冤仇通報起　警戒世人莫學伊

判官將簿看知枝　秋香差數已到期　只事只樣衆做起　五娘神魂去附伊

闊君見說就知情　吩咐五娘去附身　爾到陽間莫說起　不通洩漏只根枝

爾去附身百日期　報了只冤返陰司　好共林大通對指　陰陽報應無差移

五娘聽見心歡喜　拜謝閻君有公理　就同差役京城去　投入王府等候伊

秋香正在辦嫁粧　嫁粧辦落骨頭酸　一時困倦倒下去　神魂出發到五更

神魂被鬼來擔去
八月十五卜合婚
新娘蓮步扶入來
只寃未報心頭悲
益春坐下面愛憂
我今一死無相干
二人對坐到三更
二人悶悶上床來
爾也做人真細利
益春心內著一驚
新娘看見笑微微
益春著驚就問伊
新娘假意說出來

擔到陰間始知死
五娘陰魂附落去
醒來假意做秋香伊
新娘共阮卜和合
我卜乜物通伊值
恨煞林大真不該
通掠潮州林大鼻
不育作情總著死
益春心內亂紛紛
坐落偷看新子婿
思起前事在心內
伊卜京城告御狀
我著暗靜來扶持
伊若知我是女兒
今冥乜物對新娘
斷得放子在英內
勸恁早早回床去
勸得寃枉無人知
不通對坐到雜啼
送嫁近前來勸你
靜靜困到第三夜
無言無語在心內
秋香假意先問伊
恰惨出世是女兒
為著什乜大代誌
靜靜無話是障年
過身流汗未微聲
女扮男粧只件事
新娘今夜乜曾知
勸爾心肝免遲疑
爾為寃枉來到只
卜告御狀林大鼻
爾是神仙狐狸精
為乜阮身來事誌
從頭到尾爾知枝
神明托夢乎阮知
甲阮暗中代料理
去告御狀林大伊

益春跪落拜謝伊
二人恩義有話說
皇后來叫王夫人
皇后正在梳粧樓
皇后梳粧心歡喜
秋香近前跪落地
恐驚主上不准理
皇后聽見就慇伊
秋香謝恩出殿來
益春相辭出門去
只事就說益春知
男粧脫落穿女衣
有人告狀其擋伊
君皇上殿就說起
門官就奏一婦女
君王說出吊伊來
看見皇詞龍心知

爾今恩情大如天
日做夫妻夜姊妹
秋香隨跪入宮庭
思卜愛梳福建頭
日日龍愛無人比
阮有福建一小妹
宿在客店有一年
果然有影這事誌
只事就說益春知
假說相辭卜返去
我對君王來說起
卜求皇后恩典至
一條冤枉全家死
就問為著乜事誌
看伊心頭悶無意
問來開去人不曉
秋香來梳真是巧
一宿三日在宮內
甚得皇后真寵愛
女扮男粧莫受氣
內外無人會知枝
不知益春是女兒
又卜料理這情意
卜告御狀林大鼻
對著主上說知枝
趕緊來告莫遲延
去告御狀莫遲延
假說相辭卜返去
昨夜寡人夢一見
哀哀苦苦到午門
百姓受屈滿盡是
現在跪落午門外
聲聲叫卜告林大
林大用計來相害
害死全家陳運使

四

龍顏大怒出聖旨　一道聖旨潮州去　御林兵馬二千四　卜掠林大莫延遲

又掠知府孝德聲　派出新官去接任　二人重犯莫放去　限了日子莫延時

鄭相跪奏王知機　着記前日王華時　奸臣冒奏太無理　運使造反去掠伊

君王聽見怒沖天　大胆奸臣障無理　亂奏造反這毒計　運使造反一全家

貪心食着乞人錢　作出欺君只代誌　若不照實來認起　害死運使全家死

王華着賊流冷汗　就認潮州只林大　拜托張賢來說起　當殿竹棍就打死

君王聽見有主裁　就禁奸臣天牢內　等待罪犯一齊來　卜害運使全家死

封洛泉州陳運使　忠勤正直四字排　配入忠臣廟上來　審了押出教場抬

陳三五娘有詔封　詔封夫人共聖公　益春節義二大字　欽賜祭送天下知

益春謝恩就出去　宿在客店安身住　等待林大掠到只　看伊榮華有幾年

御林軍來潮州城　三更夜半無做聲　林大一家五十口　人人掠着莫放走

家伙百萬充入庫　大厝燒了做平路　掠無林大只犯人　賞格出了真是重

有人報說賞五千　掠來卜賞一萬金　有人收留罪同死　知者不報禁十年

林大為也值落去　因為張賢來招伊

天光起求人說起　招伊勅桃著景緻

張賢聽見說知情　宿落山麓過一夜

林大悲著苦傷悲　未知為著也代誌

陳三陰魂真顯聖　御林兵馬卜撩伊

就罵林大無天理　平伊撩去總簥死

品兩有銀辰神通　不通題轉卜返去

陰陽苦准卜撩爾　一時來附林大身

張賢著罵卜走離　雙平嘴邊決不離

恪過李公庄路邊　醒來見鬼叫無離

陳三借著林大聲　親像跳銅一般年

恨只林大用柔意　暗摸運裝左并下

李公不免心驚疑　將只二人撩送去

三十六計走走前

看見陳三在身邊

隨時來附林大身

佈無五娘悲栄意

事通張賊散祖魂

事通張賊散祖魂

全家被爾來害死

寒心通過無心意

同著張賊相蛤去

解上京城去凌遲

借著林大手伸去

祖落山下大路邊

看見二人只事誌

前日教阮學磨鏡

鏡擔放落卜撩伊

阮是泉州陳三兄

成阮五娘只親成

肩挑鏡擔笑微微

御狀告准來到只

飛天鑽地來來離

賞格一萬卜撩伊

托奸臣奏吾王

吊通奸賊害阮死

通領賞銀微老爺

報答前日這情份

李公聽見認聲音　　隨時叫人掠送去　　領了賞錢在身邊

押劉京城鬧紛紛　　聖旨到來總看死

王華白綾求絞死　　問我口供奏上去　　全家斬決無延遲

益春越頭看一見　　林大張賢過刀去　　叫聲救命益春姐

七月十五卜午時　　知府押出衙門邊　　用只毒計來害伊

益春跪落淚淋漓　　就罵狗拖無好死　　看見益春行過去

今旦天地真有目　　看爾短命值不值　　害人正是害自己

益春指著再罵伊　　救我一命免刀死　　陰陽報應無差遲

林大跪落淚淋漓　　後世做牛共做馬　　拖磨報答益春姐

知府跪落來求伊　　死旦到了不知死　　短命軒賢去赴刀

午時三刻卜赴刀　　是我做事太蹉跎　　免得流徒死外邊

好臣白綾來絞死　　是慈做事做遲遲　　不干益春會代誌

秋香出來看一見　　可憐老命七十二　　十刀八刀雙雙會死

今旦君王出聖旨　　阿老報應無差移

張賢押到台上去

林大全家性命無

人人看見真歡喜　　心內暗喜大歡喜　　前世沉淪已報起

知府流徒死外邊　　　　　　　　　　合誠歸陰去繳旨

返來王府問無意　陳三上前來娶伊　一時倒落死歸去　王府大小不知機

益春返去泉州城　官府迎送好名聲　先到英內謝洪舉　拜謝恩人大義父

抱子返來崩山內　看見舊曆淚紛紛　五落大曆成平埔　花園樹木燒烏焦

向峙司阜來掘井　掘起井內三丈二　雙雙對對飛半天　二隻尾蝶飛上去

陳三五娘二身屍　哖人扶起在井邊　滿身皮肉無臭氣　親相在生一般年

益春看見淚紛紛　一聲阿娘一聲君　哭甲目滓滿目滴　天光哭到黃昏時

曆邊頭尾來勸伊　爾今不通苦傷悲　紫買棺材上街去　收抾君娘兩死屍

棺材買來雙具排　衣裳鞋帽寮落來　穿了收抾棺材內　親戚朋友淚衷衷

益春心內有主張　卜引西方來誦經　五個和尚教抾佽　童播旗傘來接引

西方返了卜出山　泉州提督舉靈柩　基碑卜打青石字　和尚引魂做頭前

頭前排落開路神　益春備辦費心肝　合聲聖道台隨後面　點主道台隨後面

香燈花亭陣陣新　棺前子弟吹八音　火羅執事一大陣　亦有諸封墓誌亭

泉州文武來送葬　紳士老大排路祭　亦有進士舉人貢　地保做頭唱路過

益春牽子送衣衣　送到西山大路來　先生點穴定羅經　司阜洛葬做完備

反主返來有主意　全家功德同做起　滿城文武同來吊　一時榮顯六間熱

賢落運使功臣坊　忠勤正直在中央　欽賜祭葬都完備　起落一廟奉祀伊

益春堅心守節義　盡心顧子卜成器　守仁伊子真伶俐　送入書房讀幾年

後來生出二孫兒　一孫送交洪舉伊　卜顧洪家奇爐耳　報答前日只恩義

許日益春得一病　陳三五娘來娶伊　死到陰司做一堆　共君共娘來相隨

來說張賢林大鼻　二人過刀歸陰司　先到城隍報名字　手提頭亮血淋漓

城隍正是陳運使　文武判官兩平排　謝范將軍入殿內　繳上火簽共火牌

報掠奸臣王華來　又掠張賢共林大　現在押落監牢內　請上境主乜主裁

城隍上殿有主裁　就吊張賢林大來　套謀奸臣來陷害　害院全家真不該

常州奸臣大黑伊　大胆惡毒罪如天　阮曆共恁也他誌　用只毒計是障年

就吓家人取竹杯　三人打落做一齊　打倒血流共血滴　掠去十殿去凌遲

第一殿主奏廣王　青面撩牙鬼怪狀　牛頭將軍手舉义　馬面將軍手舉鈀

175

一告潮州林大鼻　佔阮五娘未得去　套謀奸賊毒計智　害阮全家歸陰司

二告張賊用毒計　卜趁林大大包禮　假意欺阮風水地　暗藏軍器在井下

三告王華只奸臣　食着林大二萬金　亂奏運使卜反叛　害阮全家命不容情

四告知府李德聲　為着挾嫌起歹心　帶來馬兵四五千　害阮一家命歸陰

殿主聽見怒冲天　大胆林大障無理　暗靜聚走五娘去　爾心猪狗總不池

林大跪落說因伊　五娘親成親做起　陳三假意為奴婢　用只毒計害伊死

靠着伊兄有勢利　潮州官府判乎伊　我心一時不願意　用只御狀求害伊

着辦陳三共五娘　來報強佔只宠优　林大一人不好死　亂告御狀求害伊

五娘跪落就訴起　親成先做陳三伊　我身不願嫁伊去　用出媒人求親誼

阮爺一時有主意　將子親戚再做伊　意愛陳三只親誼　七人先做說出家

殿主心內有主裁　太吊九郎出火牌　運使做官潮州時　配給陳三伊小弟

九郎跪落就說起　共阮五子定親誼　林大兼伊有勢利　強要求做只親誼

雖嫁往一去有十年　並無挑陳三到只　林大兼伊有勢利　強要求做只親誼

176

陳三阮厝做奴婢　婴走五娘卜返去　知州當堂來判起　配去充軍崖州市

伊兄一時得知之　提起前日只親誼　思著有影只代誌　照舊我子嫁與伊

對著林大丂生氣　掠只六娘嫁乎伊　誰知伊心用許智　陷害陳三全家死

殿主受氣擋封旨　大罵林大真無理　伐人親成未得去　用謀設計害人死

案判來了六娘來　告著林大真是呆　生生橫逆迫伊死　只案再求線辦理

殿主心內有主裁　再吊王華張賢來　又吊知府李德聲　來共林大審來因

四人說出喃淚啼　是我生前亂行宜　願求恩典罪減輕　放去陽間緊投生

殿主掠話就罵伊　到只地步悔怕遲　是恁四人無天理　遍身痛疼苦叫天

罰上刀山利支支　山中劍樹密密是　後面小鬼打上去　釘空透過血淋漓

二殿地獄是釘床　鐵釘利剌身軀　頂面大石壓下去　遍身痛疼苦叫天

三殿地獄寒冰池　池內冰水滿盡是　掠只四人擲落去　遍身寒冷恰恰死

四殿炮烙火紅紅　四人縛落鐵煙筒　燒甲鼻乾共的火　恰慘鈍刀慢慢剺

五殿地獄刀架排　掠只四人一齊來　取心流腸破腹內　吁聲痛疼淚哀哀

六殿油湯滾沸沸　掠落鼎內煎肉胥　煎落骨赤共肉爛　腳手虯虯做一拖

七殿排下虎頭關　銅蛇做繩縛頭腳　鐵狗作坐倒上去　截作兩半血淋漓

八殿地陷烏龍籠　毒蛇惡狗會咬人　咬甲遍身無離縫　皮肉盡無骨肌紅

九殿排下大籠床　滾煙烈烈吷身軀　吷甲皮肉盡熱熟　歸身逐塊變烏有

十殿石磨排左右　掠入磨去變肉醬　骨頭粉碎也親相　親相冬至未曾發

陳三五娘共益春　遊過十殿同一輩　看見四人成肉粉　寃仇有報笑文文

第十殿主有主裁　就叫陳三五娘來　親成雖然德光作　不該緊走一輩

二人緊走未幾步　後面小鬼來趕路　吹落大風共大雨　下面海水暗烏烏

著爵夨過油板橋　橋頭橋尾雙平搖　趕到中央叫苦聲　只路斜欹未敢行

小鬼看見說笑伊　罰爾再生坐海邊　勸人不通只代誌　到只地步悔卻遲

五娘正在苦傷悲　看見九娘在海邊　腳踏雙船卜過去　風影透透大如天

舵工岸紫雙平搖　船頭船尾超超趙　趙來趙去未得定　險險落水無性命

小鬼擒首五娘聽　腳踏雙船是憑爹　勸人作親著鑒定　不通一子兩親成

共益居書房印共一

陳三歌薄四冊

鐵橋過了奈河橋　橋下犯人苦呼群

小鬼指著陳三聽　為夫報仇好名聲

慈春看見一著鴛　閻君賜與伊水坐車　童孫接引作頭行

土地公來阻擋伊　阿娘腳細路難行　免得腳痛模路從

奈何過了望鄉台　就卜落車子娘坐　陰間報應無差移

望鄉台過孟婆村　爾今不通障苦哀　勸讀詩書進秀才

陳三五娘行到只　望見家鄉次衰哀　伊子守仁在學內
　　　　　　　　空少坐車人福氣

孟婆村過苦竹橋　一座驅望台一丈　孟婆坐落在中央
　　　　　　　　橋下紅水滾滾燒　將只茶湯食落去

作人容易做人難　嘴乾一時恰慘死　四邊過路見進茶湯
　　　　　　　　再要作人恐更難　食落世事全忘記

跳來二位鬼真凶　一名呼作活無常　正是一首作人詩
　　　　　　　　前岸斗大四行字　口與心同却不難

一位呼作死有分　胸前掛落是紙錠　手提紙筆腰插刀
　　　　　　　　手捧算盤肩背米　二目圓圓笑呵呵

陳三五娘共慈春　被只恐鬼催神魂　手捧算盤肩背米
　　　　　　　　　　　　　　　　聲聲吐氣喃淚啼
　　　　　　　　一時著鴛拔落去　出世作人富貴時

第四冊終

最新改良洪益春告御状歌

（第四册）

最新洪益春告御状歌

唱出益春走出来，思着只事泪哀哀。

登山扒岭①真歹事，脚酸手软无人知。

一阵生风冷青青②，白额猛虎在路旁。

开嘴伸牙扑咬去，山神土地紧救伊。

猛虎走过未几时，一尾毒蛇来身边。

蛇身足足米斗③大，蛇嘴展开三尺阔。

看见着惊心忙忙④，雷公电母响叮东。

掠只毒蛇来打死，身长足足五丈二。

毒蛇过了雪山头，霜雪冻落目滓流。

恨只身上衫孤单⑤，受风受雨受饿寒⑥。

雪山行过大树塘，树林乌暗不见光。

莺哥啼叫心头酸，声声叫出断人肠。

树林过了铁板桥，脚踏铁板双头摇⑦。

卜过桥头未得着⑧，心头恰惨⑨吃苦药。

陈三五娘细声喉，神魂牵伊过桥头。

一时忙忙如眠望⑩，认真看无君来人。

铁桥过了凤凰寨，凤凰寨主手举钯⑪。

就同嘹啰⑫落山下，将只益春掠上寨。

---

① 登山扒岭：翻山越岭。
② 冷青青：冷飕飕。
③ 米斗：称量粮食的量器，是古代官仓、粮栈、米行及地主家里必备的用具。
④ 心忙忙：心茫茫，不知所措。
⑤ 衫孤单：身上衣服单薄。
⑥ 饿寒：饥寒。
⑦ 双头摇：两边摇晃。
⑧ 未得着：未如愿。
⑨ 恰惨：这么惨。
⑩ 眠望：睡梦。望："梦"的闽南话直音。
⑪ 钯：兵器，工具。
⑫ 嘹啰：小喽啰。

寨主掠过洪益春，生成伶俐有十分。

说卜娶尔做妻儿，免得乡村配百姓。

益春跪求泪旁沱，出路①姿娘无奈何。

大王尔有亲妻儿，别人某子不通他②。

大王就骂死贱婢，尔今不从这事件。

掠尔剖腹刀下死，心肝配酒食落去③。

益春就骂贼土工④，树身坐定不惊风⑤。

情愿大王刀下亡，不愿失节嫁贼王。

大王听见怒冲天，就叫寮啰卜剖伊。

破腹取心慢凌迟⑥，出我一点大受欺。

寮啰说落⑦大王听，只人不从咱亲成⑧。

将伊暂关山后间，慢慢劝伊来返心。

益春禁落在山后，心头苦切目滓流。

思卜咬舌自尽死，免得失节被人欺。

黄昏日落风阴阴，内面乌暗无点灯。

坐落地下冷侵侵⑨，恰惨昭君在冷宫。

一更过来虫声悲，想着当初娶走时。

卜望百年结连理，无疑我君归阴司。

二更过了三更来，恨杀林大来陷害。

套谋奸臣毒计智，害死全家无天理。

三更返来三更时，官人阿娘落井死。

放阮一身走出去，为着陈三香炉耳。

---

① 出路：指出门在外。

② 不通他：不能要。

③ 食落去：吃下去。

④ 土工：蛮横，不讲道理。

⑤ 树身坐定不惊风：指身正不怕影子歪。

⑥ 慢凌迟：慢慢折磨，慢慢欺负。

⑦ 说落：说给。

⑧ 亲成：结亲。

⑨ 冷侵侵：冷飕飕。

四更过了五更推，千辛万苦路呆行①。

毒蛇猛虎大风雨，山上寮啰来把路。

五更过去天渐明，亏我益春真克亏②。

今卜乜法通解为，总着思死恰荣威。

三更过去四更声，想只君娘心头酸。

我君我娘有灵圣，保庇益春紧无命。

天光起来日出辰，寮啰入内说因由。

劝恁娘子返心意，共阮大王结亲谊③。

益春主意就应伊，尔今说话亦恰是。

大王卜阮结亲成，着允一条愿照行。

阮卜河边做功德，卜做功德十四日。

五个和尚来诵经，纸钱烧送阮君身。

待等功德做完备，到时结亲亦未迟。

无卜允阮只事志，卜结亲成阮卜死。

寮啰报乞④大王听，大王就允依所行。

功德事志做完备，益春河边烧纸钱。

纸钱献了苦伤悲，一声君娘一声啼。

看见河水白丝丝，将身跳落水流去。

大王看伊跳落去，返来思着气半死。

无采功德做完备，乎⑤伊骗去不愿意。

益春跳落水流去，流落英内大河边。

遇着一位钓鱼翁，救上渔船渐回阳。

渔翁着惊就问伊，尔是何方人妻儿。

为卜事志落水死，尽情共阮说透枝。

---

① 呆行：不好走。
② 克亏：吃亏。
③ 结亲谊：结亲事，成婚配。
④ 乞：给，让。
⑤ 乎：让。

益春说着喃泪啼，念阮陈姓人妻儿。

阮君前日病一死，婶母呆心①卜卖去。

阮身不愿来听伊，偷到河边尽节死。

幸遇恩人来救起，未知尔心乜主意。

鱼翁听见就知枝，呵老益春有节义。

我今现年六十二，并无妻女在身边。

尔身无嫌阮身已，收尔来做契子儿②。

卜嫁不嫁随在尔，不敢做事来差迟。

我叫洪举亲名字，住在南安英内里。

有时河边来讨鱼，讨趁淡薄③卖鱼钱。

益春随时心欢喜，就叫契父拜落去。

相帮契父去讨鱼，日日讨鱼大利市④。

月月返来十月期，十月满足生男儿。

号⑤做守仁好名字，卜顾两家香炉耳。

日月如梭已五年，陈三五娘托梦起。

卜报冤枉京城去，告准御状通掠伊。

益春醒来有主意，就对契父说透枝。

意爱⑥本身京城去，卜告御状掠大鼻。

将只我子交过尔，望尔照顾无差移⑦。

别日大汉⑧会成器，着报恩情也未迟。

洪举听见着惊疑，劝尔京城不通去。

路途呆行远无比，单身妇女不合宜。

---

① 呆心：歹心。
② 契子儿：此指义女。
③ 淡薄：指些许。
④ 利市：买卖好。
⑤ 号：取名，叫做。
⑥ 意爱：想要。
⑦ 无差移：没有差错。
⑧ 大汉：长大成人。

益春心性掠一定①，女扮男装就起行。

上山扒岭强拖命，行到半年到京城。

宿落客店有几时，恐经御状不准理。

冥日心头未放松，交待王爷一跟班。

引伊入去做跟班，做事认真莫放松。

小心跟随有半年，王爷十分大欢喜。

呵老做事真合利②，有心思卜裁倍③伊。

屡次放官乎伊去，盼望别日出头天④。

益春心内有主意，跪落面前来推辞。

愿卜相随在身边，不肯做官来分离。

王爷听见大欢喜，一婵⑤秋香卜偿⑥伊。

就对益春来说起，赏尔秋香为妻儿。

益春听见着大惊，赶紧跪落说伊听。

阮厝已做陈厝子，不敢再做坏名声。

王爷听说就讲起，尔心不免来嫌疑。

无分大小好无比，未知主意是障年。

只事我已主意定，不准尔再来推辞。

择定八月十五夜，乎恁二人会佳期。

益春惊伊有脾气，不敢再三来推辞。

嘴内应允退出去，心内着惊恰惨死。

冥日苦切暗声啼，梦见陈三在床边。

就叫益春免挂意⑦，试看秋香是婵⑧年。

益春醒来着一惊，昨冥官人说婵听。

---

① 掠一定：下定决心。

② 合利：合理。

③ 裁倍：栽培。

④ 别日出头天：来日出人头地。

⑤ 婵：婢女。

⑥ 偿：赏。

⑦ 免挂意：不用放在心上。

⑧ 婵：婢。下文同。

劝我心头着岸定^①，着允秋香只亲成。

我今暂允只亲谊，试看伊心是也年^②。

伊心若是不愿意，到时来死亦未迟。

陈三五娘在阴司，就对阎王说透枝。

阳间益春一女婢，女扮男妆来到这。

来告御状林大鼻，卜报冤仇大如天。

王府一娴卜嫁伊，恐惊出破害身己。

恳求阎君作情意，乜法改为无代志^③。

阳世冤仇通报起^④，警戒世人莫学伊。

判官将簿看知枝，秋香寿数已到期。

只事只样来做起，五娘神魂去附伊。

阎君见说就知情，吩咐五娘去附身。

尔到阳间莫说起，不通泄漏只根枝。

尔去附身百日期，报了只冤返阴司。

好共林大通对指，阴阳报应无差移。

五娘听见心欢喜，拜谢阎君有公理。

就同差役京城去，投入王府等候伊。

秋香正在办嫁妆，嫁妆办落骨头酸。

一时困倦倒下去，神魂出窍到五更。

神魂被鬼来抢去，抢到阴间始知死。

五娘阴魂附落去，醒来假做秋香伊。

八月十五卜合婚，益春心内乱纷纷。

新娘共阮卜和合，我卜乜物通伊值^⑤。

新娘莲步扶入来，坐落偷看新子婿。

---

① 着岸定：要冷静。
② 也年：怎么样。
③ 无代志：无事情。
④ 通报起：要报仇。
⑤ 我卜乜物通伊值：我能给她什么东西。

思起前事在心内，恨煞林大真不该。

只冤未报心头悲，伊卜京城告御状。

我着暗静①来扶持，通掠潮州林大鼻。

益春坐下面忧忧，今冥乜物对新娘。

伊若知我是女儿，不肯作情总着死。

我今一死无相干，死到阴司不甘愿。

亏得放子在英内，亏得冤枉无人知。

二人对坐到三更，送嫁近前来劝你。

劝恁早早回床去，不通对坐到鸡啼。

二人闷闷上床来，无言无语在心内。

静静困到第三夜，秋香假意先问伊。

尔乜做人真细利，恰惨出世是女儿。

为着什乜大代志，静静无话是障年。

益春心内着一惊，遍身流汗未做声。

女扮男妆只件事，新娘今夜乜会知。

新娘看见笑微微，劝尔心肝免迟疑。

尔为冤枉来到只，卜告御状林大鼻。

益春着惊就问伊，尔是神仙狐狸精。

为乜阮身来事志，从头到尾尔知枝。

新娘假意说出来，神明托梦乎阮知。

甲②阮暗中代料理，去告御状林大伊。

益春跪落拜谢伊，尔今恩情大如天。

女扮男妆莫受气，又卜料理这情意。

二人恩义有话说，日做夫妻夜姊妹。

内外无人会知枝，不知益春是女儿。

皇后来叫王夫人，秋香随跪入宫庭。

---

① 暗静：背后偷偷的。
② 甲：让。

一宿三日在宫内，甚得皇后真宠爱。

皇后正在梳妆楼，思卜爱梳福建头。

问来问去人不晓，秋香来梳真是巧。

皇后梳落心欢喜，日日宠爱无人比。

看伊心头闷无意，就问为着乜事志。

秋香近前跪落地，阮有福建一小妹。

一条冤枉全家死，卜告御状林大鼻。

恐惊主上不准理，宿在客店有一年。

卜求皇后恩典至，对着主上说知枝。

皇后听见就应伊，果然有影①这事志。

我对君王来说起，赶紧来告莫迟延。

秋香谢恩出殿来，只事就说益春知。

假说相辞卜返去，去告御状莫迟延。

益春相辞出门去，男妆脱落穿女衣。

做落一张冤枉状，哀哀苦苦到午门。

君皇上殿就说起，有人告状莫挡伊。

昨夜寡人梦一见，百姓受屈满尽是②。

门官就奏一妇女，家住福建泉州府。

现在跪落午门外，声声叫卜告林大。

君王说出吊伊来，看见呈词龙心知。

林大用计来相害，害死全家陈运使。

龙颜大怒出圣旨，一道圣旨潮州去。

御林兵马二千四，卜掠林大莫延迟。

又掠知府李德声，派出新官去接任。

二人重犯莫放去，限了日子莫延时。

郑相跪奏王知机，着记前日王华时。

---

① 有影：真的。
② 满尽是：到处都是。

奸臣冒奏太无理，运使造反去掠伊。

君王听见怒冲天，大胆奸臣障无理。

乱奏造反这毒计，害死运使一全家。

贪心食着乜人钱，作出欺君只代志。

若不照实来认起，当殿竹棍就打死。

王华着惊流冷汗，就认潮州只林大。

拜托张贤来说起，卜害运使全家死。

君王听见有主裁①，就禁奸臣天牢内。

等待罪犯一齐来，审了押出教场抬。

封落泉州陈运使，忠勤正直四字排。

配入忠臣庙上来，钦赐祭送天下知。

陈三五娘有诰封，诰封夫人共圣公。

益春节义二大字，为夫报仇古今稀。

益春谢恩就出去，宿在客店安身住。

等待林大掠到只，看伊荣幸②有几年。

御林军来潮州城，三更夜半无做声。

林大一家五十口，人人掠着莫放走。

家伙③百万充入库，大厝烧了做平路。

掠无林大只犯人，赏格④出了真是重。

有人报说赏五千，掠来卜赏一万金。

有人收留罪同死，知者不报禁十年。

林大为乜值落去⑤，因为张贤来招伊。

招伊勒桃⑥看景致，宿落山岩过一夜。

---

① 主裁：主意，主见。
② 荣幸：幸运。
③ 家伙：财产，资产。
④ 赏格：赏金。
⑤ 为乜值落去：到哪里去了。
⑥ 勒桃：游玩，玩耍。

天光起来人说起，林大着惊半小死①。

未知为着乜代志，御林兵马卜掠伊。

张贤听见说知情，三十六计走做前②。

不通憨憨卜返去，乎伊掠去总着死。

林大思着苦伤悲，看见陈三在身边。

一时着惊晕落去，醒来见鬼叫无离。

陈三阴魂真显圣，随时来附林大身。

双平嘴边决不离，亲像跳铜一般年③。

就骂林大无天理，占无五娘起呆意。

串通张贼败祖地，暗埋军装在井下。

品尔④有银展神通，拜托奸臣奏君王。

全家被尔来害死，害死通过无心意。

阴阳告准卜掠尔，飞天钻地走未离⑤。

同着张贼相蛤去，解上京城去凌迟。

张贤着惊卜走离⑥，陈三阴魂卜掠伊。

借着林大手伸去，扭落山下大路边。

恰遇⑦李公在路边，肩挑镜担笑微微。

看见二人只事志，镜担放落卜掠伊。

陈三借着林大声，阮是泉州陈三兄。

前日教阮学磨镜，成阮五娘只亲成。

恨只林大用呆意，串通奸贼害阮死。

御状告准来到只，赏格一万卜掠伊。

李公不免心惊疑，将只二人掠送去。

---

① 着惊半小死：吓得半死。
② 走做前：先走为妙。
③ 跳铜：闽南话叫做"倒铜"，神明上身，一种乩童仪式。一般年：这样子。
④ 品尔：凭你。
⑤ 走未离：来不及跑掉。
⑥ 卜走离：要逃跑。
⑦ 恰遇：巧遇。

通领赏银做老爷，报答前日这情份。

李公听见认声音，知是陈三来附身。

随时叫人掠送去，领了赏钱在身边。

押到京城闹纷纷，三司会审做一群。

问我口供奏上去，圣旨到来总着死。

王华白绫来绞死，知府流徒二万里。

林大张贤过刀去，全家斩决无延迟。

七月十五卜午时，林大押出衙门边。

看见益春行过去，叫声救命益春姐。

益春越头①看一见，就骂狗拖无好死②。

占阮阿娘未得去，用只毒计来害伊。

今旦天地真有目③，看尔短命值不值。

害人正是害自己，阴阳报应无差遗。

林大跪落喃泪啼，救我一命免刀死。

后世做牛共做马，拖磨报答益春姐。

益春指着再骂伊，死日到了不知死。

勿得广话④来罗梭，短命赶紧去赴刀。

知府跪落来求伊，是我做事太差迟。

可怜老命七十二，免得流徒死外边。

益春就骂老奴才，是恁做事做的来。

今旦君王出圣旨，不干益春会代志。

午时三刻卜赴刀，林大全家性命无。

张贤押到台上去，十刀八刀只会死。

奸臣白绫来绞死，知府流徒死外边。

人人看见真欢喜，呵咾报应无差移。

---

① 越头：转头。
② 无好死：没有好下场。
③ 今旦天地真有目：今天老天有眼。
④ 广话：讲话。

秋香出来看一见，心内暗暗大欢喜。

前世冤仇已报起，合该归阴去缴旨。

返来王府闷无意①，陈三上前来娶伊②。

一时倒落死归去，王府大小不知机。

益春返去泉州城，官府迎送好名声。

先到英内谢洪举，拜谢恩人大义父。

抱子返来崩山内，看见旧厝泪纷纷。

五落大厝成平埔③，花园树木烧乌乌④。

向叫司阜来掘井，掘起井内三丈二。

二只尾蝶飞上去，双双对对飞半天。

陈三五娘二身尸，叫人扶起在井边。

满身皮肉无臭气，亲相在生一般年。

益春看见泪纷纷，一声阿娘一声君。

哭甲⑤目淳满目滴，天光哭到黄昏时。

厝边头尾来劝伊，尔今不通苦伤悲。

紧买棺材上街去，收拾君娘两死尸。

棺材买来双具排，衣裳鞋帽穿落来⑥。

穿了收拾棺材内，亲戚朋友泪哀哀。

益春心内有主张，卜引西方来诵经。

五个和尚敖敖亻字⑦，童旛旗伞来接引。

西方返了卜出山⑧，益春备办费心肝。

合葬西山大路边，墓牌卜打青石字。

头前排落开路神，泉州提督举灵旌。

---

① 闷无意：心情烦闷。

② 陈三上前来娶伊：陈三上前来引他。

③ 平埔：平地。

④ 乌乌：乌黑。

⑤ 甲：到。

⑥ 穿落来：穿好。

⑦ 敖敖：哀号声。亻字：闽南话中紧、快的意思。

⑧ 出山：出殡。

点主①道台随后面，和尚引魂做头前。

香灯花亭阵阵新，棺前子弟吹八音。

大锣执事一大阵②，亦有诰封墓志亭。

泉州文武来送葬，亦有进士举人贡。

绅士老大排路祭，地保做头喝路过。

益春牵子送哀哀，送到西山大路来。

先生点穴定罗经③，司阜落葬做完备。

反主返来有主意，全家功德同做起。

满城文武同来吊④，一时荣显真闹热⑤。

竖落运使功臣坊，忠勤正直在中央。

钦赐祭葬都完备，起落⑥一庙奉祀伊。

益春坚心守节义，尽心顾子卜成器。

守仁伊子真伶俐，送入书房读几年。

后来生出二孙儿，一孙送交洪举伊。

卜顾洪家香炉耳，报答前日只恩义。

许日⑦益春得一病，陈三五娘来娶伊。

死到阴司做一堆，共君共娘来相随。

来说张贤林大鼻，二人过刀归阴司。

先到城隍报名字，手提头壳血淋漓。

城隍正是陈运使，文武判官两平排。

谢范将军入殿内，缴上火签共火牌。

报掠奸臣王华来，又掠张贤共林大。

现在押落监牢内，说卜境主乜主裁。

---

① 点主：丧礼旧俗，由当地有名望的士绅填写神主牌上"主"字上端之点。

② 一大阵：形容队伍庞大，人数多。

③ 罗经：即罗盘。

④ 吊：吊唁。

⑤ 闹热：应是"热闹"的倒文。

⑥ 起落：建造。

⑦ 许日：有一日。

城隍上殿有主裁，就吊张贤林大来。

套谋奸臣来陷害，害阮全家真不该。

吊出奸臣大骂伊，大胆恶毒罪如天。

阮厝共恁也他志，用只毒计是障年。

就叫家人取竹杯①，三人打落做一齐。

打倒血流共血滴，掠去十殿去凌迟。

第一殿主秦广王，青面獠牙鬼怪状。

牛头将军手举叉，马面将军手举钯。

一告潮州林大鼻，占阮五娘未得去。

套谋奸贼毒计智，害阮全家归阴司。

二告张贼用毒计，卜趁林大大包礼②。

假意败阮风水地，暗藏军器在井下。

三告王华只奸臣，食着林大二万金。

乱奏运使卜反叛，害阮全家不容情。

四告知府李德声，为着挟嫌③起歹心。

带来马兵四五千，害阮一家命归阴。

殿主听见怒冲天，大胆林大障无理④。

用谋造计害人死，尔心猪狗总不池⑤。

林大跪落说因伊⑥，五娘亲成阮做起。

陈三假意为奴婢，暗静娶走五娘去。

靠着伊兄有势利，潮州官府判乎伊。

我心一时不愿意，用只毒计害伊死。

着办陈三共五娘，来报强占只冤仇。

着办益春死贱婢，乱告御状求害伊。

---

① 竹杯：竹制刑具。
② 大包礼：行贿，送大礼。
③ 挟嫌：指心怀怨恨。
④ 障无理：这么不讲理。
⑤ 不池：不要。
⑥ 因伊：缘由，原因。

五娘跪落就诉起，亲成先做陈三伊。

林大一人不好死，用出媒人求亲谊。

阮爷①一时有主意，将子亲戚再做伊。

我心不愿嫁伊去，意爱陈三只亲谊。

殿主心内有主裁，去吊九郎出火牌。

尔子亲成只件事，乜人先做说出来。

九郎跪落就说起，运使做官潮州时。

共阮五子定亲谊，配给陈三伊小弟。

离任一去有十年，并无批陈三到只。

林大靠伊有势利，强要求做只亲谊。

陈三阮厝做奴婢，娶走五娘卜返去。

知州当堂来判起，配去充军崖州市。

伊兄一时得知之，提起前日只亲谊。

思着有影只代志②，照旧我子嫁乎伊。

对着林大歹生气，掠只六娘嫁乎伊。

谁知伊心用计智，陷害陈三全家死。

殿主受气挡封旨，大骂林大真无理。

占人亲成未得去，用谋造计害人死。

案判未了六娘来，告着林大真是呆。

生生横逆迫伊死，只案再求线办理。

殿主心内有主裁，再吊王华张贤来。

又吊知府李德声，来共林大审来因。

四人说出喃泪啼，是我生前乱行宜。

愿求恩典罪减轻，放去阳间紧投生。

殿主掠话就骂伊，到只地步悔恰迟③。

---

① 阮爷：指黄九郎。

② 思着有影只代志：想着确实有这件事。

③ 悔恰迟：后悔来不及了。

197

是恁四人无天理，着落地狱正合宜。

罚上刀山利支支①，山中剑树密密是。

后面小鬼打上去，遍身痛疼苦叫天。

二殿地狱是钉床，铁钉利利刺身躯。

顶面大石压下去，钉空透过血淋漓。

三殿地狱寒冰池，池内冰水满尽是。

掠只四人掷落去，遍身寒冷恰惨死。

四殿炮烙火红红，四人缚落②铁烟筒。

烧甲鼻干共的火，恰惨钝刀慢慢梨③。

五殿地狱刀架排，掠只四人一齐来。

取心流肠破腹内，叫声痛疼泪哀哀。

六殿油汤滚沸沸，掠落鼎内煎肉骨。

煎落骨赤共肉烂，脚手虬虬④做一拖。

七殿排下虎头闸，铜蛇做绳缚头脚。

铁狗作坐倒上去，截作两半血淋漓。

八殿地陷乌笼笼，毒蛇恶狗会咬人。

咬甲遍身无离缝，皮肉尽无骨红红。

九殿排下大笼床⑤，滚烟烈烈吹身躯。

吹甲皮肉尽熟熟，归身⑥逐块变乌有。

十殿石磨排左右，掠入磨去变肉酱。

骨头粉碎乜亲相，亲相冬至术米浆⑦。

陈三五娘共益春，游过十殿同一群。

看见四人成肉粉，冤仇有报笑文文。

---

① 利支支：锋利。

② 缚落：绑上。

③ 恰惨钝刀慢慢梨：就像钝刀一样慢慢刺。

④ 虬虬：弯曲，卷成一团。

⑤ 大笼床：大蒸笼。

⑥ 归身：全身。

⑦ 术米浆：糯米浆。

第十殿主有主裁，就叫陈三五娘来。

亲成虽然恁先作，不该娶走作一群。

着罚走过油板桥，桥头桥尾双平摇①。

吹落大风共大雨，下面海水暗乌乌。

二人娶走未几步，后面小鬼来赶路。

赶到中央叫苦声，只路斜欺②未敢行。

小鬼看见说笑伊，罚尔在生娶走去。

劝人不通只代志，到只地步悔却迟。

五娘正在苦伤悲，看见九郎在海边。

脚踏双船卜过去，风影透透大如天。

舵工岸带双平遥，船头船尾超超赵③。

赵来赵去未得定④，险险落水无性命。

小鬼指着五娘听，脚踏双船是恁爹。

劝人作亲着案定⑤，不通一子两亲成。

铁桥过了奈何桥，桥下犯人苦叫声。

益春坐车随后面，一阵童幡共接引。

小鬼指着陈三听，为夫报仇好名声。

阎君赐伊来坐车，童幡接引作头行。

益春看见一着惊，阿娘脚细路难行。

就卜落车乎娘坐，免得脚痛朴路爬⑥。

土地公来阻挡伊，尔今不通障行宜。

空步坐车人福气，阴间报应无差移。

奈何过了望乡台，望见家乡泪哀哀。

---

① 双平摇：两边摇晃。
② 斜欺：歪斜崎岖。
③ 超超赵：晃来晃去。
④ 赵来赵去：晃来晃去。
⑤ 着案定：要确定。
⑥ 朴路爬：一路爬。

伊子守仁在学内①，勤读诗书进秀才。

望乡台过孟婆村，一座驱望台一丈。

孟婆坐落在中央，四边瓮瓮进茶汤。

陈三五娘行到只，嘴干一时恰惨死。

将只茶汤食落去，食落世事全忘记。

孟婆村过苦竹桥，桥下红水滚滚烧。

前岸斗大四行字，正是一首作人诗。

作人容易做人难，再要作人恐更难。

欲生福地无难处，口与心同却不难。

跳来二位鬼真凶，一名叫作活无常。

手提纸笔腰插刀，二目圆圆笑呵呵。

一位叫作死有分，胸前挂落是纸锭。

手捧算盘肩背米，声声吐气喃泪啼。

陈三五娘共益春，被只恶鬼催神魂。

一时着惊拔落②去，出世作人富贵时。

第四册终

200

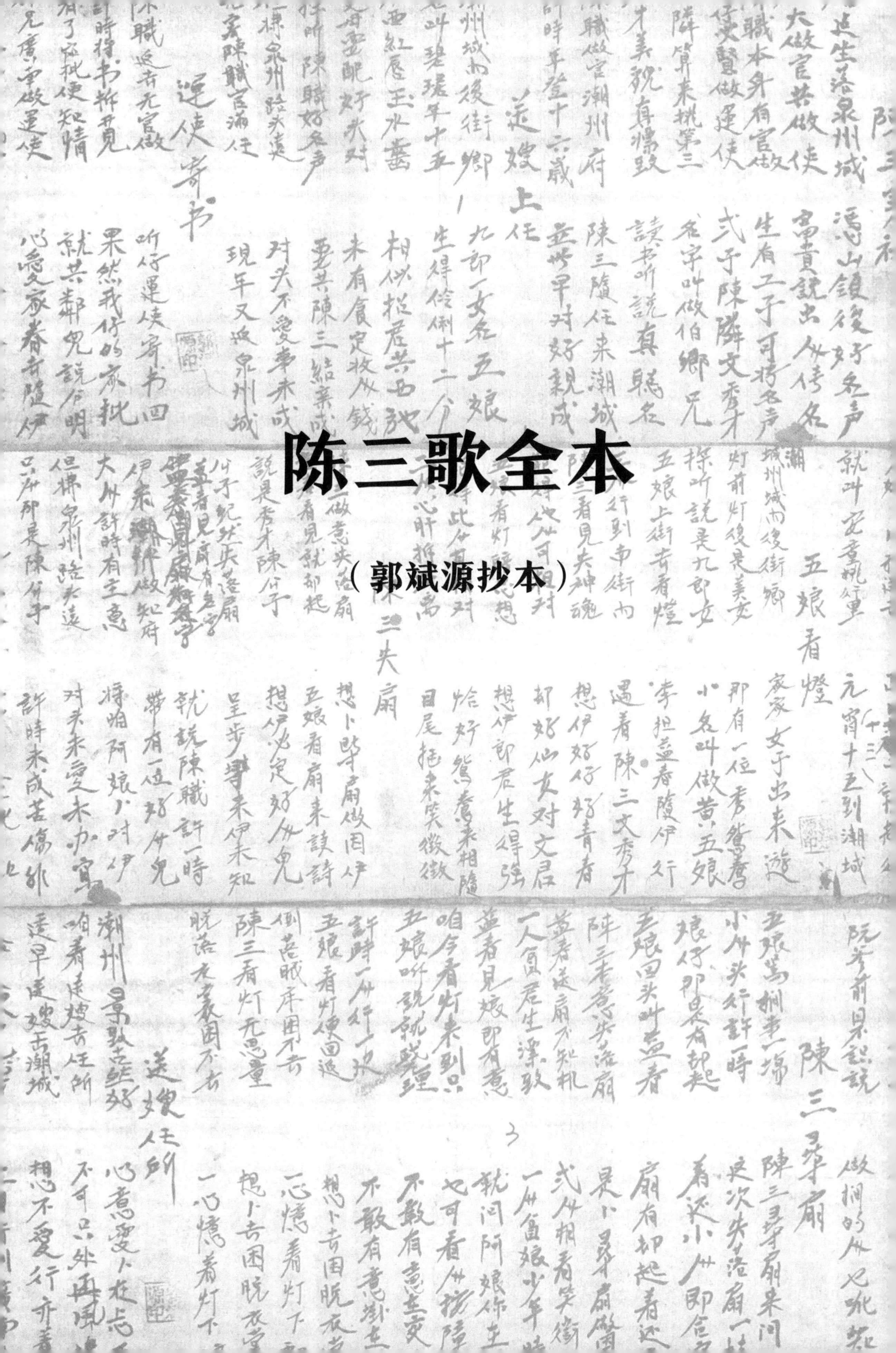

陈三歌全本

（郭斌源抄本）

三事不敢共兄説

假意读书返回乡

遂使汝听弟説一事　　　愛汝讓书返乡城

因此返少就要行

魏舍再来見三兄

你時送嫂廣南城

只是我子的福策

汝理咛咐你着听

伊攜除路着衫綢

度船風險且着程

後来金榜伊头名

因汝这少就下行

一叚見然卜退奇

度船風險且着程

路边美女你无負

後来金榜伊头名

拜别兄嫂就起行

返少又到潮州城

玉娘貶亲

五娘貶人事未成

採听五娘定伊員

睇从廣朝楊玉真

緊托谋州去来亲

三月十四好日子

林代羞人送盘五錢

九郎看見徵徵

相楳即能奇对

那卜将伊妃行厝

九郎看見大爱氣

聞工就罵想碨兒

不保饲大木成人

你令敢説不池開

于伊正是林說汝可

日後能悟仔一世

五娘青谋从

坐落房中诵漏奇

我爱汝卜奇对伊

伊不是读书奇对伊

院力不願奇对伊

五高進仲伊九郎

扑院好花稛牛廉

找少苦我代送奇

五娘持情説起机

前日林代送盘錢

五娘悔亲

遊且起来不梳粧

对伊林代我不池

不如来死恰办宜

五娘不願心头縦

就問阿娘插世果

那卜睇藩卜在廿年

阿春劝娘心头双

目周因何括干洞

西色因何括干粤

再選即君起好候

一征即君好候生

五娘跪落禀爹娘

論伊承東栗自听比

五娘跪落禀爹親

蓋春苦娘起諒谅

起州才不干来求亲

見君木已之良于

那卜何棚看一頁

前日看然老只路

着等黄洞小嫣

不日返来必竹宜

都然有許卜留伊

金銀室貝乃般全

愛卜担做夫妻

九郎听説有主張

物院谋人罵半死

纸書谋人罵半死

你念令事卜左平

虽知林代不定伊

親令就奇見五娘

五娘听説心欢喜

那卜許從可相对

妃伊林代免思量

我想兄宵許時

咱厝花園左井

那卜睇藩卜在廿年

跳落蓬去井是呆

五娘不是林厝仔

五娘不是采子

无奸头对体卜可

一時想定就妮親

奇英是来是采子

一時想定就林大知

論伊承東栗自听比

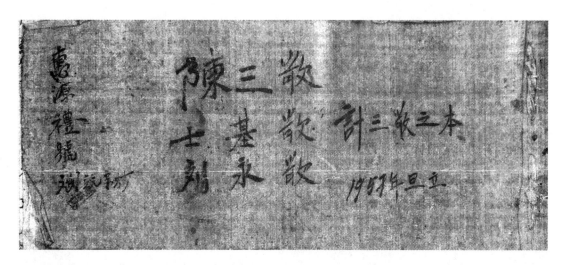

陳三實祿

福建生落泉州城
漳山鎮後好名声
祖大做官共做使
富貴說出人傳名
陳職本身有官做
大使賢做運使
生有二子可揚名声
弍子陳隣文彩身
名字叶做伯卿兄
陳隣算来挑弟三
讀書听說有鴨名
州未美貌有嬌致
陳職做官潮州府
並帶早对好親成
許畤年登十六歲
送嫂上任
陳職隨任来潮城
未有食定妝从錢
要其陳三結亲成
潮州城和後街鄉一
名叫碧瑤五娘
九印一女名五娘
生得俊俐十二个
相似招居共西弛
伊西紅唐玉水蕃
父母遍配好光对
對头不愛事末成
择听陳職姑名对
无害陳職官涌任
現年又收泉州城

運使寄书

陳職延看无官啟
听好運使寄书回
許畤得书折开見
果然我伊的家批
看了家批使知情
就共鄰兄說分明
你兄廣東做是使
心愛家春卷隨伊
鄉兄保令听我已
著送卿嫂去和伊
不三起海應声
著送卿嫂去和伊

正月十三就起行

兄嫂小用我遠行　就叫弟童就起行
正月十三就起行　元宵十五到潮城
潮州城内人烟闹　灯前灯後是美女

五娘看灯
家家女子出来遊
探听说是孔即女　小名叫做黄五娘
五娘上街去看灯　李挴益春随伊行
三人行到南街内　看见陈三文秀才
五娘看灯暗思想　想伊郎君生得强
陈三看见失神魂　想伊好仔邻青春
想伊必定好仔兒　哙好鸳鸯未相随
能得秀才陈仔子　目尾挵来笑微微
陈三破意哙（落）扇　五娘看扇来读诗
就说陈职（职）许一时　想伊必定好对伊
二人心肝拆不离

陈三失扇
陈三三年牵扇　想卜野扇做因伊
五娘看扇来读诗　呈步哥哥学来伊未知
就说陈职许一时　带得一位好对伊

陈三失扇
陈三三年牵扇　更次失落扇
看见小人即企店　扇有却起着迟店
是卜寻扇做伊　也可看人搬障生
不敢有意要变煙　不敢有意烛五年
五娘看灯便画退　倒落眠床困不去
心焦看灯下廊　心焦看灯下廊
陈三看灯先思童　咱今看灯来到只
五娘听说就说理

送嫂任所
心意爱卜在志念　一心焦着灯下娘
潮州景致无赖好　咱来任所再闻楼
遥早送嫂去任所　想卜只外再闻楼
三日行到广南城
陈三许时别广南
一路送嫂觅心者　想着先娘定伊真

3

一时拜别返画乡
要卜潮州探五娘
以事不敢共兄说　假意读书返回乡
连夜听书返画城　爱卜读书返画城
因此没少就要行　因你没少就卜行
夫娘若来见三元　你今木有奇久
三叔见然卜退来　伊今木有奇久
陈三所说暗欢喜　拜别兄嫂就起行
连了广南三百路　返少又到潮州城

五娘眈亲
五娘眈亲人事未成
前日林代富豪人　探听五娘定伊真
头都无棋也又才　听见胥朝揚玉真
九郎所说伊欢喜　返婚托媒州去求来
家高万金平般全　心想爱卜欢喜伊
谋人所说一妃伊　阿娘西街林代郎
九郎住千金女　金银宝贝万般全
听人所说心欢喜　爱卜担做夫妻
一时想定就婚伊　返少奇银林大起
欢喜对伊不羞钱

三月十四好日子
林大起媒去行聘
即时送日奇将书

林代芳今送聘钱

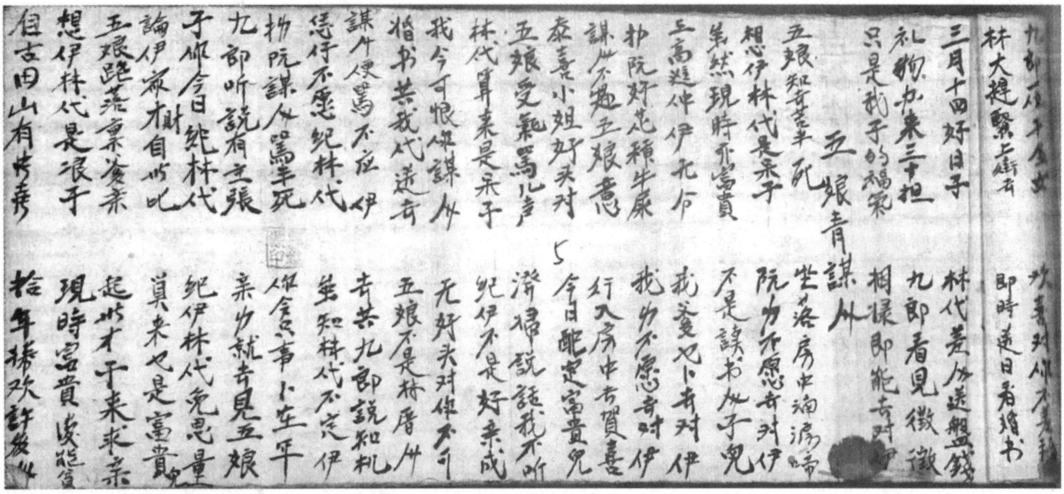

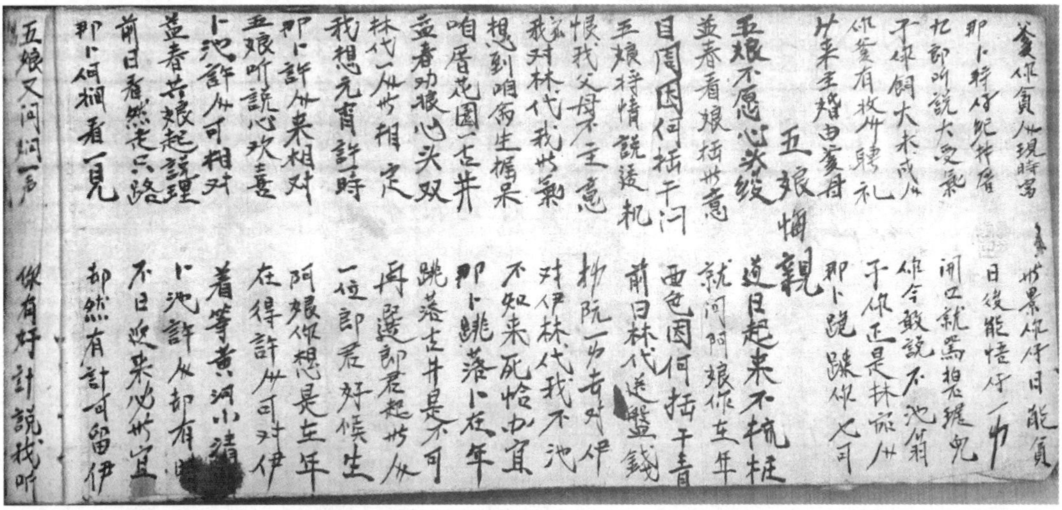

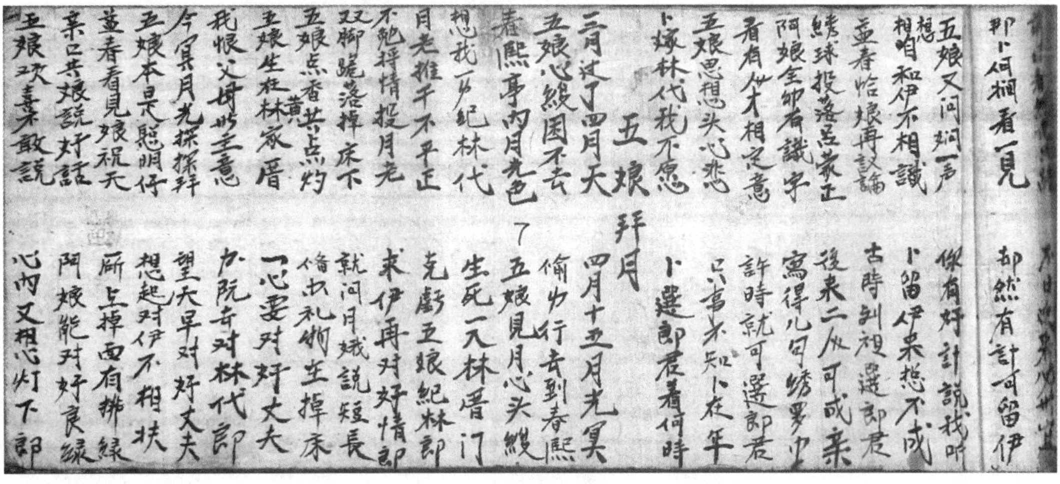

几年不用心头綫　不知許仔在何方
四月过了青時　五月蓮花开满池
五娘艹心看景致　少坐房中苦傷悲
罗巾親绣几个字　卜裊郎君好仔兒
未知郎君何時到　心内想惧那一時

陳三过楼

五月过了六月時　六月荔枝正当時
五娘益春樓上去　二人楼上吃荔枝
忽然陳三楼下过　騎白馬好威宜
益春看見就报知　樓下一位好仔兒
头戴生来真文里　灯下郎君就是伊
阿娘那卜遥头对　手巾荔枝授何伊
五娘思想心就宜　未肯荔枝投何伊
仔子美貌亦歸虎　那卜認睹卜在年
益春共娘說真言　只是月老贈推迁
阿娘说天有灵应　只仔即能来楼前
手帕荔枝繫投落　可望成亲好良缘
五娘荔枝投落楼　陳三看著越岂头
看見楼上有美女　一時欢喜在心头
弍粒荔枝挂罗巾　陳三欢喜笑呟呟
想伊荔枝投何阮　必然有意選郎君
将只荔枝收在乃　就可做証准為憑
未知何時可見面　未知何時可成亲

8

李公用計

一鞭打馬入潮城　謎根李公去探听
李公就问陳秀才　就问三舍你池来
陳三共伊說因卓　阮爹当初来做官
兄嫂潮州三年久　恰你朋友有交盤
現時小仔有壹事　卜生只处问因卓
昨日楼上是午時　楼上美女投荔枝
投落荔枝我收岂　未知千金乜人兒
小仔現時相州吊　思量艹計可見伊
一心想卜学裁縫　想来算去真不通
現時协阮是仔客　在得伊去可相逢
李公有計相共用　日後恩情不敢忘
李公听說便知礼　伊是九郎千金儿
前来林代来定聘　父母欢喜收盤钱
卜是伊仔心不愿　再選郎君投荔枝
我今共你相商来　恐畏只事不和階
伊爹紀然配仔了　伊仔乜有再枉夫
仔說連前生瑞草　有好事志不如艹
陳三心内自已按　在我心想卻不难
伊有表紀在我处　想伊不来不挫陳
伊有謀仔共礼試　我有手帕共荔枝
那卜何官去判断　亦是配我艹配伊
李公听說就返尋　卜去亦着有因尋
仔子不為学磨鏡　打破宝鏡做因尋
又弄自少倍伊鏡　卜想伊仔的□

9

乾柴烽来近烈火　到尾姻緣自已成
陳三听說真欢喜　敢謝李公好计
你金磨鏡来教我　送你白馬掛金鞍
李公許時挑鏡担　工夫說破教陳三
陳三做仔真好才　一時磨鏡学得来
卜去西城見碧瑤　工夫学好心艹虔
白馬牵来換鏡担　仔服脱落換布衣
发落安童挑行里　自己敢去莫潮城

黄厝磨鏡

許時磨鏡是陳三　收整籠索共挨担
头中脱落戴尖帽　新衣脱落換布衣
只是陳三要障做　肩头畏痛亦着挑
手根鉄扳搖几声　泉州磨鏡潮州城
前街後巷不敢去　直去九郎厝前行

10

只处有仔卜磨鏡　劳煩代我传一声
黄厝一桐名益春　見看磨鏡笑呟呟
阮娘一面照少鏡　即久不磨象暗烟
司阜請来厅中坐　我报阮娘得知情
益春入来叫阿娘　一位磨鏡生得端
阿娘那卜遥头对　磨鏡司阜定阿娘
五娘闹仁罵嫺兒　磨鏡乜有好仔兒
阿娘不信去去看　果然生水十二分
益春抱鏡去大厅下　上五娘連步随後行
陳三見娘揖一礼　五娘揖礼艹做声

玉娘擡目看一見　卻也相似咱厝鏡兒

這前借問處鏡兒　今日打扑咱厝來　司宰业真性是貴名

陳三閘口應一声　住在泉州晋江縣

名叫陳三年桂桐　挑來潮州探五娘

董春就問陳三兄　阮肴工鏡先讲计

説笑室鏡磨得值　價鏡先讲即能成

咱肴工鏡磨得值　我今更小做愛加

陳三閘口就夜伊　不可讲起即能成

慶了根只不好听　工早相美当能仔

阮來磨鏡有意　潮州苏枝發危疑

説肴苏枝心綱除　泉州苏枝发東西

五娘做久再思想　就叫董春捧茶

看見身遊好苏枝

董春捧茶去請伊　是咱前日馬上使

我來就共其阿娘説

五娘假意罵綱兒　不可说破及根机

你只此破不起早

做久綱兒呢变記

董春静静此破声

打破室鏡　陳三磨鏡在厝听

璧來一面光如水　董春建前去問伊　果然工夫能玉容

李仔磨鏡甲唱詩　唱得好菜料出

陳三听龍笑衔街　我今見唱是新詩

李仔見唱笑衔街　娘妳卜听連前來

室鏡磨好謹坡增　我能唱致其唱詩

一度照娘伊好桐梯　咱娘卜听連前来

智連採花会佳期　相楪假意春胭脂

三照娘身遊花震義　刘锡採花会佳期

四照五娘配林郎　陳三幷鏡照五娘

二照娘脚三寸長

五娘听説灯头破　卜配林郎死五娘

君身不願配林二哥　你恰阮娘説你能無

阮身不願配林二哥　世進工鏡此相干

嬷娘坐黄阮桩陳　廪磨工鏡好重量

君暗家財敢百刀　缺欠麦于在人間

我來磨鏡嬷娘震　換只此西即障生

五娘兮託別後所是　回坎共桐說一声

嬷鏡提出来此行

陳三是鏡来迌伊

工鏡提出就我行

董春行別後所是

室鏡落地做二平

董春未捧三哥放

陳三手去又半惱　室鏡打破小在牛

欢偿碳綱妳相惊　阮是先悞正即生

五娘听磨鏡是破声　想卜来補秋得成

鏡工夫能玉容

五娘許時火卒罵来　心头着卻祙做声

蓝春許時火卒罵来　只鏡值銀妳處去

看你少年有兮嬷　賊奴尨敢桉障生

九郎丙来大賣金

九郎此銀可信你　身上此銀一時不兄伊

室鏡此恁打破了　九都一時不兄伊

室鏡打破你賠生　我磨起此起桐兒

願嬷起這嬷梯生

補鏡工夫学此厝

九都听娘妳説得通

卜坎陳三廩安童

陳三詐時罵墨琴　青身卜寫来着字

九郎听此身佳明　皮介孝着千刀着

契字寫来着字都

甘苦卯此做奴奴

五娘伊恁破我所　賠青打破我妳堂

皮不值銀祙值錢

工鏡坐怎做鏡錢

陳三椅厝　作薹輕作是唐何

九夫兄尾你管故

人来客去碰對都

陳三妳脚苏卯手

桁息庄卜小不鏡模

工头鸟尾秋簹 故

日头起来天大光
外头扫到门厅堂
陈三打巾扫阿堂
假意扫屑在後晚
玉娘捍头丢来见
商日那亦打破镜
陈三听说就应伊
院走泉州介昌贵
忆着娘仔捧相梭
娘仔恁着相持梭
玉娘受气岂躁房
阮今负你妊头面
陈三亦使做我来
今日具躁投投下地
蓋春将语应三哥

蓋春行赤叶三哥
供你学庆镜来福然
卜想阮娘好衬对
风流即卜阮即添
後来着叫你三哥
玉娘听见笑嗨嗨
我只叶名是不好
因娘起身为娘客
手帕无说你不知
陈三叹使做奴才
院今引你来志作

心肝恍然有想定

陈三许时就应伊
不知恁娘是在年
全胡三小妹着相共
且後思情恍大天
泉州有心来潮城
日间想中拙吃饭
可怜娘仔正障生
到尾烟缘句已成
想卜采花花能刈
不知恁娘意生年
为想娘们即障生
阮娘沉面着拆涡
有一许能梳墙
明早起来天大光
用篁共花代捧堂

蓋春劝你不障生
少娘小妹着相共
想卜采花花能刈
一横牡舟花望远
枝枝叶叶好衬对
看见园中花景致
一横全菊正卜闲
戈仙相焉游花园
且是有花闲香全
我仙相焉游花园
捧恊好花妳去采
就共院娘说短长
古然床上起梳捷
代捧茶汤
戈仙说话嘉土掾闲
今日见然来相看
阮娘相似起金意
阿娘伊话亦惊
有带廷前花深报
玉娘就问陈三郎
三哥你许这叶记

陈三现时听许劝
诳花思想来用乙
心想玉娘就做伴
夜间不因秋光序

由贩债花园

玉娘心教用卜吉
三更半月月揺光
陈三房内就卜闲
伊是好人阮免惊
明朝三哥对伊
伊人青春正反时
不需烦娇异佳期
小仙扇屑走界州城
泉州正着只路来
三更半夜到花园
此举不因说短长

笑

不翻表延记

阮少处投界何你
卜是别处投何你
玉娘共妳想半暮
七日说卅投节枝

三哥你语说起者
阮今引妳来相害
假意叫妳捧华初

阿娘伊话亦惊者
七日说卅投节枝

第一段

脚下是城头少是天
那是小人来赖你
五娘时应三哥
那有想是投虑忌
阮仔见然配伊代
七有在边你三哥
陈三来奉投何阮
阮娘荔枝投何阮
今日敢说劳安意
不是卜遂阮君君
怎娘真是我情人
宦阮陈三也七可
那知荔娘揭镜摔
也知荔枝来来亲
莫非在我阿娘
三哥好亲成亲枝
高枝那卜亦相谊
我就怅你孕着镜
五娘英捌说爱扎
恐怕怅三哥遂回乡
那卜三哥来相对
阮是恰伊说不地

　　母问情由

五娘卧右问三哥
你有侥幸亦是妙
七卜潮州来志忌
厉在泉州晋江县
陈三讲说阮娘听
围去连枝者任听
许时灯下见阮面
又见娘好投荔枝
正月十五别潮城
为娘来吊来亲成
广南是侠我亲兄
可郑陈三来潮州
千力娘卜相拌就
三哥你话死不听
我就怅你有官敢
大兄那卜亦有官
三哥你话说得通
陈三将话说得通
阮是贞你在不几
五娘说伊三哥听
胡很事志你兄弟

第二段

阮我爹妈着着苦困
不可只处闹分分
陈三听说就行闹
五娘叫媚来相随
你媚楣随房中去
忆着三年心就坏

　　思想情郎

五娘逐日坐绣房
心想心陈三是好人
十教万事也思想
那相心三哥伊一人
陈屏也有怨父母
生仔仔兜来害人
许时盖看入门池
只是阮娘来道理
父母真正妙主意
也不再等三年
卜媚林代想三哥
我今亲成亦主意
今日不知卜在年
全伊三哥来咱屑
耳目相想伊书程
苦初七可投荔枝
世初七可投荔枝
投荔枝引伊来
林代真正阮妙沈
不知陈三七人兄
想伊瞒咱亦不成
现时广南有般全
都说伊家爱爹全
可郑今日来咱屑
　　查学公才
那知今日障生想
那知林代是伊子
明知林代是阴子
三哥实在定阮意
当时潮州是伊爹
琴棋书画有般全
想我嫁兄亦去妙
你是图说爱路娶
你爹许届吐密童
伊爹许届吐密童
全去不回相见
陈三只处悼所堂
　　陈三写书
想我鄉兄亦此久
你今职东亦到枝新鄉
看伊也事亦不回
看见三金说一场

第三段

犬人许届少忌你
看你有事不回鄉
陈三说何安意听
九即捉我统亲成
同为五娘相州
才能只处炤景成
我今看等成相枝
才不可回退泉州城
咕待阵枣我盖知
咱爹许阵亦来声
泉州起动说三哥
对伊妙说只亲成
许时二兄道用伊
听伊二兄说三哥
宦阮受尽用亲枝
官阮说伊三哥
障春入来闻兄
有人採折来闻兄
陈三兄娘说困依
甲阮有许林代坐
障生相惧亦障理
我很林代想生意
日后思情恰大天
不可一日过一天

　　陈三写书

董春共我代之急
三哥你卜写万一首
陈三卜说对计智
风流事志属尽通
闰门写来莫完情
向问写来亦完信
阮令全小有识诗
阿阮盖春提何伊
五娘提来看一见
提奇说笔来候诗
宦阮盏姿许提伊
不知写诗有奇意
字字写来卜想伊
误来该去许诗意
正经言语妙提伊
看头看尾有侥峥
芳娘小妹来提诗
敢烦七亦代提诗
宦我有来病用思
字字写来卜想伊

我恨盖春贼媚将
卜是陈三用计智
七敢可亦代提诗
宦阮灯烛着伊

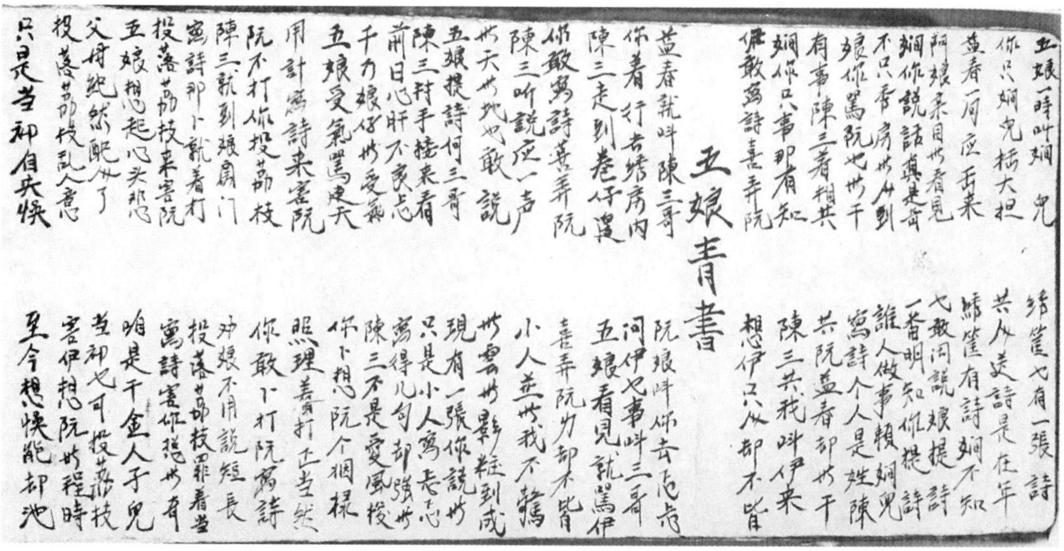

五娘一時叫嫺兒　綉籃乜有一張詩
你只嫺兒梧大担　共人送詩是在年
益春一同应去来　綉籃有詩嫺不知
阿娘来目𠀾看見　乜敢问說娘提詩
嫺你說話真是奇　一番明知你提詩
不只香房𠀾人到　誰人做事賴嫺兒
娘你罵阮乜𠀾干　寫詩个人是姓陳
有事陳三着相共　共阮益春都𠀾干
嫺你只事那有知　陳三共我叫伊来
你敢寫詩喜弄阮　想伊只人都不皆

五娘青書

益春就叫陳三哥　阮娘叫你去厄忐
你着行去綉房内　问伊乜事叫三哥
陳三走到巷仔邊　五娘看見就罵伊
你敢寫詩喜弄阮　喜弄阮力都不皆
陳三听說应一声　小人並𠀾我不驚
𠀾天𠀾地乜敢說　𠀾雲𠀾影粧到成
五娘提詩何三哥　現有一張你說𠀾
陳三封手接来看　只是小人寫去忐
前日心肝不良忐　寫得几句却強𠀾
千力娘仔𠀾受氣　陳三不是愛風摟
五娘受氣罵連天　你卜想阮个姻禄
用計寫詩来害阮　照理着打正当然
阮不打你投荔枝　你敢卜打阮寫詩
陳三就到娘房门　叫娘不用說短長
寫詩那卜就着打　投落荔枝罪着当
投落荔枝来害阮　寫詩害你總𠀾有
五娘想起心头悲　咱是千金人子兒
父母紀然配人了　当初乜可投荔枝
投落荔枝乱人意　害伊想阮𠀾程時
只是当初自失悞　至今想悞能却池

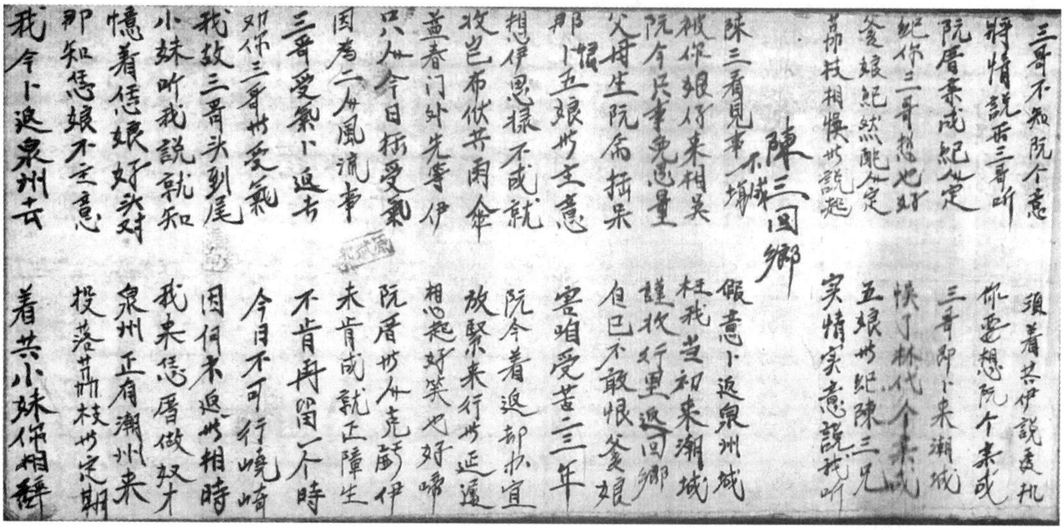

三哥不知阮个意　須着共伊說透扎
將情說去三哥听　你要想阮个亲成
阮厝亲成紀人定　三哥那卜来潮城
紀你三哥想乜好　快了林代个亲成
爹娘紀然配人定　五娘𠀾紀陳三兄
荔枝相悞𠀾說起　实情实意說我听

陳三回鄉

陳三看見事不城　假意卜返泉州城
被你娘仔来相吳　枉我当初来潮城
阮今只事免思量　謹收行里返回鄉
父母生阮命摇呆　自己不敢恨爹娘
那卜恨五娘𠀾主意　害咱受苦三年
想伊恩禄不成就　阮今着返却亦宜
收岂布伙共雨傘　放緊来行𠀾延遲
益春门外先等伊　相思起好笑乜好啼
只人今日揺受氣　阮厝𠀾人尭[illegible]伊
因为二人風流事　未肯成就正障生
三哥受氣卜返去　不肯再留一个時
叫你三哥𠀾受氣　今日不可行嶢崎
我故三哥头到尾　因何未返𠀾相時
小妹听我說就知　我来恁厝做奴才
憶着恁娘好头对　泉州正有潮州来
那知恁娘不定意　投落荔枝𠀾定期
我今卜返泉州去　着共小妹你相辭

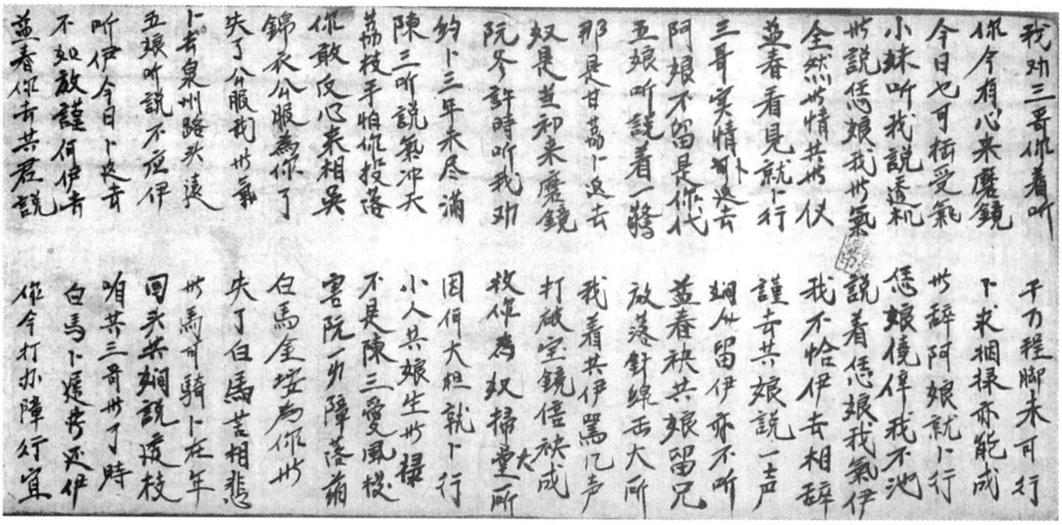

我劝三哥你着听　千万程脚未可行
你今有心来磨鏡　卜求姻禄亦能成
今日乜可揺受氣　𠀾辭阿娘就卜行
小妹听我說透机　恁娘僥倖我不池
𠀾說恁娘我𠀾氣　說着恁娘我氣伊
全然𠀾情共𠀾仪　我不恰伊去相辭
益春看見就卜行　謹去共娘說一声
三哥实情卜返去　嫺人留伊亦不听
阿娘不留是你代　益春袂共娘留兄
五娘听說着一驚　放落針線去大所
那是甘荔卜返去　我着共伊罵几声
奴是当初来磨鏡　打破宝鏡倍袂成
阮今許時听我劝　收你为奴掃大厅
約卜三年未尽满　因何大胆就卜行
陳三听說氣冲天　小人共娘生𠀾禄
荔枝手怕你投落　不是陳三愛風摟
你敢反心来相吳　害阮一步障落崙
錦衣公服為你了　白馬金鞍為你𠀾
失了公服我𠀾氣　失了白馬苦相悲
卜去泉州路头遠　𠀾馬可騎卜在年
五娘听說不应伊　回头共嫺說透枝
听伊今日卜返去　咱共三哥𠀾了時
不知敢謹何伊去　白馬卜還共还伊
益春你去共君說　你今打扑障行宜

潮州戏文 手稿

第一栏（上）

卜返潮州随在你
白马上沈共你延时
阮姨本是探国女
即是旧年寄阮时
投告勒枝阮实意
亦世想我想恩病
打破宝镜你朝沈

碧瑠不留

五娘益春心肝粗
你已亡去你做者
亦世鸳你捧益双
被伊受苦是为何
奴才咱文抹行报
那是真文抹行报
看你永忘年度着
亲像陈三邑能世
枉我三年捧益双
苦初父可做伊奴
不用特世阮厝来
恐阮肯风水走世好
陈三听说就世苦
世绿娘将隐相候
阮在楼上食菊枝
娟你听说言者

璔劝春□田

不才不愿返泉城
雨企伞被邑就世行
益春再劝你着所
延分立业想世世

阮姨你奈呼黄春
那是真妹承行报
看你永忘年度着
亲像陈三邑能世

卜留伊延想也怜
益春看伊抹不愿

第二栏（中）

阿娘不留是代你
烟缘好呆娘福分
留返亦世是临娘因
益春並世可随意
全小相随别只今
五娘有见留有返
不知娘娟有真心
益春不敢去留兄
爱君你呆是实意
真月思君十二时
五娘是你今亲人
共阮益春亦世十

娘你说说那世定
创世阿娘信三哥
留得君返就有功
日后恩情不敢忘
阿娘说说那有定
娟你亲少去留兄
三步拼做二步走
千程脚未可行
且缺亦能再大圆
劝君着放迎
那有言语相得罪
陈三听气愁愁
只是您娘不攻留
世贪隐厝好风流
做亦科困相世延
凭娘你假有意
我今卜留也是假
就那卜留也着所
三哥千方未可行

今日留君那不返
阮娘恰你真有意
事邪特未能成就
摇摇身来就心时
小妹一命就问阴
立脚程步就问伊
陈三听说有笑意
烟娘又急着何时
凭娘有心卜留
阮

第三栏（下）

益春共君说透枝
布袱雨伞莉投邑
烟缘事急咱问伊
又及毛世入大门
月光推延有定期

陈三安宿在後堂
五娘思君心头緧
其间世困到大光
卜想剌绣改心緧

刺绣改愁

五娘思君心头緧
一秀风堂亦在竹
三秀芙容对金南
回芳鸳鸯对对长
三哥美貌阮受次
可惜五娘配抹郎
千缘黄金做工镜

你带後堂寺安宿
益有莉枝投念心
爱君你呆是实意
真月思君十二时
五娘是你今亲人
见你爱气果不可
五娘不敢候三哥
起伊林代愁亦世
五娘不敢候三哥

一心爱对好良缘
尺方茉来饮有里
忆着三哥秋了然
当年林代青心采
却是林代表推来
一朝相似几乃年
日想写想心世知
马知差从来七事
日看现年十月尾
小赤五娘抹推来

问福思想
苦在心病就来
可见五娘病就世
陈三听时後堂知

益春听说三哥痛　偷甲苦春去问伊

玉娘听说三哥痛　觅见三哥病相思

延来就共院残说　阿娘不肯相怀时就

三哥性命着落阴司　三哥只病苦难医

你是有病也是坎　玉娘谨吉问三哥

敢来作弄院三哥　是乜乔魂苦悲怪

天地神明做正见　五娘谨吉问三哥

一声冷汗流青春　陈三论重十二节

五娘做你来延君　三哥也是能害人

阿君想院也是难　三哥也是能害人

院想三哥病就来　可惜莲花我不听

甲君想院病时代　三哥想院也是难

头眠目暗择缺起　五娘做你来延君

因为连花我不听　院想三哥病就来

姻缘事志也不成　可惜莲花我不听

听头全我说起来　院想三哥病不知

今日那卜相持就　二哥鸭君有善兑

一东鸭君有善兑　情由三哥说起来

二鞋一马乜在乎　二鞋一马乜在乎

下日相持卜年在　今日那卜相持就

双人立誓

说如　　　　　　　　　　　陈三可说五娘听

是天地誓何娘听　　　　　　西川大守是我叔

广南汉侯我亲兄　　　　　　一升那有我自己

差州妻仔在身边　　　　　　尽下五娘来相对

说话不敢起欺骗　　　　　　天地神明做证览

曼卜五娘来相对　　　　　　夫妻和合有日期

那敢双心苦二意　　　　　　性命早早归阴司

玉娘听说心重喜　　　　　　谨紧跪落拜撕天

碧珠本是菁养婆　　　　　　我着放谨吉刺绣

不是五娘是实情　　　　　　一时见我重雨

父母仲院能朴代　　　　　　历共三哥续有年

天地神明做正见　　　　　　那敢急昌共情义

一条性命着阴司　　　　　　夫妻注定乜反悔

敢谢娘仔好情义　　　　　　那恨林代州通理

惊院大夫上乜年　　　　　　强坚五娘你院惜

我着不愿正阴笔　　　　　　五娘那君能克惹

甘愿二人落血池　　　　　　五娘那敢林军志

不月院去供大池　　　　　　叮咛院君兄句话

吴了一力卜在年　　　　　　咱是用定正阴生

咱是用定正阴生　　　　　　敢落五娘光锦道

陈三功敢起阴道　　　　　　二人有精苦有从

同全跪落拜谢天　　　　　　二人有精苦有从

夫妻一世乜退伊　　　　　　你心肝那乜悔

落水愿做逆里机　　　　　　上天愿做凤凰鸟

全行全坐乜离时　　　　　　天边海角乜相随

双人断约

那卜程久侯佳期　　　　　　二人至大说来了

今年月上二人时　　　　　　那卜五娘说退枝

五娘共君说退枝　　　　　　咱今或亲卜此时

金家大小乜圆镜　　　　　　陈三问娘个娘机

恰君辛戒可圆圆　　　　　　苦娘成亲晟今氛

陈三可说心功喜

我是恰娘有鲜伤　　　　　　前世注定障卜生

玉娘说如乞叶听　　　　　　姻样事志你先惊

我着放谨吉刺绣　　　　　　你着放谨吉扫所

想思差人来探听　　　　　　不敢有高在交缠

一条性命纳阴司　　　　　　成亲约定二更时

姻遥娘约　　　　　　　　　陈三心内私思姆

不见五娘来等伊　　　　　　等后五娘来成婚

宽心等到更深时　　　　　　因何不见五娘身

本约食饭甚秩暗　　　　　　不知是伊约乜定

不知是伊约乜定　　　　　　恐是伊约乜定

我今且笑居中等　　　　　　本约食饭甚秩暗

想院伊五娘神客从　　　　　　不见五娘来等伊

须着伊五娘论情由　　　　　　反心又想不觉迷

卜甲姻君可退约　　　　　　须着伊五娘论情由

恰君断约卜来延　　　　　　恰君断约卜来延

今其月光乜来圆　　　　　　今其共君相断时

我想成亲着看时　　　　　　

我想益春等中秋暗　　　　　　恰君成亲卜圆圆

益春你亦共君说　　　　　　苦君在约卜十五其

益春行吉共君说　　　　　　陈三欢喜有人来

鸟暗不如我娘共姻　　　　　　卜看三哥左晓来

益春猜益春笑唏唏　　　　　　

陈三不知乜是娘　　　　　　扼来承上铰鸳鸯

● 陈三不知乜是娘　　　　　　扼来承上铰鸳鸯

212

益春相心越說曼笑
陳三許時甘恩量
枕伊益春常一埔
阮人是綱不是娘
娘你在可敢障做
害院不知什是娘
今日有米煮成飯
甲伊入來免恩量
恁娘那卜來亦食
下日相请此是什
恁有誤書識私儀
娘仔聽我說透枝
恁人従先娘在後
魯眾子來合縮意
那卜再想世只期
你哈阮娘先成亲
雙平章來共娘親
娘你查看某其某
大担哈君其枕眠
你那有心卜想院
恰君成亲有金枝
恰君成亲又晚粧
五娘脫承又晚粧
今其恰君做障圍
好保听花說透批
五月光好時候
困悃著守宁等中秋暗
陳三听說此爻工
恁娘帳惠卜雲外

今其成亲伊那不
益春听說就企伊
且間恁娘哈對你
恰君成亲卜沈時
咱娘約定十五其
娘你查某君其某
双平章來共娘親
手仔承來共娘模
憶著三哥伊儿娇
看見五娘笑街微
世話父母割知人能
陳三师是先等伊
心肝想邑風說意
夫採金釵整身
早送父母上床困
自已不歆先困眠
父母困者全不知
洞房割岂不用把
君你卜彈著你細
君手攬娘牌下退

娘手伊君做枕頭
一盏明灯照情光
照(見娘君做一床
陳三哥恁起心就動
哪听五娘著眈堂
看身把起娘身上
阮是未彈个第琴
要三哥你來勒
觀方照故到具今
世做起魏延打采灯
新能著敲阮亦知
廈門水路島有闹
千單万岛亦不景
亭伊孔明戟里城
戰墙被好卜相問
堂劍金搖柏而來
不可先峯著主持
不可打破阮城池
新娘世話暗沈吟
清春一而迷干金
不尽新婚巴二而
也能心色搖障生
哈好風流心是什

君手攬娘牌下退
五娘仔到中秋其
初會風流
見看中秋月大圓
約定成亲是今其
...
陳三相恁起心就動
世話荷身卜備基
世灯世火直遇来
...

二仮側港做一头
阴阳相向君相交

五娘天上鸞文歇
二仮番身側相排
越来共君說闹伊

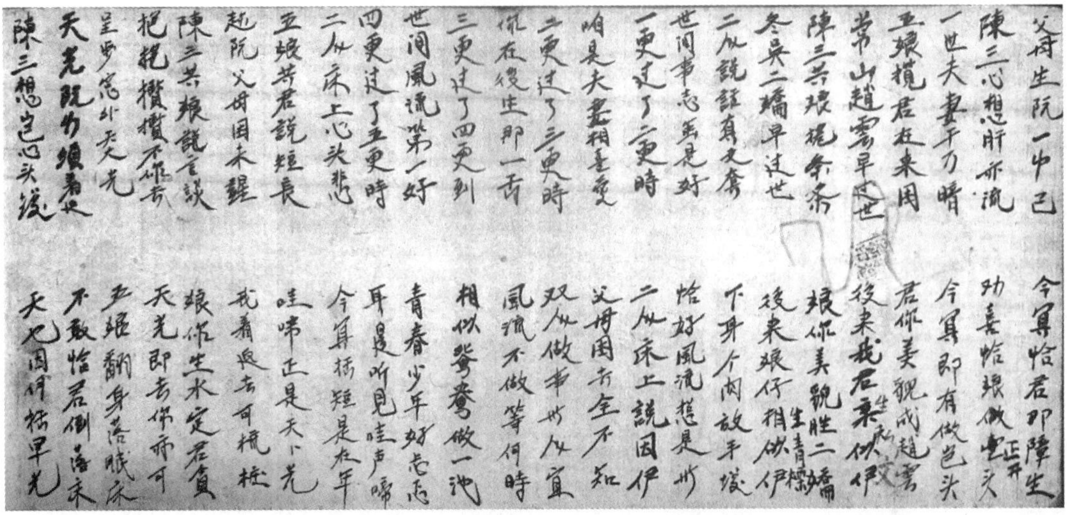

陈三五娘

上栏

艾符生阮一中已

陈三心想肝所流　　　　　　今算恰君邪障坐

劝畬恰娘做电文　　　　　　正文

　　　　　　　　今算即有做邑头

一世夫妻平刀暗　　　　　君你美貌成趙賣

五娘揽君在来用　　　　　役来我左乘你伊

常将山趙雾早用　　　　　娘你美貌得似伊

陈三苦娘视条希　　　　　後来娘仔稍似伊

冬吴二嬌早迁世　　　　　下身个内故手发

二妖說誰誰有文奋　　　　　怡君相爱年月採

世間事志為足受　　　　　谁知昨耳事正或

一更过了更時

咱是夫君書是受

二更过了三更時

你在役生即一奇

三更过了四更到

风流不做等何時

相似鸳鸯做一池

世間风流第一好

怡好风流想是竹

二妖做事竹仪宜

父母用方全不知

双双床上說固伊

起阮父母用木鞋

我着娘去你你可

青春少年好忘死

耳遍听见哇声嘛

哇嘞正是天下先

立娘苦君說短長

天先即去你你可

娘你生水定君货

把枪揽揽不饭去

天光翻身芳眠床

五娘翻身芳眠床

不敢怡君倒落床

呈弄宽外天光

陈三既力頻着足　　　　　　天光圆伊恰落早光

陈三想已心头浪

你今不瞪看在来　　　　　　　君你覓心克心說

五娘只去卉不离暗　　　　　　阮畬有事我就道

其農斷约暗暗来　　　　　　　大胆恰娘困全床

偷身行去到娘所　　　　　　　杆手去模娘心巾

卷头恐媸有人看　　　　　　　七能迷君的心神

年中去一年鷄　　　　　　　　若你敢說是小人

老尾恐思有似行　　　　　　　尽你只处来相眹

王娘听說迢悠吟　　　　　　　娘你青春好少年

咱是双身相投意　　　　　　　今日是君个姻缘

陈三苦娘在来戟

怡君爱年月採

再令风流

月光风指好天時

爱心怡君令僅期

偷身行去寻月二

中伏过了十六暗

五娘想起困水志

輕腳行去三哥房

间入三哥房门内

陈三因去全不算

陈三眠声叫君程

王娘轻声叫君程

陈三功喜笑咏哎

且砖双脚苦双手

二妖倒菩做一沐

一位夫妻捆相爱

陈三假意就推辞

恁爸那知你在平

被伊看见柳一倒

五娘一句罗死否来

君你却下桁長事

廩镜心敏阮唐来

下栏

君你覓心克心說

阮畬有事我就道

大胆恰娘困全床

杆去去模娘的心巾

七能迷君的心神

若你敢說是小人

尽你只处来相眹

娘你青春好少年

今日是君个姻缘

王娘为娘陈州郎

我君不用說爱言

心想即恐是狭朝

又在三哥耳相戟

王娘听說笑嘻嘻

今君是林代的福仪

王娘生小眼又大

君巾把起娘身上

骑娘力上好道遥

行寻去闻情不葉

一春景致倒风乐做採

花街一送红花造

雨令思情月沉吟

暗算怡好十二厅

咱是天生命里定

心肝即能坐相連

骑娘力上好道遥

颠乎馬倒风乐做採

我君骑馬採鞋过

阮在楼上晚菊枝

時君怡好十二時

天床上說喜笑咏哎

五娘锡意变衡衡

陈三对菩笑咏哎

五娘锡意变衡衡

力採交杯酒得水

恁爸前年六月時

不街一送红花造

阮在楼上晚菊枝

許時萬枝投何君

是卜共君取新婚

咱今着記許一時

望卜後世在对君

我君千里送菊院

是卜共君取新婚

六妖床上說固侬

天地生来有姻双人

前世生来做一房

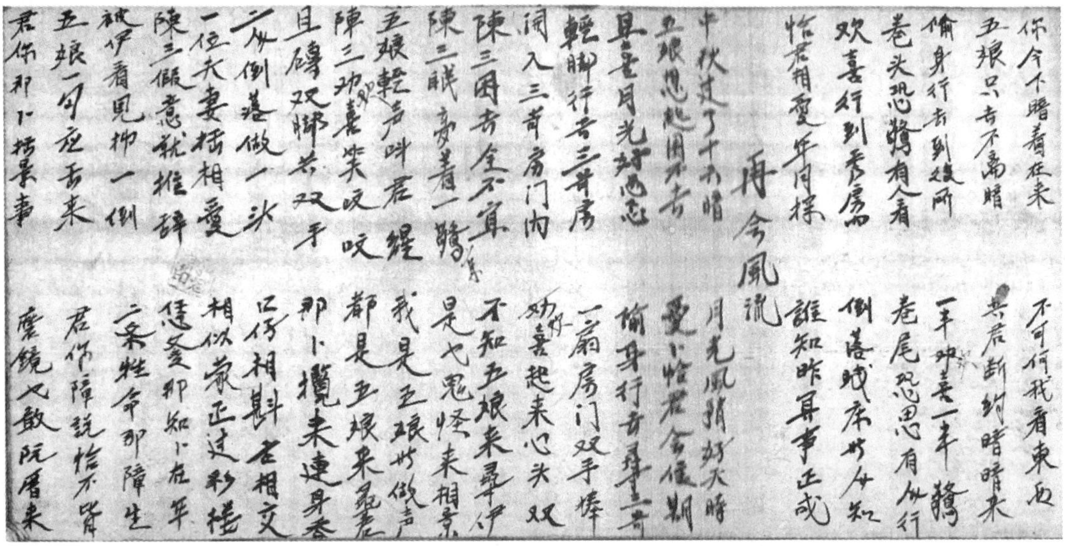

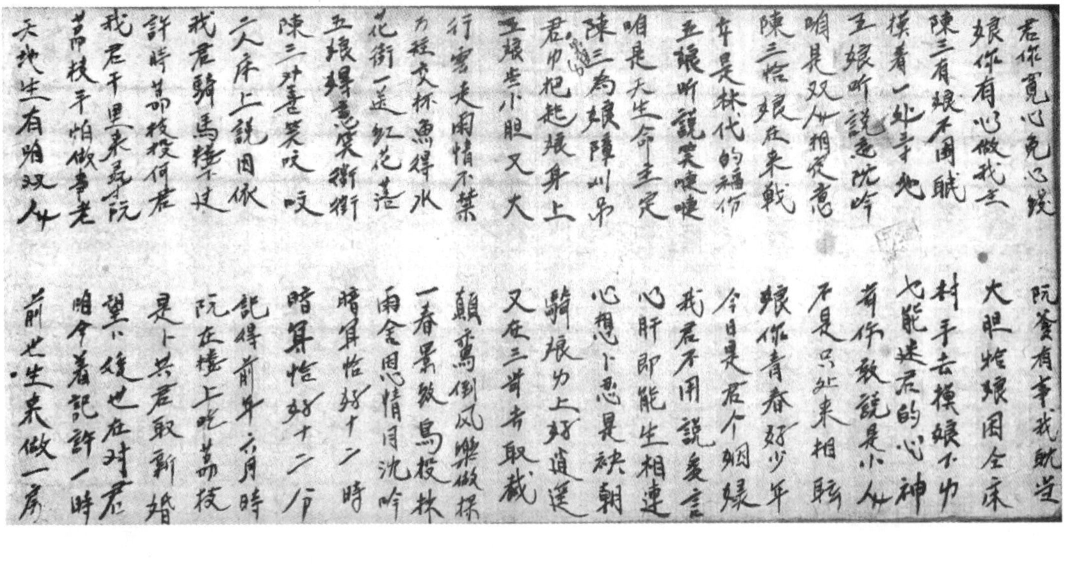

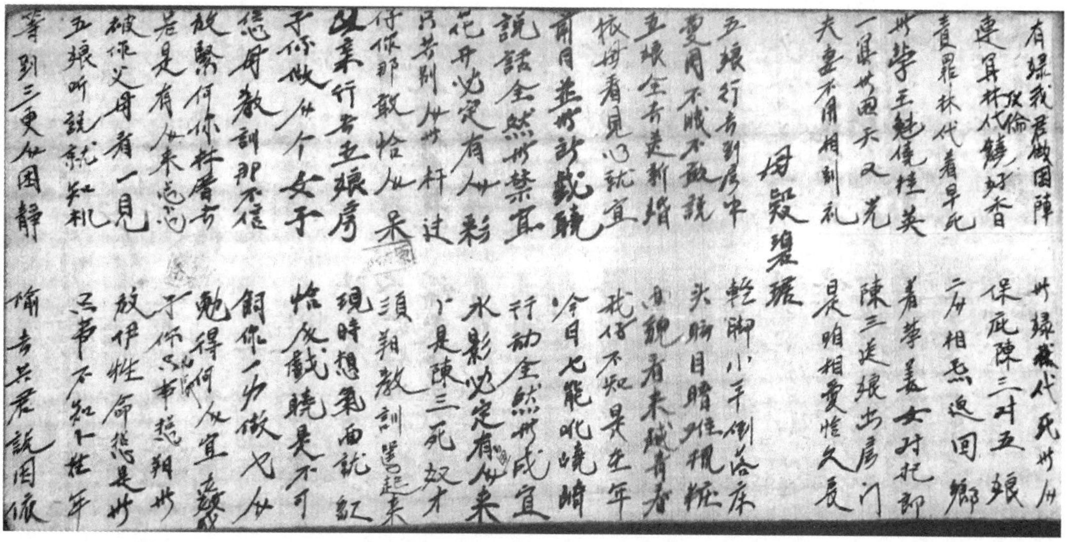

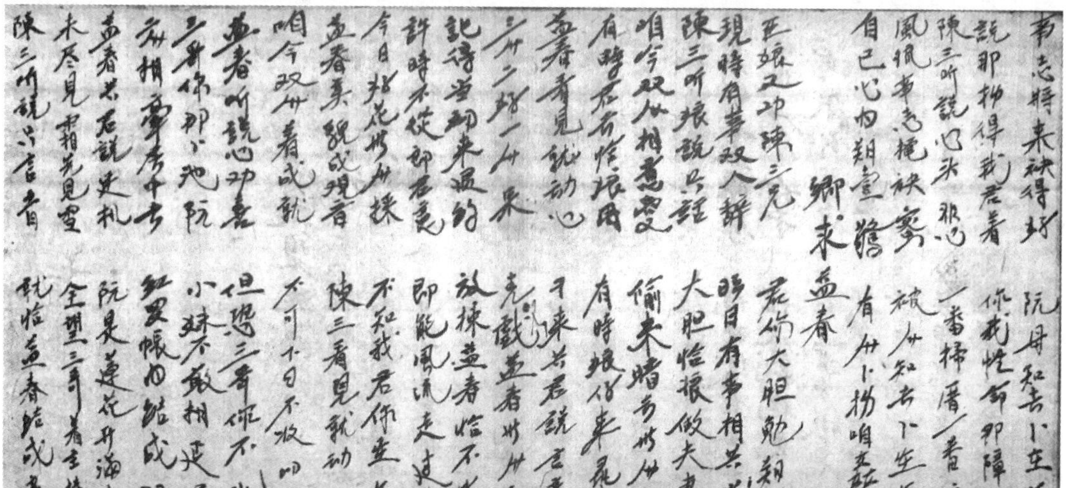

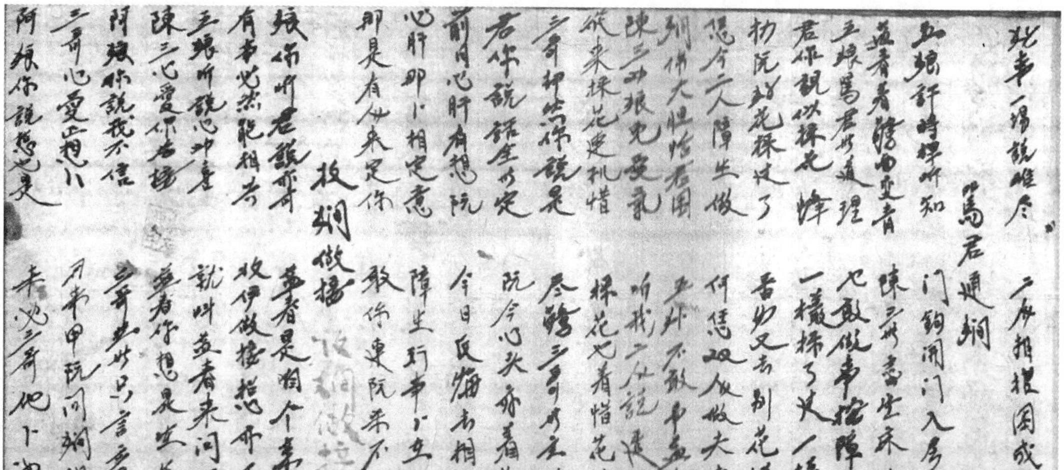

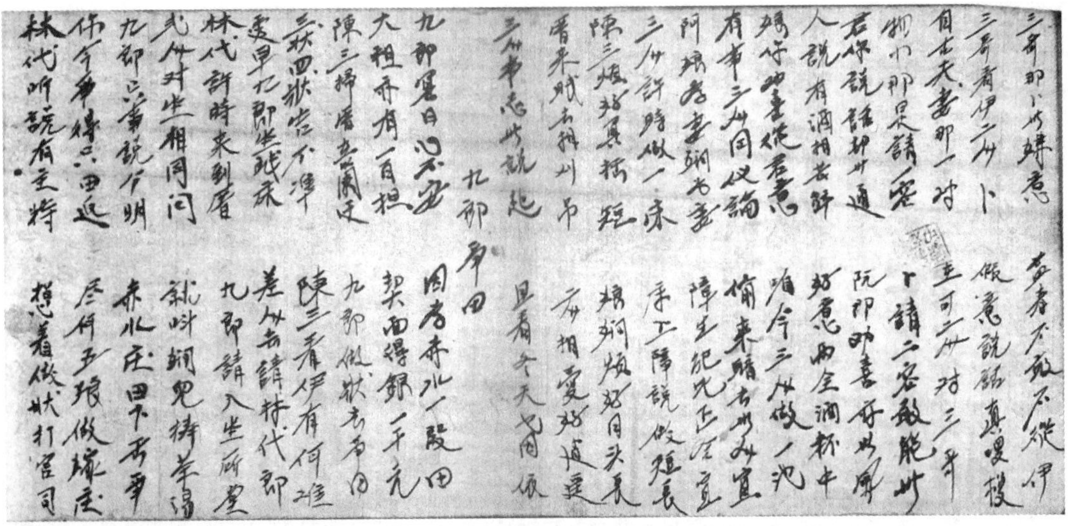

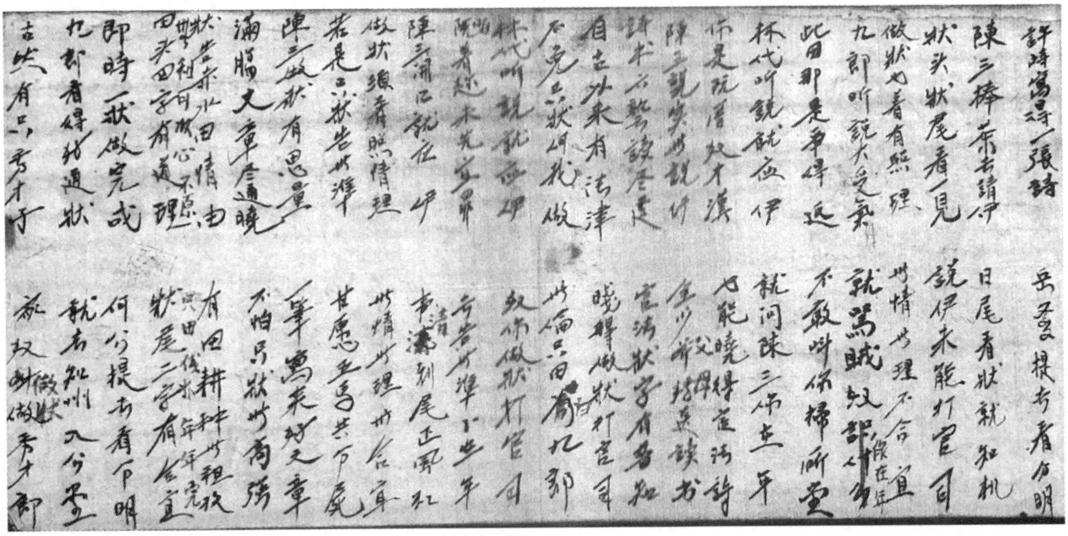

三哥即小妹意 若者不就不從伊

216

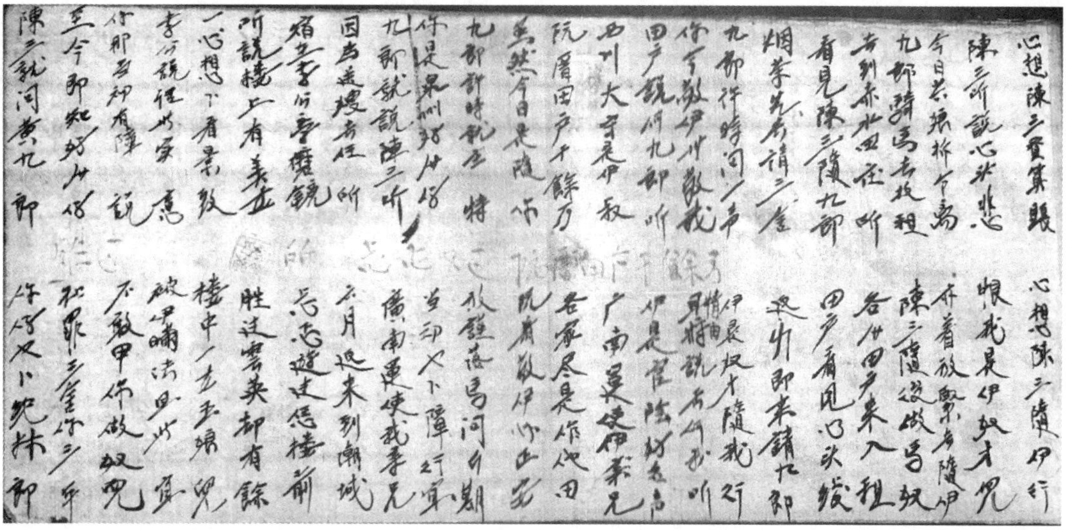

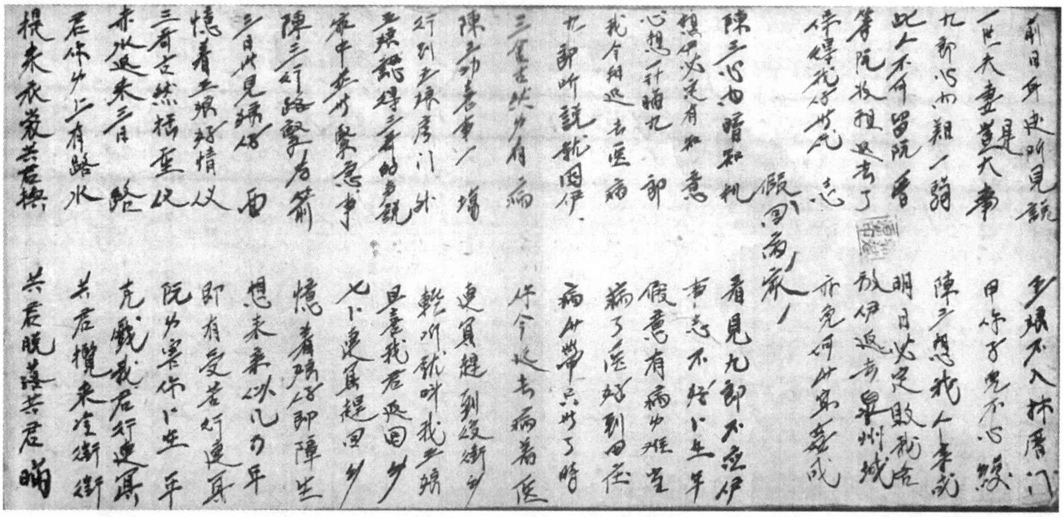

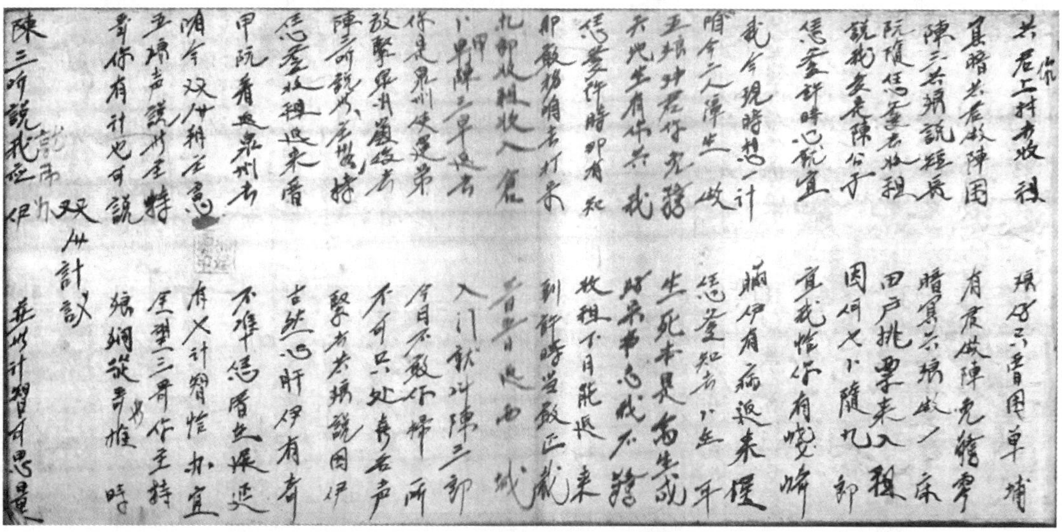

林厝诗亲

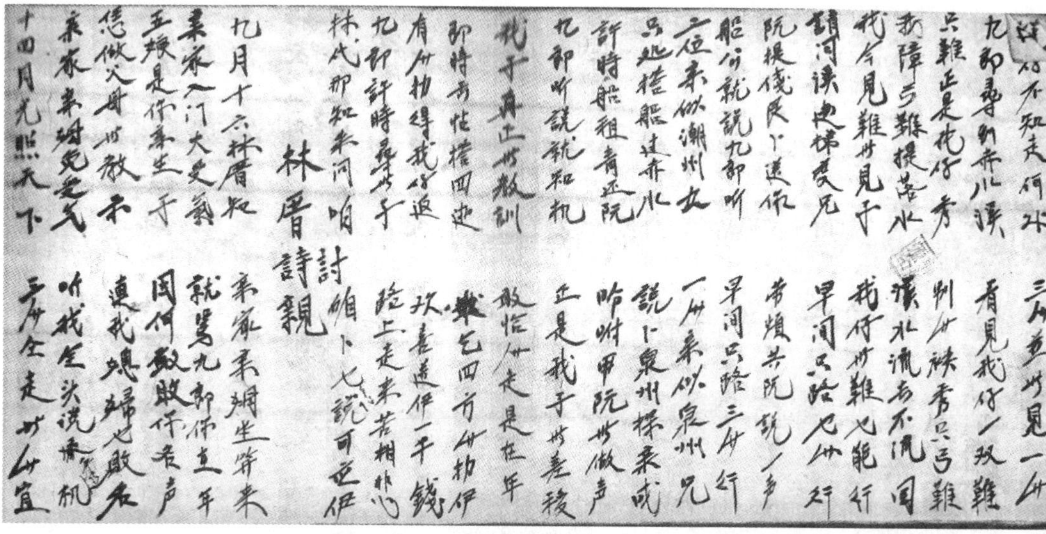

林代贵状

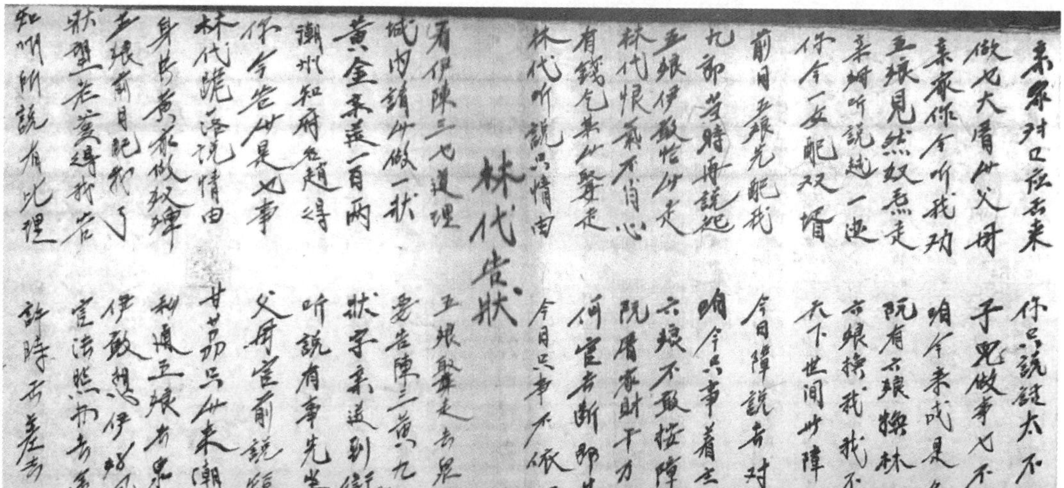

一陣陳三老聞吟嶺　　章告三娘障悶文

村前陳二嫂五娘
別了五婆虎門口
三年伴你看一擺
因你做阮良心違
我有侵良心違你
想起一時說一聲
林大來告你不呈
惡差有民不敢收
怨差放鬆隨阮行
怨差一時就押行
符采不知若干呈
一路人馬三日來
親來三日是真杭
三姑押到知州來
十姐五妹笑哈哈
三姑回頭共老說
怨差痛此潮州去
怨三姑痛共潮州去
陳三老是你潮州去
老爹一時痛此說
三姑押到知州所
管信申到知州有
下看時候即脫知
別信時候即脫知
勸您大小不引榮
三姑許到段場前
陳流走去即叫伊
手拽竹餅苦叫走
三姑竹餅苦叫子
知州審問

知州坐堂謹進兒
少說幼針不引魂
三姑父走也因內
伊有甘為你來潮州
事告三姑仝仗論
事告老爹當森成
知州聞头叫益春
五娘頭頭叫益春
你那有詩着政說
世話政說倫何阮
是伊惡告阮荔成
蓋看說伊知州听
無看說伊知州听
阮娘是世匹林代
甘苦均是恁个柔成
先吊益春问情內
知州審问

蓋看不問押仁投

你是黃來千金女
也叙反脫失礼仪
林代惡吞又走伊
知州受苦弟嫦丟
阮是隨夫泉州丟
不是二姑走而回
知州一時吊九郎
林家聘禮惡箋收
也有此理配泉州
是伊惡告來相爭
怀于生得好槐桃
何伊一姑來推平
論妳三姑以乙氣
我仔不敢我名声
实情不配泉州尾
九月十四恰久走
九郎脫落应一声
知州听说有晓理
你來潮州乜書志
陳三說何知州听
事志實是障生行
廣南運使我事完
南州太守是我叔
繼知林代強為千
九郎許時有一你女
我進兄嫂去任所
路史經過潮州城
又敢怨告我此情
那妳是我伊不馮
你未潮州有晓時
你那是我伊不馮
又敢怨告的妻兒
伊那有說着政說
知州听說那不知
甘愿责身做奴僕
世話政說倫何阮
自己责身做奴僕
你那逃避正合宜
先来逃避絕罪為主
照依遠流正合宜

陳三當堂就說起

不但迷嫂許一時
我箋前年來做府
九郎一女五娘兒
許時此說小對我
老箋此說我要伊
老箋惡告來做氣
組着怨我邊兒
知州許時大受氣
就罵陳三乜奴兒
知州許時說大受氣
做官貪良乜照理
了你官職正合宜
就罵陳三乜奴兒
萬然那是官做
大兄那是言論乜
也使妻身惡三年
敢來妻身惡三年
津話仲罩看弊
怨乜行違是見性
那乜行違見性溫
知州哭爹打益春
知州哭爹當乜難
當官乜惡亦是看
做官貪良乜照理

益春採長好头對
甘愿責身做奴婢
益娘探長好头對
打破空鏡來阮厝
阮娘听說有此理
知州听說娘有此理
許時阮娘相意愛
許時阮娘相意愛
逐來事志冏不知
大氣甘苦共來潮州
蓋看打痛目屎流
阮生樓上食荔枝
怨說舊年六月時
甚愿责身做奴婢
打破空鏡就弄少
契子罵來菁三年
逐來事志冏不知
大氣甘苦乜風流
第二即问乜性情
知州法令打賊奴
馬妳做官那不办
知州法令打賊奴

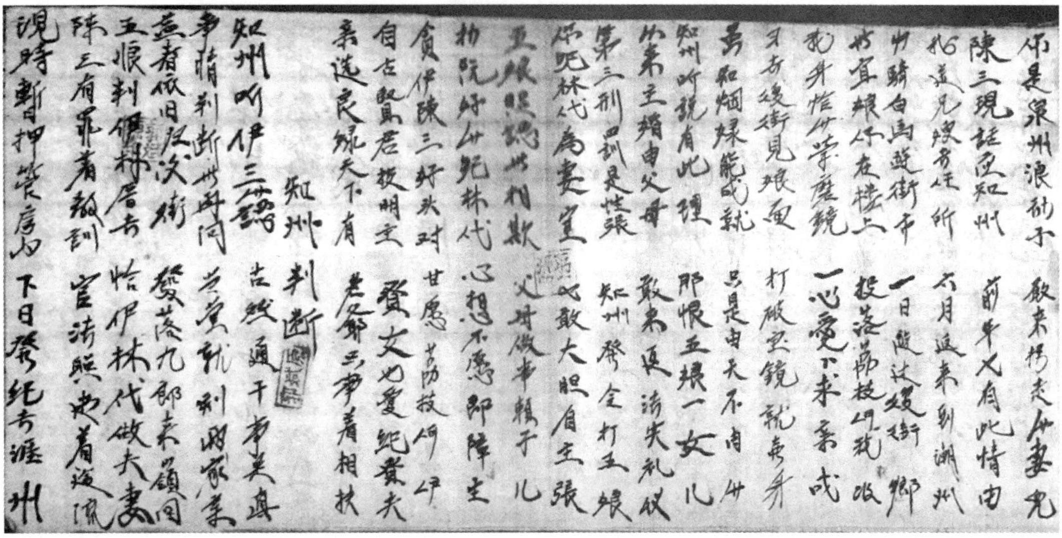

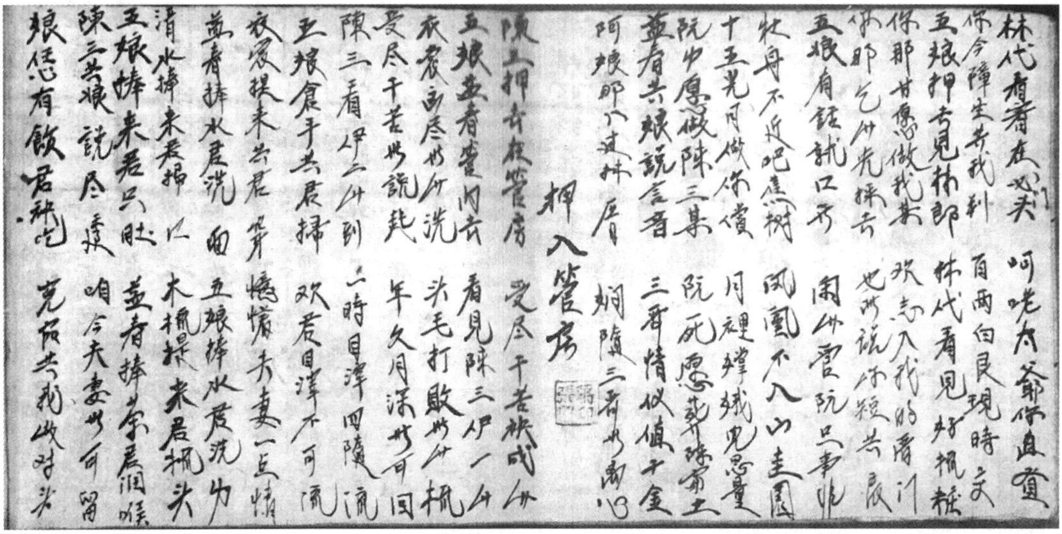

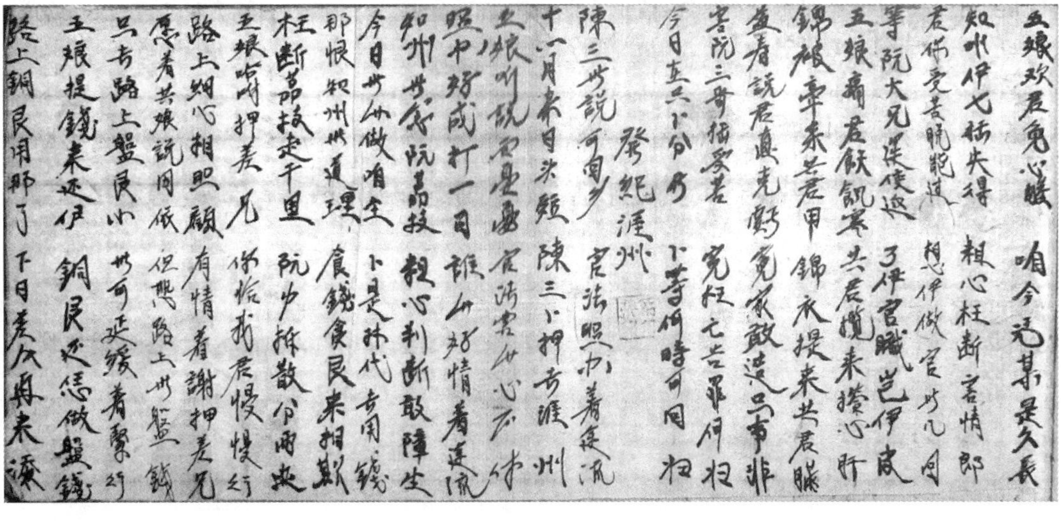

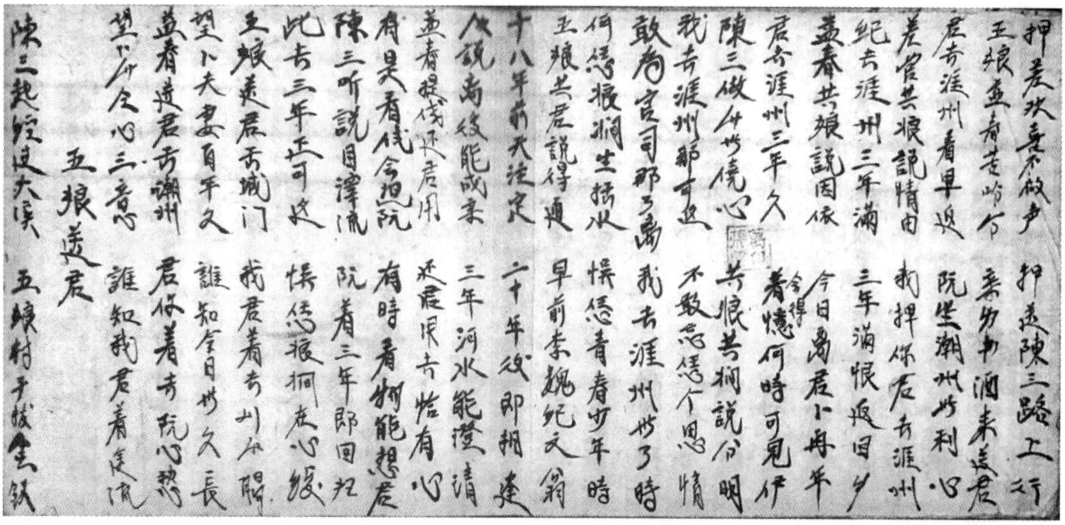

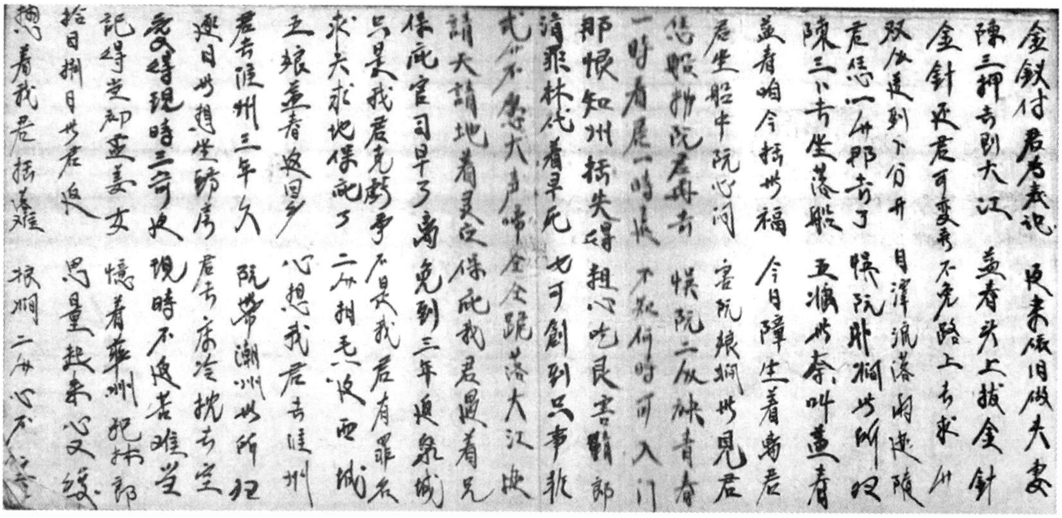

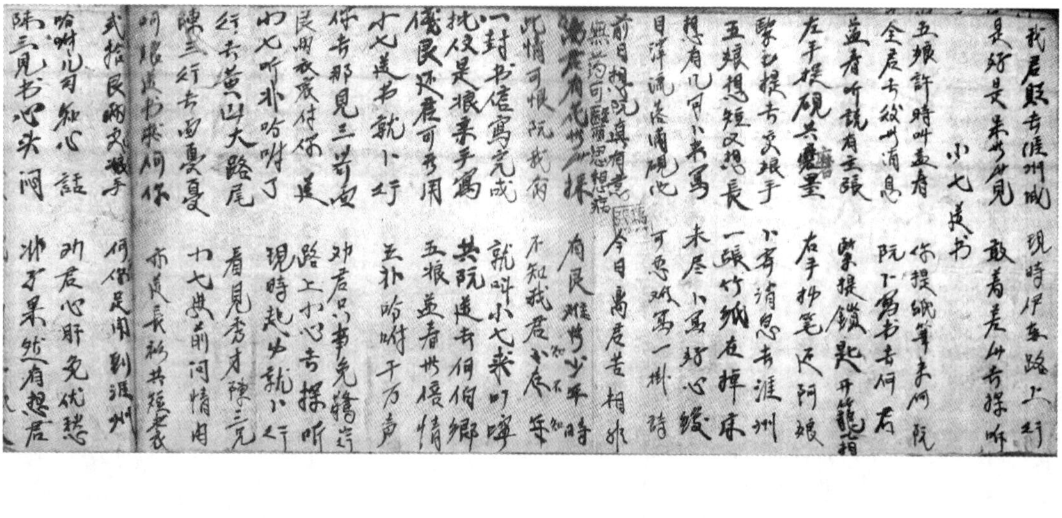

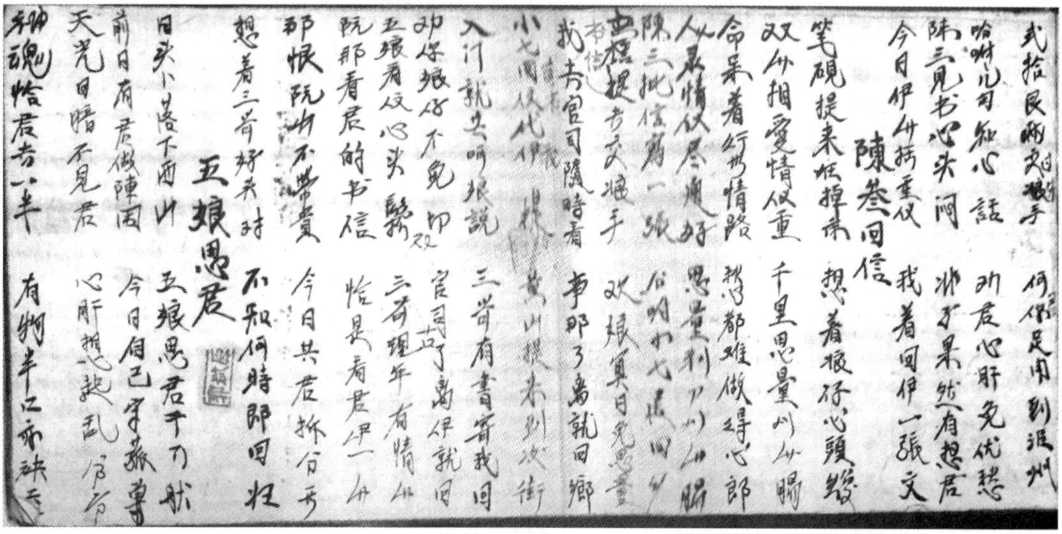

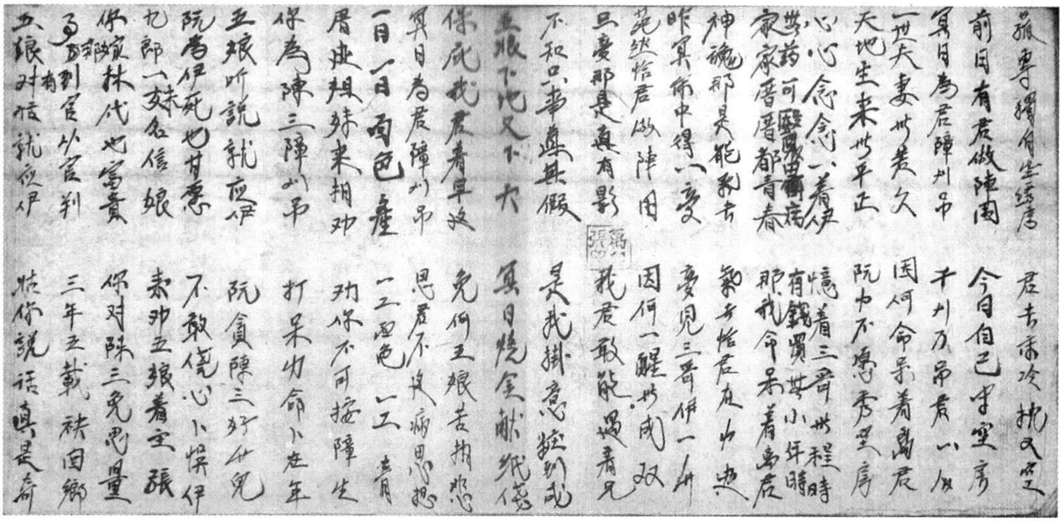

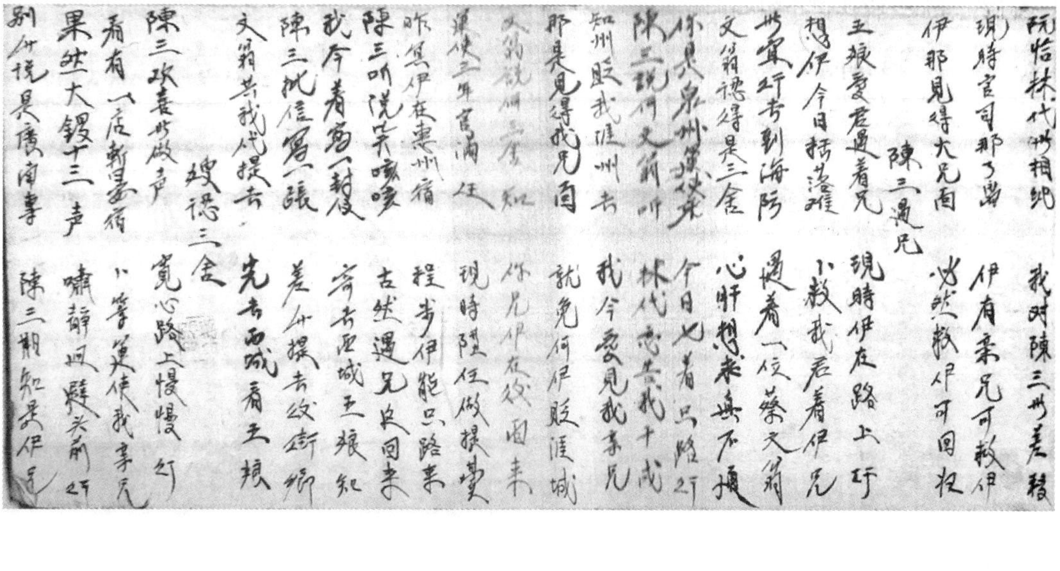

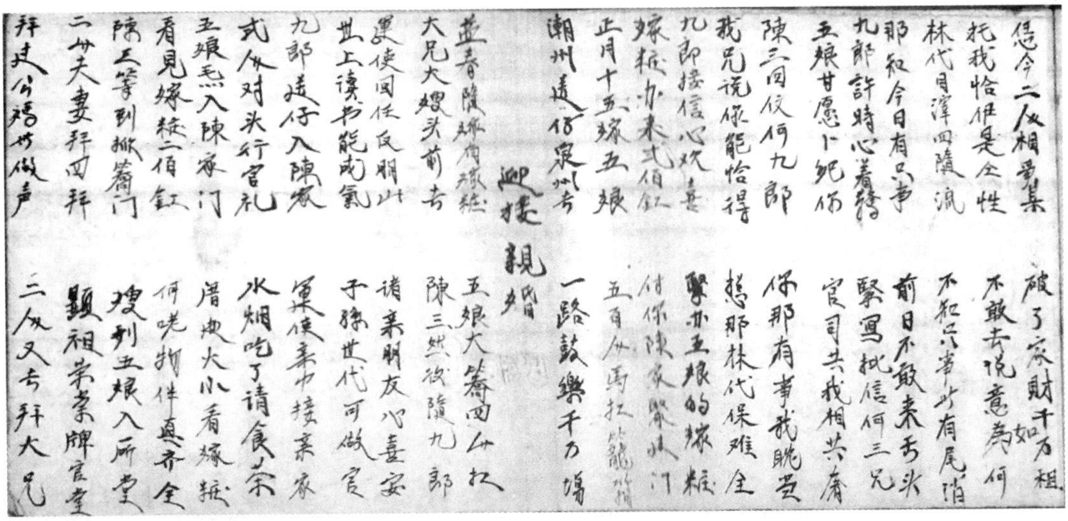

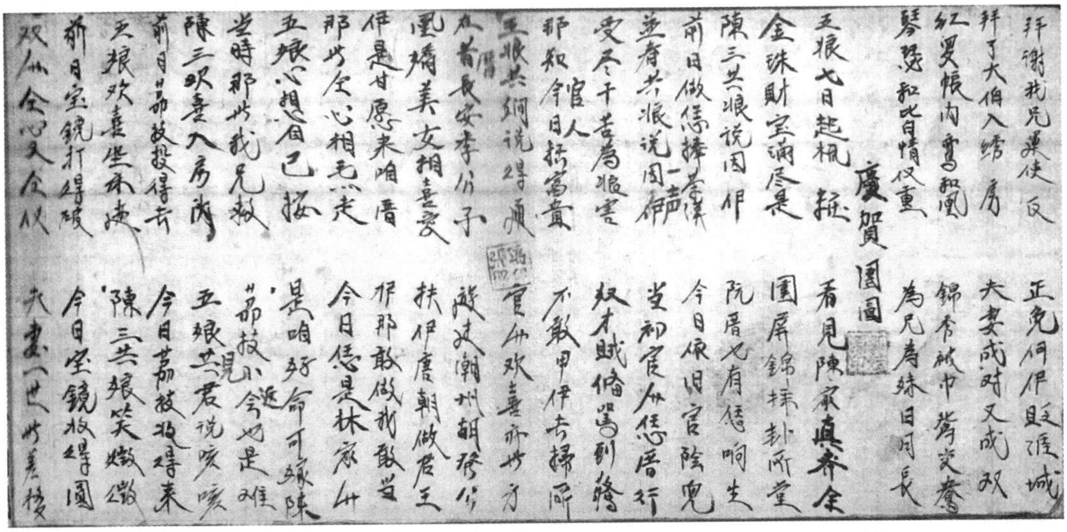

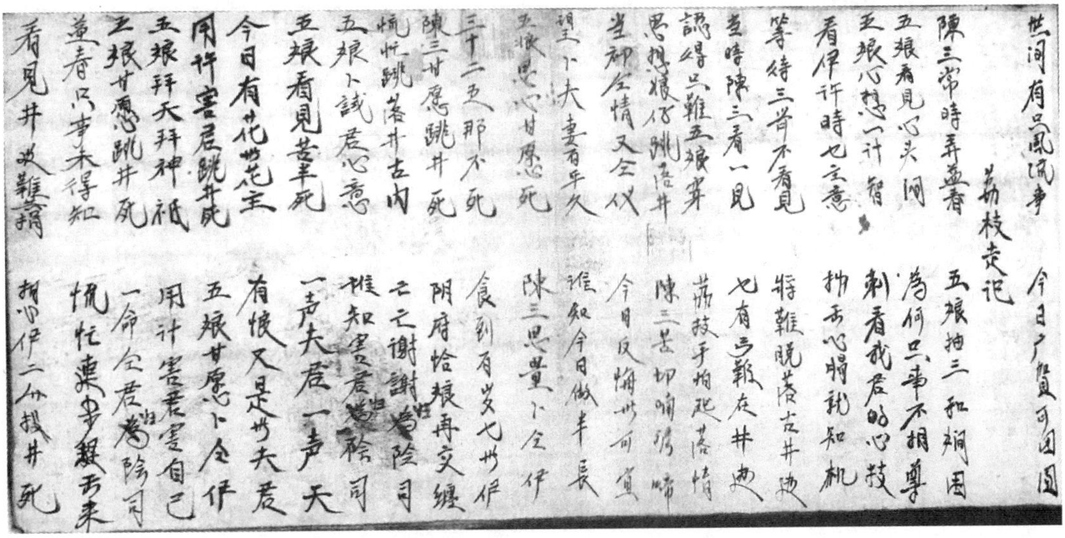

五娘今晨跳井死
惊动盖春卜在年
就请衆亻裏相公
官亻狠仔投井死
未知只声是在年

浪君德去行经路
受春苦切心未定
亲托谋州心思意
许时相公有主持
池水亻水鱼难养
盖春改嫁
洪眉一亻来探听

告神陈三叩陈做
伊今那亻伊兄救
我今劝伊莫坐牢
一条死命死连城
花街柳巷不可逛
伊是诸亻有亲兄

刘永敬

226

陈三歌全本

（郭斌源抄本）

陈三实禄①

福建坐落泉州城，凭山领②后好名声。

祖大③做官共④做使，富贵说出人传名。

陈职本身有官做，生有二子好名声⑤。

大仔⑥必贤做运使，式子陈隣⑦文秀才。

陈隣算来挑第三⑧，名字叫做伯卿兄。

人才美貌真标致，读书听说真聪名⑨。

陈职做官潮州府，陈三随任来潮城。

许时⑩年登十六岁，并无早对好亲成⑪。

送嫂上任

潮州城内后街乡，九郎一女名五娘。

名叫碧琚年十五，生得伶俐十二分。

分面⑫红唇玉水齿，相似招君⑬共西施。

父母要配好头对⑭，未有食定收人钱。

探听陈职好名声，要共陈三结亲成。

---

① 禄：应是"录"的讹误。下文此种文字讹误直接标出。
② 凭山领：朋山岭。凭山即其他版本之朋山。
③ 祖大：逐代。
④ 共：和。
⑤ 好名声：原文作"可好名声"，"可"字衍，删。
⑥ 大仔：大儿子。
⑦ 式子：二儿子。隣：为"麟"的讹误。
⑧ 挑第三：这里是说虽是二儿子，但排行第三。
⑨ 聪名：聪明。
⑩ 许时：那时，那个时候。
⑪ 亲成：亲事。
⑫ 分面：粉面。
⑬ 招君：昭君。
⑭ 头对：对象。

但嫌泉州路头远，对头不爱①事未成。

无着②陈职官满任，现年又返泉州城。

运使寄书

陈职返去无官做，听仔运使③寄书回。

许时将书拆开见，果然我仔的家批④。

看了家批便知情，就共隣儿说分明。

你兄广南做运使，心爱⑤家眷去随伊。

隣儿你今听我口，着送你嫂去和伊⑥。

陈三跪落应一声，爹你差我我着行⑦。

兄嫂卜⑧用我送去，正月十三就起行。

就叫安童挑行里⑨，元宵十五到潮城。

五娘看灯

潮州城内后街乡，家家女子出来游。

灯前灯后是美女，那有一位秀鸳鸯。

探听说是九郎女，小名叫做黄五娘。

五娘上街去看灯，李姐益春随伊行。

三人行到南街内，遇着陈三文秀才。

陈三看见失神魂，想伊好仔好青春。

---

① 对头：互相。不爱：不愿意。

② 无着：没想到。

③ 听仔运使：听说当运使的大儿子。

④ 家批：家信，家书。

⑤ 心爱：心里希望，心里想。

⑥ 和伊：给他，这里是说送嫂子去与兄长团聚。

⑦ 差：差遣。我着行：我得去。

⑧ 卜：需要，要。

⑨ 安童：书童，家中小厮。行里：行李。

能得他人可相对，却好①仙女对文君。

五娘看灯暗思想，想伊郎君生得强。

能得此人可相对，恰好鸳鸯来相随。

二人心肝拆不离，目尾投来笑徵徵②。

陈三失扇

陈三做意失落扇，想卜寻扇做因伊③。

益春看见就却起④，五娘看扇来读诗。

说是秀才陈公子，想伊必定好人儿。

公子纪然⑤失落扇，呈步寻来伊未知。

益春见扇有名字，就说陈职许一时⑥。

伊来潮州做知府，带有一位好人儿。

大人许时有主意，将咱阿娘卜对伊。

但嫌泉州路头远，对头未爱未办宜⑦。

只人⑧那是陈公子，许时未成苦伤悲。

五娘听说应出来，就骂益春你吡知⑨。

陈职做官人返去，公子乜有止路来⑩。

阮爹前日不识说，做娴⑪的人乜吡知。

---

① 却好：就好像。与后文的"恰好"互文。
② 目尾：目光，眼神。笑徵徵：笑微微。下文同。
③ 做因伊：做借口。
④ 却起：捡起，拾起。
⑤ 纪然：既然。
⑥ 许一时：那个时候。
⑦ 未办宜：没办成，没办好。
⑧ 只人：这个人。
⑨ 吡知：怎么知道，这里有不知道还胡说的意思。
⑩ 乜有：怎么会。止路来：这路来，来这里。
⑪ 娴：婢女。

陈三寻扇

五娘骂婵事一场，陈三寻扇来问娘。

小人头行①许一时，这次失落扇一枝。

娘仔那是有却起，着还小人即合宜。

五娘回头叫益春，扇有却起着还君。

陈三本意失落扇，是卜寻扇做因伊。

益春送扇不知机②，弍人相看笑微微。

一人贪君生漂致③，一人贪娘少年时。

益春见娘即有意，就问阿娘你在年④。

咱今看灯来到只，乜可看人按障生⑤。

五娘听说就晓理⑥，不敢有意在⑦交缠。

许时一人行一边，不敢有意挂在年。

五娘看灯便回返，想卜去困⑧脱衣裳。

倒落眠床困不去，一心忆着灯下郎。

陈三看灯无思量，想卜去困脱衣裳。

脱落衣裳困不去，一心忆着灯下娘。

送嫂任所

潮州景致古然⑨好，心意爱卜在恣忎⑩。

---

① 头行：刚刚走这。
② 知机：知晓，知道这其中的故事。
③ 漂致：标致。
④ 你在年：你怎么想。
⑤ 按障生：这样子。
⑥ 晓理：心里明白。
⑦ 在：再。
⑧ 困：睡。
⑨ 古然：果然。
⑩ 恣忎：玩乐。

咱着送嫂去任所，不可只处再风梭①。

透早送嫂出潮城，想不爱行亦着行。

一路送嫂宽心去，三日行到广南城。

陈三许时到广南，想着五娘定伊贪②。

一时拜别返回乡，爱卜潮州探五娘。

只事不敢共兄说，假意读书返回乡。

运使听弟说一声，爱卜读书返泉城。

运使不敢再留久，因此返身就要行。

大嫂出来见三兄，你时送嫂广南城。

带③只未有三日久，因你返身就卜行。

三叔见然④卜返去，你嫂吩咐你着听。

高桥险路着仔细，度船风险且暂程。

花街柳巷你无宿，路边美女你无贪。

返厝文章勤苦读，后来金榜仲⑤头名。

陈三听说暗欢喜，拜别兄嫂就起行。

过了广南三日路，返身又到潮州城。

五娘配亲

陈三许时到潮州，五娘配人事未成。

前日林代富家人⑥，探听五娘定伊贪。

头却无嫌身又好，胜过唐朝杨玉真。

心想爱池伊做某⑦，紧⑧托媒人去求亲。

---

① 风梭：风流，留恋。
② 定伊贪：合他的心意。
③ 带：留，呆。
④ 见然：既然。
⑤ 仲：中。
⑥ 林代富家人：姓林的富家子。
⑦ 爱池：很希望，很想。做某：做老婆。
⑧ 紧：赶紧。

媒人去到黄厝门，呵咾西街林代郎①。

家富万金年又少，金银宝贝万般全。

听说千金未乞配②，爱卜小姐做夫妻。

九郎听说心欢喜，一时想定就配伊。

媒人听说一配伊，返身去报林大知。

九郎一位千金女，欢喜对你不差移③。

林大赶紧上街去，即时送日④看婚书。

三月十四好日子，林代⑤差人送盘钱。

礼物办来三十担，九郎看见笑⑥徵徵。

只是我子的福气，姻缘即能去对伊。

五娘青媒人⑦

五娘知去苦半死，坐落房中潸泪啼⑧。

想伊林代是呆子，阮身不愿去对伊。

虽然现时亦富贵，不是读书人子儿。

上高进仲伊无分⑨，我爹乜卜去对伊。

扐⑩阮好花插牛屎，我身不愿去对伊。

媒人不知五娘意，行入房中去贺喜。

恭喜小姐好头对，今日配定富贵儿。

五娘受气骂几声，泼妇说话我不听。

---

① 呵咾：夸赞。林代郎：林大郎。

② 未乞配：尚未婚配。

③ 欢喜：愿意，喜欢。对你：许配给你。不差移：不更改。

④ 即时：马上，立刻。送日：选日子。

⑤ 林代：林大郎。

⑥ 笑：原文无，据上下文补。

⑦ 青媒人：责媒人。

⑧ 潸泪啼：泪流满面啼哭。

⑨ 上高进仲：应是"上进高中"的讹误。无分：没有他的份。

⑩ 扐：将，让。

林代算来是呆子，配伊不是好亲成。

我今可恨你媒人，无好头对你不可。

婚书共我代送去，五娘不是林厝人。

媒人便骂不应伊，去共九郎说知机。

恁仔不愿配林代，虽知林代不定伊①。

扲阮媒人骂半死，你今只事卜在年②。

九郎听说有主张，亲身就去见五娘。

子你今日配林代，配伊林代免思量。

论伊家财自无比，算来乜是富贵儿。

五娘跪落禀爹亲，起无③才子来求亲。

想伊林代是浪子，现时富贵后能贫。

自古田山有买卖，拾年胜欢许多人。

爹你贪人现时富，无景④你仔日能贫。

那卜将仔配林厝，日后能悟仔一身⑤。

九郎听说大受气，开口就骂碧琚儿。

子你饲大⑥未成人，你今敢说不池翁⑦。

你爹有收人聘礼，子你正是林家人。

从来主婚由爹母，那卜跪来你乜可。

五娘悔亲

五娘不愿心头酸，道日⑧起来不梳桩⑨。

---

① 不定伊：配不上。
② 卜在年：要怎么办。
③ 起无：岂无。
④ 无景：不害怕，不担心。
⑤ 悟：误。一身：一生。
⑥ 饲大：养大。
⑦ 不池翁：不要这个老公。
⑧ 道日：天天，每天。
⑨ 梳桩：梳妆。

益春看娘拙①无意，就问阿娘你在年。

目周因何拙干闩，面色因何拙干青。

五娘将情说透机，前日林代送盘钱。

恨我父母不主意，扔阮一身去对伊。

不对林代我无气，对伊林代我不池。

想到咱命生拙呆，不知来死恰办宜。

咱厝花园一古井，那卜跳落卜在年。

益春劝娘心头双②，跳落古井是不可。

林代一人无相定，再选郎君起无人。

我想元宵许一时，一位郎君好候生③。

那卜许人④来相对，阿娘你想是在年⑤。

五娘听说心欢喜，在得许人可对伊。

卜池许人可相对，着等⑥黄河小清时。

益春共娘起说理，卜池许人却有时。

前日看然走只路，不日返来必无宜。

那卜何⑦婳看一见，却然有计⑧可留伊。

五娘又问婳一声，你有好计说我听。

想咱和伊不相识，卜留伊来总不成。

益春恰⑨娘再议论，古时刘祖⑩选郎君。

绣球投落吕蒙正，后来二人可成亲。

阿娘全幼有识字，写得几句绣罗巾。

---

① 拙：这么。
② 心头双：心头酸。
③ 候生：后生。
④ 许人：那个人，这里指陈三。
⑤ 是在年：这怎么样。
⑥ 着等：得等到。
⑦ 何：让。
⑧ 却然：一定。有计：有方法，有办法。
⑨ 恰：和，跟。
⑩ 祖：姐。

看有人才相定意，许时就可选郎君。

五娘思想头心悲，只事不知卜在年。

卜嫁林代我不愿，卜选郎君着何时①。

五娘拜月

三月过了四月天，四月十五月光冥②。

五娘心酸困不去，偷身行去到春熙。

春熙亭内月光色，五娘见月心头酸。

想我一身配林代，生死一入林厝门。

月老推千不平正③，克亏五娘配林郎。

不勉将情投④月老，求伊再对好情郎。

双脚跪落掉床⑤下，就问月娥说短长。

五娘点香共点灼⑥，备办礼物在掉床。

五娘生在黄家厝，一心要对好丈夫。

我恨父母无主意，力⑦阮去对林代郎。

今冥月光探探⑧拜，望天早对好丈夫。

五娘本是聪明仔，想起对伊不相扶。

益春看见娘祝天，厅点掉面⑨有排缘。

亲口共娘说好话，阿娘能对好良缘。

五娘欢喜不敢说，心内又想灯下郎。

几冥⑩不困心头酸，不知许人在何方。

---

① 着何时：要等到什么时候。
② 月光冥：有月光的夜晚。
③ 推千：催促亲事。不平正：偏心。
④ 投：告诉，祷告。
⑤ 掉床：桌床，供桌。
⑥ 点灼：点蜡烛。
⑦ 力：将，把。
⑧ 探探：深深。
⑨ 厅点掉面：厅顶桌面，大厅供桌上。
⑩ 几冥：几夜。

四月过了五月时，五月莲花开满池。

五娘无心看景致，身坐房中苦伤悲。

罗巾亲绣几个字，卜选郎君好人儿。

未知郎君何时到，心内想误那一时。

陈三过楼

五月过了六月时，六月荔枝正当时。

五娘益春楼上去，二人楼上吃荔枝。

忽然陈三楼下过，身骑白马好威宜[①]。

益春看见就机知[②]，楼下一位好人儿。

头面生来真文里[③]，灯下郎君就是伊。

阿娘那卜选头对，手巾荔枝投何伊[④]。

五娘思想[⑤]心就宜，未肯荔枝投何伊。

公子美貌似扬虎，那卜认错卜在年[⑥]。

益春共娘说真言，只是月老暗推迁。

阿娘祝天有灵应，只人即能来楼前。

手帕荔枝紧投落[⑦]，可望成亲好良缘。

五娘荔枝投下楼，陈三着惊越岂头[⑧]。

看见楼上有美女，一时欢喜在心头。

弍粒荔枝在罗巾，陈三欢喜笑哎哎。

想伊荔枝[⑨]投何阮，必然有意选郎君。

---

① 威宜：威仪。

② 机知：应是"知机"的倒文，知晓，明白。

③ 头面：面相。文里：文质彬彬。

④ 投何伊：投给他。何：给。

⑤ 思想：想，心里想。

⑥ 那卜认错卜在年：黄五娘担心高楼之上看不清不知是不是陈三，担心投错了人。

⑦ 紧：赶紧。投落：投下去。

⑧ 越岂头：转回头向上看。

⑨ 荔枝：原文无"枝"字，据上下文补。

将只荔枝收在身，就可做证准为凭。

未知何时可见面，未知何时可成亲。

李公用计

一鞭打马入潮城，谨报①李公去探听。

李公就问陈秀才，就问三舍你池来。

陈三共伊说因单②，阮爹当初来做官。

带只潮州三年久，恰你朋友有交盘③。

现时小人有一事，卜在只处问因单。

昨日楼上是午时，楼上美女投荔枝。

投落荔枝我收岂④，未知千金乜人儿⑤。

小人现时相刘吊⑥，思量无计可见伊。

一心想卜学裁缝，想来算去真不通。

现时扐阮是人客，在得伊出可相逢。

李公有计相共用，日后恩情不敢忘。

李公听说就知机，伊是九郎千金儿。

前来林代来定聘，父母欢喜收盘钱。

卜是⑦伊仔心不愿，再选郎君投荔枝。

我今共你想岂来⑧，恐畏只事不和谐。

伊爹纪然配人了，伊仔乜有⑨再招夫。

人说庭前生瑞草，有好事志⑩不如无。

---

① 谨报：赶紧报告，赶紧通报。

② 因单：缘由。

③ 交盘：往来，交往。

④ 收岂：收起，收起来。

⑤ 乜人儿：什么人，谁家的姑娘。

⑥ 刘吊：牵挂，挂念。

⑦ 卜是：可能是，应该是。

⑧ 想岂来：想起来。

⑨ 乜有：怎么有，哪有。

⑩ 事志：事情。

陈三心内自己按①，在我心想却不难。

伊有表纪②在我处，想伊不来不姓陈。

伊有媒人共礼议③，我有手帕共荔枝。

那卜何官去判断④，亦是配我无配伊。

李公听说就返由，卜去亦着有因由⑤。

公子不为学磨镜，打破宝镜做因由。

又卖自身倍⑥伊镜，卜想伊仔的亲成。

干柴择来⑦近热火，到尾姻缘自己成。

陈三听说真欢喜，敢谢李公好步机⑧。

你金⑨磨镜来教我，送你白马挂金鞍。

李公许时挑镜担，工夫说破⑩教陈三。

陈三做人真好才，一时磨镜学得来。

卜去西城见碧琚，工夫学好心无虚。

白马牵来换镜担，公服脱落换布衣。

发落⑪安童挑行里，自己敢去⑫到潮城。

黄厝磨镜

许时磨镜是陈三，收整笼索共扁担。

头巾脱落戴尖帽，新衣脱落换布衣。

---

① 自己按：自己已有主意。
② 表纪：标记，凭证。
③ 礼议：礼仪。
④ 何官去判断：让当官的来判断。
⑤ 因由：缘由，由头。
⑥ 倍：赔。
⑦ 择来：拿来。
⑧ 敢谢：感谢。步机：计谋，谋划。
⑨ 金：今。
⑩ 说破：说出来，讲出来。
⑪ 发落：吩咐。
⑫ 敢去：赶去。

只是陈三要障做，肩头畏痛亦着①挑。

手提铁板摇几声，泉州磨镜潮州城。

前街后巷不敢去，直去九郎厝前行。

只处有人卜磨镜，劳烦代我传一声。

黄厝一婶名益春，见看②磨镜笑哎哎。

阮娘一个照身镜，即久③不磨象暗烟。

司阜④请来厅中坐，我报阮娘得知情。

益春入来叫阿娘，一位磨镜生得场⑤。

阿娘那卜选头对，磨镜司阜定阿娘。

五娘开口骂婶儿，磨镜乜有⑥好人儿。

阿娘不信出去看，果然生水十二分。

益春抱镜出大厅，五娘连步随后行。

陈三见娘按一礼，五娘按礼无做声。

五娘择目看一见，却无相似磨镜儿。

卜是前日马上使，今日打办⑦咱厝来。

过前借问磨镜兄，司阜贵姓是贵名。

陈三说名

陈三开口应一声，小人家在泉州城。

住在泉州晋江县，全头说出何阮听⑧。

名叫陈三年拾捌，挑来⑨潮州探五娘。

---

① 着：得。

② 见看：应是"看见"的倒文。

③ 即久：时间很久，已经很久。

④ 司阜：师傅。

⑤ 生得场：长相好。

⑥ 乜有：怎么会有。

⑦ 打办：乔装打扮。

⑧ 全头：全部。何阮听：让你知晓，让你听听。

⑨ 挑来：专门来，特地来。

益春就问陈三兄，价钱先讲即能成①。

人说买卖先讲计②，我今爱小你爱加③。

咱着工钱先断定，磨了报口④不好听。

说实宝镜磨得白，工钱卜池阮差个。

陈三开口就应伊，不可说到着工钱。

宝镜卜磨免还好，工阜相送岂能无。

阮来磨镜有主张，无卜迩⑤银返回乡。

泉州荔枝在树尾，潮州荔枝在龙罗。

五娘做人真思想，说着荔枝心绸除⑥。

卜是前日马上使，当来咱厝说东西。

你来磨镜是用计，就叫益春去捧茶。

益春捧茶去请伊，看见身边一荔枝。

返来就共阿娘说，是咱表记在身边。

五娘假意骂婳儿，你口吡破⑦卜在年。

做人婳人吡多话⑧，不可说破人根机。

打破宝镜

益春静静无做声，陈三磨镜在大厅。

磨来一面光如水，果然工夫能出名。

益春进前去问伊，李公磨镜甲唱诗。

唱得好听共好曲，后来在请不论钱。

陈三听说笑微微，我能唱歌共唱诗。

---

① 即能成：才能成交，这里是指讲定价钱才让陈三磨镜。
② 讲计：讲价。
③ 爱小：希望价钱低一些。爱加：希望价钱多一些。
④ 报口：争执。
⑤ 迩：你。
⑥ 绸除：踌躇。
⑦ 口：嘴。吡破：说破。
⑧ 吡多话：那么多话，这里是说益春多嘴。

李公见唱是古曲，我今见唱是新诗。

陈三卜唱笑徵徵，娘你卜听进前来。

纪得①当初潘文显，那卜摘花会佳期。

古诗见唱郭华记，姻缘假意卖胭脂。

智远采花逢仙女，刘锡采花会佳期。

宝镜磨好谨②收场，陈三将镜照五娘。

一照娘仔好梳桩，二照娘脚三寸长。

三照娘身花含蕊，四照五娘配林郎。

五娘听说心头酸，一时苦切配林郎。

阮身不愿配林代，那配林代死五娘。

益春就骂陈三哥，你恰阮娘说忐忑③。

害阮阿娘况重誓④，磨镜工钱总能无。

你娘姓黄阮姓陈，无送工钱无相干。

阮厝家财胜百万，缺欠妻子在人间。

我来磨镜为娘害，换只头面即障生⑤。

荔枝手帕我恰起⑥，磨镜工钱我不池⑦。

五娘只话不爱听，回头共婀说一声。

宝镜磨好阮收起，工钱提出还人行。

益春行到后厅边，陈三送镜来还伊。

益春未接三哥放，宝镜落地做二平⑧。

陈三半喜又半悲，宝镜打破卜在年。

劝恁娘婀无想气⑨，阮是失误正即生⑩。

---

① 纪得：记得。

② 谨：赶紧。

③ 恰：跟。说忐忑：玩耍，说着玩。

④ 况重誓：发下重誓。

⑤ 只头面：这个装扮。即障生：就是这样。

⑥ 恰起：拿起来，收起来。

⑦ 不池：不要。

⑧ 二平：两片，指宝镜打破后成两片。

⑨ 无想气：别生气。

⑩ 正即生：才会这样。

五娘听镜是破声，想卜来补袂得成①。

那是只镜无处讨，心头苦切袂做声。

益春许时大声骂，宝镜打破你不惊。

只镜值银无价值，想你倍②阮袂得成。

九郎出来大受气③，贱奴乜敢按障生。

只是我子照新镜，想你卜补袂得圆。

只镜无倍袂得过④，看你身中有差钱。

陈三开口应九郎，宝镜打破我耽当⑤。

磨镜工夫我所能，补镜工夫学无全⑥。

身上无银可倍你，愿共恁厝扫厅堂。

九郎一时不允伊，我厝起无粗婤儿。

宝镜被你打破了，想你一身值乜钱。

五娘劝爹免受气，带着好口可怜伊。

陈三伊是聪明仔，皮不值钱骨值钱。

肯卜卖身倍咱镜，爹爹千万着允伊。

九郎听仔说得通，卜收陈三做安童。

陈三许时写奴字⑦，契字写来着三年。

甘荔付恁做奴字⑧，工钱倍恁做镜钱。

陈三扫厝

九郎又问甘荔奴，你管粗作是为何。

---

① 袂得成：不可能。
② 倍：赔。
③ 大受气：非常生气。
④ 袂得过：不能放过你。
⑤ 耽当：担当。
⑥ 学无全：还没学会。
⑦ 写奴字：卖身契。
⑧ 甘荔：甘愿。做奴字：做奴仆。

工头息尾你管故①，人来客去你对都。

陈三幼脚共幼手②，粗息③全小不识摸。

工头息尾袂管故，那是扫厝捧盆奴。

日头起来天大光，陈三打办扫厅堂。

外头扫到厅堂角，内头扫到娘房门。

假意扫厝在后兜，呵咾娘仔看梳头。

五娘择头出来见，可惜才子扫厅堂。

前日那无打破镜，今日受苦你免惊。

陈三听说就应伊，你今知我乜人儿。

阮在泉州亦富贵，今日着做障行仪。

忆着娘仔投荔枝，甘愿受苦二三年。

娘仔恁着相将就，不可侥幸只情由。

五娘受气出绣房，甘荔障说是不可。

阮今贪你好头面，不成大板打你身。

陈三求情说不可，可怜甘荔一个人。

只处无人可依倚，落花流水不相同④。

五娘返身入绣房，忆着陈三是好人。

今日真珠投下地，卜收起来亦着工。

益春论亲

益春行去叫三哥，你学磨镜来忐忑。

卜想阮娘好头对，风流即卜阮厝迌⑤。

卜叫你名是不好，后来着叫你三哥。

---

① 工头息尾：大大小小事情。息尾：事尾。管故：管顾，照管负责。
② 幼脚共幼手：嫩手嫩脚，指手脚做不了粗活。
③ 粗息：粗重的活计。
④ 不相同：不相关。
⑤ 迌：方言俗字，同"行"，走。

陈三听说笑咳咳，我个不说你不知。

因端起里为娘害，手帕荔枝引我来。

恁娘那卜有想我，陈三乜使做奴才。

益春将话应三哥，阮今引你来忐忑。

心肝必然有想定，后来成亲免惊无。

陈三许时就应伊，不知恁娘是在年。

全望小妹着相共①，为恁娘婳正障生②。

能得恁娘相将就，日后恩情恰大天。

益春说何③三哥听，泉州有心来潮城。

想卜吊鱼鱼能倒，想卜采花花能成。

做你宽心去扫厝，到尾姻缘自己成。

陈三听说就应伊，不知恁娘意在年。

劳烦小妹着相共，为恁娘婳即障生。

益春共你大思量，想有一计能恰场。

明早起来天大光，阮娘洗面着捧汤。

面盒共我代捧去，就共阮娘说短长。

代捧盆水

五娘困到天大光，古然床上起梳桩。

未叫甘荔来扫厝，先叫益春捧茶汤。

益春假意不去捧，陈三代捧到娘房。

好口叫娘来洗面，吩咐娘仔着做人。

五娘假意大受气，贱奴乜敢按障生。

陈三听说着一惊，紧紧出来门外行。

---

① 着相共：得帮忙，来帮忙。

② 正障生：这件事。

③ 何：让，给。

回头就共阿娘说，吩咐五娘无做声。

五娘假意水泼伊，泼着三哥笑徵徵。

陈三大胆又返身，娘你泼阮乜何因。

你今总着共阮抑，那不村手①摸你乳。

陈三摸乳不甘放，五娘假意说不可。

起脚动手不好看，外面恐怕也有人。

陈三村手关房门，强扐五娘倒下床。

五娘许时不将就，假意叫婶捧茶汤。

陈三现时出秀房②，心想五娘袂做人。

潭边钓鱼鱼袂倒，枉我思想来用工。

五娘掀起生眠床，心肝忆着陈三郎。

日间想伊袂吃饭，夜间不困袂安床。

由偿③花园

五娘心酸困不去，益春招伊游花园。

三更半冥月出光，弍人相焘④游花园。

看见园中好景致，且喜百花开齐全。

一丛牡丹花含蕊，一丛金菊正卜开。

枝枝叶叶好相对，可惜五娘真克亏。

想阮一身配林代，相似好花无处开。

益春劝娘你免悲，咱厝三哥可对伊。

阿娘相似花含蕊，伊人青春正及时。

今日见然⑤来咱厝，不需烦好⑥误佳期。

---

① 村手：伸手。
② 秀房：绣房。
③ 由偿：游赏。
④ 焘：闽南方言，引导。
⑤ 见然：竟然。
⑥ 烦好：烦恼。

弍人说话花园内，陈三房内探听知。

一时跳落土墙角，翻身跳落花园来。

五娘看见陈三兄，开出园门就卜行。

益春招娘在来见，伊是好人阮免惊。

五娘就问陈三郎，三更半冥到花园。

有事进前来漂报①，无事不准说短长。

陈三说何五娘听，小人厝在泉州城。

为恁荔枝来相害，泉州正着只路来。

不认表记

三哥你话说也奇，阮身并无投荔枝。

卜是别人投何你，五娘并无想半系②。

阿娘你话也真奇，乜可说无投荔枝。

那是小人来赖你，脚下是地头是天。

五娘一时应三哥，那有总是投忐忑。

阮身见然配林代，乜有再选你三哥。

陈三无奈投益春，阮娘荔枝投何阮。

今日敢说无实意，不是卜选阮郎君。

恁娘真是无情人，害阮陈三也乜可。

即知恁娘掘③侥幸，也无荔枝来求亲。

益春在去见阿娘，三哥好人咱着收。

荔枝那卜不招认，恐怕三哥返回乡。

五娘共娴说透机，阮是恰伊说刁池④。

那卜三哥来相对，着咱近前来问伊。

---

① 漂报：报告。

② 想半系：想半些，一点也没想。

③ 掘：真。

④ 说刁池：故意这么说。

再问情由

五娘再去问三哥，你有侥幸亦是无。

厝在泉州晋江县，乜卜潮州来忐忑。

陈三再说阿娘听，广南运使我亲兄。

因为送嫂去任所，正月十五到潮城。

许时灯下见娘面，为娘刈吊到只今。

后来楼前看景致，又是娘仔投荔枝。

我就恰人学磨镜，才来你厝求亲成。

千万娘仔相将就，可怜陈三来潮州。

三哥你话我不听，你是罔说①爱好名。

大兄那卜有官做，乜卜池阮做亲成。

陈三将话说得通，阮是贪你一个人。

五娘说何三哥听，姻缘事志你免惊。

你我各人着去困，不可只处闹分分。

陈三听说就行开，五娘叫娴来相随。

无人相随房中去，忆着三哥心就收。

思想情郎

五娘逐日坐绣房，心想陈三是好人。

千般万事无思想，那想三哥伊一人。

陈厝乜有恐父母②，生只仔儿来害人。

我今亲成无主意，今日不知卜在年。

卜嫁林代想三哥，卜嫁三哥食人茶。

---

① 罔说：乱说，胡说。
② 乜有恐父母：怎么有这样的父母。

父母真正无主意，也不再等三二年。

全伊三哥来咱厝，冥日想伊无程时。

那知今日障生想，当初乜可投荔枝。

那知今日障相害，无投荔枝引伊来。

三哥实在定阮意，林代真正阮无池。

明知林代是留子^①，不知陈三乜人儿。

凭伊口说好人子，想伊瞒咱亦不成。

当时潮州是伊爹，现时广南伊亲兄。

琴棋书画百般全，却说伊家多齐全。

可怜今日来咱厝，着共咱厝扫厅堂。

查寻公子

陈三只处扫厅堂，伊爹许厝^②叫安童。

想我邻儿去吡久^③，全去不回想不通。

你今紧去问消息，看伊乜事不回乡。

安童行到后街乡，看见三舍说一场。

大人许厝少念^④你，看你有事不回乡。

陈三说何安童听，九郎招我结亲成。

因为五娘相刘吊，才能只处无可行。

我今着等成婚了，才可回返泉州城。

安童你今先返去，将情禀报我爹听。

安童跪落禀一声，咱是官阴好名声。

亲成何伊^⑤相刘吊，泉州起无好亲成。

---

① 留子：纨绮子弟。
② 许厝：那边家里。
③ 吡久：这么久。
④ 少念：想念。
⑤ 何伊：让她。

250

陈三说何安童听，对人无说只亲成。

安童你今先返去，我着下日①即可行。

许时益春入门边，听伊二人说因伊。

只是阮娘无道理，害阮受苦二三年。

程步安童返去了，益春入来问三哥。

头下只处房门外，有人探你也是无。

有乜事志得罪你，着来跪拜你三哥。

陈三共娘说因依，我爹差人来问儿。

甲阮着返泉州去，不可一日过一时。

我恨林厝无道理，障生相误卜在年。

娘仔有许代主意②，日后恩情恰大天。

陈三写书

益春共我代主意，阮娘全小有识诗。

三哥你可写一首，阿阮益春提何伊③。

陈三听说好计智④，提出纸笔来提诗。

句句写来风流意，字字写来卜想伊。

风流事志写尽透，正经言语无半系。

陈三许时写完备，劳烦小妹代提诗。

益春提去娘房内，放落绣筐无人知。

五娘提来看一见，绣筐乜有一首诗。

句句写来风流意，声声读出少年时。

读来读去有奇意，看头看尾有侥幸⑤。

① 下日：过几天，过一段时间。
② 有许：有那。代主意：大主意。
③ 阿阮益春提何伊：让我益春拿给五娘。
④ 计智：计谋。
⑤ 侥幸：心意。

251

不知只诗乜人做，害我看来病相思。

卜是陈三用计智，卜害阮身忆着伊。

我恨益春贼婳婢，乜敢可人代提诗。

五娘一时叫婳儿，绣筐乜有一张诗。

你只婳儿拙大胆，共人送诗是在年。

益春一句应出来，绣筐有诗婳不知。

阿娘亲目无看见，乜敢罔说娘提诗。

婳你说话真是奇，一番明知你提诗。

不只秀房无人到，谁人做事赖婳儿。

娘你骂阮也无干，写诗个人是姓陈。

有事陈三着相共，共阮益春却无干。

婳你只事那有知，陈三共我叫伊来。

伊敢写诗喜弄①阮，想伊只人却不皆②。

五娘青书③

益春就叫陈三哥，阮娘叫你去忐忑。

你着行去绣房内，问伊乜事叫三哥。

陈三走到巷仔边，五娘看见就骂伊。

你敢写诗喜弄阮，喜弄阮身却不皆。

陈三听说应一声，小人并无我不惊。

无天无地也敢说，无云无影妆到成。

五娘提诗何三哥，现有一张你说无。

陈三村手接来看，只是小人写忐忑。

前日心肝不良忐，写得几句却强无。

---

① 喜弄：戏弄。

② 不皆：不应该。

③ 青书：责书。

千万娘仔无受气，陈三不是爱风梭。

五娘受气骂连天，你卜想阮个姻缘。

用计写诗来害阮，照理着打正当然。

阮不打你投荔枝，你敢卜打阮写诗。

陈三就到娘房门，劝娘不用说短长。

写诗那卜就着打，投落荔枝罪着当。

投落荔枝来害阮，写诗害你总无奇。

五娘想起心头悲，咱是千金人子儿。

父母纪然配人了，当初乜可投荔枝。

投落荔枝乱人意，害伊想阮无程时①。

只是当初自失误，至今想误能却池。

三哥不知阮个意，须着共伊说透机。

将情说出三哥听，你要想阮个亲成。

阮厝亲成纪人定，三哥即卜来潮城。

配你三哥总也好，误了林代个亲成。

爹娘纪然配人定，五娘无配陈三兄。

荔枝相误无说起，实情实意说我听。

陈三回乡

陈三看见事不成，假意卜返泉州城。

被你娘仔来相误，枉我当初来潮城。

阮今只事免思量，谨收行里返回乡。

父母生阮命拙呆②，自己不敢恨爹娘。

那恨五娘无主意，害咱受苦二三年。

想伊恩缘不成就，阮今着返却办宜。

---

① 无程时：不定时。这里是说害得陈三时时想五娘。

② 拙呆：这么不好，命运不济。

收岂①布袄共雨伞，放紧来行无延迟。

益春门外先等伊，想起好笑也好啼。

只人今日拙受气，阮厝无人克亏伊。

因为二人风流事，未肯成就正障生。

三哥受气卜返去，不肯再留一个时。

劝你三哥无受气，今日不可行峣崎②。

我故③三哥头到尾，因何不返无相时④。

小妹听我说就知，我来恁厝做奴才。

忆着恁娘好头对，泉州正有潮州来。

那知恁娘不主意，投落荔枝无定期。

我今卜返泉州去，着共小妹你相辞。

我劝三哥你着听，千万程脚未可行。

你今有心来磨镜，卜求姻缘亦能成。

今日乜可拙受气，无辞阿娘就卜行。

小妹听我说透机，恁娘侥幸我不池。

无说恁娘我无气，说着恁娘我气伊。

全然无情共无仪⑤，我不恰伊去相辞。

益春看见就卜行，谨去共娘说一声。

三哥实情卜返去，媋人留伊亦不听。

阿娘不留是你代，益春袂共娘留兄。

五娘听说着一惊，放落针线出大厅。

那是甘荔卜返去，我着共伊骂几声。

奴是当初来磨镜，打破宝镜倍袂成⑥。

阮爹许时听我劝，收你为奴扫大厅。

---

① 收岂：收起。
② 峣崎：蹊跷。
③ 故：顾，看顾。
④ 无相时：不来告辞。
⑤ 无仪：无义。
⑥ 倍袂成：赔不了，赔不起。

约卜三年未尽满，因何大胆就卜行。

陈三听说气冲天，小人共娘生无缘。

荔枝手帕你投落，不是陈三爱风梭。

你敢反心来相吴①，害阮一身障落薄②。

锦衣公服为你了，白马金垞③为你无。

失了公服我无气，失了白马苦相悲。

卜去泉州路头远，无马可骑卜在年。

五娘听说不应伊，回头共婳说透枝。

听伊今日卜返去，咱共三哥无了时。

不如放谨何伊去，白马卜迟买还伊。

益春你去共君说，你今打办障行宜。

卜带潮州随在你④，卜返泉州亦随时。

白马卜池买何伊，付你岂身⑤无延迟。

阮娘本是深闺女，不肯配你奴才儿。

那是旧年六月时，阮在楼上食荔枝。

投落荔枝阮实意，打破宝镜你朝池⑥。

碧琚不留

只是⑦陈三爱风梭，无干荔枝在凌萝。⑧

恁厝风水正无好，不用将身阮厝来。

陈三听说心就苦，当初乜可做伊奴。

无缘娘仔来相误，枉我三年捧盆奴。

---

① 相吴：相误，相互耽误。
② 障落薄：这么落魄。
③ 金垞：金鞍。
④ 带：留在，呆在。随在你：随你意。
⑤ 付你岂身：负你这个人。
⑥ 朝池：故意。
⑦ 只是：正是。
⑧ 凌萝：绫罗，指包荔枝的手帕。

亦无想我相思病，被伊受苦是为何。

五娘益春心肝粗，弍人就骂陈三奴。

尔只卜去你做去，无子共阮捧盆奴。

你那卜死来赖阮，并无惊你半分文。

奴才咱厝有处讨，亲似陈三岂能无。

看你头占①耳唇薄，身穿黑衣倚壁彳。

那是真文林行报，建公立业总也无②。

琚劝春留

陈三受气不做声，不甘不愿返泉城。

布伏收岂就卜去，雨伞被岂③就卜行。

爱得现时④可到厝，并无半系在潮城。

五娘看见卜回君，心想无奈叫益春。

阮爹未肯伊返去，益春你着去留君。

益春看伊拙不愿，卜留伊返总也难。

阿娘不留是代你，共阮益春亦无干。

姻缘好呆⑤娘福分，并无半系⑥分益春。

留返亦是恰娘困⑦，益春并无可随君。

娴你听我说言音，全小相随到只今。

一番你着相共劝，方知娘娴有真心。

娘你说话那无定，益春不敢去留兄。

---

① 头占：头尖。
② 建公立业：建功立业。总也无：也许也没有那能力，可能也没有。
③ 被岂：背起。
④ 爱得现时：希望马上。
⑤ 好呆：好坏。
⑥ 半系：半些，一点。
⑦ 恰娘困：跟你睡，唱本的俚俗说法，与你一起生活。

日后无某寻婤讨①，创无阿娘倍三哥②。

婤你只事免惊防，留得君返就有功。

你去留得三哥返，日后恩情不敢忘。

阿娘说话那有定，婤人亲身去留兄。

三步拼做二步走，二步拼做一步行。

手接三哥雨伞尾，千万程脚未可行。

人说有苦也有甘，月缺亦能再大圆。

那有言语相得罪，劝君亦着放一边。

陈三听说气愁愁，只是恁娘不收留。

我今要返去就是，无贪恁厝好风流。

恁娘无心假有意，做出科困③相延迟。

就那卜留也是假，我今半句不听伊。

益春再劝你着听，三哥千万未可行。

阮娘恰你真有意，当初即有投荔枝。

事那将来能成就，掘掯算来免几时。

今日留君那不返，小妹一命归阴司④。

陈三听说有实意，立脚程步⑤就问伊。

恁娘有心卜留阮，姻缘事志着何时。

益春共君说透枝，月老推迁有定期。

布袄雨伞我收岂，姻缘事志咱问伊。

陈三欢喜从伊劝，双人相牵入大门。

五娘看见留有返，亲身出来见三郎。

哥你受气是不可，五娘是你个亲人。

爱君你返是实意，冥日思君十二时。

---

① 无某：无老婆。寻婤讨：找我（益春）讨要。

② 创无：难道。倍：赔。

③ 科困：有意为难。

④ 归阴司：赴阴司，意为病死。

⑤ 立脚程步：停住脚步。

阮乜荔枝投芯忢，配伊林代总亦无。

你带后堂去安宿，五娘不敢误三哥。

刺绣改愁①

陈三安宿在后堂，五娘思君心头酸。

日间无吃暂时过，冥间无困到天光。

想来想去无计智，卜想刺绣改心酸。

一秀凤凰在竹树，式绣鸳鸯落池长。

三秀芙容②对金菊，四秀织女对牛郎。

牛郎织女好头对，可惜五娘配林郎。

林代无定五娘意③，三哥美貌阮爱池。

谁人说得我爹准，千两黄金做工钱。

一主爱对好良缘，忆着三哥袂了然。

尺方算来路百里，一朝相似几万年。

日想冥想无人知，马年林代④有人来。

谁知差人来乜事，却是林代来推亲。

日看现年十月尾⑤，卜焄五娘去成亲。

问病思想

陈三许时后堂知，苦在心头病就来。

五娘听说三哥病，偷甲益春去问伊。

益春行到后堂去，看见三哥病想思。

---

① 改愁：解愁。
② 芙容：芙蓉。
③ 无定五娘意：无法让五娘满意。
④ 林代：这里指林大的家中。
⑤ 日看现年十月尾：看了日子定在今年的十月末。

返来就共阮娘说，三哥只病娘能医。

阿娘不肯相将就，三哥性命归阴司。

五娘谨去①问三哥，你是有病也是无。

是乜恶魂共恶怪，敢来作弄阮三哥。

陈三病重十二分，一声冷冷袂青春。

荔枝做魂来扐阮，五娘做怪来迷君。

五娘想起目头红②，三哥尔说是不可。

五娘那卜能做魂，三哥也是能害人。

全君你来阮想你，甲君想阮也是难。

头眩目暗择袂起，可惜三哥你不知。

咱娘你话全无定，口出连花③我不听。

心肝那卜有想阮，姻缘事志乜不成。

情由三哥你不知，听头全我说起来。

一来惊君不实意，二来惊君有妻儿。

人说一鞍卦一马，二鞍一马无在年。

今日那卜相将就，下日相误卜在年。

双人立誓

陈三说何五娘听，当天立誓何娘听。

西川大守是我叔，广南运使我亲兄。

一身那有我自己，并无妻仔在身边。

爱卜五娘来相对，说话不敢起侥倚④。

天地神明做证见，夫妻和合百日期。

那敢双心共二意，性命早早归阴司。

---

① 谨去：赶紧去，马上去。
② 目头红：眼眶红。
③ 连花：莲花。
④ 侥倚：异心。

五娘听君叱重誓，谨紧跪落拜谢天。

碧琚本是黄家女，亲选良缘陈白卿①。

父母扐阮配林代，不定五娘是实情。

天地神明做正见②，愿共三哥结百年。

那敢忘恩共偕义，一条性命归阴司。

敢谢娘仔好情仪③，那恨林代无道理。

强娶五娘配林代，误阮夫妻卜在年。

五娘劝君你免悲，我是不愿正障生。

五娘那敢林厝去，甘愿一身落血池。

叮咛阮君几句话，不可阮去你不池。

放落五娘无倚依，吴了④一身卜在年。

陈三劝娘免惊宜，咱是相定正障生。

陈三那敢起侥幸，不看下代受仔儿。

二人有情共有仪，同同⑤跪落拜谢天。

你我心肝那无悔，夫妻一世无延伊。

上天愿做凤凰鸟，落水愿做连里机⑥。

天边海角无相离，同行同坐无离时。

双人断约

二人当天说过了，陈三问娘个根机。

咱今成亲卜池时⑦，那卜程久⑧误佳期。

五娘共君说透枝，今冥月上二更时。

---

① 陈白卿：陈伯卿。
② 正见：证见，见证。
③ 情仪：情义。
④ 吴了：误了。
⑤ 同同：一起，共同。
⑥ 连里机：连理枝。
⑦ 卜池时：要什么时候。
⑧ 程久：等待长久。

全家大小人困静，恰君亲成可团圆。

陈三听说心欢喜，共娘成亲是今冥。

我是恰娘有缘份，前世注定障即生。

五娘说何三哥听，姻缘事志你免惊。

我着放谨去刺绣，你着放紧去扫厅。

一时无见我爹面，恐思差人来探听。

许时一人走一边，不敢有意在交缠。

夫妻注定无反悔，成亲约定二更时。

婳退娘约

日头卜落是黄昏，陈三心内乱纷纷。

敢谨食饭苦袂暗①，等后五娘来成婚。

宽心等到二更时，不见五娘来寻伊。

陈三想起心就苦，不知只事是如何。

本约今冥卜成亲，因何不见五娘身。

不知是伊约无定，还是父母未困眠。

我今且坐房中等，想伊五娘袂害人。

本约今冥伊卜游，反心又想不风流。

卜甲益春去退约，须着共婳说情由。

今冥共君相断约，恰君断约卜来游。

我想成亲着看时，今冥月光又未圆。

我想着等中秋暗，恰君成亲可团圆。

益春你去共君说，共君在约十五冥。

益春行去君房外，陈三欢喜有人来。

乌暗不知娘共婳，抱着益春笑咳咳。

---

① 敢谨食饭：赶紧吃饭。苦袂暗：一直烦恼天怎么还不黑。

益春静静无做声，卜看三哥在曦来①。

陈三不知叫是②娘，抱来床上结鸳鸯。

益春想起就爱笑，阮人是婳不是娘。

陈三许时无思量，扐伊益春骂一场。

妹你在可敢障做③，害阮不知叫是娘。

恁娘那卜来许外，甲伊入来免思量。

陈三听我说一知，阮娘今冥伊无来。

甲我益春来退约，免得何哥看东西。

卿求益春

恁娘无来亦是好，妹你清春④好忐忑。

咱今有米煮成饭，有物着来请三哥。

今日送到那不食，下日相清⑤也是无。

哥你无岂粗心意，恁有读书识礼仪。

采花那卜连头采，阮娘知去骂婳儿。

无说婳儿乞伊骂，连你三哥杀不池。

妹你听我说透机，在昔楼上许一时。

婳人在先娘在后，文生个人是障生。

鲁簌⑥刁来合猫意，那卜再想无只期。

哥你听我说言音，你恰阮娘先成亲。

你那有心卜想阮，大担恰君共枕眠。

妹你障说却有理，咱卜相会岂无时。

且问恁娘吩咐你，恰君成亲卜池时。

---

① 在曦来：有何动作。
② 叫是：以为是。
③ 在可敢障做：怎可这么做。
④ 清春：青春。
⑤ 相清：相请。
⑥ 鲁簌：记音，"老鼠"的闽南话直音。

哥你听我说透机，阮娘约定十五冥。

十五月光好时候，恰君成亲有金枝。

陈三听说呸多气，恁娘假意卜害人。

因何着等中秋暗，吊肉成猫①害死人。

今暝成亲伊那不，下日成亲伊亦可。

益春听说就应伊，阮娘不是相延迟。

成亲不可取现谨，姻缘着等好日期。

婀你障说亦有通，何娘再约亦无方。

今冥有你来退约，阮等十五即相逢。

初会风流

五娘等到中秋冥，看见中秋月大圆。

心肝想岂②风流意，约定成亲是今冥。

头插金钗整工身，卜共三哥结成亲。

早送父母上床困，自己不敢先困眠。

宽心等到二更时，父母困去全不知。

开出房门偷身去，轻脚细手无人宜。

前厅行去到后台，无灯无火直透来。

忆着三哥伊人好，无惊父母人能知。

陈三厅边先等伊，看见五娘笑微微。

双手牵娘房中去，弍人坐落说因伊。

娘你查某君乾埔③，手仔牵来共娘模④。

哥你有情娘有心，口仔问来共君斟。

咱今乜能拙相定，恩缘价数值千金。

---

① 吊肉成猫：挂着肉诱惑猫。
② 想岂：想起。
③ 查某：女人。乾埔：男人。
④ 共娘模：让娘子摸。

陈三脱衣又脱帽，一身个肉白好俊。

今冥和娘做阵困①，亦可共娘说忐忑。

五娘脱衣又脱裙，一身个肉白如银。

今冥恰君做阵困，亦可何君取新婚。

二人倒落做一头，阴阳相向舌相交。

君手揽娘腰下过，娘手何君做枕头。

一盏明灯照情光②，照见娘君做一床。

陈三想起心就动，卜探五娘人花园。

番身抱起娘身上，吩咐五娘着耽堂③。

五娘共君说言音，阮是未弹个新琴。

爱卜三哥你来救，观方照故到只今。

君你卜弹着仔细，无做魏延打呆灯。

陈三听起笑咳咳，新船着故阮亦知。

我今船杆那整办，厦门水路娘自开。

五娘自想心岸定，千军万马亦不景。

洞关剑害不用把，学伊孔明软④空城。

陈三心想无许代，战场披好卜相刣。

番身把芭上娘台，宝剑金枪抽出来。

五娘村手去接伊，吩咐先峰⑤着主持。

恁用军兵卜入去，不可打破阮城池。

陈三仔细采花心，五娘无话暗沉吟。

世间风流无伦价，新婚一出达千金。

陈三想起真欢喜，清春尽世那障生。

蓬莱仙景虽然好，不及新婚只一冥。

---

① 阵困：一起睡。
② 情光：清光。
③ 着耽堂：要动一动。
④ 软：放。
⑤ 先峰：先锋。

264

五娘想起真过意，乜能心色按障生。

谁愿仙景圈那好，恰好风流乜是无。

二人得意入天台，那瑶那俊笑咳咳。

一旦风流别了事，二人番身倒相排。

五娘头上髻又欹，越来共君说因伊。

父母生阮一身已，今冥恰君那障生。

陈三心想肝亦流，欢喜恰娘正开头。

一世夫妻千万暗①，今冥即有做岜头。

五娘揽君在来困，君你美貌成赵云。

常山赵云早过世，后来我君生私文②。

陈三共娘卷条条，娘你美貌胜二娇。

冬吴③二娇早过世，后来娘仔生青标。

二人说话真文套，下身个肉入手埈。

世间事志虽是好，恰好风流总是无。

一更过了二更时，二人床上说因伊。

咱是夫妻相喜爱，父母困去全不知。

二更过了三更时，双人做事无人宜。

你在后生那一出，风流不做等何时。

三更过了四更到，相似鸳鸯做一池。

世间风流第一好，青春少年好志丕。

四更过了五更时，耳边听见哇声啼④。

二人床上心头悲，今冥拙短是在年。

五娘共君说短长，哇啼正是天卜光。

趁阮父母困未醒，我着返去可梳妆。

陈三共娘说言谈，娘你生水定君贪。

---

① 暗：夜。
② 生私文：长得斯文。
③ 冬吴：东吴。
④ 哇声啼：鸡啼叫。

抱抱揽揽不你去，天光即去你亦可。

呈步窗外天大光，五娘翻身落眠床。

天光阮身须着返，不敢恰君倒落床。

陈三想岂心头酸，天乜因何拙早光。

送你娘仔出房门，咱今夫妻是久长。

你今下暗着在来，不可何我看东西。

五娘只去不离暗，共君断约暗暗来。

偷身行去到后厅，一半欢喜一半惊。

巷头恐惊有人看，巷尾恐思有人行。

欢喜行到秀房内，倒落眠床无人知。

恰君相爱年月深，谁知昨冥事正成。

再会风流

中秋过了十六暗，月光风静好天时。

五娘想起困不去，爱卜恰君会佳期。

且喜月光好忢忢，偷身行去寻三哥。

轻脚行去三哥房，一扇房门双手捧。

开入三哥房门内，欢喜起来心头双。

陈三困去全不宜，不知五娘来寻伊。

陈三眠梦着一惊，是乜鬼怪来相景。

五娘轻声叫君醒，我是五娘无做声。

陈三欢喜笑哎哎，都是五娘来寻君。

且砖双脚共双手，那卜揽来连身香。

二人倒落做一头，口仔相斟①舌相交。

一位夫妻拙相爱②，相似蒙正过彩楼。

———————————

① 相斟：亲嘴。
② 拙相爱：这么恩爱。

陈三假意就推辞，恁爹那知卜在年。

被伊看见扔一倒，二条性命那障生。

五娘一句应出来，君你障说恰不皆。

君你那卜拙景事，磨镜乜敢阮厝来。

君你宽心免心酸，阮爹有事我耽当。

娘我有心做我主，大胆恰娘困同床。

陈三有娘不困眠，村手去摸娘下身。

摸着一处三寸地，乜能迷君的心神。

五娘听说意沉吟，哥你敢说是小人。

咱是双人相定意，不是只处来相眩。

陈三恰娘在来战，娘你青春好少年。

本是林代的福份，今日是君个姻缘。

五娘听说笑嗤嗤，我君不用说多言。

咱是天生命主定①，心肝即能生相连。

陈三为娘障刘吊，心想卜忍是袂朝②。

番身把起娘身上，骑娘身上好逍遥。

五娘呰小胆又大，又在三哥去取裁。

行云走雨情不禁，颠鸾倒凤乐做探。

万种交杯鱼得水，一春景致鸟投林。

花街一送红花落，雨舍恩情月沉吟。

五娘得意笑徵徵，暗冥恰好十二时。

陈三欢喜笑哎哎，暗冥恰好十二分。

二人床上说因依，记得前年六月时。

我君骑马楼下过，阮在楼上吃荔枝。

许时荔枝投何君，是卜共君取新婚。

我君千里来寻阮，望卜后世在对君。

---

① 命主定：命注定。
② 心想卜忍是袂朝：心里想要忍也忍不住了。

荔枝手帕做事老，咱今着记许一时。

天地生有咱双人，前世生来做一房。

有缘我君做困阵，无缘林代死无人。

连冥仪伦①烧好香，保庇陈三对五娘。

责罪林代着早死，二人相焘返回乡。

无学王魁俉桂英②，着学姜女对杞郎。

一冥无困天又光，陈三送娘出房门。

夫妻不用相别礼，是咱相爱恰久长。

母疑碧琚

五娘行去到房中，轻脚小手倒落床。

爱困不眠不敢说，头眩目暗难梳妆。

五娘同去送新婚，面貌看来越青春。

依母看见心就宜，我仔不知是在年。

前日并无郎戏晓③，今日乜能吡峣崎④。

说话全然无禁宜⑤，行动全然无威宜⑥。

花开必定有人彩⑦，水影必定有鱼来。

只共别人无杆过⑧，卜是陈三死奴才。

仔你那敢恰人呆，须着教训骂起来。

母亲行去五娘房，现时想气⑨面就红。

子⑩你做人个女子，恰人戏晓是不可。

① 仪伦：议论。
② 王魁俉桂英：王魁和桂英。
③ 戏晓：奇怪。
④ 峣崎：蹊跷。
⑤ 无禁宜：无禁忌。
⑥ 无威宜：无威仪。
⑦ 彩：采。
⑧ 无杆过：没关系。
⑨ 现时：这个时候。想气：想起。
⑩ 子：仔。

恁母教训那不信，饲你一身做乜人。

敢紧何你林厝去，勉得何人宜奸成①。

若是有人来忐忑，于你小命总着无。

被你父母看一见，放伊性命总是无。

五娘听说就知机，只事不知卜在年。

等到三更人困静，偷去共君说因依。

事志②将来袂得好，阮母知去卜在年。

说那扢得我君着，你我性命那障生。

陈三听说心头悲，一番扫厝一番啼。

风流事志掩袂蜜③，被人知去卜在年。

自己以内着一惊，有人卜扢咱奸成。

卿求益春

五娘又劝陈三兄，君你大胆勉着惊。

现时有事双人辞，明日有事相共当。

陈三听娘说只话，大胆恰娘做夫妻。

咱今双人相意爱，偷来暗去无人知。

有时君去恰娘困，有时娘仔来寻君。

益春看见就动心，么来共君说言音④。

三人二好一人呆，克亏益春无人知。

记得当初来退约，放拣益春恰不皆。

许时不从郎君意，即能风流走过时。

今日好花无人采，不知我君你在年。

益春美貌成观音，陈三看见就动心。

---

① 勉得：免得。何人：让人。宜奸成：有奸情。

② 事志：事情。

③ 掩袂蜜：隐瞒得不严密，没隐瞒严密。

④ 么来：就来。说言音：说说心里话。

咱今双人着成就，不可下日不收留。

益春听说心欢喜，但恐三哥你不池。

三哥你那卜池阮，小妹不敢相延迟。

二人相牵房中去，红罗帐内结成双。

益春共君说透机，阮是莲花开满池。

未尽见霜先见雪，全望三哥着主持。

陈三听说只言音，就恰益春结成亲。

好事一场说难尽，二人相揽困成眠。

骂君通婶

五娘许时探听知，门钩开门入房来。

益春着惊面变青，陈三无意坐床边。

五娘骂君无道理，乜敢做事按障生。

君你亲似采花蜂，一丛采了过一丛。

扐阮好花采过了，番身又去别花丛。

恁今二人障生做，何恁双人做夫妻。

婶你大胆恰君困，五娘不敢骂益春。

陈三劝娘免受气，听我二人说透机。

从来采花连机①惜，采花也着惜花枝。

三哥却然你说是，尽惊三哥无主持。

君你说话全无定，阮今心头亦着惊。

前日心肝有想阮，今日反悔去相依。

心肝那卜相定意，障生行事卜在年。

那是有人来定你，敢你连阮杀不池②。

---

① 连机：连枝。
② 杀不池：也不要。

收婳做妾

娘你听君说亦可，益春是咱个亲人。

有事必然能相共，收伊做妾总亦可。

五娘听说心欢喜，就叫益春来问伊。

陈三心爱你为妾，益春你想是在年。

阿娘你说我不信，三哥并无只言音。

三哥心爱正想卜，么来甲阮问婳明①。

阿娘你说总也是，未必三哥他卜池。

三哥那卜无嫌意②，益春不敢不从伊。

三哥看伊二人卜，假意说话真啰梭③。

自古夫妻那一对，在可二人对三哥。

物小那是请一客，卜请二客敢能无。

君你说话却无通，阮即欢喜亦无愿。

人说有酒相共醉，好意两全酒杯中。

娘你欢喜从君意，咱今三人做一池。

有事三人同仪论，偷来暗去无人宜。

阿娘为妻婳为妾，障生配比正合宜。

三人许时做一床，床上障说做短长。

陈三烦好冥拙短，娘婳烦好日头长。

厝来眠去相刈吊，二人相爱好逍遥。

三人事志无说起，且看冬天乜因依。

---

① 么来甲阮问婳明：就来让我问你（益春）的态度。
② 无嫌意：不嫌弃。
③ 啰梭：啰唆。

九郎争田

九郎冥日心不安，因为赤水一段田。

大租亦有一百担，契面①得银一千元。

陈三扫厝在旁边，九郎做状去争田。

三状四状告不准，陈三看伊有何难。

透早九郎坐眠床，差人去请林代郎。

林代许时来到厝，九郎请入坐厅堂。

弍人对坐相同问，就叫婶儿捧茶汤。

九郎只事说分明，赤水庄田卜出争。

你今争得只田返，尽何五娘做嫁庄②。

林代听说有主持，总着做状打官司。

许时写得一张诗③，岳爹提去看分明。

陈三捧茶去请伊，目尾看状就知机。

状头状尾看一见，说伊未能打官司。

做状也着有照理，无情无理不合宜。

九郎听说大受气，就骂贼奴你在年。

此田那是争得返，不敢叫你扫厅堂。

林代听说就应伊，就问陈三你在年。

你是阮厝奴才汉，乜能晓得官法诗。

陈三说实无说行，全少父母送读书。

诗书六艺读尽透，官法状字有晋知④。

自古以来有法律，晓得做状打官司。

---

① 契面：账面。
② 尽何五娘做嫁庄：全部（指争来的赤水田）都给五娘做嫁妆。
③ 诗：根据上文，疑为"状"的讹误。
④ 晋知：都知道。

不免只状何我做，无伦①只田归九郎。

林代听说就应伊，奴你做状打官司。

咱着趁未先宜罪，去告无准卜在年。

陈三开口就应伊，事清到尾正风知。

做状须着照情理，无情无理无合宜。

若是只状告无准，甘愿五马共分尸。

陈三做状有思量，一笔写来好文章。

满腹文章尽通晓，不怕只状无高强。

状告赤水田情由，有田耕种无租收。

无利可收心不愿，只田钱收年年完。

状头四字有道理，状尾二字有合宜。

即时一状做完成，何公提去看分明。

九郎看得好通状，就去知州入公堂。

古然有只秀才子，家奴做状秀才郎。

九郎一时就入呈，都运读状知州厅。

状头四字入情理，状尾二字告田庄。

陈三做状好尾稍②，知州看状都点头。

只状做来有通透，知州呵咾真正贤。

知州许时就准状，判断田庄何九郎。

知州现时问九郎，何人做状入公堂。

只状告来有通透，只人必然能出头。

九郎回言就应伊，正是我厝奴才儿。

知州听话就不信，必是才子是合宜。

九郎听说心欢喜，就说陈三好人儿。

只田共我争得返，不敢叫你奴才儿。

现时虽然在咱厝，下日出头人仔儿。

---

① 无伦：无论。
② 好尾稍：结尾写得好。

九郎就说陈三听，六娘配你做亲成。

只田争得来何我，不敢叫你去扫厅。

陈三现时就应伊，六娘配我我不池。

那卜五娘来对我，就将六娘去换伊。

九郎心内暗知宜，陈三必定有峣崎。

陈三在此别乜事，是想我仔在身边。

上村收租

三人事志无说起，一年且看到冬天。

四边逢人①都刈苗，收租正是只月期。

九郎收租在赤水，两仔落地拜谢天。

旧年光景虽然好，今年光景胜旧年。

九郎一时写租簿，打办上村去收租。

心想陈三贤算账，心想陈三随伊行。

陈三听说心头悲，恨我是伊奴才儿。

今日共娘拆分离，亦着放紧去随伊。

九郎骑马去收租，陈三随后做马奴。

去到赤水田庄所，各人田户来入租。

看见陈三随九郎，田户看见心头酸。

烟茶先去请三舍②，返身即来请九郎。

九郎许时问一声，伊是奴才随我行。

你今敬伊无敬我，情由说出何我听。

田户说何九郎听，伊是官阴好名声。

西川大守是伊叔，广南运使伊亲兄。

阮厝田户千余万，各家尽是作他田。

---

① 四边逢人：周边的邻居。
② 请三舍：烟茶都先拿去请陈三。

虽然今日是随你，阮着敬伊心正安①。

九郎许时就在特，敢谨落马问归期。

你是泉州好人仔，当初乜卜障行宜。

陈三就说九郎听，广南运使我亲兄。

因为送嫂去任所，六月返来到潮城。

宿在李公学磨镜，志忑游过恁楼前。

听说楼上有美女，胜过云英却有余。

一心想卜看景致，楼中一女五娘儿。

李公说话无实意，被伊瞒法且无宜。

你那当初有障说，不敢甲你做奴儿。

至今即知好人仔，知罪三舍你三年。

陈三就问黄九郎，你仔乜卜配林郎。

前日耳边听见说，五娘不入林厝门。

一世夫妻是大事，甲你子儿不心酸。

九郎心内着一惊，陈三想我个亲成。

此人不可留阮厝，明日必定败我名。

等阮收租返去了，放伊返去泉州城。

保得我仔无代志，亦免何人宜奸成。

假病回家

陈三心内暗知机，看见九郎不应伊。

想伊必定有知意，事志不好卜在年。

心想一计瞒九郎，假意有病身难当。

我今着返去医病，病了医好到田庄。

九郎听说就因伊②，病人带只无了时。

---

① 心正安：才会心安。
② 就因伊：就回答他。

三舍古然身有病，你今返去病着医。

陈三欢喜事一场，连冥赶到后街乡。

行到五娘房门外，轻听就叫我五娘。

五娘认得三哥声，且喜我君返回乡。

家中并无紧急事，乜卜连冥赶回乡。

陈三行路紧如箭①，忆着娘仔即障生。

三日无见娘仔面，想来亲似几万年。

忆着五娘好情仪，即有受苦行连冥。

三哥古然拙重仪②，阮身害你卜在年。

赤水返来三日路，克亏我君行连冥。

君你身上有路水③，共君揽来冷徽徽。

提来衣裳共君换，共君脱落共君晒。

共君上村去收租，娘仔只厝困单埔。

冥暗共君做阵④困，有君做阵免惊雷。

陈三共娘说短长，暗冥共娘做一床。

阮随恁爹去收租，田户挑粟来入租。

说我爹是陈公子，因何乜卜随九郎。

恁爹许时心就宜，宜我恰你有峻崎。

我今现时想一计，瞒伊有病返来埋。

咱今二人障生做，恁爹知去卜在年。

五娘劝君你免惊，生死本是命生成。

天地生有你共我，好呆事志我不惊。

恁爹许时那有知，收租下日能返来。

那敢扐咱去打来，到许时当敢正裁。

九郎收租收入仓，三日五日返回城。

---

① 行路紧如箭：行路快如箭。

② 重仪：重义。

③ 有路水：有露水。

④ 做阵：一起。

卜甲陈三早返去，入门就叫陈三郎。

你是泉州运使弟，今日不敢你扫厅。

放紧泉州岭后去，不可只处卖名声。

陈三听说无主持①，紧去共娘说因伊。

恁爹收租返来厝，古然心肝伊有奇。

甲阮着返泉州去，不准恁厝在误延。

咱今双人着主意，有乜计智恰办宜。

五娘声说无主持，全望三哥你主持。

哥你有计也可说，娘婠从哥无推时。

双人计议

陈三听说就刘吊，并无计智可思量。

三十六计多来想，那有偷走好思量。

一心想卜焘恁走，未知娘婠乜主张。

五娘听君说只话，心头苦痛头就犁②。

那是着离我父母，何用恰君做夫妻。

人说尪某有恰亲，忆着三哥有真心。

甘愿共君做阵走，无念父母一家亲。

陈三就说五娘听，咱卜同走去泉城。

益春是咱个亲婠，恰伊也着随咱行。

五娘一时叫益春，有事叫婠来仪伦。

陈三爱咱泉州去，未知益春你在年。

益春听说只情由，咱今相焘去泉州。

甘愿恰君泉州去，不肯离君在潮州。

娘君咱今主意定，益春也着恰咱行。

三人行去恰便仪①，半冥起身无迟延。

三人焉走

九月十四三更时，月光如水好天时。

一人开门三人走，走到花园圭未啼②。

四更过了花园边，风仔吹来冷徽徽。

五娘回头共君说，咱是紧急即障生。

当初那无投荔枝，今日也免行连冥。

五更月照花园兜，五娘心酸目滓流③。

一着情仪同君走，无念父母在后兜。

十分带着君情仪，明早父母骂婠儿。

养我一身功劳大，谁知今日分两边。

花园过了大草埔，五娘行去无奈何。

君你那无来阮厝，暗冥免行只路途。

草埔过了石岭兜，三人行里在肩头。

益春行去有贤走，陈三呵咾伊真贤。

岭兜过了大洋垅，五娘心闷目头红④。

阮身乜能生查某，千般万事用别人。

大洋过了赤水溪，赤水溪下有大溪。

潮州那卜泉州去，那无船只袂过溪。

三人走到大溪边，看见溪水绿绿青。

三人说去卜过渡，船公进前来问伊。

恁今塔船⑤卜池去，须着先讲船租钱。

---

① 恰便仪：更方便，才方便。
② 圭未啼：鸡未啼叫。
③ 目滓流：眼泪流。
④ 目头红：眼眶红。
⑤ 塔船：搭船。

陈三开口就应伊，你卜池阮若干钱。

再①阮三人过赤水，欢喜送你五百钱。

船公听说嫌小钱，共恁三人着再添。

一人五百再恁送，三人着送千五钱。

三人再船许一时，五娘在船面变青。

娘你坐船拙无担②，是不认坐即障生。

船公梯度到溪西，就问三人恁池来③。

一走三人卜池去，分明说出何阮知。

陈三听说应一声，三人厝在泉州城。

今日泉州只路去，有人问你无做声。

船公梯度到溪西，就问三人个情由。

三人那是相毛走，阮船不再阮风流。

陈三就应梯度兄，阮恰泉州有亲成。

说实不是相毛走，三人是卜返泉城。

船公梯度倚在浦，紧收三人的船租。

吩咐起船④着仔细，不可弓鞋蹄落土。

陈三头前先起船，返身又来牵益春。

益春恰娘相牵手，二人上船笑哈哈。

赤水过了是双溪，五娘头上拔金钗。

拔落金钗君收起，脱落弓鞋换布鞋。

双溪过了是乌墩，愚着⑤一双讨鱼船。

就买好鱼何君食，又买好物何君吞。

乌墩过了是南村，行到只处脚又酸。

路边客店请安宿，就叫王婆来开门。

---

① 再：载。
② 拙无担：这么没胆量。
③ 恁池来：你们从哪来。
④ 起船：上船。
⑤ 愚着：遇着。

五娘就问客店婆，阮卜泉州去忐忑。

潮州行来到只处，路有一半亦是无。

店婆开口应娘仔，泉州许路阮无行。

来去不知有着路，无可共恁说一声。

陈三开口应娘仔，泉州只路我识行。

咱卜再行三日路，即通看见泉州城。

五娘听说苦伤悲，咱卜到厝着池时①。

行到只处脚又痛，路头呾远②卜在年。

益春听说面忧忧，君你乜袂生潮州。

害娘脚短行长路，卜等池时到泉州。

陈三说何娘婀听，咱今三人随时行。

是早是暗总能到，朝只半路不使惊。

母宜女子

天光伊母岂眠床，不见五娘起梳妆。

无见陈三来扫厝，不见益春捧茶汤。

想伊三人相焦走，不知三人走何防③。

一时差人报九郎，昨冥陈三走出门。

五娘一人恰伊去，益春也去随三郎。

九郎听说有主张，紧去佛前烧好香。

保庇三人走无路，着押三人返回乡。

保庇三人相焦返，欢喜谢猪共谢羊。

母亲寻仔倚房门，看见我仔个眠床。

子你今日恰人走，三人不知走何方。

---

① 着池时：要什么时候。
② 呾远：这么远。
③ 何防：何方。

母亲寻仔出大厅，不见我仔的云影。

我子今日恰人走，全然不故我名声。

子你肠肚不光窗，因何敢走害别人。

害你父母只厝寻^①，三人并无见一人。

仔你少年袂晓想^②，因何敢走别人乡。

想伊林代那知去，带类^③你母乜思量。

黄厝许时寻无仔，一家大小都着惊。

想伊三人相毛走，咱卜何处去探听。

九郎寻子

九郎寻到大草埔，看见路边一蕊菇。

我仔卜行泉州路，敢恰人走是为何。

九郎寻到石岭兜，我仔有去无回头。

溪水流去不流返，不见我子心头酸。

九郎寻到大溪垅，看见溪水闹苍苍。

我仔不知走何处，三人并无见一人。

九郎寻到赤水溪，看见我仔一双鞋。

只鞋正是我仔秀，别人袂秀只弓鞋。

我障弓鞋提落水，溪水流去不流回。

我今见鞋无见子，我仔无鞋乜能行。

请问溪边梯度兄，早间只路乜人行。

阮提钱银卜送你，劳烦共阮说一声。

船公就说九郎听，早间只路三人行。

二位亲似潮州女，一人亲似泉州兄。

---

① 只厝寻：这边家里找。

② 袂晓想：没好好想，没想清楚。

③ 带类：连累。

只处搭船过赤水，说卜泉州探亲成。

许时船租青还阮^①，吩咐甲阮无做声。

九郎听说就知机，正是我子无差移。

我子真正无教训，敢恰人走是在年。

即时出帖搭四边，敢乞四方人扐伊。

有人扐得我仔返，欢喜送伊一千钱。

九郎许时寻无子，路上走来苦相悲。

林代那知来问咱，咱卜乜话可应伊。

林厝讨亲

九月十六林厝知，亲家亲姆坐轿来。

亲家入门大受气，就骂九郎你在年。

五娘是你亲生子，因何敢败你名声。

恁做父母无教示，连我媳妇也败名。

亲家亲姆免受气，听我全头说透机。

十四月光照天下，三人同走无人宜。

亲家对口应出来，你只说话太不皆。

做乜大厝人父母，子儿做事乜不知。

亲家你今听我劝，咱今亲成是久长。

五娘见然^②奴毛走，阮有六娘换林郎。

亲姆听说越一边，六娘换我我不池。

你今一女配双婿，天下世间无障生。

前日五娘先配我，今日障说去对伊。

九郎当时再说起，咱今只事着主持。

五娘伊敢恰人走，六娘不敢按障生。

---

① 船租青还阮：船租结清都给了我。

② 见然：既然。

林代恨气不肖心，阮厝家财千万金。

有钱乞某人娶走，何官去断即甘心①。

林代听说只情由，今日只事不依求。

林代告状

看伊陈三乜道理，五娘娶走去泉州。

城内请人做一状，要告陈三黄九郎。

黄金亲送一百两，状字亲送到衙门。

潮州知府名赵得，听说有事先坐堂。

你今告人是乜事，父母官前说短长。

林代跪落说情由，甘荔只人来潮州。

身卖黄家做奴婢，私通五娘去泉州。

五娘前日配我了，伊敢想伊好风流。

状望老爹得我告②，官法照办去途流③。

知州听说有此理，许时出差去力伊④。

一阵愿差闹吩吩⑤，寻无三人障回文。

去到王婆店门口，扒倒陈三黄五娘。

三人许时着一惊，好口共差说一声。

阮有钱银卜送你，千万放阮返泉城。

愿差有银不敢收，林代亲告你干呈。

老爹要你潮州去，恁着放谨随阮行。

陈三苦痛无做声，愿差一时就押行。

五娘回头共君说，翁某不怕告干呈。

---

① 何官去断即甘心：让官府去断案我才甘心。
② 状望老爹得我告：希望官老爷你准了我的状告。
③ 途流：流刑。
④ 去力伊：去抓他们。
⑤ 一阵愿差：一队官差。闹吩吩：闹纷纷。

三人押到赤水溪，一路人马来相挨。

劝恁呆子不可做，亲象三人是真梳^①。

三人押到知州来，十姐五妹笑咳咳。

劝恁大小不可笑，到恁时候即能知。

三人押到鼓场前，卜看人马六七千。

风流事志人人有，管恁事志是真赘。

三人押到知州厅，愿差皂隶两边行。

手提竹杯共产子^②，听候老爹审奸成。

知州审问

知州坐堂谨追究，先吊益春问情由。

人说无针不引线，三人同走乜因由。

恁娘本是深国女^③，乜有甘荔来潮州。

五娘回头叫益春，事志三人同仪论。

你那有话着改说，此话改说伦何阮^④。

益春说何知州听，甘荔是恁个亲成。

阮娘并无配林代，是伊忘告阮荔成^⑤。

益春不问押一边，先吊五娘来问伊。

你是黄家千金女，乜敢反晓失礼仪。

五娘有话就口开，林代忘告只事非。

阮是随夫泉州去，不是三人走出围。

知州受气骂五娘，林家聘礼恁爹收。

你身现知配林代，乜有此理配泉州。

---

① 是真梳：是真的很衰。
② 手提竹杯共产子：手拿竹棍之类的，这些是指官府升堂时差衙拿的棍棒。
③ 深国女：深闺女。
④ 改说：改变说法，这里黄五娘事先与益春串供。伦何阮：轮到我。
⑤ 忘告：胡乱告状。阮荔成：我们因荔续缘。

老爹听我说吩明①，阮配陈家是实情。

阮恰林代无相配，是伊忘告来相争。

知州一时吊九郎，你子生得好梳妆。

因何敢配林陈性②，何伊二人来相争。

九郎跪落应一声，我仔卜败我名声。

九月十四恰人走，实情不配泉州兄。

知州听说有晓理，谨吊陈三来问伊。

你来潮州乜事志，乜是因端有晓畸。

陈三说何知州听，事志实在障生行。

西川太守是我叔，广南运使我亲兄。

我送兄嫂去任所，路边经过潮州城。

九郎许时有一女，欢喜配我做亲成。

谁知林代强良子，想伊富贵胜潮城。

争人妻子心不愿，又敢忘告我此情。

只人老爹着重办，那无重办伊不惊。

知州听说不应伊，你来潮州有峣崎。

自己卖身做奴备③，又敢焄人的妻儿。

先奸后绝罪为重，照办途流正合宜。

陈三当堂就说起，不但送嫂许一时。

我爹前年来做府，九郎一女五娘儿。

许时也说卜对我，也有对定不差伊。

老爹无念我先配，须着念我官阴儿。

知州听说大受气，你乜官阴人子儿。

大兄那是有官做，乜使卖身当三年。

虽然那是官阴子，敢来焄走人妻儿。

---

① 吩明：分明。
② 因何敢配林陈性：为何敢同时配给林家和陈家两个姓。
③ 奴备：奴婢。

陈三许时就应伊，律法冲军①着途流。

做官贪银无照理，了你官职正合宜。

知州许时大受气，就骂陈三死奴儿。

论你三人只口气，只事通干不差移②。

三人那无来重办，当官卜忍亦是难。

弟乙③行重是性温，知州发令打益春。

恁只三人同一晏④，那无打恁是不准。

益春打痛目屎流，老爷听我说起头。

且说旧年六月时，阮在楼上食荔枝。

甘荔一人来楼下，身骑白马好威宜。

阮娘探依好头对，甘愿荔枝投何伊。

伊学磨镜来阮厝，打破宝镜就卖身。

甘愿卖身做奴婢，契字写来着三年。

许时阮娘相意爱，后来事志娴不知。

知州听说有此理，大气甘荔来潮州。

只人做官那不办，教呆大小人风流。

第二刑罚是性苏⑤，知州法令打贼奴。

你是泉州浪动子⑥，敢来拐走人妻儿。

陈三现话应知州，前年乜有此情由。

我送兄嫂去任所，六月返来到潮州。

身骑白马游街市，一日游过后街乡。

无宜娘仔在楼上，投落荔枝何我收。

我身恰人学磨镜，一心爱卜求亲成。

习去后街见娘面，打破宝镜就卖身。

---

① 冲军：充军。
② 通干不差移：通奸的事实没有任何差池。
③ 弟乙：第一。
④ 同一晏：众口一词。
⑤ 第二刑罚是性苏：这句应是指第二个实施刑罚的差役姓苏。
⑥ 浪动子：浪荡子。

虽知姻缘能成就，只是由天不由人。

知州听说有此理，那恨五娘一女儿。

从来主婚由父母，敢来返法①失礼仪。

第三刑罚是性张，知州发令打五娘。

你配林代为妻室，乜敢大胆自主张。

五娘照认无相欺，父母做事赖子儿。

扐阮好人配林代，心想不愿即障生。

贪伊陈三好头对，甘愿荔枝投何伊。

自古贤君投明主，贤女也爱配贤夫。

亲选良缘天下有，老爷只事着相扶②。

知州判断

知州听伊三人认，古然通干事是真。

事情判断无再问，当堂就断两家亲。

益春依旧归后街，发落九郎来领回。

五娘判伊林厝去，恰伊林代做夫妻。

陈三有罪着教训，官法照办着途流。

现时暂押管房内，下日发配去涯州。

林代看审在门头，呵咾太爷你真贤。

你今障生共我判，百两白银现时交。

五娘押去见林郎，林代看见好梳妆。

你那甘愿做我某，欢喜入我的厝门。

你那乞人先采去，也无说你短共长。

五娘有话就口开，闲人管阮只事非。

---

① 返法：犯法。

② 老爷只事着相扶：官老爷这件事你得支持我。

牡丹不近吧蕉树①，凤凰不入山圭园②。

十五月光做你偿，月里嫦娥免思量。

阮身愿做陈三某，阮死愿葬陈家土。

益春共娘说言音，三哥情仪值千金。

阿娘那卜过林厝，婤随三哥无离心。

押入管房

陈三押去在管房③，受尽干苦④袂成人。

五娘益春管内去，看见陈三伊一人。

衣裳离尽无人洗，头毛打败⑤无人梳。

受尽千苦无说起，年久月深无可回。

陈三看伊二人到，一时目滓四随流。

五娘仓手共君扫，劝君目滓不可流。

衣裳提来共君穿，忆着夫妻一点情。

益春捧水君洗面，五娘捧水君洗身。

清水捧来君扫口⑥，木梳提来君梳头。

五娘捧来君只肚，益春捧茶君润喉。

陈三共娘说尽透，咱今夫妻无可留。

娘恁有饭君袂吃，冤家共我做对头。

五娘劝君免心酸，咱今尪某是久长。

知州伊乜拙失得⑦，粗心枉断害情郎。

君你受苦脱能过，想伊做官无几回。

---

① 吧蕉树：芭蕉树。
② 山圭园：山鸡园。
③ 管房：监牢。
④ 干苦：艰苦。
⑤ 头毛打败：头发乱作一团。
⑥ 扫口：漱口。
⑦ 失得：失德。

等阮大兄运使返，了伊官职岂伊皮①。

五娘痛君饫饥寒②，共君揽来搭心肝。

锦被牵来共君甲，锦衣提来共君瞒③。

益春说君真克亏，冤家敢造只事非。

害阮三哥拙受苦，冤枉亡告罪何归。

今日在只卜分开，卜等何时可回归。

发配涯州

陈三无说可回乡，官法照办着途流。

十一月来日头短，陈三卜押去涯州。

五娘听说面忧忧，官法害人心不休。

照办好成打一百，谁人好情着途流。

知州无念阮荔枝，粗心判断敢障生。

今日无人做咱主，卜是林代去用钱。

那恨知州无道理，食钱贪银来相欺。

枉断荔枝走千里，阮身拆散分两边。

五娘吩咐押差兄，你恰我君慢慢行。

路上细心相照顾，有情着谢押差兄。

愿着共娘说因伊，但恐路上无盘钱。

只去路上盘银小④，无可延缓着紧行。

五娘提钱来还伊，铜银还恁做盘钱。

路上铜银用那了，下日差人再来添。

押差欢喜不做声，押送陈三路上行。

五娘益春苦吩分，亲身办酒来送君。

---

① 了伊官职：撤了他的官职。岂伊皮：揭了他的皮。
② 痛君饫饥寒：心疼陈三饥寒交迫。
③ 共君瞒：给陈三披盖。
④ 盘银小：盘缠很少。

289

君去涯州着早返，阮坐潮州无利心。
差官共娘说情由，我押你君去涯州。
配去涯州三年满，三年满恨返回乡。
益春共娘说因依，今日离君卜再年。
君去涯州三年久，会得何时可见伊。
陈三做人无侥心[①]，共娘共婀说分明。
我去涯州那可返，不敢忘恁个恩情。
敢为官司那了离，我去涯州无了时。
何恁娘婀生拙水，误恁青春少年时。
五娘共君说得通，早前李魏配文翁。
十八年前天注定，二十年后即相逢。
人说离后能成亲，三年河水能澄清。
益春提钱还君用，还君用去恰有心。
有是看钱会想阮，有时看物能想君。
陈三听说目滓流，阮着三年即回归。
此去三年正可返，误恁娘婀在心酸。
五娘送君出城门，我君着去刈人肠。
望卜夫妻百年久，谁知今日无久长。
益春送君出潮州，君你着去阮心愁。
望卜人同心三意，谁知我君着途流。

五娘送君

陈三起经过大溪，五娘村手拔金钗。
金钗付君为表记，返来依旧做夫妻。
陈三押去到大江，益春头上拔金针。
金针还君可变卖，不免路上去求人。

---

① 侥心：异心。

双人送到卜分开，目淬流落两边随。

君恁一人那去了，误阮娘�无所归。

陈三卜去坐落船，五娘无奈叫益春。

益春咱今拙无福，今日障生着离君。

君坐船中阮心闷，害阮娘婳无见君。

恁船扐阮君再去，误阮二人袂青春。

一时看君一时远，不知何时可入门。

那恨知州拙失得，粗心吃银害情郎。

清罪林代着早死，乜可创到只事非。

弌人不愿大声啼，同同跪落大江边。

请天请地着灵应，保庇我君遇着兄。

保庇官司早了离，免到三年返泉城。

只是我君克亏事①，不是我君有罪名。

求天求地保庇了，二人相焦返西城。

五娘益春返回乡，心想我君去涯州。

君去涯州三年久，阮带潮州无所归。

逐日无想坐绣房，君去床冷枕去空。

爱得现时三哥返，现时不返苦难当。

记得当初孟姜女，忆着华州配林郎。

拾日捌日无君返，思量起来心又酸。

想着我君拙落难，娘婳二人心不愿。

我君贬去涯州城，现时伊在路上行。

是好是呆无人见，敢着②差人去探听。

小七送书

五娘许时叫益春，你提纸笔来何阮。

---

① 克亏事：吃亏的事，冤屈的事。
② 敢着：应该要。

全君去后无消息，阮卜写书去何君。

益春听说有主张，紧提锁匙开笼箱。

左手提砚共磨墨，右手扐笔还阿娘。

紧紧提去交娘手，卜寄消息去涯州。

五娘想短又想长，一张竹纸在掉床。

想有几句卜来写，未尽卜写好心酸。

目滓流落满砚池，可恶难写一挂诗①。

前日想阮真有意，今日离君苦相非。

无药可医思想病，有银难买少年时。

此情可恨阮我命，不知我君知不知。

一封书信写完成，就叫小七来叮咛。

批信②是娘亲手写，共阮送去何伯卿。

钱银还君可买用，五娘益春无倍情。

小七送书就卜行，五娘吩咐千万声。

你去那见三哥面，劝君只事免惊㤯。

银两衣裳付你送，路上小心去探听。

小七听娘吩咐了，现时起身就卜行。

行去黄山大路尾，看见秀才陈三兄。

陈三行去面忧忧，小七进前问情由。

阿娘送书求何你，亦送长衫共短裘。

弍拾银两过君手，何君足用到涯州。

吩咐几句知心话，劝君心肝免优愁③。

陈三见书心头闷，娘子果然有想君。

今日伊人抽重仪，我着回伊一张文。

---

① 一挂诗：一串诗，一首诗。
② 批信：信文。
③ 优愁：忧愁。

陈三回信

笔砚提来在桌床，想着娘仔心头酸。

双人相爱情仪重，千里思量刈人肠。

命呆着行无情路，愁都难做得心郎。

人缘情仪尽通好，思量利刀刈人肠。

陈三批信写一张，吩咐小七送回乡。

书信提去交娘手，劝娘冥日免思量。

我去官司随时看，事那了离就回乡。

小七将书代我提，黄山提来到后街。

入门就共阿娘说，三哥有书寄我回。

劝你娘仔不免切，官司了离伊就回。

五娘看信心头双①，三哥古年②有情人。

阮那看君的书信，恰是看君伊一人。

那恨阮身不带贵，今日共君拆分开。

想着三哥好头对，不知何时即回归。

五娘思君

日头卜落下西山，五娘思君千万般。

前日有君做阵困，今日自己守孤单。

天光日暗不见君，心肝想起乱分分③。

神魂恰君去一半，有物半口亦袂吞。

孤单独自坐绣房，君去床冷枕又空。

---

① 心头双：心头酸疼。
② 古年：果然。
③ 乱分分：乱纷纷。

前日有君做阵困，今日自己守空房。

冥日为君障刈吊，千刈万吊君一人。

一世夫妻无若久，因何命呆着离君。

天地生来无平正，阮身不愿秀空房①。

心心念念一着伊，忆着三哥无程时②。

带药可医相思病，有钱买无小年时③。

家家厝厝都青春，那我命呆着离君。

神魂那是能飞去，飞去恰君在身边。

昨冥你中得一梦，梦见三哥伊一人。

苑然④恰君做阵困，因何一醒无成双。

只梦那是真有影⑤，我君敢能⑥遇着兄。

不知只事真其假，是我挂意妆到成⑦。

五娘下地又下天，冥日烧金献纸钱。

保庇我君着早返，免何五娘苦相悲。

冥日为君障刈吊，思君不返病思想。

一日一日面色产⑧，一工面色一工青⑨。

厝边姐妹来相劝，劝你不可按障生。

你为陈三障刈吊，打呆身命卜在年。

五娘听说就应伊，阮贪陈三好人儿。

阮为伊死也甘愿，不敢佬心卜误伊。

九郎一妹名信娘，来劝五娘着主张。

你嫁林代也富贵，你对陈三免思量。

---

① 秀空房：守空房。
② 无程时：一刻不停。
③ 小年时：少年时。
④ 苑然：原来。
⑤ 真有影：确有其事。
⑥ 敢能：应该能，可能。
⑦ 挂意妆到成：挂念才会这样。
⑧ 面色产：面色惨。
⑨ 一工面色一工青：脸色一天一天变得青青的。

事那到官从官判，三年五载袂回乡。

五娘有话就应伊，姑你说话真是奇。

阮恰林代无相配，我对陈三无差移①。

现时官司那了离，伊有亲兄可救伊。

伊那见得大兄面，必然救伊可回归。

陈三遇兄

五娘爱君遇着兄，现时伊在路上行。

想伊今日拙落难，卜救我君着伊兄。

无宜②行去到海防，遇着一位蔡文翁。

文翁认得是三舍，心肝想来真不通。

你是泉州运使弟，今日乜着只路行③。

陈三说何文翁听，林代忘告我干成④。

知州贬我涯州去，我今爱见我亲兄。

那是见得我兄面，就免何伊贬涯城。

文翁说何三舍知，你兄伊在后面来。

运使三年官满任，现时升任做提台。

昨冥伊在惠州宿，程步⑤伊能只路来。

陈三听说笑咳咳，古然遇兄返回来。

我今着写一封信，寄去西城五娘知。

陈三批信写一张，差人提去后街乡。

文翁共我代提去，先去西城看五娘。

---

① 我对陈三无差移：我对陈三不会改弦更张。

② 无宜：没办法。

③ 乜着：怎么会。只路行：走到这路上来。

④ 忘告我干成：诬告我有奸情。

⑤ 程步：按计划。

嫂认三舍

陈三欢喜无做声，宽心路上慢慢行。

看有一店暂安宿，卜等运使我亲兄。

果然大锣十三声，肃静回避头前行。

别人说是广南专①，陈三明知是伊兄。

放谨②开门出来看，吩咐兵马且慢行。

只是我兄运使返，小弟卜见我亲兄。

陈三说出几十声，无人卜即是伊兄③。

一顶大轿头前去，不准陈三问一声。

兄坐大轿全无知，好得④大嫂后面来。

轩起⑤轿窗出来看，认得三叔只路来。

放紧落轿在路边，就问三叔你在年。

咱是祖代有官做，你乜落难到障生。

陈三共嫂说起理，未尽好笑也好啼。

许时别嫂来潮州，私通五娘好风流。

可恨林代无道理，落州去告我奸成。

知州吃银无照理，扐我办罪贬涯城。

我说咱兄做运使，千说万说伊不听。

想伊知州不照理，判我涯州去三年。

我今全望兄嫂救，即免何伊贬涯州。

大嫂共叔说短长，劝你三叔免心酸。

林代在伊因富贵，咱有官势压林郎。

---

① 广南专：广南转，即广南转运使。
② 放谨：赶紧。
③ 无人卜即是伊兄：没有人答应说是他的兄长。
④ 好得：好在。
⑤ 轩起：掀起。

296

卜救三叔多容易，无怕林代好田庄。

一时差人破手扣^①，破开手扣救三郎。

弟见亲兄

陈三半喜又半惊，想我只做无好名。

衣裳破扣无整顿，思量无面可见兄。

大嫂头前朱伊去，陈三后面随嫂行。

运使全然不知意，陈三跪落说因伊。

我在广南别兄返，来共潮州人教书。

黄厝九郎有一女，欢喜配我做亲成。

可恨林代呆人仔，落州去告我奸成。

知州食银无照理，扐我办罪去涯城。

我说咱兄做运使，奸官半句伊不听。

运使听说想不通，我望你返能成功。

你今纪年乞人告^②，必定做事不正崇^③。

贬你涯州你着去，判你有罪你着当。

大嫂来劝相公听，三舍恰咱是弟兄。

广南告干^④无贬配，潮州告干贬涯城。

我想三叔多无罪，阮卜同叔去涯城。

运使说何夫人听，带着恰咱是弟兄。

不伊敢造只个事，也免败咱的名声。

我今卜救小弟起，劝你小弟免惊羚。

大嫂发令救三郎，你兄救你免心酸。

嫂今甘愿坐小轿，叔坐大轿四人扛。

---

① 破手扣：打开手上的枷锁。

② 纪年乞人告：既然让人告发。

③ 不正崇：不正当。

④ 告干：告发奸情。

陈三听说心欢喜，感谢兄嫂感谢天。

今日兄嫂来救我，恰是古木逢春时。

扣贼知州

陈三兄嫂做阵行，轿马行到潮州城。

前日先写一书信，文翁带来到西城。

黄厝听说人送书，一家大小心都虚。

益春入来共娘说，外面有人来送书①。

五娘进前去接书，行为行后心都为②。

卜是我兄运使反，支人来送只家书。

五娘将书拆开看，古然我君遇着兄。

我君遇兄能相救，五娘无君不免惊。

宽心等到第二日，运使轿马到潮城。

知州出来迎接伊，看见陈三心京宜③。

运使宿在布政司，知州跪落来接伊。

运使开口骂知州，陈三乜罪着途流。

知州下拜无做声，运使差人押上厅。

你今做官免相固④，因何大胆即不惊。

了你官职⑤打伍佰，方知陈三有大兄。

当时你办陈三罪，你照陈三障生行。

知州着惊无主持，只是林代亡告伊。

实情不知伊忘告，冤枉你弟罪是伊。

---

① 送书：送书信。
② 心都为：心里都有些担忧。
③ 心京宜：心里大吃一惊。
④ 你今做官免相固：你现在为官不用相互照应。
⑤ 了你官职：撤了你的官职。

青罪①林代

运使差人扷林代，林代扷来说短长。

你今有银敢障做，色金入衙②罪为天。

五娘欢喜扷林代，你金③大胆敢来争。

你今大胆拙无惊，脚扣手扣何你奢④。

押你街市何人看，四边个人即能惊。

许时林代伊一家，尽皆扷来绑大枷。

林代夯枷不肯放，去托一位陈家人。

黄金送你一佰两，甲依放阮反回乡。

公人听说就遥头⑤，此事卜办着总贤。

虽然黄金一百两，谁人说话就伊头。

恁今二人相争某，破了家财千万租。

托我恰伊是同性⑥，不敢去说意如何。

林代目潲四随流，不知只事无有尾⑦。

那知今日有只事，前日不敢来出头。

九郎许时心着惊，紧写批信何三兄。

五娘甘愿卜配你，官司共我相共奢⑧。

陈三回信何九郎，你那有事我耽当⑨。

我兄说你能恰得，总那林代保难全。

九郎接信心欢喜，紧办五娘的嫁妆。

---

① 青罪：请罪。
② 色金入衙：拿钱到衙门里贿赂。
③ 金：今。
④ 何你奢：任你选。
⑤ 遥头：摇头。
⑥ 恰伊是同性：跟他是同姓。这里林大托陈氏同姓人去说情。
⑦ 无有尾：原文为"无有尾消"，意为没有烂尾账。
⑧ 相共奢：好好商量，有事好商量。
⑨ 耽当：担当。

嫁妆办来弍佰釭①，付你陈家紧过门。

正月十五嫁五娘，五百人马扛笼箱。

潮州送仔泉州去，一路鼓乐千万场。

迎接亲婚

益春随嫁有嫁妆，五娘大轿四人扛。

大兄大嫂头前去，陈三然后随九郎。

运使回任反朋山，诸亲朋友心喜安。

世上读书能成气②，子孙世代可做官。

九郎送仔入陈家，运使亲身接亲家。

弍人对头行官礼，水烟吃了请食茶。

五娘乇入陈家门，厝边大小看嫁妆。

看见嫁妆二佰釭，何咾物伴真齐全。

陈三等到掀轿门，嫂刊五娘③入厅堂。

二人夫妻拜四拜，显祖荣宗牌官堂。

拜过公妈无做声，二人又去拜大兄。

拜谢我兄运使反，正免何伊贬涯城。

拜了大伯入绣房，夫妻成对又成双。

红罗帐内鸾和凰，锦秀④被巾鸳交鸯。

琴瑟和皆⑤情仪重，为兄为妹日月长。

庆贺团圆

五娘七日起梳妆，看见陈家真齐全。

---

① 釭：担。
② 成气：成器。
③ 嫂刊五娘：大嫂牵着五娘。
④ 锦秀：锦绣。
⑤ 琴瑟和皆：琴瑟和谐。

金珠财宝满尽是，围屏锦采卦①厅堂。

陈三共娘说因伊，阮厝乜有恁响生。

前日做恁捧茶汉，今日依旧官阴儿。

益春共娘说一声，当初官人恁厝行。

受尽干苦为娘害，奴才贼备②骂到惊。

那知官人拙富贵，不敢甲伊去扫厅。

五娘共婳说得通，官人欢喜亦无方。

在厝长安李公子，游过潮州胡发公。

凰娇美女相喜爱，扶伊唐朝做君王。

伊是甘愿来咱厝，伊那敢做我敢当。

那无同心相耒走，今日恁是林家人。

五娘心想自己按，是咱好命可嫁陈。

当时那无我兄救，荔枝卜返也是难。

陈三欢喜入房内，五娘见君说咳咳。

前日荔枝投得去，今日荔枝收得来。

五娘欢喜坐床边，陈三共娘笑徵徵。

前日宝镜打得破，今日宝镜收得圆。

双人同心又同仪，夫妻一世无差移。

世间有只风流事，今日庆贺可团圆。

荔枝走记

陈三常时弄益春，五娘抽三和婳困③。

五娘看见心头闷，为何只事不相尊。

五娘心想一计智，刺看我君的心枝。

---

① 锦采：锦彩。卦：挂。
② 贼备：贼胚，贼子。
③ 五娘抽三和婳困：陈三有时与益春一起，五娘就得自己跟婢女一起睡。

看伊许时乜主意，扷出心肠就知机。

等待三哥不看见，将鞋脱落古井边。

当时陈三看一见，乜有弓鞋在井边。

认得只鞋五娘穿，荔枝手帕起落情。

思想娘仔跳落井，陈三苦切喃泪啼。

当初同情又同仪，今日反悔无可宜。

望卜夫妻百年久，谁知今日做半长。

五娘思心甘愿死，陈三思量卜同伊。

三十二五那不死，食到百岁乜无伊。

陈三甘愿跳井死，阴府恰娘再交缠。

慌忙跳落井古内①，亡亡谢谢归阴司。

五娘卜试君心意，谁知害君归阴司。

五娘看见苦半死，一声夫君一声天。

今日有花无花主，有娘又是无夫君。

用计害君跳井死，五娘甘愿卜同伊。

五娘拜天拜神祇，用计害君害自己。

五娘甘愿跳井死，一命同君归阴司。

益春只事未得知，慌忙连步赶出来。

看见井边鞋共捐，想伊二人投井死。

五娘同君跳井死，误阮益春卜在年。

益春许时淋泪啼，禀报相公②得知机。

就叫家人禀相公，说是郎君跳井空。

官人娘仔投井死，未知只事是在年。

双人投井

爹娘兄嫂尽都苦，一家哀哭苦了劳。

---

① 井古内：应是"古井内"的倒文。

② 相公：家翁，陈三的父亲。

子儿媳妇年未久，伊在想卜只路行。

可怜青春一乾埔，可惜青春一查某。

一对夫妻投井死，并无吩咐乜言音。

百丈古井深无比，双人跳落无身尸。

捧土收埋古井内，往来问丧无离时。

益春苦切泪纷纷，一声我娘一声君。

阮个一身无依倚，相似有溪无造船。

一番想起一番切，不愿人情在愿初。

记得楼前来相会，望卜百年好夫妻。

无疑娘君遇一世，今日三人拆利分①。

想伊事去真不好，在得阮不苦切啼。

那卜身中有一病，亦着三日五日医。

全然无处可说起，误咱青春少年时。

官人全无来说起，娘你并无说半系。

娘君双人亡恩义，不是阮身先侥伊。

娘君死去归阴府，留阮益春苦泪啼。

娘魂乜袂来扐阮，君魂袂乜扐益春。

千言万语无说起，枉我当初费心机。

娘君恁去行短路，误阮益春无功劳。

益春苦切心未定，洪厝一人来探听。

益春改嫁

就托媒人陈家去，卜共相公求亲成。

许时相公有主持，就将益春配乞伊。

池中无水鱼难养，免误青春少年时。

益春静静无做声，心内忆着陈三兄。

---

① 利分：离分。

卜对三哥着后世，相公有令我着听。

心想要对好人子，无人亲象陈三兄。

天地生来无平正，枉我一身只路行。

想来说去无说起，须着再嫁恰办宜。

目滓流落苦纷纷，行到水井拜娘君。

娘君阴府在何处，是处哀叫是益春。

亲身改嫁洪厝去，良时吉日卜过门。

是恁大小有发令，阮身不敢自耽当。

自己命呆无差移，三人注定该障生。

爱卜见君着后世，死去即能可见伊。

双脚跪落古井边，二帖金纸烧落井。

娘君神魂全来领，欢欢喜喜领才仪。

一拜天地共神明，二拜娘君个前情。

三拜祖宗共父母，四拜益春无倍心①。

时短语长余难尽，纸钱烧了反回身。

重戒男人

我劝乾甫着规矩，不可淫乱败名声。

当初陈三敢障做，伊是诰②伊有亲兄。

伊今那无伊兄救，一条死命死涯城。

我今劝恁后生事，花街柳巷不可游。

人生一世好花草，除花改色无贪心。

尽忠信实天保庇，子孙富贵万万年。

---

① 倍心：背心，背叛之心。
② 诰：依靠，仗着。

重戒女人

五娘障生无好样，劝恁不学黄五娘。

九郎饲大无教示①，乞人说笑到只金②。

做人女子着侥理③，不可做呆卜学伊。

主婚从来父母意，好呆是命无差移。

闲人卜来着禁止④，不可说笑起淫心。

在厝父母着捧敬，出嫁捧事夫妻情。

私通来往是不可，女人着学斯文人。

那做正经天保庇，子孙具旺万万年。

朋友兄弟那卜念，抄得无字不可嫌。

亦有无字有个减，差错炉烦⑤共我添。

抄去一本陈三歌，万古千秋永袂花。

这本歌内中的字是二万一千八百三十三字

---

① 无教示：没有好好教养。
② 到只金：到现在。
③ 着侥理：得懂得道理，懂规矩。
④ 闲人卜来着禁止：外人要打主意，要杜绝不给机会。
⑤ 炉烦：劳烦。

陈三歌

（张主示藏佚名抄本）

福建下落泉州城，泉州镇後有名声
祖上做官共做使，生有二仔通传名
大仔必贤做运使，二仔陈三文秀才
陈三第来好名声，小名叫做陈伯卿
人才十分生镖缴，聪明清秀好人兒
伊爹前年做知府，陈三随任去潮州
陈三年纪十八定，并无早配亲成
陈三心内就思量，一时爱去潮州城
听说潮州好景致，一时爱去好风光
潮州城内後街乡，九郎一女名五娘
各叫碧琚鸟白齿，赛过招君共西施
生年十七十分美貌好女兒
白面红唇好人兒，未有食定收人錢
父母爱配好人兒，十陈三说亲成
根听陈郎好名声，愿共陈三结亲成
毋宜陈即官任满，两任迄去泉州城

陈即迄去无官做，困何运使守门去
将书提来折开看，古然有影个家书
看了玄信时便知，劝共仁兒说透枝
你兄广南做运使，爱得你嫂专行
陈三跪落一声爹，爱你嫂仔就行
兄嫂那十同我去，历看女子出来游
发令安童挑行李，元霄十五到潮州
潮州城内好风流，古央一位好风流
灯前灯後是波女娘
择听说是九郎子，小名叫做黄五娘
五娘上街去看灯，李姐益春随後行
三人去到南门内，遇着秀才陈伯卿
陈三看见失神魂，想着五娘生亲醒
脱得只人未相对，恰好端城对文君
五娘心内暗思量，一位郎君成鸳鸯

态得只人通相对　恰好嫦娥对文君
武人心肝折不离　目尾相看笑微微
益春看娘都有意　就问亚娘是在年
暗是看灯来到只　也通看人安障生
亚娘听说就共陈三伊相辞
陈三看见五娘去　一时起步就行迟
倒落床中困不去　想卜去困倒落床
五娘看灯就返去　一时起步就行迟
倒落床中困不去　一心忆着灯下郎
陈三心内暗思量　想卜去困倒落床
倒落床中困不去　一心忆着灯下娘

陈三假意失落扇　亦通寻扇做因由
五娘将扇来念诗
娘汝那是有却起
小人看灯许一时　只处失落扇一枝
五娘骂姆骂无呈　陈三寻扇闷向知
我爹前日无说起　做姆个人也态知
陈郎做官既返去　公子也有只路来
五娘听姆说起来　就骂益春也抵知
但嫌泉州路头远　两家不爱事难成
只人卜是陈公子　许时无咸真可伤
许时父母有主意　力咱亲戚配字伊

看则虽然失落扇　却程来寻也未迟
李姐看见就却起　想伊必定姓人兄
看是秀才陈公子
陈三本是无寻扇　是卜寻扇做因由
五娘回头桐益春　扇有却起着迟疑
娘汝那是有却起　着返还小人即合宜
益春送扇不知枝　二人相看笑微微
一个贪君好无比　一个贪娘生镖缴

显则虽然失有各字　就说陈郎许一时
益春看见有各字　就说陈郎许一时

不然其妻抵女不相認。

妻往該地中西會館

投賣。商量剖斷。

腾芳

鳳芳

此本陳三歌全

若有賢人借去看

不可失落此本歌

抄出此歌恰共通

望恁朋友代我漆

福建下落泉州城，泉州嶺後有名声

祖上做官共做便，生有二仔通傳名

大仔必賢做運使，二仔陳三文秀才

陳三筐柬好名声，小名呼做陳伯卿

人才十分生標緻，聰明清秀好人兒

伊爹前年做知府，陳三隨任去潮州

陳三年紀十八定，並無早配好親成

陳三心內軏思量，一心愛卜出外鄉

听說潮州好景緻，一时愛去潮州城

潮州城內後街鄉，九郎一支名五娘

名叫碧琚潔年十七，十分美貌好女兒

白面紅唇烏齒賽過招君共西施

父母愛配好各声，未有食定收人錢

探听陳郎好各声，陳三結親成

無宜陳卿官任滿兩任巡去泉州城

陈郎返去无官做　因何运使实可面
将书提来折开看　古然有影个家书
看了玄信时便知　勒共仁兄说透枝
你兄广南做运使　爱得你嫂去随伊
陈三跪落应一声　爹你差仔仔就行
兄嫂那十同我去　正月初三就通行
潮州城内好风流　历历女子出来游
发令安童挑行李　元宵十五到潮州
择听说是九郎子　小名叫做黄五娘
灯前灯后是婆娘　中央一位好风流
五娘上街去看灯　李姐益春随后行
三人去到南门内　遇着秀才陈伯卿
陈三看见失神魂　想着五娘生亲醒
能得只人来相对　恰好嫦娥对文君
五娘心内暗思量　一位郎君成鸳鸯

能得只人通相对　恰好嫦娥对文君
弍人心肝折不离　目尾相看笑微微
益春看娘都有意　就问亚娘是在年
咱是看灯来到只　也通看人来障生
亚娘听说就知枝　就共陈三伊相辞
陈三看见五娘去　一时起为就行逐
五娘看灯就返去　想卜去困花落床
倒落床中国不去　一心忆着灯下娘
陈三心内暗思量　想卜去困倒落床
倒落床中国不去　一心忆着灯下娘
陈三假意失落扇　亦通寻扇做因由
李姐看见就却起　五娘将扇来愿诗
看是秀才陈公子　想伊必定北人儿
须卬虽然失落扇　却程来对寻也票迟
益春看其有名字　就说陈郎许一时

伊来潮洲做知府　代念一位好人兒
许别父母有主意　力咱亲戚配乎伊
但嫌泉州路头远　两家不爱事秋成
只因十是陈公子　许时无成真可伤
五娘听悯误起来　就骂益春乜僥知
陈郎做官既迃考　公子乜有只路来
我爹前日无说起　做悯个人乜能知
五娘骂悯无呈陈三寻扇悯要娘
小人看扛许许一时　只处失落扇一枝
娘汝那是有却起　着匹小人郎合宜
五娘回头㧡益春　扇有却起着远君
陈三本是无寻扇　是十寻扇悯因由
益春送扇不知枝　二人相着笑微微
一个贪君好无比　一个贪娘生缘緻
心肝乖呆不爱去　憶着陈三心就乱

潮洲景緻真正好　陈三心意念念忘
亦着送㧡到哥处　无通长在只凤梭
期早陈三出潮城　爱想不行亦着行
一路送㧡观心行　三日行到广南城
陈三许州在广南　想着五娘定我爱
一时拜别十起行　爱十潮州寻娘仔
只话不敢其其哥说　做意念诗十叕娜
遅使听说店一声　就叫贤買弟汝通行
对伊不敢再留久　是十底诗反泉州
陈三听说暗欣喜　想十起马真正遅
大嫂来见三叔面　前日送㧡到广南
店只未有一月久　在通就十反泉州
三叔果坐十返去　你嫂吩咐悯着听
高橋險路着细利　度船风险你着程
装街柳巷呆不通宿　路迌娘仔不通標

311

近去书房勤苦读　後仲状元通传名
陈三闹口说因伊　遂时拜别就起方
囬去广南三百路　翻为返来到潮城
陈三即到潮州市　五娘配人事都成
前日林大是富人　探听五娘好一名
脚小面白幼甲软　胜过仙女一般年
一财爱卜来做某　就托媒人去求亲
媒人去到黄厝门　阿唠西街林大郎
富贵石金好无比　钱银宝贝仔献全
你仔千金秉配伊　配手西街林大郎
九郎听说好面方　欣喜五娘配林郎
媒人听说卜相配　当分返去报林郎
九郎一女名五娘　欣喜配你无相嫌
林大题繁上街去　就带日子卜定亲
三月十四好日子　林大差人送盘钱

礼物办来四十担　九郎看见心欣喜
五娘知去苦乱是　坐落房中淌泪啼
林大箕来生卜伊　阮为不愿配手伊
现时虽然真富裏　不是读书个子兜
上高进中无伊训　我爹将我配亭伊
力子好花插牛厯　你子不愿入伊门
媒人不知五娘意　进入房中去问伊
且问小姐好八字　今日匹配富家兜
五娘受气骂一声　花婆说话阮名听
林大箕柬是果仔　配伊不是好亲成
惜尪共阮紧送来　五娘不是林厝人
媒人不应就忍气　报说九郎得知枝
林大不定你仔意　寻寻无亲成卜在年
就将媒人骂半死　不好亲成是在年
九郎听说无主意　去到五娘房中进

子你今旦不做人　为何敢说不碟屉

你爹有收伊聘金　子你正是林厝人

從来主婚由父母　想卜別処是不通

五娘想起心头酸　無心打辦共梳粧

益春看娘都有病　就问亚娘是在年

五娘说出益春听　阮今不愿去对伊　親成

父母掠阮配林大　阮今不愿去对伊

咱厝我國一古井　甘愿跳落古井是不死

益春劝娘心头双　跳落古井是不通

林大一不不定咱　再選郎君豈興人

阮想元霄许许州　一不郎君生親醒

能得只人来相見　许时想計通留伊

五娘听说一同一声　你有好計誤阮听

阮想恰伊不相識　卜留伊带也能成

益春听说笑哎已　古然小姐卜選君

绣毯抛落呂蒙正　選十二人通成親

亚娘從小識文章　着绣一条手巾詩

五月过了六月天　□□月荔枝正当时

五娘益春上楼去　二人楼前食荔枝

陈三许时後街郷　□坐白馬遊街場

一日遊到後街郷　益春就共亚娘说

灯下郎君前是伊　亚娘那卜選头对

只人正是好人兒　五娘听说就亚伊

面貌相似一献年　亚娘那不揽乎伊

只是由天也就是　五娘荔枝揽落去

後日反悔揽恰遲　五娘那楼上有亚娘

陈三看見就迎头　看見楼上有亚娘

一册欣喜在心头　弍粒荔枝包手巾

陈三看見笑哎已　想伊荔枝揽乎阮

必定有意□郎君　陈三一心内恩量里起

就叫李公用計智　李公看是陳公子
因何公子來到只　陳三遂時就應伊
因為送嫂去哥处　無宜行过只路來
陳三說去李公听　阮爹当初來做官
唐只潮州三年久　恰你相好有即久
小人今日有一事　卜來你曆问言因
撮落荔枝却郢塦　不知千金也人魚
昨日楼上许一时　一位女娘撮荔枝
小人一时心肝乱　恩量无計通見伊
李公有計相共想　日後恩情大必天
李公听說就知枝　许时九郎个仔兒
前日林大吉空聘　父母欣喜波伊定
十是五娘无空意　再選郎君撮荔枝
我今共你想起來　但惊焉此事人能知
伊爹意愛配林大　也有再配别親成

人說庭前生瑞草　那卜好事不如無
陳三心內自己按　咱卜思伊那仲难
伊有表記在阮处　想伊不來不胜陳
伊有媒人共礼義　我有手帕芳荔枝
卜是官府脈理判　也是配我无配伊
李公就问貴客官　一馬也有掛双鞍
想你那有好計智　亦是枉你费心机
公子卜著学磨鏡　想伊姻缘助能成
陳三听說心肝喜　感謝李公好計智
你今磨鏡來教我　送你白馬掛金鞍
李公一时擔鏡担　工夫說破教陳三
陳三真正好人才　一时工夫学得來
今日来李只鏡担　明早起为就卜行
我將白馬換鏡担　脫落錦衣換布衣

314

遂时就整磨镜担　肩头那痛亦着挑
想起今日障生做　磨镜个人叫陈三
自作自当无怨恨　粗俗工夫笑恁盘
手提铁板响几声　泉州磨镜落潮州坊
尺处有人卜磨镜　荣烦小妹传一声
黄厝一间各益春　看见磨镜像暗痕
阮娘一个好宝镜　拚久与磨镜像暗痕
司阜入内厝来坐　阮为人吉词问亚娘
五娘心内暗烦恼　未知荔枝在值处
昨日荔枝挽楼下　冥日烦恼在心头
坐落绣房乱纷纷　卜等何时通见君
益春入内笑咳七　磨镜司阜咱厝来
亚娘那卜选头对　磨镜司阜好人才
五娘闹口骂益春　磨镜也有好郎君
亚娘不信出来看　古然生水有十分

益春抱镜出大厅　五娘连步随后行
陈三看娘就行礼　五娘接礼不做声
五娘看见心都宜　卜是前日马上使
有马不骑障行来　五娘就问磨镜兄
司阜何处住是者　你住贵处在何乡
我厝泉州颇後乡　陈三开口就说起
泉州挑来探五娘　小名做名叫陈三
五娘听说有主意　十指伸出扑茶
想起无物通相请　就叫益春去捧茶
益春捧茶去请伊　看见为记在厅边
五娘闹口骂益春　你今口破卜在年
做人个响不去做　在通厅阮个根机
益春静已无做声　陈三磨镜在大厅
五娘就问磨镜兄　工钱着讲即会成

恁十爱加阮爱少　磨了加话不好听
陈三就说五娘听　念阮工夫爱罗名
恁今有意爱磨镜　我今意爱磨手成
宝镜十磨免烦恼　工夫相送包是真
五娘听说笑微微　李公磨镜恩诗恁
甲恁人客亦着唱　唱得好听茶请恁
唱有好听有主顾　后日来磨镜无论
李公见唱是古曲　我今能唱是新歌
记得当初潘文题　在因花园会佳期
早时见曲郭华记　烟缘假意卖烟脂
陈三就问阿益春伊　恁娘嫁出林大鼻
急时好花急时採　未知做客等沦时
孟娘听说面直云上　司阜说话素相欺
阮为卫愿配林大　那配林大阮能死
益春就说磨镜哥　恁恰阮娘托罗孫

宝镜磨好去娘起　工镜提出付伊行
五娘只说都不听　面头共五娘说一声
三照一娘为舍此　五娘配林郎
一照娘头好梳粧　二照娘脚三寸长
磨来磨去是真光　照见五娘好梳粧
陈三磨镜坐所迷　一点水银在中央
只人那十马上使　今日也十陪行来
五娘听说心头虚　说着荔枝心就灱
荔枝手帕阮却起　磨镜工钱阮又碌
为恁亚娘刈心头　乌云头暗坐秋朝
泉州荔枝在上树　潮洲荔枝阮凤楼
阮晋老妪免食阮　是阮磨镜爱凤楼
陈三见说就丞伊　无十工钱个道理
阮今磨镜爱凤楼　不是趁钱饲老妪
室阮阿娘咒重誓　磨镜工钱敢值一

益春未接三哥教　宝鏡苦主做二平
五娘听鏡是破声　宝鏡打破賠祆成
我只宝鏡無处讨　心头苦切不做声
陳三半喜也半悲　宝鏡打破十在年
亚娘你今無受氣　院是失惧無朝池
益春一肘大声罵　宝鏡打破你驚驚
只是院娘眼另鏡　想汸十賠揽不成
九郎内面听一声　谁人打破我宝鏡
只是我仔照另鏡　千两黄金賠祆成
陳三遂肘恋九郎　宝鏡打破我擔当
九郎一肘就色伊　愿共焦晋擧所堂
宝鏡亦是你打破　我晋皂無粗洞臭
陳三听说就恋伊　念你一方連已錢
宝鏡打破無賠移
宝鏡工夫我所餘　宝鏡打破收祆圆

五娘劝父羹其急受氣　代着好口可憐伊
想伊無錢通賠咱　甲伊賣为做錢錢
甲伊甘愿賠咱鏡　全望爹親着你听
九郎听仔说有理　就收陳三做奴掉
陳三隨肘寫奴字　甘愿凭據寫三年
甘愿付你叫名姓　工資賠德做鏡錢
九郎就问甘嘉叔　你今粗作是如何
工头失尾你管顾　人来客去你知当
陳三幼脚共幼手　粗失全小不八摸
人来客去甘管顾　那是掃晋捧房行
明早起来天光肘　陳三打辞掃所堂
上所掃到大所内　巷头掃到厝房行
假意掃手在名兒　借问亚娘你梳头
五娘伸头出来看　可惜才子掃厕堂
前日那無打棍鏡　今日不是你掃厕

陈三听说就应伊 你今知阮也无冤

我兄广南做运使

因为五娘你相害 泉洲即有只路来

为你娘仔好头对 即能受苦受障生

五娘受气出房门 甘嗜围说你不通

阮是贪你好头对 不就大板打你通

陈三未情说不通 可惜我为个人

五娘听说目头红 心思陈三是好人

只处无亲通依倚 落花流水不成难

今日宝镜既然破 卜讨起来亦为难

五娘围到天大光 随时起另卜梳粧

未叫甘嗜来扫厝 先叫益春捧茶汤

益春假意刀去棒 陈三捧去到娘房

好已吗娘来洗面 吟哜五娘着做人

五娘假意大受气 贼奴是也无专心

三哥说话是真为 阮今并无挨荔枝

卜是别人挨乎你 五娘並无想三哥

亞娘说話闹恰奇 亦致说无挨荔枝

那是别人挨乎我 脚下是地头是天

五娘对口並三哥 那有亦是挨恁志恖

阮为既经酏林大 无影楼顶想三哥

陈三无意投着寿 恁娘荔枝挨穿阮

今日敢说无安情 不是卜选阮即君

恁娘敢说无情话 害阮今日就迟为

那知恁娘即侬倖 无彩荔枝需在为

益春就去贝亞娘 陈三将人咱着收

五娘共桐说透莜 恁惊三哥大受郎

卜碟三哥来相对 着阮近前去问伊

五娘就去问三哥 恁有虑伟亦甚画

陈三开口延一声　小人晋石泉州城

晋石泉州额後乡　從头说出亚娘听

两川太狩是我叔　廣南運使我親兄

因为送嫂去哥处　正月十五到潮洲

行到楼前得表记　娘汝颤手揽苏枝

许时灯下见娘面　为娘刈吊乱心神

我今恰人李靖镜　直来恁晋求亲成

全望娘仔着参就　可怜陈三来潮卅

三哥障说院不听　便你障说好各声

那卜恁兄有官做　也上报院做親成

你着恁隊走专围　不通此处乱纷亡

陈三听说就行闹　玉娘叫捕来相随

二人相随房中考　憶着三哥心就如

五娘一日生绣房　心思三哥是好人

千献万事无说起　提想三哥不是人

陈晋乜有巧父母　生得郎君未害之

阮今親成无主意　只事不知卜在年

卜嫁林大想陈三　意爱陈三圆食飯

現时三哥治咱厝　每日里伊无了時

父母真正无主意　亦不再等賀年

那知今日障生做　林大粗俗阮不磋

三哥实在空院寺　林大是景仔

真知林大是景仔　未知陈三乜人免

那是三哥说有空　想伊片院提不放

便伊只说好家乜　未知虚实是在年

真知知州是伊参　廣南運使官有奇全

可怜今日来院厝　听说家官有奇全

琴棋走屋百般贤　即共咱厝掃厝堂

陈三哥刈扫厝堂　伊参许爵吗要童

想我仁奴去充头　全考无回是楼長

你今緊去問消息，看伊也事不返鄉

安童去到後街鄉，看見三舍說一場

咱晉大人今念你，向你也代不返鄉

陳三說出安童聽，九郎捎我做親成

因為五娘親未成，思量里到今未通行

我爹且等成親了，即通返去泉州城

安童係今返返去，將情說出我爹聽

安童跪落連連一聲，泉州豈無好親成

親成那土相空意，咱是宦蔭人仔兒

陳三說出安童聽，對咱無謎呂，親成

阮是甘愿卜障做，當初即有店潮州

你今最緊返返去，我今下日即起行

許州益春入力迎，聽見二人說因伊

只是亞娘無情理，害伊受苦三二年

呈步，安童返去了，益春入去見三哥

頭先只處房刃內，有人探聽東是無

為乜事德得罪你，著柔跪拜我三哥

陳三共妹說一聲，阮爹善人事將聽

甲我最緊返返鄉里，不通一時過一時

我恨亞娘無情義，隨生相害真嘉年

第式回陳三寫詩

益春有討再主張，阮損從少識文章

三哥您怎著寫九字，手阮親為送亞娘

那手阮娘厝曆見，心肝能動也無宜

陳三聽說好討做，你提紙筆阮題待

句句寫東有奇意，逐字寫來十想伊

風流事志說盡是，正陰言語無半餘

一時障句寫完成，勢順小妹共我送

益春提去僑房內，救落簿匣娘不知

五娘八卦看瓦　绣匣也有一张诗

句句说是风流意　声已说是少年时

念来念去有奇意　看头看尾有相欺

不知此诗乜人做　害阮着了病相思

我恨益春乜贼婢　亦散共人代提诗

你做烔哑即大胆　共人提诗是在年

此人障生即大胆　亦着叫来阮问伊

五娘闹口骂烔俾　绣匣也有一张诗

你说话语是真奇　此番真知你提诗

更娘亲目无见看　在通敢说阮提诗

益春句已忿出来　绣匣有诗阮不知

阮个绣匣无人到　惟人做事实烔哑

娘你骂烔都无干　做诗个人是姓陈

有罪三哥伊着归　共院益春乜有干

烔你此事都尽知　陈三共阮叫伊来

×

看伊乜事喜弄阮　想着起来大乖疑

益春就去叫三哥　阮娘爱你去忿忿

甲你入去绣房内　看伊乜代叫三哥

陈三行去到巷迎　五娘看见就骂伊

你敢写诗来弄院　喜弄阮名是在年

陈三说我亚娘听　小人並无阮不發写

无天无理亦敢说　无云无影甲成

五娘提出見三哥　現有一张你忿忿

陈三伸手接来看　只是小人写忿忿

前日心神气保害　写得凡字恰惨无

是你荔技在陵哥　不是阮三爱风梭

五娘受气骂连天　你卜想着阮个烟缘

用计写诗来弄阮　眠理着打即合越

陈三去到房门送　劝娘无用说障生

了鸟诗那卜着你打　投落苏技罪何当

321

陈三看伊事祙成　实意卜返泉州城
爱卜现时谨到厝　并无想卜带潮州
我今只事卽免想　谨收行李返回乡
父母生咱即是命　自己卜敢恨爹娘
那恨五娘无实意　害阮受苦二三年
挨落荔枝假有意　阮今着返去泉洲
伊今烟缘不成就　阮今卽卜去泉洲
随时雨伞就挥起　做谨来去无呈时
益春门外见一看　想起托笑亦好啼
三哥今旦卽爱气　阮娘必定克亏你
因为二人风流代　不肯相就卽卜去
阮只三哥头到尾　因何卜返无相辞
小妹我说恁新知　我束恁厝做敖才
憶着恁娘好头对　泉洲卽有只路来
随知恁娘无打算　挨落荔枝不提起

（右页）

阮不打你挨荔枝　你敢打阮写志诗
挨荔枝恁来害阮　写诗乎阮散有奇
五娘想起心头悲　咱是千金人仔思
父母主婚配林大　当初乜通挨荔枝
挨落荔枝乱人意　害伊想咱无了时
只是当初咱自悮　到尾悮伊卜佐年
三哥不知阮个意　阮着共伊说透枝
将情误着三哥听　你卜想阮做亲成
谁知亲我配林大　三哥卽卜去潮城
配你三哥虽然一好　悮了林大个亲成
父母将阮配林大　五娘无配陈三兄
劝您三哥着主意　不通想阮做亲成
挨落荔枝无挨起　实情实意恁恁听

第弍五曲连弍六曲陈三返乡

我今着返泉州去　即共小妹你相辞

三哥阮说你着听　千万停脚未通行

你今有心来磨镜　卜来姻缘亦未成

今日在通即受气　亦无其娘伊相辞

小妹听我说透枝　恁娘偆我无碟

无说恁娘我无义　说着恁娘气就死

今日无情共无义　阮不恰伊卜相辞

益春看伊就卜行　趕紧共娘说一声

三哥实意卜返去　烦今留伊撩不听

亜娘不留是怎代　益春袂共你留君

五娘听说着大惊　放落针指出大所

三哥那是卜返去　阮着共你说几声

你今当初束磨镜　打破宝镜赔成

阮爹许时听阮劝　收你微奴扫厅堂

约定三年久未满　你敢大胆割卜行

陈三听说气冲天　小人恰你障无缘

荔枝手帕现掞落　不是陈三爱风梭

你敢奴悔亲相惧　害我一身障劳奇

锦衣官服为你了　白马金鞍为你无

失了锦衣我无气　失了白马我伤悲

此去泉州路头远　无马通骑是难写

玉娘听说无怠伊　回头共烔说透枝

不如救谨平伊去　白马卜碟买还伊

益春你去共伊说　看伊打辨障行宜

十蒂潮州曲在你　卜返泉州亦随射

阮娘本是千金女　不愿配你只奴兔

那是旧年六月别　阮娘楼上掞荔枝

探荔枝落阮无意　打破宝镜你朝遅

三哥那是卜返去　无干荔枝掞在陵罗

只是陈三爱风梭　恁厝风梭放卜返好

不通将分阮厝梭

陈三想起即知苦　当初在通做伊奴

无情娘仔未相候　害我三年捧茶奴

五娘听说就应伊　阮厝宅无粗奴兜

你敢写诗来害阮　害阮看了病相思

阮厝奴才有查某　相似陈三起能无

看你头尖耳又薄　名穿乌衫倚壁梭

那是回文共走报　建公立业愁是无

你今卜去做你去　待卜留你愁是无

第弍十八回五娘留君

陈三气甚无做声　不甘不愿返泉城

袍袱随即就佩起　雨伞擎起就卜行

爱得随明繁到唇　全无卜想卜带潮洲

五娘看伊卜回乡　心思无意对益春

阮普未卜平伊去　益春你着去留伊

益春看伊真不愿　想卜留伊是为难

二人卜不是恁代　共阮益春亦无干

恩情拙大采娘福份　益无半系平益春

捆你所我说言因　全小相随到用今

此善侬着相共助　即是娘侬有直

娘你说语都无空　益春不敢去留兄

后日无痕共政讨　创无五娘对三哥

捆你说语真不通　你今有情就有功

那去卜留得三哥返　后日恩情不敢忘

娘你说话着有定　捆今亲成力去留

三步趑到二步走　二步趑到一步行

手提三哥雨伞尾　你今听阮说几声

人说有黄即有甜　月失亦能再去圆

四那有言语相得罪　劝君其提觅一逕

一阮娘实意爱恁仅　卜通忘忘安障生

陈三听说面忧已　只是恁娘不收留
我今坚心卜返去　无贪恁娘好风流
恁娘无心假有意　做出料箏相正歷
事那卜留也是假　我今半句不听伊
况伊卜留无药空　我今不肯带潮城
益春再劝你着听　三哥千万不通行
阮娘恰你有实意　当初即有换荔枝
三哥着听其实意　不须三哥你挂意
今日留君那不返　小妹一命归阴司
陈三听说有实意　程脚一步再问伊
三哥着听小妹劝　不通决意卜返乡
恁娘有心卜留阮　姻缘成亲卜值时
蓋春其哥再说起　月老推迁有定期
袍裀雨伞阮收起　姻缘恵事阮问伊
陈三欣喜恰伊返　二人相毛入大门

五娘看伊留有返　亲身出来见三郎
爱卜你去是假意　冥日思君十二时
不是荔枝换忐忑　配伊林大扰是无
你带后房安名宿　五娘不敢恨三哥

第二拾四赤绣

陈三安宿在后堂　五娘思君心头酸
日间无心食暫时过　冥间不困到天光
想来思去无计致　想卜赤绣改心闷
一绣凤凰在绿竹　二绣鸳鸯在池塘
三绣户炉对金菊　四绣织女对牛郎
牛郎织女好头对　可惜阮分对林郎
林大不空阮个意　三哥美貌阮卜问
虽人说得阮养返　佰两黄金做工钱
一心爱对好良郎　忆着三哥是推迁

此次運行數千里　一週相似几乃年
冥想自想無人知　誰知林大差人來
不差知人來也代　都是迫親喨唇來
日看今年十月尾　十毛五娘去成親
陳三一時探聽知　苦在心頭病就來
五娘探聽三哥病　偷甲益春去問伊
益春行到後廳邊　看見三哥病相思
返分就共亞娘說　三哥只病娘能醫
五娘偷去向三哥　你今有病也是無
是乜惡鬼來作怪　敢來想為阮三哥
陳三病重有十分　就叫五娘共益春
荔枝做鬼來掠阮　五娘做怪來迷君
五娘聽說目頭紅　三哥只話阮不通
五娘那十能做鬼　三哥因何能害人
全君你來阮不厝　阮今想尔亦相同

你今思阮病無代　阮想三哥病就來
頭眩目暗異起床　可惜三哥像不知
五娘你說話無定　口出金言阮不聽
心肝那十有相同　因何姻緣事積成
三哥情形你不听　着听阮說那有影
第一驚君有黠記　第二驚君累有妻兒
人說一馬卦一鞍　一馬双鞍不另時
今日那十能成就　後日相悞是不成

第叁拾弍回　双人立拆言

陳三勸娘不免驚　当天立折言亞娘听
西川太狩我親叔　廣南運使我親兄
一身那有我自己　並無妻兒在方遲
心愛我娘來相對　我今說出有定期
天心神明做証見　愿共亞娘結百年

那敢三心共兩意　玉娘聽君咒重誓　一時跪落共謝天
琵君淄本是普家女　親選良緣陳伯卿
父母將阮配郎林大　不定阮意是實情
天地神明做証見　欣喜共奇結百年
那敢忘恩共負義　一命甘願為陰司
感謝平狼有真意　陳三心內晨鴛宜
後日林大那十毛一　惧咱夫妻个恩義
五娘功君免驚宜　阮是不願樓障生
五娘那刀林厝门　甘願一刀落血池
陳三劝狼你多悲　咱是相定即障生
三奇那敢起憂俸　不看下代个仔究
三奇有情狼有義　合亡跪落拜謝天
你今一方無反悔　夫妻一代無羞移
上天愿做鳳凰鳥　菩地愿做蓮荒枝

天边海角無相離　氷鳥毛白亦卜碟
二人當天束立誓　陳三同狼个根枝
咱今只話障生说　咱今成親著値時
五娘共君说透枝　暗冥月上二更時
家中大小那围定　恰君成親是今冥
陳三聽说心欣喜　狼仔约定無羞移
阮是恰君有緣份　前生注定那障生
五娘再劝陳三兄　你着猩蓣去掃所
呈只無見阮簽面　仔解甲人束探听
趕緊二人行一逛　不通二人再交煙
夫妻立誓無反悔　成親约定二重時

第叁拾伍囬　益春退約

日头卜落是黃昏　陳三心內乱紛匕
放早食飯苦秋暗　卜等五娘束成親

宽心等到二更尽　不见五娘来寻伊
陈三心内就知苦　暗冥不知是乜何
早约今冥卜成亲　因何不见五娘面
不知娘说话确定　要是父母未困眠
随知五娘约卜游　返分又想不风流
偷甲益春去退约　其君再约十五冥
早时共君相断约　约定今冥卜出游
阮想成亲着见卅　今冥月上又无圆
阮今卜辱中秋冥　夫妻成亲即大圆
益春谨去共君约　其君再约中秋冥
益春行去到房内　陈三欣喜有人来
暗卜不知娘乜洞　摸着益春笑乜卜
益春静乜不做声　卜看陈三障样来
陈三不知叫是娘　力去床上结鸳鸯
益春想起就爱笑　阮今是洞不是娘

陈三一时就思量　力伊益春骂一场
妹你在通障生做　害阮不知叫是娘
恁娘那有值门外　叫伊入内免思量
三哥阮误尔就知　阮娘今冥伊无来
甲阮益春来退约　免乎三哥看东西
恁娘无事亦是好　小妹青春乜志志
咱今落荣羡成饭　妹你许物着情哥
今冥相请有加好　后日相请捉是无
哥你无起粗心意　你有读书识礼义
彩花那卜连枝彩　阮娘那知姓命无
无说洞鱼乎伊气　然尔三哥娘不碟
妹尔听我说透枝　记得写初许一时
洞尔彩先娘彩后　三哥个人是向生
哥尔听妹说恰真　你恰阮娘先成亲
哥尔有心卜碟阮　大胆恰洞困同眠

妹你听我说起理　咱卜相会亦有时
且闻恁娘吩咐你　恰君成亲寻值时
哥你听妹说透枝　阮娘约定中秋冥
十五月光好时節　其君约定做夫妻
陈三想起心头苦　恁娘假意卜害人
今冥成亲伊那不　别冥成亲伊不通
因何着等中秋冥　半壁吊肉害死猫
益春听说新起伊　阮娘不是相延迟
一代夫妻千万夜　十五端娥有定期
成亲拣兔一时到　姻缘着等卜一时
妹你说话都亦通　恁娘再约亦无防
暗冥有原寿退钓　且等中秋再相逢

第參拾柒回初会風流

五娘等到中秋冥　看见中秋月大圆
心肝想起就欣喜　成亲约定中秋冥
头押衣裳整一幼　卜甲陈三结成親
早送父母上床困　自己不敢先上床
宽心等到二更时　父母困去无人宜
桐步踏力偷走去　深已有路真透尾
前台有踏过後台　轻脚细步无人知
忆着三哥風流代　無惊大小人能知
陈三坐落五娘房中去　看见五娘笑微微
双手牵娘房阮乾埔　二人对坐说因伊
娘你畫眉阮乾埔　双手伸来共娘摸
月老推迟好头对　即能共娘全一補
君你有情阮有心　口舌交束软沁沁
月老推迟好头对　即能其君困全娘
咱今双人相意爱　姻缘少长值千金

陈三脱衣共眠帽　一身午闽白甲初
今冥恰娘十相好　亦通恰娘好志志
五娘脱衣共脱裙　一双个肉白如银
暗冥恰君做阵围　是卜手君取新婚
二人倒落做一头　口唇相唲舌相交
君手揽娘个分觉　娘手手君做祝头
一盏灯火半息光　眪一见娘君做一床
陈三想起心就动　十探五娘个花园
下身就这近娘分迟　吩咐娘好着就当
五娘共君说因伊　陈是未弹个新琴
爱得三哥尔劳弹　观连照顾到至今
三哥卜弹着小心　不通乱弹打破琴
陈三听说笑咳已　新盘着顾我亦知
盘面眼睫我整正便　不打水路娘自同
五娘复生忠心所定　千兵万马必不惊

童关隘路无把用　孝许孔明献空城
陈三看娘无心代　战埸排好十相刣
一时黄钜娘分头　头中宝剑抽各去
五娘伸手去揽伊　吩咐宝剑着主裁
恁只运五十大城　不通打破娘城池
陈三细利彩药敨　五娘无语暗暗况已
人间风流无偏事　新婚一次值千金
陈三心内直欣喜　也有心宝甲障生
尨源仙景虽然好　不如新婚只一冥
五娘想起亦欢喜　也有宝物安障生
逢莩仙景是真好　不及尔我郎风俊
双人过意上天台　那摇那动笑咳已
一生风流那了哥　一双黄葭落存迟
五娘头上鬓又欹　越头共君说因伊
父母生我一双己　今冥恰君志忘时

陈三一分汗乱流　意爱恰娘围全头
此去夫妻千万冥　暗冥即卜淫起头
五娘揽君倒下底　君尔美貌如赵云
常山赵云早过世　那有我君生亲醒
陈三搅娘揽等等　娘尔美貌如淑娇
早时淑娇咬舌死　下分个肉软如粿
二人算来真风梭　那有我娘生标致
世间风流是真好　恰好风流揽是无
一更过了二更时　双人淫了无人宜
咱今夫妻敢障做　父母围专全不知
二更过了三更时　双人床顶说因伊
父母生咱淫头出　双人床顶做一排
三更过了四更时　今冥又淫等何时
咱今双人相意爱　月老推迁专合台
四更过了五更时　耳返听见鹤声啼

双人敢着折分离　心肝苦切卜俪年
五娘其君说因伊　早起算专天大光
趁院父母围未醒　院着逐专通梳粧
陈三恰娘说笑俟　娘你卜去我不甘
揽匕抱上不甘放　娘尔生水空我贪
看见意娘天大光　五娘蓄身落眠床
陈三想起心头酸　因何今冥天早光
送你娘仔出房专　不通卜我嫁等待
你专暗冥着再专　咱今夫妻望久长
五娘此专无离暗　其君约定暗卜专
逐分行专到后所　一半欣喜一半惊
巷头恐惊有人看见　巷尾恐惊惊有人行
欣喜行到徐彦内　倒落眠床无人知
蛤君意爱有提火　随知暗冥事郎成

第叁拾捌回再合风流

331

中秋过了十六冥　月静风光好天时
五娘想起困不去　爱卜步君再风梳
看见月光好志忘　近名再去寻三哥
无灯无火暗に行　行到三哥房力前
轻脚细步入层去　一扇房力双争闸
开入三哥房内去　欣喜见我心头双
陈三困去全不知　不知五娘入房内
五娘坐在眠床边　伸手被内去摸伊
陈三眠梦着一惊　是乜鬼怪来相欺
五娘听见就在伊　不是我娘坐床边
陈三听见笑微微　挪是我娘坐床边
赶紧双手拖入去　览来分迟有怜娶
陈三听见笑咳咳　对面相谈舌相交
咱今双人做一头　摸着五娘无穿裙
陈三假说不通　　恁爱知去十伊年

有人看咱障生做　二条姓命拢能无
五娘骂君心都宜　偷来暗去无人知
三哥那十即惊事　当初不通改眉来
哥尔安忍免惊宜　父母有事我担起
娘尔有心做我主　即敢恰娘困全床
陈三有娘困不去　伸手去摸娘下身
娘係只处三寸地　也能乱君个心神
五娘听见笑咳咳　君係说话真小人
咱是情义相意爱　不是许物来相害
陈三淫娘连力运　娘尔此地即绣论
本是林大无福份　亚娘是我个姻缘
五娘听见笑咳咳　君尔不用说花言
院日正贪你好头对　即有恰君生想连
陈三听见娘说嫩小　一时想起当不朝
當分就揽娘力顶　倒娘力顶好标遥

其餘別路阮不愛　娘尔幼地阮墊未
程雲走開情不事　山明海誓意何深
萬種情物魚出現　一春景致鳥掀素
微風一送紅花悟　雨謝恩情月意深
五娘想起笑微微　昨冥恰君有緣份
陳三心意笑哎吔　昨冥恰娘有十分
二人床頂說因伊　記得當初許一時
君你騎馬樓下過　防在樓上食荔枝
許時荔枝挨手君　是十手君取新婚
荔枝手帕做為記　咱今記得當初時
我君千里來尋阮　生卜下代再對君
天地生得咱双人　前世生來做一床
有心來尋我五娘　未知值時通回鄉
有緣我君來尋阮　無緣林大着早死
連冥議論燒好香　保庇陳三共五娘

保庇林大早過世　咱今双人返鄉里
一冥未久天就光　陳三送娘出房门
夫妻不閃相答礼　想咱恩情着火長
五娘返去到房门　輕声細說倒落床
愛困無眠不敢說　汰毛髻鬃失梳粧

第叁拾九面母宜五娘

五娘金裝新婚　面貌看來真青春
前日夜常未見雨　今日陽柳再逢春
伊母看見就知枝　我仔不知是偶年
前日並無恰人戲　今日如何敢相欺
誤話全然一無禁氣　行動全然一無威儀
茶開必定有人影　水影必定有魚躱
只處人人行蹤到　必是陳三死奴才
我仔敢是恰伊行　我着教訓手伊篤

因母行到五娘房　一时受气面反红
你母教训你不听　饲你一名铁得成
仔你正是千金女　恰人虚花是不通
赶谨推親林晋去　免得乎人说东西
子你此事揽着無　不通乎人说志志
王娘被骂就知枝　只事不知十俩年
那手你母力得着　想你姓命敢能無
等到三更人困空　偷志共君就说起
咱今事志大不好　防母知了十俩年
说十力得我君着　二条姓命一齐無
陈三听说心头悲　一當掃晋一當啼
风流事志都不好　被人看见姓命無
心内本是畏人知　力着奸情揽着削
五娘就劝陈三兄　君你肝大不使骂
咱今双人心岸定　想你着做改親成

咱今夫妻天注定　月老推迁即結成
暝时飲酒双人醉　後日有事双人当
陈三听娘说只话　大胆恰娘結夫妻
咱今双人相意爱　偷志暗去無人知
有財君志恰娘困　有財亚娘去尋君
恁今双人做一埔　兹念小妹个功劳
哥尔读书識礼义　亦敢忘恩障得宜
益春听见就動心　就共三哥说言音
益春美魏似观音　想咱五娘姝双心
今日送花乎君彩　卜看三哥障樣志
许时不從三哥意　正是风流过了时
記得当初志退约　险城未过说东西
一行三人有二娇　尭廊益春一人亸
咱今双人着相就　想咱五娘姝双心
益春听说心欣喜　恐惊三哥恁不碟

三哥那是恁嫌阮　小妹不敢俀君
双人相抵入绣房　欣喜恰妹结成双
妾做银盘成西露　君做黄蜂彩花恁
益春共君诶透枝　阮是花开正晋时
未有见霜先见雪　全望三哥你主持
陈三本是上成亲　番兮就上益春身
花言巧语说难尽　双人相槓困成眠

篇细拾一面骂君通侗

五娘房内探听知　刁交偷闹入房考
益春着惊驚面反青　陈三无意倚门边
五娘骂君甦道理　做事不通障行宜
君尔相似彩花蜂　一樣彩了过一樣
恁今双人敢障做　手任二人结夫妻
捅你大胆恰君围　五娘不敢骂益春

陈三劝娘免受气　唁我全头说透枝
从春彩花连枝爱　彩花亦着惜花枝
爱得三人全一意　益春不通放一遍
五娘一时就骂君　尔今一人共分文
心肝全然共主定　心中什想十偠年
前日有心恰阮好　今日反心敢障生
此时有心卜碟阮　后日连阮卻不碟
五娘听我说言因　益春是咱个恩人
有事必定能相共　妆伊做妾都亦通
五娘听说心欣喜　就叫益春我问伊
三哥爱妆尔做妾　未知益春也主意
娘尔说语阮不信　阮兮不敢别君时
三哥那是有实意　三哥敢想十碟阮
陈三看伊双人卜　假意说阮郎罢梭
自古夫妻那一对　在通双人对三哥

物少，那是请一位，十请二位揽是揢
哥尔说话真固兼，阮今甘愿揽世嫌
人说有酒相怜饮，好意双份全栖中
娘尔说语合阮意，咱今三人斋欣喜
五娘做妻姛做妾，障生配匹正合宜
三人一时做一床，有事相恰寿恩重
陈三烦好冥头短，娘姛烦好日头长
三人分离真烦恼，一心意爱好志忐

第四拾参回　赤水争田

九郎冥日心不安　　烦好赤水一片田
田心约有一佰担　　达得龙银一存元
陈三扫厝在兰杆　　九郎做状去争田
连告三张都不准　　心头想起不轻双
九郎起未坐厅堂　　差人去请林大郎

林大请寿所上坐　　议伦赤水告田庄
此田君是告得返　　尽手五娘做嫁粧
林大听说笑微匕　　做得一状就便知
状头做得有道理　　状尾做得有相欺
一时做得一张成　　毌父提去看分明
陈三棒茶去请伊　　捧目看见郭知枝
陈三看状世晓理　　说伊共私打官司
九郎听说就骂伊　　尔是我厝故才挥
那是煎茶共扫厝　　晓得官司是在年
陈三说实世说虚　　父母全切送返去
四去五经读尽透　　小可只状做得寿
不信此状手我做　　世也定着争得返
林大听说世主意　　就共九郎说寿技
不免只状手伊做　　去告不准则罪伊
林大许所就问伊　　开言做状打官司

咱今着事先定罪　去告不准干障个
陈三闹口就应伊　事情到尾便易知
此田若是告不准干　甘愿五马拆分尸
陈三搦笔有思量　句句写事好文章
状头做得有道理　状尾做得有相欺
一刂做得一张成　九郎提去看分明
九郎告状上官所　衙门原差两边行
知州许时就升堂　告状正是黄九郎
知州一时就准告　正是九郎告田庄
状头如字有道理　状尾四字接倒人
能做此状真正贤　知州看见就摇头
知州随时就问伊　谁人解做只官司
九郎听说就应伊　只是我厝波才牌
知州听说就知枝　正是状之个字字
九郎告准干回家返　就说六娘配三郎

陈三听说笑微微　六娘对我我未碍
卜着五娘事对我　就将六娘对林大
九郎听说心代宜　陈三是想我你兒
前日全然不知影　今日那想那着惊
九郎此事且无图　又俁上座去收租
许是三人相成就　三人欣喜在潮州
第卽拾即田上座收租
三人事志无说起　今年算事是晏天
四逆个栗刈尽离　租投就是正当时
九郎田庄在赤水　一时跪落拜谢天
旧年光景都亦好　今年光景加赔些
九郎一时写祖部　打算陈三随收租
陈三知着共伤悲　想阮贪伊个仔兒
今日恰娘拆分离　亦着赶谨去随伊

九郎騎馬去收租 陳三隨後佩契部
去到赤水田庄所 田头田尾人真多
烟吹棒壽請三舍 三舍食好請九郎
九郎受氣大声骂 伊是奴才随我行
您先請伊即情我 是乜事情说我听
田户说出九郎听 伊是秀才有名声
伊兄伊叔有官做 因何乜卜随尔行
伊晋田園教佰乜 各人尽尽是作伊田
今日虽然乜是隨尔 防着教伊即合宜
九郎听说無主持 一时落馬就同伊
陈三说出九郎听 廣南運使我親元
你是泉洲運使第 当初也卜障生做
前日送嫂老尋亭 迎亭行到惠潮城
宿在李公磨鏡店 遊街行到慈楼前
看見樓上有美女 相似仙女一般年

一心愛卜看景致 即有打辦障行宜
九郎听说就应伊 只是秀才卋主持
人间也有仙景致 楼上美女是我嫂
陈三就同黄九郎 尔仔乜卜配林郎
前日耳边听人说 尔仔卜愿入林门
九郎听说着一驚 陈三是想我親成
一世夫妻是大事 也通强配林大郎
只人不通留咱厝 恐惊我你賊名声
保得我你做代志 不通手人宜卜成
得等田祖妝完了 手伊返去泉洲城

第肆拾伍回 陈三假病
陈三心内就知枝 看見九郎其意卹
想伊幽室有知枝 事志不妨是在年
忍想一计片九郎 假意有病实难为

我今着近去医馆

九郎听说就兑伊　病那医北到田庄

三舍古然有得病　病人带山㘩了村

陈三欣喜中计致　着请先生通来医

陈三行到笑哎哎　连冥返去后街

五娘听叫三哥声　就叫土娘寿捆门

家中亚无谨急事　欣喜我君早返寿

陈三行路谨山箭　因何也十连冥行

三日共见娘48面　怀着五娘即障生

为恁亚娘相意爱　想起相似几石年

三哥古然好情义　阮身害你十在年

赤水返寿路又远　彰得我君脚行酸

我君一名有路水　一名淡匕巧克彰

谨提衫裤共君换　共君脱落共君蒜

君尔随筌去收租　阮分只眉国单补

陈三恰娘做一床　有事相恰寿说起

我随恁筌寿收租　田户担寿入田祖

田户说我官阴兑　因何也十寿随伊

恁筌什时就知枝　知我恰尔有相欺

陈三想起心头悲　恁筌知去十在年

五娘说去三哥听　劝君心空尔使惊

天地生有咱双人　好保事阮不惊

我筌古然那得知　收祖不日就返寿

那敢力咱寿打吊　手伊打就看不成

九郎收祖入大所　一日半之丑寿行

十甲陈三泉洲寿　入口就叫陈三兄

尔是泉州连使弟　今日不敢尔掃厕

尔着谨泉州寿　不通只处败名声

陈三听说就知枝　偷寿共娘就说起

恁筌收租返到厝　返云事志尽知枝

甲阮着返去泉洲去　不通只处败名声
咱今三人着打算　此事三人着躭当
君尔有计做尔想　阮今望君恩重量
陈三想起此主张　想此计致在五娘
三十六计都尽想　那有偷走巧长门
五娘听君想有计　心肝想起头就嘶
阮今着为阮父母　何用离君世夫妻
人说夫妻有恰亲　亦着三爷尔全行
甘愿恰君做阵去　共看父母一家人
陈三就说五娘听　咱十全走去泉城
益春是咱个亲捅　甲伊亦着随咱行
五娘一时叫益春　有事咩尔来议论
三爷咩招咱去泉洲　未知益春也思量
益春听说去五娘　咱十全走去泉州
益春甘愿做阵去　不肯离君去泉洲

第三拾柴围三人同走

五娘听说全心意　趕紧开箱提衣裳
三人行李收便便　暗冥起身世正遲
九月十四三更时　家中国定世人宜
一人闹力三人走　走到花园鹤未啼
四更月照花园遮　风仔吹寿怜微微
五娘回头共君说　咱是意爱即障生
有初苏枝共挽落　今冥不免行风梭
五更月照花园头　五娘想起泪淳流
忆着情义恰君走　世念父母在後头
今冥恰君做陈走　并世亲人在分兜
花园过了大草埔　五娘行去世奈何
君尔那世阮晋去　暗冥不免行山路
草埔过了後岭崎　三人行李在後头

340

益春行去结辛苦　陈三呵哝益春贤
嶺覽过了大洋幔　五娘想起目头红
阮劝心俗做查某　千般万事由別人
大洋过了赤水溪　赤水溪下有大溪
潮卅若卜泉州去　若世过了潮卅溪
三人行到大溪边　看见溪水绿青上
三人就出卜过度　船工近前去问伊
恁今三人卜值去　阮着先讲船租钱
陈三近前就问伊　你卜碟阮若干钱
儆阮三人过赤水　欣喜送你伍佰钱
船工一时说少钱　恁今三人着卽添
一人伍佰儆恁过　三人着送仔伍佰钱
陈三欣喜就先伊　五娘上船面反青
娘爾坐船即障生　不识坐船即障生
船工梯船倚溪西　就问三人值路去

一行三人卜值去　恁今说出手我知
陈三说出船工听　阮是家眷在泉城
阮卜泉州卽路去　有人问恁卽说起
船工一时就知枝　就问三人个情由
三人那是相焐走　阮卜懘惊赤风流
三人不是相焐走　阮今不是爱风楼
船工说话真罗城　阮恰泉州有亲戚
陈三再急罗船兄　阮恰三人船租钱
三人不是相焐走　是卜爱卜去探奥城
说实不是相焐走　就收泉州三人船租钱
船工梯船倚溪边　就收三人船租钱
哝呐起船着细利　不可弓鞋相交缠
陈三头前先起船　迟迟又去夯益春
益春五娘相牵手　三人全起笑哝哝

第肆拾玖服宿客店

341

赤水过了是双溪　五娘头上拔金钗
拔落金钗君收起　弓鞋脱落焕布鞋
双溪过了是南村　三人行到脚又酸
路婆查客是安宿　就叫王婆来开门
五娘就问各立婆　阮卜泉洲去志下心
潮洲寿行到只处　一半路途亦是苦
王婆说出五娘听　泉洲口路我共行
寿志不知有着路　世通共路说知影
陈三就说五娘听　泉洲只路我有行
咱着再行三日路　即有看见泉洲城
五娘听说心头悲　咱卜到只暂等治
五娘听说心头酸　路又指远卜偬年
寿志到只处脚又酸
益春行寿面忧上　奇尔已袂生潮洲
害陈亚娘行苏路　卜等何时到泉洲
陈三听橹无做声　咱今三人捻着行

是早是瞌橹船到　带只半路不免惊
现州有着渐安宿　行李且收放一逼
想咱走寿甲即远　父母要寻亦为难
天光伊母出房门　不见我仔起梳粧
不见甘荔寿掃眉　不见益春捧茶汤
赶紧差人报九郎　报说陈三走出门
九郎听说世主张　谨寿佛前烧好香
五娘敢是恰伊走　益春卜是随三郎
卜是三人相毛走　不知走去值甚方
昨冥三人相毛走　不知三人走何方
保拢三人走世路　保拢三人追回乡
能得三人相毛追　叩谢大猪共大羊
母親寻仔出房门　看见我仔个缘承
仔尔昨冥冥在房囲　未知今冥在何方
父母寻仔倚门头　不见我仔泪原流

奥源雀

仔尔有心恰人走　世念父母在後头
母親尋仔出大厝　不見我仔个人影
仔尔因何敢障做　世困父母个名声
仔尔心想不光窓　因何敢走袋别人
手尔父母只处尋　不見我仔一个人
想许林大那得知　父母煩惱在年
仔尔真正秩曉想　因何敢走去别鄉
想伊三人相烏走　咱卜值处去尋伊
黃晉一時尋無覔　一鄉大小心鄉宜

第伍拾壹回九郎出贴

九郎尋到大草埔　不見我仔共奈何
未知我仔想它路　敢恰人走是它路
五娘一人恰伊走　益春亦是隨三奴
昨冥三人相毛走　未知走去值路头

父母尋仔心不安　三人並世見一人
九郎行到赤水溪　看見溪边一弓鞋
此鞋正是我仔繡　别人袜繡此弓鞋
九郎見鞋心烘它　脚下烘鞋也能行
借问溪边遏梯度兄　早间只路也人行
阮提艮兩送手尔　全望船工候阮听
船工俍出九郎听　早间三人相烏听
头前一娘共一僮　後面一不泉洲兄
只处修度过赤水　從十泉洲探親成
仔州船租送手我　又寿里我其做声
九郎听後勤知核　正是我仔烘差移
我仔全少失教示　手伊敢走障行宜
謹贴昔白在溪边　力得陳三償石錢
有人尋得我仔返　寿提償銀莫正運
九郎許州尋不見　一路行寿莫傷悲

343

親姆恨考不消心　阮有家伙富君金
有錢乞人考走考　手官考判即甘心

第伍拾叁回　林大告狀

林大僅々去落州　今日此事不准干求
看伊陳三也道理　敢毛五娘去泉州
城內請人做一狀　十告陳三黃九郎
紙筆先帶一百兩　知州收狀就升堂
尔今吉人也事考　着考官前說情理
林大跪落就說起　陳三此人考潮洲
原考五娘先配我　伊敢毛走考泉州
一先責黃厝做奴婢　斯通五娘只情由
全望老爺退打箕　官傳照辦口情由
知州聽說有道理　隨即差人考伊
吩咐狀司着謹辦　即日那到礁人

林大那知事問我　卜用也話通度伊
九月十六林厝知　親家親姆盡都考
親家入門就受氣　就罵九郎敢障生
五娘是尔親成仔　因何敢走袋人行
恁做父母不教示　連阮林厝敗名聲
親家恁今免受氣　聽我全狀說透枝
九月十四三更時　三人做事蘇人宜
親姆一句色出考　尔只說話真不皆
俶人大厝個父母　任典做事亦不知
親家尔今聽我勸　咱今親成着人長
五娘既然叔毛走　將只六娘配尔免
觀家愛氣就罵陣　尔只六娘配不碟
五娘前日先配阮　也有此理配手伊
親家聽我說起理　恁今只事免今宜
五娘既然叔惠考　六娘不敢安障生

第伍拾四回　原差押行

原差欣喜事一埸　手提官状去潮卿
寺到王婆店门口　力着陈三共五娘
三人许别着大惊　好口共差说一声
阮有钱银卜送你　全望投阮去泉洲
原差有银不敢收　林大魏老兵奸成
老爷要柑去潮洲　恁着紅謹随我行
五娘劝君不免惊　夫妻不识告奸成
三人押到赤水溪　一路人马寿相揆
劝恁呆保不通做　親像三人真卜裹
三人押到知洲内　十妹五妹笑咳七
功您织妹不通笑　到许时節恁就知
三人押到大楼前　人马看寿式参仟
三人押到大楼前　官府事志不由天
风流世上多人翁

三人押到知洲厮　原差行头两送行
手提铁板共皇皆　卜随知州审奸情
知州坐堂共主張　先呌益春卜情由
恁娘都是深闺女　也有甘苦在潮州
五娘回头叫益春　事着三人仝议伦
尔那卜说着改为　你那卜话退手娘
益春就说知州听　陈三是阮奸奸情
阮娘无势配林大　是伊乱告阮奸情
益春不问押一迻　就与五娘寿同起
你是黄厝深闺女　在通礼做障行宜
五娘听说就庭伊　林大告阮也苦志
阮是随夫泉洲去　不是三人走出齐
知州听说骂五娘　林大聘礼保爹收
依爹说是配林大　也有此理配泉洲
老爷听我说分明　阮配陈三是真情

林大共伊共相配　是伊大胆敢耒爭
知州隨別弟九郎　尔仔生永好梳糚
因何敢配兩字姓　乎伊二人耒相爭
九郎听後亞一声　我仔十賣我名声
九月十四恰人走　实情共配泉洲城
知州听說是个理　就吊陳三耒问伊
你耒潮州三年以　是乜情由诱□枝
陳三就說知州听　廣南運使我親兄
雖知林大強良奸　浩伊家伙有佰万
我送兄嫂耒尋兄　路逾經过耒潮城
九郎許时一女兒　欣喜配我做親成
通套媒人假不愿　亦敢志告我好成
只人老爺尔着辦　那世重辦伊不成
知州听說不應伊　你耒潮州有相欺
自己賣身做奴婢　敢惹人走做妻兒

取人新婚是大罪　官法豈辦無相欺
陳三当堂就亞伊　不但送□搜行一时
阮爹許时做知州　九郎一女名五娘
前年就有先說起　配乎我名做妻兒
老爺焂念我大兄　亦着念我官蔭兒
知州堂上就愛氣　你乜官蔭人仔兒
尔足廣南郡馬屎　你叔两川洗厠池
尔兄那十有官做　乜有賣乃当三年
我看三人只一攬　想恁必定有通奸
三人那世耒刑打　当官卜認亦為難

第伍拾六面打認

知州升堂氣分乜　一时發令打益春
恁只三人同心意　那不打尔恁不認
益春被打泪屎流　老爺听我說起夫

因为旧年六月时　阮娘楼上食荔枝
陈三骑马楼下过　阮娘荔枝挞手伊
伊是恰人参磨镜　即寿阮厝求亲成
陈三纤时写奴字　奴字写寿有三年
许时阮娘相爱爱　后寿有事阮不知
知州听侯只情由　大胆甘荔寿潮洲
你是泉州浪荡子　敢寿偷娶人妻兒
第三刑枝是姓伲　知州发令打甘荔
陈三对口名知州　前年也有只情由
我送兄嫂寿尊哥　六月行到只路迄
身坐白马游街塲　□日游到后街乡
其宜娘仔在樣上　揽落荔枝做情由
我参磨镜贵真伊　打破宝镜收秋圆
惟知娘仔通相见　姻缘由人不由天
知州听说有此理　就骂五娘大主意

自古主婚由父母　你敢做事安障生
知州坐堂有主张　一时发令打五娘
你父将你配林郎　大胆自已敢主张
五娘招认无相散　父母做事害子兒
力阮好人配林大　阮為不愿入林门
贪伊陈三好尢对　甘愿荔枝挞寿伊
自古贤人扶朋主　贤女也卜配寿夫
亲選良缘天下有　老爷此事着相扶
老爷着共阮主張　手阮三人返回乡

第伍拾柒回知州判断

知州听说三人認　古然一打情事是真
事情照认地再问　古堂敕吁二家亲
益香眠愿带後街　发令九郎寿镇面
五娘判断林晋寿　原配林大做夫妻

陳三有罪不肯放　原差押入官人房
現時且押官房去　後日發配去漳洲
林大听審倚刀头　阿哖知州真正賢
今日障生共院判　千兩黃金鎮則交
五娘押去見林郎　林大看見好梳粧
俧那甘愿我做某　欣喜入我个厝门
花今見然人先彩　我今欣喜爱俧寿
五娘不愿口不開　別人爱院只事非
牡丹不近芭蕉樹　鳳鳳不入山鷄黑
十五月光尒尒想　月裡嫦娥兔思量
院身愿配陳三郎　死了愿葬泉洲土
蓋春共娘説言音　三哥情義達千金
娘尒不愿配林大　院想三哥共双心
陳三押去入官房　受尽千苦不成人
五娘蓋春管內去　見着三哥伊人

全身衫褌坮人洗　头毛打散坮人梳
受尽飢寒坮人知　年久月深桃得寿
陳三看見双人寿　泪屎一时流坮呈
五娘伸手共君七　劝君泪屎不直流
蓋春捧水君洗面　紫梳提寿共君梳
冷飯棒寿乎君食　清茶棒寿乎君飲
娘仔有飯我不食　寛家共我做對头
路头即遠袄得到　咱今夫妻袄長留
五娘劝君心放双　夫妻從寿是久長
知州也能即失德　想伊做官共情郎
陳三受苦無反悔　伊官職揽寿來遲
等待運使我兄返　了伊官職揽寿愁心所
五娘痛君叫水寒　共君脱落共君瞞
錦衣拿君真亮彩　共君脱落共君瞞
蓋春痛君真亮彩　寃家創造是事非

第一段（上半）

我君今日即受苦　卜等何时通面归

第伍拾玖囬　陈三发配

陈三说秋囬乡　官府害人心不休
五娘看君面忧亡　官法共理着冲流
今年冬天日头短　陈三卜配去涯洲
宽枉奸官食银项　虑得我君秋成人
如州共念阮荔枝　粗心强断安障生
今日共人做我主　卜是林大有用钱
我骂知州共道理　食人钱银寿相欺
判断荔枝走仟里　力阮夫妻折两途
我今呤呢押差兄　放乞我君曼亡行
尔顾我君头到尾　有情答谢押差兄
差兄共娘说因伊　恐惊骇路中共盘钱
身带盘钱亦是亦　路中共到卜偶年

第二段（下半）

娘提银送乎伊　乎尔路中做盘钱
去盘钱用那离　后日差人提去添

第六拾囬　送君行

押差彼喜共做声　押送陈三路上行
五娘泪潭南淀啼　亲身办酒寿送伊
一盤清酒乎君饮　乎君饮去恰有心
君尔天涯着早返　阮带潮州共仪心
益春提银乎君用　乎君用去恰有亲
有时见银忆着阮　等得值时通囬头
陈三卜离泪潭流　未知何时通囬头
此去三年即有返　惊惶娘妾真火长
五娘送君出城门　我君你去刈人肠
坐卜夫妻结佰年　谁知今日分二途
益春送君出潮州　可怜我君面忧亡

本是三人相意愛　誰知今日着冲流
陳三做人共儀心　共恁娘妾說分明
我去涯洲那得返　不敢忘恁个恩情
敢把奴人生即好　我去涯洲此了時
恁只奴人生即好　慢恁青春十偆年
五娘勸君免驚惶　在厝李姐配冬翁
十八年前天注定　弍拾年後即相連
人說日後能成親　三年海水能澄清

第陸拾壹囬　宛君

陳三押去到大溪　五娘头上拔金釵
金釵手拿君做表記　迎去头上接走妻
陳三押去到大口　益香头上接金針
金針手拿君通去賣　不免一路做貧人
三人去到十分開　泪屎流落满面随

君你一人去了後　害阮娘捆世所为
陳三押去坐落船　五娘共奈叫益春
益春咱飞撏其福　今日障生着阮君
君坐船中恼世意　咱今值時見着君
船公將船十行開　五娘益春哮如雷
船尔力君儌过去　害阮娘捆哭所为
君尔今日挡干苦　世彩为初个功勞
一時看見一時遠　未知儌去也何为
想起脚酸手亦軟　值時能見我情郎
我恨知州共道理　判断荔枝共相随
林大伊也快早死　也通創造言事作
二人不愿为声啼　堂上跪落大江迎
清天白日有灵聖　保庇我君遇着兄
官司事志早了離　免秩三年在涯州
只是我君克虧事　不是我君有罪告

全望天地相保庇　保庇我君出头天
解得官司早多離　不免受苦作三年
五娘听到锹步声　益春叫娘返回城
君去潮州阮挂意　心想我君去涯洲
一日地竟坐绣房　心想我君是好人
隻得我君現时返　現州不返苦难当
记得越州孟姜女　怀着苏州范杞郎
十日八日不见返　思量不免苦心肝
又想賣酒卓文楊　苏惠見伊不回鄉
手提女书做家信　到尾二人通成亲
阮想三哥去汇州　現时伊在路上遊
是好是歹不知影　你提纸笔寿阮
五娘一时叫益春　阮卜写书寿手君
全君一去共消息　阮卜写书寿手君

益春听说有主張　镇是提书捆花箱
左手提砚右手提墨　右手提笔寿手娘
五娘想姫共想長　一張竹纸在桌中
想其半句写落寿　未寫半字心头酸
淋屎流落涌砚池　念七写卜一張诗
前日思君都其意　今日想君恰惨死
其弟通迴誊相思病　有钱買其少年時
一張书信写完成　就叫小七寿叮嘱
只出是我親手寫　手叫伊送去畑鄉
一些情此意恨咱命　未想我君不知情
前七篷书卜幻行　五娘听哨你着听
尔是我君个头面　劝君事志不免驚
小七听娘说几声　衣裳收好就起行
寿到黄山大路嶺　看見路上陈三兄

第六拾叁回　陈三回信

陈三想起面曼上　不知小七乜情由
小七近前寿相见　三哥听我说透枝
亚娘有去十手尔　亦送新裤共新衣
式拾银两付手尔　手㑪到用去汇州
卜㑪洗句真情话　说伊照旧带後街
陈三看去心头问　古然娘仔有恩君
劝尔心肝着岸定　返寿原旧做夫妻
伊人今日即有义　我着回伊一张文
笔砚提寿放棹顶　心头想起织情心
命呆着行无情路　想哨难做马情郎
陈三正信写一张　吩咐小七提手娘
卜说一句真情话　甲伊乜看一张批
劝伊官司免烦水　官司了乔就返面
劝伊娘仔免思量　看了官司返回乡
小七有去其我提　黄山提去到後街

入刀就共亚娘说　三哥有去寄我回
劝共亚娘免烦水　官司尚了就返面
五娘听见欣欢喜　古然三哥有情郎
伊在路上有相见　亦有劝阮免烦心
阮今见君一个字　亲像见君一般年
那有恨命阮生呆　郎能恰君分東西
阮想三哥九望月　未知何时通回寿

第六拾勘面五娘思君

日头十落照西山　五娘思君千万献
前日有君做陈困　今日自己守孤单
天光日暗不见君　心头想起乱纷七
神魂飞伊迷去了　有物半口不爱香
孤单自己坐绣房　君尔祝冷床空
前日有君做陈困　今日世君伸一人

一世夫妻是妣久　是阮呆命即为夫
天地推筭不平正　阮兮不愿守孤单
家上盾上都青春　恨阮命呆着为君
心上念上忆着伊　意着三哥妣了时
神魂那是能飞去　暗冥飞去君为逐
昨冥床中得一梦　梦见我君伊一人
梦见床中做陈围　伸手去摸又兴人
兮朗是君个头面　因何醒来不成双
连步近去心方上　坐落忆着陈三郎
记得当初今照一镜　恩爱相诚密如甘
朝暮瞻送情难当　恰惨香到入肝肠
兮君全伴嫌冥短　别君去後搅冥长
壁边窗外月正光　五娘思君心头酸
记得当初许时节　蛤君相揽做一床
世宜夫妻共差火　二人兮拥去向远

全君一去妣消息　未知去到在何方
我今想起心头酸　起有铁打心肝肠
阮今长冥难天光　今卜值处通借问
孤单共伴嫌冥长　千秋万事忆着郎
清风花味随风遥　一阵春即是香
园中佰花真香金　开有五色力蕊上
黄蜂尾蝶对上双　飞去飞去彩花欉
尾蝶呆心贪花容　三哥亦是爱花人
人说好花乐好心　我君彩花值千金
食酒能段相思病　对花共话说沉冷
心神被伊去邀醒　越惹得我动春心
障生好花正当开　开阮一万妣双对
有花空着尾蝶彩　有娘空着有君随
心肝想起乱纷上　千里路途难见君
月光花遠妣心赏　思君对酒妣盏吞

恨阮一身欠君债　共君其缘也宽家
酒不醉人人自醉　花不迷人人自迷
双人花容少年时　未知值时通见伊
相思想了相思死　少年青春正当时
千献万事忆着伊　冥目思君其了时
我君此时其在厝　阮为其心通赏花
返为行到眠床兜　轩开罗帐泪屎流
记得当初全承围　蛤君恩爱做一头
一夜夫妻有定缘　其福个人不相连
想君害阮相思病　多病多愁损少年
蛤君枕边叮咛语　交连恩爱人情事
一点红花君彩芳　春归花落意如何
可恨林大贼饲虫　创造奸情害害人
害阮二人拆分离　恼阮青春少年时
想起障贼真苦痛　何时改得阮心双

知世得财其胆判　打破鸳鸯宿东西
当初共君恩情重　谁知今日来害人
双人亲像阮景命　其缘嫁着荐情厄
昨冥眠望着一惊　望见我君遇着兄
阮今昨冥又一望　望见我君入阮房
宛然一在阮乡上围　翻身醒来摸其人
只事不知真共假　是咱眠望糕甲成
望见相逢记在心　眠望相见是真情
昨冥有雪有恰冷　难得其油恨意生
自从昔日分双手　床上孤伴有心灯
三奇发配涯洲城　冥日怨切阮个命
除非看见三哥面　即免手帕费心神
独对孤灯想我君　凡处相思望见君
恩爱情深离别久　相心相怀只为君
阮今今日障生做　香粉晨打头畏梳

354

有人起不说相笑　笑陇甚君也差烧
眉迟眼秋有人伴　有厝有婿心喜欣
人有双双共对对　捆陇一身守孤单
命运共君生世缘　恩爱人情在两逞
谁知贪花为花慎　琴瑟和声能恩心
心不闷人人自闷　君不思娘娘思君
人生青春十七八　恰好一恋牡丹花
烦恼日月推人老　慎了少年共反悔
可恨佳期分两路　一阵风霜落土时
妻色娘花未都援　未容百做黄五娘
早起厨前烧好香　可怜青春黄五娘
别后千里共弓想　刘吊我君在路顶
年登十六共怨恨　十八年前苦思君
共君结对即好样　其宜今旦离别乡
推迁我君着早返　共君全入消金帐

全望天地相保庇　保庇我君兑朕分离
保庇有人相救救　不免手伊去潮州
神明兴点着扶持　但愿林大回心意
陇分既然配陈三　特陇六娘对慎伊
免害蛤陇相支缠　手陇三人好相见
着保庇我君共代志　返寿夫妻再团圆
一日共心绣针指　冥日思君苦切啼
早知今日着慎君　在通为初寿世也
益春劝娘只情由　是好是呆着为妆
是咱为初共宜慎　水湾落地难得妆
姻缘事志由在天　是咱命呆苦障生
暂且安宿只就是　且看尾梢是在年
亚娘咱来全遊戏　赏花弹琴过迟日止
虽然烦恼共情意　未知三奇生共死
便坐想了着安心　枕上孤眠甚占温

親像恩愛知何日　真情真意憶着君

第六拾伍回陳三見友

五娘心愛遇着兄　陳三現時路上行
伊担今日抵薩難　大救伊起着伊兄
陳三行专到海風見着一位蔡文翁
文翁看見是三舍　心肝想伊真不通
你是泉州官薩兒　今日也能安障生
陳三說去文翁聽　林大親告我好成
知州食銀一佰兩　判斷手我专涯洲
文翁就說陳三听　你今口事不免驚
你无運使官任滿　現時升做府台廝
昨冥現在只处宿　恰呈伊能只路行
陳三听說笑咳々　古然我兄返回专
想伊知州判斷我　阮兄到城伊就知

我今着寫几个字　去報後街五娘知
一則去信寫一張　勞煩提去手我娘
甲伊只事免煩排　三日二日返回鄉
文翁叫言共伊提　親务提去到後街

第六拾六回嫂認陳三

陳三飲喜世做声　寬心路上慢慢行
看有客店卜安宿　卜等運使我親兄
忽然听見大罗声　一陣兵馬頭前行
人人說是廣運使　陳三就知伊親兄
敬謹店前出专看　呌咐五馬曼上行
陳三說出手万声　魏人卜信是伊兄
一等大篇前头前去　不准陳三阿几声
二兄坐大篇全不知　拢得伊嫂後面专
軒起篇扦看一見　認得三叔只路专

謹上大箦救一匹　書柯三叔是在年
咱个祖代有官做　你也莫難田隴生
陳三近前卜說起　未盡說出先卜啼
前日送尔去尋哥　私通（九郎）女兒
可恨林大毋道理　落洲去告我官司
知卅食銀一佰兩　配我涯州去三年
我今全望兄嫂救　不通手我去涯州
大嫂听叔說向生　就劝三叔免介意
林大伊是土富貴　咱有官做賽过伊
卜救三叔亦容易　不怕林郎富田庄
一時差人闹手扣　放闹鎖扣救三郎

第六拾柒回見兄

陳三半喜半羊驚　我今乜面見救兄
衫褲尽破衹半領　思量乜面通見兄

大嫂头前毛心伊去　陳三随後戴伊行
大兄全然不知影　陳三一時說兄听
我今廣南潮名弟　才到潮州讀詩书
苗厝告伊好名声　落卅去告我將成
卅官食銀一佰兩　配我涯州
林厝告伊好名声　知卅半句都不听
我说大兄做運使　我望尔去能成功
運使听说想不通　今日反又乞人告
去然做事不正錘　押尔涯州厥着去
判尔有罪尔着当　兄嫂劝劝伊兄听
带着骨肉親兄弟　我想三叔都世罪
尔爱三叔败名声　運使說出掃人听
我弟卜败我名声　一想咱家財几佰万
泉州起卅好親成　伊今今日敢障做
平伊干苦即能驚

357

前日片我迟泉城　今日乎人告奸成
前日若是听我口　不怕林大起事非
官人尔说都有理　事志做了恁通殺
今日能救着改救　不通乎伊去汇州
官人阮劝那ナ听　阮卜随叔去汇城
路头生蘇不知影　官府茅志阮不惊
運使听说应一声　卜救小弟免汇城
不怕林大好田庄　一官寿去潮州城
大嫂听说心欣喜　共三叔说透枝
恁免卜救像分扰　不免心肝处惊宜
尔今只事卜当　劝尔三叔免介心
尔嫂甘愿坐小轎　自己大轎諒三叔
陳三听说心欣喜　感谢兄嫂情如天
今日那世兄嫂救　我着干苦去汇州
今日兄嫂救我起　親像沽木逢春時

第六拾捌回扣職知州

陳三兄嫂做陣行　轎夫扛到潮州城
陳三去信文翁提　文翁提去到後街
我今送去卜手伊　叫伊五娘寿領回
黄：曆並世人交揹　谁人寄寿只家批
阮曆並世人送去　一家大小心都虚
益春听见就知枝　僮上入内报娘知
外面送去卜手尔　卜是三哥寄伊寿
五娘听说人送来　走前走後心都如
十是伊兄軍使返　郎有差人送家去
五娘将去折闹看　去信寫了心喜欢
益春看见娘心欣喜　就问亚娘是年
五娘说出益春听　三哥古然遇着兄
三哥见兄能改救　咱今此町又免惊

听见外面大嚷声　三等大篰到潮城
知州看是广南使　即知运使返回去
赶紧出城告等伊　看见陈三心敢马宜
运使寺到就出声　吟咐到城着谨行
我今不肯乎伊等　了伊官职即能成
陈三那是伊亲弟　我今判断罪小天
知州看见心着惊　陈三敢是伊弟兄
知州想起自打箕　今十做官亦为难
运使宿在布政司　知州吊寺我问伊
运使一时向知洲　陈三乜罪着冲流
知州跪落共做声　运使差人押上所
尔做知州甚照理　大胆食钱敢障生
知州知外问因由　脱落召鞋打知州
大瘦到外亦敢判断去潮州
尔今做官甚相固　大胆办事即何迓
卜打知州食银两　亦敢判断去潮州

了尔官职尔惊．方知陈三有大兄
枉断陈三敢障做　亦敢强断障生行
知州被打甚做声　都是林大告折成
有罪林大伊着领　宽枉尔弟去汇城
运使受气就骂伊　你做知州寺相欺
并甚念我亲兄弟　大胆敢败我名声
那甚时职尔不惊　大胆敢败我名声
岁初尔判陈三罪　照我小弟障生行
知州甚诿通亚伊　声乜林大告官司
是伊林大甚道理　乜敢乱告只官司
运使派人力林大　林大力寺我问伊
浩尔有银敢障做　包金包银罪小天
五娘听说力林大　乜敢大胆敢寺争
尔乜大胆即甚惊　扣脚扣手付尔行
甲尔街头看景盖　看尔下日即能惊

359

許卧林大伊一家　尽皆力夯脚个
林大脚个尔肯放　去请一位陈眉人
送伊黄金一仟两　甲伊放我返回鄉
陈眉个人尔敢领　说着只事人人驚
说恁二人相爭某　打破家伙千万献
誰知蛤伊是全姓　尔敢去说是如何
那知今日有只事　当初不敢告官司
九郎听说着一驚　一时差人報三都
五娘甘愿配手尔　官府事志尔为起
陈三前口应九郎　尔那有事我躭当
阮兄从众能恰得　林大一家难得停
九郎听说心为匕　謹辦五娘个嫁粧
嫁粧辦寿佰餘全　甲伊陈三娶过门

第柒拾囬娶親

正月十五嫁五娘　伍佰人馬扛衣箱
潮洲嫁落泉洲去　一路罗鼓几十場
五娘出嫁妗嫁粧　新娘大篇女人扛
大兄大嫂头前去　陈三坐篇隨後行
運使時任返朋山　楷親朋友心喜欣
世間讀书能成器　子孫代代匕通做官
九郎送仔入陈家　運使出寿接親家
二人対头行官礼　水煙食了請食茶
看見五娘娶入门　眉进大小看嫁粧
陈三再等捷篇駕　五娘一时上厅堂
夫妻双人拜四拜　拜祖拜宗添福寿
拜妗公媽共做声　二人返去拜大兄
拜謝恩搜官任返　保我免去匯世城
拜謝父媽个綉房　陈三五娘佶成双
红羅帳内亦交鳳　二人欣喜鬧葱匕

360

第柒拾一回賀團圓

七日五娘起梳粧　看見家内佰般全

金宝錢銀满箱櫃　待對錦帳掛厨堂

陳三共娘説因伊　阮厝亦有憑尚生

前日共恁棒盆水　今日依旧官蔭宅

五娘共焻説因伊　明知三哥官蔭兒

前日那共打破鏡　宝鏡共破事袂成

益春説手無娘害　当初三哥咱厝行

那知官人即富貴　不敢手伊掃厨堂

陳三听見笑微匕　為恁娘焻即障生

千獻万事为娘害　阮今受苦共人知

五娘劝君莫怨仇　又通提早个情由

好呆是君十顾受　阮今亦有恰風流

益春共娘説得通　官人欣喜亦安好

可惜長安李公子　遊寸蘇州萧察公

鳳嬌美女相宅意　扶伊唐朝做官王

伊是甘愿专咱厝　伊那敢做就敢省

陳三共娘又再説　是我發愿共相全

若然三人相毛走　今日恁是林厝人

五娘心内自己想　月老推午嫁姪陳

若嫁大兄運使返　荔枝十收亦是難

陳三欣喜入房内　五娘看見笑咳匕

前日荔枝掞得专　今日荔枝收得返

五娘想起笑咳匕　千里路途得我君

前日宝鏡打鏡破　今日宝鏡收得圓

二人心肝相合意　一伙夫妻共差移

世間有只風流事　万古千秋人尽知

壽本已完全

陈三歌

（张主示藏佚名抄本）

此本陈三歌全
若有贤人借去看
不可失落此本歌
抄出此歌恰无通
望恁朋友代我添

福建下落①泉州城，泉州岭后有名声。

祖上做官共做使，生有二仔通传名。

大仔必贤做运使，二仔陈三文秀才。

陈三算来好名声，小名叫做陈伯卿。

人才十分生缥致，聪明清秀好人儿。

伊爹前年做知府，陈三随任去潮州。

陈三年纪十八定，并无早配好亲成②。

陈三心内就思量，一心爱卜③出外乡。

听说潮州好景致，一时爱去潮州城。

潮州城内后街乡，九郎一女名五娘。

名叫碧琚年十七，十分美貌好女儿。

白面红唇乌口齿④，赛过招君共西施。

父母爱配好人儿，未有食定⑤收人钱。

探听陈郎好名声，爱卜陈三话亲成。

无宜⑥陈职官任满，满任返去泉州城。

陈郎返去无官做，因何⑦运使寄书回。

将书提来拆开看，古然⑧有影个家书。

① 下落：下属。
② 亲成：亲事。
③ 卜：要。
④ 乌口齿：指牙齿内扣整齐。
⑤ 食定：落定，确定。
⑥ 无宜：无意，没料到。
⑦ 因何：因而。
⑧ 古然：果然。

看了书信时便知，就共仁儿说透枝。

你兄广南做运使，爱得你嫂去随伊。

陈三跪落应一声，爹你差仔仔就行。

兄嫂那卜同我去，正月初三就通行。

发令安童挑行李，元宵十五到潮州。

潮州城内好风流，厝厝^①女子出来游。

灯前灯后是婆娘，中央一位好风流。

探听说是九郎子，小名叫做黄五娘。

五娘上街去看灯，李姐益春随后行。

三人去到南门内，遇着秀才陈伯卿。

陈三看见失神魂，想着五娘生亲醒^②。

能得只^③人来相对，恰好嫦娥对文君。

五娘心内暗思量，一位郎君成鸳鸯。

能得只人通相对，恰好嫦娥对文君。

二人心肝拆不离，目尾^④相看笑微微。

益春看娘都有意，就问亚娘是在年。

咱是看灯来到只，乜通看人安障生^⑤。

亚娘听说就知枝，就共陈三伊相辞。

陈三看见五娘去，一时起身就行边。

五娘看灯就返去，想卜去困倒落床。

倒落床中困不去，一心忆着灯下郎。

陈三心内暗思量，想卜去困倒落床。

倒落床中困不去，一心忆着灯下娘。

陈三假意失落扇，亦通寻扇做因由。

---

① 厝厝：家家户户。
② 生亲醒：长得漂亮。
③ 只：这，这个。
④ 目尾：眼睛。
⑤ 安障生：怎么这样子。

李姐看见就却起①，五娘将扇来念诗。

看是秀才陈公子，想伊必定好人儿。

现时虽然失落扇，却程②来寻也未迟。

益春看见有名字，就说陈郎许一时。

伊来潮州做知府，代念一位好人儿。

许时③父母有主意，力咱亲成配乎伊。

但嫌泉州路头远，两家不爱事袂成。

只人卜是陈公子，许时无成真可伤。

五娘听娴④说起来，就骂益春乜能知。

陈郎做官既返去，公子乜有只路来。

我爹前日无说起，做娴个人乜能知。

五娘骂娴骂无呈⑤，陈三寻扇问五娘。

小人看灯许一时，只处失落扇一枝。

娘汝那是有却起，着还小人即合宜。

五娘回头问益春，扇有却起着还君。

陈三本是无寻扇，是卜寻扇做因由。

益春送扇不知枝，二人相看笑微微。

一个贪君好无比，一个贪娘生缥致⑥。

心肝刈吊⑦不爱去，忆着陈三心就乱。

潮州景致真正好，陈三心意爱㤃忐⑧。

亦着送嫂到哥处，无通长店只风梭⑨。

明早陈三出潮城，爱想不行亦着行。

---

① 却起：拿起，拾起。
② 却程：一会儿。
③ 许时：那时。
④ 娴：婢女。
⑤ 骂无呈：骂不停。
⑥ 缥致：标致。
⑦ 刈吊：割了，割掉。
⑧ 㤃忐：玩耍。
⑨ 无通长店只风梭：不要长住这里要风流。

一路送嫂宽心行，三日行到广南城。

陈三许时在广南，想着五娘定我贪。

一时拜别卜起行，爱卜潮州寻娘仔。

只话不敢共哥说，假意念诗①卜返乡。

运使听说应一声，就叫贤弟你通行。

对伊不敢再留久，是卜念诗返泉州。

陈三听说暗欣喜，想卜起身莫延迟。

大嫂未见三叔面，前日送嫂到广南。

店②只未有一月久，在通③就卜返泉州。

三叔果然卜返去，你嫂吩咐你着听。

高桥险路着细利④，度船风险你着程。

花街柳巷不通宿，路边娘仔不通嫖。

返去书房勤苦读，后仲状元⑤通传名。

陈三开口说因伊，遂时拜别就起身。

回返广南三日路，翻身返来到潮城。

陈三即到潮州市，五娘配人事都成。

前日林大是富人，探听五娘好一身。

脚小面白幼甲⑥软，胜过仙女一般年。

一时爱卜来做某，就托媒人去求亲。

媒人去到黄厝门，呵咾⑦西街林大郎。

富贵万金好无比，钱银宝贝千般全。

你仔千金来配伊，配乎西街林大郎。

九郎听说好面方，欣喜五娘配林郎。

媒人听说卜相配，番身返去报林郎。

九郎一女名五娘，欣喜配你无相嫌。

林大赶紧上街去，就带日子卜定亲。

三月十四好日子，林大差人送盘钱①。

礼物办来四十担，九郎看见心欣喜。

五娘知去苦乱是②，坐落房中潸泪啼。

林大算来生却示③，阮身不愿配乎伊。

现时虽然真富贵，不是读书个子儿。

上高进中无伊训④，我爹将我配乎伊。

力子⑤好花插牛屎，你子不愿入伊门。

媒人不知五娘意，进入房中去问伊。

且问小姐好八字，今日匹配富家儿。

五娘受气骂一声，花婆说话阮不听。

林大算来是呆仔，配伊不是好亲成。

婚书共阮紧送来，五娘不是林厝人。

媒人不应就忍气，报说九郎得知枝。

林大不定⑥你仔意，寻无亲成卜在年。

就将媒人骂半死，不好亲成是在年。

九郎听说无主意，去到五娘房门边。

子你今日不做人，为何敢说不碟尪⑦。

你爹有收伊聘金，子你正是林厝人。

从来主婚由父母，想卜别处是不通。

五娘想起心头酸，无心打办⑧共梳妆。

① 盘钱：闽南下聘礼礼金，亦称为"前盘"。
② 苦乱是：艰苦的糟糕事。
③ 却示：差劲。
④ 训："份"字闽南语的直音。
⑤ 力子：人仔，人家的孩子。
⑥ 不定：不符合。
⑦ 不碟尪：不要嫁人，不要老公。
⑧ 打办：打扮。

益春看娘都有病，就问亚娘是在年。

五娘说出益春听，我为阮身只亲成。

父母掠阮配林大，阮今不愿去对伊。

咱厝花园一古井，甘愿跳落来去死。

益春劝娘心头双，跳落古井是不通。

林大一身不定咱，再选郎君岂无人。

阮想元霄许一时，一个郎君生亲醒。

能得只人来相见，许时想计通留伊。

五娘听说问一声，你有好计说阮听。

阮想恰伊不相识，卜留伊带乜能成。

益春听说笑哎哎，古然小姐卜选君。

绣球抛落吕蒙正，选卜二人通成亲。

亚娘从小识文章，着绣一条手巾诗。

五月过了六月天，六月荔枝正当时。

五娘益春上楼去，二人楼前食荔枝。

陈三许时楼下过，身坐白马游街场。

一日游到后街乡，益春就共亚娘说。

灯下郎君就是伊，亚娘那卜选头对。

只人正是好人儿，五娘听说就应伊。

面貌相似一般年，益春就共亚娘说。

只是由天也就是，亚娘那不揽^①乎伊。

后日反悔总恰迟，五娘荔枝揽落去。

陈三看见就迎头，看见楼上有女娘。

一时欣喜在心头，二粒荔枝包手巾。

陈三看见笑哎哎，想伊荔枝揽乎阮。

必定有意选郎君，陈三心内思量起。

就叫李公用计智，李公看是陈公子。

---

① 揽：扔。

因何公子来到只，陈三遂时①就应伊。

因为送嫂去哥处，无宜行过只路来。

陈三说出李公听，阮爹当初来做官。

店只②潮州三年久，恰你相好有即久。

小人今日有一事，卜来你厝问言因。

昨日楼上许一时，一位女娘掞荔枝。

掞落荔枝阮却起，不知千金乜人儿。

小人一时心肝乱，思量无计通见伊。

李公有计相共想，日后恩情大如天。

李公听说就知枝，许时九郎个仔儿。

前日林大去定聘，父母欣喜收伊定。

卜是五娘无定意，再选郎君掞荔枝。

我今共你想起来，但惊此事人能知。

伊爹意爱配林大，乜有再配别亲成。

人说庭前生瑞草，那卜好事不如无。

陈三心内自己按，咱卜思伊却仲难③。

伊有表记在阮身，想伊不来不姓陈。

伊有媒人共礼义，我有手帕共荔枝。

卜是官府照理判，也是配我无配伊。

李公就问贵客官，一马乜有挂双鞍。

想你那有好计智，亦是枉你费心机。

李公就说陈三听，心肝思定不使惊。

公子卜着学磨镜，想伊姻缘即能成。

陈三听说心欣喜，感谢李公好计智。

你今磨镜来教我，送你白马挂金鞍。

---

① 遂时：马上。
② 店只：住在这。
③ 仲难：这么难。

李公一时担镜担，工夫说破教陈三。

陈三真正好人才，一时工夫学得来。

今日来学只镜担，明早起身就卜行。

就将白马换镜担，脱落锦衣换布衣。

遂时就整磨镜担，肩头那痛亦着挑。

想起今日障生做，磨镜个人叫陈三。

自作自当无怨恨，粗俗工夫答只盘。

手提铁板响几声，泉州磨落潮州城。

只处有人卜磨镜，劳烦小妹传一声。

黄厝一婳名益春，看见磨镜笑哎哎。

阮娘一个好宝镜，拙久无磨像暗痕。

司阜①入内厅边坐，阮身入去问亚娘。

五娘心内暗烦恼，未知荔枝在值处②。

昨日荔枝挨楼下，冥日烦恼在心头。

坐落绣房乱纷纷，卜等何时通见君。

益春入内笑咳咳，磨镜司阜咱厝来。

亚娘那卜选头对，磨镜司阜好人才。

五娘开口骂益春，磨镜乜有好郎君。

亚娘不信出来看，古然生水有十分。

益春抱镜出大厅，五娘连步随后行。

陈三看娘就行礼，五娘接礼不做声。

五娘看见心都宜③，只人不是磨镜司。

卜是前日马上使，有马不骑障行来。

五娘就问磨镜兄，司阜何姓是乜名。

你住贵处在何乡，全头说出乎阮听。

---

① 司阜：师傅。

② 在值处：在哪里。

③ 都宜：多疑。

陈三开口就说起，我厝泉州岭后乡。

小名叫做是陈三，泉州挑来探五娘。

五娘听说有主意，十指伸出如姜牙。

想起无物通相请，就叫益春去捧茶。

益春捧茶去请伊，看见为记在身边。

五娘开口骂益春，你今口破卜在年。

做人个婶不去做，在通膀阮个根机。

益春静静无做声，陈三磨镜在大厅。

五娘就问磨镜兄，工钱着讲即能成。

恁卜爱加阮爱少，磨了加话不好听。

陈三就说五娘听，念阮工夫爱出名。

恁今有意爱磨镜，我今意爱磨乎成。

宝镜卜磨免烦恼，工夫相送岂是无。

五娘听说笑微微，李公磨镜甲念诗。

甲恁人客亦着唱，唱得好听茶请恁。

唱有好听有主顾，后日来磨钱无论。

李公见唱是古曲，我今能唱是新歌。

记得当初潘文显，在因花园会佳期。

早时见曲郭华记，姻缘假意卖胭脂。

陈三就问益春伊，恁娘嫁出林大鼻。

急时好花急时采，未知做客等治时①。

五娘听说面忧忧，司阜说话来相欺。

阮身不愿配林大，那配林大阮能死。

益春就说磨镜哥，恁恰阮娘拙罗梭②。

害阮阿娘咒重誓，磨镜工钱敢能无。

陈三见说就应伊，无卜工钱个道理。

---

① 治时：什么时候。

② 拙罗梭：这么啰唆。

阮今磨镜爱风梭，不是趁钱饲老婆。

阮厝老婆免食阮，是阮磨镜爱风梭。

泉州荔枝在上树①，潮州荔枝在高楼。

为恁亚娘刘心头，乌云头暗坐袂朝②。

荔枝手帕阮却起，磨镜工钱阮不碟③。

五娘听说心头虚，说着荔枝心就如④。

只人那卜马上使，今日乜卜障行来。

陈三磨镜坐厅边，一点水银在中央。

磨来磨去是真光，照见五娘好梳妆。

一照娘头好梳妆，二照娘脚三寸长。

三照娘身花含蕊，四照五娘配林郎。

五娘只说都不听，回头共婶说一声。

宝镜磨好去收起，工钱提出付伊行。

益春未接三哥放，宝镜落土做二平⑤。

五娘听镜是破声，宝镜打破赔袂成。

我只宝镜无处讨，心头苦切不做声。

陈三半喜也半悲，宝镜打破卜在年。

亚娘你今无受气，阮是失误无朝池⑥。

益春一时大声骂，宝镜打破你不惊。

只是阮娘照身镜，想汝卜赔总不成。

九郎内面听一声，谁人打破我宝镜。

只是我仔照身镜，千两黄金赔袂成。

陈三遂时应九郎，宝镜打破我担当。

身顶无钱身做当，愿共恁厝扫厅堂。

---

① 上树：应是"树上"的倒文。

② 坐袂朝：坐不住。

③ 不碟：不要。

④ 心就如：心就慌乱。

⑤ 二平：两半。

⑥ 无朝池：不是故意的。

九郎一时就应伊，我厝岂无粗婵儿。

宝镜亦是你打破，念你一身达乜钱。

陈三听说就应伊，宝镜打破无路移。

宝镜工夫我所能，宝镜打破收袂圆。

五娘劝爹莫受气，代着好口可怜伊。

想伊无钱通赔咱，甲伊卖身做镜钱。

甲伊甘愿赔咱镜，全望爹亲你着听。

九郎听仔说有理，就收陈三做奴婢。

陈三随时写奴字，甘愿凭据写三年。

甘愿付你叫名姓，工资赔恁做镜钱。

九郎就问甘荔①奴，你今粗作是如何。

工头失尾你管雇，人来客去你知当②。

陈三幼脚共幼手，粗失全小不八摸③。

人来客去袂管顾，那是扫厝捧茶奴。

明早起来天光时，陈三打办扫厅堂。

上厅扫到大厅内，巷头扫到娘房门。

假意扫手④在身兜，借问亚娘你梳头。

五娘伸头出来看，可惜才子扫厅堂。

前日那无打破镜，今日不免你扫厅。

陈三听说就应伊，尔今知阮乜人儿。

我兄广南做运使，五湖四海人尽知。

因为五娘你相害，泉州即有只路来。

为你娘仔好头对，即能受苦安障生。

五娘受气出房门，甘荔罔说你不通。

阮是贪你好头对，不就大板打你身。

---

① 甘荔：陈三受雇黄五娘家的新名字。

② 知当：负责接待。

③ 不八摸：从没摸过，这里意为从没做过粗活。

④ 扫手：扫帚。

陈三求情说不通，可怜我身一个人。

只处无亲通依倚，落花流水不成人。

五娘听说目头红，心思陈三是好人。

今日宝镜既然破，卜讨起来亦为难。

五娘困到天大光，随时起身卜梳妆。

未叫甘荔来扫厝，先叫益春捧茶汤。

益春假意不去捧，陈三捧去到娘房。

好口叫娘来洗面，吩咐五娘着做人。

五娘假意大受气，贼奴是乜无专心。

三哥说话是真奇，阮今并无拣荔枝。

卜是别人拣乎你，五娘并无想三哥。

亚娘说话阁恰奇，亦敢说无拣荔枝。

那是别人拣乎我，脚下是地头是天。

五娘对口应三哥，那有亦是拣忑忑。

阮身既经配林大，无影①楼顶想三哥。

陈三无意投益春，恁娘荔枝拣乎阮。

今日敢说无实情，不是卜选阮郎君。

恁娘敢说无情话，害阮今日袂返身。

那知恁娘即侥倖②，无彩荔枝带在身。

益春就去见亚娘，陈三好人咱着收。

荔枝那是不照认，恐惊三哥卜返乡。

五娘共婀说透枝，阮是共伊说朝迟③。

卜碟三哥来相对，着阮近前去问伊。

五娘就去问三哥，恁有侥倖亦是无。

陈三开口应一声，小人厝在泉州城。

---

① 无影：不可能。

② 侥倖：小心。

③ 朝迟：直爽。

厝在泉州岭后乡，从头说出亚娘听。

西川太守是我叔，广南运使我亲兄。

因为送嫂去哥处，正月十五到潮州。

许时灯下见娘面，为娘刈吊乱心神。

行到楼前得表记，娘汝亲手掞荔枝。

我今恰人学磨镜，直来恁厝求亲成。

全望娘仔着成就，可怜陈三来潮州。

三哥障说阮不听，便你障说好名声。

那卜恁兄有官做，乜卜收阮做亲成。

你着趁紧走去困，不通此处乱纷纷。

陈三听说就行开，五娘叫婳来相随。

二人相随房中去，忆着三哥心就如。

五娘一日出绣房，心思三哥是好人。

千般万事无说起，总想三哥一个人。

陈厝乜有巧父母，生得郎君来害人。

阮今亲成无主意，只事不知卜在年。

卜嫁林大想陈三，意爱陈三同食饭。

现时三哥治咱厝，每日思伊无了时。

父母真正无主意，亦不再等加二年。

那知今日障生做，当初不敢掞荔枝。

三哥实在定阮意，林大粗俗阮不碟。

真知林大是呆仔，未知陈三乜人儿①。

便伊口说好家儿，未知虚实是在年。

那是三哥说有定，想伊片②阮总不成。

真知知州是伊爹，广南运使伊亲兄。

琴棋书画百般贤，听说家官有齐全。

---

① 乜人儿：什么样的人。

② 片：骗。

可怜今日来阮厝，即共咱厝扫厅堂。

陈三只外扫厅堂，伊爹许厝叫安童。

想我仁儿去拙久，全去无回是按盏①。

你今紧去问消息，看伊乜事不返乡。

安童去到后街乡，看见三舍说一场。

咱厝大人少念②你，问你乜代③不返乡。

陈三说出安童听，九郎招我做亲成。

因为五娘亲未成，思量到今未通行。

我爹且等成亲了，即通返去泉州城。

安童你今先返去，将情说出我爹听。

安童跪落应一声，泉州岂无好亲成。

亲成那卜相定意，咱是官荫人仔儿。

陈三说出安童听，对咱无说只亲成。

阮是甘愿卜障做，当初即有店潮州。

尔今最紧先返去，我今下日即起行。

许时益春入门边，听见二人说因伊。

只是亚娘无情理，害伊受苦二三年。

呈步安童返去了，益春入去见三哥。

头先④只处房门内，有人探听尔是无。

为乜事志⑤得罪你，着乎跪拜我三哥。

陈三共妹说一声，阮爹差人来探听。

甲我最紧返乡里，不通一时过一时。

我恨恁娘无情义，障生相害卜在年。

---

① 按盏：怎么回事。
② 少念：挂念，想念。
③ 乜代：什么事。
④ 头先：刚刚。
⑤ 为乜事志：为了什么事情。

第二四回　陈三写诗

益春有计再主张，阮娘从少识文章。

三哥恁着写几字，乎阮亲身送乎娘。

那乎阮娘看一见，心肝能动也无宜。

陈三听说好计致，你提纸笔阮题诗。

句句写来有奇意，逐字写来卜想伊。

风流事志说尽是，正经言语无半丝。

一时诗句写完成，劳烦小妹共我送。

益春提去绣房内，放落绣匣娘不知。

五娘入去看一见，绣匣乜有一张诗。

句句说是风流意，声声说是少年时。

念来念去有奇意，看头看尾有相欺。

不知此诗乜人做，害阮看了病相思。

我恨益春死贱婢，亦敢共人代提诗。

此人障生即大胆，亦着叫来阮问伊。

五娘开口骂婳儿，绣匣乜有一张诗。

你做婳儿即大胆，共人提诗是在年。

益春句句应出来，绣匣有诗阮不知。

亚娘亲目无见看，在通敢说阮提诗。

婳你说话是真奇，此番真知你提诗。

阮个绣匣无人到，谁人做事害婳儿。

娘你骂婳都无干，做诗个人是姓陈。

有罪三哥伊着归①，共阮益春乜有干。

婳你此事都尽知，陈三共阮叫伊来。

_____

① 伊着归：他要回。

看伊乜事喜弄①阮，想着起来大不皆。

益春就去叫三哥，阮娘爱你去忐忑。

甲你入去绣房内，看伊乜代叫三哥。

陈三行去到巷边，五娘看见就骂伊。

你敢写诗来害阮，喜弄阮身是在年。

陈三说出亚娘听，小人并无阮不惊。

无天无理亦敢说，无云无影妆甲成。

五娘提出见三哥，现有一张你说无。

陈三伸手接来看，只是小人写忐忑。

前日心神乞你害，写得几字恰惨无。

是你荔枝在陵罗，不是陈三爱风梭。

五娘受气骂连天，你卜想阮个姻缘。

用计写诗来弄阮，照理着打即合然。

陈三去到房门边，劝娘无用说障生。

写诗那卜着尔打，掞落荔枝罪何当。

阮不打你掞荔枝，你敢打阮写出诗。

掞荔枝落来害阮，写诗乎你敢有奇。

五娘想起心头悲，咱是千金人仔儿。

父母主婚配林大，当初乜通掞荔枝。

掞落荔枝乱人意，害伊想咱无了时。

只是当初咱自误，到尾误伊卜在年。

三哥不知阮个意，阮着共伊说透枝。

将情说尔三哥听，你卜想阮做亲成。

谁知亲成配林大，三哥即卜来潮城。

配你三哥虽然好，误了林大个亲成。

父母将阮配林大，五娘无配陈三兄。

---

① 喜弄：戏弄。

380

劝恁三哥着主意，不通①想阮做亲成。

掞落荔枝无说起，实情实意说恁听。

第二五回连二六回　陈三返乡

陈三看伊事袂成，实意卜返泉州城。

爱卜现时谨②到厝，并无想卜带③潮州。

我今只事也免想，谨收行李返回乡。

父母生咱即呆命，自己不敢恨爹娘。

那恨五娘无实意，当初不通掞荔枝。

掞落荔枝假有意，害阮受苦二三年。

伊今姻缘不成就，阮今着返去泉州。

随时雨伞就举起，做谨来去无呈时。

益春门外见一看，想起好笑亦好啼。

三哥今日即受气，阮娘必定克亏④你。

因为二人风流代，不肯相就即卜去。

阮只三哥头到尾，因何卜返无相辞⑤。

小妹我说恁就知，我来恁厝做奴才。

忆着恁娘好头对，泉州即有只路来。

随知恁娘无打算，掞落荔枝不提起。

我今着返泉州去，即共小妹你相辞。

三哥阮说你着听，千万停脚未通行。

你今有心来磨镜，卜求姻缘亦未成。

今日在通即受气，亦无共娘伊相辞。

① 不通：不行，不能。
② 谨：紧，赶紧。
③ 带：呆在。
④ 克亏：亏欠。
⑤ 相辞：告辞。

小妹听我说透枝，恁娘侥倖我不碟。

无说恁娘我无气，说着恁娘气就死。

今日无情共无义，阮不恰伊去相辞。

益春看伊就卜行，赶紧共娘说一声。

三哥实意卜返去，姛今留伊总不听。

亚娘不留是恁代，益春袂共你留君。

五娘听说着大惊，放落针指①出大厅。

三哥那是卜返去，阮着共你说几声。

你今当初来磨镜，打破宝镜赔袂成。

阮爹许时听阮劝，收你做奴扫厅堂。

约定三年久未满，你敢大胆就卜行。

陈三听说气冲天，小人恰你障无缘。

荔枝手帕现掞落，不是陈三爱风梭。

你敢反悔来相误，害我一身障劳齐②。

锦衣官服为你了，白马金鞍为你无。

失了锦衣我无气，失了白马我伤悲。

此去泉州路头远，无马通骑是难当。

五娘听说无应伊，回头共姛说透枝③。

不如放谨乎伊去，白马卜碟买还伊。

益春你去共伊说，看伊打办障行宜。

卜带潮州由在你，卜返泉州亦随时。

阮娘本是千金女，不愿配你只奴儿。

那是旧年六月时，阮娘楼上掞荔枝。

掞荔枝落阮无意，打破宝镜你朝迟。

只是陈三爱风梭，无干荔枝在绫罗。

---

① 针指：女红刺绣。

② 劳齐：狼狈受罪。

③ 透枝：通透，全都说了。

恁厝风水卜返好，不通将身阮厝梭。

陈三想起即知苦，当初在通做伊奴。

无情娘仔来相误，害我三年捧茶奴。

五娘听说就应伊，阮厝岂无粗奴儿。

你敢写诗来害阮，害阮看了病想思。

阮厝奴才有书报，相似陈三起能无。

看你头尖耳又白，身穿乌衫倚壁梭①。

那是回文共走报，建公立业总是无。

你今卜去做你去，待卜留你总是无。

第二十八回　五娘留君

陈三气苦②无做声，不甘不愿返泉城。

袍裌随时就佩起，雨伞举起就卜行。

爱得随时紧到厝，全无想卜带潮州。

五娘看伊卜回乡，心思无意叫益春。

阮爹未卜乎伊去，益春你着去留伊。

益春看伊真不愿，想卜留伊是为难。

二人卜不是恁代，共阮益春亦无干。

恩情好呆娘福份，并无半丝乎益春。

婤你听我说言因，全小相随到甲今。

此番你着相共劝，即是娘婤有真心。

娘你说语都无定，益春不敢去留兄。

后日无娘共阮讨，创无五娘对三哥。

婤你说话真不通，你今有情就有功。

那去留得三哥返，后日恩情不敢忘。

---

① 壁梭：墙角。
② 气苦：受气，生气。

娘你说话着有定，娴今亲身去留兄。

三步赶到二步走，二步赶做一步行。

手留三哥雨伞尾，你今听阮说几声。

人说有苦即有甜，月失亦能再大圆。

那有言语相得罪，劝君莫提觅一边。

阮娘实意爱恁返，不通忘忘安障生。

陈三听说面忧忧，只是恁娘不收留。

我今坚心卜返去，无贪恁娘好风流。

恁娘无心假有意，做出科笋相延迟。

事那卜留也是假，我今半句不听伊。

况伊卜留无约定，我今不肯带潮城。

益春再劝你着听，三哥千万不通行。

阮娘恰你有实意，当初即有揽荔枝。

事志照实共你说，不须三哥你挂意。

三哥着听小妹劝，不通决意卜返乡。

今日留君那不返，小妹一命归阴司。

陈三听说有实意，程脚一步①再问伊。

恁娘有心卜留阮，姻缘成亲卜值时。

益春共哥再说起，月老推迁②有定期。

袍袄雨伞阮收起，姻缘志事阮问伊。

陈三欢喜恰伊返，二人相毣③入大门。

五娘看伊留有返，亲身出来见三郎。

爱卜你去是假意，冥日思君十二时。

不是荔枝揽志忑，配伊林大总是无。

你带后房安身宿，五娘不敢误三哥。

---

① 程脚一步：退回一步。

② 推迁：牵线。

③ 相毣：一起。

三十回　赤绣①

陈三安宿在后堂，五娘思君心头酸。

日间无食暂时过，冥间不困到天光。

想来想去无计致，想卜赤绣改心闷。

一绣凤凰在绿竹，二绣鸳鸯在池塘。

三绣户炉②对金菊，四绣织女对牛郎。

牛郎织女好头对，可惜阮身对林郎。

林大不定阮个意，三哥美貌阮卜碟。

虽人说得阮爹返，百两黄金做工钱。

一心爱对好良郎，忆着三哥是推迁。

此次运行数千里，一周相似几万年。

冥想日想无人知，谁知林大差人来。

不差知人来乜代③，都是迫亲咱厝来。

日看今年十月尾，卜耒五娘去成亲。

陈三一时探听知，苦在心头病就来。

五娘探听三哥病，偷甲益春去问伊。

益春行到后厅边，看见三哥病相思。

返身就共亚娘说，三哥只病娘能医。

五娘偷去问三哥，你今有病也是无。

是乜恶鬼来作怪，敢来想力阮三哥。

陈三病重有十分，就叫五娘共益春。

荔枝做鬼来掠阮，五娘做怪来迷君。

五娘听说目头红，三哥只话尔不通。

---

① 赤绣：刺绣。

② 户炉：葫芦。

③ 来乜代：什么事。

五娘那卜能做鬼，三哥因何能害人。

全君你来阮个厝，阮今想尔亦相同。

你今思阮病无代，阮想三哥病就来。

头眩目暗畏起床，可惜三哥你不知。

五娘你说话无定，口出金言阮不听。

心肝那卜有相同，因何姻缘事袂成。

三哥情形你不听，着听阮说那有影。

第一惊君有伙记，第二惊君有妻儿。

人说一马卦一鞍，一马双鞍不及时。

今日那卜能成就，后日相误是不成。

第三十二回　双人立誓

陈三劝娘不免惊，当天立誓亚娘听。

西川太守我亲叔，广南运使我亲兄。

一身那有我自己，并无妻儿在身边。

心爱我娘来相对，我今说出有定期。

天地神明做证见，愿共亚娘结百年。

那敢三心共两意，姓命①甘愿归阴司。

五娘听君咒重誓，一时跪落拜谢天。

碧浔本是黄家女，亲选良缘陈伯卿。

父母将阮配林大，不定阮意是实情。

天地神明做证见，欢喜共哥结百年。

那敢忘恩共负义，一命甘愿归阴司。

感谢亚娘有真意，陈三心内畏惊宜。

后日林大那卜炁，误咱夫妻个恩义。

五娘劝君免惊宜，阮是不愿按障生。

---

① 姓命：性命。

五娘那入林厝门，甘愿一身落血池。

陈三劝娘你免悲，咱是相定即障生。

三哥那敢起侥倖，不看下代个仔儿。

三哥有情娘有义，同同跪落拜谢天。

你今一身无反悔，夫妻一代无差移。

上天愿做凤凰鸟，落地愿做莲花枝。

天边海角无相离，头乌毛白亦卜碟①。

二人当天来立誓，陈三问娘个根枝②。

咱今只话障生说，咱今成亲着值时。

五娘共君说透枝，暗冥③月上二更时。

家中大小那困定，恰君成亲是今冥。

陈三听说心欢喜，娘仔约定无差移。

阮是恰君有缘份，前生注定即障生。

五娘再劝陈三兄，你着赶紧去扫厅。

呈久④无见阮爹面，伊能甲人来探听。

赶紧一人行一边，不通二人再交缠。

夫妻立誓无反悔，成亲约定二更时。

第三十五回　益春退约

日头卜落是黄昏，陈三心内乱纷纷。

放早⑤食饭苦袂暗，卜等五娘来成亲。

宽心等到二更时，不见五娘来寻伊。

陈三心内就知苦，暗冥不知是如何。

---

① 卜碟：要。
② 根枝：细节，具体的内容。
③ 暗冥：今晚。
④ 呈久：停了很久。
⑤ 放早：一大早。

早约今冥卜成亲，因何不见五娘面。

不知娘说话无定，亚是父母未困眠。

随知五娘约卜游，返身又想不风流。

偷甲益春去退约，共君再约十五冥。

早时共君相断约，约定今冥卜出游。

阮想成亲着见时，今冥月上又无圆。

阮今卜等中秋冥，夫妻成亲即大圆。

益春谨去共君约，共君再约中秋冥。

益春行去到房内，陈三欢喜有人来。

暗暗不知娘共婫，摸着益春笑咳咳。

益春静静不做声，卜看陈三障样来。

陈三不知叫是娘，力去①床上结鸳鸯。

益春想起就爱笑，阮今是婫不是娘。

陈三一时就思量，力伊益春骂一场。

妹你在通障生做，害阮不知叫是娘。

恁娘那有值门外，叫伊入内免思量。

三哥阮说尔就知，阮娘今冥伊无来。

甲阮益春来退约，免乎②三哥看东西。

恁娘无来亦是好，小妹青春好志忑。

咱今落米煮成饭，妹你许物着请哥。

今冥相请有加好，后日相请总是无。

哥你无起粗心意，你有读书识礼义。

彩③花那卜连枝彩，阮娘那知姓命无。

无说婫儿乎伊气，然尔三哥娘不碟。

妹尔听我说透枝，记得当初许一时。

---

① 力去：抓了去，推了去。
② 免乎：不让，避免。
③ 彩：采。

婀尔彩先娘彩后，三哥个人是向生。

哥尔听妹说恰真，你恰阮娘先成亲。

哥尔有心卜碟阮，大胆恰婀困同眠。

妹尔听我说起理，咱卜相会亦有时。

且问恁娘吩咐你，恰君成亲寻值时。

哥你听妹说透枝，阮娘约定中秋冥。

十五月光好时节，共君约定做夫妻。

陈三想起心头苦，恁娘假意卜害人。

今冥成亲伊那不，别冥成亲伊不通。

因何着等中秋冥，半壁吊肉害死猫。

益春听说就应伊，阮娘不是相延迟。

一代夫妻千万夜，十五嫦娥有定期。

成亲总免一时到，姻缘着等许一时。

妹你说话都亦通，恁娘再约亦无防①。

暗冥有尔来退约，且等中秋再相逢。

第三十七回　初会风流

五娘等到中秋冥，看见中秋月大圆。

心肝想起就欢喜，成亲约定中秋冥。

头插衣裳整一身，卜甲陈三结成亲。

早送父母上床困，自己不敢困落眠。

宽心等到二更时，父母困去无人宜。

开出后门偷走去，轻脚细步无人知。

前台有路过后台，深深有路直透来。

忆着三哥风流代，无惊大小人会知。

陈三坐落先等伊，看见五娘笑微微。

---

① 无防：无妨。

双手牵娘房中去，二人对坐说因伊。

娘尔查某阮乾埔，双手伸来共娘摸。

月老推迁好头对，即能共娘同一铺。

君你有情阮有心，口舌交来软沁沁。

月老推迁好头对，即能共君困同被。

咱今双人相意爱，姻缘久长值千金。

陈三脱衣共脱帽，一身个肉白甲幼。

今冥恰娘卜相好，亦通恰娘好忐忑。

五娘脱衣共脱裙，一身个囱白如银。

暗冥恰君做阵困，是卜乎君取新婚。

二人倒落做一头，口唇相噉舌相交。

君手揽娘个身兜，娘手乎君做枕头。

一盏灯火半息光，照见娘君做一床。

陈三想起心就动，卜探五娘个花园。

下身就返娘身边，吩咐娘仔着耽当。

五娘共君说因伊，阮是未弹个新琴。

爱得三哥尔来弹，观逢照顾到至今。

三哥卜弹着小心，不通乱弹打破琴。

陈三听说笑咳咳，新盘着顾我亦知。

盘面既经我整便，下门水路娘自开。

五娘后生心肝定，千兵万马阮不惊。

童关①险路无把用，学许孔明献空城。

陈三看娘无乜代，战场排好卜相剖。

一进番起娘身顶，身中宝剑抽出来。

五娘伸手去接来，吩咐宝剑着主裁。

恁只运兵卜入城，不通打破娘城池。

陈三细利彩花心，五娘无话暗沉沉。

---

① 童关：潼关。

人间风流无论事，新婚一次值千金。

陈三心内真欣喜，乜有心宝甲障生。

桃源仙景虽然好，不及新婚只一冥。

五娘想起亦欢喜，乜有宝物安障生。

蓬莱仙景是真好，不及尔我即风梭。

双人过意上天台，那摇那动笑咳咳。

一出风流那了离，一身番落到床边。

五娘头上髻又欹，越头共君说因伊。

父母生我一身已，今冥恰君忐忑时。

陈三一身汗乱流，意爱恰娘困同头。

此去夫妻千万冥，暗冥即卜做起头。

五娘揽君倒下底，君尔美貌如赵云。

常山赵云早过世，那有我君生亲醒。

陈三揽娘揽条条，娘尔美貌如淑娇。

早时淑娇咬舌死，那有我娘生缥致。

二人算来真风梭，下身个肉软如粿。

世间风流是真好，恰好风流总是无。

一更过了二更时，双人淫了无人宜。

咱今夫妻敢障做，父母困去全不知。

二更过了三更时，双人床顶说因伊。

父母生咱淫头出，今冥不淫等何时。

三更过了四更来，双人床顶做一排。

咱今双人相意爱，月老推迁来合台。

四更过了五更时，耳边听见鸡声啼。

双人敢着拆分离，心肝苦切卜再年。

五娘共君说因伊，早起算来天大光。

趁阮父母困未醒，阮着返去通梳妆。

陈三恰娘说笑谈，娘你卜去我不甘。

揽揽抱抱不甘放，娘尔生水定我贪。

看见窗外天大光，五娘番身落眠床。

陈三想起心头酸，因何今冥天早光。

送你娘仔出房去，咱今夫妻望久长。

你去暗冥着再来，不通乎我难等待。

五娘此去无离暗，共君约定暗暗来。

返身行去到后厅，一半欢喜一半惊。

巷头恐惊人看见，巷尾恐惊有人行。

欣喜行到绣房内，倒落眠床无人知。

蛤君意爱有拙久，随知暗冥事即成。

第三十八回　再会风流

中秋过了十六冥，月静风光好天时。

五娘想起困不去，爱卜共君再风流。

看见月光好忑忑，返身再去寻三哥。

无灯无火暗暗行，行到三哥房门前。

轻脚细步入房去，一扇房内双手开。

开入三哥房内去，欢喜见哥心头双。

陈三困去全不知，不知五娘入房内。

五娘坐在眠床边，伸手被内去摸伊。

陈三眠梦着一惊，是乜鬼怪床前行。

五娘听见就应伊，不是鬼怪来相欺。

陈三听见笑微微，都是我娘坐床边。

赶紧双手拖入去，揽来身边有恰烧。

咱今双人做一头，对面相唼①舌相交。

陈三一时笑哎哎，摸着五娘无穿裙。

---

① 相唼：亲嘴，接吻。

陈三假说咱不通，恁爹知去卜戴年。

有人看咱障生做，二条姓命总能无。

五娘骂君心都宜①，偷来暗去无人知。

三哥那卜即惊事，当初不通阮厝来。

哥尔安心免惊宜，父母有事我担起。

娘尔有心做我主，即敢恰娘困同床。

陈三有娘困不去，伸手去摸娘下身。

娘你只处三寸地，乜能乱君个心神。

五娘听见笑哎哎，君你说话真小人。

咱是情义相意爱，不是许物来相害。

陈三淫娘连身运，娘尔此地即绣纶。

本是林大无福份，亚娘是我个姻缘。

五娘听见笑哎哎，君尔不用说花言。

阮是贪尔好头对，即有恰君生相连。

陈三听娘说嫩小，一时想起当不朝。

番身就揽娘身顶，倒娘身顶好嫖遥。

其余别路阮不爱，娘尔幼地开出来。

程云走开情不事，山盟海誓意何深。

万种情物鱼出现，一春景致鸟拔来。

微风一送红花落，雨谢思情月意深。

五娘想起笑微微，昨冥恰君有缘份。

陈三心意笑吻吻，昨冥恰娘有十分。

二人床顶说因伊，记得当初许一时。

君你骑马楼下过，阮在楼上食荔枝。

许时荔枝掞乎君，是卜乎君敢新婚。

荔枝手帕做为记，咱今记得当初时。

我君千里来寻阮，生卜下代再对君。

---

① 都宜：多疑。

393

天地生得咱双人，前世生来做一床。

有心来寻我五娘，未知值时通回乡。

有缘我君来寻阮，无缘林大着早死。

连冥议论烧好香，保庇陈三共五娘。

保庇林大早过世，咱今双人返乡里。

一冥未久天就光，陈三送娘出房门。

夫妻不用相答礼，想咱恩情着久长。

五娘返去到房内，轻声细说倒落床。

爱困无眠不敢说，头毛①鬌欹失梳妆。

第三十九回　母宜②五娘

五娘全去结新婚，面貌看来真青春。

前日反常未见雨，今日杨柳再逢春。

伊母看见就知枝，我仔不知是俩年。

前日并无恰人戏，今日如何敢相欺。

说话全然无禁气，行动全然无威仪。

花开必定有人彩，水影必定有鱼来。

只处人人行袂到，必是陈三死奴才。

我仔敢是恰伊行，我着教训乎伊惊。

因母行到五娘房，一时受气面反红。

你母教训你不听，饲③你一身袂得成。

仔你正是千金女，恰人虚花是不通。

赶谨推亲林厝去，免得乎人说东西。

子你此事总着无，不通乎人说志忑。

---

① 头毛：头发。

② 宜：疑。

③ 饲：养育。

那乎你母力得着，想你姓命敢能无。

五娘被骂就知枝，只事不知卜俩年。

等到三更人困定，偷去共君就说起。

咱今事志大不好，阮母知了卜俩年。

说卜力得①我君着，二条姓命一齐无。

陈三听说心头悲，一番扫厝一番啼。

风流事志都不好，被人看见姓命无。

心内本是畏人知，力着奸情总着刣②。

五娘就劝陈三兄，君你肝大不使惊。

咱今双人心岸定，想你着做阮亲成。

咱今夫妻天注定，月老推迁即能成。

现时饮酒双人醉，后日有事双人当。

陈三听娘说只话，大胆恰娘结夫妻。

咱今双人相意爱，偷来暗去无人知。

有时君来恰娘困，有时亚娘去寻君。

益春听见就动心，就共三哥说言音。

恁今双人做一埔③，无念小妹个功劳。

哥尔读书识礼义，亦敢忘恩障行宜。

一行三人有二好，克亏益春一人无。

记得当初去退约，险城未过说东西。

许时不从三哥意，正是风流过了时。

今日送花乎君彩，卜看三哥障样来。

益春美貌似观音，陈三看见亦动心。

咱今双人着相就，想咱亚娘无双心。

益春听说心欣喜，恐惊三哥恁不碟。

---

① 力得：抓到。

② 刣：杀。

③ 埔：铺。

三哥那是无嫌阮，小妹不敢侥倖君。

双人相招入绣房，欢喜恰妹结成双。

妾做银盘成①雨露，君做黄蜂彩花心。

益春共君说透枝，阮是花开正当时。

未有见霜先见雪，全望三哥你主持。

陈三本是卜成亲，番身就上益春身。

花言巧语说难尽，双人相揽困成眠。

第四十一回　骂君通婶

五娘房内探听知，门交偷开入房去。

益春着惊面反青，陈三无意倚门边。

五娘骂君无道理，做事不通障行宜。

君尔相似彩花蜂，一丛彩了过一丛。

恁今双人敢障做，乎恁二人结夫妻。

婶你大胆恰君困，五娘不敢骂益春。

陈三劝娘免受气，听我全头说透枝。

从来彩花连枝爱，彩花亦着惜花枝。

爱得三人同一意，益春不通放一边。

五娘一时就骂君，尔今一人无分文。

心肝全然无主定，心中什想卜俩年。

前日有心恰阮好，今日反心敢障生。

此时有心卜碟阮，后日连阮都不碟。

五娘听我说言因，益春是咱个恩人。

有事必定能相共，收伊做妾都亦通。

五娘听说心欢喜，就叫益春我问伊。

三哥爱收尔做妾，未知益春乜主意。

---

① 成：承。

396

娘尔说话阮不信，三哥敢想卜碟阮。

三哥那是有实意，阮身不敢别君时。

陈三看伊双人卜，假意说阮即罗梭。

自古夫妻那一对，在通双人对三哥。

物少那是请一位，卜请二位总是无。

哥尔说话真固兼，阮今甘愿总无嫌。

人说有酒相恰饮，好意双份全杯中。

娘尔说话合阮意，咱今三人齐欣喜。

五娘做妻婤做妾，障生配比正合宜。

三人一时做一床，有事想恰来思量。

陈三烦好①冥头短，娘婤烦好日头长。

三人分离真烦恼，一心意爱好忐忑。

第四十三回　赤水争田

九郎冥日心不安，烦好赤水一片田。

田心约有一百担，达得龙银一千元。

陈三扫厝在栏杆，九郎做状去争田。

连告三张都不准，心头想起不轻双②。

九郎起来坐厅堂，差人去请林大郎。

林大请来厅上坐，议论赤水告田庄。

此田若是告得返，尽乎五娘做嫁妆。

林大听说笑微微，做得一状就便知。

状头做得有道理，状尾做得有相欺。

一时做得一张成，岳父提去看分明。

陈三捧茶去请伊，举目看见就知枝。

---

① 烦好：焦虑，想的是。
② 轻双：轻松，舒坦。

陈三看状无晓理①，说伊无能打官司。

九郎听说就骂伊，尔是我厝奴才婢。

那是煎茶共扫厝，晓得官司是在年。

陈三说实无说虚，父母全幼送读书。

四书五经读尽透，小可只状做得来。

不信此状乎我做，无乜②定着争得返。

林大听说无主意，就共九郎说透枝。

不免③只状乎伊做，去告不准则罪伊。

林大许时就问伊，开言做状打官司。

咱今着来先定罪，去告不准卜障个④。

陈三开口就应伊，事情到尾便方知。

此田若是告不准，甘愿五马拆分尸。

陈三举笔有思量，句句写来好文章。

状头做得有道理，状尾做得有相欺。

一时做得一张成，九郎提去看分明。

九郎告状上官厅，衙门原差两边行。

知州许时就升堂，告状正是黄九郎。

知州一时就准告，正是九郎告田庄。

状头四字有道理，状尾四字拨倒人。

能做此状真正贤，知州看见就摇头。

知州随时就问伊，谁人会做只官司。

九郎听说就应伊，只是我厝奴才婢。

知州听说就知枝，正是状元的手字。

九郎告准回家返，就说六娘配三郎。

陈三听说笑微微，六娘对我我不碟。

---

① 无晓理：不讲理，没道理。

② 无乜：无论如何。

③ 不免：不如。

④ 卜障个：要怎么样。

卜着五娘来对我，就将六娘对林大。

九郎听说心代宜，陈三是想我仔儿。

前日全然不知影，今日那想那着惊。

九郎此事且无固，又说上庄去收租。

许是三人相成就，三人欣喜在潮州。

第四十四回　上庄收租

三人事志无说起，今年算来是冬天。

四边个粟刈尽离^①，租收就是正当时。

九郎田庄在赤水，一时跪落拜谢天。

旧年光景都亦好，今年光景加赔无。

九郎一时写租部，打算陈三随收租。

陈三知着苦伤悲，想阮贪伊个仔儿。

今日恰娘拆分离，亦着赶谨去随伊。

九郎骑马去收租，陈三随后佩契部。

去到赤水田庄所，田头田尾人真多。

烟吹棒来请三舍，三舍食好请九郎。

九郎受气大声骂，伊是奴才随我行。

恁先请伊即请我，是乜事情说我听。

田户说出九郎听，伊是秀才有名声。

伊兄伊叔有官做，因何乜卜随尔行。

伊厝田园数百万，各人尽是作伊田。

今日虽然是随尔，阮着敬伊即合宜。

九郎听说无主持，一时落马就问伊。

你是泉州运使弟，当初乜卜障生做。

陈三说出九郎听，广南运使我亲兄。

① 个粟：庄稼。尽离：全部。

399

前日送嫂去寻哥，返来行到恁潮城。

宿在李公磨镜店，游街行到恁楼前。

看见楼上有美女，相似仙女一般年。

一心爱卜看景致，即有打办障行宜。

九郎听说就应伊，只是秀才无主持。

人间乜有仙景致，楼上美女是我儿。

陈三就问黄九郎，尔仔乜卜配林郎。

前日耳边听人说，你仔不愿入林门。

一世夫妻是大事，乜通强配林大郎。

九郎听说着一惊，陈三是想我亲成。

保得我仔无代志，不通乎人宜奸成。

只人不通留咱厝，恐惊我仔败名声。

得等田租收完了，乎伊返去泉州城。

第四十五回　陈三假病

陈三心内就知枝，看见九郎莫应伊。

想伊必定有知枝，事志不好是在年。

心想一计片①九郎，假意有病实难当。

我今着返去医治，病那医好到田庄。

九郎听说就允伊，病人带此无了时。

三舍古然身得病，着请先生通来医。

陈三欢喜中计致，连冥返去后街乡。

陈三行到笑哎哎，就叫五娘来开门。

五娘听叫三哥声，欢喜我君早返来。

家中并无谨急事，因何乜卜连冥行。

陈三行路谨如箭，忆着五娘即障生。

---

① 片：骗。

三日无见娘仔面，想起相似几万年。

为恁亚娘相意爱，无嫌干苦透冥来。

三哥古然好情义，阮身害你卜在年。

赤水返来路又远，亏得我君脚行酸。

我君一身有路水，一身淡淡①巧克亏。

谨提衫裤共君换，共君脱落共君麻。

君尔随爹去收租，阮身只厝困单铺。

陈三恰娘做一床，有事相恰来说起。

我随恁爹去收租，田户担来入田租。

田户说我官荫儿，因何乜卜来随伊。

恁爹许时就知枝，知我恰尔有相欺。

陈三想起心头悲，恁爹知去卜在年。

五娘说出三哥听，劝君心定不使惊。

天地生有咱双人，好呆②事志阮不惊。

我爹古然那得知，收租不日就返来。

那敢力咱去打吊，乎伊打死看不成。

九郎收租入大厅，一日半工出来行。

卜甲陈三泉州去，入门就叫陈三兄。

尔是泉州运使弟，今日不敢尔扫厅。

尔着谨返泉州去，不通只处败名声。

陈三听说就知枝，偷去共娘就说起。

恁爹收租返到厝，返去事志尽知枝。

甲阮着返泉州去，不通只处败名声。

咱今三人着打算，此事三人着耽当。

君尔有计做尔想，阮今望君恁思量。

陈三想起无主张，想无计致应五娘。

---

① 淡淡：湿湿的。
② 好呆：好坏。

三十六计都尽想，那有偷走巧长门。

五娘听君想有计，心肝想起头就嘶。

阮今着离阮父母，何用离君无夫妻。

人说夫妻有恰亲，亦着三哥尔同行。

甘愿恰君做阵去，无看父母一家人。

陈三就说五娘听，咱卜同走去泉城。

益春是咱个亲�，甲伊亦着随咱行。

五娘一时叫益春，有事叫尔来议论。

三哥招咱去泉州，未知益春乜思量。

益春听说应五娘，咱卜同走去泉州。

益春甘愿恰恁去，不肯离君去泉州。

五娘听说同心意，赶谨开箱提衣裳。

三人行李收便便，暗冥起身无延迟。

第四十七回　三人同走

九月十四三更时，家中困定无人宜。

一人开门三人走，走到花园鸡未啼。

四更月照花园边，风仔吹来冷微微。

五娘回头共君说，咱是意爱即障生。

当初荔枝无掞落，今冥不免行风梭。

五更月照花园头，五娘想起泪滓①流。

忆着情义恰君走，无念父母在后头②。

今冥恰君做阵走，并无亲人在身兜。

花园过了大草埔，五娘行去无奈何。

君尔那无阮厝去，暗冥不免行只路。

---

① 泪滓：眼泪。

② 后头：娘家，指潮州。

草埔过了后岭兜，三人行李在后头。

益春行去袂辛苦，陈三呵咾益春贤。

岭兜过了大洋垅，五娘想起目头红。

阮身乜能做查某，千般万事由别人。

大洋过了赤水溪，赤水溪下有大溪。

潮州若卜泉州去，若无过船着过溪。

三人行到大溪边，看见溪水绿青青。

三人说出卜过度①，船工近前来问伊。

恁今三人卜值去，须着先讲船租钱。

陈三近前就问伊，你卜碟阮若干钱。

儎②阮三人过赤水，欣喜送你五佰钱。

船工一时说少钱，恁今三人着巧添③。

一人五百儎恁过，三人着送千五钱。

陈三欣喜就允伊，五娘上船面反青。

娘尔坐船即无胆，不识坐船即障生。

船工梯船倚溪西，就问三人值路来。

一行三人卜值去，恁今说出乎我知。

陈三说出船工听，阮是家眷在泉城。

阮卜泉州只路去，有人问尔无说起。

船工一时就知枝，就问三人个情由。

三人那是相毛走，阮卜儎恁去风流。

船工说话真罗梭，阮今不是爱风梭。

三人不是相毛走，阮是爱卜去忐忑。

陈三再应梯船兄，阮恰泉州有亲成。

说实不是相毛走，是卜爱去探泉城。

---

① 度：渡。

② 儎：载。

③ 巧添：多添一点。

船工梯船倚溪边，就收三人船租钱。

吩咐起船着细利，不可弓鞋相交缠。

陈三头前先起船，返身又来牵益春。

益春五娘相牵手，三人同起笑哎哎。

第四十九回　宿客店

赤水过了是双溪，五娘头上拔金钗。

拔落金钗君收起，弓鞋脱落换布鞋。

双溪过了是南村，三人行到脚又酸。

路边客店是安宿，就叫王婆来开门。

五娘就问店主婆，阮卜泉州去忢忈。

潮州来行到只处，一半路途亦是无。

王婆说出五娘听，泉州只路我无行。

来去不知有若路①，无通共娘说知影。

陈三就说五娘听，泉州只路我有行。

咱着再行三日路，即有看见泉州城。

五娘听说心头悲，咱卜到厝等治时②。

来到只处脚又酸，路又拙远卜俩年。

益春行去面忧忧，哥尔乜袂生潮州。

害阮亚娘行远路，卜等何时到泉州。

陈三听说无做声，咱今三人总着行。

是早是暗总能到，带只半路不免惊。

现时有店渐安宿，行李且收放一边。

想咱走来甲即远，父母要寻亦为难。

天光伊母出房门，不见我仔起梳妆。

---

① 有若路：有多远的路途。

② 治时：什么时候。

不见甘荔来扫厝，不见益春捧茶汤。

卜是三人相焦走，不知走去值①何方。

赶谨差人报九郎，报说陈三走出门。

五娘敢是恰伊走，益春卜是随三郎。

昨冥三人相焦走，不知三人走何方。

九郎听说无主张，谨去佛前烧好香。

保庇三人走无路，保庇三人返回乡。

能得三人相焦返，叩谢大猪共大羊。

母亲寻仔出房门，看见我仔个绣床。

仔尔昨冥只厝困，未知今冥在何方。

父母寻仔倚门头，不见我仔泪屎②流。

仔尔有心恰人走，无念父母在后头。

母亲寻仔出大厅，不见我仔个人影。

仔尔因何敢障做，无固③父母个名声。

仔尔心想不光窗，因何敢走袋④别人。

乎尔父母只处寻，不见我仔一个人。

仔尔真正袂晓想⑤，因何敢走去别乡。

想许林大那得知，父母烦好卜在年。

黄厝一时寻无儿，一乡大小心都宜。

想伊三人相焦走，咱卜值处去寻伊？

第五十一回　九郎出贴

九郎寻到大草埔，不见我仔无奈何。

---

① 值：到。
② 泪屎：眼泪。
③ 固：顾。
④ 袋：跟着。
⑤ 袂晓想：不懂得思考。

未知我仔想乜路，敢恰人走是为何。

五娘一人恰伊走，益春亦是随三奴。

昨冥三人相炁走，未知走去值路头。

父母寻仔心不安，三人并无见一人。

九郎行到赤水溪，看见溪边一弓鞋。

此鞋正是我仔绣，别人袂绣此弓鞋。

九郎见鞋心无定，脚下无鞋乜能行。

借问溪边梯度兄，早间只路乜人行。

阮提银两送乎尔，全望船工说阮听。

船工说出九郎听，早间三人相炁行。

头前一娘共一婳，后面一个泉州兄。

只处搭度过赤水，说卜泉州探亲成。

许时船租送乎我，又来甲我莫做声。

九郎听说就知枝，正是我仔无差移。

我仔全少失教示，乎伊敢走障行宜。

谨贴告白在溪边，力得陈三赏万钱。

有人寻得我仔返，来提赏银莫延迟。

九郎许时寻不见，一路行来苦伤悲。

林大那知来问我，卜用乜话通应伊。

九月十六林厝知，亲家亲姆尽都来。

亲家入门就受气，就骂九郎敢障生。

五娘是尔亲成仔，因何敢走袋人行。

恁做父母不教示^①，连阮林厝败名声。

亲家恁今免受气，听我全头说透枝。

九月十四三更时，三人做事无人宜。

亲姆一句应出来，尔只说话真不皆^②。

---

① 教示：教育。
② 不皆：不应该。

做人大厝个父母，仔儿做事亦不知。

亲家尔今听我劝，咱今亲成着久长。

五娘既然奴呆走，将只六娘配尔儿。

亲家受气就骂伊，尔只六娘阮不碟。

五娘前日先配阮，乜有此理配乎伊。

亲家听我说起理，恁今只事免介宜。

五娘既然奴呆去，六娘不敢安障生。

亲姆恨去不消心，阮有家伙富石金。

有钱乞人呆走去，乎官去判即甘心。

第五十三回　林大告状

林大仅仅①去落州，今日此事不准求。

看伊陈三乜道理，敢呆五娘去泉州。

城内请人做一状，卜告陈三黄九郎。

纸笔先带一百两，知州收状就升堂。

尔今告人乜事志，着来官前说情理。

林大跪落就说起，陈三此人来潮州。

先卖黄厝做奴婢，斯通②五娘只情由。

原来五娘先配我，伊敢呆走去泉州。

全望老爷退打算，官法照办只情由。

知州听说有道理，随时差人去力伊。

吩咐状司着谨办，时日那到卜碟人③。

第五十四回　原差押行

原差欣喜事一场，手提官状去落乡。

来到王婆店门口，力着陈三共五娘。

三人许时着大惊，好口共差说一声。

阮有钱银卜送你，全望放阮去泉州。

原差有银不敢收，林大亲告只奸成。

老爷要柑去潮州，恁着赶谨随我行。

五娘劝君不免惊，夫妻不识告奸成。

三人押到赤水溪，一路人马来相挨。

劝恁呆仔不通做，亲像三人真卜衰。

三人押到知州内，十姊五妹笑咳咳。

劝恁姊妹不通笑，到许时节恁就知。

三人押到大楼前，人马看来二三千。

风流世上多人有，官府事志不由天。

三人押到知州厅，原差门头两边行。

手提铁板共皇旨，卜随知州审奸情。

知州坐堂有主张，先吊益春问情由。

恁娘都是深闺女，乜有甘荔在潮州。

五娘回头叫益春，事着三人同议论。

尔那卜说着改为，你那卜话退乎①娘。

益春就说知州听，陈三是阮个亲成。

阮娘并无配林大，是伊乱告阮奸情。

益春不问押一边，就吊五娘来问起。

你是黄厝深闺女，在通乱做障行宜。

五娘听说就应伊，林大告阮乜事志。

---

① 退乎：推给。

阮是随夫泉州去，不是三人走出为①。

知州听说骂五娘，林大聘礼你爹收。

你爹说是配林大，乜有此理配泉州。

老爷听我说分明，阮配陈三是真情。

林大共伊无相配，是伊大胆敢来争。

知州随时吊九郎，尔仔生水好梳妆。

因何敢配两字姓，乎伊二人来相争。

九郎听说应一声，我仔卜卖我名声。

九月十四恰人走，实情无配泉州城。

知州听说只个理，就吊陈三来问伊。

你来潮州三年久，是乜情由说透枝。

陈三就说知州听，广南运使我亲兄。

我送兄嫂去寻兄，路途经过来潮城。

九郎许时一女儿，欢喜配我做亲成。

虽知林大强良奸，浩伊家伙②有百万。

通套③媒人假不愿，亦敢忘告我奸成。

只人老爷尔着办，那无重办伊不惊。

知州听说不应伊，你来潮州有相欺。

自己卖身做奴婢，敢禾人走做妻儿。

取人新婚是大罪，官法照办无相欺。

陈三当堂就应伊，不但送嫂许一时。

阮爹许时做知州，九郎一女名五娘。

前年就有先说起，配乎我身做妻儿。

老爷无念我大兄，亦着念我官荫儿。

知州堂上就受气，你乜官荫人仔儿。

_____

① 走出为：走出去。
② 浩伊：给他。家伙：资产，家产。
③ 通套：与……合伙。

尔兄广南却马屎，你叔西川洗厕池。
尔兄那卜有官做，也有卖身当三年。
我看三人只一攒，想恁必定有通奸。
三人那无来刑打，当官卜认亦为难。

第五十六回　打认

知州升堂气分分[①]，一时发令打益春。
恁只三人同心意，那不打尔恁不认。
益春被打泪屎流，老爷听我说起头。
因为旧年六月时，阮娘楼上食荔枝。
陈三骑马楼下过，阮娘荔枝掞乎伊。
伊是恰人学磨镜，即来阮厝求亲成。
陈三许时写奴字，奴字写来有三年。
许时阮娘相意爱，后来有事阮不知。
知州听说只情由，大胆甘荔来潮州。
第二刑杖是姓倪，知州发令打甘荔。
你是泉州浪荡子，敢来偷娶人妻儿。
陈三对口应知州，前年乜有只情由。
我送兄嫂去寻哥，六月行到只路途。
身坐白马游街场，一日游到后街乡。
无宜[②]娘仔在楼上，掞落荔枝做情由。
我学磨镜去见伊，打破宝镜收袂圆。
谁知娘仔通相见，姻缘由人不由天。
知州听说有此理，就骂五娘大主意。
自古主婚由父母，你敢做事安障生。

① 气分分：很生气。
② 无宜：没想到。

知州坐堂有主张，一时发令打五娘。

你父将尔配林郎，大胆自己敢主张。

五娘招认无相欺，父母做事害子儿。

力阮好人配林大，阮身不愿入林门。

贪伊陈三好头对，甘愿荔枝揽乎伊。

自古贤人扶明主，贤女乜卜配劣夫。

亲选良缘天下有，老爷此事着相扶。

老爷着共阮主张，乎阮三人返回乡。

第五十七回　知州判断

知州听说三人认，古然奸情事是真。

事情照认无再问，当堂就叫二家亲。

益春照认带后街，发令九郎来领回。

五娘判断林厝去，原配林大做夫妻。

陈三有罪不肯放，原差押入宦①人房。

现时且押宦房去，后日发配去涯洲。

林大听审倚门头，呵咾知州真正贤。

今日障生共阮判，千两黄金现时交。

五娘押去见林郎，林大看见好梳妆。

你那甘愿我做某，欢喜入我个厝门。

花今见然人先彩，我今欣喜爱你来。

五娘不愿口不开，别人爱阮只事非。

牡丹不近芭蕉树，凤凰不入山鸡内。

十五月光做尔想，月里嫦娥免思量。

阮身愿配陈三郎，死了愿葬泉州土。

益春共娘说言音，三哥情义达千金。

①　宦："犯"的方言直音。

411

娘尔不愿配林大，阮想三哥无双心。

陈三押去入宦房，受尽千苦不成人。

五娘益春管内去，见着三哥伊一人。

全身衫裤无人洗，头毛打散无人梳。

受尽饥寒无人知，年久月深袂得来。

陈三看见双人来，泪屎一时流无呈①。

五娘伸手共君七②，劝君泪屎不通流。

益春捧水君洗面，柴梳提来③共君梳。

冷饭捧来乎君食，清茶捧来乎君饮。

娘仔有饭我不食，冤家共我做对头。

路头即远袂得到，咱今夫妻袂长留。

五娘劝君心放双④，夫妻从来是久长。

知州乜能即失德，食银强断我情郎。

陈三受苦无反悔，想伊做官无几回。

等待运使我兄返，了伊官职总未迟。

五娘痛君叫亦寒，共君揽来俟心肝。

锦衣牵来共君甲⑤，共君脱落共君瞒⑥。

益春痛君真克亏，冤家创造只事非。

我君今日即受苦，卜等何时通回归。

第五十九回　陈三发配

陈三无说袂回乡，官府害人心不休。

五娘看君面忧忧，官法无理着冲流。

---

① 无呈：不停。

② 七："擦"的方言直音，擦拭。

③ 提来：拿来。

④ 放双：放宽心。

⑤ 甲：盖。

⑥ 瞒：披。

今年冬日日头短，陈三卜配去涯州。

冤枉贪官吃银项，亏得阮君袂成人。

知州无念阮荔枝，粗心强断安障生。

今日无人做我主，卜是林大有用钱。

我骂知州无道理，食人钱银来相欺。

判断荔枝走千里，力阮夫妻拆两边。

我今吩咐押差兄，放乞我君曼曼^①行。

尔顾我君头到尾，有情答谢押差兄。

差兄共娘说因伊，恐惊路中无盘钱。

身带盘钱亦是少，路中无到卜俩年。

五娘提银送乎伊，乎尔路中做盘钱。

送去盘钱用那离，后日差人提去添。

第六十回　送君行

押差欢喜无做声，押送陈三路上行。

五娘泪淬湳泪啼，亲身办酒来送伊。

一盘清酒乎君饮，乎君饮去恰有心。

君尔天涯着早返，阮带潮州无侥心。

益春提银乎君用，乎君用去恰有亲。

有时见银忆着阮，等得值时^②通见君。

陈三卜离泪淬流，未知值时通回头。

此去三年即有返，误怎娘妾真久长。

五娘送君出城门，我君你去刈人肠。

望卜夫妻结百年，谁知今日分二边。

益春送君出潮州，可怜我君面忧忧。

---

① 曼曼：慢慢。
② 值时：什么时候。

本是三人相意爱，谁知今日着冲流。

陈三做人无侥心，共恁娘妾说分明。

我去涯州那得返，不敢忘恁个恩情。

敢如官司那了离①，我去涯州无了时。

恁只双人生即好，误恁青春卜俩年。

五娘劝君免惊惶，在厝李姐配文翁。

十八年前天注定，二十年后即相逢。

人说日后能成亲，三年海水能澄清。

第六十一回　离君

陈三押去到大溪，五娘头上拔金钗。

金针②乎君做表记，返来依旧做夫妻。

陈三押去到大口，益春头上拔金针。

金针乎君通去卖，不免一路做贫人。

三人去到卜分开，泪屎流落满面随。

君你一人去了后，害阮娘姬无所归。

陈三押去坐落船，五娘无奈叫益春。

益春咱乜拙③无福，今日障生着离君。

君坐船中闷无意，咱今值时见着君。

船公将船卜行开，五娘益春哮如雷。

船尔力君傲过去，害阮娘姬无所归。

君尔今日拙干苦，无彩当初个功劳。

一时看见一时远，未知傲去乜何方。

想起脚酸手亦软，值时能见我情郎。

---

① 了离：结束。

② 金针：金钗。下文同。

③ 拙：这么。

我恨知州无道理，判断荔枝无相随。

林大伊乜袂早死，乜通创造只妻作。

二人不愿大声啼，堂堂跪落大江边。

清天白日有灵圣，保庇我君遇着兄。

官司事志早了离，免致三年在涯洲。

只是我君克亏事，不是我君有罪告。

全望天地相保庇，保庇我君出头天。

能得官司早了离，不免受苦即久年。

五娘哮到袂出声，益春叫娘返回城。

五娘返去后街乡，心想我君去涯洲。

君去涯州阮无意，坐落绣房淋泪啼。

一日无意坐绣房，心想我君是好人。

爱得我君现时返，现时不返苦难当。

记得越洲孟姜女，忆着苏州范杞郎。

十日八日不见返，思量不返苦心肠。

又想窦滔去文杨，苏惠见伊不回乡。

手提文书做家信，到尾二人通成亲。

阮想三哥去涯州，现时伊在路上游。

是好是呆不知影，阮着差人去探听。

五娘一时叫益春，你提纸笔来乎阮。

全君一去无消息，阮卜写书去乎君。

益春听说有主张，锁匙提来开衣箱。

左手提砚右提墨，右手提笔去乎娘。

五娘想短共想长，一张竹纸在中央。

想无半句写落去，未写半字心头酸。

泪屎流落滴砚池，念念写卜一张诗。

前日思君都无意，今日想君恰惨死。

无药通医相思病，有钱买无少年时。

415

一张书信写完成，就叫小七来叮咛。

只书是我亲手写，乎伊送去还伯卿。

此情此意恨咱命，未想我君不知情。

小七送书卜起行，五娘吩咐你着听。

尔见我君个头面，劝君事志不免惊。

小七听娘说几声，衣裳收好就起行。

去到黄山大路岭，看见路上陈三兄。

第六十三回　陈三回信

陈三想起面忧忧，不知小七乜情由。

小七近前来相见，三哥听我说透枝。

亚娘有书卜乎尔，亦送新裘共新衣。

二拾银两付乎尔，乎你到用去涯州。

卜说一句真情话，说伊照旧带后街。

劝尔心肝着岸定①，返来原旧做夫妻。

陈三看书心头闷，古然娘仔有思君。

伊人今日即有义，我着回伊一张文。

笔砚提来放桌顶，心头想起袂清心。

命呆着行无情路，想咱难做只情郎。

陈三书信写一张，吩咐小七提乎娘。

卜说一句真情话，甲伊照看一张批②。

劝伊官司免烦好，官司了离就返回。

劝伊娘仔免思量，看了官司返回乡。

小七有书共我提，黄山提去到后街。

入门就共亚娘说，三哥有书寄我回。

---

① 岸定：安定，稳定。

② 批：信。

劝共亚娘免烦好，官司离了就返回。

五娘听了心欣喜，古然三哥有情郎。

伊在路上有相见，亦有劝阮免烦心。

阮今见君一个字，亲像见君一般①年。

那有恨命阮生呆，即能恰君分东西。

阮想三哥如望月，未知何时通回来。

第六十四回　五娘思君

日头卜落照西山，五娘思君千万般。

前日有君做阵②困，今日自己守孤单。

天光日暗不见君，心头想起乱纷纷。

神魂乞伊迷去了，有物半口不爱吞。

孤单自己坐绣房，君尔枕冷床又空。

前日有君做阵困，今日无君伸③一人。

一世夫妻是无久，是阮呆命即离夫。

天地推算不平正，阮身不愿守孤单。

家家厝厝都青春，恨阮命呆着离君。

心心念念忆着伊，意着三哥无了时。

神魂那是能飞去，暗冥飞去君身边。

昨冥床中得一梦，梦见我君伊一人。

梦见床中做阵困，伸手去摸又无人。

分明是君个头面，因何醒来不成双。

连步返来心方方④，坐落忆着陈三郎。

记得当初同照镜，恩爱相惜蜜如甘。

① 一般：一半。
② 做阵：一起。
③ 伸：剩。
④ 方方：惶惶。

朝暮昏迷情难当，恰惨吞针入肝肠。

与君同伴嫌冥短，别君去后嫌冥长。

壁边窗外月正光，五娘思君心头酸。

记得当初许时节，蛤君相榄①做一床。

无宜夫妻无若久，二人分开去向远。

全君一去无消息，未知去到在何方。

我今想起心头酸，起有铁打心肝肠。

阮今长冥难天光，今卜值处通借问。

孤单无伴嫌冥长，千般万事忆着郎。

清风花味随风送，一阵吹来即是香。

园中百花真齐全，开有五色力葱葱。

黄蜂尾蝶对对双，飞来飞去彩花丛。

尾蝶呆心贪花客，三哥亦是爱花人。

人说好花乐好心，我君彩花值千金。

食酒能改相思病，对花无话说沉吟。

心神被伊来邀醒，越惹得我动春心。

障生好花正当开，开阮一身无双对。

有花定着尾蝶彩，有娘定着有君随。

心肝想起乱纷纷，千里路途难见君。

月光花边无心赏，思君对酒无心吞。

恨阮一身欠君债，共君无缘乜冤家。

酒不醉人人自醉，花不迷人人自迷。

双人花容少年时，未知值时通见伊。

相思想了相思死，少年青春正当时。

千般万事忆着伊，冥日思君无了时。

我君此时无在厝，阮身无心通赏花。

---

① 相榄：相揽。

返身行到眠床兜①，轩②开罗帐泪屎流。

记得当初同床困，蛤君恩爱做一头。

一夜夫妻百定缘，无福个人不相连。

想君害阮相思病，多病多愁损少年。

蛤君枕边叮咛语，交连恩爱人情事。

一点红花君彩去，春归花落意如何。

可恨林大贼饲虫，创造奸情来害人。

害阮二人拆分离，误阮青春少年时。

想起障般真苦痛，何时改得阮心双。

知州得财无照判，打破鸳鸯宿东西。

当初共君恩情重，谁知今日来害人。

无人亲像阮呆命③，无缘嫁着薄情尪④。

昨冥眠望着一惊，望见我君遇着兄。

只事不知真共假，是咱眠望⑤妆甲成。

阮今昨冥又一望，望见我君入阮房。

宛然在阮身上困，翻身醒来摸无人。

望见相逢记在心，眠望想见是真情。

昨冥有雪有恰冷，难得无油恨意生。

自从昔日分双手，床上孤伴有心灯。

三哥发配涯洲城，冥日怨切阮个命。

除非看见三哥面，即免乎我费心神。

独对孤灯想我君，凡处相思望见君。

恩爱情深离别久，相心相怀只为君。

阮今今日障生做，香粉畏打头畏梳。

---

① 床兜：床边。
② 轩：掀。
③ 呆命：歹命，命不好。
④ 薄情尪：薄情郎，薄情的老公。
⑤ 眠望：睡梦。望："梦"的闽南语直音。

有人起不说相笑，笑阮无君乜差烧。

厝边姊妹有人伴，有尫有婿心喜欢。

人有双双共对对，开①阮一身守孤单。

命运共君生无缘，恩爱人情在两边。

谁知贪花为花误，琴瑟和声能忍心。

心不闷人人自闷，君不思娘娘思君。

人生青春十七八，恰好一蕊牡丹花。

烦好日月推人老，误了少年无反悔。

可恨佳期分两路，一阵风霜落土时。

春色娘花未都拔，未容百做古木枝。

早起厅前烧好香，可怜青春黄五娘。

别后千里共万想，刘吊我君在路顶。

年登十六无怨恨，十八年前苦思君。

共君结对即好样，无宜今旦离别乡。

推迁我君着早返，共君同入消金帐。

全望天地相保庇，保庇我君脱身离。

保庇有人相改救，不免乎伊去涯州。

神明此点着扶持②，但愿林大回心意。

阮身既然配陈三，将阮六娘对焕③伊。

免来蛤阮相交缠，乎阮三人好相见。

着保我君无代志，返来夫妻再团圆。

一日无心绣针指，冥日思君苦切啼。

早知今日能误君，在通当初来出世。

益春劝娘只情由，是好是呆着归收。

是咱当初无宜误，水泼落地难得收。

---

① 开：只有。

② 扶持：帮助，助力。

③ 焕：换。

姻缘事志由在天，是咱命呆皆障生。

暂且安宿只就是，且看尾梢是在年。

亚娘咱来同游戏，赏花弹琴过日止①。

虽然烦好无情意，未知三哥生共死。

便坐想了无安心，枕上孤眠无点温。

亲像恩爱知何日，真情真意忆着君。

第六十五回　陈三见友

五娘心爱遇着兄，陈三现时路上行。

伊担今日拙落难，卜救伊起着伊兄。

陈三行去到海风，见着一位蔡文翁。

文翁看见是三舍，心肝想伊真不通。

尔是泉州官荫儿，今日乜能安障生。

陈三说出文翁听，林大亲告我奸成②。

知州食银一百两，判断乎我去涯洲。

文翁就说陈三听，你今只事不免惊。

你兄运使官任满，现时升做府台厅。

昨冥现在只处宿，恰呈伊能只路行。

陈三听说笑咳咳，古然我兄返回来。

想伊知州判断我，阮兄到城伊就知。

我今着写几个字，去报后街五娘知。

一时书信写一张，劳烦提去乎我娘。

甲伊只事免烦好，三日二日返回乡。

文翁欣喜共伊提，亲身提去到后街。

① 过日止：过日子。
② 奸成：有奸犯科。

第六十六回　嫂认陈三

陈三欢喜无做声，宽心路上慢慢行。

看有客店且安宿，卜等运使我亲兄。

忽然听见大罗①声，一阵兵马头前行。

人人说是广南使，陈三就知伊亲兄。

放谨店前出来看，吩咐兵马慢慢行。

陈三说出千万声，无人卜信是伊兄。

一等大箬②头前去，不准陈三问几声。

兄坐大箬全不知，好得伊嫂后面来。

轩起箬门看一见，认得三叔只路来。

谨谨大箬放一边，来问三叔是在年。

咱个祖代有官做，你乜落难甲障生。

陈三近前卜说起，未尽说出先卜啼。

前日送尔去寻哥，私通九郎一女儿。

可恨林大无道理，落洲去告我官司。

知州食银一百两，配我涯州去三年。

我今全望兄嫂救，不通乎我去涯州。

大嫂听叔说向生，就劝三叔免介意③。

林大伊是土富贵，咱有官做赛过伊。

卜救三叔亦容易，不怕林郎富田庄。

一时差人开手扣，放开锁扣救三郎。

---

① 罗：锣。

② 箬：轿。下文同。

③ 介意：担心。

422

第六十七回　见兄

陈三半喜又半惊，我今乜面见我兄。

衫裤尽破无半领①，思量无面通见兄。

大嫂头前焘伊去，陈三随后戴伊行。

大兄全然不知影，陈三一时说兄听。

我今广南离兄弟，来到潮州读诗书。

黄厝九郎一女儿，欣喜配我无差移②。

林厝告伊好名声，落州去告我奸成。

州官食银一百两，力我办罪③配涯州。

我说大兄做运使，知州半句都不听。

运使听说想不通，我望尔去能成功。

今日反又乞人告，古然做事不正经。

押尔涯州尔着去，判尔有罪尔着当。

兄嫂来劝伊兄听，带着骨血亲兄弟。

我想三叔都无罪，尔爱三叔败名声。

运使说出妇人听，我弟卜败我名声。

想咱家财几百万，泉州起无④好亲成。

伊今今日敢障做，乎伊干苦即能惊。

前日片我返泉城，今日乎人告奸成。

前日若是听我口，不怕林大起事非。

官人尔说都有理，事志做了无通移。

今日能救着改救⑤，不通乎伊去涯州。

---

①　无半领：一件也没有，衣不蔽体。
②　差移：改变。
③　力我办罪：抓我判罪行。
④　起无：岂无。
⑤　改救：解救。

官人阮劝那不听，阮卜随叔去涯城。

路头生苏不知影，官府事志阮不惊。

运使听说应一声，卜救小弟免涯城。

不怕林大好田庄，一官来去潮州城。

大嫂听说心欣喜，去共三叔说透枝。

恁兄卜救你身起，不免心肝处惊宜。

尔今只事兄卜当，劝尔三叔免介心。

尔嫂甘愿坐小篅，自己大篅谅①三叔。

陈三听说心欣喜，感谢兄嫂情如天。

今日那无兄嫂救，我着干苦去涯州。

今日兄嫂救我起，亲像沽木②逢春时。

第六十八回　扣职知州

陈三兄嫂做阵行，篅夫扛到潮州城。

陈三书信文翁提，文翁提去到后街。

我今送书卜乎伊，叫伊五娘来领回。

黄厝听说人送书，一家大小心都虚。

阮厝并无人交培③，谁人寄来只家批。

益春听见就知枝，谨谨入内报娘知。

外面送书卜乎尔④，卜是三哥寄伊来。

五娘听说人送书，走前走后心都如⑤。

卜是伊兄运使返，即有差人送家书。

五娘将书拆开看，书信写了心喜欣。

---

① 谅："让"的闽南语直音。
② 沽木：枯木。
③ 交培：交往。
④ 卜乎尔：要给你。
⑤ 如：乱。

益春看娘心欣喜，就问亚娘是在年。

五娘说出益春听，三哥古然遇着兄。

三哥见兄能改救，咱今此时不免惊。

听见外面大罗声，三等大篙到潮城。

知州看是广南使，即知运使返回来。

赶谨出城去等伊，看见陈三心惊宜。

运使来到就出声，吩咐到城着谨行。

我今不肯乎伊等，了伊官职即会成。

知州看见心着惊，陈三敢是伊弟兄。

陈三那是伊亲弟，我今判断罪如天。

知州想起自打算，今卜做官亦为难。

运使宿在布政司，知州吊来我问伊。

运使一时问知州，陈三乜罪着冲流。

知州跪落无做声，运使差人押上厅。

尔做知州无照理①，大胆食钱敢障生。

大嫂到处问因由，脱落弓鞋打知州。

卜打知州食银两，亦敢判断去涯州。

尔今做官没相固，大胆办事即何途。

了尔官职打尔惊，方知陈三有大兄。

枉断陈三敢障做，亦敢强断障生行。

知州被打无做声，都是林大告奸成。

有罪林大伊着领，冤枉尔弟去涯城。

运使受气就骂伊，你做知州来相欺。

并无念我亲兄弟，一时敢判障行宜。

那无时职尔不惊，大胆敢败我名声。

当初尔判陈三罪，照我小弟障生行。

知州无话通应伊，声声林大告官司。

① 无照理：没道理。

425

是伊林大无道理，乜敢乱告只官司。

运使派人力林大，林大力来我问伊。

浩①尔有银敢障做，包金包银罪如天。

五娘听说力林大，乜敢大胆敢来争。

尔乜大胆即无惊，扣脚扣手付尔行。

甲尔街头看景盖，看你下日即能惊。

许时林大伊一家，尽皆力来夯脚个。

林大脚个不肯放，去请一位陈厝人。

送伊黄金一千两，甲伊放我返回乡。

陈厝个个不敢领，说着只事人人惊。

说恁二人相争某，打破家伙千万般。

谁知蛤伊是同姓，不敢去说是如何。

那知今日有只事，当初不敢告官司。

九郎听说着一惊，一时差人报三爷。

五娘甘愿配乎尔，官府事志尔当起。

陈三开口应九郎，你那有事我耽当。

阮兄说尔能恰得，林大一家难得保。

九郎听说心方方，谨办五娘个嫁妆。

嫁妆办来百般金，甲伊陈三要过门。

第七十回　娶亲

正月十五嫁五娘，五百人马扛衣箱。

潮州嫁落泉州去，一路罗鼓几十场。

五娘出嫁好嫁妆，新娘大篝四人扛。

大兄大嫂头前去，陈三坐篝随后行。

运使时任返朋山，诸亲朋友心喜欣。

---

① 浩："给"的闽南语直音。

世间读书能成器，子孙代代通做官。
九郎送仔入陈家，运使出来接亲家。
二人对头行官礼，水烟食了请食茶。
看见五娘娶入门，厝边大小看嫁妆。
陈三再等挞篱门，五娘一时上厅堂。
夫妻双人拜四拜，拜祖拜宗添福寿。
拜好公妈无做声，二人返去拜大兄。
拜谢兄嫂官任返，保我免去涯州城。
拜谢兄嫂入绣房，陈三五娘结成双。
红罗帐内亦交凤，二人欢喜闹葱葱。

第七十一回　贺团圆

七日五娘起梳妆，看见家内百般全。
金宝钱银满箱柜，诗对锦帐挂厅堂。
陈三共娘说因伊，阮厝亦有恁向生。
前日共恁捧盆水，今日依旧官荫儿。
五娘共婶说因伊，明知三哥官荫儿。
前日那无打破镜，宝镜无破事袂成。
益春说乎亚娘听，当初三哥咱厝行。
那知官人即富贵，不敢乎伊扫厅堂。
陈三听见笑微微，为恁娘婶即障生。
千般万事为娘害，阮今受苦无人知。
五娘劝君莫怨仇，不通提早个情由。
好呆是君卜领受，阮今亦有恰风流。
益春共娘说得通，官人欣喜亦无妨。
可惜长安李公子，游过苏州着发公。

427

凤娇美女相定意①，扶伊唐朝做官王。

伊是甘愿去咱厝，伊那敢做就敢当。

陈三共娘又再说，是我发愿无相同。

若无三人相焦走，今日恁是林厝人。

五娘心内自己想，月老推迁嫁姓陈。

若无大兄运使返，荔枝卜收亦是难。

陈三欣喜入房内，五娘看见笑哎哎。

前日荔枝揪得去，今日荔枝收得返。

五娘想起笑咳咳，千里路途得我君。

前日宝镜打镜破，今日宝镜收得圆。

二人心肝相合意，一代夫妻无差移。

世间有只风流事，万古千秋人尽知。

一本已完全

---

① 相定意：相互满意。

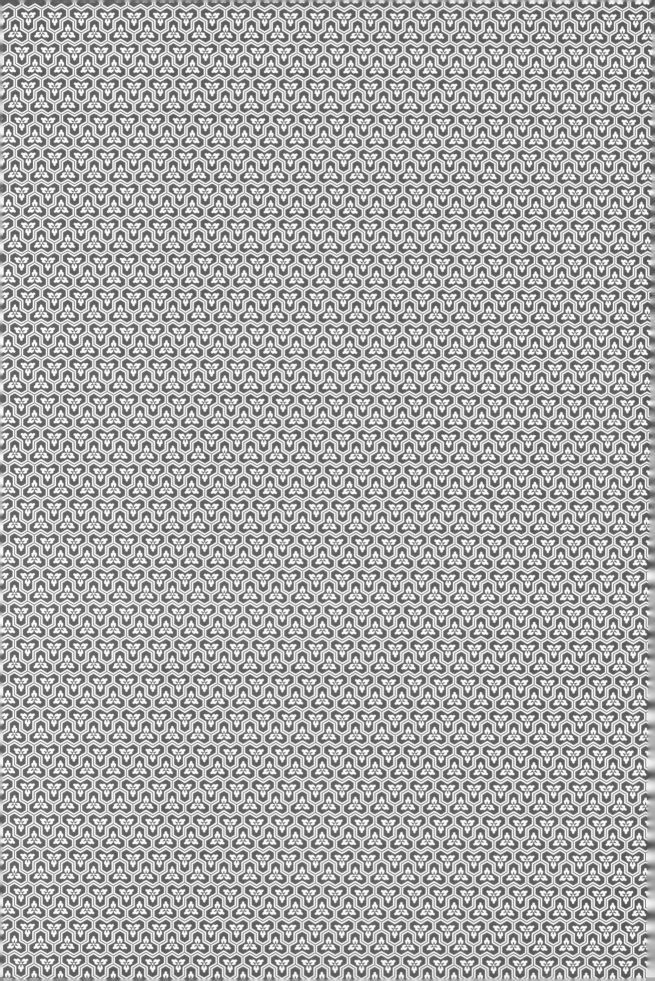

海峡两岸民间歌仔册校理丛书·民间传说卷

黄科安 蔡明宏 主编

陈三五娘

[下册]

陈彬强 王曦 编著

海峡出版发行集团
THE STRAITS PUBLISHING & DISTRIBUTING GROUP
福建教育出版社

陈三歌

（王光辉抄本）

陈战做风闷州功　陆三情仁情城

许时年登十六岁　並年早对以妻

五六定聘

潮州城内后街乡　九郎一女名云妙

名叫碧琚年十五　生得美貌十分强

富厝红屋乌口畫　胜过招君共西施

[右上]

陈三首出

福建直落泉州城

祖代做官共做俍

况山领后好名声

陈聪年人有官做

符贵说出入传名

陈仁真来第三子

生有二子有借名

大子必贤做运使

二子陈仁文秀才

人才生的真标致

小名叫做必卿天

远出听说又聪明

[左上]

陈三做只潮州城

陈三随任惠州城

许时年登十六岁

并至早对如意亲

五六定聘

潮州城内后街乡

九郎一女名五外

名叫碧琚年十五

生得美貌十分强

畠红唇乌口齿

胜过招君共西施

父母爱求好头对

未有配定收人钱

[右下]

探听陈三出名声

爱共陈三对亲成

但嫌泉州足头远

对文学爱了不成

至说陈聪官任商

现时又返泉州城

陈职迟去官省做

伊子运使寄出围

将出搉来析开头

正是必贤个新地

芳了加批就知机

就共仁儿说透机

[左下]

兄嫂卜用我送去

正月十五就卜行

陈三听时说一声

普泉美戒差少

友彦安童挑小季

元宵十五到潮城

潮州城内后街乡

九郎一女名五外

灯前灯后都甚好

即有一个生的强

样仔说是九郎女

小名叫做黄五外

五外上街去看灯　李姐盖北头前行

二人到南门内　秀見秀才陈三兄

陈三尢見失神魂　秀見秀才陈三兄

会得只八人未相对　五外女子看青手

五外尢見暗甲量　恰如仙女对文昌

方的只八人未相对　陈三一人生得俊

陈三送扇　恰如莲花在地塘

公三假意失落扇　赶刀寻扇做因由

李姐盖北有却起　五外挹扇未题诗

看見秀才陈公子　想伊必定外人儿

现时虽然失落扇　程步我君未同伊

盖北秀扇有名字　就叫许职许一时

伊来潮州做知府　书有一位外人儿

大人许州有知府　说卜五外去对伊

但满泉州迟头追　两家相对不含冤

只人咖迷陈公子　许时不对失过时

五外听涧说起来　公子伊能咱厝来

陈职做底那迟来　外子也呈响厝来

临参为年多老说　涧乐个人也吃知

陈三寻扇　陈三寻扇未回外

若外许时冬甲量　陈三寻扇未回外

八人尢下许一时　只要失落扇一支

乐伊即其有却起　美子小人正合宜

五外回头听盖北　扇有却起着手旦

陈三假意冬在扇　且卜寻扇做因伊

盖北送扇不知接　仁人相美笑微；

一个贪旦外才貌　一个贪外做青拵

盖北厝外化老忍　就叫五外子在年

（右上）

咱且说许未到只　小子弄见按保生

五不听说说晓理　无愁陈三再交纒

陈三再见五娘去　一时迳夕亦且迳

五更五见卜田迳　老卜去围倒彦床

倒落眠床困不去　一心侪美灯下卸

陈三欠灯手里量　老卜去围脱衣裳

妝成衣裳困不去　一心侪美灯下卸

（左上）送嫂上任

潮州城内后街乡　陈三心忠爱找寻

淡美送嫂去任所　无可去带卖风流

一时送嫂去任所　别三日到唐南城

陈三许时出潮城　老不爱别亦爱行

一时送嫂去任　别三日到唐南城

陈三许时到广南　老起五如定伊命

侪三许时到广南　老起五如定伊贪

一时拜别卜迳去　爱卜潮州摇五如

（右下）

只话小敢对见说　假意读书迳囘乡

这候听说疼一声　是卜读书迳泉州城

对伊不敢再留久　永说小弟尔可迳

大嫂亲见陈三元　怎嫂哙咐尔美侪

花间椰蓉子元宿　是迳美女乐无可

迳去诗书美动读　日后迳仲会正名

陈三心超暗欢喜　拜别见嫂趣迳迳

（左下）过了广南三日迳

陈三许时到潮城　许时迳到潮州城

苏日卅大符贵家　採听五如起人户正明

一时卜仙伊快某　赛过廖揚又真佥

头卫无煤夕短少　煤托媒今会求亲

媒人告说黄家厝　畊哙尔如衔亦大帅

乞林大　配乞林大　五如配人户正明

富贵万金唱无比　俊良宝贝百般人
乐子千堂集气起　求起西街林大郎
九郎贪伊好面方　欢喜子如起林大郎
媒人夸伊卜相起　番夕又报廿大郎
九郎一位千金女　欢喜对子做亲成
廿大趋紧上街去　诗人夸日送婚去
三月十四好日上　亦大善心送
盘恨来未三十担　九郎看见只微一
只是乐子第福气寿　思疑正然去对伊
刀米知妻受气食　生彦房中啼喉喘
老利的命枯千果　阮分不愿去对伊
虽然见时伊行责　不是读书人子儿
上了进仲手伊珍　亲爹亡西去对伊
力阮姣人记米大个　乐子不是无人也

只是我子初初篇　思娇正然却对伊
5　五娘青妹　仁港房中啼喉喘
五妹听说老心悲　阮宅不愿去对伊
想伊不是话头对　我爷也可去对伊
鹊然现时望富贵　万是读书人十儿
上高进伊去对伊　诗方如花稳牛尾
...　阴不是妇读

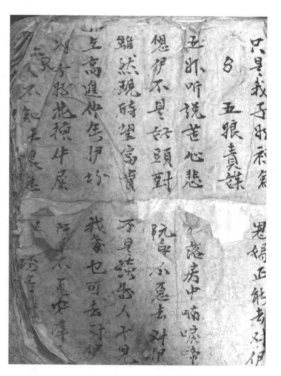

盘恨起好初十回　九郎看浸只微一
五此爱气当九声　搬夫说话玩不听
阮此听说牛共犬　对伊不是好亲成
阮今嫌恨你媒人　无别头对尔也可
婚书共阮送返去　五姊不是林家人
媒人生意且助伊　去共九郎说造机
尔子不愿配林此　谁气林此不定伊
力阮媒人嫁乞配　悲今只卜卜在年

（上右）

九郎責今

九郎聽說有主張　親身入房見五娘

仔媳今日配林玖　配許林玖勉恩恩

論伊家伙富貴比　富貴比咱能恰強

五娘曉蒼答爹親　不可力子對六人

仔子生來今悔示　魏吉才奇可求親

想卯林玖是采子　現時富貴目後

　　　　　　　　拾年勝敗許

（上左）

婆仔現時富　　　無顧我子日

爹仔力女配林玖　日後延嘆子一丘

九郎聽說大多氣　詞口就罵璩璩覓

于今飼大愛成人　周何敢說不池瓷

爾爹有汝人體記　爾今就是林家人

從來注婚由父母　那敢跳捷飛卯可

旧五娘悔親　　　怎目起來求梳糚

五抔不愿心歡喜

（下左）

遊旦二人不相忍　回

不想元甫許人可相對　再遇節君然做

五娘聽說哭微嗷　釘下卜郎是水後生

能得許人可相對　西抔爾想是在年

卜萬許人來相見　在得許人可現眼

益春笑抔再說起　着許黃河水清磋

卜見即君都有時　卜見即君都有時

那可何擱可着見　却然有井可留伊

五娘聽鄉說一聲　爾有好計說我聽

（下右）

益春看娘拉不愿　就問因抔是在年

目闇因何拉干四　面包因何拉干青

五娘將情說透机　昨日林玖送盤儀

恨我父母考气氣　扣我一身去對伊

今對林玖我不池　想咱介命拉干杲

對伊亦死恰好資　不如素死見丈夫

咱看花園一古井　那不跳蒼見丈夫

　　　　　　　　　　　拾蒼古井

五外心骏驰不去　倫身行到去春熙
春熙亭內月色光　五外銀月心头骏
性我一身配林玑　生死不八林眉门
月先推迁不平去　在煙五娘心不骏
我今將情投月老　望天早赐好丈夫
五外点香又点灼　投詞駕来在桿后
双輪绕聲投明老　綜供佛織說越長
五娘拜倒

咱今令伊不相識　下留伊素亦不战
益春仓外再議論　当時劉姐聲即君
绣逑掀落呂蒙正　没来双人可成婚
亞娘全小有識字　親绣詩句绣羅巾
看有才子相定意　許時就可愛即君
五娘听說心头結　只万不气小在平
着对林玑我不惹　卜選即君亦隨時

12　陈三旦楼
月旦乃五月天　五月蓮花詞湖天
五娘专心看景致　坐茶房中苦心經
羅中亲绣几个字　卜選郎君为人見
未知即君何時到　忙肝又想許一時
五月旦乃六月聘　六月劳支正当時
五娘蓋吉上麟志　戈人棲上食荔枝
陈三恨照楼不来　辦驕伯馮拈感道

五外生來在黃審　一身壓对欢丈夫
恨不父母争主意　扶我去配林豪中
五娘本旱蕙明女　那着对伊不仓扶
今复月下琛源稅　望天早赐好丈夫
益春看見外魂天　亞外駕愛永良嫁
崇关画外說紛話　五娘欢喜不敢說
五娘欢喜不敢説　心內又想何不卸
　　　　　　　　不知許人在何

美貌生來真才子 叮下即君就是伊
亞婆那卜聽頭對 手帕蘇支投何伊
五婆聽說程一時 慢慢投落來路迷
孔子容貌似揚虎 假如看差佳路迷
益春又共亞婆言 只是月光有推近
亞娘悅天有头脏 此人正來新樓前
又手帕紧投落 可望成婚好...

看見礁上有美女 一時歡喜在心頭
式飥蘇支在罩中 陳三歡喜笑哈哈
想伊蘇支投何我 卻然有意邁郎君
蘇支手帕劝在身 想可做証恰有憑
未知何時可相見 誰知池時近外身
推親打馬八潮城 李公盾中志探听
李公盾見陳秀才 就問三徐呢呢來

陳三匹前詞田草 阮爹爹前來來做疯
潮州做疯三年久 含笑相好有支盤
小人現時有一事 一条來詞恒个因菜
昨日樓上上撐時 二位仙女食蘇支
投落蘇支去為起 未知千金也人兒
因為二人相刈界 思量生計可見伊
人想卜去栽逢 想未想志亦不...

那力咱人客做 在淨伊山可梅多
李公有計相共用 日治恩情不較亡
前日扶琲索訂聘 爹爹歡喜收盤儀
卜見伊子心不忍 再選良嫁投蘇支
我今共听想起來 想界思考訣和諧
伊爹歡喜起扶琲 七有伊子再招夫
人說生前靖草 前後為志不起写

陈三心内自己第　在我心想有何推
有只表记我收起　想伊不求不姓陈
伊有媒人共仇仪
那卜何宏素吉断
李公听说就区罩　侭定配我怎配伊
卜吉亦着有因果
14　陈三去磨镜
公子不如去磨镜　打破宝镜微闻关
马白犀蜡伊镜　趄伊姻婦正…

新柴芳束熊火到
陈三听说心欢喜　姻缘到尾正嫌收
磨镜工夫束敬我　感谢李公有计促
李公一眄向镜担　送來白馬共锦衣
陈三果然真好才　工夫琭破教陈三
卜吉没術见琭琚　一時磨镜多湾去
工失多耶心多庵
白馬羣束换镜担　锦衣脱落换布衫
搽羞安童区郎里　小人甘愿卜障生

15　黄唇磨镜
小人磨镜見陈三　就整龙柴共换擔
头中脱落戴布帽　锦衣脱落穿布衫
是只小人卜障做　眉头那痛亦着担
手房铁坂搞几声　真吉北郎眉前行
倚唇有人卜磨镜　泉州磨落潮州城
黄眉一間众延春　看见磨镜哭啼哈
元卟一个照身镜　传大兄磨攒琭…

黄阜诸來府堂坐　于院共娘烟…
益春入房見亚卟　一位磨镜生得弹
亚卟那卜選头对　磨镜司阜对亚卟
玉卟閙口罵益春　磨镜也有乔郎思
亚卟不信可去肴　果然生水十二分
玉卟成世出大所　益春抱镜隨没行
陈三進前作一礼　玉卟回礼多做声
玉卟囲头呼益春　磨镜同阜不退八…

（右上）

卜是前日馬上似　今日也卜只路来
進前吉洞磨鏡兄　司阜貴姓又何名
陳三苏外說一声　小人貫在泉州城
遇山岭没是我看　小生拾捌名必卿
前日送嫂去任所　全关到尾說死听
陳三同仁问五外　西術只震见你郷
外做年登有几歲　我是有題来问尔
五外就河磨鏡兄　工俊先說正能

（左上）

人說買賣先講定　且门相嵩不□□
尔今愛加阮處少　朔江□□正能成
說实宝鏡磨到白　工錢卜池阮若介
陳三闹已就庇伊　不可說出朔工錢
宝鏡卜磨勉呢妼　工夫相送隆人今
泉州苏支在树尾　潮州苏支在凌曼
五外一人真果事　說到苏支心蹉踌
卜見前日馬上似　今日已卜只路来

（右下）

伊去磨鏡旦用汁　朔咷益春去棒茶
益去棒茶吉請伊　看見身脏有苏支
更来又苏亚外說　咱个表記伊琴遂
五外洞已置娟児　娟嘴呢破卜定年
做娟个人着知理　不可說破人根机
益春爱吴全做声
儿打破宝鏡
陳三磨鏡上鏡床　陳三磨鏡坐大所
一点水药港鏡

（左下）

宝鏡磨来光如水　卜照五娘个花圍
益春近前吉洞伊　李公磨鏡带娟詩
司阜尔今亦着唱　唱詩好听請食茶
陳三听說笑嗷嗷　後来再請不論錢
唱詩好听哭嗷嗷　唱詩□□
李公見唱是古曲　我今見唱是新詩
古詩唱出郭華記　姻嬚假意喜姻指
董永甘愿欺双僤　戊卖天卸送媒児

記得当初潘文顯

宝镜磨多水思量

那因採花会佳期

陈三抱镜照五娘

一照五娘水梳妆

式照扒胸三寸長

三照外身花盆醛

四照五娘起起林郎

五娘听说起林郎

阮身不愿起林玖

一時苦痛是难当

那起林玖八間門

益去就骂陈三哥

不敢念外説志忌

唐阮更外呪重咀

磨镜工伐宇能参

陈三間心就应伊

本來都是磨外磨

苏支手帕哥卜却

阮念只話不受晚

回头共娘说一声

宝镜磨好謹收起

蓝春行去到所前

蓝春未捧三哥放

叫陈三愿收家収

磨镜工伐个賛

改头換面只路去

工钱提去手伊行

陈三送镜未相樣

宝镜蓋土做二半

只镜毫賠淂裱过

阮今罪上有賴钱

宝镜值银三千二

陈三一時啓九郎

身上毫银可賠尒

九郎受氣就应伊

宝镜值银好價宝

五外功労与受寃

毫賠不因人不動

打破宝镜補缺囝

放尒回家提來凑

宝镜打破我抵当

愿去悠居掃所堂

我屠起毫奴才兒

想尒一身值乜钱

陈三半喜又半愁

宝镜打破八在乒

劝偲外掴季受氣

阮是侠諓季朝泣

五骽听镜是破声

想那卜補祺潺战

只镜打破毫処買

心肝痛悲祺做声

蓝去一時大声置

宝镜打破尒不惊

宝镜值银毫價宝

尒今賠阮桃曙战

賊叙也歌障行樣

九郎一時出火屌

这是尒乞照车镜

尒今打破再樣

看伊亦是好人子　皮不值錢骨值錢
那卜委身賠咱鏡　爹親千萬着收伊
九郎聽子說得通　就收陳三做家童
甘苦做名手恁叫

18　陳三掃厝
工資臨時做鏡錢
九郎就問陳三哥　恁今粗作是如何
工頭息尾爾常催　人來慶志爾對起

我今釘腳共幼手　粗息全小不識墻
工頭急尾被爾催　那是掃厝擇益啟
日頭起來天大光　陳三擔功掃厝堂
染汪洗淨第三遍　外頭掃到厝墘角
心跳掃到爾房行　陳三掃帚夯身堆
儲問扒竹爾梳頭　五外穿頭氏來着
可惜才子掃厝堂　前日邪厝打破鏡
只個受苦爾嬌者　陳三聽說心…
…阮…人覷

阮在泉州也富貴　今日也餓柴障生
憶着苦支正障做　甘願受苦二三年
孫仔爾着相從就　不可僥心嘆陳三
玉孫受氣出繡房　甘苦士說是六可
阮是看爾多擔誤　不就大板打爾身
陳三求情說不可　可憐甘苦一個人
只處年親可依偎　蓉花溜水怎相全
玉外五身八綢店　想伊陳三是…人

19　益春論親
益春就去問三哥　爾孝慮着鏡未去…
爾覓是阮水風月　…流丞下阮…行
叫爾甘萬亦不好　赤着叫我三哥
陳三聽說哭嘆嗟　我那多說爾不知
因草越理為孫宣　苦支爾帕引阮…
恁外邪是有想阮　陳三七屎做奴才
益春問口庭三哥　…

441

（上右）

奴就心肝有想见　日父姻缘勉强事

陈三许时就应伊　不知恁外是在年

芦便小妹着相共　孙得恁娘姻正障生

能得恁外相将就　日父思情怜大天

益春又说手君听　泉州有心未潮城

有心钓鱼心解倒　有心採花亦能成

你今清心去扫厝　姻嫁到尾自己成

小妹其尔再思量　想有一计见阮娘

（上左）

看你小去亦是不　不免姓命那障生

陈三听说姻一敬　走出娘房行卧行

回头就其五外说　吟咐外仔免做声

五娘故意水搅伊　搅翔顷陈三一笑嫩

陈三一时就返身　亚外搅院七何因

你今亦翔其我说　不翔穿手摸奶奶

陈三摸奶手不放　五外假意该不可

起胸动手不好看　恐畏外面亦有人

（下右）

明早起来天太光　亚娘洗面翔开汤

马益尔可代捧去　亲其亚外说短长

20 陈三代捧盆水

五外卧到天大光　床上起来着梳粧

未叫益去捧茶汤　先叫益去捧茶汤

益春故意不去捧　陈三捧去到外厝

陈三捧去到外厝　贼裸已敢不来捧

五外假意大受气　我今着报天外尔知

偷入外房已尽理

（下左）

陈三穿手间房门　搅倒五外上眠床

五娘姻缘不成就　假意叫媚捧茶汤

陈三翔敬走出来　邪恨五娘袂和谐

潭中钓鱼邪不倾　意我思想干食来

21 遊賞花園

五娘思想困不去　一心忆翔行下韵

日间思君袂食饭　夜间思君难困床

听说五外卧不去　益春好去遊光園

三更风清月色光　娘婘行到沒池园
君见园中好景致　且来百花佃赏全
一丛牡丹芷含蕊　一丛全菊正下开
救、药、好相对　可惜玉丛乱林玳
我身不愿记林玳　怎心看花词赏全
莲春功劳勉伤延　咱有甘苏在身边
亚娘牡丹芷含蕊　伊人全菊正下开
今日伊人来咱厝　不须烦恼咱赏园

二人说话花园内　陈三许时探听人
一时行到花园外　普身行到花园东
君见陈三翔一敬　伺去花园翔下行
益春叫阮再来着　伊是別人咱勉敬
罗 不记表记　伊是別人咱勉敬
五娘新问陈三郎　三更半其去花园
有乃进前来禀报　今夕不准说怨长
陈三乃去说恁听　小八骂在泉州城

女德恨婘相对吊　泉州正有来朝城
三哥听我说起来　苏支投恁阮不知
卜是別人投手你　五丛益今投苏支
亚丛说话头其奇　已敢说去沒苏支
邯是別人投赖你　脚下是记头是天
玉丛毡世去三哥　邯有布是投恁恁
阮身见沒乱林玳　益年半夜翘三哥
陈三乃奈叫莲春　恁丛苏支投何君

今日听说乞实意　不是卜透阮郎君
恁娘正是恁行止　客阮八身儶儶伊
怎丛乜敢拖偄儌　敢建阮身紫篆生
益春返去见亚娘　三哥沒人咱翔收
苏支手帕说不熙记　恁畏三哥返回卿
五丛兴拥说透机　阮是合伊说朝池
委得三奇来相对　我翔近前去词伊
罗 再问情由

玉娘朝意问三哥　尔有饶仪亦暴弃
尔在泉冊晋江縣　乜卜潮州有志正
陈三說出何处听　廣南運俟我亲兄
因為送嫂去任所　元宵十五到潮城
許時行下見外面　勁外刈不起心神
乞嫌外仔在楼上　寫朝外幼抽菜支
我就恁舂來磨鏡　直入恁舂求亲成
全望娘仔相將就　可憐陈三去潮城

三哥只話不愛听　尔是望說愛好名
父母耶小有官做　乜卜池阮做親晟
（一）五娘句說是不可　阮是貧尔一个人
泉州美文望耶府　不反五娘尔一人
三哥只話說耶真　阮娘恁尔結成親
咱朝色人返去困　不可只处起心神
陈三听說就行聞　五外叫囲耒相隨
二人相隨肩中志　德潮三哥心都如

玉娘乞意坐绣房　乜想三哥伊一人
千盤宝貝阮乞慶　耶愛三哥一个人
陈三乜有巧父母　生伊標致來遣人
阮今親成乜主意　今日不知是在年
卜嫁林玳想陈三　卜对陈三食人盤
全伊三哥來咱舂　貝日想伊乞程時
耶知今日降生芒　乜投苏支乞引伊

三哥实在定阮意　林玳实在阮尽心
明知林玳是呆子　我看三哥生巧奇
听伊便說真富貴　不知虚宾是如何
伊爹做官潮州府　廣南運俟伊亲兄
三哥伊話說耶定　想伊瞞阮亦不成
琴棋书画百盤有　听說伊家真春全
可憐今日去咱舂　朝共咱舂掃屏堂
陈三建处掃屏堂　耶余午屋侁安意

想我降児去校久　全去爹回楸不遇
尓今期去何商恩　看伊也事不回郷
安童去到没街娘　就共三念説一塲
尓爹許屋看恁尓　何尓也事不回郷
陳三説先安童听　九郎捉我恁親代
因為五娘相刈印　延遅只事云可行
尓今亦朝等成恁　郎可回去泉州城
安童尓今先返去　鵝情説偽我公爹听

頭前房内許一時　有人呌尓是在年
是乜事去得脈保　期束跪拜我三哥
陳三共妹説透机　寄共爹人亲問覔
甲院朝返泉州去　不可一旦過一時
院恨恁外年行只　姻縁相悞人在年
益春夫哥想計致　院娘全小有讀詩
三哥尓可寫一首　何我提去何亚外
何院亚外看一見　心肝亦想必是

安童跪告説一言　咱是定家好糸去
亲戚為伊相刈尓　泉州起無好亲成
陳三吩咐专做聲　对人亽説不亲成
院身甘愿小障做　当都玉府来朝城
尓今亦朝先返去　我朝下日正可行
益春許時立門迎　听伊六人説回日
只旦院外年行只　害人歳看二三年

陳三听説好計致　手提纸笔来如
聲声説出風流事　句句写出少年
風流四至写盡透　正經言語令半年
一時做收就寫完　劳煩小妹共我傳
益春提专嶠房内　亲愿綉綉娘不知
五外入房看一見　綉綉也有一首詩
看來都是風流戸　声声説是小年時
续束言去有寄意　看兑有尾有院崎

只詩不知也人篤　宣阮讀去痛想思
五娘叫來問媜見　綉縫也有一首詩
仅做媜見揲大胆　世人送詩是在年
益春一句說出來　綉縫有詩示不知
亞娘亲目每看見　也敢圖說媜提來
媜尔說話頭與奇　一妣明知領提詩
我只綉縫年人去　誰人做賴媜女見
娘仅罩阮亦手干　篤詩个人見妠好

有罪阮三哥戴去　共阮益春事全干
媜尔只事卻不知　25
五娘青書
益春返去叫三哥　陳三共我叫伊來
看伊也西吉阮　想伊只人恰不諧
仅今亲吉綉房內　阮伊也万叫三哥
陳三行到卷竹连　五孤省見說望伊
阮敢篤詩未宣阮　凌娇阮身是老年

陳三許時在一声　小人姓名名不嶄
冬天无理亦敢説　年无云多影庄到成
五孤提詩三哥看　只有一水阮説年
陳三將詩想来看　只見小人偶未忘年
前日心肝不暢快　篤得几句恰強年
万望娘仔怎見憐　陳三不具委風棌
五娘受气篤更天　阮卜想阮个姻緣
用計篤詩束害阮　照理朝打正當去

陳三行去就拆烱　嘜卜怎用說題目
篤詩那卜就朝打　投蓉苏支罷難当
阮今打仅投苏支　仅也敢打阮篤詩
五娘听說心头悲　迊詩害仅都有奇
投蓉苏支来害阮　咱是千金人女男
父母既然訛定親　當初仅可投苏支
投蓉荔支乱人意　害人思想仅在年
是咱當初卻有相误　劉令相悞卜在年

真情就说何君听　阮卜趄阮人亲戚
阮今成亲起林玢　三哥不可去潮城
起乎三哥虽然好　慎了林玢人亲戚
父母见然起林玢　五娘怎配陈三兄
劝你三哥姐主意　不可想阮个亲戚
苏支相慎不使说　真情实意说你听
26　娜氣回衙

陈三看伊事不成　假意卜返泉州城
被慈娘捅来相慎　赶吾当初去潮城
我今只事勉思量　緊收行里返回乡
父母生咱拙命呆　自己不敢恨爹娘
那恨五娘无主意　自初也敢投吾支
投庵养支假有意　害阮受苦二三年
那伊姻缘不成票　我今哪返恰无宜
收什布状共雨伞　赦緊起身好返遍

益春门外先等伊　想伊好呆又别蜂
只人今日拔受氣　不是阮唇起麽伊
因为二人风流事　不肯成就卜在年
三哥一时卜返去　不成再等一个时
劝帕三哥姐耐氣　今日不可行僥哥
我顾三哥头到尾　因何卜返怎相辞
小妹听我说起来　我来咱看做奴才
忆翔五外好头面　泉州卜有只路来

誰知咱卜共行只　投庵养支怎定期
我今卜返泉州塊起　著共小妹哖相辞
小妹卜劝君著听　请漫亭脚未可行
那都有心李磨鏡　卜想姻缘总好成
今日也可掠受氣　等辞阮嫂就卜行
小妹听我说起里　说到您外我氣伊
笮说您外我無氣　说到您外我氣伊
怎外怎情共怎義　我不合伊去相辞

益春看奇又卜行
三哥实在卜返去
搁说留伊也不听
亚外不留是慈代
五娘听说翅一惊
放落针线走大所
甘苦那是卜返去
方翅共伊说几声
甘苦只初未磨镜
塞镜打破赔袂成
院爹许时放袂命
放俀为奴来扫所

约卜三年未尽痛
陈三听说气冲天
苏支手帕袂捘疼
不是陈三爱风梭
悮院一身障落薄
袂敢反心来相悔
锦衣公服为尔了
白马金鞍安尔夸
失了公服否夸气
失了白马我气伊
这去泉州路卧远
任马可骑脄能凌
玉外听说咛去伊
转去共捆说透机
周何大胆就卜行
小人仓娘是无缘

听伊今日障生说
咱共三哥多了时
不如放繁手伊去
白马卜池买手伊
益春就共三哥说
尔今打力障行宜
卜店潮州随在尔
卜返泉州方遁时
白马卜池买何乐
手伲起身气延遍
院娘正是深国令
不曾纪尔奴才兄
那说旧年六月暗
不曾禄止食苏支
投落苏支院爹意
打破宝镜尔翅池

只是陈三爱风梭
院爹风水当卜钱
陈三心内想就苦
当初七可做伊奴
任媛奴能来相悔
拄手当初搂盆奴
并乌虑院障受苦
破慈轻气具如何
28　娘搁不留
二人就骂陈三奴
玉外益去心肝粗
那是思想病死了
生于苏支在凌安
其院爹于悮遁奴
多用将日院爹怨

宋邪敢死未赖阮　益春揚伊半分厝

阮厝奴才有处托　親似陳三起乩勢

着尔头尖耳唇尖　身穿乌衣倚壁行

邪是貪文共去坂　建功立業繼是季

宋邪卜去做宋志　肯卜留尔亦是季

29

陳三苦痛袂做声　不甘不愿返泉城

拒勤春留　拒勤春留

布袜真起趖卜去　两傘务起蒸行

亚外尔誕説怎定　益春再功不赖君

目汝無某尋阮討　創怎亚尔赌三奇

婚尔今日魃警惶　留君有否尔有功

少日留君尔有返　日汝恩情不敢忘

亚外只話説邪定　何婚親身去留兄

三步拼做二步走　二步拼做一步行

手揷三奇两傘尾　諸慢程脚未奇行

人説有去亦有甘　月角去能雨団乜

受得現時可到厝　益春半系在潮城

亚外看伊芳回君　心想怎奈叫益春

我爹未肯何伊去　益春翔志留君

益春看伊呢不愿　想卜留伊亦是難

亚外不留是尔代　共阮益春是季干

細緣水朱尔福珍　尔阮益春分益春

婚尔听尔説言音　進怎草系分益春

只劍尔羽相共劝　方知尔婚有真心

全小相隨到只今

邪有言語相湊罷　勤君怎氣放一逻

阮仆笑在爱尔返　不可荒志別了尔

陳三听説氣樹々　只是怎尔不收留

我今卜区泉州志　怎貪怎厝好風流

惩外怎心做有意　做去料芹相正匹

想邪卜留亦見做　我今半句不听伊

30

益春再功尔翔折　精想程脚未可行

益春留君返

阮娘念尔有实意　当初正有搓苏老
姻嫁将来能成就　掘指算来起忆筹
奇尔翔听小妹说　不可反心无摧伊
今日解奇邪不返　小妹死命缺阴司
陈三听说有实意　立脚移步虹问伊
侵娘小笛主有已　姻娘四至卜地鹏
益去共奇说因伊　月老推迁有定期
布袜雨華我处起　姻嫁事老响词伊

陈三听说从伊功　双人相焦八桥堂
心所想扎是后年　咱今当都障生做
五娘看姻留君返　亲身出来见三郎
勘君受气是不可　五娘是尔个亲人
全居尔来就想尔　箕日想居十二时
阮有苏支投何奇　配伊林玳亦是今
尔店後堂去专宿　五娘不敢惧三奇
引刺绣政闷

陈三坐宿在议堂　五娘思居心头酸
日间无食断时遍　庙词无眠难天光
想来想去无计致　想翔刺绣政心致
一绣凤凰宿竹树　二绣鸳鸯落池唐
三绣芙蓉对金菊　四绣织女对牛郎
牛郎织女好相对　可恨玉孙起林郎
林玳生来好恰示　陈三生水阮爱池
谁人说遏我爹牵　千两黄金下送伊

一心爱对招良婦　憶翔三奇不了然
五孙想思怎人知　古然林玳是人求
不知着人来乜代　都是差人来推親
五孙想起心头闷　一时善痛乱分个
翔合林玳言相对　一身生未欵青春
一時头豆都挑说　心想不忌口难分
益春朝来词亏孙　今日因何面成优
是乜事至此头赏　頭胡賢處不成人

亚㑠郊是身得病　須教共娟说益机

郊是身中有得病　須教買药可兼醫

五㑠共娟说透机　阮病乞药可去醫

只病乞人力得翔　暗莒戚病乞人宜

娟你不知阮心意　須翔共娟说透枝

林代差人來咱厝　卜燕阮身去開間

長真想來千盤苦　想怎計致可行宜

益妻就共亚㑠说　諸慢想計亦未紀

亚娘不肯相憐就　三哥一命䖯陰司

五娘偷去祠三哥　須今有病亦是乞

早乜惡鬼共惡怪　敢來想劫去三哥

陳三沉重十二分　一梭汪汪不凊春

苦支做鬼去劫阮　五㑠做怪未遮屍

五㑠想起目头红　三哥向说是不可

五娘郊是能做鬼　三哥亦是能害人

全居來看就想起　二人心所生相思

二哥讀書識礼義　三哥伊想乜在生

亚㑠郊翔去林厝　娟郊想去推移

日看現年十月尾　卜燕亚娘去戚景

陳三一時探听知　苦在心头病就來

五㑠听说三哥病　就叫益春去看伊

益春行去到後堂　看見三哥病想思

返來就共亚㑠说　三哥面色黄青黄

君你想阮病怎代　听说君病阮憂愁

苦難目睹夯不起　心想三哥你怎愁

五㑠你話说怎定　口瓦金蓮我不听

心肝郊是有想阮　姻緣万志乜就成

三哥情你由不知　听我全头说起來

一去敬寄怎寒意　二來敬寄有妻兒

從來一坡掛一馬　二坡一馬不好騎

今日郊卜相從乾　不日相隨卜在年

陈三劝尔勉强 当天立誓何娘听
碧琚生来在黄厝 执受良缘陈必娘
五娘听君呎重咀 一时晚荟谢神衹
那敢反心共具义 不着不代个子児
高变苴外尔相对 不敢说话来相欺
一身那有我自己 益等妻子在厝迟
西川太守是我叔 广南运使我亲兄

父母扗阮纪林玑 不定五娘是实情
天地神明做証见 愿共三哥结百年
那敢反心共其义 五娘性命辣阴司
感谢郭住有真心 恐畏林代来相争
强劝五外志林厝 猴咱夫妻卜在辛
五娘对君勉伤怨 阮旦不恶正障生
五娘那敢志林厝 一身甘愿荟血池
可害我君一条西 敢知阮志仅不也

放荟阮身年依倚 宠阮一身卜在厝
陈三劝娘恳勉教 咱身相定正障生

双人断约

碧琚那敢起僥倖 甘愿五马共分尸
双人对头结情义 二人跪荟谢神衹
男庄女右仝跪荟 地下愿做连理般
天道海角等相离 头乌毛白卜相随
当天立誓说过了 陈三问奴介根栢

咱今成哲卜池晴 不可程久赊佳期
五娘苴君断约定 成哲约定二更时
家中大小人弘静 双人成哲可团圆
陈三听筑心欢喜 狼但约定等相欺
阮昌合尔有缘坋 前生注定正障生
玉外就呼陈三兄 私通来为人々敬
我组放縈专刺绣 尔朝放縈志扫所
半工乍见我爹面 恐畏差人来探听

許時一人行一返　不可有意再交纏
夫妻五娘永生悔　成婚約定二更時
日頭卜落是黃昏　陳三心內亂分分
放緊食飯莫攏晤　聽候五娘來成婚
陳三心內想就苦　不知五娘是如何
本約今冥卜成親　因何無見五娘來

95 叫媚退約

寬心等到二更時　不見五娘來尋伊

不知伊堆說厝定　亦是父母未睡眠
我今且坐房中等　想伊五娘依君人
五媽想起只因由　返身又想不風流
不叫益春去退約　頷翔共媚說情由
昨冥共君伊約定　約定今冥卜去遊
我想成婚難推辭　合冥有月又今圓
阮今翔寄中秋瞑　夫妻成婚可團圓
炯君緊來共君說　共君再約十五冥

益春行去三哥厝　三哥歡喜亦厝人
烏暗不知亦甚蘭　抱倒益春哭嗟嗟
益春古意不敢聲　卜看三哥再樣行
陳三不知叫是卜　嗽啯床上去驚鴛
益春想起就愛實　阮人是媚不是娘
陳三許時生思量　嗽罵益春一大場
妹你七可障做了　當阮不知叫是媚
恁外那有來咨外　叫伊入來嗽見量

寄妹聽我說就知　阮你暗算伊冬來
叫阮益春來退約　鬼何三哥看不西

96 陳三求益春

恁外專來都不好　妹你請春好志志
咱今差來煮成飯　荷物翔來請三哥
今日送到那不食　下日相請示是空
君你多起祖心意　恁有話去識札儀
採花那卜連枝掠　亞娘知志寫媚見

453

今说娟兒气伊骂　连伊三哥来不池
妹尔听去说起里　在君新楼诉一时
娟採头先扎採没　文生诉人旦罩生
鲁鼠朝来合猫水　那卜再排序只棋
尚尔听阮说真情　俭合阮尔先战亲
下日有心卜池阮　大胆合君卧戚眠
妹尔障说承有理　咱卜相会也有时
诸阮焦尔吩咐尔　合阮戚皆卜池时

君尔听我说透机　阮扒约定十五冝
十五月光好时节　共君相会怎延通
陈三想起无採工　恁尔古意卜君人
今具戚皆伊那不　下具相候且不可
因何翘苦中秋暗　吊向跌猫害死人
益春女寄说透机　阮尔不早相迟逐
一世夫妻大乃志　十五绵娀有定期
戚皆不应翻呢繁　勸尔三哥勉池官

3丁 初會風流
今具有尔来逐约　阮苦十五正相逢
五娘等到中秋具　看见中秋月正圆
心肝想起就欢喜　咱约戚婚旦今具
梳妆打力俤娀身　卜合三哥去戚景
早送父母上床困　有己不敢去困眠
寛心等到二更暗　父母卧尽全不知

闹五房门偷身去　轻脚钿步無人宜
前壑行到去浴壑　孫～有跂追透来
憶翘三门外伊人好　等惊大小人能知
陈三门外先转伊　着见五尔哭嫩了
双手摩外房中去　二人坐蓆说因依
娘尔查某君乾埔　手仔穿去ㄜ尔模
寄尔有情阮有心　口恁揽来共君料
（字）冷双人佐相疑　娟緣德敢值千金

陈三脱衣又脱裈　一身个肉白如雪
今夜合卜全床困　亦可共娘说短长
五娘脱衣又脱裙　一身个肉白如银
乃算合君全床卧　亦可何卜娶新婚
双人倒蓬做一头　娘手何卜做一床
奇手攒卜身下肚　口唇相对脚相交
一盏灯火照诗诗　娘手何卜做桃头
陈三想起心就重　聚起娘卜做一床
卜深五外个苦冏

不群亦近卜身上　赤贵卜伊吉少年
五外共我说言音　阮具未强个新琴
爱得亦君亦尔来去　闲惶熙顾明如今
君尔卜强朔子细　怎做魏选打破钉
陈三听说笑嘖嘖　新般朔顾我也知
般杆般捧我整便　卜门水跎娘姐阿
五外自在心摅定　千兵万马亦不敬
湟开险路我等抱　我学孔明献空城

陈三槌伊生计诵　军兵点从卜相刽
翻身登起娘墓上　金槌座剑舣玉来
五眼点兵志培伊　吟咐先举颜主特
慈点军兵卜裁障　不可打破破贼池
陈三子细采花心　五外声话泥吟
世间风流不论便　新婚一生值千金
陈三心想真欢喜　也能心息到障生
蓬莱仙景同那好　不及新婚卜一睏

五娘想起真过意　七能心息到障生
桃源景致怎忺叶　那有风流只一算
二人过意入天台　那摇那俊笑嘖嘖
一旦风流做卜了　上墓翻身落下墓
五外跎上鹫也敢　越来共君说闲伊
父母生阮一身己　令负合君瓦障生
陈三身上汗也流　欢喜共外做起头
一世夫妻千万睏　一番正是做起头

五娘攬君再来困　君你美貌勝趙雲
常山趙雲早过世　那有我君生得文
陳三共外撓朝之　娘你美貌賽二喬
天屎二喬早过世　那有我娘生清標
双人説話真文雅　壹身个句白如玉
一更过了二更時　双人做万生人懃
世間風流第一好　恰好風流總旦舎
咱是夫妻敢障做　父母困去全不知

二更过了三更時　人二床上説因依
求咱少年那一出　風流不做等何時
三更过了四更暗　二人床上再安排
世間風流第一好　恰恰仙女取仙挑
四更过了五更時　再返听見雞離舎歸
双人床上起魏苦　合負因何捉短時
五外共君説短長　雞啼也是天々地
延院伐对相来醒　我翻退去可檜私

陳三共外讓合後　外子美貌定東寬
抱了撓之正来去　則久卜去阮不甘
一時意外天大光　五外翻身唐眠床
阮翔合君你厝住　不敢合君廈餓床
陳三想起心就苦　天也因何捉緊光
娘你今負翔早来　咱今夫妻望久長
送乗外份正门去　不可乎我看東西
五娘共吉争离時　共君約足踮々来

偷身行去到没所　一半欢喜一敬半
巷跪恐畏畏人看見　尾尾畏了有人行
一時行到来房内　欢喜起来隻人知
合君意愛年月久　誰知今負无成

38　再會風流

中煉过了十五負　月白風清渺天時
五外想越困不去　妻卜合君再啹流
且高月光好志志　五外偷去尋三哥

456

但有双脚去双手　唐得揽来连身吞

五外倒卷做一块　阴阳相向去相凑

咱今也能挨相定　恰是鸳鸯未相交

陈三许时新推辞　怎笃知去下不年

有人看见扒一倒　双人性命即障生

五娘骂君你真呆　阮呀不说旁人知

君呀宽心把君事　磨镜也致只路来

哥呀宽心魂心终　阮登有口我低告

手上金钗鸟骑去　手倚窗外鸟暗虑

轻脚行到三哥房　一扇房门双手庵

调八三哥房间内　一心欢喜心头闷

三哥困去全不知　不知五外去寻伊

五外坐落向床上　穿手去摸三哥身

陈三眠梦翔一惊　什么鬼怪床上行

五外细声叫哥醒　阮是五外会做声

陈三床上哭喻　都是五娘亲手舂

我是真君水画貌　心肝合君做一眠

陈三安外相列吊　心肝下耐求快调

一时翻越外身上　在外身上把消摇

焚入巫山小春不禁　乱将罗巾去尽心

行云李雨真可恨　颠风倒月乐极深

万种情怀真见水　一春景致乌投林

微风一道花有露　花有清致乌月庭呀

五外娇意哭嗽伊　昨很俱合障亦障生

外身你卜做我主　大胆合娘困天光

陈三有外不困眠　穿手去摸外下身

外卯只处三寸地　也能送哥个神魂

五外听说哭喻　哥呀怎用说多言

咱是双入情义好　不是只处能相眈

陈三合外又再战　外卯美魏好少年

本是林代个福气　今日是我个姐婿

五外娇意哭无微　君呀怎用说固衣

陳三心內亦歡喜　親像睛冥得一豑

双人床上說因伊　記得當初六月時
君尔騎馬橋下过　阮在樓上食荔支
許時荔支掞何尔　阮今手帕有吟詩
阮今荔支掞何君　双人記得許一踦
我君今日來尋阮　是卜何君取新婦
天地生有咱双人　後世望卜再对君
　　　　　　　　今世及來做一房

有緣我君來廣會　生緣林代不相逢
今冥議論燒好紅　庇居凍三共五娘
責罵林妖翅早死　双人放除返回鄉
要去王魁合桂英　翔夯庇卲共孟姜
老卲夯故秦王斬　桂英忠正生思淫
一頂未困天就光　姜女長城尋夫人
夫妻不用相辭礼　陳三医扣西房月
　　　　　　　　　　　　　　　刊

五娘行到綉房內　輕脫裙手侄廳床
愛困要眠不敢說　欲加醫欺枕楓糖

35　母疑碧珠

五娘全专送新婚　顏容美貌越清春
前日淘桐未見面　現時楊柳就逢春
伊母看見心就凝　我子不知是在年
前日面帶桃花色　今日顏容有燒燒
說話全延手縈氣　行動全然写咸宜

老開叹定有蝶採　有水必定有魚來
只見別人生子过　卜是陳三賊奴才
我子邪敢合伊呆　須卽教訓罵起來
伊母去到五外房　一時度氣都面紅
子尔做人个女子　合人呈卲是不可
尔母說尔邪不信　飼尔一身成乜人
故繁推亲林厝去　一兔致何人凝東西
子尔今日送相合
若是有人共志忍

被侴父母都一見　放你相命亦是年

玉娘听说苦就是　只丒不知卜在年

等到三更人困静　偷去共君说因依

严志做来被得好　阮母知命拙是今

说那扣得我君期　敢咱姓命拙是今

陈三听说心头怒　一番掃所一番嗁

恨流万志袂得好　被人看生卜在年

本来心肝就敢行　调人卜拙咱杆情

我今合尔障生做　想尔勉做我亲成

五娘就劝陈三兄　尔尔大胆永勉辞

敢做风身伊不怕火　敢做乾靴不怕湯

咱是夫妻天注定　月老推近做一床

现时有酒双人辞　下日有再正來书

卿恩益春　大胆合娘做夫妻

陈三听咊说话巳　偷來暗志今人知

双人仝沉相上停憂

益春看见就动心　朝来艾君说言音

恁今双人全床困　奇尔诉杰诚礼义

三人二奸一人呆　赶敢益春等人知

記得昔初来退约　今日蓝花还君採

许时不從三奇意　阴城危揭贵西施

正是恁流志旦眇　今日益花正君採

又看三奇七行宜

益春美貌赛观音　陈三看见瓶动心

咱今双人牲义好　我合亚妹先二心

益去听说心欢喜　恐畏三奇尔不池

三奇那是今媒意　小妹七敢再推辞

双松相库入绣房　红旯帳裏法成双

姜做银盤承两露　君做黄蜂採花心

君做黄蜂採花心　阮是蓮花闹渴池

未有见痛先见當　坐望三奇保主持

（右上）

打事一場說難盡　二人相攬困成眠

41
騙卿通姻

亚都房内探听知
益春朝敬而变青
五外罵哃李道理
君不亲似採花蝉
扮院好花採过了

門鈞偷開入君来
陈三年意坐亲迎
乜敬做乎到障生
一樣採了共别樣
反心又过別光樣

（左上）

嬌你大胆合伊困
陈三功娘等受氣
縱来採花連枝採
採花亦朝惜花枝
爱得三人仝心意
益春乜通放在伊
但恐三哥年了時
三哥只話説也是
前日有心合阮好
心肝全然去岸定
障生志想卜在年
乐邪有人再定乐

五娘不敢争益春
外伊听我说透机
採花亦朝惜花枝
益春乜通放在伊
今日反心去想伊
連阮恨哃也不地

（右下）

玉娘听君说有理
益春是咱个亲人
有乜心此能相共
收伊做接挑也可
五娘听说乜欢青
亲哥叫益春来问伊
三哥心委你做妻
益春听说笑嗷嗷
未知益春尔在年
三哥一心果然卜
未必三哥伊卜心
即有甲阮相哃児
亚外只話说那定
益春乜敢不從伊

（左下）

陈三看伊二人卜
自古夫妻耶一对
狗小耶是請一客
君不障说真不通
人说有洒相合飲
娘不障说合我意
有乊三人仝議論
假意说阮真受核
在可二人对一哥
卜请二客恐能等
阮耶欢去厉也有方
好意生在洒杯中
咱朝三人做一腺
私通來去人知
障生就比正合道

有時三人做一床　床上做陣說短長
陳三頻好算頭短　娘嫺頻愛怵日頭長
眉来眠去意又切　三人鬼憂怵心酸
九卿算日心不安　因為赤水一段田
大租共有一百担　值得番銀一千元

物　九郎畫田

陳三掃香掃棚杆　九郎做狀去畫田
三狀四狀告不準　陳三看見有何懼

九郎起早春眠床　差人去請林珉郎
林代請来所堂坐　議論做狀告田庄
這田邪能告得返　盡付五外做嫁粧
林珉听說笑嫩し　择起纸笔做狀司
狀头做得有道理　狀尾做来無是移
一時做得有一狀成　岳父提去看伊的
陳三摶茶去請伊　拏眠看狀情便知
全狀到尾有一編　說伊不能打发可

做城亦顕情理法不念
林珉听說就畧伊　宋是院看你十児
邪是摶盈共掃看　暁得你法是在年
陳三說寔生說盧　爹媽得做全小送清去
詩書玉論都讀透　暁得做狀共文章
林代听說年主意　就去九郎說透机
不勉狀只还伊做　去告不準責淮伊
陳三受氣就去伊　石情到尾正方知

只狀若还告不準　甘惠五馬共公尸
許時多情說透机　在家乐是發薩児
有起文笔有鬼量　句句做得相文章
狀头做得好道理　狀尾做来無差移
陳三做得一狀成　更公提去看伊明
九郎告狀入官所　另头原差叫一声
知州一時就坐堂　告狀正是黃九郎
知州即時就看狀　九郎正是告田庄

就只三字入道理　州尾四字写差种

就问只状七入做　九郎在伊旦奴兒
知州听说不肯信　这旦才子正合宜
知州即時就准状　田庄判断还九郎
九郎听說就欢吉　现量陈三班人兒
九郎心内暗欢喜　就将六娘卜对伊
陈三听说笑嗽、　六外对我去不心
那卜五娘来对禾　就将六外对换伊

六娘听说百变鸟　爹卜做户真糊塗
如卜起气馬上侯　将阮一身配马奴
弋年过了又一年　今年算来到冬天
四迄逢人都刈稻　收租正是只日期
旧年光景多亦好　今年光景强旧年
九郎一時抄租数　現時上苍去收租
蓦年光景多亦好　心爱卜随陈三奴
心想陈三觅算数　恨我身伊今卜兒
陈三知去是心怨

今日念那郎殒拆离　阮朔救惊去随伊
州　九郎修租
九郎骑馬去收租　陈三没面做馬奴
去到赤水田庄所　佃户担谷来入租
看見陈三随九郎　佃户心肝想不通
烟茶先来清三舍　九郎受气置一声
九郎受气置一声　伊旦家童随我行
尔也敬伊多尊我　将情报说乎我听

佃户说付九郎听　伊旦秀才有名声
伊兄广南做運侠　今日乜卜随尔行
阮看田租仔餘担　各家都有作伊田
雖然爹目乜随阮　阮租敬伊心正安
九郎听说乎主特　即時下馬就问伊
母是象昿好命子　当廊乜卜障行宜
陈三说付九郎听　庶南運侠我亲兄
前日送嫂去任所　路途經过德潮城

（手稿四面，直書，由右至左）

【右上】

宿在本公磨鏡　尤恐行到唯樓前
看見樓中有仙女　親似雲英恰有餘
一心愛卜着景致　正有打扮障行宜
九郎聽說就左伊　你做秀才多主特
人问也有仙景致　樓中一位我专见
李公說話全是呆　被伊相比卜相圆
你邪真初有障說　不敢妆作做奴兒
則久正知你名字　得罪三舍你罪年

【左上】

陳三卻問黃九郎　你子也卜配林郎
前日耳述聽見說　生死不入林厝打
一世夫妻大事志　在怪你方不心發
九郎聽說組一驚　陳三且想我亲成
只人不可紹我厝　下日必定败子名
田相收完回返晉　甲伊朔及泉州城
保得我子老失歸　也勉何人矮奸婧
（旁注）段房回郷

【右下】

陳三心內瑞撰宜　着見九郎生左伊
想伊心然有知意　又老不好卜在年
心想一計騙九郎　假意有病身难当
我今朔返去醫病　病郎醫來到田庄
九郎聽說就左伊　病人帶只尾了阵
三舍身中浮有病　你朔先返可去醫
陳三欢喜又一遍　连實趕到後街郷
偷身行去到外房　輕声叫我五娘

【左下】

五娘聽見奇声說　且喜我君返回郷
家中並無緊如箭　旧日何連與趕返郷
陳三行路緊如箭　憶朔五外正貝連
三日等見我外面　想来親似几万年
咱今双人相建意　不敢亭君即障生
三哥見然挖有意　阮今含您卜在年
赤水行来路又遠　超歉志君朔连貝
黃果郎上有露水　共君攬果沱嫩

真出衣裳共君換　罗巾捏来共君雄　今日不敢须瑞所

君你上庄去收租　阮店只眉困单裑補
今貝有君做陣困　有君做陣勉敢寒
陳三合娘做一床　有勇美不说短長
我随恁爹去收租　佃户担谷来入租
说阮都是别人子　今日七卜随伊行
你爹許時心有凝　疑我合你有嵘崎
我今許想時一許　輔伊有姑返来医

尔咱双人障做乜　你爹知志卜在生
五娘床上应一声　劝君大胆永勉敢
咱今双人全心意　不怕大小凝奸婊
天壁生有咱双人　好呆乞走做一居
我爹如旦那知志　收租下日回返來
那敢协咱去打乜　到许其当正取裁
九郎田租收入櫃　三工二日返潮城
卜甲陳三回返去　入门就叫陳三兄

尔是泉州蓬伴第　今日不敢须瑞所
放緊泉州蹄後去　水什行李可起行
陳三共你说因伊　果然恁爹伊有随
甲阮阻返泉州专　不准恁看再延遲
咱今双人何主意　緊想計致可行道
五你恐想为主意　全望三哥何主持
当你有计也可说　阮愿從君今推辞
陳三詞口应五娘　想乞计致可退置

三十六计都柔想　挑難倫走能恰強
一心想卜怎你走　未知你侶乜主意
五你听说只语君　心肝是切头就犁
阮今朝离我父母　何用合你做夫妻
心想翁某能怡觀　憶着三哥你有情
甘愿合君相隨走　念念父母在身哖
陳三又说何你听　咱卜走去泉州城
盖春是咱个景娴　甲伊亦相隨咱行

一人拥打三人走　行到花园难未晓
四更月照花园边　风伯吹来冷激激
五娘回头共桐说　咱见要紧期连真
当初那生投苏支　暗其赤勉紧生
五更月照花园欧　五娘心破目屎流
忆着精义合君走　怎信父勾在身㤭
今贞君亦燕阮定　益春亲人通来沉
花园过了打大草埔　五外行去今奈何

五娘问姻兄
须翘苏阮说透机
三哥爱咱象州去　姻缘主意卜在午
益春听说只情雨　恁卜相毛走泉州
益春甘愿随君去　不肯店只在潮州
五外听说全什便　现时前裍扔锁匙
三人行李次什便　丰其起身年延迟
那卜相毛走　家中困静无人难
九月十四相毛走　家中困静年人难

赤水过度

潮州那卜象州去　若今搭般缺且溪
竹　
三人行到大溪边　看见溪水荅青青
恁今三人卜过去　般公先讲般租钱
阮三一畔问伊　须翘苏阮说透机
载阮三人旦赤水　恁卜池阮荅天钱
般公听说挵小钱　调尔三人恁再荅

三哥今贞勉行中蹈
草埔过了石岭塊　三人行李在眉头
益春行去目泪流　阵三呵哓尔真贞
岭塊过了大洋墟　五外心问目头红
阮身也能生查某　仔献万万从别人
洋墟过了宿困坪　三人坐荅唱青青
路途崎岖草共刺　扶阮石难折兄定
三人行到赤水街　赤水街下有大溪

一人任伊翻送我　三人翻手退任钱

陈三欢喜就先伊　五外上般画豪青

娘仔坐般探发胆　是不识生乙障生

般公探般稿溪西　就向三人焦心来

借祠三人卜泡志　终情翻说伊我知

陈三就左探般先　小人君在泉州城

阮卜泉州只路志　　有人问伊做声

若是有人来寻问　功深乞说乇今然

般公探般倚溪左

三人卯早相悉走　再问三人个情

陈三就左探般先　阮念不载人恒流

日每泉州路头退　阮念泉州有景成

卜志泉州探景成　今旦即有连真行

般公探般倚溪埔　全丑说乞般公听

吟叫起般翔子阳　繁取三人个般祖

您令三人翔制爵　可不已鞋踏度土

　　　　　　　　慢一起般早如何

---

45 三人宿店

三人赵头前先般　五身又来牵益春

益春合外相牵手　三人赵献笑嗷乇

过了赤水是双溪　玉外牵手援金钗

援了金钗君仅起　脱落弓鞋换布鞋

过了双溪是南村　益春行志脚又瘇

益春行志脚又瘇　玉外行志脚又瘇

寺却亿肝那有定　千盘万石从别人

　　　　　　　　今日赤勉只路行

---

45 三人宿店

寺泥乜渭生潮州

益春行志面憂乇

三人行志脚又酸　就叫黄婆来开门

咱今只处且安宿　合咱许君乐一盤

陈三共外说因伊　记许咨初六月暝

暗貞着加酒堂礼　夫妻饮酒正合宜

君乐冬逈不成眠　夫妻害酒乇成双

今日有名双人欢　朝日有名成正音

五句就两家应婆　阮小泉州去不见
潮州行来到只处　路有一半赤是尘
黄婆词已庄外佮　泉州只路阮全行
虞实等可共外说　您今路中随喏行
只言有处可借问　乡可共尔说一声
路三就共五外说　当初只路未识行
咱朔再行三日路　飞可看见泉州城
咱今行路等娘定　须着宽心随喏行

旱早是要逃能到　店只半路不供敬
娘伵行去脚又痛　债桥二把不供敬
劝伵心肝朔至定　我今去请篙夫兄
五娘就叫陈三兄　咱今三人随喏行
有钱伵院做路费　也俱提送篙夫兄
现赂有店且安宿　明日早起正来行
想咱行来到拙退　父母卜寻亦是难
如此　阮郎暴子等子

旱间起来天大光　只见益春林茶说
卜是三人相毛去　三人不知走何方
九郎暴子等主北　就去佛前烧好香
保庇三人去各路　差押三人及回乡
解湿三人相毛反　母景寻子入绣房
母景寻子入绣房　怎见我子尔一人
我子也敢掂佹傅　无处父母一家人
我子胀算只屠困　暗算不知去何方

着见毛子一绣笼　邪见只驹等见人
在咱父母七不苦　起人林珷一半科
林珷一时邪知志　甲院父母意忘何
黄昏许时寻等子　一家大小大朔敬
魆伵三人相毛去　咱卜何处去探听
九郎寻到大卓城　看见路中一麀孳
我子敢行去泉州路　可恨陈三死贼仔
九郎暴到五领陇　我子只去等回头

溪水流去冬流送　看見溪水目滴滴
九郎尋到大洋墘　看見洋面做人是
我子不知此处寻　三人盖冬見一人
九郎尋到赤水街　看見我子一双鞋
只難正是我子绣　别人快绣只个鞋
將只弓鞋搂蒼溪　我子只去永冬回
石難流去冬流送　我子有去又冇回
借問溪逻搂般兄　早间只跳去人行

般公说番人答听　早间只路冬人行
只处般伯冬人过　分明说出付尔听
九郎再问梯般兄　尔期世我说一声
我今钱银卜送尔　千万世我说一声
般公说出九郎听　早间只路三人行
二位亲似潮州女　一位亲似泉州兄
一处般搂般过赤水　说卜泉州探亲成
只处般搂般清河院　又来甲亢冬做声

九郎听说赢知机　只是我子冬差稍
我子飼大冬教示　因何大胆敢障生
九郎听時苦樵然　冬野许致可留伊
不勉將情出賞帖　求浮四方人扰伊
誰人扰浮我子到　欢喜送伊一万钱
九郎许時尋冬子　路上行来苦相思

51 林厝尋親

恐伊林家祁知去　咱卜也話可应伊

九月十六林厝知　亲家亲姆坐簥来
亲家亲姆大受气　麻黑九郎旱在年
玉娘是保亲生子　因何敢败你名声
恐做父母冬爱顾　连我媳妇亦败名
亲家钱今免受气　听我全头说透机
十四月光熙天下　三人做冇冬人直
亲姆一句应出来　恐只说话哈不济
恐做大厝儿女母　恐子做冇家不卹

52　三人義論

五外见然人兄弟　就将六外妃林郎
五娘面貌怎恰好　六娘不識兄向生
我今有收你聘礼　不敢无理翔決情
亲姻一旬言先来　牙有六娘不妃伊
前日五娘妃乞阮　今日敢说志妃伊
就你口说都兄準　阮也敢听你家亲

九郎許畴就庅伊　六外起尔你不池
五外既然一人毛走　五外实在怎险哥
一人生来都一谋　想乞一人一樣生
五外你看生襟致　六娘容貌年差稼
亲家听我说起理　西隋其庅早在年
一時慌惶魁化繋　慢乙志想亦未滙
尔今今日差超気　恨意須翘放一途
亲姻恨完年消心　戎眷家財有万逮

有銀気人是兄弟　和有志跡至滑化
知州那说我怎理　就告宿石只西特

53　林玳告狀

林玳一時跳落州　今日只爲不伊求
看伊陈三乜道理　敢怎五外志泉州
城内诸人做一状　卜告陈三黄九郎
林玳一時就入状　知州許畴就坐堂
一時林代名来询　父母发前悦超恳

林代跪意说情由　陈三只人来潮州
思通九郎一女子　騙却五外志泉州
先做奴才旱假意　思通五娘是实情
知州一時不肯信　只爲旱假未具真
伊来黄唇写叙字　乜敢爲走人妻見
林代一時想一計　就将白銀想送伊
番银就送一千兩　知州欢声共伊收
仁州秤冏西一鳥　林代再说只情由

欧先五娘先对我　陈三恶去泉州偷
全期五老爹翔准告　宜法照办翔途流
知州衙前有情理　现听出差去扛伊
吟咐房司翔緊办　明日出票去扛伊
许时房三人着一散

54　官票查明

恶差欢为事一遍　手提夜票就落家
志到黄婆店门口　看见陈三黄五哥
许时三人着一散　叫嘴共差说一声

我有钱银卜象　千石放阮返泉城
恶差有良不敢领　林代幸告袂讨情
老爹委尔潮州志　须期放繁随阮行
陈三苦坏袂做声　恶差许时就押行
五娘即时共君说　大妻不怕告衙情
三人押到赤水街　一路人马来相接
劝敢呆子不通做　相似三人真卜妻
三人押到潮州来　十於五味哭哀哀

劝你怨妹气相笑　到处其书信就知
三人押到古楼前　见有人马二三千
风流事志老家知　爱人入走早真闹
三人押到知州衙　恶差衙役两边行
手夯竹杯其产只　听候知州审衙行
街行原差一全到　记供候审话两边行
五班城听见大声　陈三来审就先喊
不知州知七邢罪　林珓敢告阮衙成

心肝亡亡証袄说　五娘劝君不勉歡
咱今人三全做好　林代对跪秋先告
号咱甘恶卜障做　知州农小咱勉歡
尔先运俱觥伊倒　做咱大胆勉惊惶

55　知州番問

坐堂审门是知州　先居益春问情由
恁娘本身陈国女　敢引甘黄来潮州
五州回头叫益春　因甲下三人全议论

尔那有詐共伊說　伊那乞詐推何郎
益春說何知州听　甘苦旦是院个景盛
阮尔並乞起林代　旦伊乞告阮呼咸
益春不認押一近　就呼五娘来问伊
尔是黄家千金女　乜敢犯薇失礼仪
五外在詐就嘴词　林代乞告只呼非
阮是随眾州夫吉　不是三人走去圍
知州度気望呈五外　林代聘乞呼尔多收

尔身現在起林代　乜有再去記彔汉
五外說出知州听　甘苦旦阮个親盛
阮身並乞起林代　伊旦乞告阮呼咸
知州一時召九郎　尔子生来野梳鞋
因何敢記林陳姓　何伊二人去相争
九郎跪磨說一声　我子卜敗我名声
九月十四合人走　实情生記陵三元
知州听說就記机　紧召陳三来问伊

尔来潮州三年久　什么因巢說迸机
陳三說出知州听　廣南運使我亲兄
我送大嫂志任所　路途又过潮州城
九郎許時有一乜　欢志卉对乞做景盛
誰知林代強告奸　靠伊家富有万金
林代着見眼孔概　用計力我告奇咸
只有那不来重办　那乞重办人不敬
知州听說就志伊　尔来潮州有嘆游

自己賣身做奴婢　乜敢毛志入妻
完人头婚是乜罪　照功途流正合道
陳三当堂再說起　不但返婢許一時
前年我爹来做府　九郎一女五外兒
是人来向卜对我　林就对我乞差移
嘉爹年急我先乜　頷訶怎我貞蕅兒
知州青堂就爱気　做乜发蕅人子兒
頷无那卜有官做　乜供事乞亲三年

看怹三人品一案　想来亦是有通好
此人那不未重办　当良卜認亦是难
第一那枝是姓過　知州出令打益春
儙只三人全做万　阮那么打尔不椆
益春打痛目淨流　老爹听我说起头
前午樓上六月時　阮外接上食苏支
陈三骑馬樓下过　阮尔苏支投何伊
伊就做意来磨镜　打碎室镜做個口

身骑白馬逰街市　一月些羊到次街頭
今旋外偌在楼上　投蓉苏支做每記
阮就共人牢磨镜　就去伊眉求亲成
万望老爹着敖宵　千万放我去泉州
第二那枝是姓楊　知州法令打五外
伊是黄香千金女　七敢大胆伯主求
五外眤過多相欺　父母做百悟子兒
力阮好人記林㰷　心想不遠害傷妃

阮合陈三好头对　甘愿苏支投何伊
自古资人投明主　资女亦须起贤夫
景選良媚天下有　老爹思事朝庭媚
知州听说三人記　果然好婿为是真
可惜高堂有眤認　判断五外对林景
益春原回在心街　蓋蕊九郎去领回
五外斯伊林層考　合伊林㰷做夫妻
㰷　對㰷知州

陈三自己駕敦字　甘愿奴才做三年
许時阮外相吉爱　父来百老脚不知
知州听说只悟由　大服甘苏来潮州
此人那不来重办　说能教呆人风流
第二那枝是姓老　知州法全打甘苏
你是泉州浪蕩子　敢来无走人妻兒
陈三开口走一声　前午有说只事成
我益兄媚志任府　六月返来到潮城

472

（右上）

顔三有罪不輕宥　後法照功朝廷流
只事那不來重辦　共我到尾也不休
陳三一句去知州　我身也罪朝途流
想我亦等也大罪　也俱涯州去途流
你想陳三等人救　官薛子弟朝途流
我想親兄可改救　你心狗官做知州
能傷我兄運俱區　鴉你此比結覺死
西川太守是我叔　廣南運俱我言

（左上）

承今做後各相顧　復了相累爾相歡
若頌我兄運俱返　慢慢挽覓說爾聽
知州聽說大受氣　做也官薛人于見
那旦官府有名字　也俱奴才暇三年
那兄高尚都馬屍　你叔西川洗馬池
你今敢來說勢係　罪朔再加正合宜
陳三許時就嘴說　今飲做官靜我濕
那兄我兄運俱區　了你官臧劍你皮

（右下）

看你小官不中意　親像草蛇亦多枝
你敢做名去相顧　尸尾老到尾正知
共我看審在門頭　明日卜辦去惺州
知州受氣面都紅　就押陳三入飯房
看你卜去也人救　阿咾老爸旦正覺
57　林玳返銀
你今障生共我斷　平兩番展現時交
那名老爸你可淪　陳三共我做對頭

（左下）

若等老爸可來救　五外烈生去尋屍
林玳心內暗歡喜　打共備後再分錢
阮今不識你名難　何處几人可相除
那有小二可送你　那旦送你罪朔蒜
一任街後是雄溫　咱今几人自己个
咱今尋処可去越　又來都謝林玳郎
五外押去見林玳　林玳看見野梳粧
你那甘愿做我業　俊府已兄我知事

伊力气人先换先
五娘应话就嘴闹
牡丹不近芭蕉树
十五月光做笑想
阮身患做陈三某
林武想起心就苦
五外见然说只话
益春五外就回返

凤凰不入山鸡圏
月裡嫦娥勉鬼曽
阮死愿葬陈三土
不知五外意如何
必定做某继是妻
且来又去见三郎

陈三押寿在饭房
五外盖春饭内去
衣裳邪山与人洗
日日飢餓尽说起
陈三肴见二人到
一时月津四随阮
五娘穿手共君洗面
烧水捧来君洗面

爱尽千苦袂成人
见月三哥伊一人
头毛打结侢人梳
年久月深冬可回
一时月津四随阮
劝君月清不可流
清茶捧来君忌用侯

憔饭捧来君口腹
陈三想起心不愿
外你有饭阮袂食
五娘功君兔心疑
知州七敢拙失泻
五外散走又能寒
绵被牵来共君甲
一春说君頭赶阮

咱卜何时正可归
咱乜翁某乞透留
宽家共我做对头
翁某拙来是久长
食银柱断我情郎
共君揽来倚心斯
衣裳脱下共君權
赤狗敢起只乃林

书我寄：障爱苦
十日外狗探听知
陈三肴意定我实
玉外受君面忧、
照力奸成打一百
今日畏人做咱主
邪恨知州等道理
食钱银来相斯食

一时心疑苦就来
林武七可来苦人
林武善人心不休
谁知奸成赶途阮
卜是赤狗志用钱

枉断我支连千里　害阮捅散卜何年
阮今吟啼解差兄　欠解我吉慢慢行
照顾我吉头到尾　有情送尔继差兄
许时三人画忧忧　谁知我吉着途济
陈三做人甚㑏心　共我共㷄说言音
我吉涯州那可㕤　不敢忘恁个恩情
敢记君司未乃离　我吉涯州气丁时
恁今二人生拪水　恁恁清春卜在平

卦㷄功君勉散惶　在早李㐌记文公翁
十八年前天注定　三十年後正相逢
人说旦没能成亲　三年海水能连真
今日虽然一期分离　下日㕤来又具亲
陈三㑻吉到大溪　五娘头上掭金钗
金钗付君做表记　及来依旧做夫妻
陈三嫁吉到大江　莲春跃上掭金针
金针付君可变卖　不免路上做强人

二人送到卜分開　目滓流淚两血臌
尚尔一人赶磨事　害阮二人气所缺
陈三卜吉生养般　玉㷄气奈叫莲春
莲春咱也掭笔福　今日障生翔离君
般公掭般涯一洞　玉㷄莲春甚如雷
恁般扐阮君戴去　害阮㷄㷄气所得
江水不知阮受苦　卜再阮卿未受了
一時看君一時遠　不知何胯正可誅

我恨知州气道理　判断我支气相随
林玭可死不早死　七敢忘告只多非
二人不葚大声啼　仝仝跪养大江送
官司百走我君尅　庇虐我吉遇翔兄
只旦早我君尅磨事　不旦我君有罪名
求天求地翔灵左　庇佑我吉返回城
玉娘想君心头破　一心愿翔陈三郎
君尔涯州气消息　心树陈三刈人肠

[右上]

60 五娘返去没街郷　阮带潮州免見量
迢日鳥心可刺綉　李想三哥有情郎
愛得三哥現時返　現時我返刈人腸
十工八日鳥居返　想君怎返又心酸
我哥乞处去探听　現時伊在路上行
且好是亲乞看見　阮朔差人去探
五外一時叫蓮春　阮卜寫信去何

[左上]

焗尔去提笔墨硯　阮外寫信去还君
蓮春听説有玉奴　鎖匙提来開籠箱
右手提硯来磨墨　右手方笔还亚外
五外想短又想長　一好竹紙在棹床
想有儿句卜来寫　未尽卜寫先心酸
目津流落滴硯池　想得儿句乞差移
前日想起有情义　今日想起乞傷処
等藥可匹相思病　有錢唯買少年時

[右下]

一班寫信寫完成　京呼小七来叮嚀
此情自恨咱求命　阮想三哥不知情
去佗是阮亲手寫　呼尔提去何処郷
叫小七送去　小七返去就卜行
尔去見得我君面　五外吟咐千万言
阿外杭天有保庇　勸君多走不供散
良两本袁变付尔　我君伊能遇朔光
路上細心去探听

[左下]

小七听伊吟咐了　趋時起身就卜行
去到黄山大路口　着見陳三路上行
陳三行路面憂憂　不知送去七回由
小七送去来付尔　听我陳三説情由
阿外吟咐我未報　亦医新彩去表裏
三百两艮付尔手　何尔正用去涯州
吩咐一句真情話　勸尔发一两處邊愁
陳三看去心头悶　尔伊有去来何君

上右

今日画外拖重義　我翔回伊一□义
笔硯搬未在槕床　家去卜寫心致骸
命呆翔行气情路　思情难做涛心郎
怨怅想翔几个字　刈断心肝几寸長

幻　陳三回信

陈三批信匡一糸　吩咐小七返咱鄉
去信提去且外手　劝外日暗免思量
我今夜万臨听看　事卵了扁就回鄉

上左

小七听我吩咐了　黄山揖去岐街鄉
小七入門共外説　三哥有去寄我回
劝侳外仔不可苦　官事了离伊回鄉
五外听説心头酸　三哥正具有情許
我今見去如見面　篤去付阮改心骸
阮今見涛个去信　亲似云间見月眉
想到咱命能摇呆　今日正能拆分闹
阮望三哥病望□　不知何時可回東

下右

幻　五娘思君

五外心网自头红　焉見三哥伊一人
三哥情义有恰重　随知今日不成双
日头卜落昰黄暗　五外心肝乱分□
前日合居做阵困　今日孤单要等居
天光日暗气見君　心肝想君心乱分□
神魂出居去一半　有物单心亦扶惫
自己一身坐冬房　居去床冷桃又空

下左

天地揖排未平正　阮身不惠守空房
人説有花多人採　干舍花味满山红
心心念念憶翔劝　憶翔三哥在停胸
神魂邧能卜乱志　能涛报去居身延
珠貞床中涛一髮　夢見我居卡翔兄
只多不知真共假　也是瓠夢粧到成
五外思君怎主於　就去佛前燒取兵
保庇三哥翔早返　夜苦了离可回鄉

477

陈三遇兄

五娘思君情万段　一工百色一工青
唇边如妹来相劝　劝你五娘莫想伊
你莫陈三障刈吊　打紧心所是在年
五外听说就左伊　阮贪陈三那人呆
那惮伊死阮亦愿　不敢误伊一个人
阮合林玖今相对　阮纪陈三年差移
虽然一夜司来了离　伊有亲兄可救伊

陈三行去到海滨　卡翔一位蔡文翁
文翁看见旦三舍　心肝想来真不通
你是陈晋邦人子　今日七伏只路行
陈三说付文翁听　并玖志言我忻咸
知州判我涯州去　我今爱见我亲兄
我今见得我兄画　就免何银配涯城
文翁说何金三听　阮时赴宦做府堂
运保现时官任简

晓算伊在碍州病　临程伊解只路来
我今翔写一封信　捉许西街五娘知
陈三去信写一纸　差人去投黄五娘
文翁其求代回去　投许西街黄五听
陈欢三去舍声　宽心路上慢慢行
着见有店且安宿　小弟爱见伊亲兄
怨然大耀十三声　一阵兵马头前行
别人说是广南府　陈三明知是伊兄

放药佣门出来看　吟咐兵马慢慢行
正是我兄涯俅返　小弟卜见我亲兄
陈三说有千万声　拢人卜信是伊兄
一顶大轿人扛去　不准陈三问一声
兄生轿内全不知　那得大埠没面来
轩起轿门偷目看　超得三叔只些来
紧、大轿内放路返　你七蒙难到碍生
咱唇祖代有发做　就问三叔你在年

陳三正前說起理　未盡卜說又卜哂
前年送嫂去任所　轉身又到潮州城
陳三鵝牲說透机　未盡卜說又卜哂
一心想卜看景致　私通九郎一女兒
可恨林玟扶武乞道理　蒼州去監眾障生
知州貪銀一千兩　眠我涯州翔三年
我今万望兄嫂救　就免何伊起涯州
大嫂听弟說總長　就劝三郎免心酸

我共潮州人教志　九郎柏我泡多城
九郎就將五外乞　歡喜對我乞推辭
誰知林玟代冤家　蒼婭去告我好成
知州貪銀一千兩　卜我途流去涯城
我說大兄運俱返　狗度半句都不听
運俱心肝想不通　我望尔返船成功
尔今返身乞人告　以狀做一尸不正宗
判尔涯州尔翔去　办尔有罪尔翔去

林玟雖然闹富貴　咱有官法萃林郎
卜救三叔亦容易　不怕伊脊好田庄
就呼解差開鎖扣　開了鎖扣救三郎
陳三半房又半敬　想我障做不粘名
衣裳山盖乞人洗　思量多而可見兄
大嫂頭前燕伊去　陳三没面隨伊行
運俱見然不知意　陳三晚蒺說闻伊
咱廳南別兄区　一日行到潮州城

大嫂來功相公听　三叔仝咱是弟兄
廣南告訴打一百　潮州告訴涯城
我想三叔都無罪　怎愛小弟去敗名
相公那不听我劝　阮卜涯伊去涯城
夫人見說相公听　帮翔仝咱是弟兄
伊那敢做只个事　赤枝敗咱个名声
我今翔救三叔起　功尔心肝不保歇
大嫂伺口救三郎　兄卜救尔免心酸

65 五娘接信

前日陳三寄一信　文翁先送到西街
不知九郎在何鄉　路途仔細去探聽
黃省聽見人送去　家中大小心都慮
益春入房其妹說　外面一個來送去
五娘近前去接去　走前走後都如
卜是伊兄運俟遞　正有差人來送去

陳三伊兄分做障　人馬幾盡到潮州
許時人馬三五千　城內大小都對敬
知州先城迎接伊　看見陳三苦傷如
運俟宿在有正司　知州晚暮來朝都
運俟一時問知州　陳三乜樣著途流
趙滄許時多做聲　運俟差人押立所
爾今做寇乜相顧　因何大肝障不歎
了須寬賊且容氣　方知陳三有寃見

青時爾為陳三罪　爾聰陳三何生行
知州卽敬等主持　只是林代告俟司
只乡不知伊志告　寬往爾弟罪是伊
運俟差人扣林代　林代扣來責罪伊
爾靠有錢敢障做　包金入石深如天
五外歡喜少來對我　爾敢大膽來相爭
看爾大膽障不歎　腳授手扣何爾行
卻去街頭去時歲　何伊辣人正能驚

五娘將去折開看　果然我哥卡翔兄
陳三有兄可相救　五外信翁不俟驚
天地神明有靈聖　現時庇佑遇翔已
今日飲見伊兄面　親以桔樹再逢春
知州林代抽失淨　運俟乡惰兔探聽
寬心等到第二日　運俟兵馬到潮城

以　扣載知州

大叟連打二三聲　一陣兵馬頭前行

許時林代伊一家
盡嫁物來夯大抛
林代夯抛不甘放
就托一位陳家人
保今合伊是全姓
公人听說就操頭
托保其伊說人情
林代目滓四垂流
毛人敢去報伊頭
千兩黄八金現跨交
邪知今日有只多
不知運保可対頭
邪知許時亦知敬
当都不敢告寢寸
九卲許時亦知敬
就寫去信付三兄

玉外甘愿記乞你
陳三古信回九郎
阮兄說你辭怜得
九郎捲信心欢喜
嫁粧办来二百扛
幻　五娘出嫁
正月十五娶五外
潮州烏畚泉州寺
一路鼓樂幾十鳩
玉石人馬紅龍裙

九郎跟去有嫁粧　五外　大蓱四人扛
大兄大玳前寺嫂
陳三返面臨九郎
蓮保辭任返遍山
諸親朋友真古欢
世上讀古勤菩薩
子孩代代可做官
九郎送子入陳家
蓮保出来摂茶歛
二人対跃行食礼
水烟食了諸食茶
五外去到陳家门
看近大小君嫁粧
看見嫁粧二百櫃
阿呢物件真齐全

陳三一時軒眉笑
夫妻二人拜四拜
五外亲卑拜公堂
顯祖崇宗日月長
拜了祖宗年儆聲
二人又去拜大兄
拜了兄嫂做官返
不免何伊跪滙誠
耕了大伯入綉房
二人相拘好成双
紅畏帳裡鴛鴦凤
錦帳被中鴛交鴦
三人仝說講古記
三人說哭哭了跡
五外七日起梳粧
看見陳家百敢全

（右上）

自献堂其都□　□屏锦帐挂□堂
陈三共外说因伊　阮晋亦有□响生
前日恁香搭笠溪　今日仍旧官禄儿
五外芫居说起理　不可说出许一时
那知我居定薛子　不敢我居吉掃所
盖春许时说起理　明知我居定薛儿
我居前有事说起　不敢想到许一阵
魁居千献为咱事　尔才贼婢骂十

（左上）

那知我居摆富贵　不敢尔押去掃所
五外共洞说得通　外进过苏州胡法公
在家长安本公子　许时欢喜亦是方
凤凰美女相喜爱　扶伊府东做居王
是伊甘愿去伊唇　伊那敢做伊敬书
三哥兴外再来讲　且咱菱愿正相仝
若是三人相无走　今日三人各一人
五外自己子细紧　是咱好歹可除风

（右下）

若是尔先运保返　第支卜会说其难
陈三欢喜入房内　五外看见笑咳咳
前日苏支投得去　今日苏支收得妻
五外欢喜坐床边　陈三看见笑嘻嘻
前日宝镜打得破　今日宝镜捕得圆
人人心肝相意爱　一世夫妻为差移
世间有只风流了　等料流传到只时
路　林玳聚六娘

（左下）

林玳赵德六不惠　等到何时可报第
陈三晋在泉州城　祖代做官将名声
听说富贵大吉地　正是运侠伊亲儿
五魁被伊强无去　正阳六外做亲成
六外九郎等说起　死去被伊害名声
前日未想去计智　嫁粧办来等半系
魁前道返全注意　不愿二字在身边
用计害伊正令宜

咱今心内思量起　气极觉你不合宜

那卜去吾亦翔准　听说伊爹有做官

縂翔想有別計致　吾心害伊心念宜

許時想有一封致　翔去监州请先生

咱今翔来行地里　将只五述去害伊

二人行到监州去　遇翔张贤看地基

地里先生是好贤　好贤先名小神仙

好贤先生真好请　遊時请来潮州城

林就个入真失意　声声就叫张先生

你来潮州且尖術　欢喜亦连就请伊

先生气婦路头遠　没来恩情哈大天

张贤发手就厷伊　要討好地来何伊

林玟听说与问意　说出几句怎知机

趙泣就共先生说　前末林玟怎事覓

五水陈香踰无去　想念計致可害伊

全望先生大主意　看尔有計可害伊

張贤听说有想定　我身翔去泉州城

我翔亲身去伊香　看伊凤水也生成

张贤先生用計

用計敗伊个凤水　大地小迄做一行

財散人亡都尽見　可振觉你亦未知

凤水敗了能行气　乙万两银做舡钱

先根一半寄到君　五百白银盐盘迄

好贤先生五句去　觉心行到潮州城

蓉鄉事去看凤水　五縣行末全不知

听見縣中有人说　泉州領攺真生名

现出廣南做運侯　都是官家好名声

文武百官伊都出　盖浮泉州五縣城

宜府尚臺那上任　亦翔请伊末被挑

好尋事志將伊念　別人傲贤说伊知

只地方丁个卦在　瑞敗四方正不皆

我今卜去退山嶺　卜去路头又呆行

全望先生大主意　看尔有計可害伊

長房做官都未齊　三房子弟不及聘
只處盡富貴大吉也　代～做官亦是奇
陳職聽說有奇具　深然有影造百宜
先生請入所中坐　全然關我說透機
若是有犯末完備　萬望先生相改移
我身更美行地理　好采萬老我全知
論尔一六個風水　天子翔出正合宜
初出在長宅一品　世代高強第一期

許聘共先生說就　我翔先說何是聽
卜去亦翔有事老　若今舊單萬秋成
先生聽說就知機　着如帖片先去請伊
帖片差人先送去　退到陳家伊就知
陳職許聘就問起　先生說我知何煋
甲伊亦翔來咱看　見面正可說透機
將賢村到憑山尚顧　就是陳職個看透
欲卷更庚看一見　正是龍蚯出海時

沒楠翔來挖古井　翔打軍器蓉井邊
諶潯下坡作大壩　柳樹翔坎西合宜
陳職聽說心歡喜　怎打軍器蓉井邊
怎打石排透上面　陳君全家全不知
先生許聘真歡喜　敗了風水與人宜
別處喬翔久再做　先生亦可說透機
將賢說何陳職聽　風水完成免同達
風水共尔盡做好　明早要回就卜行

只個風水亦再做　可虛文武官擦花
陳職聽說心歡喜　歡去辦運就請伊
風水望尔亦盡力做　明用先講謝禮儀
將賢吩說就居伊　免用先講謝禮儀
蓉去天子那能出　望尔看顧正合宜
陳職聽說就在伊　能出當貴那子兄
能出天子去登殼　先生懇情恰大天
將賢說出陳職聽　聽我沛沛尔翔聽

484

許時共伊說多謝　相辭相公起身行
風水敗了緊緊行　隨時又到潮州城
就其林玳說起理
加跳落古井　現時且看二三年
陳三得在弄為春　五外受氣苦分～
只人害我抵受氣　我今創計來害伊
現時三哥今看見　將鞋想來古井邊
看伊遊日愛去死　想有一計害三哥

蟲外且走層並去　看伊三哥伊如何
陳三入門問大嫂　五外何處去志忘
陳三挑水來前溪　看見井邊一雙鞋
認得只雙五外穿　敢是五外跳井亡
誤得口難五外穿　敢是五外跳井亡
放緊入去問大嫂　五外果然何處逃
大嫂許時退不知　敢是樓上未落來
頭行說卜尋古井　周何有去已今來
陳三許時心就苦　五外已散隨途遷

當初二人全立誓　今日已敢行短路
卜想年旧結連理　誰知今日行僥期
人說今日邪不死　我今合外全古井
留得一身乞勞碌　卜食百歲不能望
陳三甘願合外死　五外跳古井羽陰司
五外群時尋毒君　心头想起苦分～
大嫂就共小妃說　卜想古井去尋君
現時行到古井邊　看見志君羽陰司

五外看見喃嗦嗦　誰知我君敢降生
我今將花正食盡　伊人青春正及時
尔今死去羽濃府　我亦願死做夫妻
志君今日乐敢死　志全尔志羽陰司
五外遊時跳落井　二人全去正合宜
益春許時探听知　誰時放諼趕出來
看見井邊難去帽　就知外君羽陰司
益春許時心就苦　延乜呢願羽陰司

王華告状

今日二人邪尽死　留求一身怎路移

放絮入去报相公

咱是姐代有宜做　报说外居跳井亡

男女老幼都啼哭　因何做万真不通

運俟許時有主裁　衙中大小都惊惶

且暂奴埋古井内　就呼看迟大小表

卯中有人再纫起　下日風水正推挑

正是王華御吏哄

王華起德誰兄弟　二人議論告宜司

放絮入去整行里　可报寃仇亦未知

二人議論必欢喜　卜告只殺我現時

就水敗了能行气　报伊寃仇正合宜

二人放絮起身行　不日行到南京城

現時進入午打内　西居王听

君王殿前向了情　事情說西居王听

若是有事素啓奏　賜尔免罪王賢卿

全头到尾說分明　君王勛旨何我行

王華跪落奏君王　事情說出君王听

听說福建泉州府　謀定地産陈職光

君王許時不肯信　名字流传到京城

陈職宦做潮州府　硐口一句罵王身

運俟府基慶收民

西川太守伊賢弟　趙德亡奏曲是真

王華殿前再放奏　只个不情果然真

雖伊舌弟居太守　陈三谋反伊不知

陈屑花蓋三古井

君王若是不肯信　亦可扔兵随尔行

君王許時准伊奏　甘顧王馬共分屍

三千衛兵随伊行　屑肩剿燒人翔剑

王華再想一計致　三工二日到泉城

現時兵馬就起行

宦府出城来迎接　君王勛旨何我行

王華說何本府听

陳晋風水果然敗　串通奸匪咱不知
扒了陳家就完成　現時收兵就返身
正月到京元旦任　故奏陳家辦分明
君王聽說心歡喜　七省巡紫就何何
趙迷跪落領聖旨　再伏宦職亦号宜
陳晋一家都盡死　益春走出乞人宜

旭　定至千滿
益春具来真資文

陳三死出心等如

君王文出何天拜　甲你亦翻临我行
做人宫府事不办　何人上京去入呈
明朝兵馬出泉城　京城直来泉州城
不久行到隐山嶺　陳職肴見心翻驚
今日不知什么多　兵馬揀多我晋行
咱晋風水是卜敗　卜来围晋咱不知
晋内主狗全袱状　卜了大度有主裁
直入花墓扑筆號　可恨將贅賊奴才

竟致我君乞後世　面望亦是我君个
我君眾翻有灵应　保庇能傳乞万丁
那是能傳后大姓　望天保庇翻感灵
保庇益春長嵗壽　可吳我君榮益春秋
壽如南山福如海　子孫正頭振宽机

旭　益春接議
我想起来翻食志　蝉念潮州許一時
何人陳三樓下迡　阮扒樓上食岸戈

陳三五娘死去了　盖心依旧倚何生
益春許時想計致　翻立打户接宗支
阮头翻掛陳名字　現有身采在身迡
一半亦是陳三子　名字求早君个名
跪卷所中来足惹　保庇子兒好名声
日没子兒能戍志　灯号可掛两家名
那能出头伸金榜　我君日没亦有仍
过午月半可奏了　亦可吳君接祖宗

伊就假意笑庭花镜　阮小妹有挑逗伊
当初三人相喜爱　连真恶走泉州去
林玖想起就去告　卅有监时去美女
我人被伊就协去　陈三有罪法涯卅
好浮伊兄莲俟迟　知州了官命休二
九即许时有主意　五外甘愿去对伊
现时就志着日只　九郎近既送迟伊
莲俟回住迟来看　世代请志能成人

陈三五外想序委　夫妻相爱不久长
等宜陈三先死去　五外甘愿归阴司
益春不愿合伊死　现时有采在身边
只旦天地偿庇我　想卜报宽未到时
我心想有一计致　卜报宽化大如天

卅　益春走去

益春许时走出来　思量只劳苦哀
行尽山岭脚手软　饮饥失饱乞人知

风伡吹来冷微微　一只猛虎来路边
闹口信牙卜咬去　神仙土地来扶伊
猛虎土地就怎去　一尾大蛇在身边
益春卜敢心亡亡　雷公雷母响叮当
就从大蛇来打死　卜救益春显祖宗
大蛇过了雪山头　霜雪冻蓦目凄凉
衣裳那没再超去　受风受雨受饥寒
雪山过了大树林　树林身暗不见天

卜运泉州路头远　脚手行去帝能健
树林过了失援桥　脚踏桥板双头摇
想卜过去不敢过　思量许时心潮彷
陈三五外临时到　神魂付伊过桥头
益春许时就民梦　精神尋着居一人
探听行去风，寒　牵主大王手多起
就叫唉嗳下山去　卜题益春伊一人
大王许胸着益去　面貌生水十二分

说卜聖志做真榜
益春听说心就苦　免致别郎去招亲
大王尔有親妻妾　出外婆外无奈何
大王許時再問伊　过路外侭别人妻
拿來一身來打死　尔今不做我妻見
益春就問贼大王　欢尔益春翔主特
甘願大王刀下死　樹身坐定不怕忧
大王許時大受氣　不愿失節嫁大王
　　　　　　　　翰甲嗦罗去刣伊

破腸心肝怎救伊　趔尔斬跤侭迟迟
嗏哎就说大王听　只人不是咱亲人
当初並无先说定　日後何人告新成
益春想起多主意　只事不知是在年
想卜甘愿自溢死　免致失師做人欺
日頭卜落是太陽　半路所在年亲人
坐落地基又坪領　恰惨招居坐岭宮

一更过了二更時　記得当初六月時
卜望夫妻结连理　尔宜夫妻挊团圆
二更过了三更来　又恨林球贼奴才
車中奸臣用計致　害咱全家安障生
三更过了四更時　娘君瓲养无人宜
許脐不愿合伊死　帯念我君一根支
四更过了雞报寬　千苦万苦我一身
大蛇猛虎卜咬去　山神土地相扶身

五更过了天大光　免致益春心事芒
尔居尔姐有灵起　保庇益春返回乡
天光起来日出紧　嗏罗入来报分明
劝尔益春翔主意　尔合大王结成亲
益春听说就允伊　果然想去个根枝
大王只亏万欢喜　要言洵逐还庫錢
翔做七日个功徳　功徳完成正成亲
　　　　　　　　五個和尚情来做
朝做三旬正合宜

等到功德做完成
叫伊结亲也未知
啰罗就说大王听
卜做功德就来行
许时益春做完备
益春江边还库钱
卜益春跳海
益春做人有主意
扁过大王返庵去
许时益春真受苦
一声双君一声啼
一礴功德做完备
益春甘愿羽礁目
合意合居羽阴司
鹅身跳蓄大海目

大王许时气半死
无宜功德做完备
益春许时水流去
卡翔一位吊鱼翁
鱼翁许时就祠伊
阿也卜志跳水死
鹅情说出我如机
我是陈香人女儿
益春听说啼哀啼
夫君前日病死了
姚姆卖贾宋用心机
只五想来盏伤悲
被伊扁去不逞伊
流到英内大江边
救起鱼敢正回阳
卜是何乡人妻儿

我身不愿伊卖去
身故恩人起我起
奥翁许时就知机
我今现年六十二
尔那年媿我年老
卜嫁不嫁谁在尔
我叫洪年诸君字
婿鸭海返去托鱼
跳蓄江边羽阴司
未知尔心旦在年
阿咾益春有节义
益生妻子在身边
改尔我看做亨儿
不敢做可来害伊
住在南姥英内里
托有多少卖鱼钱

益去许时心欢喜
保庇夫妻百年久
夫妻活趄十个月
叫做守仁好名字
日月如梭庚如年
卜振觉伽京城去
我子未大交付尔
别日大汗能伶志
就枞韵父拜谢天
流偷四方天下知
十月完满生男儿
可借两寰子孙儿
陈三托梦在身边
去告林珹正合宜
望尔不看顾正合宜
翔谢恩情结大天

洪峯許時心欢喜　果身棑女不合宜
益春心肝有想定　欢乐不可障行宜
益春許時心欢喜　女办男粧就来行
77 益春告御状　行到半年到京城
行尽山嶺苦辛命　宿在客店有一年
恐畏御状不准理　遇翔王爹一女男
二人相隨有話说　小心全国一半年

王爹許時心欢喜　唅嗻益春有主特
今日有心事传仪　我題我叙整布衣
益春心内有主粧　甘愿共尔作長年
甘愿相隨乐身起　不肯共尔做奴兒
王爹許時再抱伊　从兹何尔做喜兒
直言許時可说起　望尔看顾正合宜
王爹許時心跳驚　趂時就说王爹听
益春許時心跳驚
我是做人陈君子　不敢再做败名声

王爹許時再说起　劝尔心肝免卦宜
然春少年十分美　不知尔心旱在年
只马各人主意定　謹本皆去就来行
八月十五好日止　何尔二人合佳期
益春敬伊能受氣　心肝想起十分奇
益春苦却啁叹唏　陈三托梦在身迌
就叫益春免卦意　可免然乌做夫妻
五春醒来翔一驚　昨夜有人说寃听

甲戌心肝題岸定　可免此乌做亲成
78 五娘回阳
陈三五娘在陰府　去对閻王说合扶
陽間益春我奴婢　女办男粧告发司
要告御状来到忠　禄就寃仇大如天
果状一益春是女子　王爹一個气旣伊
益春听说不從伊　恐畏一命歸陰司
栗鎜嗣王作法詛　尔能改改乃只马宜

陽世冤仇可报起　敢世成人可扛伊
判官将簿看一見　然香寿教到只期
将只冤仇可扛起　五痕神魂去扛伊
只事判官亦知情　吩咐玉亦去扛身
尔去陽間乞說起　不可說破人根枇
尔去扶身百日久　报了冤仇扛限司
去共林玟對寿教　陰間乞差卜扛伊
五亦許時心欢喜　感謝相王情怀天

起時回陽京城去　看見王爹親女児
一家大小办嫁粧　嫁粧办了卜五门
許時延名浮一病　神魂出门到五更
神魂五亦就悉去　尔去陰間做喜児
五亦神魂扶养寿　醒来假做些児見
八月十五卜合婚　益春心内乱纷纷
親亦合我乞合意　只事想来卜在年
南大居中心欢喜　看見新郎笑微之

益春心内真芳苋　因为林玟只事宜
卜报冤仇来到只　障生做事卜在年
許時坐落面憂之　看我亦能做新坏
伊那知咱身女子　不敢甲咱做夫妻
說到林玟失得事　全家死了嗚路來
翅亦我在日月内　干淮受苦乞人知
二人对坐到三更　送嫁近前来相伊
尔二人全乐因　不可对生到生净

二人随時床上困　无言无語乞成親
静々困到第二暗　延香假意先问伊
尔亦做人化古意　親似七夕等差移
尔為什么大事志　因何乞話是尔知
益春許時立单集　真言說出何尔知
因为林玟一童多　想卜报冤仇不惹知
女办男裝为此代　今夜親亦尔承知
延香許時心欢喜　助亦心肝克池宜

尔为一条冤枉事　卜告御状翅现时

益春诉时就反伊　你是神仙粒孤理

女亦男粒来到只　全头到尾尽知机

然香诉时左笔集　神仙托梦何否知

教我睛中来做代　卜告皇后随身送

二人全入京城口　可会皇后谨而来

内外无人可说起　不知益春且女儿

皇后着见一夫人　然香近前说分明

全头到尾说一遍　萬望皇后相凊成

来宿宫庙半年久　干难受苦无人知

皇后住在处梳夫　乙心爱梳福建头

向末向去无人能　然香能梳是真贵

皇后许时心欢喜　敬奉然香情如天

看怨心中揽怠意　多亡事志说志知

19 皇后奏君

然香说话啼喷嗓　福建泉州人女儿

一条冤枉事全家死　万望皇后相改移

告了御状不准理　来宿客店有一年

全望皇后恩准旨　翅对君王说透机

我对君王来说起　果然有影只事宜

皇后听说就准理　敬聚来告无迟遲

然香谢恩玉殿来　事情说玉君王知

说咱前有冤枉事　扰兵甲咱潮州来

益春许时玉记志　男粒脱落女赶洄

就做一张冤枉状　随时送到入午门

君王殿前就说起　今日状倒是女儿

君王许时叫伊来　完全除家个事情

林珠用计来相害　看伊祠呈玉就知

君王许时出聖旨　害死运俱大不皆

一枝兵马二万四　一道聖旨潮州去

又扶潮州李潮洛　卜扶林珠去迟遲

新官上楼无程时

二人全罪尚全死　銀杀林玫死恕見

鄭告來奏就知己　託得前程王華瞒

上京七奏真受理　害了連侯歸陰司

居王許時大受氣　王華大胆敢障生

亂奏谋反是毒計　害死連侯一家人

也可食銀用毒計　身体等故卜在年

亦不居实未照起　亏殿行杯就打伊

王華翔敬就定伊　林玫有罪伊翔守

　　　　　　　　考到林代過刀死　咱正用帝前双親

林托張賢用計致　　林玫押告　三更半真全做吉

居王所說有主裁　兵馬來到潮州城

翔拿千臣一春到　林玫一家五十口　盡皆押寿到京城

封落泉州陳運侯　果然林代好本事　隨時押告等做声

中臣正可講破排　物件般來等万数　大胥驍了成平埔

名字記入中臣廟　拿等林玫是大事　賞晨出罪是怎何

陳三五姐有扣封　假說五百賞伊用　拿寿送伊一万金

　扣封夫人做相公

　勅賜祭送天下知

　審向押告甲塲叫

益春許義有名字

益春謝恩感前情　去宿殿后且安身

－－－－－－－－－－－

有人取留罪全死　未知宽兑謹十年

林代差人來說起　說是張賢來捉伊

招伊京城看景致　破伊相吳卜在年

天光有人來說起　林代山岩宿一頁

張賢許時就想起　御林兵馬卜貪伊

人乜詞伊乜事志　縱翔來走恰办宜

不可不敬進前去　何伊拿去歸陰司

林代翔敬卜走离　看見陳三遍身收

前屬林代专道理　聖先王尔敢障生
串通奸臣败祖地　暗藏军罢昰在年
尔有钱银敢障做　拜托奸臣奏尾王
全家敝尔苓事无　敢害陈家绝宗祖
阴阳发状卜力尔　飞天潜地难玔空
尔全张贼长安去　何策专做平眉王
张贾朔散卜送唐　陈三阴魂去扬伊
镜担放卷哭微

君伊□□□□□□　李公叫昰卜扬伊
陈三许时就应伊　我昰泉州陈三兄
前日教我圣摩镜　五外昰配景崇成
过朔林玳呆人一　串通奸臣障行宜
李公尔今免怎意　劝尔只事免挂拟
卜扬帐贵共林玳　扬伊二人为延廷
那有看见扬送我　送尔钱银做茶仪
李公听说有声音　果然一有影只可馌

随时叫人扬送去　领金赏银有功名
押送京城乱分了　三司会审做一屡
词尔口吕照实怨　圣旨那出送翔银
实多署了帝知情　押玉甲塲可化身
正月初五送午时　林玳玉街刀押行
扦代扬贵过刀死　全家斩了二延廷
午时三刻卜且刀　林代一家死命专
林玳张贵匍过了了　卜扬王草道德哥

趕埕许时来说情　放乩一令守朝廷
圣旨闹言免悦助　押玉甲塲罗魁榜
二人押玉甲塲去　随时连过十外刀
只事办来亦朔离　大小看见笑微々
益春然一香心欢玉亞　感谢君王晴如天
前世冤仇可报起　冤卜相报血差移
二人议论真过意　於乡浮病羽阴司
然名许时就得病　陈三进前来焦伊

引　益春回祖

益春要返泉州城　官府迎送好名声

先来英内探洪举　琳谢恩情结谊兄

烝子来到恐山顶　行到祖厝旧厝庭

看见祖地心就苦　老园树木饶无々

益春做人有主张　想到陈三共玉々

与初二人全共死　带念井内二身尸

穿了衣裳城落棺　卖成朋友善辰～

益春做人真有情　卜请灵魂东通经

玉个和尚请东做　灵前礼物祭神明

功德做了卜除灵　僧办机咨共三牲

西方游了卜出山　益春啼哭平万献

凤水卜做西山岭　西山大路拟出名

华淝陈家好名墓　打落石砂天下知

凤水做好闻荣墓　地理先生几十个

点穴先生左行头阵　和尚孙魂万事神

香灯送墓四方整　官前百阵吹人音

大哭鼓乐几十阵　今日送彝万余人

泉州文武东送彝　邱有益春心七々

益春牵子苦衰々　送到西方大路来

先生点穴必要紧　就请石匠做完成

益春许时再主意　卜共全家送库钱

做内文武事说起　呉呀呉烧到陵生

就许司阜去掘井　再选一位射地基

二个尾蝶跳上起　双々对々孔半天

年初二人跳落井　今日扶起古井业

全身骨肉未嗅膦　相似在生许一时

益春许时苦分～　苦到日道暗黄昏

尽大小束相劝　劝汝不可苦外君

亡呆大小束相劝　改理外君做事神

卜买枚木上街去　枚木就买双付排

衣裳鞋帽整玉来

益春爵又有名字　真心顧奉伊阴児
守仁子兒能伶老　送子去房去讀诗
守仁即時入去房　勤讀诗志望成人
翔接陳家个志气　能李陳家好名字
益春反来再生子　可借兩家好名声
第二守德接連续　第三送去洪樂兄
守仁讀去有威儀　日夜讀去無停時
一心望尽君成就　哈人說笑字了鸭

益春着子呢食志　双脇跪落拜神朝
孫謝天地翔灵圣　免致陳家受人數
守仁讀去年十二　百餓文章尽道理
诗去過眼不再讀　聰明伶利生巧哥
先生說付延春听　果然不子真聰明
論尔守仁个口气　日役金榜头一名
看伊奇才咱毛比　鳌头獨占有名声
益春听说真欢喜　感谢先生教示伊

我子那是能伶老　日夜兒情哈大天
益春心内自思量　入门就拘子文章
守仁诗去谷外親　子今來日望立身
望卜金榜題名字　诗去興故果然真
守仁讀去十六歲　大比之年在眼前
益春欢喜说一場　京都金榜選文章
遠去京都金殿下　西子領翔去起科場
行時就共守仁说

守仁听说就知情　子兒只去心定成
母親吩咐子知理　明日早亡往朝廷
母親在家免煩惱　心如鐵石求功名
守仁卜去撐日期　去共去房人相辞
孫謝聖孔夫子人　又謝老師正合宜
守仁許時要起程　益春吟咐仔叮嚀
家中多人可依倚　都是茶看子成名
路上晚行共早宿　起青廬尽望到京城

（右上）

只去功名那成就 縈：回鄉多教侄
花街柳巷子弟宿 路止美女不可求
守仁铢了就起行 心如铁石到京城
路上行程多思起 心所專想求功名
守仁行路緊如前 三工二日到京城
请尋一個安宿你 此日入场去扳名
至考即時就生题

82 守仁仲状元
小遥状元夫婿花

（左上）

要考榜眼三等甲
守仁听说就入场 三百进士夹文魁
三场文章做完竣 扳名投卷做文章
主考文章次完成 各做完畢总思量
那有守仁的诗对 便将文章着庐听
主老许畔去奏君 論只文章状元夫
文章诗对在御案 取裁天下个古文
君王細時就着完 君王亲视词分：
親還守仁仲状元

（右下）

檐首状元是守仁 第二榜花陈玉隣
第三榜眼是谦才 三百进士派取裁
守仁一時秦君王 千山万木赴科场
家中母親守思义 万望君王賜回鄉
君王听说心欢喜 天下節义世间稀
海仲状元禾不有 只旦是鬼义个事堂
钦賜铜鞞共剑印 先斩心奏度信民
走武看发付东度 熙情熙理事朝廷

（左下）

賜你遊街三日世
守仁见封心欢喜 回鄉悦祖拜双親
新時心内真得意 君王面前謝圣恩
镇骗状元好名字 秦旨遊街怎遲遲
在朝做货一年夫 文明四方人傳知
益春在家有思量 月直办事怎程時
前日耳风听见说 因何我子夂回鄉
女章诗对在御案 状元有仲兔思量
至今真有乙午久 孟夂志信寄一防
君王听時就着完 親還守仁仲状元

不知朝中有何事　延遲至今未返鄉

82　回鄉悦祖

守仁在朝障憂心　想卜回返見母親
慶時入朝奏君王　啟旦君王孫祖宗
伏望君王下嚴旨　日月輝煌天下光
守仁許時卜起行　明天早出全城
路途經過州共縣　吳安州安近上所
吳縣官員未延接　百姓看見人一齊

　

憑山嶺後再吳班　吳起宏清賣萬家

84　重戒女子

益春一時再說起　女人朝夜我障生
陳家宏抛盡扱子　父是真節義個女兒
親似益春有名字　萬古千秋人傳知
勸恁列位注意聽　朝夜益春伊路行
益春做人成恩義　千年萬載人傳知

本三般人是好名　勸恁各各孫三兒

　

伊做男子翔親事　不可貪起貪名利
當時陳三敢障做　伊是皆好有親兒
許時那爭伊兄求　性命就翔死涯城
我今勸恁後生時　不可食了憂風流
花街柳巷不可宿　送翔勤儉能儉好
人生世間風流時　千萬翔文鄰子兒
做好子兒天保佑　子孫富貴萬年

於　　同戒女子

　

不日行到自家去　報得陳家鬧紛紛
益春聽見問乙場　且卜我子返回鄉
寬心到嘉第二日　果然狀元回家鄉
守仁到晉真歡喜　諸宗朋友來賀伊
世間詩書宜可讀　西前可整狀元籍
廿子二人孫祖宗　鼓祖榮宗日月長
守仁跪落探深緣　孫謝神明共天公
益春守仁講勢今　仍舊泉州頭乙个

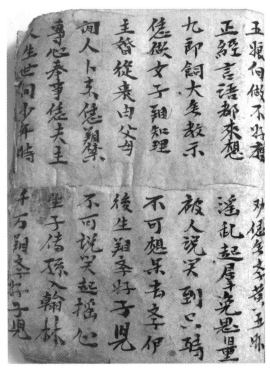

五硬何做不好樣　　勸儂各各黃五孫

正經言語都來想　　謠起起居孝兒思量

九卯飼大多教示　　破人說笑到只寫

憑儂女子翔知理　　不可想其去孝伊

主督從衆向父母　　後生翔孝好子兒

詞人卜去憑翔築　　不可說笑起搖心

人生世間少年時　　坐子佳孫入翰林

　　　　　　　　千萬翔孝好子兒

記念限三何憑听　　　方古千人秋傳名

只歌寫來不完成　　　憑人肃翔改分名

我今全小氣讀書　　　只歌寫來白脚猪

若是有提入去念　　　氣通个字翔改陈

陈三真衷要風流　　　全头到尾說情由

只歌有人備去抄　　　抄好明日还束交

有交只歌是君子　　　等交只歌是猪羊

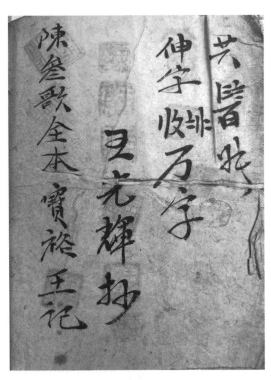

芙昷北

伸字排北

收萬字

且光輝抄

陳叅歌全本

寶裕王記

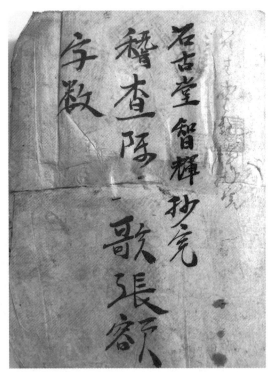

石古堂　智輝　抄完

稽查陈　　歌張容

字數

陈三歌

（王光辉抄本）

1. 陈三首出

福建直落泉州城，凭山领①后好名声。

祖代做官共做使，富贵说出人传名。

陈职本人有官做，生有二子可传名。

大子必贤做运使，二子陈仁文秀才。

陈仁算来第三子②，小名叫做必卿兄。

人才生的真标致，读书听说又聪明。

陈职做官潮州城，陈三随任来潮城。

许时年登十六岁，并无早对好亲成。

2. 五娘定聘

潮州城内后街乡，九郎一女名五娘。

名叫碧琚年十五，生得美貌十分强。

白面红唇与口齿，胜过招君③共西施。

父母爱求好头对，未有配定收人钱。

探听陈三好名字，爱共陈三对亲成④。

但嫌泉州足头远⑤，对头无爱事不成。

无说陈职官任满，现时又返泉州城。

3. 运使寄书

陈职返去无官做，伊子运使寄书回。

---

① 凭山领：凭山岭，其他版本又做朋山岭。
② 陈仁算来第三子：陈仁算起来排行第三。
③ 招君：王昭君。
④ 爱共陈三对亲成：想要跟陈三配对成就亲事。
⑤ 足头远：路途遥远。

将书提来拆开看，正是必贤个家批。

看了家批就知机，就共仁儿说透机①。

尔兄广南做运使，是卜家眷去随伊。

陈三许时②说一声，爹尔差我我着行。

兄嫂卜用我送去，正月十五就卜行。

发落③安童挑行李，元宵十五到潮城。

潮州城内后街乡，九郎一女名五娘。

灯前灯后都是娘，那有一个生的强。

探听说是九郎女，小名叫做黄五娘。

五娘上街去看灯，李姐益春头前行。

二人行到南门内，看见秀才陈三兄。

陈三看见失神魂，五娘女子好青春。

会得只人来相对，恰好仙女对文君。

五娘看见暗思量，陈三一人生得强。

岽的只人来相对，恰好莲花在池塘。

4. 陈三遗扇

陈三假意失落扇，想可寻扇做因由。

李姐益春有却起④，五娘将扇来题诗。

看见秀才陈公子，想伊必定好人儿。

现时虽然失落扇，程步找扇来问伊。

益春看扇有名字，就叫陈职许一时。

伊来潮州做知府，生有一位好人儿。

大人许时有主意，说卜五娘去对伊。

---

① 说透机：说明白。

② 许时：那个时候。

③ 发落：吩咐，安排。

④ 却起：拾起。

但嫌泉州足头远，两家相对不合宜。

只人那是陈公子，许时不对失过时。

五娘听婶说起来，公子伊能咱厝来。

陈职做官那返去，公子乜留咱厝来。

阮爹前年多无说，婶尔个人乜呰知①。

5. 陈三寻扇

五娘许时无思量，陈三寻扇来问娘。

小人头下许一时，只处失落扇一支。

娘仔那是有却起，着乎小人②正合宜。

五娘回头叫益春，扇有却起着乎君。

陈三假意无在扇，是卜寻扇做因伊③。

益春送扇不知接，二人相看笑微微。

一个贪君好才貌，一个贪娘好青春。

益春看娘呰着意，就问亚娘尔在年④。

咱是看灯来到只，不可看见按障生。

五娘听说就晓理，无想陈三再交缠。

陈三看见五娘去，一时返身亦行返。

五娘看见卜回返，想卜去困倒落床。

倒落眠床困不去，一心忆着灯下郎。

陈三看灯无思量，想卜去困脱衣裳。

脱落衣裳困不去，一心忆着灯下娘。

---

① 乜呰知：怎么会知道。
② 着乎小人：得拿给我，得还给我。
③ 做因伊：做借口，做由头。
④ 亚娘：阿娘，是益春对五娘的称呼。尔在年：你怎么啦？怎么回事？

6. 送嫂上任

潮州城内后街乡，陈三心想爱找娘。

须着送嫂去任所，无可长带①爱风流。

陈三许时出潮城，想不爱行亦着行。

一时送嫂去任所，二日行到广南城。

陈三许时到广南，想起五娘定伊贪。

一时拜别卜返去，爱卜潮州探五娘。

只话不敢对兄说，假意读书返回乡。

运使听说应一声，是卜读书返泉城。

对伊不敢再留久，亦说小弟尔可行。

大嫂来见陈三兄，恁嫂吩咐尔着听。

花间柳巷尔无宿，足边美女尔无行。

返去诗书着动读②，日后运仲③会出名。

陈三心想暗欢喜，拜别兄嫂起身行。

过了广南三日足，许时行到潮州城。

陈三许时到潮城，五娘配人事正成。

7. 配乞④林大

前日林大富贵家，探听五娘好亲成。

头却无嫌身短少，赛过唐杨又真仙⑤。

一时卜池伊做某，紧托媒人去求亲。

---

① 长带：长久停留。
② 着动读：要勤奋读书。
③ 运仲：一定，肯定。
④ 配乞：许配给。
⑤ 唐杨又真仙：唐朝杨玉环。

媒人去到黄家厝，呵咾西街林大郎。

富贵万金咱无此，钱银宝贝百般全。

尔子千金未乞配，求配西街林大郎。

九郎贪伊好面方^①，欢喜五娘配林郎。

媒人看伊卜相配，番身又报林大郎。

九郎一位千金女，欢喜对尔做亲成。

林大赶紧上街去，请人看日送婚书。

三月十四好日上^②，林大差人送盘仪^③。

盘担亦来三十担，九郎看见笑微微。

只是我子尔福气，恩缘正能去对伊。

五娘知土大受气，坐落房中喃泪啼。

想到咱命拙干呆^④，阮身不愿去对伊。

虽然现时伊富贵，不是读书人子儿。

上高进仲无伊份^⑤，我爹乜可去对伊。

力阮好人配林大，尔子不是无人池。

只是我子好福气，恩缘正能去对伊。

8. 五娘责媒

五娘听说苦心悲，坐落房中喃泪啼。

想伊不是好头对，阮身不愿去对伊。

虽然现时望富贵，不是读书人子儿。

上高进仲无伊份，我爹乜可去对伊。

将子好花插牛屎，阮身不愿安障生。

---

① 好面方：家世富贵。
② 好日上：原文疑为"止"，好日子。
③ 送盘仪：闽南娶亲风俗，相当于聘礼。
④ 想到咱命拙干呆：想到我的命运这么坏。
⑤ 上高进仲无伊份：想要读书高中没有他的份。

媒人不知五娘愿，直入绣房□□□。

欢喜五娘好头对，今日配伊富贵人。

五娘受气骂几声，拨夫①说话阮不听。

林玳②听说牛共犬，对伊不是好亲成。

阮今痛恨尔媒人，无好头对尔乜可。

婚书共阮送返去，五娘不是林家人。

媒人无意且耐伊，去共九郎说透机。

尔子不愿配林玳，谁知林玳不定伊。

力阮媒人骂乞死，恁今只事卜在年。

9. 九郎责女

九郎听说有主场③，亲身入房见五娘。

仔尔今日配林玳，配许林玳勉思量。

论伊家伙富无比，富贵比咱能恰强。

五娘跪落答爹亲，不可力④子对只人。

尔子生来无恰示⑤，起无⑥才子可求亲。

想伊林玳是呆子，现时富贵日后贫。

金山银山有买卖，拾年胜败许多人。

□□贪人现时富，无顾尔子日后贫。

爹尔力子配林玳，日后恐误子一身。

九郎听说大受气，开口就骂碧琚儿。

子尔饲大不成人，因何敢说不池翁。

尔爹有收人聘礼，尔今就是林家人。

---

① 拨夫：泼妇。
② 林玳：林大。这一节后几句都用了"林玳"，是以字记音。
③ 主场：主张。
④ 力：扚，抓。
⑤ 无恰示：长得真凶。
⑥ 起无：岂无，怎么会。

从来主婚由父母，那敢跳挞①尔亦可。

10. 五娘悔亲

五娘不愿心头酸，逐日起来不梳妆。

益春看娘拙不愿，就问五娘是在年。

目周②因何拙干凹，面色因何拙干青。

五娘将情说透机，昨日林玳送盘仪。

恨我父母无主意，扐我一身去对伊。

无对林玳我无气，对伊林玳我不池。

想咱个命拙干呆，不如来死恰办宜。

咱厝花园一古井，那不跳落是在年。

益春劝娘心放双③，跳落古井是不可。

林玳一人不相定，再选郎君岂敢无。

我想元宵许一时，灯下郎君好后生。

能得许人可相对，五娘尔想是在年。

五娘听说笑微微，在得许人可见伊。

卜等许人来相见，着等黄河水清时。

益春共娘再说起，卜见郎君却有时。

那可何娴可看见，却然④有计可留伊。

五娘听娴说一声，尔有好计说我听。

咱今合伊不相识，卜留伊来亦不成。

益春合娘再议论，当时刘姐选郎君。

绣毬掞落吕蒙正，后来双人可成婚。

亚娘全小有识字，亲绣诗句绣罗巾。

---

① 跳挞：挑剔。
② 目周：眼睛。
③ 心放双：心放宽。
④ 却然：果然。

看有才子相定意，许时就可选郎君。

五娘听说心头悲，只事不知卜在年。

着对林玳我不愿，卜选郎君亦随时。

三月过了四月天，四月十五月光冥。

11. 五娘拜月

五娘心酸睡不去，偷身行到去春熙。

春熙亭内月色光，五娘拜月心头酸。

枉我一身配林玳，生死不入林厝门。

月老推迁不平正，在怪五娘心不酸。

我今将情投月老，望天早赐好丈夫。

五娘点香又点灼^①，投词写来在桌床。

双脚跪落投月老，亲共嫦娥说短长。

五娘生来在黄厝，一身爱对好丈夫。

恨我父母无主意，扐我去配林家牛。

五娘本是聪明女，那着对伊不合扶。

今冥月下深深拜，望天早赐好丈夫。

益春看见娘祝天，厅前桌上好排筵^②。

亲共亚娘说好话，亚娘能选好良缘。

五娘欢喜不敢说，心内又想灯下郎。

昨冥不困空思想，不知许人在何方。

四月过了五月天，五月莲花开满堂。

五娘无心看景致，坐落房中苦心悲。

罗巾亲绣几个字，卜选郎君好人儿。

未知郎君何时到，心肝又想许一时。

---

① 灼：蜡烛。
② 厅前桌上好排筵：厅前的供桌上摆上贡品。

五月过了六月时，六月荔支①正当时。

五娘益春上楼去，式人楼边食荔枝。

12. 陈三过楼

陈三忽然楼下过，身骑白马好威宜。

益春看见共娘说，楼下一位好人儿。

美貌生来真才子，灯下郎君就是伊。

亚娘那卜选头对，手帕荔支捒何伊②。

五娘听说程一时，慢慢捒落亦未迟。

孔子③容貌似扬虎，假如看差④无路移。

益春又共亚娘言，只是月老有推迁⑤。

亚娘祝天有灵圣，此人正来能楼前。

荔支手帕紧投落，可望成婚好良缘。

五娘荔支捒落楼，陈三着惊夯起来⑥。

看见楼上有美女，一时欢喜在心头。

式粒荔支在罗巾，陈三欢喜笑哈哈。

想伊荔枝捒何我，却然有意选郎君。

荔支手帕劝在身⑦，想可做证恰有凭。

未知何时可相见，谁知池时近娘身。

推鞭打马入潮城，李公店中去探听。

李公看见陈秀才，就问三舍尔池来。

---

① 荔支：荔枝。
② 捒何伊：扔给他。
③ 孔子：公子。
④ 假如看差：假如看错了。
⑤ 月老有推迁：月老来促成好事。
⑥ 陈三着惊夯起来：陈三吃了一惊，头抬起来。
⑦ 劝在身：藏在身上。

13. 李公用计

陈三近前问因果，阮爹前年来做官。

潮州做官三年久，合尔相好有交盘①。

小人现时有一事，条来问尔个因果。

昨日楼上卜掉时，二位仙女食荔支。

投落荔支我收起，未知千金乜人儿。

因为二人相刈吊②，思量无计可见伊。

小人想卜学裁逢，想来想去亦不晓。

伊那力咱人客做，在得伊出可相逢。

李公有计相共用，日后恩情不敢亡③。

李公听说就知机，伊是九郎个女儿。

前日林玳来订聘，父母欢喜收盘仪。

卜是伊子心不愿，再选良缘掞荔支。

我今共尔想起来，恐畏只事袂和谐④。

伊爹欢喜配林玳，乜有伊子再招夫。

人说进前生瑞草，有好事志不如无。

陈三心内自己案，在我心想有何难。

有只表记我收起，想伊不来不姓陈。

伊有媒人共礼仪，我有手帕共荔支。

那卜何官来去断，必定配我无配伊。

李公听说就返果，卜去亦着有因果。

---

① 合尔相好有交盘：和你交好有往来。

② 刈吊：牵肠挂肚。

③ 不敢亡：不敢忘。

④ 恐畏只事袂和谐：担心害怕这个事不合情理。

14. 陈三学磨镜

公子不如学磨镜，打破宝镜做因单。

阮写自身赔伊镜，想伊姻缘正能成。

干柴夯来热火到，姻缘到尾正能成。

陈三听说心欢喜，感谢李公有计宜。

磨镜工夫来教我，送尔白马共锦衣。

李公一时开镜担，工夫说破教陈三。

陈三果然真好才，一时磨镜学得来。

卜去后街见碧琚，工夫学好心无虚。

白马牵来换镜担，锦衣脱落换布衫。

发落安童返乡里，小人甘愿卜障生。

15. 黄厝磨镜

小人磨镜是陈三，就整笼索共扰担①。

头巾脱落戴布帽，锦衣脱落穿布衫。

是只小人卜障做，肩头那痛亦着担。

手夯铁板②摇几声，真去九郎厝前行。

恁厝有人卜磨镜，泉州磨落潮州城。

黄厝一婶名益春，看见磨镜笑哈哈。

阮娘一个照身镜，停久无磨象暗云。

司阜③请来厅堂坐，乎阮共娘说一声。

益春入房见亚娘，一位磨镜生得强。

---

① 扰担：扁担。
② 手夯铁板：手里拿着铁板。
③ 司阜：师傅。

亚娘那卜选头对，磨镜司阜对亚娘。

五娘开口骂益春，磨镜乜有好郎君。

亚娘不信可去看，果然生水①十二分。

五娘成世出大厅，益春抱镜随后行。

陈三进前作一礼，五娘回礼无做声。

五娘回头叫益春，磨镜司阜不认分②。

卜是前日马上使，今日乜卜只路来。

进前去问磨镜兄，司阜贵姓又何名。

陈三共娘说一声，小人厝在泉州城。

凭山岭后是我厝，小生拾捌名必卿。

前日送嫂去任所，全头到尾说尔听。

陈三开口问五娘，西街只处尔家乡。

娘仔年登有几岁，我是磨镜来问尔。

五娘就问磨镜兄，工钱先说正能成。

人说买卖先讲定，过了相箭③不好名。

尔今爱加阮爱少，着问工钱正能成。

说实宝镜磨到白，工钱不池阮若个。

陈三开口就应伊，不可说出着工钱。

宝镜卜磨勉还好，工夫相送随人无。

泉州荔支在树尾，潮州荔支在绫罗。

五娘一人真畏事，说到荔支心踌躇。

卜是前日马上使，今日乜卜只路头。

伊来磨镜是用计，就叫益春去捧茶。

益春捧茶去请伊，看见身边有荔支。

返来又共亚娘说，咱个表记伊身边。

---

① 生水：生得漂亮。
② 不认分：不是很面生，意思有点面熟。
③ 相箭：相争，相互争执。

514

五娘开口骂婳儿，尔嘴吡破卜在年。
做婳个人着知理，不可说破人根机。

16. 打破宝镜

益春爱笑无做声，陈三磨镜坐大厅。
陈三磨镜上镜床，一点好药落镜中。
宝镜磨来光如水，卜照五娘个花园。
益春近前去问伊，李公磨镜带唱诗。
司阜尔今亦着唱，唱诗好听请食茶。
唱诗好听有主雇，后来再请不论钱。
陈三听说笑微微，唱歌无学学唱诗。
李公见唱是古曲，我今见唱是新诗。
古诗唱出郭华记，姻缘假意秀烟指①。
董永甘愿做奴婢，后来天都送隣儿②。
记得当初潘文显，那因采花会佳期。
宝镜磨好无思量，陈三抱镜照五娘。
一照五娘好梳妆，式照娘脚三寸长。
三照娘身花含蕊，四照五娘配林郎。
五娘听说配林郎，一时苦痛是难当。
阮身不愿配林玳，那配林玳入阁门。
益春就骂陈三哥，尔敢合娘说忐忑③。
害阮亚娘咒重咀④，磨镜工钱尔能无。
陈三开口就应伊，无收工钱个道理。
本来都是为娘害，改头换面只路来。

---

① 烟指：胭脂。
② 隣儿：麟儿。
③ 说忐忑：开玩笑。
④ 咒重咀：发重誓。

荔支手帕尔卜却①，磨镜工钱我不池。

阮今只话不爱听，回头共婵说一声。

宝镜磨好谨收起，工钱提出乎伊行。

益春行去到厅前，陈三送镜来相横。

益春未接三哥放，宝镜落土做二半。

17. 陈三愿做家奴

陈三半喜又半悲，宝镜打破卜在年。

劝恁娘婵无受气，阮是失误无朝池②。

五娘听镜是破声，想那卜补袂得成。

只镜打破无处买，心肝苦痛袂做声。

益春一时大声骂，宝镜打破尔不惊。

宝镜值银无价宝，尔今赔阮袂得成。

九郎一时出大厅，贼奴乜敢障行程。

这是我子照身镜，尔今打破再样□。

只镜无赔得袂过，无赔下回人不惊。

尔今身上有赖钱③，打破宝镜补袂圆。

宝镜值银三千二，放尔回家提来添。

陈三一时答九郎，宝镜打破我抵当。

身上无银可赔尔，愿共恁厝扫厅堂。

九郎受气就应伊，我厝起无奴才儿。

宝镜值银好价宝，想尔一身值乜钱。

五娘劝爹无受气，带着好只可怜伊。

看伊亦是好人子，皮不值钱骨值钱。

---

① 尔卜却：你们要拿。
② 无朝池：不是故意的。
③ 有赖钱：有多少钱全拿出来。

那卜卖身赔咱镜，爹亲千万着收伊。

九郎听子说得通，就收陈三做家童。

陈三一时写奴字①，甘愿奴才做三年。

甘荔做名乎恁叫，工资赔恁做镜钱。

18. 陈三扫厝

九郎就问陈三奴，尔今粗作是如何。

工头息尾尔受偀②，人来客去尔对记。

我今动脚共动手，粗息全小不识摸③。

工头息尾袂当偀，那是扫厝捧盆奴。

日头起来天大光，陈三担办扫厅堂。

外头扫到厅碧角④，内头扫到娘房门。

陈三扫帚夯身兜⑤，借问娘仔尔梳头。

五娘穿头⑥出来看，可惜才子扫厅堂。

前日那无打破镜，只个受苦尔勉当⑦。

陈三听说心头悲，尔乜知阮好人儿。

阮在泉州乜富贵，今日乜能案障生⑧。

忆着荔支正障做，甘愿受苦二三年。

娘仔尔着相从就，不可侥心⑨误陈三。

五娘受气出绣房，甘荔亡说是不可。

阮是看尔无担谨⑩，不就大板打尔身。

---

① 写奴字：写了卖身契。
② 工头息尾尔受偀：大小事情头头尾尾你都要看顾。
③ 粗息：粗重的活。全小不识摸：从小就没做过。
④ 厅碧角：大厅壁角。
⑤ 陈三扫帚夯身兜：陈三把扫帚靠在身边。
⑥ 穿头：伸头。
⑦ 尔勉当：你就不用担待。
⑧ 案障生：这样子。
⑨ 侥心：变心，异心。
⑩ 无担谨：没有什么别的办法。

陈三求情说不可，可怜甘荔一个人。

只处无亲可依倚，落花流水无相会。

五娘返身入绣房，想伊陈三是好人。

19. 益春论亲

益春直去问三哥，尔学磨镜来怎怎。

尔是贪阮好风月，风流正卜阮厝冘。

叫尔甘荔亦不好，后来着叫我三哥。

陈三听说笑咳咳，我那无说尔不知。

因果起理为娘害，荔支手帕引阮来。

恁娘那是有想阮，陈三乜屎①做奴才。

益春开口应三哥，阮娘引尔来怎怎。

必然心肝有想尔，日后姻缘勉惊无②。

陈三许时就应伊，不知恁娘是在年。

劳烦小妹着相共③，将恁娘婳正障生。

能得恁娘相将就④，日后恩情恰大天。

益春又说乎君听，泉州有心来潮城。

有心钓鱼鱼能倒，有心采花亦能成。

尔今清心去扫厝，姻缘到尾自己成。

小妹共尔再思量，想有一计见阮娘。

明早起来天大光，亚娘洗面着用汤。

面盆尔可代捧去，亲共亚娘说短长。

---

① 乜屎：也不用。
② 勉惊无：不要担心没有。
③ 着相共：一定要帮忙。
④ 相将就：将就我。

20. 陈三代捧盆水

五娘卧倒天大光，床上起来着梳妆。

未叫甘荔来扫厝，先叫益春捧茶汤。

益春故意不去捧，陈三捧去到娘房。

五娘假意大受气，贼婢乜敢不来捧。

偷入娘房乜道理，我今着报我爹知。

看尔卜去亦是不，不尔姓命①那障生。

陈三听说着一惊②，走出娘房门外行。

回头就共五娘说，吩咐娘仔无做声。

五娘故意水泼伊，泼着陈三笑微微。

陈三一时就返身，亚娘泼阮乜何因。

尔今亦着③共我说，不就穿手摸娘乳。

陈三摸乳手不放，五娘假意说不可。

起脚动手不好看，恐畏外面亦有人。

陈三穿手间房门④，揽倒五娘上眠床。

五娘姻缘不成就，假意叫婳捧茶汤。

陈三着惊⑤走出来，那恨五娘袂和谐。

潭中钓鱼那不倒，害我思想干舍来⑥。

21. 游赏花园

五娘思想困不去，一心忆着灯下郎。

---

① 姓命：性命。
② 着一惊：吓了一跳。
③ 亦着：也要。
④ 穿手间房门：伸手关了房门。
⑤ 着惊：受惊。
⑥ 害我思想干舍来：害我思念你白白来一趟。

日间思君袂食饭，夜间思君难困床。

听说五娘卧不去，益春招去游花园。

三更风清月色光，娘嫡行到后花园。

看见园中好景致，且喜百花开齐全。

一丛牡丹是含蕊，一丛金菊正卜开。

枝枝叶叶好相对，可惜五娘配林郎。

我身不愿配林玳，无心看花开齐全。

益春劝娘勉伤悲①，咱有甘荔在身边。

亚娘牡丹花含蕊，伊人金菊正卜开。

今日伊人来咱厝，不须烦好②能团圆。

二人说话花园内，陈三诗时探听知。

一时行到花园外，番身行到花园来。

看见陈三着一惊，开出花园就卜行。

益春叫娘再来看，伊是好人咱勉惊。

22. 不认表记

五娘就问陈三郎，三更半冥来花园。

有事进前来禀报，无事不准说短长。

陈三事志说恁听，小人厝在泉州城。

为恁娘嫡相刈吊，泉州正有来潮城。

三哥听我说起来，荔支掞落阮不知。

卜是别人掞乎尔，五娘并无掞荔支。

亚娘说话真是奇，乜敢说无掞荔支。

那是别人掞赖尔，脚下是地头是天。

---

① 勉伤悲：不要伤心惋叹。

② 烦好：烦恼。

五娘盛世①应三哥，那有亦是掞志丕。

阮身见然配林玳，并无半系②想三哥。

陈三无奈叫益春，恁娘荔支掞何君。

今日听说无实意，不是卜选阮郎君。

恁娘正是无行止，害阮一身忆着伊。

恁娘乜敢拙侥倖③，敢害阮身案障生。

益春返去见亚娘，三哥好人咱着收。

荔支手帕不照认，恐畏三哥返回乡。

五娘共姢说透机，阮是合伊说朝池④。

爱得三哥来相对，我着近前去问伊。

23. 再问情由

五娘朝意问三哥，尔有侥倖亦是无。

尔在泉州晋江县，乜卜潮州有志丕。

陈三说出何娘听，广南运使我亲兄。

因为送嫂去任所，元宵十五到潮城。

许时灯下见娘面，为娘刈吊乱心神⑤。

无疑娘仔在楼上，寓着娘仔投荔支。

我就恁厝来磨镜，直入恁厝求亲成。

全望娘仔相将就，可怜陈三来潮城。

三哥只话不爱听，尔是望说爱好名⑥。

父母那卜有官做，乜卜池阮做亲成。

五娘问说是不可，阮是贪尔一个人。

---

① 盛世：为了省事。
② 半系：一点点。
③ 侥倖：变心，异心。
④ 阮是合伊说朝池：我是故意跟他这么说。
⑤ 刈吊乱心神：牵肠挂肚乱了心神。
⑥ 尔是望说：你是胡说。爱好名：爱惜自己的好名声。

泉州美女望那有，不及五娘尔一人。

三哥只话说那真，阮娘合尔结成亲。

咱着各人返去困，不可只处乱心神。

陈三听说就行开，五娘叫婳来相随。

二人相随房中去，忆着三哥心都如。

24. 思相情郎

五娘无意坐绣房，心想三哥伊一人。

千般宝贝阮无爱，那爱三哥一个人。

陈三乜有巧父母，生伊标致来害人。

阮今亲成无主意，今日不知是在年。

卜嫁林玳想陈三，卜对陈三食人盘①。

全伊三哥来咱厝，冥日想伊无程时。

那知今日障生苦，无揽荔支无引伊。

三哥实在定阮意，林玳实在阮不池。

明知林玳是呆子，我看三哥生巧奇。

听伊便说真富贵，不知虚实是如何。

伊爹做官潮州府，广南运使伊亲兄。

三哥伊话说那定，想伊瞒阮亦不成。

琴棋书画百般有，听说伊家真齐全。

可怜今日来咱厝，着共咱厝扫厅堂。

陈三店处扫厅堂，伊爹许厝差安童②。

想我隣儿去拙久，全去无回想不通。

尔今着去问消息，看伊乜事不回乡。

安童去到后街乡，就共三舍说一场。

---

① 食人盘：吃了别人家的盘担，这里意为收了别人家的聘礼。

② 伊爹许厝差安童：那边陈三的父亲正在差遣安童。

尔爹许厝肖念尔^①，问尔乜事不回乡。

陈三说出安童听，九郎招我结亲成。

因为五娘相刈吊，延迟只事不可行。

我今着等成婚了，即可回去泉州城。

安童尔今先返去，将情说出我爹听。

安童跪落说一声，咱是官家好名声。

亲成为伊相刈吊，泉州起无好亲成。

陈三吩咐无做声，对人无说只亲成。

阮身甘愿卜障做，当初正有来潮城。

尔今亦着先返去，我着下日正可行^②。

益春许时立门边，听伊只人说因由。

只是阮娘无行只，害人受苦二三年。

程步^③安童返去了，益春入去问三哥。

头前房内许一时，有人问尔是在年。

是乜事志得罪尔，着来跪拜我三哥。

陈三共妹说透机，我爹差人来问儿。

甲阮着返泉州去，不可一日过一时。

阮恨恁娘无行只，姻缘相误卜在年。

益春共哥想计致，阮娘全小有读诗。

三哥尔可写一首，何我提去何亚娘。

何阮亚娘看一见，心肝能想必无疑。

陈三听说好计致，手提纸笔来写诗。

声声说出风流事，句句写来少年时。

风流四至写尽透，正经言语无半系。

一时做好就写完，劳烦小妹共我传。

---

① 肖念尔：想念你。
② 我着下日正可行：我要等上几天才能走。
③ 程步：安排。

益春提去绣房内，安落绣筐娘不知。

五娘入房看一见，绣筐乜有一首诗。

看来都是风流事，声声说是少年时。

读来读去有奇意，看头看尾有侥倚①。

只诗不知乜人写，害阮读去病想思。

五娘叫来问婳儿，绣筐乜有一首诗。

尔做婳儿拙大胆，共人送诗是在年。

益春一句说出来，绣筐有诗我不知。

亚娘亲目无看见，乜敢罔说婳提来。

婳尔说话真是奇，一出明知尔提诗。

我只绣筐无人来，谁人做赖婳女见。

娘尔骂阮亦无干，写诗个人是姓陈。

有罪陈三着戴去②，共阮益春事无干。

婳尔只事那不知，陈三共我叫伊来。

25. 五娘责书

看伊乜事喜弄阮③，想伊只人恰不谐。

益春返去叫三哥，阮娘叫尔去忐忑④。

尔今亲去绣房内，问伊乜事叫三哥。

陈三行到巷仔边，五娘看见就骂伊。

尔敢写诗来害阮，喜弄阮身是在年。

陈三许时应一声，小人无写我不惊。

无天无理亦敢说，无云无影庄到成。

五娘提诗三哥看，只有一张尔说无。

---

① 侥倚：蹊跷。

② 有罪陈三着戴去：陈三才有罪你得去找他。

③ 喜弄：戏弄。

④ 忐忑：玩耍，这里是黄五娘要叫陈三去问话。

陈三将诗提来看，只是小人写志歪。

前日心肝不畅快，写诗几句恰强无。

万望娘仔无见怪，陈三不是爱风梭。

五娘受气骂连天，尔卜想阮个姻缘。

用计写诗来害阮，照理着打正当然。

陈三行去就娘问，劝娘无用说短长。

写诗那卜就着打，掞落荔支罪难当。

阮无打尔掞荔支，尔乜敢打阮写诗。

掞落荔支来害阮，写诗害尔却有奇。

五娘听说心头悲，咱是千金人女儿。

父母既然配定着，当初乜可掞荔支。

掞落荔支乱人意，害人思想乜在年。

是咱当初有相误，到今相误卜在年。

三哥不知阮个意，须着共伊说透机。

真情就说何君听，尔卜想阮人亲成。

阮今成亲配林玳，三哥不可来潮城。

配尔三哥虽然好，误了林玳人亲成。

父母见然配林玳，五娘无配陈三兄。

劝尔三哥着主意，不可想阮个亲成。

荔支相误不使说，真情实意说尔听。

26. 郎气回乡

陈三看伊事不成，假意卜返泉州城。

被恁娘婳来相误，枉我当初来潮城。

我今只事勉思量，紧收行里①返回乡。

父母生咱拙命呆，自己不敢恨爹娘。

---

① 行里：行李。

525

那恨五娘无主意，当初乜敢揿荔支。

揿落荔支假有意，害阮受苦二三年。

想伊姻缘不成亲，我今着返恰办宜①。

收伊布袄共雨伞，放紧起身无延迟。

益春门外先等伊，想伊好笑又好啼。

只人今日拙受气，不是阮厝克亏伊。

因为二人风流事，不肯成就②卜在年。

三哥一时卜返去，不成再等一个时③。

劝咱三哥着耐气，今日不可行侥奇。

我顾三哥头到尾，因何卜返无相辞。

小妹听我说起来，我来咱厝做奴才。

忆着五娘好头面，泉州正有只路来。

谁知咱娘无行只，揿落荔支无定期。

我今卜返泉州去，着共小妹尔相辞。

小妹来劝君着听，请漫亭脚④未可行。

尔都有心学磨镜，卜想姻缘总能成。

今日乜可拙受气，无辞阮娘就卜行。

小妹听我说起里，听我全头说透机。

无说恁娘我无气，说到恁娘我气伊。

恁娘无情共无义，我不合伊去相辞。

27. 碧琚不留

益春看哥又卜行，紧去共娘说一声。

三哥实在卜返去，婶儿留伊也不听。

① 我今着返恰半宜：我现在应该得回去才是最合适。

② 不肯成就：不肯答应。

③ 再等一个时：再等一段时间吧。

④ 请漫亭脚：且慢停住脚步。

亚娘不留是恁代，益春袂共尔留兄。

五娘听说着一惊，放落针线出大厅。

甘荔那是卜返去，亦着共伊说几声。

甘荔当初来磨镜，宝镜打破赔袂成。

阮爹许时放尔命，收尔为奴来扫厅。

约卜三年未尽满，因何大胆就卜行。

陈三听说气冲天，小人合娘是无缘。

荔支手帕尔揆落，不是陈三爱风梭。

尔敢反心来相误，误阮一身障落薄。

锦衣公服为尔了，白马金鞍为尔无。

失了公服我无气，失了白马我气伊。

这去泉州路头远，无马可骑脚能酸。

五娘听说无应伊，转去共姻说透机。

听伊今日障生说，咱共三哥无了时。

不如放紧乎伊去，白马卜池买乎伊。

益春就共三哥说，尔今打办障行宜。

卜店潮州随在尔，卜返泉州亦随时。

白马卜池买何尔，乎尔起身无延迟。

阮娘正是深国①女，不肯配尔奴才儿。

那说旧年六月时，阮娘楼上食荔支。

揆落荔支阮无意，打破宝镜尔朝池。

只是陈三爱风梭，无干荔支在绫罗。

阮厝风水当卜好，无用将日阮厝恁。

陈三心内想就苦，当初乜可做伊奴。

无缘娘仔来相误，枉我当初捧盆奴。

并无念阮障受苦，被恁轻气是如何。

---

① 深国：深闺。

527

28. 娘婳不留

五娘益春心肝粗，二人就骂陈三奴。

那是思想病死了，共阮无干捧盆奴。

尔那敢死来赖阮，并无惊尔半分毫。

阮厝奴才有处托，亲似陈三起能无①。

看尔头尖耳唇薄，身穿秀衣倚礕行②。

那是负文共走扳，建功立业总是无。

奴那卜去做尔去，肯卜留尔亦是无。

29. 琚劝春留

陈三苦痛袂做声，不甘不愿返泉城。

布袱负起就卜去，雨伞夯起紧紧行。

受得现时可到厝③，并无半系在潮城。

五娘看伊无回君，心想无奈叫益春。

我爹未肯何伊去，益春尔着去留君。

益春看伊吡不愿，想卜留伊亦是难。

亚娘不留是尔代，共阮益春是无干。

姻缘好呆娘福份，并无半系分益春。

婳尔听我说言音，全小相随到只今。

只到尔着相共劝④，方知娘婳有真心。

亚娘尔话说无定，益春不敢去留兄。

---

① 起能无：岂能没有。
② 倚礕行：靠着墙壁走。
③ 受得现时可到厝：恨不得马上就能回到家。
④ 相共劝：一起劝说。

日后无某寻阮讨，创无亚娘赔三哥①。

婻尔今日勉惊惶，留君有返尔有功。

今日留君那有返，日后恩情不敢忘。

亚娘只话说那定，何婻亲身去留兄。

三步拼做二步走，二步拼做一步行。

手接三哥雨伞尾，请慢程脚未可行。

人说有苦亦有甘，月角亦能再团圆。

那有言语相得罪，劝君无气放一边。

阮娘实在爱尔返，不可荒忘②别了伊。

陈三听说气抽抽，只是恁娘不收留。

我今卜返泉州去，无贪恁厝好风流。

恁娘无心假有意，做出科芹③相延迟。

想那卜留亦是假，我今半句不听伊。

30. 益春留君返

益春再劝尔着听，请慢程脚未可行。

阮娘合尔有实意，当初正有挼荔支。

姻缘将来能成就，掘指算来勉几时。

哥尔着听小妹说，不可反心无想伊。

今日留哥那不返，小妹死命归阴司。

陈三听说有实意，立脚程步就问伊。

恁娘卜留我有口，姻缘四至卜池时④。

益春共哥说因伊，月老推迁有定期。

布袄雨伞我收起，姻缘事志咱问伊。

---

① 创无亚娘赔三哥：我也没办法让你五娘去陪陈三哥。
② 不可荒忘：不可慌乱忘记
③ 做出科芹：做出这些行为。
④ 卜池时：要什么时候。

陈三听说从伊劝，双人相㧡入厅堂。

心肝想乱是在年，咱今当初障做生。

五娘看婀留君返，亲身出来见三郎。

劝君受气是不可，五娘是尔个亲人。

全君尔来就想尔，冥日思君十二时。

阮有荔支揍何哥，配伊林玳亦是无。

尔店后堂去安宿，五娘不敢误三哥。

31. 刺绣改闷

陈三安宿在后堂，五娘思君心头酸。

日间无食渐时过①，夜间无眠难天光。

想来想去无计致，想着刺绣改心酸。

一绣凤凰宿竹树，二绣鸳鸯落池唐。

三绣芙蓉对金菊，四绣织女对牛郎。

牛郎织女好相对，可恨五娘配林郎。

林玳生来好恰示②，陈三生水阮爱池。

谁人说得我爹准，千两黄金卜送伊。

一心爱对好良缘，忆着三哥不了然。

五娘想思无人知，古然③林玳差人来。

不知差人来乜代，都是差人来推亲④。

五娘想起心头闷，一时头痛乱分分。

着合林玳去相对，一身生来袂青春。

一时失至⑤都袂说，心想不愿口难分。

---

① 渐时过：短时得过且过。
② 好恰示：好家世，家景富贵。
③ 古然：竟然。
④ 推亲：推算结亲的日子。
⑤ 失至：事至，事情。

益春朝来问亚娘，今日因何面忧忧。

是乜事至心头苦，头胡鬓歪不成人。

亚娘那是身得病，须着共婳说透机。

那是身中有得病，须着买药可来医。

五娘共婳说透机，阮病无药可来医。

只病无人力得着，暗苦成病无人宜。

婳尔不知阮心意，须着共婳说透枝①。

林代差人来咱厝，卜无阮身去团圆。

长冥想来千般苦，想无计致可行宜②。

益春就共亚娘说，请慢想计亦未知。

三哥读书识礼仪，三哥伊想乜在年。

亚娘那着去林厝，婳那想来步难移。

日看现年③十月尾，卜无五娘去成亲。

32. 问病想思

陈三一时探听知，苦在心头病就来。

五娘听说三哥病，就叫益春去看伊。

益春行去到后堂，看见三哥病想思。

返来就共亚娘说，三哥面色真青黄。

亚娘不肯相将就，三哥一命归阴司。

五娘偷去问三哥，尔今有病亦是无。

是乜恶鬼共恶怪，敢来想扐尔三哥。

陈三沉重十二分，一梭汪汪不清春。

荔支做鬼来扐阮，五娘做怪来迷君。

---

① 透枝：透机。

② 无计致：没有好办法。可行宜：可以施行。

③ 现年：今年，当年。

五娘想起目头红，三哥何说是不可。

五娘那是能做鬼，三哥亦是能害人。

全君来厝就想尔，二人心肝生相□。

君尔想阮病无代，听说君病阮就来。

头眩目暗夯不起①，心想三哥尔不知。

五娘尔话说无定，口出金莲我不听。

心肝那是有想阮，姻缘事志乜袂成。

三哥情由尔不知，听我全头说起来。

一来惊哥无实意，二来惊哥有妻儿。

从来一鞍挂一马，二鞍一马不好骑。

今日那卜相从就，下日相误卜在年。

33. 双人立誓

陈三劝娘尔勉惊，当天立誓何娘听。

西川太守是我叔，广南运使我亲兄。

一身那有我自己，并无妻子在身边。

喜爱共娘尔相对，不敢说话来相欺。

那敢反心共贝义②，不看下代个子儿③。

五娘听君呪重咀，一时跪落谢神祈。

碧琚生来在黄厝，亲选良缘陈必卿。

父母扐阮配林玳，不定五娘是实情。

天地神明做证见，愿共三哥结百年。

那敢反心共贝义，五娘姓命归阴司。

感谢娘仔有真心，恐畏林代来相争。

---

① 夯不起：站不起来。
② 反心共贝义：反心和背信弃义。
③ 不看下代个子儿：陈三发重誓如果背信弃义，就看不到自己的下一代子孙。

强扷五娘去林厝，误咱夫妻卜在年。

五娘对君勉伤悲，阮是不愿正障生。

五娘那敢去林厝，一身甘愿落血池。

叮宁①我哥一条事，敢如②阮去尔不池。

放落阮身无依倚，害阮一身卜在年。

陈三劝娘尔勉惊，咱是相定正障生。

34. 双人断约③

碧琚那敢起侥倖，甘愿五马共分侍④。

双人对头结情义，二人跪落谢神祇。

男左女右全跪落，地下愿做连理枝。

天边海角无相离，头乌毛白卜相随。

当天立誓说过了，陈三问娘个根枝。

咱今成婚卜池时，不可程久⑤误佳期。

五娘共君断约定，成婚约定二更时。

家中大小人卧静，双人成婚可团圆。

陈三听说心欢喜，娘仔约定无相欺。

阮是合尔有缘份，前生注定正障生。

五娘就叫陈三兄，私通来去人人惊。

我着放紧去刺绣，尔着放紧去扫厅。

半工⑥无见我爹面，恐思差人来探听。

许时一人行一边，不可有意再交缠。

夫妻立誓永无悔，成婚约定二更时。

---

① 叮宁：嘱咐。
② 敢如：假如。
③ 断约：相互约定。
④ 五马共分侍：五马分尸。
⑤ 不可程久：不可久等。
⑥ 半工：半日，半天。

日头卜落是黄云，陈三心内乱分分。

放紧食饭苦袂暗，听候五娘来成婚。

35. 叫婵退约

宽心等到二更时，不见五娘来寻伊。

陈三心内想就苦，不知五娘是如何。

本约今冥卜成亲，因何无见五娘身。

不知伊话说无定，亦是父母未睡眠。

我今且坐房中等，想伊五娘袂害人。

五娘想起只因由，返身又想不风流。

卜叫益春去退约，须着共婵说情由。

昨冥共君伊约定，约定今冥卜去游。

我想成婚着推辞，今冥有月又无圆。

阮今着等中秋暗，夫妻成婚可团圆。

婵尔紧去共君说，共君再约十五冥①。

益春行去三哥房，三哥欢喜来有人。

乌暗不知娘共婵，抱倒益春笑咳咳。

益春古意②不做声，卜看三哥再样行。

陈三不知叫是娘，压倒床上结鸳鸯。

益春想起就爱笑，阮人是婵不是娘。

陈三许时无思量，就骂益春一大场。

妹尔乜可障做事，害阮不知叫是娘。

恁娘那有来只外，叫伊入来勉思量。

哥尔听我说就知，阮娘暗冥伊无来。

---

① 十五冥：农历十五晚上。

② 古意：故意。

叫阮益春来退约，勉何三哥看东西[1]。

36. 陈三求益春

恁娘无来都亦好，妹尔清春好忐忑。
咱今落米煮成饭，有物着来请三哥。
今日送到那不食，下日相请亦是无。
君尔无起粗心意[2]，恁有读书识礼仪。
采花那卜连枝采，五娘知去骂娴儿。
无说娴儿乞伊骂，连尔三哥都不池。
妹尔听我说起里，在厝新楼许一时。
娴采头先娘采后，文生许人是障生。
鲁迟朝来合猫好，那卜再排无只棋。[3]
哥尔听阮说真情，恁合阮娘先成亲。
下日有心卜池阮，大胆合君卧成眠。
妹尔障说亦有理，咱卜相会也有时。
请问恁娘吩咐尔，合阮成婚卜池时。
君尔听我说透机，阮娘约定十五冥。
十五月光好时节，共君相会无延迟。
陈三想起无采工，恁娘古意卜害人。
今冥成婚伊那不，下冥相误是不可。
因何着等中秋暗，吊肉跋猫害死人。
益春共哥说透机，阮娘不是相延迟。
一世夫妻大事志，十五嫦娥有定期。
成婚不应着呲紧，劝尔三哥勉池宜。

---

① 勉何三哥看东西：别让三哥你东看西看。
② 无起粗心意：别起这个心意。
③ 这两句意为老鼠跑来和猫好，要再安排没有这么好时机。

小妹尔说也有通，何娘再约也无方①。

今冥有尔来退约，阮等十五正相逢。

37. 初会风流

五娘等到中秋冥，看见中秋月正圆。

心肝想起就欢喜，咱约成婚是今冥。

梳妆打办嫦娥身，卜合三哥去成亲。

早送父母上床困，自己不敢去困眠。

宽心等到二更时，父母卧去全不知。

开出房门偷身去，轻脚细步无人宜②。

前台行去到后台，深深有路直透来。

忆着三哥伊人好，无惊大小人能知。

陈三门外先接伊，看见五娘笑微微。

双手牵娘房中去，二人坐落说因依③。

娘尔查某君乾埔，手仔穿去共娘摸。

哥尔有情阮有心，口唇揽来共君斟④。

咱今双人拙相定，姻缘便数值千金。

陈三脱衣又脱帽，一身个肉白如罗。

今冥合娘同床困，亦可共娘说短长。

五娘脱衣又脱裙，一身个肉白如银。

今冥合君同床卧，亦可何哥娶新婚。

双人倒落做一头，口唇相斟脚相交。

哥手揽娘身下肚，娘手何哥做枕头。

一盏灯火照哥哥，照起娘君做一床。

---

① 也无方：也无妨，也没关系。
② 无人宜：无人知晓。
③ 说因依：说情话。
④ 斟：亲嘴。

536

陈三想起心就重，卜探五娘个花园。

下身亦近娘身上，亦贪娘仔当少年①。

五娘共哥说言音，阮是未弹个新琴。

爱得我君尔来忐，关惶照顾到只今。

君尔卜弹着子细②，无做魏延打破灯。

陈三听说笑咳咳，新船着顾我也知。

船杆船捧我整便，下门水路娘着开。

五娘自在心岸定，千兵万马我不惊。

潼关险路我无抱，我学孔明献空城。

陈三想伊无计开，军兵点好卜相刣。

翻身登起娘台上，金枪宝剑般出来。

五娘点兵去接伊，吩咐先峰着主持。

恁点军兵卜敌阵，不可打破我城池。

陈三子细采花心，五娘无话暗沉吟。

世间风流不论价，新婚一出值千金。

陈三心想真欢喜，乜能心息到障生。

蓬莱仙景罔那好，不及新婚只一时。

五娘想起真过意，乜能心息到障生。

桃源景致无恰好，那有风流只一冥。

二人过意入天台，那摇那俊笑咳咳。

一旦风流做过了，上台翻身落下台。

五娘头上髻也欹，越来共君说因伊。

父母生阮一身己，今冥合君正障生。

陈三身上汗也流，欢喜共娘做起头。

一世夫妻千万暗，一番正是做起头。

五娘揽君再来困，君尔美貌胜赵云。

① 当少年：正当年少。
② 子细：仔细。

常山赵云早过世，那有我君生斯文。

陈三共娘揽朝朝[①]，娘仔美貌赛二娇。

东吴二娇早过世，那有我娘生清标。

双人说话真文套，一身个肉白如罗。

一更过了二更时，双人做事无人疑。

世间风流第一好，恰好风流总是无。

咱是夫妻敢障做，父母困去全不知。

二更过了三更时，二人床上说因依。

尔咱少年那一出，风流不做等何时。

三更过了四更时，二人床上再安排。

世间风流第一好，恰好仙女取仙桃。

四更过了五更时，耳边听见鸡声啼。

双人床上想就苦，今冥因何拙短时。

五娘共君说短长，鸡啼也是天卜光。

趁阮父母困未醒，我着返去可梳妆。

陈三共娘讲合谈，娘尔美貌定君贪。

抱抱揽揽正尔去，则久[②]卜去阮不甘。

一时窗外天大光，五娘翻身落眠床。

阮着贪君尔折离，不敢合君倒落床。

陈三想起心就苦，天乜因何拙紧光。

送尔娘仔出门去，咱今夫妻望久长。

娘仔今冥着早来，不可乎我看东西。

五娘只去无离暗，共君约定暗暗来。

偷身行去到后厅，一半欢喜一半惊。

苍头[③]恐畏人看见，卷尾畏了有人行。

---

① 揽朝朝：抱得紧紧的。

② 则久：这么久。

③ 苍头：藏头。

一时行到来房内，欢喜起来无人知。

合君意爱年月久，谁知今冥事方成。

38. 再会风流

中秋过了十五冥，月白风清好天时。

五娘想起困不去，爱卜合君再风流。

且喜月光好忐忑，五娘偷去寻三哥。

手上无灯乌暗去，手倚窗外乌暗兝。

轻脚行到三哥房，一扇房门双手牵。

开入三哥房间内，一心欢喜心头开。

三哥困去全不知，不知五娘来寻伊。

五娘坐落面床上，穿手去摸三哥身。

陈三眠梦着一惊，什么鬼怪床上行。

五娘细声叫哥醒，阮是五娘无做声。

陈三床上笑哈哈，都是五娘来寻君。

但有双脚共双手，爱得揽来连身吞。

五娘倒落做一头，阴阳相向舌相交。

咱今乜能拙相定，恰是鸳鸯来相交。

陈三许时就推辞①，恁爹知去卜在年。

有人看见扐一倒，双人姓命那障生。

五娘骂君尔真呆，阮那不说无人知。

君尔那卜拙畏事，磨镜乜敢只路来。

哥尔宽心勉心酸，阮爹有事我低当②。

娘尔那卜做我主，大胆合娘困天光。

陈三有娘不困眠，穿手去摸娘下身。

---

① 就推辞：就退缩。
② 低当：抵挡。

娘尔只处三寸地，乜能迷哥个神魂。

五娘听说笑哈哈，哥尔无用说多言。

咱是双人情义好，不是只处能相眩①。

陈三合娘又再战，娘尔美貌好少年。

本是林代个福气，今日是我个姻缘。

五娘欢喜笑微微，君尔无用说因衣。

我是贪君好面貌，心肝合君做一线。

陈三五娘相刘吊，心肝卜耐亦袂调②。

一时翻起娘身上，在娘身上好消摇。

焚入巫小春不禁，就将罗巾结同心。

行云无雨真可恨，颠风倒月乐做深。

万种情怀鱼见水，一春景致鸟投林。

微风一送花有露，花有清香月有水。

五娘得意笑微微，昨冥合君亦障生。

陈三心内亦欢喜，亲似昨冥亦一长。

双人床上说因伊，记得当初六月时。

君尔骑马楼下过，阮在楼上食荔支。

许时荔支揽何尔，阮今手帕有吟诗。

荔支手帕做月老，双人记得许一时。

阮今荔支揽何君，是卜向君取新婚。

我君今日来寻阮，后世望卜再对君。

天地生有咱双人，今世收来做一房。

有缘我君来商会③，无缘林代不相逢。

今冥议论烧好香，庇佑陈三共五娘。

责罪林玳着早死，双人放紧返回乡。

---

① 相眩：相互迷惑。

② 心肝乜耐亦袂调：心里想要忍耐也忍不住。

③ 商会：相会。

无学王魁合桂英，着学范郎共孟姜。

王魁反悔忘情义，桂英忠正无思淫。

范郎身被秦王斩，姜女长城寻无人。

一冥未困天就光，陈三送娘出房门。

夫妻不用相辞礼，夫妻恩爱望久长。

五娘行到绣房内，轻脚细手倒落床。

爱困无眠不敢说，头如髻欺袂梳妆。

39. 母疑碧琚

五娘全去送新婚，颜容美貌越清春。

前日海桐未见面，现时杨柳就逢春。

伊母看见心就疑，我子不知是在年。

前日面带桃花色，今日颜容有嵘崎①。

说话全然无禁气②，行动全然无威宜。

花开必定有蜂采，有水必定有鱼来。

只事别人无干过，卜是陈三贼奴才。

我子那敢合伊呆，须着教训骂起来。

伊母去到五娘房，一时受气面都红。

子尔做人个女子，合人岂却是不可。

尔母说尔那不信，饲尔一身成乜人。

放紧推亲林厝去，勉致何人疑东西。

子尔今日总着无，若是有人来忐忑。

被尔父母看一见，放尔姓命亦是无。

五娘听说苦就是，只事不知卜在年。

等到三更人困静，偷去共君说因依。

① 嵘崎：蹊跷。
② 无禁气：没有忌讳。

事志做来袂得好，阮母知去卜在年。

说那扐得我君着，放咱姓命总是无。

陈三听说心头悲，一番扫厅一番啼。

风流事志袂得好，被人看出卜在年。

本来心肝就惊行，闲人卜扐咱奸情。

我今合尔障生做，想尔勉做我亲成。

五娘就劝陈三兄，哥尔大胆永勉惊。

敢做风炉不怕火，敢做皰靴不怕汤。①

咱是夫妻天注定，月老推迁做一床。

现时有酒双人醉，下日有事正来当②。

40. 卿思益春

陈三听娘说只话，大胆合娘做夫妻。

双人同枕相喜爱，偷来暗去无人知。

有时君去合娘困，有时娘仔来寻君。

益春看见就动心，朝来共君说言音。

恁今双人同床困，无念小妹个恩情。

哥尔读书识礼义，无情无义敢障生。

三人二好一人呆，克亏益春无人知。

记得当初来退约，险城危偪赛西施。

许时不从三哥意，正是风流走过时③。

今日送花还君采，卜看三哥乜行宜④。

益春美貌赛观音，陈三看见就动心。

咱今双人情义好，我合亚娘无二心。

---

① 这两句是重文，意思是会制造炉子就不怕火，会做鞋子就不怕热水。
② 下日：明天。正来当：再来担当，再来想办法。
③ 走过时：错过了好时机。
④ 乜行宜：要怎么做。

益春听说心欢喜，恐畏三哥尔不池。

三哥那是无嫌意，小妹乜敢再推辞。

双双相牵入绣房，红罗帐里结成双。

妾做银盘承雨露，君做黄蜂采花心。

益春共哥说透机，阮是莲花开满池。

未有见霜先见雪，全望三哥尔主持。

陈三入意卜成亲，翻起娘台马上身。

好事一场说难尽，二人相揽困成眠。

41. 骂卿通娴

五娘房内探听知，门钓①偷开入房来。

益春着惊面变青，陈三无意坐床边。

五娘骂娴无道理，乜敢做事到障生。

君尔亲似采花蜂，一丛采了过别丛。

扐阮好花采过了，反心又过别花丛。

娴尔大胆合伊困，五娘不敢争益春。

陈三劝娘无受气，娘仔听我说透机。

从来采花连枝采，采花亦着惜花枝。

爱得三人同心意，益春乜通放在伊②。

三哥只话说也是，但恐三哥无了时。

前日有心合阮好，今日反心去想伊。

心肝全然无岸定③，障生志想卜在年。

尔那有人再定尔，连阮娘娴也不池。

---

① 门钓：门锁。
② 乜通放在伊：怎么可以放在一边。
③ 无岸定：没有确定。黄五娘说陈三花心，没有笃定喜欢哪一个。

543

42. 修婳①做妾

五娘听君说有理，益春是咱个亲人。

有事必然能相共，收伊做妾总也可。

五娘听说也欢喜，亲叫益春来问伊。

三哥心爱尔做妾，未知益春尔在年。

益春听说笑微微，未必三哥伊卜池。

三哥一心果然卜，即有甲阮②问婳儿。

亚娘只话说那定，益春乜敢不从伊。

陈三看伊二人卜，假意说阮真罗梭③。

自古夫妻那一对，在可二人对一哥。

物小那是请一客，卜请二客恐能无。

君尔障说真不通，阮那欢喜也有方。

人说有酒相合饮，好意全在酒杯中。

娘尔障说合我意，咱着三人做一线。

有事三人同议论，私通来去无人知。

娘尔为妻婳做妾，障生配比正合宜。

有时三人做一床，床上做障说短长。

陈三烦好冥头短，娘婳烦好日头长。

眉来眼去意又切，三人恩爱好心酸。

九郎冥日心不安，因为赤水一垓田。

大租共有一百担，值得番银一千元。

---

① 修婳：收婳。
② 即有甲阮：才会让我。
③ 罗梭：啰嗦。

43. 九郎争田

陈三扫厝扫栏杆，九郎做状去争田。

三状四状告不准，陈三看见有何难。

九郎起早落眠床，差人去请林玳郎。

林代请来厅堂坐，议论做状告田庄。

这田那能告得返，尽付五娘做嫁妆。

林玳听说笑微微，择起①纸笔做状司。

状头做得有道理，状尾做来无差移。

一时做得一状成，岳父提去看分明。

陈三捧茶去请伊，峰眼看状情便知。

全头到尾看一篇，说伊不能打官司。

做状亦着情理法，无情理法不合宜。

林玳听说就骂伊，尔是阮厝奴才儿。

那是捧盆共扫厝，晓得官法是在年。

陈三说实无说虚，爹妈全小②送读书。

诗书五论都读透，晓得做状共文章。

林代听说无主意，就共九郎说透机。

不勉状只还伊做③，去告不准责罪伊。

陈三受气就应伊，事情到尾正方知。

只状若还告不准，甘愿五马共分尸。

许时事情说透机，在家亦是官荫儿。

夯起文笔有思量，句句做得有文章。

状头做得好道理，状尾做来无差移。

---

① 择起：拿起，抓起。
② 全小：从小。
③ 不勉状只还伊做：不如这个状纸让陈三去写。

陈三做得一状成，亚公提去看分明。

九郎告状入官厅，门头原差叫一声。

知州一时就坐堂，告状正是黄九郎。

知州即时就看状，九郎正是告田庄。

状头三字入道理，状尾四字无差移。

就问只状乜人做，九郎应伊是奴儿。

知州听说不肯信，这是才子正合宜。

知州即时就准状，田庄判断还九郎。

九郎听说就欢喜，思量陈三好人儿。

九郎心内暗欢喜，就将六娘卜对伊。

陈三听说笑微微，六娘对我我不池。

那卜五娘来对我，就将六娘对换伊。

六娘听说面变乌，爹娘做事真糊涂。

姐姐配乞马上使，将阮一身配马奴。①

弎年过了又一年，今年算来到冬天。

四边逢人②都刈稻，收租正是只日期。

旧年光景多亦好，今年光景强旧年。

九郎一时抄租数，现时上苍去收租。

心想陈三览算数③，心爱卜随陈三奴。

陈三知去苦心悲，恨我是伊今奴儿。

今日合娘着折离④，阮着放紧去随伊。

44. 九郎修租⑤

九郎骑马去收租，陈三后面做马奴。

---

① 这两句是黄六娘嫌弃陈三，姐姐配给了骑马的人，将我配给一个奴才。

② 四边逢人：四边的街坊邻居。

③ 览算数：懂得算账。

④ 合娘着折离：跟黄五娘要暂时分离。

⑤ 修租：收租。

去到赤水田庄所，佃户担谷来入租。

看见陈三随九郎，佃户心肝想不通。

烟茶先来请三舍，返身正去请九郎。

九郎受气詈一声，伊是家童随我行。

尔乜敬伊无敬我，将情着说乎我听。

佃户说付九郎听，伊是秀才有名声。

伊兄广南做运使，今日乜卜随尔行。

阮厝田租仟余担，各家都有作伊田。

虽然今日是随尔，阮着敬伊^①心正安。

九郎听说无主持，即时下马就问伊。

尔是泉州好命子，当初乜卜障行宜。

陈三说付九郎听，广南运使我亲兄。

前日送嫂去任所，路途经过恁潮城。

宿在李公学磨镜，志忑行到咱楼前。

看见楼中有仙女，亲似云英恰有余。

一心爱卜看景致，正有打办障行宜。

九郎听说就应伊，尔做秀才无主持。

人间乜有仙景致，楼中一位我女儿。

李公说话全无实，被伊相片^②卜在年。

尔那当初有障说，不敢扭尔做奴儿。

则久正知好名字，得罪三舍尔在年。

陈三就问黄九郎，尔子乜卜配林郎。

前日耳边听见说，生死不入林厝门。

一世夫妻大事志，在怪尔子不心酸。

九郎听说着一惊，陈三是想我亲成。

只人不可留我厝，下日必定败我名。

---

① 阮着敬伊：我们要用茶敬他。
② 被伊相片：被他骗了。

田租收完回返厝，甲伊着返泉州城。

保得我子未失节，也勉何人疑奸情。

45. 假病回乡

陈三心内暗挂宜，看见九郎无应伊。

想伊必然有知意，事志不好卜在年。

心想一计瞒九郎，假意有病身难当。

我今着返去医病，病那医好到田庄。

九郎听说就应伊，病人带只无了时①。

三舍身中有得病，尔着先返可去医。

陈三欢喜事一场，连冥赶到后街乡。

偷身行去到娘房，轻声就叫我五娘。

五娘听见哥声说，且喜我君返回乡。

家中并无紧急事，因何连冥赶返乡。

陈三行路紧如箭，忆着五娘正连冥。

三日无见我娘面，想来亲似几万年。

咱今双人相定意，不惊辛苦即障生。

三哥见然拙有意，阮今害恁卜在年。

赤水行来路又远，克亏我君着连冥。

哥尔身上有露水，共君揽来冷微微。

取出衣裳共君换，罗巾提来共君补。

君尔上庄去收租，阮店只厝困单补②。

今冥有君做阵困，有君做阵勉惊寒。

陈三合娘做一床，有事共娘说短长。

我随恁爹去收租，佃户担谷来入租。

---

① 带只：待在这里。无了时：没有什么作用。

② 阮店只厝困单补：我呆在这家里一个人睡。

说阮都是好人子，今日乜卜随伊行。

尔爹许时心有疑，疑我合尔有峣崎。

我今许时想一计，瞒伊有病返来医。

尔咱双人障做事，尔爹知去卜在年。

五娘床上应一声，劝君大胆永勉惊。

咱今双人同心意，不怕大小疑奸情。

天地生有咱双人，好呆事志做一房。

我爹如是那知去，收租下日回返来。

那敢扐咱去打吊，到许其当正取裁。

九郎田租收入橱，三工二日返潮城。

卜甲陈三回返去，入门就叫陈三兄。

尔是泉州运使弟，今日不敢尔扫厅。

放紧泉州岭后去，收什行李可起行。

陈三共娘说因伊，果然恁爹伊有疑。

甲阮着返泉州去，不准恁厝再延迟。

咱今双人何主意，紧想计致可行宜。

五娘思想无主意，全望三哥何主持。

哥尔有计也可说，阮愿从君无推辞。

陈三开口应五娘，想无计致可思量。

三十六计都来想，总着偷走能恰强①。

一心想卜毛娘走，未知娘仔乜主张。

五娘听说君只话，心肝苦切头就犁②。

阮今着离我父母，何用合尔做夫妻。

心想翁某能恰亲，忆着三哥尔有情。

甘愿合君相随走，无念父母在身兜。

陈三又说何娘听，咱卜走去泉州城。

----

① 总着偷走能恰强：总是偷跑是最好的计策。
② 头就犁：头就痛。五娘要跟陈三私奔，心里斗争，十分烦恼。

益春是咱个亲婶，甲伊亦着随咱行。

五娘开口问婶儿，须着共婶说透机。

三哥爱咱泉州去，婶尔主意卜在年。

益春听说只情由，恁卜相焦去泉州。

益春甘愿随君去，不肯店只在潮州。

五娘听说同心意，现时开箱扐钥匙。

三人行李收什便，半冥起身无延迟。

46. 相焦走

九月十四相焦走，家中困静无人疑。

一人开门三人走，行到花园鸡未啼。

四更月照花园边，风仔吹来冷微微。

五娘回头共婶说，咱是要紧着连冥。

当初那无投荔支，暗冥亦勉案障生。

五更月照花园头，五娘心酸目屎流。

忆着情义合君走，无念父母在身兜。

今冥君尔焦阮走，并无亲人通来流。

花园过了大草埔，五娘行去无奈何。

三哥那无来咱厝，今冥勉行只路途。

草埔过了石岭兜，三人行李在肩头。

益春行去目泪流，陈三呵咾①尔真贤。

岭兜过了大洋垅，五娘心闷目头红。

阮身乜能生查某，千般万事从别人。

洋垅过了宿困坪，三人坐落面变青②。

---

① 呵咾：夸赞。
② 三人坐落面变青：三个人坐下来休息，面色很不好。

550

路途崎岖草共刺，扐阮弓鞋折几空^①。

三人行到赤水街，赤水街下有大溪。

潮州那卜泉州去，若无搭船袂过溪。

47. 赤水过度

三人行到大溪边，看见溪水绿青青。

三人说是卜过度，船公先讲船租钱。

恁今三人卜池去，须着共阮说透机。

陈三一时就问伊，尔卜池阮若干钱。

载阮三人过赤水，欢喜送尔五佰钱。

船公听说拙小钱^②，着共三人恁再添。

一人伍佰着送我，三人着送千伍钱。

陈三欢喜就允伊，五娘上船面变青。

娘仔坐船拙无胆，是不识坐正障生。

船公掉船椅溪西^③，就问三人恁池来。

借问三人卜池去，终情着说何我知。

陈三就应梯船兄，小人厝在泉州城。

阮卜泉州只路去，有人问尔无做声。

若是有人来寻问，劝尔无说我个名。

船公掉船倚溪右，再问三人个情由。

三人那是相毛走，阮船不载人风流。

陈三就应梯船兄，阮合泉州有亲成。

因为泉州路头远，今旦即有连冥行。

卜去泉州探亲成，全头说出船公听。

---

① 扐阮弓鞋折几空：路上的荆棘把我的弓鞋撕破了几个洞。

② 拙小钱：付的钱这么少。

③ 椅溪西：靠在赤水溪的西边。

船公挮船倚溪埔，紧收三人个船租。

吩咐起船着子细①，不可弓鞋踏落土。

恁今三人着斟爵②，慢慢起船是如何。

48. 三人起船

陈三头前先起船，返身又来牵益春。

益春合娘相牵手，三人起船笑微微。

过了赤水是双溪，五娘穿手拔金钗。

拔了金钗君收起，脱落弓鞋换布鞋。

过了双溪是南村，五娘行去脚又酸。

益春行去脚又痛，千般万事从别人。

当初心肝那有定，今日亦勉只路行。

益春行去面忧忧，哥尔乜买生潮州③。

49. 三人宿店

三人行去脚又酸，就叫黄婆来开门。

咱今只处且安宿，合咱许厝亦一般。

陈三共娘说因伊，记得当初六月时。

暗冥着办酒筵礼，夫妻饮酒正合宜。

君尔无酒不成晏，夫妻无酒无成双。

今日有酒双人饮，明日有事我正当。

五娘就问客店婆，阮卜泉州去志忑。

潮州行来到只处，路有一半亦是无。

---

① 起船着子细：上船要仔细。

② 斟爵：小心。

③ 乜买生潮州：怎不生在潮州城。

黄婆开口应娘仔，泉州只路阮无行。

虚实无可共娘说，恁今路中随时行。

只去有处可借问，无可共尔说一声。

陈三就共五娘说，当初只路我识行。

咱着再行三日路，应可看见泉州城。

咱今行路无疑定①，须着宽心随时行。

是早是晏②总能到，店只半路不使惊。

娘仔行去脚又痛，债桥二把不使惊③。

劝恁心肝着至定，我今去请轿夫兄。

五娘就叫陈三兄，咱今三人随时行。

有钱何阮做路费，乜使提送轿夫兄④。

现时有店且安宿，明日早早正来行。

想咱行来到拙远，父母卜寻亦是难。

50. 九郎寻子

早间起来天大光，无见益春捧茶汤。

卜是三人相毛走，三人不知走何方。

九郎寻子无主张，就去佛前烧好香。

保庇三人走无路，差押三人返回乡。

能得三人相毛返，欢喜谢猪共谢羊。

母亲寻子入绣房，无见我子尔一人。

我子乜敢拙侥倖，无念父母一家人。

我子昨冥只厝困，暗冥不知去何方。

看见我子一绣筐，那见只物无见人。

---

① 无疑定：别胡思乱想。

② 是早是晏：是早是晚。

③ 债桥二把不使惊：债桥二把，以字记音，意为再叫我不要惊慌。

④ 乜使提送轿夫兄：怎么可以送去给轿夫呢。这里表现黄五娘宁可自己辛苦走路，节省盘缠，不愿坐轿。

在咱父母乜不苦，配人林玳一半科。

林玳一时那知去，甲阮父母意如何①。

黄厝许时寻无子，一家大小大着惊②。

想伊三人相焉走，咱卜何处去探听。

九郎寻到大草埔，看见路中一蕊菇③。

我子敢行泉州路，可恨陈三死贼奴。

九郎寻到石岭兜，我子只去无回头。

溪水流去无流返，看见溪水目清清。

九郎寻到大洋垅，看见洋面做是人④。

我子不知池处去，三人并无见一人。

九郎寻到赤水街，看见我子一双鞋。

只鞋正是我子绣，别人袂绣只个鞋。

将只弓鞋捒落溪，我子只去永无回。

弓鞋流去无流返，我子有去又无回。

借问溪边掉船兄，早间只路乜人行。

船公说出人客听，早间只路无人行。

只处船仔无人过，分明说出付尔听。

九郎再问掉船兄，尔着共我说一声。

我今钱银卜送尔，千万共我说一声。

船公说出九郎听，早间只路三人行。

二位亲似潮州女，一位亲似泉州兄。

只处搭船过赤水，说卜泉州探亲成。

许时船租请何阮，又来甲阮无做声。

九郎听说就知机，只是我子无差移。

---

① 意如何：要怎么办，要怎么主意。

② 大着惊：都惊慌失措。

③ 一蕊菇：一草菇。

④ 看见洋面做是人：看见大洋垅都是人。

我子饲大无教示①，因何大胆敢障生。

九郎许时苦伤悲，无好计致可留伊。

不勉将情出赏帖，求得四方人扐伊。

谁人扐得我子到，欢喜送伊一万钱。

九郎许时寻无子，路上行来苦相悲。

51. 林厝寻亲

想伊林家那知去，咱卜乜话可应伊。

九月十六林厝知，亲家亲姻②坐轿来。

亲家亲姻大受气，就骂九郎是在年。

五娘是尔亲生子，因何敢败尔名声。

恁做父母无爱顾，连我媳妇亦败名。

亲家尔今勉受气，听我全头说透机。

十四月光照天下，三人做事无人宜③。

亲姻一句应出来，恁只说话恰不该。

恁做大厝人父母，恁子做事尔不知。

亲家尔今听我劝，咱今亲成是久长。

52. 三人义论

五娘见然人焄走，就将六娘配林郎。

五娘面貌无恰好，六娘不识案向生。

我今有收尔聘礼，不敢无理着实情。

亲姻一句应出来，尔有六娘我不池。

---

① 饲大无教示：养大没有教养好。
② 亲家亲姻：亲家公亲家母，这里指林大的父母。
③ 无人宜：没有人知道。

前日五娘配乞阮，今日敢说去配伊。

就尔口说都无准，阮乜敢听尔家亲。

九郎许时就应伊，六娘配尔尔不池。

五娘既然人枭走，五娘实在无恰奇。

一人生来都一样，想无一人一样生。①

五娘尔看生标致，六娘容貌无差移。

亲家听我说起理，事情其中是在年。

一时怆惶勉化紧，慢慢去想亦未迟。

尔今今日差超气，恨气须着放一边。

亲姻恨气无消心，我厝家财有万金。

有钱乞人枭无某，和官去断正消心。

知州那说我无理，就可宿局②只事情。

53. 林玳告状

林玳一时跳落州，今日只事不伊求。

看伊陈三乜道理，敢枭五娘去泉州。

城内请人做一状，卜告陈三黄九郎。

林玳一时就入状，知州许时就坐堂。

一时林代召来问，父母官前说短长。

林代跪落说情由，陈三只人来潮州。

思通③九郎一女子，强扐五娘去泉州。

先做奴才是假意，思通五娘是实情。

知州一时不肯信，只事是假未是真。

伊来黄厝写奴字，乜敢枭走人妻儿。

---

① 这两句意为一个人生下来长一个样，没有一个人跟别人长一个样。

② 宿局：解决。

③ 思通：私通。

林代一时想一计，就将白银提送伊。

白银就送一千两，知州欢喜共伊收。

知州再问事一场，林代再说只情由。

头先五娘先对我，陈三扐偷去泉州。

全望老爹着准告，官法照办着途流。

知州厅前有情理，现时出差去扚伊。

吩咐房司着紧办，明日出票去扚伊。

54. 官票查明

愿差欢喜事一场，手提官票就落乡①。

去到黄婆店门口，看见陈三黄五娘。

许时三人着一惊，好嘴共差说一声。

我有钱银卜送尔，千万放阮返泉城。

愿差有银不敢领，林代亲告尔奸情。

老爹爱尔潮州去，须着放紧随阮行。

陈三苦切袂做声②，愿差许时就押行。

五娘即时共君说，夫妻不怕告奸情。

三人押到赤水街，一路人马来相挨③。

劝尔呆子④不通做，相似三人真卜衰。

三人押到潮州来，十姐五妹笑咳咳。

劝恁姐妹无相笑，到恁其当恁就知。

三人押到古楼前，见有人马二三千。

风流事志家家有，爱人事志是真闲⑤。

---

① 手提官票就落乡：手里拿着传票就出发去乡下。
② 陈三苦切袂做声：陈三暗暗叫苦不做声。
③ 一路人马来相挨：一路上人们都在围观。
④ 呆子：坏人，这里指陈三。
⑤ 爱人事志是真闲：管别人的闲事是真的很闲。

三人押到知州厅，愿差衙役两边行。

手夯竹杯共产只，听侯知州审奸成。

街坊原差一同到，记供侯话两边行。

五班城呼是大声，陈三来审就先惊。

不知知州乜刑罪，林玳敢告阮奸成。

心肝亡亡话袂说，五娘劝君不勉惊。

咱今三人同做事，林代对踦袂出名。

是咱甘愿卜障做，知州官小咱勉惊。

尔兄运使恰伊倒①，做咱大胆勉惊行。

55. 知州审问

坐堂审问是知州，先召益春问情由。

恁娘本是深闺女，敢引甘荔来潮州。

五娘回头叫益春，事是三人同议论。

尔那有话共伊说，尔那无话推何君。

益春说何知州听，甘荔是阮个亲成。

阮娘并无配林代，是伊忘告阮奸成。

益春不认押一边，就叫五娘来问伊。

尔是黄家千金女，乜敢犯发②失礼仪。

五娘应话就嘴开，林代忘告只事非。

阮是随夫泉州去，不是三人走出园。

知州受气骂五娘，林代聘礼尔爹收。

尔身现在配林代，乜有再去配泉州。

五娘说出知州听，甘荔是阮个亲成。

阮身并无配林代，伊是忘告阮奸成。

---

① 恰伊倒：只要他一到，叫他来这里。
② 犯发：犯法。

知州一时召九郎，尔子生来好梳妆。

因何敢配林陈姓，何伊二人去相争。

九郎跪落说一声，我子卜败我名声。

九月十四合人走，实情无配陈三兄。

知州听说就知机，紧召陈三来问伊。

尔来潮州三年久，什么因单说透机。

陈三说出知州听，广南运使我亲兄。

我送大嫂去任所，路途又过潮州城。

九郎许时有一女，欢喜对我做亲成。

谁知林代强告奸，靠伊家富有万金。

林代看见娘孔概①，用计力我告奸成。

只事那不来重办，那无重办人不惊。

知州听说就应伊，尔来潮州有峣崎。

自己卖身做奴婢，乜敢焘走人妻儿。

完人头婚是乜罪②，照办途流正合宜。

陈三当堂再说起，不但送嫂许一时。

前年我爹来做府，九郎一女五娘儿。

差人来问卜对我，亦就对我无差移。

老爹无念我先配，须着念我官荫儿。

知州当堂就受气，做乜官荫人子儿。

尔兄那卜有官做，乜使卖身当三年。

看恁三人只一案，想来必定有通奸。

此人那不来重办，当官卜认亦是难。

第一刑杖是姓温，知州出令打益春。

恁只三人同做事，尔那无打尔不樽。

益春打痛目淬流，老爹听我说起头。

---

① 孔概：慷慨。

② 完人头婚是乜罪：林大作为正常人跟五娘头婚有什么罪过？

前年楼上六月时，阮娘楼上食荔支。

陈三骑马楼下过，阮娘荔支捸何伊。

伊就假意来磨镜，打破宝镜做因伊。

陈三自己写奴字，甘愿奴才做三年。

许时阮娘相喜爱，后来事志姢不知。

知州听说只情由，大恨甘荔来潮州。

此人那不来重办，总能教呆人风流。

第二刑杖是姓危，知州法令打甘荔。

尔是泉州浪荡子，敢来乇走人妻儿。

陈三开口应一声，前年有说只亲成。

我送兄嫂去任所，六月返来到潮城。

身骑白马游街市，一日游到后街乡。

无疑娘仔在楼上，捸落荔支做为记。

阮就共人学磨镜，就去伊厝求亲成。

万望老爹着赦宥①，千万放我去泉州。

第三刑杖是姓杨，知州法令打五娘。

尔是黄厝千金女，乜敢大胆自主张。

五娘照认无相欺，父母做事悟子儿②。

力阮好人配林玳，心想不愿苦伤悲。

阮合陈三好头对，甘愿荔支捸何伊。

自古贤人投明主，贤女亦着配贤夫。

亲选良缘天下有，老爹只事着庶肤③。

知州听说三人认，果然奸情事是真。

事情当堂有照认，判断五娘对林亲。

益春原回在后街，发落九郎来领回。

---

① 着赦宥：得来庇佑。
② 悟子儿：误了自己孩子的姻缘。
③ 庶肤：遮护。

五娘断伊林厝去，合伊林玳做夫妻。

56. 对骂知州

陈三有罪不赦宥，官法照办着途流。

只事那不来重办，林玳到尾心不休。

陈三一句应知州，我身乜罪着途流。

想我亦无乜大罪，乜使涯州去途流。

尔想陈三无人救，官荫子弟着途流。

我想亲兄可改救，尔只狗官做知州。

能得我兄运使返，将尔此事结冤仇。

西川太守是我叔，广南运使我亲兄。

尔今做官无相顾，官官相累着相惊①。

若烦我兄运使返，慢慢报冤说尔听。

知州听说大受气，做乜官荫人子儿。

那是官府有名字，乜使奴才做三年。

尔兄广南却马屎②，尔叔西川洗马池。

尔今敢来说势系③，罪着再加正合宜。

陈三许时就嘴说，尔今做官惊我缧④。

那见我兄运使返，了尔官职⑤剥尔皮。

看尔小官不中意，亲似单蛇亦无机。

尔敢做官无相顾，事志到尾正方知。

知州受气面都红，就押陈三入馆房。

看尔只事乜人救，明日卜解去涯州。

---

① 官官相累着相惊：官官要相互帮衬相互敬重。

② 却马屎：捡马屎。

③ 说势系：说这些势利的话。

④ 惊我缧：怕我拖累你，怕我给你添麻烦。

⑤ 了尔官职：罢了你的官职。

57. 林玳还银

林玳看审在门头，呵咾老爹是真贤。

尔今障生共我断，千两番银现时交。

那无老爹尔可洽^①，陈三共我做对头。

若无老爹可来救，五娘焉走无身尸。

林代心内暗欢喜，门头衙役再分钱。

阮今不识尔名姓，何恁几人可相添^②。

那有小小^③可送尔，那是送恁买烟茶。

一位衙役是姓温，咱今几人^④自己分。

咱今无处可去趁^⑤，又来都谢林玳郎。

五娘押去见林代，林玳看见好梳妆。

尔那甘愿做我某，官府事志我知当。

尔那乞人^⑥先采先，亦无说尔短共长。

五娘应话就嘴开，闲人无爱只事非。

牡丹不近芭蕉树，凤凰不入山鸡围。

十五月光做尔想，月里嫦娥勉思量。

阮身愿做陈三某，阮死愿葬陈家土。

林玳想起心就苦，不知五娘意如何。

五娘见然说只话，必定做某总是无。

益春五娘就回返，返来又去见三郎。

---

① 尔可洽：你可以托付。
② 可相添：给一些钱帮衬你们。
③ 小小：一点小意思。
④ 咱今几人：咱们这几个人。
⑤ 可去趁：可以去挣钱。
⑥ 乞人：让陈三。

58. 陈三在馆

陈三押去在馆房，受尽干苦袂成人。

五娘益春馆内去，见着三哥伊一人。

衣裳那凶①无人洗，头毛打结无人梳。

日日饥饿无说起，年久月深无可回。

陈三看见二人到，一时目滓四随流②。

五娘穿手共君七③，劝君目滓不可流。

烧水捧来君洗面，清茶捧来君咽喉。

烧饭捧来君只腹④，柴梳提来君梳头。

陈三想起心不愿，咱乜翁某⑤无透留。

娘尔有饭阮袂食，冤家共我做对头。

五娘劝君免心酸，翁某将来是久长。

知州乜敢拙失得，食银枉断我情郎。

五娘惊君又能寒，共君揽来倚心肝。

绵被牵来共君甲⑥，衣裳脱下共君襟⑦。

益春说君真克亏，林狗敢起只事非。

害我哥哥障受苦，咱卜何时正可归。

59. 陈三起嫁⑧

十日娘婶探听知，一时心酸苦就来。

---

① 衣裳那凶：衣裳脏了。
② 四随流：像水一样流下来。
③ 共君七：给陈三擦眼泪。
④ 烧饭捧来君只腹：热饭捧来让陈三吃饱。
⑤ 翁某：夫妻。
⑥ 绵被牵来共君甲：棉被拿来给陈三盖。
⑦ 共君襟：给陈三披。
⑧ 起嫁：起解，押解出行。

陈三有意定我贪，林玳乜可来害人。

五娘爱君面忧忧，林玳害人心不休。

照办奸成打一百，谁知奸成着途流。

今日无人做咱主，卜是林狗去用钱。

那恨知州无道理，食钱食银来相欺。

枉断荔支走千里，害阮拆散卜在年。

阮今吩咐解差兄，尔解我哥慢慢行。

照顾我哥头到尾，有情送尔继差兄。

许时三人面忧忧，谁知我哥着途流。

陈三做人无侥心，共娘共婶说言音。

我去涯州那可返，不敢忘恁个恩情。

敢如官司未了离，我去涯州无了时。

恁今二人生拙水①，误恁清春②卜在年。

娘婶劝君勉惊惶，在早李危配文翁。

十八年前天注定，三十年后正相逢。

人说过后能成亲，三年海水能连真。

今日虽然着分离，下日返来又是亲。

陈三解去到大溪，五娘头上拔金钗。

金钗付君做表记，返来依旧做夫妻。

陈三嫁去③到大江，益春头上拔金针。

金针付君可变卖，不免路上做强人。

二人送到卜分开，目滓流泪两边随④。

哥尔一人克亏事，害阮二人无所归。

陈三卜去坐落船，五娘无奈叫益春。

益春咱乜拙无福，今日障生着离君。

---

① 生拙水：长得这么美丽。
② 清春：青春。
③ 嫁去：走到，去到。
④ 两边随：从脸颊两边流下来。

船公掷船淫一开，五娘益春苦如雷①。

恁船扐阮君载去，害阮娘婶无所归。

江水不知阮受苦，卜再阮身去受了。

一时看君一时远，不知何时正可归。

我恨知州无道理，判断荔支无相随。

林玳可死不早死，乜敢忘告只事非。

二人不愿大声啼，同同跪落大江边。

官司事志早了利②，庇佑我哥遇着兄。

只是我君克亏事，不是我君有罪名。

求天求地着灵应，庇佑我哥返回城。

五娘想君心头酸，一心忆着陈三郎。

君尔涯州无消息，心想陈三刘人肠。

60. 五娘写信

五娘返去后街乡，阮带潮州③免思量。

逐日无心可刺绣，专想三哥有情郎。

爱得三哥现时返，现时无返刘人肠。

十工八日无君返，想君无返又心酸。

我哥无处去探听，现时伊在路上行。

是好是呆无看见，阮着差人去探听。

五娘一时叫益春，阮卜写信去何伊。

婶尔去提笔墨砚，阮娘写信去还君④。

益春听说有主张，钥匙提来开笼箱。

左手提砚来磨墨，右手夯笔还亚娘。

---

① 苦如雷：哭声如震雷一般。
② 早了利：早早结束。
③ 阮带潮州：我待在潮州。
④ 去还君：去给陈三。

五娘想短又想长，一张竹纸在桌床。

想有几句卜来写，未尽卜写先心酸。

目滓流落滴砚池，想得几句无差移。

前日想起有情义，今日想起苦伤悲。

无药可医相思病，有钱难买少年时。

一张书信写完成，就叫小七来叮咛。

此情自恨咱呆命，阮想三哥不知情。

书信是阮亲手写，叫尔提去何必卿①。

61. 小七送书

小七送书就卜行，五娘吩咐千万声。

尔去见得我君面，劝君事志不使惊。

阿娘祝天有保庇，我君伊能遇着兄。

银两衣裳交付尔，路上细心去探听。

小七听伊吩咐了，趁时起身就卜行。

去到黄山大路口，看见陈三路上行。

陈三行路面忧忧，不知送书乜因由。

小七送书来付尔，听我陈三说情由。

阿娘吩咐我来报，亦送新衫共衣裳。

三百两银付尔手，何尔正用去涯州。

吩咐一句真情话，劝尔官事勉忧愁。

陈三看书心头闷，娘仔有书来何君。

今日亚娘拙重义，我着回伊一张义。

笔砚搬来在桌床，家书卜写心头酸。

命呆着行无情路，恩情难做得心郎。

忽然想着几个字，刈断心肝几寸长。

---

① 提去何必卿：拿去给陈必卿。

62. 陈三回信

陈三批信写一张，吩咐小七返回乡。

书信提去过娘手，劝娘日暗①免思量。

我今官事随时看，事那了离就回乡。

小七听我吩咐了，黄山提去后街乡。

小七入门共娘说，三哥有书寄我回。

劝恁娘仔不可苦，官事了离伊回乡。

五娘听说心头酸，三哥正是有情郎。

我今见书如见面，写书付阮改心酸。

阮今见得个书信，亲似云开见月时。

想到咱命能拙呆，今日正能拆分开。

阮望三哥如望月，不知何时可回来。

63. 五娘思君

五娘心闷目头红，无见三哥伊一人。

三哥情义有恰重，随知今日不成双。

日头卜落是黄昏，五娘心肝乱分分。

前日合君做阵困，今日孤单寻无君。

天光日暗无见君，心肝想君乱分分。

神魂为君去一半，有物半口亦袂吞。

自己一身坐秀房②，君去床冷枕又空。

天地推排不平正③，阮身不愿守空房。

---

① 日暗：白天黑夜。
② 秀房：绣房。
③ 推排：安排。不平正：不公平。

人说有花无人采，干舍花味满山红。

心心念念忆着伊，忆着三哥无停时。

神魂那能卜飞去，能得飞去君身边。

昨冥床中得一梦，梦见我君卡着兄。

只事不知真共假，也是眠梦妆到成。

五娘思君无主张，就去佛前烧好香。

保庇三哥着早返，官事了离可回乡。

五娘思君倚门边，一工面色一工青①。

厝边姐妹来相劝，劝尔五娘无想伊。

尔为陈三障刘吊，打呆心肝是在年。

五娘听说就应伊，阮贪陈三好人儿。

那为伊死阮亦愿，不敢误伊一个人。

阮合林玫无相对，阮配陈三无差移。

虽然官司来了离，伊有亲兄可救伊。

64. 陈三遇兄

陈三解去到海风，卡着②一位蔡文翁。

文翁看见是三舍，心肝想来真不通。

尔是陈厝好人子，今日乜使只路行。

陈三说付文翁听，林玫忘告我奸成。

知州判我涯州去，我今爱见我亲兄。

我今见得我兄面，就免何伊配涯城。

文翁说何三舍听，尔兄伊能只路行。

运使现时官任满，现时升官做府台。

---

① 一工面色一工青：脸色一天一天变青，这里是说黄五娘思君，面色惨淡。
② 卡着：碰巧遇到。

昨冥伊在矶州宿，恰程①伊能只路来。

我今着写一封信，报许西街五娘知。

陈三书信写一张，差人去报黄五娘。

文翁共我代回去，报许西街黄五娘。

陈三欢喜无做声，宽心路上慢慢行。

看见有店且安宿，小弟爱见伊亲兄。

忽然大罗十三声，一阵兵马头前行。

别人说是广南府，陈三明知是伊兄。

放紧开门出来看，吩咐兵马慢慢行。

正是我兄运使返，小弟卜见我亲兄。

陈三说有千万声，无人卜信是伊兄。

一顶大轿人扛去，不准陈三问一声。

兄坐轿内全不知，好得大嫂后面来。

轩起②轿门偷目看，认得三叔只路来。

紧紧大轿放路边，尔乜落难到障生。

咱厝祖代有官做，就问三叔尔在年。

陈三近前说起理③，未尽卜说又卜啼。

前年送嫂去任所，转身又到潮州城。

陈三将情说透机，未尽卜说又卜啼。

一心想卜看景致，私通九郎一女儿。

可恨林玳无道理，落州去造案障生。

知州食银一千两，配我涯州着三年。

我今万望兄嫂救，就免何伊配涯州。

大嫂听弟说短长，就劝三郎免心酸。

林玳虽然冈富贵，咱有官法掣林郎。

---

① 恰程：按路程。
② 轩起：掀起。
③ 起理：起因缘由。

卜救三叔亦容易，不怕伊厝好田庄。

就叫解差开锁扣，开了锁扣救三郎。

陈三半喜又半惊，想我障做不好名。

衣裳凶盖①无人洗，思量无面可见兄。

大嫂头前焦伊去，陈三后面随伊行。

运使见然不知意，陈三跪落说因伊。

许时广南别兄返，二日行到潮州城。

我共潮州人教书，九郎招我结亲成。

九郎就将五娘乞，欢喜对我无推辞。

谁知林代冤家子，落乡去告我奸成。

知州食银一千两，办我途流去涯城。

我说大兄运使返，狗官半句都不听。

运使心肝想不通，我望尔返能成功②。

尔今返身乞人告，必然做事不正宗。

判尔涯州尔着去，办尔有罪尔着当。

大嫂来劝相公听，三叔合咱是弟兄。

广南告奸打一百，潮州告奸法涯城③。

我想三叔都无罪，尔爱小弟去败名。

相公那不听我劝，阮卜随伊去涯城。

夫人见说相公听，带着合咱是弟兄④。

伊那敢做只个事，亦袂败咱个名声。

我今着救三叔起，劝尔心肝不使惊。

大嫂开口救三郎，兄卜救尔免心酸。

恁嫂甘愿坐小轿，大轿三叔四人扛。

---

① 衣裳凶盖：衣裳破旧肮脏。
② 我望尔返能成功：我希望你能回到泉州功成名就。
③ 法涯城：发配涯城。
④ 带着合咱是兄弟：血缘连带着都是咱们的兄弟。

65. 五娘接信

前日陈三写一信，文翁先送到西街。

不知九郎在何厝，路途子细去探听。

黄厝听见人送书，家中大小心都虚。

益春入房共娘说，外面一个来送书。

五娘近前去接书，走前走后头都如①。

卜是伊兄运使返，正有差人来送书。

五娘将书拆开看，果然我哥卡着兄。

陈三有兄可相救，五娘无翁不使惊。

天地神明有灵圣，现时庇佑遇着兄。

今日能见伊兄面，亲似枯树再逢春。

知州林代拙失得②，运使事情免探听。

宽心等到第二日，运使兵马到潮城。

66. 扣职知州

大罗连打二三声，一阵兵马头前行。

陈三伊兄同做阵，人马几万到潮城。

许时人马三五千，城内大小都着惊。

知州出城迎接伊，看见陈三苦伤悲。

运使宿在布正司，知州跪落来朝伊。

运使一时问知州，陈三乜罪着途流。

赵德许时无做声，运使差人押同厅。

---

① 头都如：头乱如麻。

② 拙失得：这么没有德行。

尔今做官无相顾，因何大肝障不惊①。

了尔官职②是客气，方知陈三有亲兄。

当时尔办陈三罪，尔照陈三何生行。

知州着惊无主持，只是林代告官司。

只事不知伊忘告，冤往③尔弟罪是伊。

运使差人扔林代，林代扔来责罪伊。

尔靠有钱敢障做，包金入石罪如天。

五娘欢喜来对我，尔敢大胆来相争。

看尔大胆障不惊，脚挦手扣④何尔行。

押去街头去时象⑤，何伊别人正能惊。

许时林代伊一家，尽该扔来夯大枷。

林代夯枷不甘放，就托一位陈家人。

尔今合伊是同姓，托尔共伊说人情。

公人听说就摇头，无人敢去就伊头。

那能说得运使准，千两黄金现时交。

林代目滓四边流，不知运使可对头。

那知今日有只事，当初不敢告官司。

九郎许时亦着惊，就写书信付三兄。

五娘甘愿配乞尔，官事共我相共庶⑥。

陈三书信回九郎，我今共尔保得全。

阮兄说尔能恰得，林厝一家难保全。

九郎接信心欢喜，紧办五娘个嫁妆。

嫁妆办来二百扛，付伊陈三焘入门。

---

① 因何大肝障不惊：依仗什么这么大胆不惊慌。
② 了尔官职：罢免你的官职。
③ 冤往：冤枉。
④ 脚挦手扣：脚镣手铐。
⑤ 去时象：去让大家都知道你。
⑥ 相共庶：相互遮挡。

67. 五娘出嫁

正月十五娶五娘，五百人马扛笼箱。

潮州焄落泉州去，一路鼓乐几十场。

益春随去有嫁妆，五娘大轿四人扛。

大兄大嫂前头去，陈三后面随九郎。

运使辞任返凭山，诸亲朋友真喜欢。

世上读书勤苦读，子孙代代可做官。

九郎送子入陈家，运使出来接亲家。

二人对头行官礼，水烟食了请食茶。

五娘焄到陈家门，厝边大小看嫁妆。

看见嫁妆二百担，呵咾物件真齐全。

陈三一时轩轿门，五娘亲身拜公堂。

夫妻二人拜四拜，显祖荣宗日月长。

拜了祖宗无做声，二人又去拜大兄。

拜了兄嫂做官返，不免何伊配涯城。

拜了大伯入绣房，二人相对好成双。

红罗帐里鸾交凤，锦帐被中鸳交鸯。

三人同就讲古记①，三人说笑无了时。

五娘七日起梳妆，看见陈家百般全。

百般宝贝都井齐②，围屏锦帐挂厅堂。

陈三共娘说因伊，阮厝亦有恁响生。

前日恁厝捧盆汉，今日仍旧官荫儿。

五娘共君说起理，不可说出许一时。

那知我君官荫子，不敢我君去扫厅。

---

① 讲古记：讲过去的事。
② 都井齐：都整齐。

益春许时说起理，明知我君官荫儿。

我君前事无说起，不敢想到许一时。

想君千般为咱害，奴才贼婢骂千声。

那知我君拙富贵，不敢尔押去扫厅。

五娘共婵说得通，游过苏州胡法公。

在家长安李公子，许时欢喜亦无方。

凤凰美女相喜爱，扶伊广东做君王。

是伊甘愿去伊厝，伊那敢做伊敢当。

三哥共娘再来讲，是咱发愿正相同。

若无三人相扭走，今日三人无一人。

五娘自己子细案，是咱好命可嫁陈。

若无尔兄运使返，荔支卜会总是难①。

陈三欢喜入房内，五娘看见笑咳咳。

前日荔支挟得去，今日荔支收得来。

五娘欢喜坐床边，陈三看见笑微微。

前日宝镜打得破，今日宝镜捕得圆②。

人人心肝相意爱，一世夫妻无差移。

世间有只风流事，无料流传到只时。

68. 林玳娶六娘

林玳赵德大不愿，等到何时可报冤。

陈三厝在泉州城，祖代做官好名声。

听说富贵大吉地，正出运使伊亲兄。

五娘被伊强扭去，正着六娘做亲成。

六娘扭来七日久，死去被伊卖名声。

---

① 荔支卜会总是难：跟陈三再相会总是很难了。

② 捕得圆：补得圆。

前日九郎无说起，嫁妆办来无半系。

想来想去无计智，不愿二字在身边。

想着赵德同注意，用计害伊正合宜。

咱今心内思量起，无报冤仇不合宜。

那卜去告亦着准，听说伊爹有做官。

总着想有别计致，毒心害伊心无宜。

许时想有一计致，着去监州请先生①。

咱今着来行地里，将只五述去害伊。

二人行到监州去，遇着张贤看地基。

地里先生是张贤，张贤出名小神仙。

张贤先生真好请，随时请来潮州城。

林玳个人真好意，声声就叫张先生。

尔来潮州且安宿，欢喜办筵就请伊。

先生无嫌路头远，后来恩情恰大天。

张贤欢喜就应伊，要讨好地来何伊。

林玳咱说无问意，说出几句恁知机。

赵德就共先生说，前来林玳焦妻儿。

五娘陈厝强焦去，想无计致可害伊。

全望先生大主意，看尔有计可害伊。

张贤听说有相定②，我身着去泉州城。

我着亲身去伊厝，看伊风水乜生成。

69. 张贤先生用计

用计败伊个风水，大地小邑做一行。

财散人亡都尽见，可报冤仇亦未知。

---

① 请先生：请个风水先生。
② 有相定：就有了主意。

风水败了能行气，一万两银做盘钱。

先提一半寄到厝，五百白银随身边。

张贤先生出门去，宽心行到潮州城。

落乡来去看风水，五县行来全不知。

听见县中有人说，泉州领后①真出名。

现出广南做运使，都是官家好名声。

文武百官伊都出，盖得泉州五县城。

官府当堂那上任，亦着请伊来被挑②。

好呆事志将伊令，别人做官说伊知。

只地万丁个所在，强败四方正不皆。

我今卜去凭山岭，卜去路头又呆行。

许时说共先生就，我着先说何恁听。

卜去亦着有事志，若无因单③事袂成。

先生听说就知机，着办帖片去请伊。

帖片差人先送去，送到陈家伊就知。

陈职许时就问起，先生说何知我姓。

甲伊亦着来咱厝，见面正可说透机。

张贤行到凭山岭，就是陈职个厝边。

放落罗庚④看一见，正是龙虾出海时。

长房做官都未离，三房子弟不及时。

只处富贵大吉地，代代做官亦无奇。

陈职听说有奇异，果然有影这事宜。

先生请入厅中坐，全然共我说透机。

若是有犯未完备⑤，万望先生相改移。

---

① 领后：岭后。
② 来被挑：来助阵。
③ 若无因单：如果没有因由。
④ 罗庚：罗盘。
⑤ 有犯未完备：如果还有犯冲不完备的。

我身原来行地理，好呆事志我全知。

论尔一穴个风水①，天子着出正合宜。

初出居长官一品，世代高强第一期。

只个风水那再做，可管文武官探花。

陈职听说心欢喜，欢喜办筵就请伊。

风水望尔尽力做，谢礼卜池我赖个②。

张贤咐说就应伊，免用先讲谢礼仪。

落去③天子那能出，望尔看顾正合宜。

陈职听说就应伊，能出富贵好子儿。

能出天子去登殿，先生恩情恰大天。

张贤说出陈职听，听我法沛尔着听④。

后桷⑤着来开古井，着打军器落井边。

堪得下交作大坝⑥，柳树着坎正合宜。

陈职听说心欢喜，急打军器落井边。

急打石排流上面，陈厝全家全不知。

先生许时真欢喜，败了风水无人宜。

别处那着久再做，先生亦可说透机。

张贤说何陈职听，风水完成免开达。

风水共尔尽做好，明早要回就卜行。

许时共伊说多谢，相辞相公起身行。

风水败了紧紧行，随时又到潮州城。

就共林玑说起理，现时且看二三年。

---

① 论尔一穴个风水：论起你们一家的风水。
② 谢礼卜池我赖个：谢礼需要我付多少啊。
③ 落去：以后，将来。
④ 听我法沛尔着听：我的安排你要听进去。
⑤ 后桷：后面角落。
⑥ 堪得下交作大坝：勘验发现需要在底下做个大坝。

70. 跳落古井

陈三得在弄益春，五娘受气苦分分。

只人害我拙受气，我着创计来害伊。

现时三哥无看见，将鞋提来古井边。

看伊将日爱忐忑，想有一计害三哥。

五娘且走礕边去①，看伊三哥伊如何。

陈三入门问大嫂，五娘何处去忐忑。

陈三挑水来煎茶，看见井边一双鞋。

认得只鞋五娘穿，敢是五娘跳井亡。

放紧入去问大嫂，五娘果然何厝逃。

大嫂许时退不知②，敢是楼上未落来。

头行③说卜去古井，因何有去乜无来。

陈三许时心就苦，五娘乜敢障涂途。

当初二人同立誓，今日乜敢行短路。

卜望年旧结连理，谁知今日行侥期。

人说今日那不死，我着合娘同古井。

留我一身无劳移，卜食百岁不能望。

陈三甘愿合娘死，同跳古井归阴司。

五娘许时寻无君，心头想起苦分分。

大嫂就共小妹说，卜着古井去寻君。

现时行到古井边，看见我君归阴司。

五娘看见喃泪啼，谁知我君敢障生。

我今好花正含蕊，伊人青春正及时。

---

① 礕边去：墙角一边去。
② 退不知：推脱不知道。
③ 头行：刚刚，前一会。

尔今死去归阴府，我亦愿死做夫妻。

我君今日尔敢死，我同尔去归阴司。

五娘随时跳落井，二人同去正合宜。

益春许时探听知，谁时放话赶出来。

看见井边鞋共帽，就知娘君归阴司。

益春许时心就苦，恁乜呔愿归阴司。

今日二人那尽死，留我一身无路移①。

放紧入去报相公，报说娘君跳井亡。

咱是祖代有官做，因何做事真不通。

男女老幼都啼哭，乡中大小都惊惶。

运使许时有主裁，就叫厝边大小来。

且暂收埋古井内，下日风水正推排。

71. 王华告状

朝中有人再说起，正是王华御史儿。

王华赵德谊兄弟，二人议论告官司。

放紧入去整行里②，可报冤伊亦未知。

二人议论心欢喜，卜告只状着现时。

风水败了能行气，报伊冤仇正合宜。

二人放紧起身行，不日行到南京城。

现时进入午门内，事情说出君王听。

君王殿前问事情，全头到尾说分明。

若是有事来启奏，赐尔无罪王贤乡。

王华跪落奏君王，事情说出君王听。

听说福建泉州府，谋反地送陈职兄。

---

① 无路移：无路可走。
② 行里：行李。

事情是实必有影，名字流传到京城。

君王许时不肯信，开口一句骂王身。

陈职官做潮州府，运使府台爱官民。

西川太守伊贤弟，赵德亡奏①事是真。

王华殿前再启奏，只个事情果然真。

虽伊舌弟居太守，陈三谋反伊不知。

陈厝花台三古井，军器台落②几百枝。

君王若是不肯信，亦可扒兵③随我行。

那无铙出④只军器，甘愿五马共分尸。

君王许时准伊奏，三千衙兵随伊行。

王华再想一计致，厝亦着烧人着刣。

现时兵马就起行，三工二日到泉城。

官府出城来迎接，兵马拙多到泉城。

王华说何本府听，君王勅旨何我行。

君王文出何我带，甲尔亦着随我行。

做人官府事不办，何人上京去入呈。

明朝兵马出泉城，京城直来泉州城。

不久行到凭山岭，陈职看见心着惊。

今日不知什么事，兵马拙多我厝行。

咱厝风水是卜败，卜来围厝咱不知。

厝内主狗全袂吠，卜了大官有主裁。

直入花台抄军器，可恨张贤贼奴才。

陈厝风水果然败，串通奸臣咱不知。

扒了陈家就完成，现时收兵就返身。

---

① 亡奏：胡乱奏请。
② 军器台落：兵器丢弃在古井中。
③ 扒兵：派兵。
④ 铙出：搜出，找出。

正月到京元只任①，启奏陈家办分明。

君王听说心欢喜，七省巡案就何何。

赵德跪落领圣旨，再伏②官职亦无宜。

陈厝一家都尽死，益春走出无人宜。

72. 定至干苦

益春算来真贤女，陈三死去心无如。

陈三五娘死去了，专心依旧妳向生③。

益春许时想计致，着立门户接宗支。

厅头着挂陈名字，现有身孕在身边。

一半亦是陈三子，名字亦是君个名。

跪落厅中来足愿，保庇子儿好名声。

日后子儿能成志，灯号可挂两家名。

那能出头仲金榜，我君日后亦有功。

过年月半可奉事，亦可共君接祖宗。

免致我君无后世，面望④亦是我君个。

我君尔着有灵应，保庇能传几万丁。

那是能传恰大姓，望天保庇着威灵。

保庇益春长岁寿，可共我君祭春秋。

寿如南山福如海，子孙出头报冤仇。

73. 益春接议

我想起来着食志，带念⑤潮州许一时。

---

① 元只任：交付差事。
② 再伏：恢复。
③ 妳向生：还按原来一样生活。
④ 面望：希望。
⑤ 带念：怀念。

伊人陈三楼下过，阮娘楼上食荔支。

伊就假意学磨镜，阮娘亦有想着伊。

当初三人相喜爱，连冥焉走泉州来。

林玳想起就去告，州府随时出差来。

我人被伊就扐去，陈三有罪法涯州。

好得伊兄运使返，知州了官命休休。

九郎许时有主意，五娘甘愿去对伊。

现时就去看日只①，九郎迎婚送还伊。

运使回住返来厝，世代读书能成人。

陈三五娘相喜爱，夫妻相爱不久长。

无宜陈三先死去，五娘甘愿归阴司。

益春不愿合伊死，现时有孕在身边。

只是天地保庇我，想卜报冤未到时。

我心想有一计致，卜报冤仇大如天。

74. 益春走去②

益春许时走出来，思量只事苦哀哀。

行尽山岭脚手软，饫饥失当无人知。

风仔吹来冷微微，一只猛虎来路边。

开口信牙卜咬去，神仙土地来扶伊。

猛虎土地就焉去，一尾大蛇在身边。

益春着惊心亡亡，雷公雷母响叮唁。

就从大蛇来打死，卜救益春显祖宗。

大蛇过了雪山头，霜雪冻落目潺流。

---

① 看日只：看日子。古代风俗，婚丧嫁娶要选黄道吉日。

② 走去：跑走，逃跑。

衣裳那淡①亦着去，受风受雨受饥寒。

雪山过了大树林，树林身暗②不见天。

卜返泉州路头远，脚手行去亦能酸。

树林过了失援桥③，脚踏桥板双头摇。

想卜过去不敢过，思量许时心潮徐。

陈三五娘随时到，神魂付伊过桥头。

益春许时就民梦④，精神寻无君一人。

探时行去风风塞，寨主大王手夯耙⑤。

就叫喽啰下山去，卜着益春伊一人。

大王许时看益春，面貌生水十二分。

说卜娶去做妻妾，免致别乡去招亲。

益春听说心就苦，出外婆娘无奈何。

大王尔有亲妻妾，过路娘仔别人妾。

大王许时再问伊，尔今不做我妻儿。

拿尔一身来打死，劝尔益春着主持。

益春就问贼大王，树身坐定不怕风。

甘愿大王刀下死，不愿失节嫁大王。

大王许时大受气，就甲喽啰去刣伊。

破肠心肝无救伊，趁尔斩头无延迟。

喽啰就说大王听，只人不是咱亲成。

当初并无先说定，日后何人告奸成。

益春想起无主意，只事不知是在年。

想卜甘愿自溢⑥死，免致失节被人欺。

日头卜落是太阳，半路所在无亲人。

---

① 衣裳那淡：衣裳单薄。
② 树林身暗：树林深深而且昏暗。
③ 失援桥：是浮桥。
④ 民梦：白日做梦。
⑤ 寨主大王手夯耙：山寨大王手里拿着钉耙。
⑥ 自溢：自缢。

坐落地基又坪领，恰惨招君坐冷宫。

75. 益春想君

一更过了二更时，记得当初六月时。

卜望夫妻结连理，无宜夫妻袂团圆。

二更过了三更来，又恨林玳贼奴才。

事中奸臣用计致，害咱全家安障生。

三更过了四更时，娘君跳落无人宜。

许时不愿合伊死，带念我君个根支。

四更过了鸡报寅，千苦万苦我一身。

大蛇猛虎卜咬去，山神土地相扶身。

五更过了天大光，免致益春心头酸。

我君尔着有灵应，保庇益春返回乡。

天光起来日出彩，喽啰入来报分明。

劝尔益春着主意，尔合大王结成亲。

益春听说就允伊，果然想我个根枝。

大王只事万欢喜，要去海边还库钱①。

着做七日个功德，功德完成正成亲。

五个和尚请来做，着做三旬②正合宜。

等到功德做完成，共伊结亲也未知。

喽啰就说大王听，卜做功德就来行。

许时功德做完备，益春江边还库钱。

---

① 要去海边还库钱：这里是益春假意答应山寨王的求婚，要给陈三五娘做法事送纸钱。
② 着做三旬：要做三回。

76. 益春跳海

益春做人有主意，扁过①大王返库尔②。

许时益春真受苦，一声娘君一声啼。

一场功德做完备，益春甘愿归阴司。

尽愿合居归阴司，将身跳落大海边。

大王许时气半死，只事想来苦伤悲。

无宜功德做完备，被伊扁去不愿伊。

益春许时水流去，流到英内大江边。

卡着一位吊鱼翁，救起鱼船正回阳③。

鱼翁许时就问伊，尔是何郎人妻儿。

为乜事志跳水死，将情说出我知机。

益春听说喃泪啼，我是陈厝人女儿。

夫君前日病死了，妗姆④卖我用心机。

我身不愿伊卖去，跳落江边归阴司。

身故恩人起我起，未知尔心是在年。

鱼翁许时就知机，呵咾益春有节义。

我今现年六十二，并无妻子在身边。

尔那无嫌我年老，收尔我厝做妻儿。

卜嫁不嫁谁在尔⑤，不敢做事来害伊。

我叫洪峰请名字，住在南埯英内里。

有时海边去托鱼，托有多小卖鱼钱。

益春许时心欢喜，就招谊父拜谢天。

---

① 扁过：骗过。
② 库尔：库钱。
③ 正回阳：回到阳间，活过来。
④ 妗姆：婶母。
⑤ 谁在尔：都随你的意。

保庇夫妻百年久，流传四方天下知。

夫妻结谊十个月，十月完满生男儿。

叫做守仁好名字，可传两家子孙儿。

日月如梭庚如年，陈三托梦在身边。

卜报冤仇京城去，去告林玳正合宜。

我子未大交付尔，望尔看顾正合宜。

别日大汗能伶志①，着谢恩情恰大天。

洪峰许时心欢喜，单身妇女不合宜。

路头呆行远无比②，劝尔不可障行宜。

益春心肝有想定，女办男妆③就来行。

行尽山岭共半命，行到半年到京城。

77. 益春告御状

益春许时心欢喜，宿在客店有一年。

恐畏御状不准理，遇着王爹一女儿。

二人相随有话说，小心同困一半年。

王爹许时心欢喜，呵咾益春有主持。

今日有心来传仪，我着裁取整布衣。

益春心内有主张，甘愿共尔作长年。

甘愿相随尔身起，不肯共尔做奴儿。

王爹许时再问伊，然香何尔做妻儿④。

直言许时可说起，望尔看顾正合宜。

益春许时心着惊，趁时就说王爹听。

我是做人陈厝子，不敢再做败名声。

---

① 别日大汗：将来以后长大。能伶志：能够读书识字。

② 路头呆行远无比：路途难走又遥远。

③ 女办男妆：女扮男装。

④ 何尔做妻儿：跟你结为夫妻。

王爹许时再说起，劝尔心肝免卦宜。

然香少年①十分美，不知尔心是在年。

只事各人主意定，谨办婚书就来行。

八月十五好日止，何尔二人会佳期。

益春惊伊能受气，心肝想起十分奇。

益春苦切喃泪啼，陈三托梦在身边。

就叫益春免卦意，可允然香做夫妻。

益春醒来着一惊，昨冥官人说我听。

甲我心肝着岸定，可允然香做亲成。

78. 五娘回阳

陈三五娘在阴府，去对阎王说合扶②。

阳间益春我奴婢，女办男妆告官司。

要告御状来到只，林玳冤仇大如天。

果然益春是女子，王爹一婵乞配伊。

益春听说不从伊，恐畏一命归阴司。

票鉴阎王作洁谊，尔能改动只事宜。

阳世冤仇可报起，敬世成人可扐伊。

判官将薄看一见，然香寿数到只期③。

将只冤仇可报起，五娘神魂去扶伊④。

只事判官亦知情，吩咐五娘去扶身。

尔去阳间无说起，不可说破人根机⑤。

尔去扶身百日久，报了冤仇归阴司。

---

① 然香少年：叫然香的姑娘。
② 去对阎王说合扶：去将这报仇之事托付给阎王。
③ 到只期：到这个时候，然香的寿命已经到期。
④ 去扶伊：黄五娘去附在然香的身上。然香的阳寿已尽，黄五娘附身后还阳去报仇。
⑤ 人根机：让别人知道。

去共林玳对寿数，阴间出差卜扐伊。

五娘许时心欢喜，感谢阎王情如天。

趁时回阳京城去，看见王爹亲女儿。

一家大小办嫁妆，嫁妆办了卜出门。

许时然香得一病，神魂出门到五更。

神魂五娘就炁去，炁去阳间做妻儿。

五娘神魂扶落去①，醒来假做然香儿。

八月十五卜合婚，益春心内乱分分。

亲娘合我无合意，只事想来卜在年。

牵入房中心欢喜，看见新郎②笑微微。

益春心内真受气，因为林玳只事宜。

卜报冤仇来到只，障生做事卜在年。

许时坐落面忧忧，看我乜能做新娘。

伊那知咱是女子，不敢甲咱做夫妻。

说到林玳失得事，全家死了无路来。

克亏我在日月内，千难受苦无人知。

二人对坐到三更，送嫁近前来问伊。

劝尔二人同床困，不可对坐到圭啼③。

二人随时床上困，无言无语无成婚。

静静困到第二暗，然香假意先问伊。

尔乜做人化古意④，亲似女子无差移。

尔为什么大事志，因何无话是在年。

益春许时哭出来，真言说出何尔知。

因为林玳一条事，想卜报冤不恁知。

---

① 扶落去：附在然香身上。

② 新郎：新人。

③ 到圭啼：到鸡叫破晓。

④ 化古意：这么老实憨厚。

女办男妆为此代，今有亲娘①尔亦知。

然香许时心欢喜，劝尔心肝免池宜②。

尔为一条冤往事，卜告御状着现时。

益春许时就应伊，尔是神仙妆狐理③。

女办男妆来到只，全头到尾尽知机。

然香许时应出来，神仙托梦何我知。

教我暗中来做代④，卜告御状谨出来。

二人同入京城内，可合皇后随身边。

内外无人可说起，不知益春是女儿。

皇后看见一夫人，然香近前说分明。

全头到尾说一扁⑤，万望皇后相牵成。

来宿宫庙半年久，千难受苦无人知。

皇后住在处梳头，一心爱梳福建头。

问来问去无人能，然香能梳是真贤。

皇后许时心欢喜，敬奉然香情如天。

看尔心中拙无意，为乜事志说我知。

79. 皇后奏君

然香说话喃泪啼，福建泉州人女儿。

一条冤往全家死，万望皇后相改移。

告了御状不准理，来宿客店有一年。

全望皇后恩准旨，着对君王说透机。

皇后听说就准理，果然有影只事宜。

---

① 亲娘：新娘子。
② 免池宜：不要担忧，不要迟疑。
③ 狐理：狐狸。
④ 做代：做事。
⑤ 一扁：一遍。

我对君王来说起，放紧来告无延迟。

然香谢恩出殿来，事情说出君王知。

说咱亦有冤往事，扒兵甲咱潮州来①。

益春许时出门去，男妆脱落女妆开。

就做一张冤往状，随时送到入午门。

君王殿前就说起，今日告状是女儿。

昨冥官人得一梦，完全陈家个事情。

君王许时叫伊来，看伊祠呈我就知。

林玳用计来相害，害死运使大不皆。

君王许时出圣旨，一道圣旨潮州来。

一扒兵马二万四，卜扒林玳无延迟。

又扒潮州李潮德，新官上任无程时。

二人同罪着同死，恨杀林玳死奴儿。

郑告来奏就知己，记得前程王华时。

上京亡奏真无理，害了运使归阴司。

君王许时大受气，王华大胆敢障生。

乱奏谋反是毒计，害死运使一家人。

乜可食银用毒计，身体无故卜在年。

那不居实②来照认，当殿行杖就打伊。

王华着惊就应伊，林玳有罪伊着当。

拜托张贤用计致，运使了官又了钱。

君王听说有主裁，就吊干臣③一齐来。

着拿干臣一齐到，审问押出甲场刮。

封落泉州陈运使，中臣④正可讲被排。

名字记入中臣庙，勅赐祭送天下知。

---

① 扒兵甲咱潮州来：派兵跟着我们去潮州城。
② 居实：据实。
③ 干臣：奸臣。
④ 中臣：忠臣。

陈三五娘有扣封，扣封夫人做相公。

益春节义有名字，为夫报仇到只时。

益春谢恩感前情，去宿殿后且安身。

等到林代过刀死，咱正回家敬双亲。

80. 林玳押告

兵马来到潮州城，三更半冥无做声。

林玳一家五十口，尽皆押来到京城。

果然林代好本事，随时押出无做声。

物件般来无万数，大厝烧了成平埔。

拿无林玳①是大事，赏银出罪是如何②。

报说③五百赏伊用，拿来④送伊一万金。

有人收留罪同死，未知冤报⑤谨十年。

林代差人来说起，说是张贤来招伊。

招伊京城看景致，被伊相误卜在年。

天光有人来说起，林玳山岩宿一冥。

人人问伊乜事志，御林兵马卜拿伊。

张贤许时就想起，总着来走恰办宜⑥。

不可不惊进前去，何伊拿去归阴司。

林代着惊卜走离⑦，看见陈三随身边。

就骂林代无道理，娶无五娘敢障生。

串通奸臣败祖地，暗藏军器是在年。

---

① 拿无林玳：没抓到林大。
② 赏银出罪是如何：悬赏的银钱出很多是怎样的呢。
③ 报说：报告林大去处。
④ 拿来：抓来林大。
⑤ 未知冤报：不知道林大去处却胡乱报告。
⑥ 总着来走恰办宜：总是逃跑才是最恰当的。
⑦ 着惊卜走离：受到惊吓想要逃跑。

尔有钱银敢障做，拜托奸臣奏君王。

全家被尔尽害死，敢害陈家绝祖宗。

阴阳告状卜力尔，飞天潜地难孔空。

尔同张贼长安去，何尔去做平肩王①。

张贤着惊卜走离，陈三阴魂去扐伊。

报伊冤仇能的起，镜担放落笑微微。

看伊只人一条事，李公叫是卜扐伊。

陈三许时就应伊，我是泉州陈三儿。

前日教我学磨镜，五娘是尔配亲成。

遇着林玳呆人子，串通奸臣障行宜。

李公尔今免无意，劝尔只事免挂疑。

卜扐张贤共林玳，扐伊二人无延迟。

那有看见扐送我，送尔钱银做茶仪。

李公听说有声音，果然有影只事情。

随时叫人扐送去，领金赏银有功名。

押送京城乱分分，三司会审做一群。

问尔口弓②照实认，圣旨那出总着银。

实事审了亦知情，押出甲场③可化身。

正月初五定午时，林玳出街刀押行。

林代张贤过刀死，全家斩了无延迟。

午时三刻卜过刀，林代一家死命无。

林玳张贤剐过了，卜扐王华赵德哥。

赵德许时来说情，放我一命守朝廷。

圣旨开言免说好，押出甲场勉罗梭。

二人押出甲场去，随时连过十外刀。

---

① 何尔去做平肩王：让你跟他一起做平肩王，这里是说让林大和张贤一起，结局下场一样。

② 口弓：口供。

③ 甲场：刑场。

只事办来亦着离，大小看见笑微微。

益春然香心欢喜，感谢君王情如天。

前世冤仇可报起，冤冤相报无差移。

二人议论真过意，然香得病归阴司。

然香许时就得病，陈三进前来焦伊。

焦去阴间做一位①，娘君二人可相随。

81. 益春回祖

益春要返泉州城，官府迎送好名声。

先来英内探洪峰，拜谢恩情结谊兄。

焦子来到凭山岭，行到祖厝旧厝边。

看见祖地心就苦，花园树木烧乌乌。

益春做人有主张，想着陈三共五娘。

当初二人同井死，带念井内二身尸。

就请司阜来掘井，再选一穴好地基。

二个尾蝶飞上起，双双对对飞半天。

当初二人跳落井，今日扶起古井边②。

全身骨肉未嗅烂，相似在生许一时。

益春许时苦分分，苦到日夜暗黄昏。

厝边大小来相劝，劝尔不可苦娘君。

卜买棺木上街去，收埋娘君做阎君。

棺木就买双付排，衣裳鞋帽整出来。

穿了衣裳收落棺，亲成朋友苦哀哀。

益春做人真有情，卜请灵魂来通经。

五个和尚请来做，灵前礼物祭神明。

---

① 做一位：在一起。
② 扶起古井边：从古井里打捞起来。

功德做了卜除灵，备办礼志共三牲。
西方游了卜出山，益春啼哭千万般。
风水卜做西山岭，西山大路拙出名。
祭牌陈家好名字，打落石牌天下知。
风水做好开祭墓，地理先生几十个。
点穴先生行头阵，和尚引魂万事神。
香灯总台四方整，官前百阵吹人音。
大罗鼓乐几十阵，今日送葬万余人。
泉州文武来送葬，那有益春心亡亡。
益春牵子苦哀哀，送到西方大路来。
先生点穴好要紧，就请石匠做完成。
益春许时再主意，卜共全家还库钱。
城内文武来说起，是咱具显到障生。
益春节义有名字，真心顾奉伊阴儿。
守仁子儿能伶志，送子书房去读诗。
守仁即时入书房，勤读诗书望成人。
着接陈家个志气，能学陈家名字红。
益春后来再生子，可传两家好名声。
第二守德接运使，第三送去洪举兄。
守仁读书有威仪，日夜读书无停时。
一心尽望名成就，恰人说笑无了时。
益春看子吡食志，双脚跪落拜神明。
拜谢天地着灵圣，勉致陈家受人欺。
守仁读书年十二，百般文章尽通知。
读书过眼不再读，聪明伶利生巧奇。
先生说付益春听，果然尔子真聪明。
论尔守仁个口气，日后金榜头一名。
看伊奇才咱无比，鳌头独占有名声。

益春听说真欢喜，感谢先生教示伊。

我子那是能伶志，日后恩情恰大天。

益春心内自思量，入门就问子文章。

守仁诗书答娘亲，子今来日望出身。

望卜金榜题名字，诗书典故果然真。

守仁读书十六岁，大比文年在眼前。

益春欢喜说一场，京都金榜选文章。

这去京都金堦下，状元那仲着回乡。①

许时就共守仁说，子尔着去起科场。

守仁听说就知情，子儿只去必定成。

母亲吩咐子知理，明日早早往朝臣。

母亲在家免烦恼，心如铁石求功名。

守仁卜去择日期，去共书房人相辞②。

拜谢圣人孔夫子，又谢老师正合宜。

守仁许时要起程，益春吩咐千叮咛。

家中无人可依倚，都是尽看子成名。

路上晚行共早宿，紧早尽望到京城。

只去功名那成就，紧紧回乡无放停。

花街柳巷子无宿，路上美女不可求。

守仁拜了就起行，心如铁石到京城。

路上行程无思起，心肝专想求功名。

守仁行路紧如箭，三工二日到京城。

请寻一个安宿所，明日入场去报名。

82. 守仁仲状元

主考即时就出题，卜选状元共探花。

---

① 这两句意为这趟去京城天子脚下，如果中了状元要回乡。
② 去共书房人相辞：去他读书的书房跟同窗相互辞行。

要考榜眼三等甲，三百进士共文魁。

守仁听说就入场，报名投卷做文章。

三场文章做完竣，各做完毕勉思量。

主考文章收完成，便将文章看分明。

那有守仁的诗对，论只文章状元兄。

主考许时去奏君，取裁天下个书文①。

文章诗对在御案，君王亲视闹分分。

君王许时就看完，亲选守仁仲状元。

榜首状元是守仁，第二探花陈玉隣。

第三榜眼②是谦才，三百进士尔取裁。

守仁一时奏君王，千山万水赴科场。

家中母亲守恩义，万望君王赐回乡。

君王听说心欢喜，天下节义世间稀。

得仲状元天下有，只是恩义个妻儿。

钦赐铜牌共剑印，先斩后奏爱官民。

文武百官付尔爱，照情照理事着真。

赐尔游街三日过，回乡悦祖拜双亲。

守仁见封心欢喜，君王面前谢圣恩。

许时心内真得意，奉旨游街无延迟。

旗号状元好名字，文明四方人传知。

在朝做官一年久，日夜办事无程时③。

益春在家有思量，因何我子无回乡。

前日耳风听见说，状元有仲勉思量。

至今算有一年久，并无书信寄一张。

不知朝中为何事，延迟至今无返乡。

---

① 取裁天下个书文：选取全天下最好的文章。

② 第三榜根：此处与前句"第二探花"为误用。进士第三名为探花，第二名为榜眼。

③ 无程时：没有停歇的时候。

83. 回乡悦祖

守仁在朝障思心，想卜回返见母亲。

一时入朝奏君王，启过君王拜祖宗。

伏望君王万万岁，日月辉煌天下光。

守仁许时卜起行，明天早早出金城。

路途经过州共县，县官州官迎上厅。

各县官员来迎接，百姓看见人人敬。

不日行到自家门，报得陈家闹分分。

益春听见问一场，且喜我子返回乡。

宽心等到第二日，果然状元回家乡。

守仁到厝真欢喜，诸亲朋友来贺伊。

世间诗书宜可读，面前可竖状元旗。

母子二人拜祖宗，显祖荣宗日月长。

守仁跪落深深拜，拜谢神明共天公。

益春守仁讲势今①，仍旧泉州头一个。

凭山岭后再兴旺，兴起官法赛万家。

益春一时再说起，女人着学我障生。

陈家冤仇尽报了，后来结义个女儿。

亲似益春有名字，万古千秋人传知。

劝恁列位注意听，着学益春伊路行。

益春做人成恩义，千年万载人传知。

---

① 讲势今：讲世今，讲现今。

84. 重戒女子①

陈三做人无好名，劝恁无学陈三兄。

恁做男子着规举，不可淫乱败名声。

当时陈三敢障做，伊是皆好②有亲兄。

许时那无伊兄求③，性命就着死涯城。

我今劝恁后生哥，不可食了爱风梭。

花街柳巷不可宿，总着勤俭能烌好④。

人生世间风流时，千万着学好子儿。

做好子儿天保庇，子孙富贵万万年。

85. 重戒女子

五娘何做不好□，劝恁无学黄五娘。

正经言语都来想，淫乱起群免思量。

九郎饲大无教示，被人说笑到只时。

恁做女子着知理，不可想呆去学伊。

主婚从来由父母，后生着学好子儿。

闲人卜来恁着禁⑤，不可说笑起摇心。

专心奉事恁夫主，生子传孙入翰林。

人生世间少年时，千万着学好子儿。

能做好子天赐婚，笑送隣儿接宗支。

记念陈三何恁听，万古千秋人传名。

---

① 根据后文，此处应为重戒男子。
② 皆好：恰好。
③ 求：救。
④ 能烌好：才能好。
⑤ 闲人卜来恁着禁：女子要禁止与无关紧要的人来往。

只歌写来不完成，贤人亦着改分名。

我今全小无读书，只歌写来白脚猪。

若是有人提去念，无通个字着改除。

陈三算来爱风流，全头到尾说情由。

只歌有人借去抄，抄好明日送来交。

有交只歌是君子，无交只歌是猪牛。

石古堂智辉抄完

稽查陈三歌张额字数

共三百张

伸字收三万字

王光辉抄

陈三歌全本宝裕王记

陈三山歌传

（黄九成抄本）

明代传有此歌词 这诗唸句真稀奇

正是一本爱情史 专传陈三五娘伊

各位客官请安静 听我从头说分明

陈三五娘只出世 正是金童玉女伊

因是玉皇亲婶婢 李在好威仪

谁想两人相意爱 眉来眼前卜登基

到了正月初一时 玉皇卜登边

各位神仙到齐时 都来殿前灰伊

无疑在许金殿内 也是笑说因伊

金童玉女两婶婢 许时随玉女因伊

虚虚花花无停止 行动举止无威宜

许时玉皇正看见 一时大气责罪伊

恁只大胆贼贱婢 散来在此障行宜

一时怒气出圣旨 囚禁地狱去凌池

各路神仙都看见 谁都不散来保伊

南极星君心晓理 出班奏与玉皇知

金童玉女相调戏 是爱下凡去投生

早在唐朝有一次 我说主公便知机

也是调情过奈代 虚虚花花无威仪

许时主公也受气 卜功两人去凌池

后来才派凡间去 出世丁山梨花伊

三百年前又一次 也是调情乱乱来

许时主公又出日 卜将两人切去列

后来又叫凡间去 出世三伯祝英台

今日既然障生做 赶伊凡间去投胎

不怪乎伊店这内 派伊凡间是应该

第二回 益春历史

说到益春这婶婢 亦是天仙来投生

伊是玉女随身婶 住在天庭亦威仪

原名正是林茭香 要亦卜凡间去投生

却日金童同玉女 因蒙许时无差伊

焚香看见金童美 十分清秀又标致

一时春心就劲起 来共金童说因伊

娘今姻缘未正配 爱共童兄结百年

随恁、娘君凡间去 未知童兄意怎年

金童听说就应伊 玉女随我在身边

此事难以再改换 劝你免想这行宜

你今那是无嫌弃 我今共你说透底

玉女做妻你作妾 未知你是怎样想

那是念得相将就 才可凡间去投生

焚香听说心欢喜 一声应允无推辞

三人各自心欢善 快下凡间无延迟

第三回 巧遇鬼精

许时三人做阵行 忽听后面有叫声

金童回头看一见 正是披发五鬼精

鬼精看了相借问 恁今打扮障行宜

· 9 ·

玉女回头看一见 心内咪笑说因伊

院卜投胎凡间去 不是志忝看景致

五鬼本是妖臣精 看见玉女笑咪咪

不知笑伊是反示 恍是和伊有意思

他也不再上天去 直落凡间来投生

第四回 四仙下凡

四人真下凡间来 心想离天苦哀哀

真快行到云端内 忽被大风刮起来

就将一人吹一路 吹下凡间全不知

玉女焚香潮州去 金童一人泉州来

许时鬼精跟宿面 三人行来全不知

鬼精爱跟五女行 步步紧随无离开

许时玉女潮州去 后面亦跟潮州来

第五回 陈三出世

看见玉女潮州去 后面好名声

福建直落泉世城 朋山岑后好名声

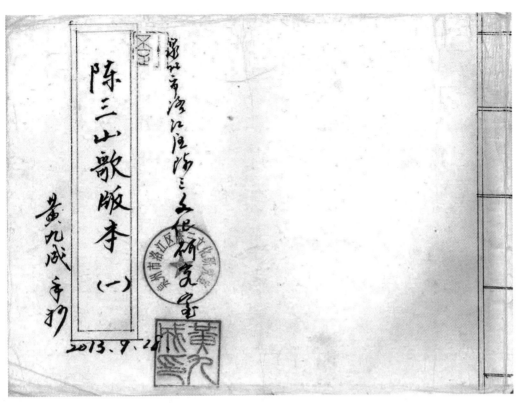

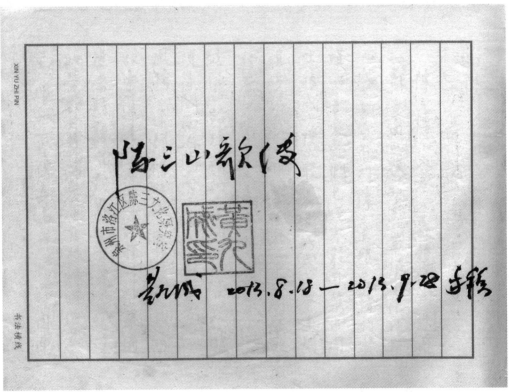

—1—

說它是另類版本。

正如台灣台南大学施惠贞教授《閩台歌仔冊陳三五娘故事的變異性探究》一文所云：自清末到民國光復后閩南歌仔山歌一直是民間流傳的一種表演消遣娱樂方式，甚而可說是一種賦有勸善教化和教化功能的表演，當時流行文字語言通俗淺白，草調，終不敵電視的魅力。

那么，抄寫這一版流傳，復有它價值之所在。進層說明陳三五娘傳說具有歷受價值、人文價值和民俗價值。符合「人民群眾已經形成固定的認知定位和心理期待」，給人以美們的享受。

—2—

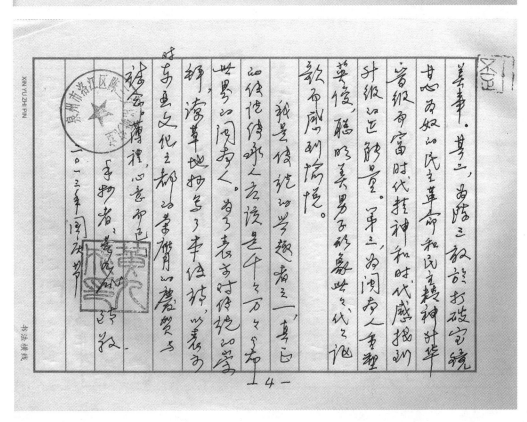

近数年来，我之所以对陈三文化作深入的探讨，是在闽台史学界的专家，学者的启迪下进行的。经过搜集资料，实地考证，拜访专家，建立专室，论文征集直至论文出版等大量操作与事盘。首先，让我感觉的是闽南人的非凡创造和非凡的传承力。用共同的语言，共同的塑造闽南人去画人物形象，用它来堆塑闽南人忠诚、肯吃苦、忠于爱情，爱言腆敢拼、敢于进求真善美的不屈不挠闽南精神，鼓励闽南文化的形象主角的确立，等托它祝祖闽南的真实性，为陈三家园地址作为理的依据的佐证，乃首要

—3—

善事。其二，为陈三敢于打破宗镜甚为奴的民主革命和民主精神升华省级而富的时代精神和时代感掘到升级的正能量。第三，为闽南人塑型英俊、聪明美男子形象略之代之谜欲而感到骄傲。

我善传说的学趣者之一，其正的传论传那人言说是千之万之布世界的闽南人。为了表示时传说的学释，誉草地独号了来传持，以考学与画文化之都的景推肖的庆贺与祷念（薄礼，心意即已）

时物者，萃临敬教

二0一三年闽政节

—4—

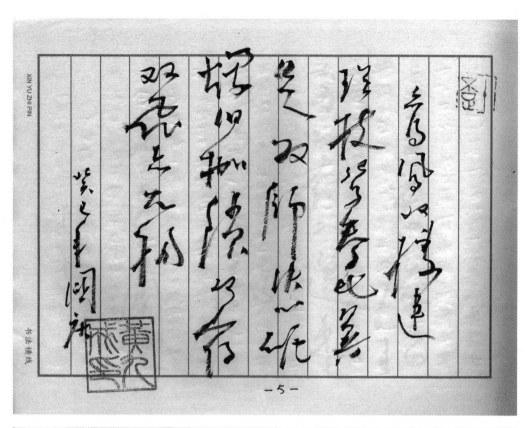

-5-

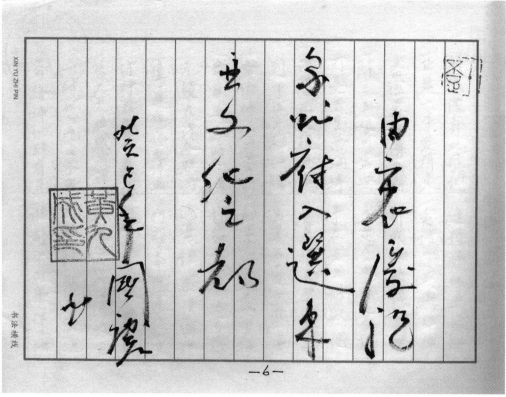

-6-

明代传有北歌词　这诗唸句真稀奇
正是一本爱情史　专佳陈三五娘伊
各位客官请安静　听我从头说分明
陈三五娘只出世　正是金童玉女伊
因是玉皇亲娴婢　李在天上好威仪
谁想两人相意爱　眉来眼去笑咪咪
到了正月初一时　玉皇大帝卜登基
各位神仙到齐时　都来殿前庆贺伊
金童玉女两娴婢　许时亦随玉皇边
无疑在许金殿内　也是谈笑说因伊
虚虚花花无停止　行动举止无威宜
许时玉皇正看见　一时大气责罪伊
恁只大胆贱贱婢　散来在此障行宜
一时怒气出圣旨　因禁地狱去凌池
各路神仙都看见　谁都不敢来保伊

·7·

南极星君心晓理　出班奏与玉皇知
金童玉女相调戏　是爱下凡去投生
早在唐朝有一次　我说主公便知机
也是调情过宋代　虚虚花花无威仪
许时主公也受气　卜功两人去凌池
后来才派凡间去　出世丁山梨花伊
三百年前又一次　也是调情乱乱来
许时主公又出旨　卜将两人抈去刜
后来又叫凡间去　出世三伯祝英台
今日既然障生做　赶伊凡间去投胎
不怪乎伊店这内　派伊凡间是应该

第二回　益春历史

说到益春这娴婢　亦是天仙来投生
伊原名亦是玉女　随身娴住在天廷亦威仪
即日金童周玉女　亦卜凡间去投生
　　娴缘许时无差伊

·8·

二人行到行宫外
遇着焚香只娟女

焚香看见金童美
十分清秀又标致

一时春心就动起
来共金童说因伊

娘今姻缘未匹配
爱共童兄结百年

随恁娘君凡间去
未知童兄意怎年

金童听说就在伊
玉女随我在身边

此事难以再改挟
劝你兔想这行宜

你今那是无嫌弃
我今共你说透底

玉女做妻你作妾
未知你是怎样想

那是念得相将就
才可凡间去投生

焚香听说心欢喜
一声应允无推辞

三人各自心欢喜
快下凡间无延迟

第三回 巧遇鬼精

许时三人做阵行
忽听后面有叫声

金童回头看一见
正是披发五鬼精

鬼精看3相借问
恁今打扮障拧宜

人到何方看景致
我跟恁去总可以

玉女回头看一见
心内咪笑说因伊

阮卜投胎凡间去
不是忐忑看景致

五鬼本是好臣精
看见玉女笑咪咪

不知笑伊是反示
惶是和伊有意思

他也不再上天去
直落凡间来投生

第四回 四仙下凡

四人直下凡间来
心想离天苦衰衷

真快行到云端内
忽被大风刮起来

就将一人吹一路
吹下凡间全不知

玉女焚香潮州去
金童一人泉州来

许时鬼精跟后面
三人行来全不知

鬼精爱跟五女行
步步紧随无离开

第五回 陈二出世

看见玉女潮州去
后面亦跟潮州来

福建直落泉州城
朋山岭后好名声

世代做官共做使　富贵人家人传名

岺后人家名陈眈　勤读诗书好文笔

十八上京去赴试　名中解元金榜时

高中解元返乡里　回乡俩祖娶妻儿

婚后生有二男子　太子取名伯贤儿

二子生来多运气　到了三岁赴阴司

许时夫妻大苦切　哭哭啼啼无离时

到了正月初一早　夫妻不愿拜谢天

求天求地相保祐　保祐再生好男儿

许时不顾其家事　一阵清风吹入牌

正是金童来到只　借伊腹肚来投生

夫人被风吹一倒　回来有孕常有喜

到了十月胎怀满　果然生下一男儿

取名伯卿好名字　又名叫做陈三儿

陈三生来十分水　恰水三伯梁士奇

又兼聪明共伶俐　世间难得美男子

· 11 ·

陈眈得子心欢喜　诗书全传二子儿

全望光明再成器　门前挂匾庭竖旗

第六回　五娘出世

潮州后街黄九郎　荣华富贵四方传

家财田园好田庄　奴才婢满在园

金银珠宝项项有　钻石玛瑙件件全

可惜已经三十二　并无男女来出世

暗流目汞无讲起　转眼又到上元期

元宵结灯好日子　男来女去无停时

家家过节九欢喜　夫人因子笑嘻嘻

九郎夫妻在楼顶　见景伤情暗切啼

夫妻二人真不愿　双人跪下叩求天

怨天不公元照理　亏我元儿在身边

人人有子身边绸　人人都有男女儿

求天求地相保祐　庇佑早生好男儿

无男生女都亦好　子婿半子在身边

· 12 ·

609

夫妻求天来丁离　一阵清风舍香味
正是玉女来到只　借她腹肚来投生
夫人被风吹一倒　四来有孕兼有喜
到了十月怀胎满　果真生了一女儿
头面生来真文理　恰水嫦娥共西施
名叫碧琚好名字　乳名就是五娘伊
聪明伶俐无处比　世间无人亲像伊
六岁就会做针只　绣龙绣凤真是奇
兔说计只伊会绣　琴棋书画尽晓理
九郎自然心大喜　精心呵护十六年
许时乡里人知机　有人相争卜气伊
九郎通通不允许　有人来问傻推辞
我子生来者伶俐　卜选富贵人子儿

第七回　鬼精出世

披发五鬼下潮州　行来行去一直游

·13·

全元所在可安宿　一时来到西街乡
行到西街林家厝　林家富贵姓潮州
员外叫做林威镇　李身潮州做公亲
心地生成十分多　正是潮州大奸臣
家有十妻共五妻　奴才姻婢数百个
可惜年过四十二　尚无男女来出世
威镇吃了在高楼　楼下男女乱抄抄
威镇面头看一见　一时目屎四随流
扛我家财者富贵　全元男女在身兜
求天求地相保庇　保庇着生好子儿
可接林家香炉耳　通承林家的宗枝
许时披发五鬼精　听见威镇苦苍天
求天着生好男儿　我今投生正合时
能得此家来出世　也是富贵人子儿

第八回　林大出世

二月初十二更　鬼精飞入绣房里

·14·

610

许时夫人眠未醒　化作清风冷微微

吹入夫人北肚内　醒来有孕在身边

到了十月分娩时　果然生下一男儿

取名林之好名字　通接林家的宗枝

林大生来多教示　歪嘴胡秋如狗精

面黑目吐凶无比　小鬼夜叉一般平

林大做人真多死　归日吃饱游乡里

生言造语小讲理　害人冤家归大皮

十三四岁就作多　终日吃了游东西

有人敢说伊几句　就会土伊弄鼻狮

强妇妇女伴伴会　无惊眉边人半丝

人人惊伊像惊虎　有看也着假不知

第九回　益春出世

潮州城外一姓汪　汪厝有一名汉江

家境清贫勤善趁　勤勤俭俭地做人

积一成十十成百　后来年年可美田

汉江娶来一妻儿　夫妻恩爱心坦然

只碍结婚六年间　并无生子心不安

求天求地相保祐　保祐有生男共女

可接汪厝香炉耳　通承汪厝的宗枝

焚香正好来到恳　还无所在可投生

听见两人同求天　化作清风冷微微

夫人被风吹一倒　四来有孕在身边

到了十月分娩时　果然生下一女儿

取名益春好名字　夫妻二人笑味味

益春生来真美貌　景像观音一般样

汉江两人得力疼　不识夕说来骂伊

第十回　黄厝做姻

益春五岁许一年　汉江夫妻得大病

大祸临头无法医　双人相继归阴司

一可怜五岁益春子　生活着非非伊厝边

厝边嬸姆太无量　恶言恶语来骂伊

611

后来将伊去卖买　卖去黄眉做婤儿
许时益春才七岁　就来跟随五娘伊
莫日坐立都做阵　亲像姐妹一般样
益春做人好嘴水　言语温顺人欢喜
黄眉全家都甲意　亲像自己的女儿
无看益春是婤婤　无看益春是奴儿

第十一回　兄弟下愿

再说陈职两子儿　日夜勤苦读诗书
到了正月初一旱　兄弟读书无停时
家家欢乐过新年　天开天门庆贺伊
兄弟跪落就说起　双双跪下拜谢天
大兄跪落就说起　弟子正是伯贤儿
在这泉州朋山后　日夜勤苦读诗书
　　　　　　　　保佑功名会成器
金榜皇苍相保祐　保祐这科会得中
千恩万谢答神祇

伯贤跪下说完毕　陈三跪着说因伊
伯卿宝来在陈厝　年登十四少年时
一心爱卜来选美　卜选水某在身边
全望天公相保祐　保祐龙得好妻儿
那有水某可相对　千辛万苦无推辞
伯贤听了大受气　一时大骂小弟你
功名才是大代志　人人祈求才合宜
婚姻买卖是小事　不可说出因伊
又兼主婚由父母　远可自己去主持

第十二回　上京赴考

伯贤伯卿两兄弟　莫日攻书无停时
各州名府都知机　京城考试又到期
陈职心中有堆畚　开箱开箱提金钱
吩咐两子上京去　进京赴试莫延迟
伯贤伯卿上京来　两人一路笑咳嗨
雄时进入科场内　专等皇上出题来

612

兄弟专心做等待　宁相学台出题来

题出周唐许二代　又兼郭旭平文载

伯贤见题心欢喜　举起笔来无俘时

下笔成文快如箭　答卷文章达七篇

陈三文章亦入理　所答文字人称奇

句句表达通情理　篇篇文卷无差迟

第十三回　官封陈家

学台文章批完备　出班奏与君王知

本科尾省泉州村　朋山陈职两子儿

文卷全科数一二　盖倒全科诸学子

拜请君王出圣旨　须着要职去封伊

皇帝兄秀传圣旨　召伊兄弟入城池

圣上顿时有看见　满心欣喜笑咪咪

所挥两生皆文理　金言玉口受封伊

官封伯贤为运使　镇守广南两城池

又见陈三好利器　聪明伶俐好人才

·19·

年轻有为真可取　封为新科文秀才

又封陈职为太守　官封知府在潮州

管理赵州一州事　钱银粮库付伊收

兄弟受封心欢喜　一齐落金殿边

圣恩谢了回家去　回到家中好威仪

收立旗树扁金字　父子打扮赴任时

第十四回　上任潮州

三月时节是清明　伯贤上任广南城

来到广南的所在　满城官员尽来迎

伯贤为官真清正　运使官星大出名

运使出名且慢说　陈职上任潮州城

当时陈三做阵去　亦和老爸做阵行

许时陈三十六岁　尚未匹配好亲成

陈三来到潮州城　伯卿两字真出名

又兼稳明共伶俐　人人卜配伊亲成

好得陈聪有主意　有人来问便推辞

·20·

613

第十五回　五娘前聘

我子生来着伶俐　无好亲成暂未是

潮州城外后溝村　九郎之女名五娘
闺名碧琚好名字　生成棕致又秀气
肤白唇红玉嘴齿　亲像嫦娥无二样
父母爱遂好头对　无有定聘收人钱
探听陈职名声好　卜配陈三做妻儿
陈职许时也知机　知道五娘好品女
聪明乖巧又伶俐　和我儿子一般年
陈职九郎各欢喜　打算订下这章事
后来就嫌路头远　对头放下勿提起

第十六回　运使寄批

陈职告老官不做　伊子运使寄书回
特此书信拆开看　果然我儿寄家批
看了家信便知情　就与陈三言分明
孙兄今日有批迫　批中说到一事情

-21-

现时伊在广南城　爱得尔嫂随身前

看来无人可作阵　算来只有尔通行
陈三跪下应一声　爹亲叫我着行
兄嫂那是我送去　正月初三便可行
就叫安童挑行李　直到潮州不迟疑
陈三宿店有主意　爱卜街上看灯宵

第十七回　五娘看灯

潮州元宵好风流　家家仕女可以遊
头前后面是娴婢　中间一位黄五娘
陈三一见无思量　灯前灯后一直遊
看见这位水姑娘　额容身材好模样
陈三许时看一见　头暗目暗全不知
一时心肝拆签离　未知谁家好菜栽
遇着李姐忙叫伊　赶紧揬到她身边
李姐问伊乜代志　有卜代志快说起
陈三开口就问伊　请问李姐你必知

-22-

614

你知中央水娘子　是公富家人子儿
李姐随时就应伊　就共客人说透机
伊是黄眉九郎女　小名叫做五娘女
陈三许时亦想起　正是富贵千金儿
此人生来者标致　那对别人卜怎年
五娘上街去看灯　益春李姐随后行
三人行到广门外　遇着秀才陈伯卿
陈三看见失神去　只位五娘好青春
能得这人来做某　恰赢汉王对昭君
五娘看灯无思量　看见陈三好模样
会得这男通相对　恰好水鸭共鸳鸯
两人心肝抓奈高　目尾相看笑咪咪
一个爱娘好模样　一个贪君好后生

第十八回　陈三失扇

陈三故意失落扇　爱卜找扇做因伊
李姐看见便拾起　来共五娘说有扇

·23·

此人岑步来找扇　想伊定来心无疑
扇上有写陈公子　我看必是好男儿
五娘听说就晓理　苏扇拿来我看诗
现在虽然失落扇　等步来找卜怎年
你今暂时且收起　失主来找可还伊
益春看见有名字　就说陈职许其时
伊来潮州做知府　带有一位好男儿
大人许时看一见　想卜阿娘去对伊
只嫌泉州路头远　对头无提放一边
此人若是陈公子　许时无成真伤悲
五娘听娴说起来　就骂益春你那知
陈职做官人返去　公有公子只路来
院爹前日梅识说　做娴的人仏也知

第十九回　陈三找扇

五娘骂娴未了气　陈三找扇来问伊
二时开口便问起　只处失落扇一支

·24·

小人一时都忘记 找来找去无看见

小姐若是有拾起 请还小人总可以

五娘回头叫益春 益春扇有拾着须还君

益春听说就晓理 带着苏扇在身边

陈三失扇是故意 爱看五娘才障生

五娘将扇还给伊 陈三接扇笑嘻嘻

一个爱娘好模样 一个贪君好后生

益春看娘者有意 就问阿娘你怎年

咱是看灯来到只 不是看人安尼生

五娘听说就知理 不敢和君再支缠

陈三看娘随娴去 随时返身也走边

五娘看灯心头问 想卜上床倒例眠

倒下眠床困圣去 一心想着灯下郎

陈三看灯无思量 想卜爱围脱衣裳

五娘脱下衣裳围圣去 一心忆着灯下娘

脱下衣裳围圣去 广南送嫂

第二十四

.25.

潮州景致果然好 陈三心想爱志志

着先送嫂到任所 不敢再贪只风梭

陈三心内着一惊 现时送嫂广南城

只是五娘相挂吊 想无爱行也着行

此时送嫂宽心定 三日便到广南城

陈三虽然在广南 心想五娘定伊贪

又兼潮州景致好 若无再去心不甘

陈三心想后街乡 爱卜潮州找五娘

来到就共兄嫂说 我爱读书返家乡

大嫂说与三叔听 这事须问尔大兄

恁兄那是先你去 随时尔便可以行

陈三只想后街乡 爱去潮州探五娘

真话不敢共哥说 假说读书返回乡

这使听说问一声 你卜读书返泉城

你果只处来赖久 因何化紧就卜行

我今不敢强留尔 卜行明天就可行

.26.

616

三叔既然卜返去　尔嫂吩咐尔着听
出门不比在厝内　高桥险路小心行
花街柳巷不通宿　路边野花莫得行
返去文章专心做　日后金榜定有名
陈三笑笑知影　拜别哥嫂便起行
过了广南三日路　番身已经到潮城
此时陈三到潮府　五娘已配人亲成

第二十四　匹配林大

林大上街去看灯　看见五娘就动心
全身打扮十分正　赢过南海观世音
林大李是多子种　看了五娘怎能忍
爱得恿来通做某　冥想日想目沉吟
趁紧来去找媒人　就共媒人讲分明
黄眉九郎千金女　名叫五娘真文明
有心焦伊来做某　拜托共我作冰人
媒人听说便起行　去共九郎说分明

·27·

阮厝潮州西街乡　林大家富好名声
家火厝宅无处比　爱卜五娘做亲成
未知长者意如何　好歹共我说一声
九郎听说就左伊　陈职做官许期时
共我五娘相匹配　配伊陈职的子儿
陈职离任三年久　并无批信相通知
也无消息来退定　卜梅是实不知机
这事须着再等待　不敢再允这亲谊
媒人听说应大声　长者听我说你听
陈职做官人返去　伊在泉州咱潮城
而今已有三年久　必定再选别亲成
咱今西街林大郎　钱银厝宅百般全
着将五娘匹配伊　免得得罪林大郎
你那这条卜等待　便是做人无耽当
配许林大好头对　员外免搁想短长
九郎听说话有通　就将五娘配林郎

·28·

617

叫伊送聘共定礼　天配良缘好相逢

媒人听说心欢喜　立即报与林大知
九郎这说千金女　愿意配你无推辞
你着赶紧去办理　叫人看日写婚书
林大听说笑嘻嘻　快快上街无延迟
三月十四好日子　林大差人送礼仪
礼物办来三十担　九郎看见笑味味
这是我女的福气　姻缘才会去对伊
将只礼物来收起　真去共子说透枝
子你真正好八字　姻缘匹配林大伊
五娘受气骂爹娘　不通将子去配伊
那卜将子配林大　日后岂不误子身
林家现时真富贵　渐时富贵日后贫
进中上高元伊份　刻骨割肉是伊身
好花亦着好花盆　好女亦着好郎君
将阮好花插牛屎　岂不误子的青春

.29.

第二十二回　媒人被责

媒婆不知五娘意　真入绣房喊贺喜
恭喜小姐大福气　今日正对富贵儿
五娘受气骂出声　泼妇说话我不听
听说林大是多子　对伊不是好亲成
我是恨你做媒人　无好子弟害人
婚书共我退回去　五娘不是林借人
媒婆女委屈且忍气　去共九郎说因伊
将我冰人骂半死　你看此事卜怎年
九郎听说有主张　亲自入去见五娘
姻缘半是天注定　子你不可自主张
子你今日配林大　再嫁别人免恩量
林大家财元处比　伊是富贵人子兑
你爹将你定给伊　劝你不用多猜疑
五娘跪落求爹亲　不可将子配许人
你子全来参多示　岂无佳人配才子

.30.

618

林大听说是多仔　埫时富贵后会贫
自古田园无永远　十年胜败许多人
若卜将子配林大　岂不误了于一身
九郎大气目头红　大骂碧琚不是人
我惜你是深闺女　因何敢说天富娃
你爹有收人聘礼　子你就是林眉人
从亲主婚由父母　那卜跳塔是梅通

第廿三面　五娘悔亲

五娘不愿心头酸　天光起床不梳妆
父母将我允林大　就死爸入林眉门
益春看娘者无意　动问阿娘你怎年
目周么会甲化叫　面色么会甲化奇
五娘将情说透枝　前日林大送盂仪
但恨父母主意　将我一身去配伊
恨我命运过样多　不如死掉陷便宜

完说

咱厝花园一古井　那卜跳井是怎年
益春劝娘心放松　跳下古井决不通
林大一人无相定　再选郎君岂无人
记得元宵许其时　有一郎君好人儿
会得此人来相对　阿娘你想是怎年
五娘听说面越边　卜等伊时能再见
会得此人来相对　着等黄河澄清时
前日从咱只路过　下日返来心无疑
五娘共娴说一声　你有好许说我听
想伊甲咱不相识　卜留伊来总爸成
益春说平阿娘听　那卜留伊事就成
好将心肝先岸定　卜选郎君你免惊
咱今从古来理论　刘府千金选郎君
绣球投给吕蒙正　到底两人也完婚
阿娘自己也识字　可写罗巾包意思
若有才子相定意　将这罗巾投乎伊

五娘听说心虚微　未知这事是怎年

卜对林大决不愿　得意郎君待何年

第廿四回

三月过了四月天　四月十五月光冥　五娘拜月

五月心乱因焚去　偷身来到花园边

花园亭内月色光　五娘看月心头酸

月老推千无公正　今冥月色几化光

想起阮身配杯大　死也不入林厝门

不觉身到后花园　心头不愿心更酸

我今将情告月老　保花再对好情郎

五娘点香又点灼　诗书排列在桌床

双脆跪下桌床　亲与月老诉短长

五娘出世在黄厝　求天配对好情郎

只恨我爹共我妈　将我匹对杯家牛

今拜月老拜四拜　保花再对好丈夫

益春看娘告苍天　亭前桌上有排筵

·33·

随嘴共娘说好话　阿娘会对好良缘

五娘欢喜回身近　愿再忆着灯下郎

归冥无眠目思想　不知许人在何方

四月过了五月天　五月莲花开满池

五娘无心看景致　坐在绣房乱伤悲

罗巾拿来绣几字　卜送郎君好男儿

不知如意何期到　归日想思又想思

第廿五回

五月过了六月天　六月荔枝正当时　陈三过楼

五娘益春上楼去　共同欣赏红荔枝

陈三骑马楼下过　身骑白马好威仪

益春赶紧共娘说　楼下这位好男儿

头面生成真文理　灯下郎君一般年

阿娘若要送如意　手帕包荔投乎伊

五娘半信又半疑　那是看错卜怎年

益春共娘说透枝　这是月老推千意

·34·

620

第卅五页

阿娘祝天有灵验　这人才会又到只
手帕荔枝快投递　姻缘注定无差移
五娘荔枝投下楼　陈三刚好越起头
肴见楼上是美女　一时欢喜满心头
两粒荔枝包罗巾　陈三畅甲笑咬咬
想只荔枝投乎阮　必是有意选一郎君
将此信物收在身　就可作证做为凭
不知何日可相会　不知何时可成亲

第廿六回　李公用计

一鞭打马入潮城　快请李公去探听
李公见是陈公子　一时近前问一声
陈三共伊说因单　院爹前年来做官
店这潮州三年久　就是和你有交缠
现今小人有一事　着来请教问因单
昨日楼上下午时　楼上美女吃荔枝
投下荔枝作为记　未知此是谁家女

·35·

第卅六页

小人为只相割吊　思量无计通见伊
一时想卜学裁缝　想来算去也不通
请教李公相共想　日后恩情不敢忘
李公听说就知礼　伊是九郎的女儿
前日林大来定聘　父母欢喜收人钱
无是伊女心不愿　才会对你投荔枝
我今共伊想起来　林大定聘是先来
伊爹既然收人定　女儿不敢自取裁
人说父母收人礼　子女跳跶无几个
三舍你是好人子　不可与人相争妻
争得那赢无打紧　争得那输起冤家
我劝公子不可做　重人婚姻是无好
人说庄前生瑞草　又说好事不知无
陈三心内自己安　在我想来亦不难
有只表记在我处　想伊参成不姓陈
有只媒人共礼仪　我有手帕共荔枝

·36·

那是乎官公平判　只有判我参判伊
李公用计有主張　卜去亦着有因由
公子不如学磨镜　打破宝镜作因由
假意卖身赔宝镜　卜想因女必会成
干柴那是近烈火　想伊五娘事必成
陈三听说好计智　感谢李公情如兄
请伊磨镜来教我　送你白马作谢仪
李公整理磨镜担　说破功夫教陈三
功夫教我学到会　亦是问父的名声
陈三巧子真杀才　一学功夫学全来
李公看见功夫好　一时畅恰笑狮狮
陈三做人真谦虚　磨镜学会头就如
拜别李公担挑起　卜去后街找碧琚
归马来换磨镜担　锦衣不穿换布衫
往日在家宝贝子　今日磨镜叫三兄

陈三磨镜

·37·

这个磨镜叫陈三　整起笼担共偏担
头中脱下换布帽　公服不穿换布衫
伊叫安童返乡里　速速起行真延迟
这是陈三卜障做　肩头那疼记在伊
手拿铁板摇几声　泉州磨镜来潮城
前街后巷不爱去　直往九郎厝前行
慈厝有人卜磨镜　劳烦共我叫一声
黄厝一娟名益春　看见磨镜笑哎哎
阮娘有个照身镜　许久元磨要乌云
师父请来厝中央　看伊面貌真斯文
益春入去见阿娘　这个磨镜卜磨快主張
娟儿叫来厅中央　宝镜卜磨好排场
阿娘那卜远头对　磨镜卜磨好阿娘
五娘一声鸳鸯春　磨镜仑有好排场
登看对嘴左五娘　磨镜真的好抛场
阿娘自去看　磨镜生水如沉香

·38·

622

五娘听说无做声　益春抱镜随后行
娘婿行到厅边角　五娘看见着一惊
世间那有美男子　竟然来做磨镜兄
自古至今来时比　宋玉潘安真出名
士奇三伯虽然水　我看不及磨镜兄
今日这个看一见　客院相思乱心成
五娘心思尚未定　益春抱镜到大厅
陈三上前来接礼　五娘回礼不作声
五娘斟酌再细看　看来不像磨镜儿
丁个指头即秀气　想来真去心跳跨
卜是前日马上使　今日仕卜阮厝来
五娘越想越觉奇　但恨爹妈无主持
将我婚事配杯大　不如配这磨镜儿
元说杯大我元气　一说杯大气半死
定不好男满：　是唯独杯大我不池
磨镜司父多文理　未知池地人子儿

·39·

我着近前相借问　探式这人的根基
五娘动问磨镜兄　师父贵姓又大名
你看照实其阮说　详细说来乎阮听
陈三说与小姐听　小人家住泉州铖城
我爹陈职亲名字　广南运使我亲兄
名叫伯卿年十八　又名叫做陈三兄
益春就问陈三哥　咱着讲价才会成
人说采卖着讲定　过了争嘴无好听
你定爱多我爱少　元先讲价不会成
陈三听说就左伊　不通说出二钱
我来磨镜暂儿时　不想起钱返乡里
我学磨镜是忘忘　不是磨镜饲老婆
宝镜卜磨兑烦好　尽我功夫出甲无
泉州荔枝在树尾　潮州荔枝在绫罗
五娘听说心就惊　一说荔枝乱心成
正是前日马上婿　今日才会咱厝来

·40·

他柔磨镜是用计　就叫益春去泡茶

益春捧茶去请伊　看见身边一勃枝
近来就共隍阿说　有啥袁记花身边
五娘假意写媚几　你嘴化破卜怎年
做媚的人看晚理　卜下打破人眼臂

第廿八四　　打破宝镜

益春笑笑无俊声　陈三磨镜在大厅
宝镜磨好光如水　果然功夫真出名
益春近前去问伊　李公磨镜会唱诗
叫你问父亦着唱　唱那好听茶请你
唱得好听为主客　以后再请免论钱
陈三听说笑咪咪　磨镜自然会唱诗
记得当初潘文理　民国采花会佳期
智远采花逢仙女　刘赐采花结亲谊
唱出吉诗媚缘记　郭华假意表胭脂
我今有情您有意　刁亲共您说因伊

・41・

宝镜磨好快收场　陈三将镜照五娘

一照娘好好梳妆　二照娘脚三寸长
三照娘身花含悉　四照金耳两边重
五照娘眉如尖刀　六照娘目如英桃
七照白面王洁齿　八照嘴唇点胭脂
九照阿娘全身水　十照桃花正当时
一可惜和我叁相对　庇呢林大真克亏
五娘听伊说袜大　一切气心头酸
阮身不愿嫁林大　誓死不入林眉门
益春就写磨镜哥　你敢和娘说志怎
害阮阿娘咒重誓　磨镜工钱敢令无
陈三听说就走伊　工钱一园我勿池
小人都是土人害　瑞这头面即障生
嘉枝手帕我收起　磨镜工钱免提起
五娘这话不爱听　回头共媚说一声
宝镜磨好快收去　工钱提亲乎人行

・42・

624

益春行到大厅前　陈三将镜送于伊
益春来接三哥镜　宝镜落地做二半
陈三平喜又半悲　宝镜打破卜连年
望恁娘娴真受气　阮是尖手才障生
五娘听说打破镜　宝镜打破补参成
阮此宝镜无处讨　心头苦切无作声
益春大骂磨镜兄　打破宝镜侢无惊
这镜值钱无侢宝　今日不赔总参成
九郎听说大恼气　是么贼奴敢障生
这镜元赔无道理　你今打破卜连年
这是我子照身镜　看你一身值么钱
做人师父兔细字　习池打破敢不是

第廿九回　愿做家奴

陈三开口启九郎　宝镜打破我担当
磨镜功夫我所会　补镜工夫学无全
鲁中无钱可赔你　愿共恁厝扫厅堂

·43·

书法揽胜

九郎听说大受气　阮厝岂无奴才儿
宝镜价值无价宝　你只一身值么钱
五娘劝参莫受气　带念好嘴可怜伊
陈三伊是巧巧子　皮无值钱骨值钱
那卜卖身赔咱镜　参参千万着允伊
九郎听子说有理　卜收陈三做奴儿
三兄此时着写字　契立奴才做三年
陈三半喜又半悲　是我甘愿卜障生
甘苦乎你当奴叫　工钱赔你做镜钱
九郎就问磨镜奴　粗重失路你何如
田头园尾你管顾　人来客去你对都
陈三听说笼笼苦　粗失浮来梅识摸
头脚幼手叁关顾　那是扫厝差不多

第三十回　陈三扫厝

日头起来天大光　陈三打办扫厅堂

·44·

书法揽胜

625

外面扫到厅边角　内面扫到娘房门
五娘看见心头酸　多好才子扫厅堂
前日若无打破镜　今日亦免扫厅堂
陈三听说心头酸　你仌知院好人心
院在泉州亦富贵　今日着做奴才儿
因为荔枝作表记　甘愿苦差做几年
阿娘你着有情义　不可误院相延迟
娘仔你着相将就　可怜陈三来潮州
只处无人可依靠　全望娘子尔收留
五娘受气出绣房　甘荔扎说是梅通
你我从来不相识　再可说笑无杀工
我是看你好头面　若无大板打你身
你今那不快出去　我今卜报我爹亲
陈三求情说梅通　可怜陈三你一人
我来逗地元希奇　娘唯受苦实难当
五娘退身入绣房　心想陈三是好人

·45·

今日为我相割吊　那卜将就亦是通
第卅一回
益春行去见三哥　益春论亲
叫你甘荔是无好　我想着叫尔三哥
陈三听说笑哀哀　院今无说尔不知
因端起理为娘害　荔枝手帕引我来
恁娘那是无想我　陈三梅兔做奴才
益春一时应三哥　院娘爱尔来志无
心肝必然有想尔　日后姻缘兔惊无
陈三许时就应伊　不知恁娘意怎年
劳烦小姐相共劝　为恁娘婳才障生
会得恁娘相将就　日后恩情天如天
益春说与三哥听　泉州有心来潮城
有心钓鱼鱼会着　姻缘仈志兔惊无
做尔安心去扫眉　到尾必定结累成
院今共尔代思量　想有一许见五娘

·46·

尔若见得阮娘面　君尔就着自主张

明日早上天光　阮娘洗面须用汤

宣水共我代捧去　亲共阿娘镜短长

第卅二回

代捧盥水

五娘困到天大光　果然起来就梳妆

不叫甘荔来扫眉　光叫萱春捧茶汤

萱春捧到三哥前　陈三捧去到娘房

好嘴叫娘来洗面　看尔五娘高做人

五娘假意发脾气　贱奴尔敢障宜知

偷入娘房是大罪　我今着报阮爹知

看尔卜去亦是不　随时尔卜归阴司

陈三在房着一惊　赶紧就往门外行

回头敢共五娘说　吩咐阿娘莫作声

五娘假意唤水泼伊　泼得陈三一失味咪

尔今大胆不中去　店我这处卜怎年

陈三一时又转身　阿娘泼水以何因

（4）

娘尔总看共我七　那无伸手摸娘乳

陈三摸乳不甘放　五娘假意说粗迹

起脚动手无好看　五娘假意对西宾有人

陈三伸手去关门　强扖五娘倒下床

陈三看见安娘房　心气五娘着做人

五娘一时不得就　假意叫娟捧茶汤

濑边钓鱼早时到　游赏花园

第卅三回

游赏花园

五娘起身抑眠床　一心想着陈三郎

日日想念爹吃饭　夜夜无眠到天光

听说阿娘眠参去　萱春招伊游花园

三更半冥月色光　五娘捧到后花园

看到园中好景致　且看百花开不全

一枝牡丹已会蕊　一枝金菊已下开

狠狠叶叶郁相对　想我五娘真无亏

拐我一身记林大　不及花蕊伊会开

（48）

第卅四

子娘跳门问陆三郎
三更半实到花园
不认亲记

宥争近而说家话
元事刃忆记短长

陆三跳起五娘听
小人家住永如城

致伊割而来捆案
今日不会你屠行

子娘听信跳起伊
拔身再来投荔枝

卜是别人授半伤
陆身再来授荔枝

陆三气店于娘伊
你放忧名授荔枝

即是小人来投你
脚下是地状是天

登善功娘恳切段
相守甘劳在身边

炮烙花烛正金莲
三哥专专少年时

今日晚进在咱房
梅兔烦妆会佳期

二人论论在园内
陆三房内探听知

一时行出房门外
蔷身跳入花园内

子娘有见陆三哥
开出园门就卜行

登善抱娘再来看
伊是娘人咱兔房

.49.

子娘好嘴店三哥
那有也是投左忘

阮身晚进现林大
八宵再见你三哥

陆三听论乱纷纷
拜咐就求汪举击

唁娘荔枝投半阮
今日论元送郎居

怎娘山狮金元宝
陆我今好嘈城

谁知你娘者侥倖
乱投荔枝害死人

登善四当见子娘
陆三人好嘈看当

荔枝君是刃鬼杀
现序三哥今返乡

子娘共相侊透荔枝
我是和他说习池

第卅五回
再问情由

荔卜三哥专相时
我看专自来问伊

子娘行专兄三哥
你有侥幸审是无

家在永如那所在
从卜阮屠事击忘

陆三说手五娘听
小人家去永如城

园透寻嫂去少再
四月十五专游城

迥专楼茸希寻致
又遇阿娘授荔枝

.50.

罗帕荔枝我拾起　假意磨镜正行宜

打破宝镜做奴婢　故将割吊十二时

全望娘仔相怜惜　可怜陈三受尽苦

三哥只说阮不听　诗是周诗念着名

古先听是有官做　从小池阮做章成

阮姆美女都有有　不及阿娘你一人

子娘俊俏是梅迫　我是农家一个人

古先听说那有真　阮娘和你结烟亲

当今众人看是假　不可此地乱心神

陈三听说纪行丹　五娘卅啊事相随

二人相思房中去　思想情郎

第卅六回

五娘养娇房　想看陈三月头红

千般美样都不想　专想陈三尔一人

五姆含春坐孩房　生这生子来迷人

情唔公有巧文毋　将我一身许梳夫

院堂真是巧主意

有心三哥来院唐　莫日想伊共伴时

早知今日这我意　当初不放拾荔枝

三哥十分这我意　林大又我不池

明知林大是我子　才知陈三是好儿

听伊嘴说好人儿　不知差宗是恶年

若是三哥这姿客　想伊骗我亦不戏

当初知我伊掌做　现时这使是伊兄

琴棋书画样样会　咱说伊家真出名

可怜为我亲游城　揭共陈唐拍大厅

陈三这地拍大厅　寻找公子

第卅七回

想我三子探消息　伊掌诉唐州安童

你掌家中出会俗　问伊府县想不通

安童去到阮街　金世府县四子

情今看有几者久　角见园何说一场

陈三稳平安童听　问伊国何不回子

陈三稳平安童听　九郎拍我做事成

因为姑相面家，推延到今些法行

我看举到成婚了　才令近四年到城

当室传今光边　此情说与我室听

立章院下说步声　咱唐做官好名声

么卜五娘相割书　早晚定些好名城

陆三听哪真做声　时人不说这事城

是我甘愿小婷做　初才会底激城

终今共药光追去　我看别日才令行

许时室章追走了　听尼二人说因伊

早到室章过尽边　事问三哥如根枝

头下这块天中坐　还亚院了叫三哥

宵心大志得界将　少人我你面是些

陆三共娘说因伊　我爱差人来问儿

州我看追求的志　不可一时过一时

但恨徒娘姓立意　此事相误卜立年

弟坤八四　　　　陆三写诗

·53·

书法练线

堂美心想一计智　陆娘以为读书话

三哥也可写儿句　只我差哥接手伊

陆三听见拈件故　手提纸笔写书诗

字字写来风流意　句句记心少手时

风流事去写书纸　堂哥提去笑时味

陆三随时写完毕　西经定情些书纸

一直提到后房内　放和给莲些人知

卜娘入房随者兄　后莲小宵一张字

字字句步风流意　句句写来少手时

读来读去宵书宣　看去看来机相里

知这书以人做宾　宵我看着机相里

卜是陆三用计段　卜害陆哥忆着伊

可恨堂哥饿洞埠　以敢共人代提诗

只是十分者大胆　养去州来试问伊

西娘发高问洞心　后莲伊有一看结

字其　　一句右些来　后莲宵结陆不知

·54·

书法练线

阿娘亲目曾看兄　么私说阮提书读

阮你把姑真正寻　这番正是阮提读

我把缘房当人到　谁敢做事欺洞心

娘你写我娄相干　写诗的人是姓陈

这番与我娄干过　和我查某娄相干

洞你这事那有知　陆三共我以伊来

看伊么事戏弄我　想伊这人真不该

（弟卅九回）　西娘爱诗

娘看直入缘房内　阮娘州你去志志

缘着直入缘房内　问伊么事读三哥

萱是听云兄三哥　西娘多诗写志志

陆三行到巷伯边　西娘多诗送不到

你敢写诗来手院　戏弄我身是无到

陆三听到惊一声　如人娄写志到惊

些天世理安报拕　些么世影装甲成

西娘握诗兄三哥　现有这张你统些

萱三伸平提书发　这是め人写志志

'55'

萱日四处恰芒好　写这儿向恰弹世

金些娘你真爱气　陆三不已爱风校

子娘爱多妻连天　你卜想阮么烟缘

因扒写诗真写窝　动娘些同挽短长

陆三行到娘房内　么娘看着打才皆然

写诗的人那着打　荔枝投下阮姓当

我不打你投荔枝　娘你教打阮写诗

投下荔枝未害我　写诗半你岂有奇

西娘握起四米殿　咱是千金人子女

父母将我记林大　当初才会投荔枝

投下荔枝如人意　窝院想伊么情时

这是咱口响自择　老今相误卜怎年

三哥卜知咱自意　你卜想阮做亲成

西娘娘与三哥听　你卜想阮做亲成二

陆唐把我记林大　西娘何爱陆三光

'56'

631

记得三哥耳是好　伏了林大把事成

父母好我乱林大　再记陆三去不成

幼侄三部着主意　为一叔我费心成

荔枝相误走再往　真帖宝意讲居听

第四十四

陆三眼兄事不成　假意卜返泉州城

被悠姑娘来相瞒　所致我看来游城

我今这事无思虑　收捡行李返回乡

父母生我命着者　眼目梅迫退贤娘

那眼乎娘当事多　当初么可投荔枝

看来婚缘难成就　我看返乡才合宜

投下荔枝说世意　里我发善者多季

看来蜗角无需争　放起行李莫迟迟

多提色桃考南平　想来好买也好娶

此人号日有冤家　阮厝乙是克方伊

—57—

因我两人风流事　无山月将批才陸生

三哥一定卜返去　不肯再等一年时

幼侄三哥着主意　今日不可陸行宜

我愿三哥决到尾　因归卜去世相辞

小妹你说我也知　我书为娘好才

谁知您娘者不是　荔枝投下世定敢

陆今卜返泉州城　着其小妹好相辞

莺莺共学三部听　千万停脚来走行

你都有心书攀镜　卜怜阮拮今亲娘

今日么可有冤家　世辞阮拮我乙池

小妹听我说莲枝　您娘偎律我恨伊

世拮您拮我世意　诞别您娘我恨伊

台姐乜世情节恩意　我才不愿去相辞

我小轻岁退家去　更手您娘来相瞒

—58—

632

登喜当见伊下行　快其阿娘说一声
三爷坚心卜遗去　娟姜放咱伊伊梅听
阿娘不肯是伊代　登喜参去当娘见
丑娘听说着一惊　放下针线出去万
甘荔荒是卜遗去　我着其伊抱一声
阮娘当时考伊约　收伊为奴抱大厅
约定三年期考满　因何大胆赴卜行
陆三听说气冲天　小人其娘岂世缘
今日当修相别平　一肝如我岂相连
荔枝手帕行授不　不是陆三爱凤梭
俏今用心来相模　模我担厝摆盒奴
锦衣存袂我娘了　白马金鞍由你娶
失喜锦衣我娘弄　失其白马共花俏怨
此去乐如路头远　梦骑可骑卜马行

.59.

丑娘听说娄店伊　四头共娟捉固伊
听伊今日障默抵　咱当三爷梦了时
唯着放咱半伊声　白马卜池娶半伊
登喜起出去娘说　伊今打接障行室
小当澈娜随娘说　卜迟乐娜随咱伊
白马卜池娶半伊　不敢当君相迟迟
阮娘本是卜世女　不肯对这妈才儿
马周去年六月时　娘柳楼上岐荔枝
授下荔枝阮世意　打破宝镜伊习池
这是陆三爱凤梭　不是荔枝左岁罗
咱厝风九拾娄好　劝想正业想为恋
陆三楼起四头茎　当初卜做伊家奴
世是娘子全相候　害我娄做担厝奴
娄世想我半上情　接伊相害卜如何
阿娘考喜心肝相　二人叔州陆三奴

.60.

伊邦相思病就死　其阮抱娴乜奇行
伊邦死去卜赖阮　阮厝世情事丝画□
如才阮厝有处讨　像伊陈三兔除势
莫侬共类耳后泊　平宁男杉阮厝行
那是提文共查某　连功去出乘是势
伊邦卜去做侬声　贵卜当阮声是势
陈三受气出声　不甘不愿返泉城
邑桃背起记卜行　雨伞挐起随身行
第四十四
五娘亦见高会思　娘功娴留
我想不甘手伊去　一时快去州莺莺
莺莺贵者不愿　纱着赶好去当君
两人小梅是福气　想卜当伊而是难
娴仔是娘仔福气　若娶平生有莺莺
娴仔听我说厝囝　娘娴相随到□今

.61.

这次你看相共劝　让伊知这咱真心
娘仔说话邦有定　莺莺才教去单兄
日后势喜我找讨　娴世阿娘结阿哥
莺莺当也兔除德　三哥英返你有功
伊邦娘仔三哥迫　日后团陈不我有
娘仔说话邦有影　娴有数去当伊兄
三岁养作二岁意　二岁再做一步行
手拉三哥两车尾　话你传脚未迫行
人传有言说相诮罪　功尼你着放一边
荒有言说相诮罪　功尼你着放一边
陈三听说气喜去　月尖你今再团圆
陈三听阮气我去　是您娴娴不收迷
我今卜邦乘你去　娘贪您情喜相欲
您娘甚心做势意　作出势情喜相欲
娴邦卜当乘是假　我今单句引以伊

.62.

第四十三回

荃善苗年

荃善相劝你看听　　三郎千万未迟行
你看绣脚且当步　　听我共你说一声
院内寿正有实意　　当初才会接寿桥
功绣三奇心到动　　院狼有心卜当郎
这事一定会成就　　居按写来兄儿时
今日当君若世近　　小姐独命起洞王
陆三听说有实意　　传脚苦步再问伊
惩狼有心卜当阿　　烟缘大事待何时
登寿寿君德逮接　　月老批近有定野
色祇雨年我收起　　烟缘子志自有时
陆三欢喜从伊动　　两人相恋入大门
子孙岁桐当有返　　荃善出来兄三郎
寿绣受气是极迟　　陆身正是你密人
农尼绣去是做亲　　笑口思尼十二时

第四十四回

荔枝若是投尚心　　那起林大永远梦
你寿后室且当宿　　子孙办教误三郎
陆三要宿去院堂　　子孙思君心来发
日间想君参吃饭　　夜间若睡到天光
想来想去想如是　　到后改问是计智
一缘凤凰牡丹时　　二缘笔寿去道池
三缘美善对金窝　　四缘鲤鱼戏水时
五缘金童对玉女　　六缘平郎时得女
七缘珊瑚连海底　　八缘玉寿对金杯
九缘你抱花树底　　十缘沉香引玉花
子孙到绣脚尔软　　四内越起心越骏
人人柳找如头时　　可惜玉娘时林郎
林大州是玉狼意　　三郎才能我发池
谁人托得我寿返　　千两黄金告诉伊

第四十五回　相思问病

一心爱时好姻缘　对你三郎天推个
天地教来千万里　一门妻子儿百年
日想冥想芸人知　急报林大催亲来
日择今年八月尾　五娘兄弟苦哀哀
陈三同时探听知　苦主四头病就来
五娘听起三哥病　就州登楼去问伊
堂堂行去到绣阁　只见三哥侧立床
听问三哥是小病　着请医生派药方
陈三听说就应伊　我今芸说你不知
若是五娘相割舍　三哥才会病为娘
着是远来兄阿娘　三哥远病是为娘
芸人医得三哥病　医生着请芸五娘
五娘听说就知机　真人居堂去问伊
你今芸虑共芸惶　敕来作再三哥病

·65·

第四十六回　双人立誓

一时轻声叫三哥　你病是好亦是歹
三哥这病那么好　五娘就来为你医
陈三病重十二分　由你苦痛参为着
荔枝休怪阮退阮　五娘听说陆来速退
五娘听说日头红　三哥出论论梅通
五娘若是会做愁　三哥宇是会医人
自从三哥阮面来　阮今思想君居阮
头晕目暗芸说起　想起三哥病就来
一束掌居芸说起　二束相君有妻儿
以妻一段起一马　一马两枝不合宜
今日那卜相好就　下日柳该卜医弄
陈三劝振就用诚　刘信卜誓手指听
四川卜字是我叔　度季这使我亲兄
一声叫有我自己　荔娘娶妻专身也

·66·

天宅卜而媱来相对　夫妻和好到百年
天地神明作证兄　不敢论说事相欺
若是二心共二意　一事生命归阴勾
子媱兄居兒是奔兜　一时疏下拜神明
碧蝶安是漂闺女　拿选郊居陪伯卿
父母好我郭林火　子媱不满是实情
天地神明仍记兄　媱与三哥结百年
是故高恩忠背义　不看下代人子儿
感诚阿媱浮娃娃　与恺林大些送理
强卜子振去做某　误陂夫妻卜运年
陸三劝抚英扬想　咱是有缘才陪生
伯卿君是俺心傳　孙苓下代的子儿
以人有情兄肖义　一穷下拜诉天
傷数月心放飞客　百年夫妻些错楼
碧天俸你凤凰鸟　下地结俩连理枝

·67·

夫边渡角芙放弃　安人来外随身边
第四十七四　当天下纸
双人立誓来拜天　陆三问媱山根基
咱今成亲何时郭　若是传之模佳郭
五媱共居抗逢枝　今日晚上二叉时
家甲大力人围转　恰君成亲而围圆
陸三听抚有缘分　媱娇殉定是今宴
我司阿媱有缘今　剪烛挑千会佳郭
娘君恰人相定意　月老排千会佳郭
多媱抗手三郡州　姻缘注定佳免宴
承你有缘寿到巳　你其我愿往成亲
我须放器去判缘　你看放好去抱石
一日世兄陪穿面　碧陂差人害撩听
咱着一人行一边　不可有意相爱缘
夫妻立碧些反悔　成亲狗定是今宴

·68·

日长小巷是黄昏　陆三内心乱纷纷
放罢晚饭差参婚　等待多孤寡今暮
碎心苦待二更时　此兄为娘来到心
陆三四想起奇异　今暮此事是写真
卜是伊讲诉世定　因何不见子娘面
约定今暮小成亲　还是伊母未睏眠
我今坐在房中等　子娘敢参害媒人
昨日是伊亲口招　想伊敢参害娇姿
谁知子娘约此步遊　反复又想不风流
就州举县去返约　花娟今暮世清遊
成亲也须好日子　今暮有月而举圆
哨今着等中秋冥　夫妻成亲两团圆
姻你着去共君说　共君再约十五冥
堂亲行到君房内　陆三欢喜省省人来

·69·

是婚不知娘是娟　抱着堂亲笑哈哈
堂亲假意挣作声　试考陆三是样行
许时约定世拖记　喜喜笑笑不出声
陆三不知此是娘　抱着堂亲结拜堂
堂亲想了喜好笑　我今是娟不是娘
陆三许时世思量　娟诉堂亲笑一场
特今么更降出做　半我知知此是娘
陆三许此处这处　以伊又内免思量
为娘若猜俗事这处　今暮陆娘伊参参
三哥叫我花诉知　免为三更世东西
陆娘以我范返约　今暮堂亲
第四十九回
那娘世事都亲好　卿今堂亲
哨今下事虞成饭　特你去事好方正
今日送考那世吃　下日再读永是婚
哥你不可乱心意　你也从外有读书

·70·

岁花不开并连头挽　阿娘那知今会相阁

遊说娴心定伊弟　送子三哥言不他

姝海听我话处理　又生诉好来降些

老鼠的来会猫童　即卜再抄些这时

哥子听我话身惜　偷着和姐先成亲

娴缘偷姐听哙你　阿今共居睏成眠

偷姐说谁那有理　下日相会亦未迟

你那有心卜池阵　阿今成亲卜何时

哥子听我话团伊　我今成亲卜此时

娴缘偷姐听团伊　阿娘约尔十五冥

哥子听我话团伊　月下成亲会佳期

十五月先相会　十五月光好团圆

一批夫妻亦团之　半年来约亦甚妙

阿娘说谁那有通　我等十五才相逢

今冥有尔来势约　初会风流

寻子十四　

五娘等到中秋冥　看见中秋月大圆

．71．

心里欢喜美满意　恰是约会在今冥

跃越琦花撼一阵　卜和三哥去成亲

早送父母上床睏　自己亦敢睏眼睏

宽心等到二更时　父母睏去全不知

开出房门偷出去　轻脚细步等人疑

花堂行去到后名　并烛大为人会知

想着三哥人惊好　挂灯挂火暗暗来

陈三房内先苦待　爱见五娘笑狮狮

双手牵娘房中去　曲人坐下说起来

娴姆看见我干埔　陈三伊手摸娘乳

偷姐有情居有我　就搂一刻佳千金

尽尔有情阿有心　双唇摆寿苦尽甜

咱今此会看相迨　姻缘些你值万金

陈三脱衫又脱帽　一身肉白如梭

今冥和姐做陈睏　亦可和姐说为心

．72．

书法横线

子娘脱衣又脱裙　　　一身如同白如银
今宵同君做陪侍　　　面前平躺两新婚
两人倒下做一头　　　头面相向去相交
君手抱娘身下进　　　娘手平君做枕头
一声虾犬妈光光　　　娘见君娘做一身
陆三想起心就动　　　小撑子娘如花园
下身事近娘身去　　　以嘴舌娘去看考
子娘共君说言音　　　陆急去弄小新琴
妾身三哥侍奇弹　　　从如此般到如今
尾乐卜孙着小字　　　不可打破陆花心
陆三欢喜笑笑狮　　　新船着股陆也知
船弄船子我整候　　　下门水路娘月开
子娘打起心岸定　　　千里万与陆世塘
洞关险娘石兄把　　　岂伊孔如就宝城
陆三以说这种代　　　战场梆如卜相引

·73·

书法横线

春身爬起娘身上　　　宝剑银枪拔出来
子娘伸手去接伊　　　以姓先锋着主持
按小枪去卜入春　　　不可打破陆城地
陆三任细弄花心　　　子娘进去月沉沉
入间风流第一好　　　新枪一刻值千金
陆三四处喜欢春　　　以般心色恰际生
机源依境香微粒　　　那有风流生依奇
二人适意共天名　　　那按那投交家家
一下风流进了意　　　上吕香竟到下吕
子娘鹅弄真进意　　　那会到际生
按妈面御色独如　　　以段新婚
子娘头如共整敬　　　欢喜新婚许一时
公婆生我一身己　　　一时英君说因何
陆三畅甲满头汗　　　今宵恰君才降生
洞关险娘不兄把　　　今宵和娘初相交
夫妻品去千万晴　　　今宵才是做恰世

·74·

640

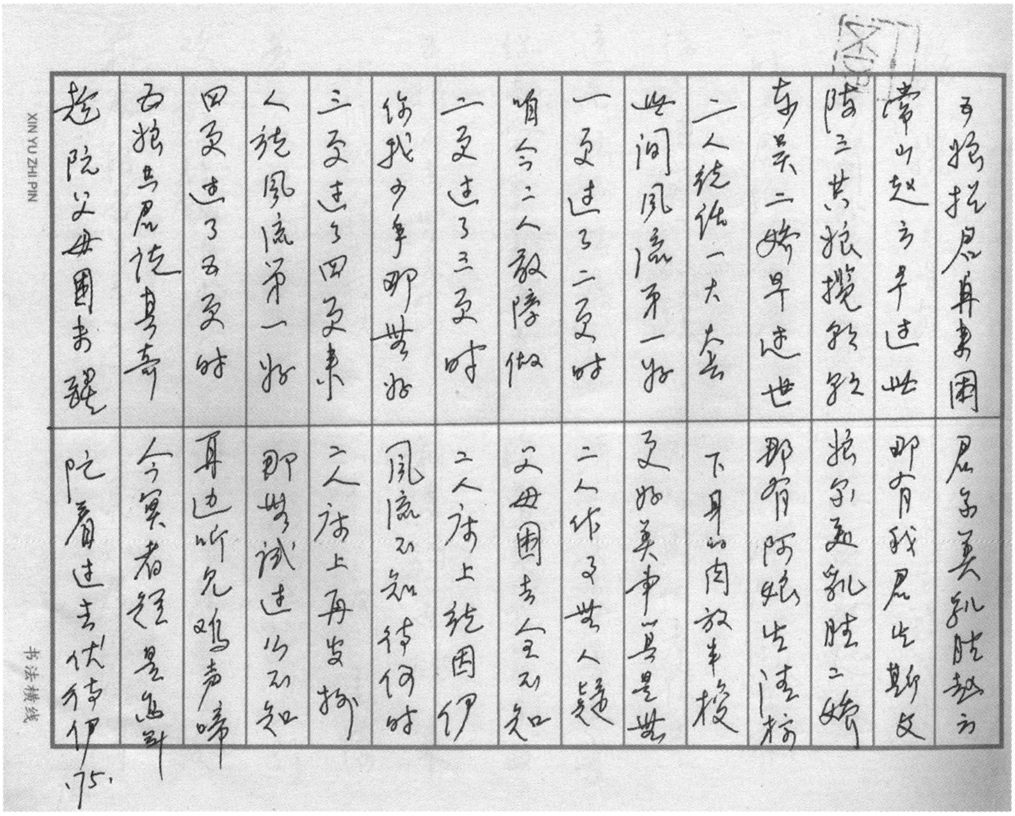

75.

76.

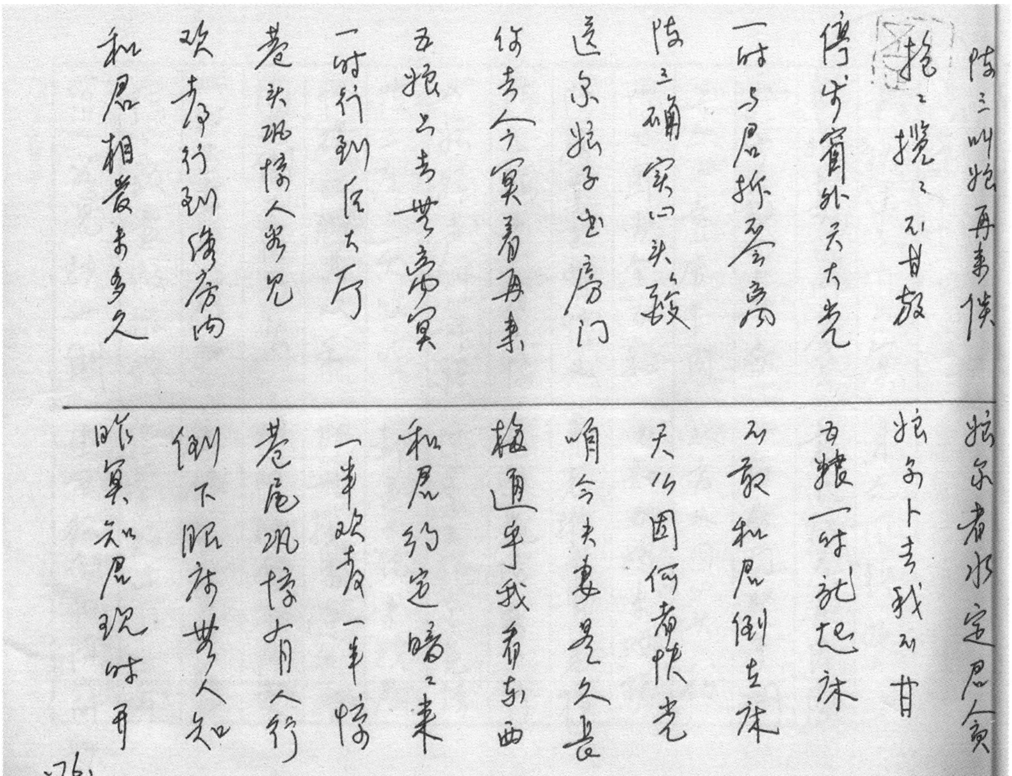

第三十四

再会风流

子娘连走三十六步　　月光风静好天时
轻步行到三哥房　　爱卜和君再团圆
开门三哥房中凸　　一扇房门双手扮
陆三开去全不知　　双脚入内双手扮
阿娘真正有情义　　月老推千世姜移
陆三眠梦着一惊　　是小鬼怪床上行
子娘轻声叫哥醒　　陆三是子娘尔身惊
陆三床上笑哈哈　　都是子娘尔身惊
那姓揽亲连身齐　　阴阳相会去相爱
但碍双脚共双手　　亲像鸳鸯织相爱
陶人倒不同一头　　亲像鸳鸯知这卜连身
一对夫妻这样好　　生命救会收阴司
陆三故意假推辞
有人尝兄扮一倒　　生命救会收阴司

·77·

子娘骂尔真多　　我今卜说尔也名
三哥耶卜者听死　　楼镜心敢阮房来
尔你安心免卜发　　阮房有子我担者
姑你有心我作主　　大胆和娘困同床
陆三有娘卜用眠　　神子去摸娘下身
娘你心处三才也　　你会连君的心神
子娘花君是小人　　你君有取说是残人
肯是双人情意好　　你是心处今连人
陆三招娘再来战　　娘尔美乳却少举
亦是林大些福豪　　金窝才是我的缘
陆三五娘相割舍　　心肝才会生同字
随时眠上娘身上　　骑去来好道遥
双人恩爱鱼水情　　一景景色鸟入林
微风一透花忧谢　　颠倒倒凤陆义博
子娘浮意说困伊　　记得当初与月时

·78·

君系骑马楼下走　院去楼上挂荔枝
许时荔枝投平伶　院内手帕有修妆
荔枝手帕作月光　咱看记得许当时
习池荔枝投手君　是卜和君赖成婚
君系千里来找院　望卜后世舟对君
天地生有咱双人　前世排比做一双
有缘有伴来找君　梦如林大伊梅通
连算说论烧好香　俗枕陀三时五娘
俗佑林大着早死　二人放紧及回子
一算梦园到天光　陀三送妹出房门
夫妻公用相辞礼　咱是园农恰久长
五娘行去到房门　强强进去倒下床
爱困茫眠及敢起　头如鬓歇失梳妆

第五十二回

五娘前日会新婿　西魏业得越多华

当日海棠来说时　今日杨柳又逢春
伊母发觉心有疑　我女今日才说出
省者某某人调戏　今日为何是慌忙
说论会熙母梦思　水影必定有画才
夜来必定有婚娶　卜是陀三残奴才
这是别人梦干过　后看及对爱亲事
我女哪是和婚夕　一时亲兄是面大红
伊母行到五娘房　和人乱来是梅通
子俗生来是女子　饲你一身做仪人
俗母教训那不信　当你残婢不别人
放紧手俗林厝去　子俗放动总参婆
那是有人叙志恋　一季紫荆叙今婆
于伶父母扑一别　智起这事卜怎呼
五娘听伶心首知　俗志共君说困伊
荷别三义人困狗　俗志共君说困伊

有今两人卯轮代　阮母已知卜凶年
伊说扰伊君赴别　将伊生命付阴间
陆三听说心便知　一时惊苦心头悲
风流之志岂独好　手伊扰别卜忌年
心中越想心越悔　悠母养春是爱好成
我偏曹经即择做　你据卜不结家城
君娘就动陆三郎　君你放肥克心烧
刘时有泪双人辞　下日有事双人当
第子4 3 四　卿含芸善
陆三听说心自在　一时欢喜笑狮狮
大胆私娘做修围　姓惊大小人会知
二甲晴中相意爱　你春暗去私人知
肯时君去私娘团　肯时将子寿找尼
誉春看兄也动心　特来其尼说玄音
三哥你叙亲者侥俸　全触云殷刈娇娇

郑娇读书识礼之　必敢相误是忌年
正人之好一人娶　克为誉春等所依
记伊岂日违约时　誉春忘思君知
许时不从三哥意　术念风流迷之时
今日送花手哥等　三哥那会全不知
誉春笑玩胜说音　陆三为兄不知
咱今两人看两就　你着私报些二心
誉春听说心欢喜　恐惊三哥你再叱
三哥荒是不购院　小娇依敢再排辞
二人相知入绣房　红罗怅内结鸳鸯
妾依银台冰雨露　君你黄蜂等花丛
誉春志君绕雨技　阮里莲花正当时
未兄凤云先兄雨　金望三哥看把持
好事一场作好了　二人相揽捆成眠

第五十四回　骂尼姑遗娴

两拢门外探听知　门钩俏开入房来
陆三两人者大胆　想想这事真不该
登身着惊面青青　陆三登身坐床边
手揉墨尼姑道理　俏人梅连接陆生
把阮心花先等去　不久又来等到人
尼姑言倘寻寻花峰　乐了一世又一世
临今两人甲阮生　半饷俩人信夫妻
娴尔大胆和命调　不敢和您相交信
五姑和您绘等陆　石姑我敢字登等
娴尔听我说连枝　尼姑听我说连枝
陆三劝姑莫受气　莫姑也看错枝
从来等夜连陆　等夜也看错枝
爱陆三人同一意　登等不一可放一边
石姑为事娴作妻　是我来共姑论知

183.

陆三论论都亦是　伊陪三哥等主持
等日宵心和阮好　今日道事又想伊
四肝寻然等定情　等尼倘心卜怎行
第五十四回
娴尔此说也是通　娴娴为妻
凡事必然会相夫　姑伊为妻不不通
三哥爱姑作伊妻　等等也是咽亲人
等等听了说店伊　登园等是姑为年
若宵真实合实意　不知三哥心心意
陆三等兄伊两人　姑说姑说姑为志
自古夫妻一双对　卜诸二等还连等
娴伴连解诸一字　不是两人同发等
不知等姑心主意　登知等是姑为行
君姑论论是表志　阮闷欢欢为等碑

84.

645

書法橫線

人说有法娶人辞　好意莫吃面亦红
临论此诉定我意　姻缘诠定岁岁禄
多粮姶妻洞初安　姶洞闹君正会宫
三人今时烛一床　育事安通诉起妻
陈三颂好冥者经　姶洞也诉日关长
第五十六面　九郎争田
九郎冥日心不安　因为东北一殷田
大扣收好一百担　装面值钱一千元
一状已去宫不刺　想来远多有忘难
陈三扣层刊样杆　九邱做状安争面
林大扞恨训黄屠　九邱叫他人厅堂
九邱写帐去桌前　叫人去诉林大郎
两下坐下相动闹　就见林大心後疑
陈三捧茶刊厉边　忙见林大心後疑
头关嘴长老鼠耳　毒像夜又一般样

85.

XIN YU ZHI PIN

書法橫線

九郎确实学主意　必特寿女去别种
免诉五粮莫定妻　平常子女去安参地
林大吃茶已宫毕　开口後问九郎你
莫父叫我么子志　有途大志诉诉起
九郎将事诉乞的　东北的田要去争
我做的状宫不刺　想寿想去真不明
明父姶帮我做一状　平我再告诉阳批
你若争得此田退　尽做五粮的嫁耕
林大听诉就左伊　此子岳文免颂您
是婿帮你写一状　一定管当官赢官司
宫里智奇撮寿在　林大掌宫写状词
写汤不三又刊四　乱七八撮归大篇
林大状词子宫毕　坐低寿选笑哈哈
陈三多伊者欢喜　假意扣刊大方边
状头状尾尽写刊　说伊不会打官司

86.

XIN YU ZHI PIN

书法横线

646

陆三写状（剧本）

怎状再看再遮理　遮裡要用不合理
此状窝裡遮裡刈　而且自窝又自歇
林大开口就骂伊　你是把屋如才儿
那是撑笪招了堂　晓得没什么是窝问
陆三说实学说虚　从如阿也有读书
不信此状说我做　多少晓得打窝问
再经今先读透二　一定若者胸怀要移
林大听说峡立意　要向九郎说因伊
我也作了这个状　把屋耗我知不合窝
九郎动词陈三伊　你合作状打窝问
咱今整来先先罪　去先不古瞅卜忍年
陆三爱气就店伊　子志列庭方才知
三状若是告害酬　甘愿云马去兮严
陆三说实不宗崔　从如多少有读书
律法常先知浮律　晓浮作状打窝司凡

87.

第十六回　陆三写状

陆三纸状窝宣揽理　头尾遮理由峡差池
状诀状尾相哞店　状尾四句又合窝
一状写好巳写成　九郎提声来兮明
景然是个秀才子　状里行词兮洽清
九郎提状入兮堂　把字大门
知客遮时也升堂　告状陈是些因住
知如一时就窝状　九郎说是如才
状头四句有遮理　状尾四句又合窝
就问此状何人做　九郎说是如才儿
老岁此说就忙状　这是才子才合窝
九郎此说心欢喜　四拐陆三妙文儿
生成移段文义理　经看六好告状伊
六指听说心就若　我窝由何者翻瑞

88.

咱姐可起林大厝　我今看起扫厝奴

陆三听说就去伊　心挹起我我又池

须看名粧妻对我　就将六粧去对伊

九郎心中实有知　陆三是想我子女

伊今岂粧到亲事　专想名将随身边

第五十九回

三人子志莫说起　上庄收租

四边田庄在车水　收租也是这时期

九郎田庄在车水　风调雨顺拜谢天

九郎详细看炤潘　今手先号陆去年

专手先号都家奴　打算上庄去收租

心想陆三今算题　一时就叫陆三奴

陆三听说去家二　恨我是伊小奴才

今日和粗拼分离　随伊

九郎骑马去收租　陆三后面做马奴

89.

专到亦水田庄所　各家客户来交租

各兄陆三随九郎　佃户不觉心头闷

烟茶先号敬三盆　事后才去诸九郎

九郎发气骂一声　伊身奴才随我行

您先教伊才敬我　好情说手我听

佃户粧小九郎听　今是秀才粗左声

伊厝伊户有客做　伊是秀才粗左声

伊厝伊户千余万　人人都是种伊田

今日岂起是随行　陆着下马问根枝

九郎听了些主意　轻轻下马问根枝

给是亲兄这便弟　当初以小陆行宜

陆三说手九郎听　建寿这便是我兄

尚日送嫂去化所　返来行到缘楼前

各兄楼上有美女　夺缘天仙恰有余

一心农卜看美致　才今打扮这行宜

90.

九郎听说此店伊将是我爹爹主持

人间岂有代葬致楼上一女是我儿

当初媳若有实症知敢放伊假病儿

到今才说此伪症得罪三会去医药

陆三又问爹九郎你儿公下起林大

当日再连听人说云姑不入林屋门

九郎听说着一惊陆三想下往事成

此人不可当我眉日后必是相致名

掌我好趟返去了以伊遇去乐此城

如没我者本去尖苦竟兔中人疑奸城

第六十四

做病回家

心想一计骗九郎假说有病身端者

陆三心内暗猜疑岂兄九郎不定伊

我今看返去医病病如者四去田庄

九郎听说记去伊病人去地墙处医

91.

二人老见要犯病将今返去要去医

陆三欢喜一大场连夜赶到店街了

倘身行动娘房内轻声细说叫阿娘

子姑听兄弟诉声欢喜三弟将四分

家中等世坚念子以记子姑才一场

三日不兄五将面宇缘远离两三年

陆三行踪快我二才会欢喜返连案

有陆姑姐烟相定意陆今官尔下连年

三弟真色有情之先方我展心头趍

車水行来路头水共店内摸事尝如霜

奇子一身有露水共君脱下去君极

我後田庄去收租娘子以处用子铺

我提衣裳共君操倘娘卖肉堰香菇

二人倒下做一床床上相共说经长

92.

新日跟随你妻之　佃户挑荷来入舍

都说我是好人子　因何必着随儿郎

络夸心中仍贫难　疑我私和你有偌

我看想了此计智　骗伊回家卜出病

咱今三人同你了　络夸知去卜过年

五娘房上有一声　功尼大胆梅见等

阮家那是今知影　收程退来我梦兴行

若是气的这使节　想伊打咱敢到城

九郎收程退邻城　入门就叫陆三兄

待是气的这使节　刘敢叫你担存应

敢哈乐的顺以去　今六处堀我名

陆二听说你知机　坚持专进报论因伊

弟六十一回　三人议论

修夸收程退到阶　景她二肝大有疑

叫我着返来的去　刘姓终唐再延迟

咱今三人着考虑　着想计趋可达伊

五娘听说世主意　全望三哥好主持

君你有计你好说　咱今从君些排辞

三十六计想透之　想专真正些计智

一心想卜相恚走　伊中善切头就犁

若是着春陪父母　何因和君结夫妻

人说夫妻宵教寿　松着三哥有真心

甘愿夕君做伊去　世念父母一家人

陆三说乎五娘听　咱今同去卜如何

五娘一时叫媪儿　媪儿她亲随咱同行

益春是咱随身媪　媪以她亲随专把持

三哥发嘱咱的去　咱今三人去如何

景她听说此情由　刘知你意是卜如

壹善顾宣和你专　刘愿寿乎君在海角

五猴听说月心喜　起紧开步犯提挺绳

三人行李收拾俊　丰紧动身莫迟延

第二面　三人同去

九月十四三更时　家家困珍些人疑

轻轻开门三人走　走到花园鸡未啼

四更月照花园边　风吹吹事冷微微

五猴四天共君说　咱是子亥才阵生

二更月照正初头　不舍又困立心头

故着情又同君走　今晴安兔行连冥

当初若些投郡校　审些亭人是身兔

修冥同君给伦走　五猴想起月属兔

二更月照回属状　三人行李去肩头

我兄若些書院阔　今冥兔行些险苦

花园过了大草埔　五猴行沙些奔行

草埔过了五峯宪　三人行李去肩头

叁是行沙真辛苦　陸三呵晓堂苦看

95.

叁宪过了大洋江　五猴想起月头红

陸身为也是宣景　千服万子山别人

大洋过了赤水溪　赤水溪下有大溪

渐渐若小泉般去　荒些搭船参过溪

第六十三面

三人走到大溪边　出见溪水绿青青

三人说卜过溪去　船家近前身画仍

陸三这好说问伊　你卜过溪乡少钱

我卜三人共身去　须看光仔船公钱

船家听说化少钱　船家三人过仔钱

一人平百五二仔　三人着送千五钱

陸三听说就允伊　就叫三人捆再渡

五猴坐船看些胆　五猴坐船面青青

精仝梯波向溪西　敢问三人哪里来

五猴坐船才出生　不识坐船才出生

96.

三人俏陈卜池去　　请您诉给相钖知
陆三就走梯波兒　　三人厝在流的城
爹卜追四家别去　　有人问你莫作声
航兮梯波停溪边　　又问三人从陆由
三人若是相思走　　陀船不载您风流
陆三舟在梯波兒　　陀和家为有害喊
施家不是相思兒　　三人爹卜肯家为
航兮梯波停溪埔　　卜收三人的航担
听些起船着仔细　　弓挂不可捾上土
陆三头鬃先起船　　追身又去牵坚去
堂姜和妈相率牵　　三人起船兴收收
过了嘉礼是双溪　　五妈光山拔金钗
拔下金钗居收起　　陀下弓鞋换布鞋

第六十四回　　黄厝停宿

过了双溪是芹村　　三人行去脚又酸

路边有店且歇歌　　就叫五娘去开门
五娘敲问家店婆　　陀卜家的去歇去
渐渐卜到家的去　　路有一年也是岁
不知还有多少路　　家的去路不识去
五婆诉与五娘听　　此道这妇诉一声
陆三诉与五娘听　　家卜唱梯的州城
响着再行三日路　　才会兄你的城
五娘听诉四头听　　咱卜唱梯的州城
行到此处脚又酸　　路又化远卜点年
堂姜听诉面忧忧　　踌躇化远卜点年
寒和脚程路头远　　小等你到家的
陆三听诉走一声　　咱今三人慢慢行
软软有店且安宿　　去到本乡总免惊

第六十五回　　母过女走

天光便母出房门　　岂见五娘起梳妆

652

学兄陪三寸护屠　学兄誊弟揭孝闻

誊誊三人相恶走　三人又知去何方

辞别誊差人报九郎　报说陪三去出门

五报我女跟伊走　誊差家去随三郎

哪实三人相恶走　又知去去利何方

九郎听伊有主张　快去佛荷锐妈香

陪说三人去梦镜　陪说三人看遍乡

参沽三人相恶返　谢修大教出大羊

父母找子入绣店　今日不知到何方

我子哪实见处困　岁兄我子细眠床

父母找子入绣店　岁兄我子细绣针

父母有心和人走　岁兄我子细一家人

父母我子出大厅　以兄我子细去彩

子修今日敢隙做　全娥敢位我春声

子修心内势老窗　因何敢去找到人

99.

实尔父母利处找　岁兄我子细一人

子修实在誊晓理　全然誊破我根毛

想伊林大郎知去　誊妖父母却去寻

誊屠许时找梦子　咱卜何处去搜知

想伊三人相恶走　九郎找子

节……十六回

九郎找子去草埔　岁兄我子细菇

我子不说乐处路　和人偷走去何

九郎找到石岭魁　我子有去梦四头

陪如流去梦流返　岁以流れ自傍流

九郎找到大泽江　三人岁梦兄一人

九郎找到去何方　岁兄我子细一郎鞋

我子列知去去何方　岁兄我子细有鞋

九郎兄鞋梦兄儿　因何无子山有鞋

我今兄兄鞋梦兄儿　因何无子山有鞋

陪闷误边梯波呢　哪实此路少人行

100.

我提残银亲送伊　千万与我报一声
船岂话手九郎听　原来此路三人行
两位亲像澎岛女　一位如侬亲眼见
三处摆渡过去水　亲上条船照宗成
三人船租提半陀　又叫千万莫作声
九郎听说就知机　正是我儿学春池
我子饲大失教方　因伊大胆敢降生
立即写榜我子看　欲送伊一万银
若是执得我子着　陆院还亲书作些
九郎此时找世子　路况还亲书作些
林厝知影来问咱　咱卜何论一答伊

第六十七回　林家讨亲

九月十六林厝知　亲家入门大受气
亲家入门大受气　说咱亲姆尽主裁
子报是阮亲生子　因何款败你名声

101,

劝尔亲家莫受气　以为利害话尔知
十四目光此二天下　三人话子学人名
亲姆一句在出事　行话此话真可议
你山大厝人父母　子女嫁子娶亦知
亲姆你着听我劝　咱今亲成是久长
亲姆你着听我劝　我有与姆对林郎
子报路她奴意走　我有与姆对林郎
亲姆听她如何走　今有陆院又来伊
今日子姆匹配我　我今此事有主持
亲姆听说再说起　六姐不教来降生
子报路她处人惠去　我厝家产官万金
亲姆受厝免挂心　半官去刺抢甘心
当我劝厝免挂心　林大告状

第六十八回

返去叫子书思量　咱着作状告一张

102,

提去处被雨无前　去许陈二与子妈
林大一时扳下来　今日此事怎罢休
本伊作之必遂理　教恶子妈去东来
城内论人马一状　卜告陈二黄么郎
状头先讲一百万　状纸呈递州衙门
游的知府名赵得　一见状纸便升堂
你今去人是必子　知被雨再各说端长
林大跪下说情由　甚劳此人害游的
先委责属做奴心　彩画子报有风流
子姑事来先记我　伊教恶委去子妈
老爷听说有此理　依依看审此桩流
吩咐保差快不第　立刻出票去便伊
原差欢喜一大场　手提传票就下乡

笋六十九回　原差押行

103

走到王婆店门口　卜执陈二和子妈
三人听说看一惊　妈嘴其差说一声
阮提钱银送给你　千万别阮近乐城
原差有钱乙敢领　林大告伊怎好城
老爷听呀游叫去　你差放票伙此行
陈二善桶业忖说　你差一时就押行
子姑功君乙用差　夫妻不怕告乃城
三人押到寿水边　一路人马事相换
劝您夫子乙可做　牵像三人真正疏
三人押到游的来　十姐五妹笑哀哀
劝您姐妹免相笑　到您时节您知知
三人押到古楼前　来岁人马两三千
风流子去人人宿　爱人闲事事是闲
三人押到官栈厅　衙门公差两边行
手提竹板共绳子　听候知府审好城

第七十四　知府审问

知县坐堂威风起　就召管事先问伊
以来贼伙不引线　我想此事你必知
陆焉东是谋国女　少有甘苦事亲娘
云娘四妹州学名　有事三人同谋分
你若有话着小说　你若无话排手陞
堂着你说与知听　三哥是陆的亲哦
陆振年世与林夫　是地去卖陆奴成
陆是不问押一边　就召云娘事问伊
你是黄届千金女　仙故违反此礼义
五娘统下就说哥　林夫妄告这是非
无村爱气写子娘　于是三人责出围
你等说是忍林夫　林夫聘礼能管收
老爷听我说个明　因仙自己记不州
和伊林大世相知　是伊去卖事相争
105.

知县此时名九郎　你子生亲娘梳妆
因何叙记二个娘　半伊两人事相争
九郎跪下左一声　我子卜枚我定声
九月十四和人卖　确实事记陆三呪
知府听说很恨理　就名陆三事问伊
你卖浙州三年久　是仙国端诺透枝
陆三跪手知府听　广为过假是我无
国送哥娘行伦所　路途经违浙州城
九郎亲城卖记我　林大卜占我亲城
被人安告不和愿　林大妄告我好成
世卖老爷领会心　老世卖与伊不惊
知府听说有侥哥　一付恕气不左伊
自己卖身作奴婢　又敢急走今卖儿
取人新婚是重罪　官伤呪押世寿将
陆三击堂又说起　不但违娘许一时
106.

当年我爱你记着　　后起九郎一女儿
寄城阿荣她知影　　立子媳书定聘仪
老爷要念我是乱　　须看举金定萌儿
知影听说受委气　　是以宦萌人子儿
你见广厉于马属　　化着卖身奴三年
你若是有宽恼　　你叔四川洗刷池
我想三人同一案　　教事必定是真好
三人即是共用刑　　以因照认也是难
第一初罚是批温　　知如痛打
雄中七十回
俭今三人同作事　　那些打你每不惜
堂差打诗月守滴　　老爷听我诉因伊
当年六月许岩时　　阿姑楼上听勤技
陆三诗马楼下连　　阿姑荔枝投半伊
荔枝手帕投下去　　陆三举身妻好起

107.

伊是私人学磨镜　　打破宝镜疼参延
甘愿卖身作奴婢　　契两立下钱三年
这是阿郎相意爱　　别初代志烟如先
知影听说志同伊　　大哥甘荔荔事渐好
此人者要事有功　　叔子发人人风流
第二初罚是姬横　　知如发公全打甘劳功
你是余如法莆子　　教事偶怎人重心
陆三被打吞知如　　岩年此月此情由
我是先搜去化所　　六月连来到游奶
身转白马投街市　　一日行到店润乡
当题娘子左楼上　　投下勤技伧因伊
我学磨镜妻相见　　打破宝镜补参园
我才卖身作奴婢　　五粮有意相衣经
此是月老天注定　　姻缘子志送由天
知如听说有此理　　此恨子粮连女儿

108.

人说主婚由父母　待敢大胆自主持
第三桩口讯是推张　知她发全打子娘
待是林大勿速害　汝敢大胆自主张
五娘听说世相欺　父母做事宝中想
阮念陈三将光时　四中不愿嘴中想
功阮大事记林大　五娘枝手拍手啼
自古贤臣择明主　兴女不愿配苦夫
举送郎君天下有　老爷此事着相扶

第七十二回　知州判断

知州听完三人议　果然好情子是家
子乞坐认些再问　含盖就兄两字害
举盖同样四后街　发全九郎来领回
五娘刺伊林厝去　去与林大结夫妻
陆三有罪不放伊　下日发配去涯州

107.

陆三听兄怒意发　炮洞以判面大怒
林大看审在外头　啊老爷你待真着
今日如此害判断　千两黄金买全变
五娘押去兄林郎　林大尧兄心大爽
待看甘愿做我妻　欢喜人我如磨门
就那气人先害去　西世说做你短尧长
五娘对嘴就骂伊　看你事像歌手精
待若农卜阮做妻　着等黄河澄清时
牡丹岂入老莲村　凤凰不入山鸡围
月老十古做你想　月里嫦娥免思量
我出虑你陆三想　我死愿葬陆三土
举盖黄娘龙室者　三哥性义佳千金
五娘不愿林厝去　咱想三哥些二心

第七十三回　押入牢房

陆三押入左牢房　受尽折磨不成人

110.

锦被摇来半尼用　免得我尼发风寒
石姑痛苦惊尼寒　摇来衣裳考尼孙
等我大兄迁使遇　罢伊官船剥伊皮
陆三受苦登保过　恐伊知软梦了屋
知对他今化尖得　吃饿扎断我嗓郎
石姑动尼免心疑　咱们夫妻今久长
姑娘有级我参吃　冤家和我作对头
陆三不教可声喈　咱今夫妻誉遗老
步级拷来半尼吃　清苦拷来那润喉
紫梳带来共尼梳　洗面清水姑梳剃
子娘伸手共新七　为哥目房梅边流
陆三岁兄两人到　一时月影四处流
受尽天寒誉地冻　头毛那如誉人梳
被袭那山誉人选　手之月浮誉画圆
孙姑誉吾探军去　多兄三哥月头红

〔一一一〕

只鸳鸯上誉我用　邮是久用卜点斗
序差忠娘托围伊　恐悟路上誉黄残
路上心娘托围那　有陆今诗序参见
我今吩咐序参见　陆押我尼绞慢行
拒断勤枝去千里　护陆拆散做二边
可恨知如誉吧理　吃残寒命去相歇
今日誉人体我主　都是林狗去陆空
知出誉金院有意　担一拒断敬陆空
此断好恃打一首　有谁好恃起涯郎
石姑听说雨忧忧　官出好雄心忧愁
十一月来日头短　陆三卜押去涯郎
陆三枝押哄四乡　官司以办看德流
弟七十四回　发起涯郎
克言我君来发誉　卜害好姓的败围
誉吾痛苦真冤弓　冤家创造假是非

〔一一二〕

五娘提起去送伊　手君跪上作查缠
頓硕我君头到底　日后恩情恰大天
将去查缠用若离　下日差人再搁漆
公差吩咐代代声　押送陆三慢慢行
五娘堂姜参参为　车事小涵送君行
子娘办涵半君饮　半君饮下恰有心
君去涯州看早返　院在涯州世侥心
堂姜送残银君哥　半君用去早倒来
有时兄残想着院　有时京逋去铺排
陆三一好月康流　我今此去岂四头
以去三年才不返　侥您娘桐在心头
五娘办送君出门　今日分开家难舍
堂姜送君出游街　君尔直去心不休
唷着三人相言辞　谁知今日着徒流
陆三做人甚侥心　共娘共桐表忠心

113.

我去三年卷又返　加教去您心圆情
宦州出身甚卷又离　我去涯州甚了时
为只娘桐生者水　侥您去姜卜远年
娘桐劝君色惊慌　许诸二姐记林郎
十六年岁天许迟　二十年后才相逢
第七十六回
陆三押去到大溪　马君陪游
金银手君作表记　子娘头上报金银
金银手君而爱亥　堂姜欲上报金钗
陆三押去到大江　免汗好上作写人
三人吉事卜分开　月房流下两边垂
君尔一人君去了　宦阮娘桐世侥靠
陆三此时抑下船　五娘共意州堂姜
堂姜咱时船小开　今日为何着离君
鮨乃轻时船小开　子振堂姜唔你雷

114.

脱得娇君今就去　官陀郎捆芦苇归

一时兄君一时迟　梅知何时可四今

那恨知娇学道理　拉断荔枝学柳随

梯尖经命着早死　公道制造此是作

二人云屋大声喝　一奇跪下大江边

望天望地看是店　待拖我君遇着兄

待拖官司早了房　走到三年返家城

心是我君远音事　不是我君有罢名

求天求状相依枕　三人相亚迈家城

第七十七四　五娘下书

五根四和左询今　想着陆三去涯好

君走涯好苦清息　院生涯好冥日想

日日学意坐绣房　心想陆三是好人

记许吉却查奏女　把看黄蚋花托郎

十月日世兄迈　书启些迈心头发

115.

我想三奇去涯好　沉时必立奴巾央

是如是反不知影　再看着人去操听

那恨此娇此川查奏　院卜写信去手兄

全君去院学消息　缎匙握来有花箱

左手搓墨又揾砚　右手揎毛去蒌桑

西根悦经文记长　一张白纸去手揾

想穿九句卜事写　下下善四头发

目厦流不漏砚池　想卜事写一首诗

梦日心君真有意　今日病君四头惢

世着可送相思病　有残难灭头少年时

第七十八四　小七送书

一封书信字完城　叫来小七细叮咛

区书是我亲手笔　速行送去手伯卿

小七四中想九今　请伯卿去托主想君

小七沉时还世集　四巾想念许查奏

116.

梅香说破我世爱　　我爱尝春好身材

尝春以话讥在伊　　你点大胆好才心

你迟敢想卜池阴　　你隔暮是笑是罢罢

五娘听讥尝春　　有子之义同设论

你今一壶瑚伊去　　五娘搁如深情

尝春批讥少事　　我今和你往和谐

你看送书劝伊去　　下日返去才致哉

小七送书卜起行　　五娘听讥千万声

你兄三哥卜头面　　功君宪全去陪尝

银两衣裳款便　　路上伊细去探听

小七听娘吩咐了　　一时起身就卜行

去到青山大路尾　　一下岁兄陈三哥

第七十九回　　陈三四信

陈三意绝面忧忧　　一村去了过一村

小七迈前去相见　　三哥听我说情由

117.

小七送书离手你　　又贝程移及程裳

听讥一句喜心讥　　功你宪司免忧愁

二十两银连你手　　半你用早到偃妈

陈三意批心头闷　　姑娘果然有喜心

姑搁今日情者卖　　我看四批写书义

尝尝提书去卖朱　　手写家批心青发

命多着行世情踏　　割断心肝实难为

陈三书信写一张　　交代小七送回去

批信摇书过娘手　　功你宪司免马量

入门起共好娘讥　　三哥有批尝我回

小七提看陈三批　　贵山进了卅信衡

我甚宪司舍子两　　摆阵宪司宪家多

功华妈搁色用裳　　官司了多伊批回

五娘听讥心又发　　三哥宪批有情卿

今日见批尝见人　　批信半我改心发

118.

第八十四　小七诗亲

自恨我命生些枝　　今台和尼奉吩咐

学曰与尼拆分离　　功知约日可面了

对你誓曰对我约　　陀娘果然坊看尼

陀身今日返到唐　　暗冥结着相專诗

学曰公追陪生做　　一纣菩切晴波峰

学毒此记此周伊　　公子名人这行宜

我今看去问烟子　　看伊这子如茉香

菊曰少七此子志　　目临流下如美香

听天小七事问我　　迎我今笑小思量

我今梦些么可後计　　去知时娘卜思量

多娘听记听一声　　这子捌子用情

小七卵是事这快　　我才记伊平诗听

119.

五娘了對叫小七　　伶麥学毒绕学诚

我今以实共你说　　着毒三奇追游城

许时陀卵成亲了　　正追共你作事诚

说姊三奇辣到唐　　但着随陀西岳行

诗得小七着毒诗　　孙小七这般乱忙来

小七听了苦哀　　一时苦痛病就来

日问肓失奉晚饰　　一冥梦用想想

一日梦些苦你恶　　想着学毒病相思

一冥娑吃半粒来　　一日梦吃一汤匙

十分气陵病就来　　一冥生命归阴司

亏娘听记小七死　　免狗手伊四捶虑

养伊奉毒诗亲子　　迎来等骂归阴司

因狗共陵遂书去　　这来陀身才陸坐

陀想少七今日死　　狗着陀身才陸坐

今日晚起些兄弟　　又梦父母在身边

120.

阮看共伊气一子　　可接小七的字枝
叫人共伊做一壘　　共伊安葬才会宽
第八十四
日头卜落返东山　　五眼思君千万报
劳有君做阵睏　　　今日劳君守孤单
天光日暗望兄君　　四肝想起机约约
想君神魂去一年　　有物丰嘴安参杳
孤枕稀床坐绣房　　君去床冷枕又空
劳日有君通戏耍　　今日望君稀一人
一坐夫妻岁月之长　困何命无着寿延
天地排千岁年正　　阮今不愿守空房
家之户人夫长　　　慈君命无着离君
君行一去望兄返　　望兄君面四头
我今归案睏奎去　　叫我一身卜岛栖
当继兄启的批信　　想延君愁心又竣

12,

楼茶又敲才一更　　共君今卜有几时
目屎流落海也是　　冥思日想病相思
一更过了二更催　　空对孤灯来相随
月光斜照桂枝顶　　想延我君马克弓
二更过了三更里　　宝仔外面鸟声起
对这娇娥问世墓　　日思夜想机心情
三更过了四更时　　梦兄我君去身边
说出千般喜四许　　醒来梦兄三寻影
四更过了五更催　　想起三哥目屎重
知哪卜今者先浮　　在断荔枝望柳随
想起风流脚又软　　起看我君心头竣
想君参睏相思返　　阮看我君哟头
梦花逆送相思病　　化伊的丹也难送
梦人送我病会好　　怎有陆三哥先生

122,

某日思想某停时
思．念．九．看伊

宝卜飞去伊身边
神魂吓是会飞天

梦兄三更入绣房
我今听某说一梦

因何醒来无梦人
明．是奇么东面

听说我君过看兄
听伊托梦有某店

去是眠梦梦甲城
某梦不知真是假

某日烧香又玩花
子想张天文求地

免得此地闷孤棒
听说我君着早返

子想西色日日专
一日过了一日天

幼年子娘到半生
磨述娌妹亲相助

打子生命卜怎年
听某陆三相割年

阮贪陆三好人心
子娘听说左伊

不敢绝心卜候伊
阮斯为地不顾死

来劝子娘卜候强
九斯一婿君乘娘

卜起陆三免思量
听记珠大真宵贵

123、

五娘听记就左伊
姑娘记记真身奇

着起陆三才会室
阮和林大学田起

伊有事之可救伊
欢时官司事丰离

许好才知好品儿
听着看伊大兄返

责罪林狗才会说
下乜哭乜啃陪过

下日来责罪伊
好匪知说梦恁理

第八十二回

云掠鸟些也遇着兄
三更伊在路上行

小掠陆三得伊兄
想到今日者患唯

再起陆三去涯城
五掠某日苦四情

千辛万苦地看行
路上行去刊海防

遇着一友孩文爵
陆三行去刊海防

想来想去想参迎
文爵兄姑伊是三会

今日公今这路行
听身系好好人心

秀才以求记我听
这是纪念的款样

124

陆三拉与女莺竹　林大妻岂我好成

处说既然发经理　发起我身去涯妙

想我今日远子去　必逆有此定些生

你若远生不承城　我今听时你几声

我今这怠宽枉子　如要我身有罢见

我今父母心孝定　不可为我机心成

文莺听说左一声　幼将三哥免惊行

你今枉代有信似　是有发起去涯城

广南这使你孝兄　如知共伊话

今河你兄事相救　兔惊林大爷好城

陆三听说老衰之　想我今日此岭来

路上岂人不相祖　消息世法等名知

我元不知我心代　那有相救才今事

文莺听说左一声　我屋送书广南城

你看轩墨子一信　手我提去平你兄

今河你兄事相救　如惊林大爷好城

广南送书

陈三听说笑味：廣南送书

今日我心意枉事　你看此兄记远枝

望兄轩墨来相救　兔我爷归阴司

文莺听说会远行　连夜还到濯宁城

去到远使街门口　温州徐集枉一声

你墨兄问四老伊　有以委子记我听

只周之金年有子　将书把升你你知

徐集听信你知和　送书远使高寿待

赤知三金是么了　便州文莺话因伊

文莺随时记语音　大人听我诉因伊

我同看日卜远去　去到海防送一仙卿

看見三金等手詩　許姑我才叫伊停

問伊因仏金障生　今行到运稅程

三金詳細話我聽　林大妄先伊好威

知姑吃鐵一千两　判处三爷去涯城

扰障大人不知影　叫我共伊論一声

叫将夫人看相救　不可辛伊去涯城

三爷許姑寫一信　大人一看侭分明

运使看完氣沖天　大胆林大叔障生

可恨知姑世兰理　扰我小弟去凌迟

我今做官为百姓　誓救小弟不念宜

第八十四回　讼救小弟

运使这时氣沖天　肉面夫人未兄伊

相勾今日仏子志　火氣匆匆是怎年

运使拒与夫人听　小弟被人記涯城

小弟年幼孝父晚　今日被人告御狀

127

这是知姑心道理　誓理寃屈冇发起伊

着救三叔激动去　不可三心共两意

运使听論就启伊　将锦此话梦着将

卜救小弟方是意　但辞宽船参奏将

扰往涯城运稍为　誓将离身卜怎年

夫人論与运使听　卜救三叔須快行

邪卜弟寫表字去　路障不知須快行

我雲兄寫表字里　差人上京奏立知

叫伊　崇恨

第八十五回　止京謹狀

运使听論有运理　表字上奏写一封

就叫徐案快送去　送去京都兄君王

徐案立刻就起行　三日行去到京城

一时行到相国村　家人当明问一声

给心学身卜池去　金堂是手我听

128

得知近若范士处，老爷以我事上京。

'广南这便家有了，爱卜诸得过东城，

叫我送这书来此地，呼托得过火老爷，

坐待替我去报，对许郑相处一家，

家人以论贺此事，说以得事论这枝，

坐至此处相等待，我与相等相通知，

给至广得一家，广与去书来字难，

实待店得一家，我与送书嘴难，

望得相等早开派，以伊送书人入内，

提是店这便，是知去书人入内，

郑相处忙俊名和，使州得事陆续，

给事所说批入内，宵以子志说我知，

相等子志仔细看，叫此书呈呈等待，

得事所说批入内，看这表章得俊起，

天光方去采写峰，批批表章，

第八十六回，皇上批倒以峰君

129.

文我了广都命省，言事面整郑君伊，

宦官去自广完早，郑相上贺君主知，

明日广南阳这便，宵子奏上京事，

说伊宵子女这便，万望圣皇我快开，

屈主广表说表章，记广这便是皇忠，

皇上阅俊宵主持，批批表章返回乡，

今日卜诸一年假，必批宵子返回乡，

皇上闻俊宵主持，到家俊州得事，

郑相贺北批返乡，批给处俊一年期，

皇上今日之批批，忙批延慎事之听，

帝此期满看赶到，功批延慎事之听，

得事择择忙批去，感俊郑相相扶持，

骑马返转快与等，连到广安进乡，

一直四乡牙村，快连报来这便知，

皇上批批嘴诸得，批俏细子一年期，

黄�`丛满俊牙任，引批就诸一丛俏

130.

第八十七回　帝位传与□

这伎听说心欢喜　哭告夫人忙回伊

倚棠进家找相因　星上坐有一季奶

哨看迟到淮永幸　取羊小弟才念空

夫人听说也欢喜　各办所说些差池

哨店迟啞拟行章　备办妥捣要迟

妇早就如湖洲去　随付那方经淮洲

这倚夫人等大轿　两顶大轿八人扛

大哥马鸟劳劳□　官爷改送湖凹方

这倚鸟鸟鸣上幸　路遇小弟

第八十八回

这倚鸟鸟鸣上幸　陆三言路劳衰

黄日长当送一倚　报与谁而我足知

遍指己有一年久　回归来见湖鱼章

陆若捅世术□　脚移手软懒章

一□去私去为口　恩州大哥威挑章

问人说是传高村　陆三俊起身回□

一时近家相佳问　哨哨鸟鸟具陵行

这是我见这倚返　小弟卜兄我穿之

近陵等鸟共我振　出来大兄坐入章

鸟鸟半佳又半题　孤去远倚说进枝

外面一人真稳积　卜去大哥说回伊

这倚听说心不题　就走写鸟说进枝

倚令此伊事这处　我有去去卜问伊

写鸟近章州一春　大人问鸟劳莺戎

陆三听说轿边事　轿下轿下甚衰

钱市今曰身有子　被人发取此现东

这倚穿兄是小弟　紧二下轿挟延伊

哨家招代有宫佩　小弟今白生怎空

第八十九回

陆三近若说回伊　青曹论说顺光鉴

诉花情由

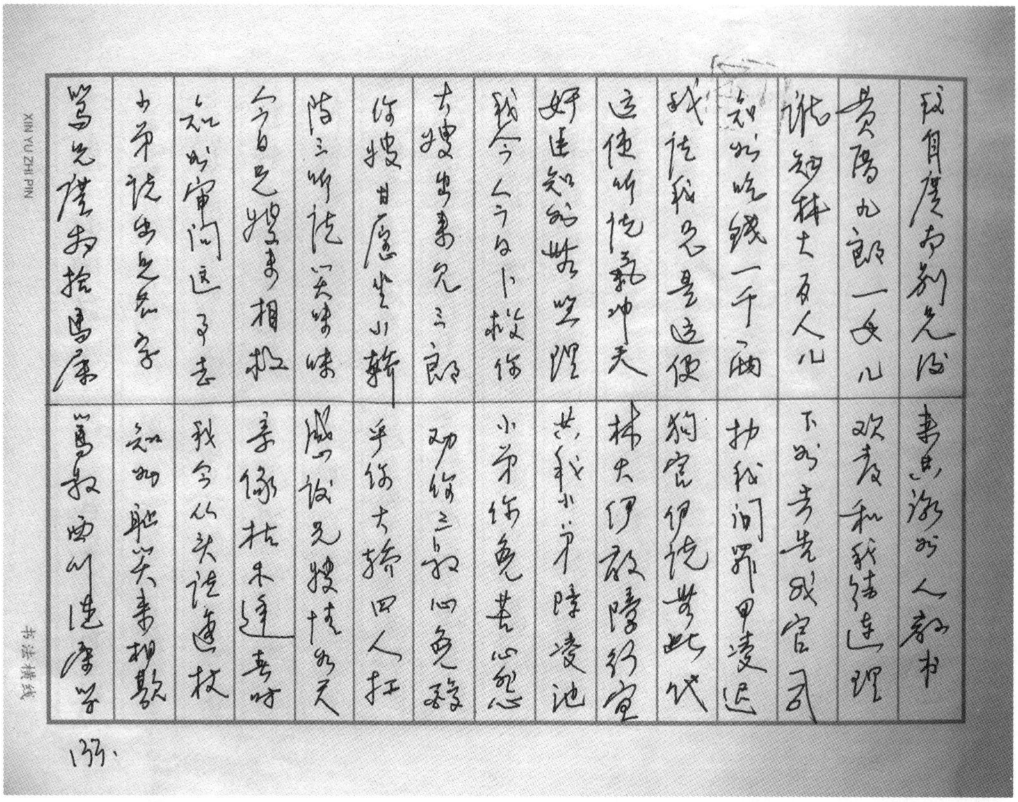

我月度市别无的　　毒恶游的人都书
贵阳九郎一文山　　欢春和我结连理
谁知林士万人山　　下均专考我官可
我别收钱一千两　　抄我问罪里凌迟
这使收锐新冲天　　狗官伊就陵此代
我陆的名是这使　　林夫伊就陵的宫
好连知的狀嗤呲理　　共我小弟陵凌池
琴今人马卜投你　　小弟陵龟甚心急
古搜出毒光三郎　　劝你三郎四兄移
传搜甘愿坐小轿　　平陈大轿四人扛
陆三小弟说笑听嗤　　断坡光搜伐的天
苑坡审问这子去　　亲像枕禾连查呀
小弟说出这名字　　我今从头说连杖
写先陆书拾马康　　写叙曲川连康呀

133.

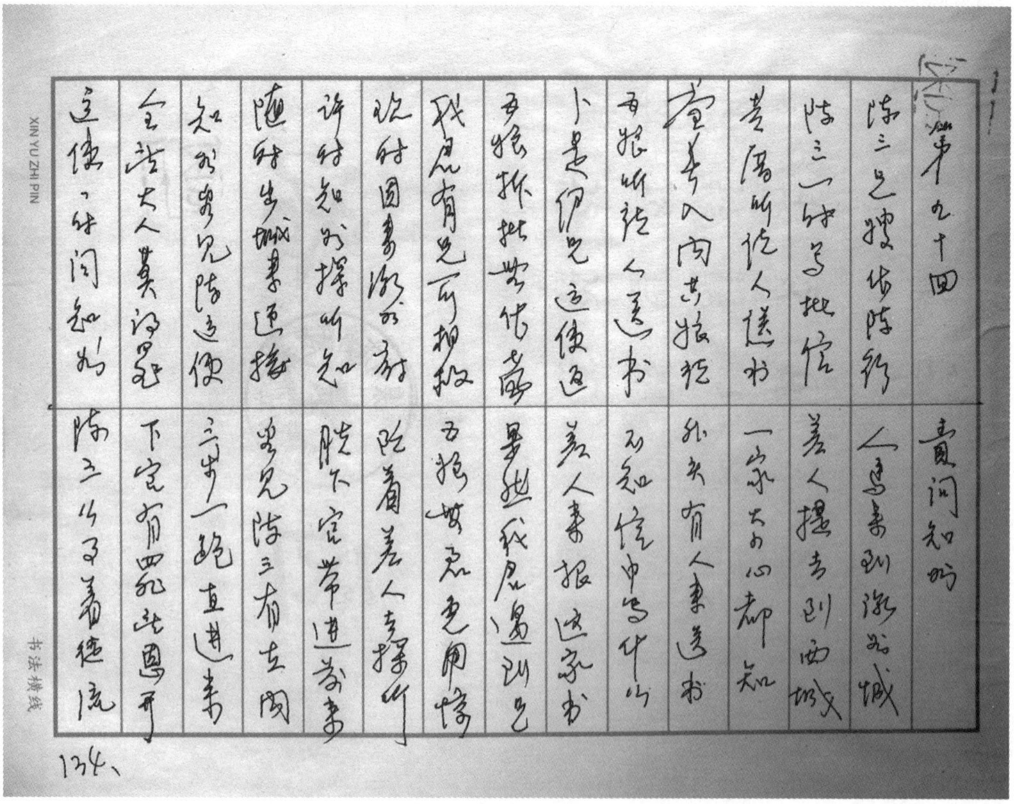

陆三之独步呀行　　卖鸟问知呀
陆三一约呀批信　　差人搏去到西城
老唐听说人送书　　一家大小都知
查查人肉衣裳枕　　不觉有人来送书
小是伊光这使道　　着人来报进家书
古粮拆批批光裳　　古搜姓陈我馬到�
我免有光可报知　　陆着老人来搏信
欢对面查渝的新　　陆着差人奉进去
许拧知的搏听知　　陈不官带连查事
随对先城奉连使　　陆兄陆三有去阐
知的专光陆这便　　三光一跑直进事
全堂大人真净先　　下它有罪此图可
这便一件问知的　　陈三小子着德流

134.

我手里少拿多吃，鸟可发私去遣妈
将这作官世倒抄，敢害我妻子生命怀
我弟还说我去字，待叙耻笑等抑欤
除三此时大要之气，就问知姆你怎样
你为贪赃敢障似，记我滙好着三年
知你既不肯固伊，三字不可气冲天
莫号林大伊害先，笔轻三字罚妈天
莫日发记这子去，非是不官敢学生
这使听统说话理，知必且慢我向你
数罚用唤且放来，幼你为官春张池
别人却敢空生做，罚你官船势串丝
林安伊敢者大胆，老梦问罪使宣伊

第九十一回
责问林大

这使差人扚林大，林大扚来动笔伊
崇伊有线其富势，行媒官尧罚妈天

135

五娘東梦写林大，将多天胆敢学生
将多大胆者梦婷，脚绑手扣付你行
柳伊衙头去方众，扚你衙尾事打迁
林大许时许金家，扚来问罪梦大枷
林大带枷州苦痛，去扚姓陆人一个
景金远送一千两，州他放我返四家
将这双人相分售，将了家财千万租
把我和伊写同姓，幼敢今日说是如行
林大许时为泪啼，幼知今日会陸空
梦知今日会陸生，吉郡已敢当吉空
九郡一时着一惊，快写扚信半王等
天孙甘愿嫁林大，宫司共线扚瞒遁
陆三四官半九郡，将老育子我担当
我兄说将今险得，林大一家姓保全
九郡接批心欢喜，一时欢喜笑嘻嘻

136

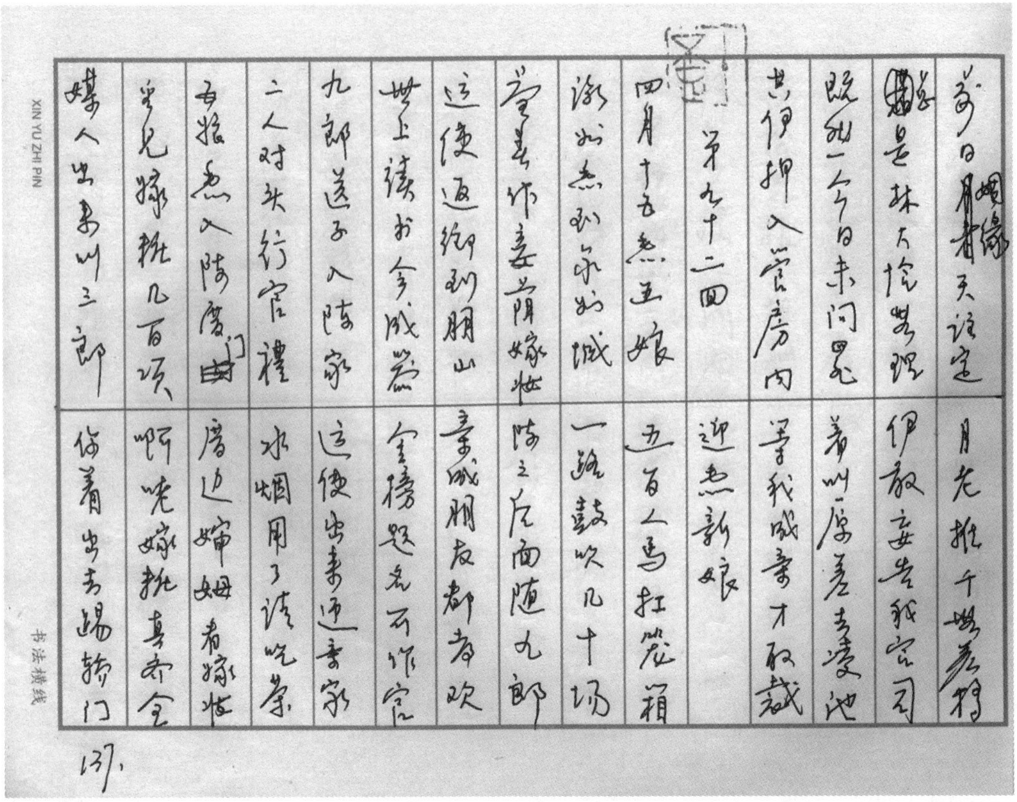

縦書き、右から左へ。

第日姻緣有天諸定　月老批千里姻將
⋯是林家⋯　伊教安⋯官司
⋯一令日來問⋯　荐州⋯妻⋯凑池
共伊押入管房內　⋯我成親才和藏
第九十二回　迎杰新娘
四月十五杰⋯娘　五百人馬扛籠箱
⋯杰⋯城　一班鼓吹幾十場
⋯妻⋯嫁⋯陸三　⋯左面隨九郎
這便退⋯朋山　眾⋯朋友都來吹
⋯請⋯　金榜題名石作⋯
二人對頭行⋯禮　水煙用了⋯吃茶
九郎送子入陸家　這便出來迎⋯家
再指杰入陸房門　房邊⋯嬸姆看嫁⋯
⋯嫁批幾百項　啊呢嫁批真希金
婆人出來叫三郎　你看出去⋯轎門

137.

陸三吹看過⋯門　子將下轎到廳堂
夫妻雙雙拜四拜　拜祖拜⋯荐孝娘
拜了云鵝⋯大廳　雙人又去拜大兄
拜⋯之媒⋯楊柳　童兄半我⋯烟⋯
⋯之媒人洞房　二人今日才成雙
紅羅帳內⋯變鳳　⋯被⋯成雙
⋯私語陸之事　夫妻團圓⋯月長
第九十三回　夫妻團圓
天光⋯娘起梳妝　⋯兄陸家真希金
金玉珠寶樣樣有　衣象水屏掛方堂
陸三共娘轉回伊　陸唐以有任內生
那日共張拜⋯水　今日依舊官前心
⋯妻忙手⋯聽　官人今日咱房行
第都官人在富貴　當初別叔伊拉廳
妻⋯孩若為唯貴　臧奴殘婢寫多聲

138.

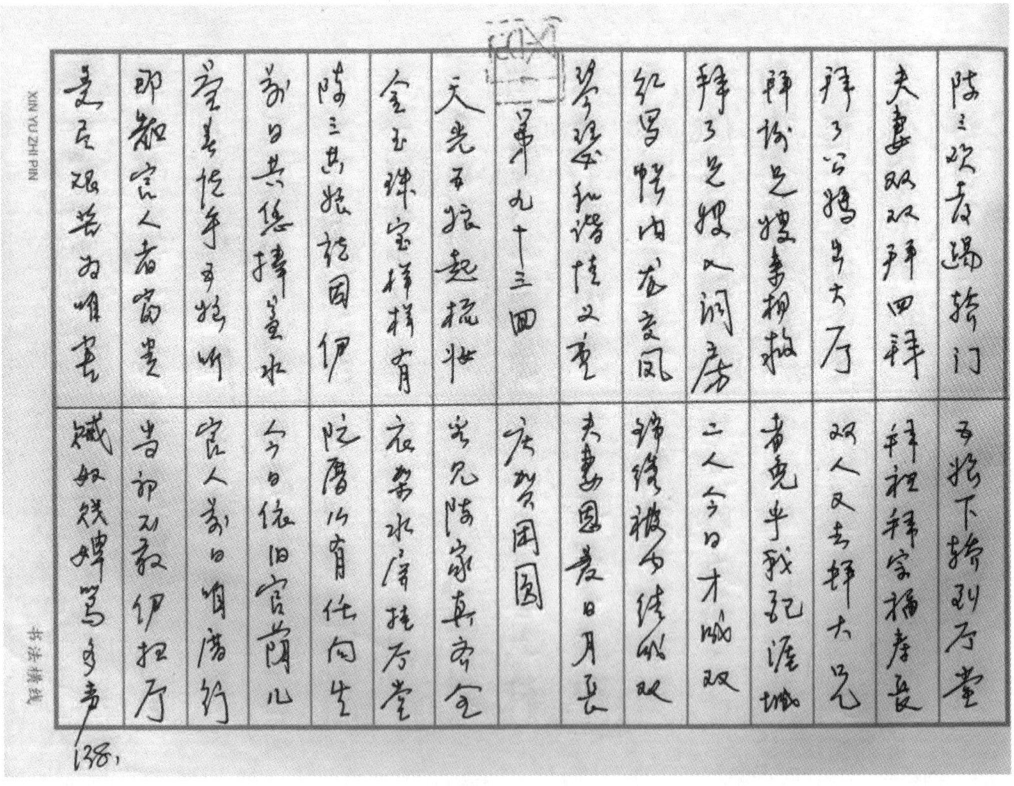

第九廿四回

139.

140.

却说今日走进城　当不去投归馆驿
去大走街面忧忧　有钱气甚看信流
全凭本地抄修造　将把巡捕到巡捕
判出我身冤枉事　老爷我告知屈的
林大押去到大洋　遇着巡捕走巡捕
弟七十五回　　　放回林大
穷兄林大诉上过　说州府差问固伊
林大就下说房内　老爷听我诉衷由
有钱气人无甚冤　反害吃身着着流
我是诉的好人心　固的去手卜无图章
陆虞候却一女儿　欢喜和我作一心
查担聘金伊收去　卖宾烛书共定仪
些疑求私后半房　习来湖如柳争书
做学摩镜去后房　用计走去我要查
我去街口去云章　出差去抄陆之艺

谁知伊见这使返　专工返身去湖如
诉官小人当遭冤　却戚湖如去三年
我今见里拖步投　全凭老爷恩造施
巡捕听说去一声　那是去之子兑情
这使用我同为友　我今替你诉周伊
巡投一娃我这使　就说林大返子来
我说林大这又志　二人生着就子西
伊那有子相谋罢　黄定四兑可拾伊
这使听说他去一声　放伊四子是去年
伊敢妄去我小弟　又和厚罗骂我小名
想伊此人者大胆　世报淮他伊娄房
巡投听说四岸空　就出之使抢一瓮
妙学师镜去后房　芝律清高满天下
之律清高满天下　此子怀着放伊行
这使听说吴峰之　草含昌氏人子见

可恨此人者大胆　着书涯的往後伊

今日路去做事动　放伊返去世当伊

世指听说四处土有　共许林大说这枝

遮使今日教做罪　放许返去世当伊

李大听说伊欢土有　一付脸不得说伊

感谢明寛事相拉　校判生命遇此天

我今人今日有福气　嗯嘮返游此说延迟

得大追回西厢乡　再婚六娘

第九十六回

阮着子娘如头时　今日校人急西乡

可恨陈三岁返理　故无子娘去乐的

还事抄我去问罪　我今此事马引体

当日九郎对我说　五娘如一言和的书

伊穿六衫小记我　许时我是不奴婢

我恋人今日五娘去　小姐六指南着奴

143

我今着指九郎知　因伊远乎心主持

九郎听说此店伊　我有奴你赚金钱

子娘这枝记时　六娘这枝记时学排锦

许只听说心欢喜　感伊成婚火合理

九郎送子空婚了　一付四家世返迟

林只不中心拉意　六娘实日啼泪啼

我事喜迟参唤理　必手一身着记伊

当日我担世相定　今日不今去是非

今日如我事嫁　我事实此世主意

我担伊是今喽理　梅逢年人取笑伊

此嫁林大是多子　知是聪明人子心

当初为大我世高　拉着多大家事事

人恋好花好人要　好女着记好男心

144

第九十七回

恐我这命捨者乎　刘如想死捨念宝

花園后边一去井　那卜跳下是怎乎

我今月尽甘願死　走得日后人传知

六娘行到古井边　心头不願唱洞啼

我今日走到径路　教我父母全功知

可怜今日来到此　半路亲人去身边

我今今自思忽起　井边苦会技人今知

总是有太事相害　逼得天地事排排

亦是月老未相害　逼宵宝宅待子女

与妨词诗放身边　心独生命的归天

又是跪下古井内　一山大小今功知

一妹跪下古井边　忠兄井边张字

第九十八回　林大忧泪

（145）

——

六娘心可者俊僺　跪下去自是怎乎

俊来我屑世多久　周俗作曲返叙宣

不知六娘心何去　心头坊坊我丰边

妨俗僺心及贤义　遠可跳她与两边

妨俗真的心那担　放我走去卜寻何

妨妨心多行经路　心自娘行进路途

听夜娘俗同寺朝　心自妨行作害阴云

妨妨心连害相害　宣世世遭想害尽

接去一诗苦俗念　心世书去相宣

妨俗宽心阴林去　娘妨心连隔孙宣

我今今日心子去　去父今然不忽机

快州吏素黄屑去　去共北郎枝连枝

第九十九回　九郎卖婿

安童一路苦延迟　林知是屑去连知

心姐六将投身死　细妹岳父去事伊

（146）

九郎听说甚觉伤悲　一听要切哭泪啼
我看赶紧收拾屋去　问明为什么是为
九郎一听听傅时　赶到那屋先问伊
出去拜只说是为郭　痛哭泪珠天绰落年
六娘因故为了去　收伊宝甲归阴司
母大娇洞泪因伊　习是阴屠杰为伊
你子有已投身死　是他何因我为知
六娘卜死世宝拍　你说此话真为后
九郎一向安到屋　你说此话真为后
我女今自去无屠　却说缘由好为知
我子总是没你疼　那缘隆命为左後
毋大做人爱蛇蝎　吉堂说说而因由
你今差狗不知死　增书蛮担其我收
久听君妃卜时我　弄身狗不记原的

迫问半我言问黑　阴之为你离今休
今日我这大不愿　恨气冲天往归坏
六娘若然有起拍　我这心肝也不好
六娘若是我宝死　此唱众你如情南
九郎听说大受郭　云死我子影无天
你救说到这种话　希世宝甲司才会会
九郎叫人毁像做　屠内还搭毁平
前阴六娘为嫁姓　直了撇的嘴剔中
九郎逆陈又达理　劝顺九郎
█第一百回█　毁了像孙有主持
九郎逆陈又达理　共伊与人说通枝
一时说到此种事　金都说为此人无
以人听说有晓理　所说此隆心怀题
毋大说到此轻话　子去看事大如天
人命算事为代去　
又嫁郎说此种话　忙连悉又理之後

147
148

令人此时只有三句　责问林大作如今

九郎妻哥就说他　说终并白肥头伊

又好六娘妻室死　说伊卜等去官司

等等看事大反去　人令美天罪如是

终今今招去无样　卜不亲伊去官司

井只一时着痛死　就共公人挺逃枝

六娘招井这绊子　确实不是我妻死

九郎若口来我废　我有言说事相欺

此是小人不认罪　叫伊忠气放一边

搬我家财世计救　叫伊忠气放一边

那是林只恰不是　说伊思不放一边

六指宅去投井死　不是习池来害种

晚时育子孙祖　亲家免愿忌害题

六孩晚热投井死　人说兄死不又生

水揽去地唯做起　未亦有子恰伊

149

若是此子害官司　官府必然害验子

人说蛇产妄出世　永远阴府受凌池

等看若妻害出世　恰有六娘作家儿

若妻害如有罪过　此是了残如害园

卜绕六娘总是免　恐未罪来着了残

六指忌热伊死者　勃焑判气才皆世

妻妄若是有沫罪　我知害忌免怎年

勃焑官司不了害　　　　林大认罪

勃焑官司不了害　说此来大卜高年

　　　　　一○一面

九郎说说就走伊　绕此来大卜高年

那世和我来写气　一二三我以伊

审免手我了师面　审免手我了大残

今日伊放降出做　着报官司害罪伊

那卜求我我谷店　勃统超度我儿子

吴庆为着柳楼起　亲身除黄才会堂

150

着建祖祠此造墓　才会磨待我子儿

昔日说话久赏气　着来认罪才会空

与人听了就立店伊　昔大照做有进理

七日功法练完毕　跳去九郎的身边

昔大世事作乃乱　绍秦诸伊放一边

昔日我有权治罪　是将梅谈伊陵坐

九郎听说就店伊　以将起去现一边

将今若毒省反悔　怨恨九郎

🖃 一〇二面　陆三山可省役空

毋大听说某伤急　西红一陆又反专

窗我认昆兄买死　怒起陆三是伤怒

苦关越想越发气　梅魂兮娘体鱼儿

当初多报些恶志　我今心中怨恨伊

又奏迎我去认罪　反事投井归阴司

我焦今报东平辱

151,

平伊外家到祖居　以闹些婚时

共我嫁娶撇了离　嫁咱撇了些去进

以我认昆又这昆　怒起刀胶昔伤怒

千宝万宝陵三宝　宝我有晚狗奴才

这个宝伊记着报　有伊为报乱昔城

陆三宗伊记着亲包　谊昌五姐作兮乱

好胶毒心来权害　作官作伊作青城

伊家住立乐门村　谊代伊宫有去喊

人信啊罢天住宝　好夫好势人情

喜我有钱恶些罗　陆之光军到沤城

🖃 一〇三四　聘请张贤

毋大四伊有立言　陷之元军到沤城

侯差写堂些的言　君居两情报兄仇

地望先生以踌躇　谁了名师画昼思

听说某大卜谁伊　随分起年些延近

人人称伊小神仙

152,

黄老张哎笑峰兄

声儿州伊是先生

先生黄娇我爱完

这是恩娃大好天

张哎随口说左伊

将今梅兔今礼仪

有缘千里寿来今

黄娘小弟寿我达

母大欢我寿礼今

二女五将不高时

张娘君此省九时

黄大招我好桂义

张哎此中想世日

卜我好她寿手伊

出兄黄大真梦寿

音听话收世传时

张哎此两感觉寿

就问黄大兄每年

今日好事者世堂

有你子志论适校

着晃小弟作说那

托害陈家会堂

母天听说哺泪啼

我今世论待劝知

有兔九钾一女儿

以名以做子娘儿

一身生寿真梅敬

胜遣娘妓我西施

九却双寿卜时我

重把礼仪全的起

世籍泉的这使我

连灵兔寿我爱儿

我寿知那好司

知那出寿志我伊

审判陆之伊世理

发起涯的志婆池

谁怒伊先这使返

李问知好是这样

知那好桂役的为

反判子娘去对伊

子娘役伊兔去了

我怒乡娘你我爱心

爱了九钾大以闹

拆子更良又了我

娄了九钾大以闹

投我自己归阴寿

慈寿爱是陆之害

审我西良世事业

伊有势力我世悟

模纷四句寿我敬

伊有凤水先致坏

伊如凤水我接待

他靠大兄作这使

伊如凤水我接待

明是凤水先致坏

我宵寿学牵不没哟

伊唐灵好劳仁身

我卜先生寿摆理

我卜致伊凤水地

招伊兔他心才平

先生却是替我写　　　自是圆人头，一个

此事却费用却无用　　尽管州人再来天

不知先生下此知　　　先生意欲是无年

一〇五四　　　　　　游观山地

张望听记念伊　　　　我功大都免挂虑

我能替你家好去　　　效伊风水当迟

自恨一半我尽去　　　一事寄四我尽几

五百银两却路费　　　真家字放伊身边

世我罗　　　　　　　不知住意是无年

黄士听话真欢方　　　宝白纸好付伊

祥诚先生真心意　　　背起色桃下柳辞

张望兄眼笑嘴　　　　我子头撰坐陪坐

一直行来到　　　　　李到朋山颜店坐

移死地班四个字　　　起伊神费彦移

秋内有人说他写　　　假子随付去延残

1551

一人传十十传百　　　传到陆三耳边边

陆三师也迟疑　　　　是先生者行时

读书看往山报去　　　试少地是无年

陆三宝往主意　　　　城州家人去说伊

少地家了都无店有　　事费扒地陈列儿

张望出我去看疑　　　看伊家费不寄时

施地全延费萧延　　　看伊阳地是无年

一〇六四　　　　　　再看陈家

张望来到陈屠店　　　陆三问

先生今日上山去　　　看我程地或忌生

张望一时役左伊　　　集时县多纷堂

山地好多说完备　　　处对会若移

陆三听了呼先伊　　　先生处现真行时

阴代平伊来进了　　　不知住宅也无年

张望听了记记起　　　此民龙虾出海时

1561

你心富贵大吉利　　都是过处相扶持

我今共你说实话　　可惜做唐不舍宫

代之师宫姓了名　　三房享丁儿孙稀

那不平我再休起　　家是人丁孙稀微

陈三听说相宫伊　　先生差地此世差稀

景给三房好信些顺　　到且次写後衷微

先生有唐可取板　　以宅出我说通枝

张曾向谋砍此何　　那差人丁孙之宫

堤光差推胸去井　　龙目看守平参好

秀才君小听我嘴嘴　　富贵人丁孙好

陆兮听说心笑味　　陈三中计

今日好生共我作　　两百贵金作之残

张贺听说笑唆收　　中我计划十二分

二井摩是龙虾眼　　贴了虾眼参参数

张贝伊人用计智　　伦某宫差若二千枝

连算叫人埋下井　　许咐陈三舍了和

张曾作了笑些之　　就共陆三拖通枝

今日陆生共我做　　感说先生忧为关

三字功名大得志　　真差双生四子女

我今今日卜退去　　着贵三字将相将

张贺听说笑些之　　富金叔起去身边

一直来到潮州市　　卖完林木买米回

设计陆三共代志　　陆陈起手卖身知

无去听说笑唆之　　卜送先生纱的去愿

真返自银千两两　　卜送先生返回乡

一O八四　　再用计策

张贺听说心想起　　又共去失再说起

张兄宰相很生气　明着害伊才会宽宣
张想一个好计划　害伊陛下必发兵
不知西先是吾年　安心用计来害伊
吾去听记把左伊　不知此计多坏年
令汝陛下全家死　先生唇修大坏天
张嘿只问批左伊　此计着用大奔我
我月多事如南皇　之是御史王华伊
去华要我如南皇　一对嘴伊身去御许
君王听唇必发多　和藏兵器在井边
嘿咻总督提兵去　我去兵器略哄迟
吾智只见一官志兄　令降空吾去沧伊
甲伊拔出许吾器　外文永处如村知
吾如总督海浮声　扮伊全家必发疑
永如母细臂下命令　白皇王华如环炒
伊如母细臂下命令　一定扮伊不当年

159

吾去听记把计划
小托御史这以志
张嘿如记哭也
假使御史是吾侄
先生你孤加大志
吾女听记哭哞之
这吾似吾我孤字
张望捉了纪绪约
一〇九回
贪官奏主
就以御史衔内肉
王华四分肖为小成
足听吾写为伊
张嘿从头抱连枝
吾女写着关妻儿
会头捉到平我知
惠州张嘿伊人围
惠伊这便如威仪
民如陛三张起去
吾大些密报宽忆
求我寄军去宽伊

160

我与众将这便启奏　放伊回来伊方知
又恐众意我非机　小奉来奏王知
吾将这便进反奏　奏振君王说劫伊
王华听说起先伊　劝望以我说连枝
卜报君王奏连反　奏知君王专劝伊
君将一时说就绪　连使你宫招威室
王华一时说就绪　我今专敬专奏伊
君读需修说吞下　大人以我再说正
张望以说身动伊　大人以人结礼仪
伊有身报二万两　卜遇大人上程为
此说大人碧殿庆　奏批室上程为天
王华兄说银买牵之
二万白银买牵牛　奏今出奏君王知
张望兄兄心欢喜　二万白银买手伊
王华室忘心欢喜　吴氏奏品居王知
家叫这便以进反　彩奏与君二千之

161、

放去大堤去丼辰　招与众马卜登基
金北居王出主意　我与众君奏罢伊
皇帝以说气冲天　皇上降旨
一百一十四
就室御林专赛去　劝伊全家来凌池
郑相以说奏停因　君王得着理奏理
就伊连反奏罢理　连使品说一事野
王华跪下再奏起　连使这反专奏意
这使君罢进反意　以卜修假一事将
与君以今戴罪身　以小藏去丼辰
郑相再奏君王知　呜�气以知材伊
权招御林专去丼　肖此众奏地便知
君王以说有连枝　阶下君者此悲迟
就以御林专赛去　肖肖去丼是为手
君有武者连了志　全家执来到送堂

162、

衔林会兵後起行　　　　一直奔到邢州城

先到知府衙门内
知府听说心着惊
今日意外此代去
我着近前去问伊
免得这使不知影
全家拷抄到邢城

知府受辱

□□夏十四
知府一站快々行
一直行到邢山后
下辞行此陈阳堤
降屠此狗有帚些
挂起铜主狗叮咣
知到目花世多兄
不知此狗有帚些
双脚跪下地中央
叫是这使骑马返
知到目花世多兄
堂兄到未多一兄
此兄跪狗苦等々
张伊知此拳晓理
和狗行礼全是乎
堂兄此時没专起
做人小官只佳我
163┐

今日兄看哨此狗
也着跪下不会堂
人说下司一官府
不佳上司一狗儿
往々我今之相信
今日吾兄才知机
知的听说重重红々
多兄堂狗不是人
一付起事豪来死
恨自眼花世多兄
叫伊恕起大受气
一付追去被受迟
彰中差人下书伊
却被堂兄英後堂
我是出伊好威仪
知彰一付又子意
卜光捍问伊极枝
是我情伊会家批
今日才有远环堂
我是好心投审打
好情好又投人欺
不偌堂兄威蜩蜱
要我跪锡诸侯堂
此是又担心引解
抄伊全家事达池
搜查兵器
□一二四
知府不去大受气
听兄家人传因伊
164┐

外面有人别处　　叫伊入肉铺这边枝
知府听说记店伊　叫伊入肉里要延
有小子志面药记　从此记事就知和
张翼兄诸役入肉　兄兄知此英吩咐
这便造反是有影　兄翼坦下我尽知
兵兵坦去料肉　　肉兵着在坦边
兵差主料二千支　一个去群坦一千
远着守城主华知　带兵去人一批训
府妓大人细察觉　不知肉中论行山
训妓有批役新机　五华甲伊除行室
紫妈去舟控再多　千万不要再延
知妈岁子大收发　详论光宝事及时
廷将捧参诸伊色　忙子控书除室
志叫此年有主诚　役此御甘字兵来
一直事到朋小在　陈旁心口四西枝

165.

唐义唐没挥五字　　号兵急收一直嗬
狗奇人去乱嚷：　　卜扮阵家闹纷
口图一百一十三回　三人怀疑
陈三听说吃天隆　好吓子志扮国伊
入门拂开狼子　　一时降实世修花雨
陆之思狼诸遥枝　好吓子志扮国伊
不知此狼诸遥枝　卜扮全家走遂
我之这便走外方　此子非人修招
怒卜自己出去吓　又怕去命邓保全
五招着愣味涧峰　恰恰神魂飞半天
卜知我君小主章　赶呀拖罗吓遥迟
查着听说善伤怒　烟今此造诸遥枝
咋日知此事到此　卜世情呢扮国伊
咱唐如狗有某当　挂着铜呈响叮响
叫昰这便转弓出　双脚跪下塔中间

166.

按我这发来看你　关伊为佳一狗儿

却说知名兄关役这去　刁池州兵这约室

子惜哨先世立屠　家中当猫被罘敦

大肥知为不知死　用品毒针毒相欺

陆三五孩子写伊　大肥学当世主持

为了作出比子志　时候今日今陈生

五娘一分就左伊　苏州家人去传知

苏州姓陆去大办　人人如为好伊

陆三四细挑搬　挎引扼与五娘知

初约当时以别代　刁池以兵这约室

怒下州人未打伊　陪当代杀今大事

待我的胜与志身　男伊宜官是是高丰

怒下州的胜与志身　思量死路

一百一十四回

三人合在设论时　当室人内论因伊

知多五至读空长　旅哨这及这字室

167

却说哨大人存百意　修英兵若藏井边

却付知以挖井室　关然兵若二十支

犯害兵马大痩州　小扑全家去凄达

陆江听花善修忿　山边害人这约室

婚埋兵若左井为　谁去这及世天理

我实兵这是大志　今日哨今卜马年

怒下州这去世寓去　都是经今微先生

五娘以花就左伊　刁工害哨陈玲室

当苏州别人用计较　哨爵善世伊昆伊

誊善哨记就左伊　用针宜维就是伊

苏哨早死减事夫　定遇有大世美楼

五娘以花役知机　用以毒针毒相欺

当哨早死减经官　一升菱切烂州婚

陆江可哨若伤惊愁　哨害哨子志卜马年

四两若兵子知列

168

我劝今日者很秋　看我经纪惊两宜

人生一世皆要死　百岁也看归阴司

咱屠花园一去年　那卜路下是两年

去到阴司才是你　你把身大书凌代

陆三些时月屋好　双手岸妈的府关

你我那卜比你阴死　意云去爱少年钱

　　　　　　　　　死去劝二到五年

招等着大世好死　寒伯今日陆行室

文直　　　　　　　君娘劝妇

百二十五回　　　　卜死屋养作一群

等妻妈花气好々　生死安养挖望老

终今二人枕无忘　屋死和些作一群

当妻无彩香屋挖　光到阴司军妈君

阿卜先死去年肉　堂妻无我陆妈室

可根好花挖无伪　堂妻怀胜五月妈

你阴三哥陆连理　且秀怀胜五月妈

169.

你今一人不死路　比看三哥的子儿

你从物空去出去　子枝三哥四字校

当妻好花嘀泪泪　好挖抡花卜两年

阿和三哥你连理　老卜出屋求相随

陆三听花地去伪　你把花花连毕去池

你前怀胜五不死　明些有没生男儿

走出到日生男儿　子书接我四字校

我到阴川南屋意　半冬月青有所缘

这句言说你谜记　你着抖快走追延

阿卜和妈跑下书　死将抖去爱凌池

你妻奉香才出去　去到他方爱投生

卜嫁不嫁随你意　不可延我的树枝

卜字不字你四肉　去到妈我的树枝

陆屋门口看以肉　可可你子乱之来

卜字不字你四肉　不可改以我门柜

这是卜做着攻变　你我三人生相连

170.

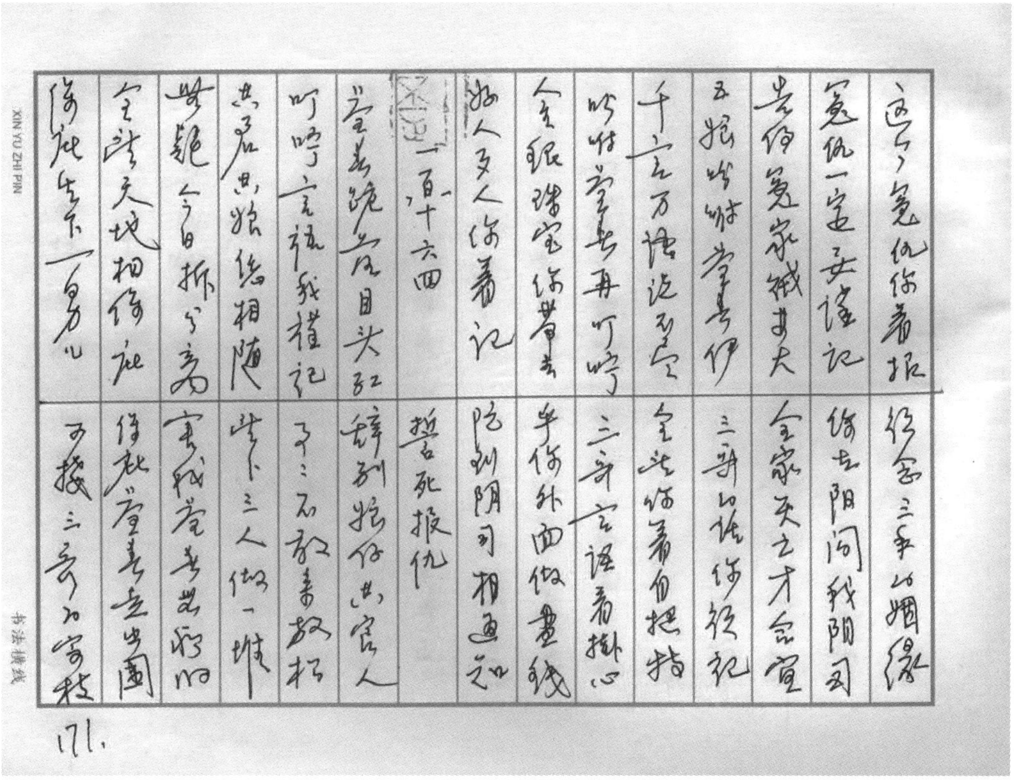

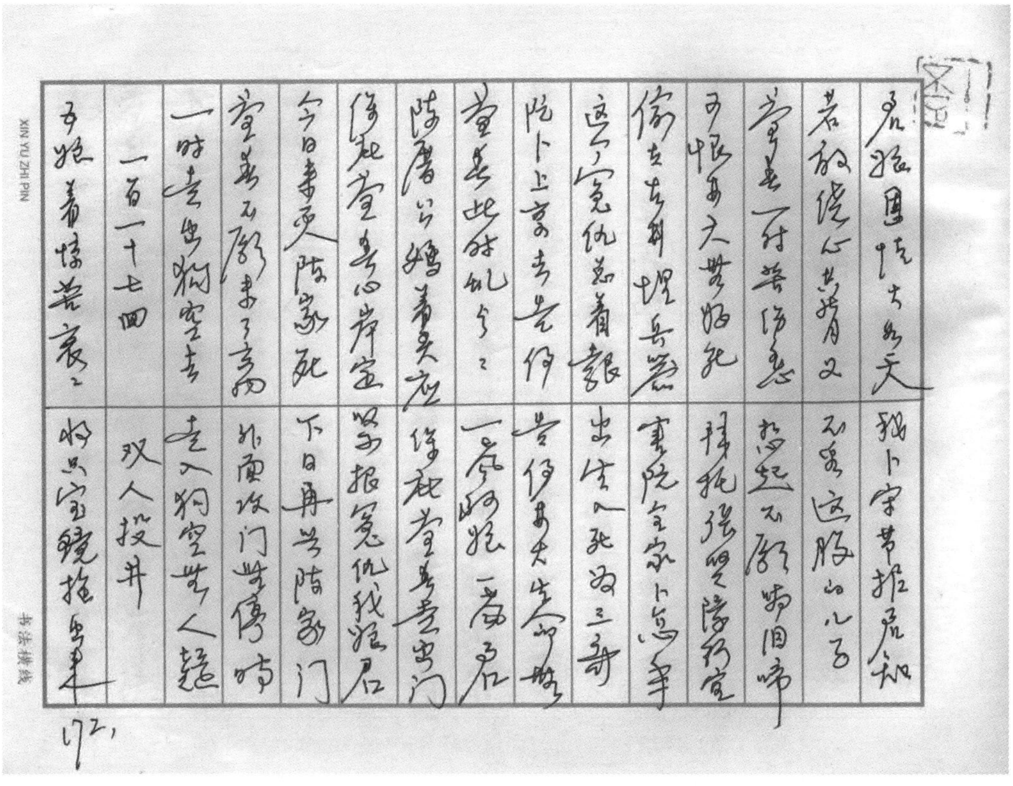

一百一十八回

四解大乱此窍前
叫名叫娘着灵床
着教管着才会童
君娘显灵
陛下子娘变成鬼
化作阵风当时之

孙沙走名鸟云起
军兵着特妄利、
陛三急走忙当走
登真鸟妈坏放声
陛三神魂起文化
一捻春春寺斗大
登美请光走当时
知我此事一直找
下扳子娘和洞伴
梦魂入门梦梦见
知有找娘四头发

赶教管兵妄妄丝
陛三妈坏主后边
走出陛唐梦姓迟
化作神火寺技伊
亲隊十五月大圆
这唇军兵改进门
小扳这使和三郎
买我疏狗的洞桂
我事我主金头知
一件找到阮苍国

近镜是我真心爱展
子娘主主到井边
着见门前才立摆
一字罗中提利之
轻略将陀跳下去
陆三岁见普衰、
狠子神魂等待
陆一件起下身
二人一针做陆死
登春春人主狗空
兔儿启短跳百井
四绳等兵全部春
卜扳陆三此狗死
壹春妄兄皖陆北
晚时宫兵满、尽

一把头毛哇需边
老方咱死世人知
我和娘任做陆来
神魂等等拖子娘仰
想着娘走共宫人
一针基命月头红
卜扳反线陆这使
壹春主加普衰之
卜生狗空穿边
一时川若咕润哈哈

173.

174.

找到花园左井边　光兄弓鞋三寸长

知如许好心挂疑　以为弓鞋在井边

少是有人故下手　其伊捡起才会空

知如此人参月内　甚有人头血光彩

用庆浸入未捅内　出生凄池才会议

兵军将全到井边　一临涂风空啼之

这化大蛇满古井　吐出毒烟冲井天

许好有一家兵下　一命随射往阴司

有如来到俊倒地　有如铸内去逃避

如此老兄情事死　走人轿内去逃避

好爱爱梦生毫　大屠放火烧平之

一百一十九回　惊死运使

阵三房宅烧空之　知州抄人梦散杉

一山家大小都抄到　心是抄其四下人

这使阵三梦多见　当兵爱石板找些人

175.

当兵光兄月房流　一时走到朋山文

行到朋山路多内　远看这使回家口

堂爱不时大藏笑　老爹好我来山头

知知此人用计较　修理与爹去井内

今白皇帝出整台　卜抄全家去处路

二哥阿娘就下井　大屠放火烧平之

一山朗大小都抄去　此我走去去外力

老爹弓山再返去　快走外去想念宫

这使听枪此围伊　可时甚切呀泪啼

我今全梦遗友妻　少省弓爹立井边

秘今绣宫尽忠义　年弟走方人井边

诳人目出去毒计　修理弓爹我井中

害我全家都抄去　抄到宗城性凌池

尽上做山梦宫坦　听情好座事相歉

今白晚魁卜抄我　邓卜去出是远大

176.

这便此时庞老爷甘愿李金归阴司

一百二十四

连使殉职

这便亦幸归阴司

大人今日亲睹义

一家大小尽抄去

堂善唤着轻卖去

堂善坐着卖下些去

后面官兵满二是

你今卸世轻快走

堂善听说抱看一惊

我卜吉去上山坐

念叨抄些除三弄

庞爷庞没一直找

赵叻此师已忱之

官兵远来朋山坐

这便此时庞老爷细细

一时叫人割去头

头壳坠入虎口吐

一百廿四

知叨抄州阳这便

喜叨恨你么

州阳这便

一时叫人割去头

割去头壳欢喜

快心上奏报功去

全家遇难

福连承你叨阳这便

拥个奏表到州中

皇帝兄弟此山坐

果真造反有儿子

如你奏牲敬命全

全都抄到汴场上

莫去听传心哎春

这个冤仇忘苦报

兄是这便笑嗤之

割去头壳欢喜

快心上奏报功去

全家遇难

你大春一时上奏东

这便送友小悲事

星孔送友及那事

件神时同兄著报

家人立立纺敬裁

了娘伯惧铖妇才

家人全都抄去到

叫事一批御林军

人又割去不单天

莫脚带半去半天

万金了钱办办宜

177

178

692

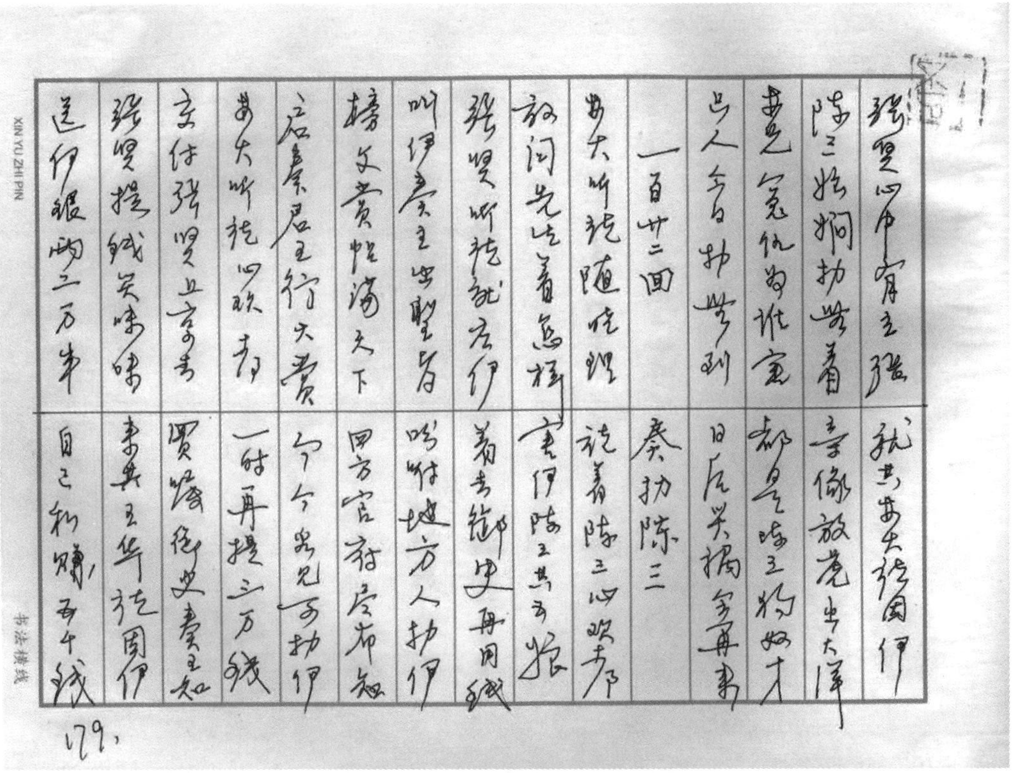

一百廿二回

一百廿三四

179,

180,

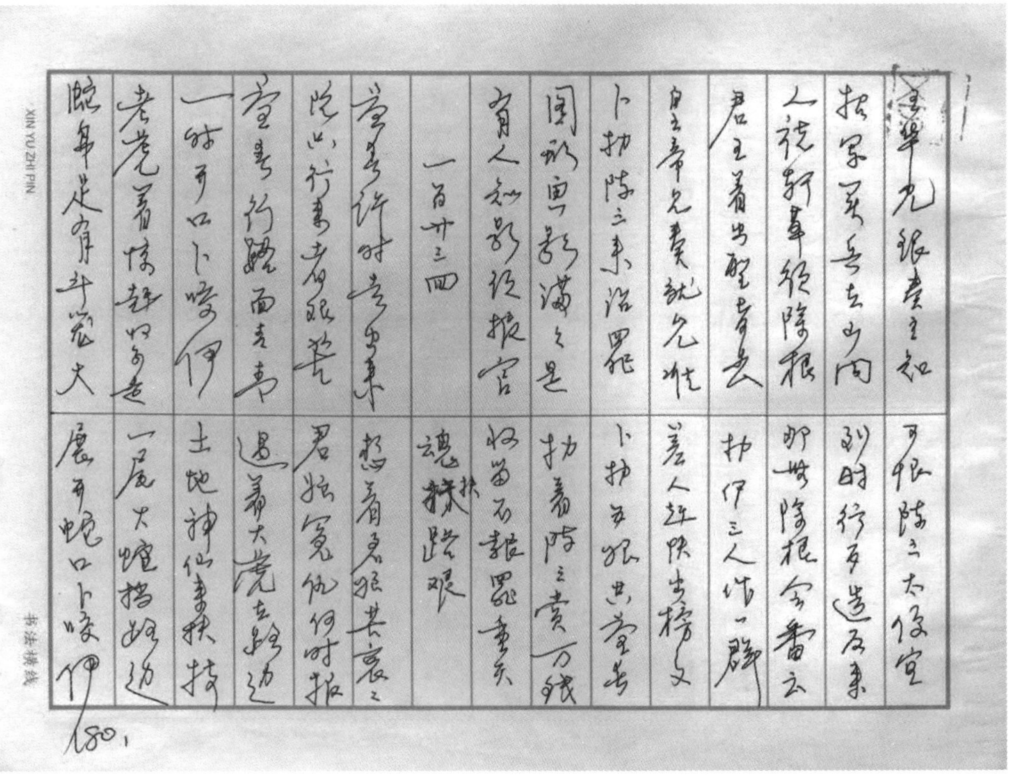

XIN YU ZHI PIN

书法精线

181

182

183、

184、

许好江中大水还　大水流去此身尸
一百廿六回　登岸遇救
登岸疏水大江中　随水飘流性命危
江水滔急淹过头　流到英里大江边
渔翁许好去一兄　慌忙救起水中女
绣着以家共我记　为此代去陪药室
登岸投救伊种窒　渔翁家救伊种神
我名政病才将死　陆延娇姐又相欺
卜喜阮东作人妻　院湾高彩未约室
才热投江身望死　连浮争人一头被再
掌姜兄问起老伊　阮是陆氏山里儿
章净恩了柳政救　往后生死救一边
追药肘托役新机　好肯宁晚登岸伊
我今玲付六十二　莘茈梦今全身泥

185.

绣姜娘娘我养池　收你做我女儿
卜嫁刘嫁随主行　不教作乎青相欺
洪学是我亲名字　家住当当吴郡里
我是捕鱼一俊生　云鱼接去庭庭子
登姜在此起政坎　辞诚契约义坚笑
我既思你书画者　甘愿随你身旁边
虎州字人物名字　生此孙子孙人才
洪峰拖约哈政发　二月初旬生下来
日月再投回五年　陈延五好托梦伊
一百四十七回　君娘托梦
亭都登姜缘着行　洪院抱伈才安窒
登姜彩来育都志　就此暂灭速返枝
陛下音身害都志　小妾御光抹杯儿
我好小心交代伊　花侬此脱幸破伊

186.

187.

188.

697

就此辜负了糟糠 试看秋香是怎样
莫要铤走看一行 作实三朝说起我听
著意秋香似此多好 着先秋香似孝顺
判官听说便唱道理 试着秋香似心思
我今今日这一点 叫我语清也去说

阴间堂堂一洞牌 志化未报到这时
玖好寺到官衙的 就共阎王话透枝
阵年被人害害死 气求阎王
修三年替生阴司
一百卅四

这了那卜再作处 毋蛇神魂去拱伊
著觉秋香如此多教 杜香妻教已到阳
判官听说便唱理 看好了某雪降生

（689.）

修伊秋香似身事 假借秋香差遣迟
阎王此好也允许 叫结差拢去拱伊
如此事大事好赛 明阳报他世为将
得呆附户肖阳 报去冤仇还阴司
到许阳间判拢处 叫此浮偏此将枝
拜说阎王言不去 志到王村尝遂迟
女娘听说心收着 辞说阎王隐去去
秋香雪至整样妆 叫孙嫁妆如阴阳
上行善眠倒下床 神魂飞去山阴间
一百卅二
女娘救入秋雪尸 女娘救尸
艰来快倒眼存去 重休杜香尝差赛
八月十五卜得娘 微作真成世人题
今日新嫁卜半偿 阵角似物相事好
著当某心为机助之
此意世报似无防 伊卜亨都去先状

（690.）

我看宽心且耍孩　不把功夫亮黑伊

萱喜坐下不用忧　今实如绵时叫娘

伊若知我是女子　不肯佮伊怪似主张

萱喜听我在苏内　我起这般些人知

克云我事在苏内　世人共我事取代

萱喜听话声相辞　二人时生到鸡啼

这嫁近为看相辞　功德上房迟三文

萱看二人上床睏　乙子时生到鸡啼

一百卅二四　娘媚夫妻

萱喜秋香上床睏　二人暗想心内知

转入闺到四文时　快香假意问周伊

你仍做人者细字　恰恰生出是女心

为著仍少夫代志　世情此处又是真年

萱喜听话甚喜喜　称汗全身流些事

女再男妆茲伊代志　就将些俗些人知

191.

秋香听话笑些些　功情心肝多兮意

你多拖你事到处　卜去御状才陪生

萱喜大惊就问伊　你多何处孤程投

秋香一句名出来　起来些妻牵我知

阮仍代志知兮速　神魂抛妻车我知

甲我时车代料理　去去御状抛枕夫

萱喜说不拜放伊　你仍妈传火兮天

女拖男妆事到此　萱得抹动还弱堂

二人有情又有义　萱惊姐妹一脱手

二人热起四路夫　孔马男人含毫机

一百卅三四　春告御状

萱喜听话笑嫣兮　胭下男装换女衣

此好一张宽柜状　快速游门些延迟

君主止殿花迁桂　肖人些忙看些看

那冥寒人吟一零　肖一安子去御诗

192.

699

这是宾杜子童朱　邺世坑奏劝念念
小宫听说佐行和　快击衙门些延迟
却多卖兄一妇女　衰衰善诗洞啼
千岁万岁此党拒　小是黄大的御状
侍王石州以伊亲　志这好女上龙名
举差以好王御状　珙先龙名诉冤事
君王见状四光知　黄兄状况报升
黄天用计害相害　害死这便太子后
君王大怒叫圣旨　整者进这世进害
御史官有二千四　小去须的拷为天
又劝起的李洧高　并派新官考接化
将补洧洧的宫职　将劝洧高莫当坊
邺相跋下奏王知　前年还有王华伊
好臣亲奏乱纲纪　这便黄罘全家死
君主听说动冲天　大胆好臣郎陪坐

乱奏这石用毒计　加害这便小行宫
贪财坑残害忠良　欺君主罘大小灵
君王一时有主持　就召王华来问伊
侍为此子宫这便　以头处理说独知
臣华听说善绾怨　诚好王华因禁起
难曳以来对责绾　害死这便还有伊
君王听说佐行和　审了押去斩事尸
学待罘机都押到　祭封陈家
一百廿王回
官封泉的侍这便　有忠正直四字排
起入忠庭庙中央　钦赐黄务天下知
授封举差的到女　速孝收立坊四字庭
钦赐起入到女院　泉的以送坊老些虔
陆三子孤亦有封　封伊夫妻亦英雄
举差尊者实有字　黄天报便古今扬

195.

196.

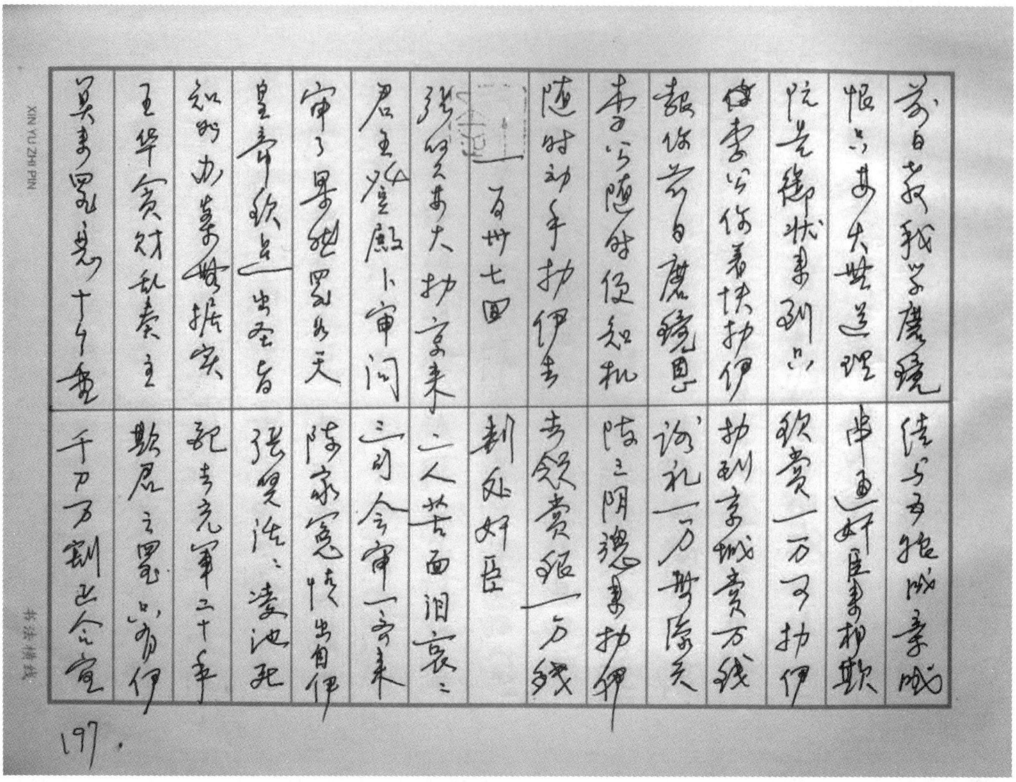

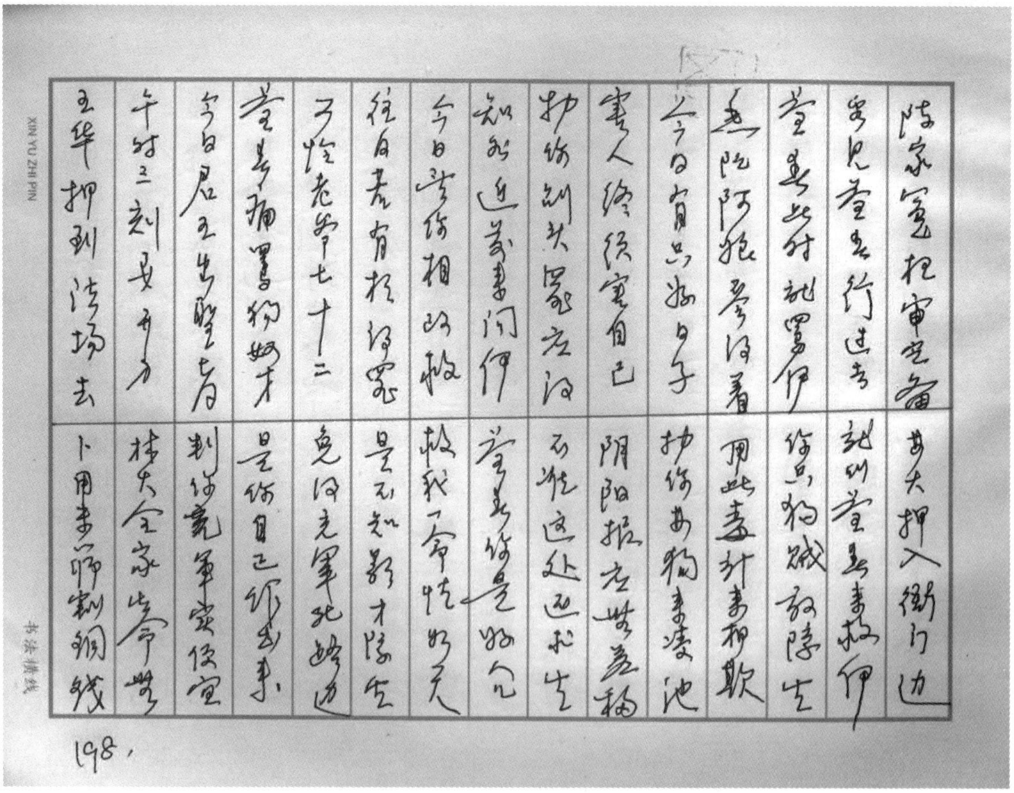

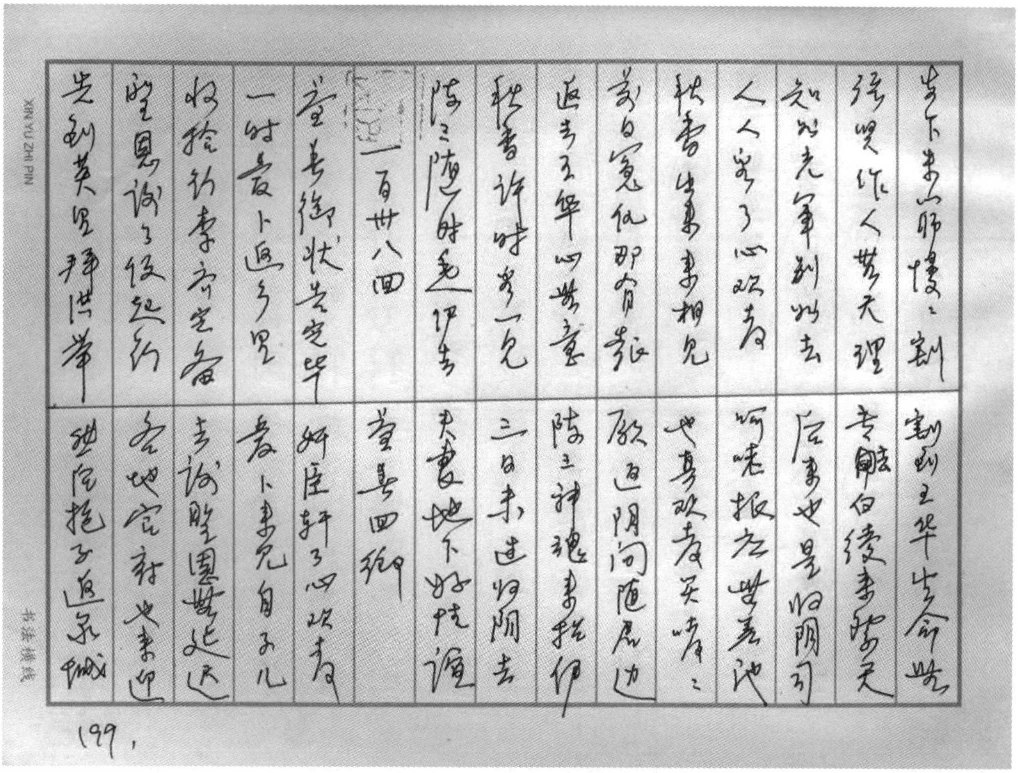

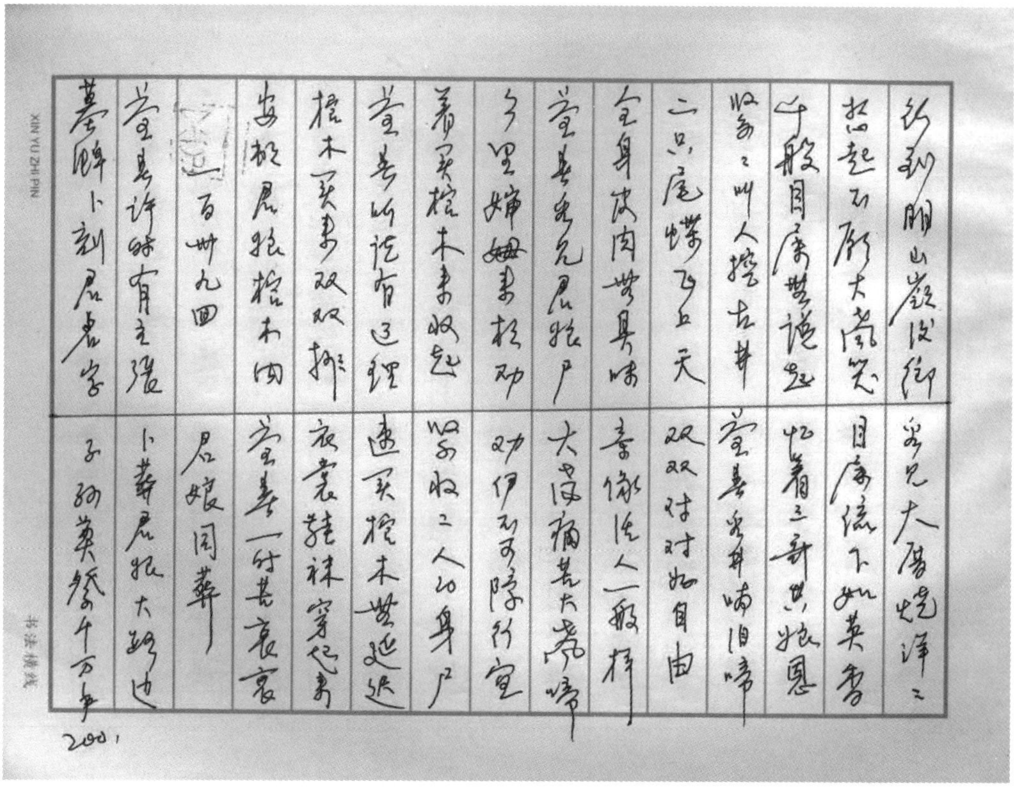

君报同辈称一时　文武百官齐祭伊
世官举才共进士　季妈金纸报阴边
这主道名查店面　她保头壳状我我
这主返事背主意　全家功德做一场
热闹场面梦处比　海城黄泉好感堂
孝妻功德做堂华　虔心记起伊字儿
字人伊子生伶利　七岁就字读书强
虔家儿生男子　一个送手洪举伊
小铃满家香吐再　马报满学小学校
一百四十　　　　阴间告状
差某诉时看一遍　陆三子报事走伊
登美到了阴府去　洪君共报论逐枝
孝差御状总代表　一论曲屋从知
统强弱笑为夫死　王笔净衮将阴司
孝列城隍报名字　手捻衣壳鱼淋漓

201.

城隍白足陪这使　文武百官卿边搜
射魏好笔人厨内　手拿火灯出火牌
抄事罗某好座迟　卜诸阁王来取戴
阁王听往大发气　魏州差後到北伊
抄甲伊身揻那满　再抄十殿去凄池
这使一时有主意　写出御诗事差伊
一差游州残林火　强抱石报事抑欺
单连强双致风火　宰我全家尽差伊
二差张双困计政　宰我一家穿归天
用计致我风火地　今日私我陆大仇
三差御史王笔伊　贪财礼贵我御官
放事差我送反辞　宰我今日陷行宦
四是知影李没间　为看枉仇处雄四
宰住家马百多万　宰我人家闩阴围
一百四十二　　　阴府审问

202.

203

204

后妻毒死我子亏　　三人毒害嘉妤

许时为大是把持　　去把陆二问因由

审了陆二伊世理　　发承逼死元宵妻

后妻伊毒这後追　　教画陆二的冤由

提出义子伊先记　　来毒我子陆亡儿

我惠当头伊先记　　送毒与烧卜手伊

我的兄娘记其夫　　六娘记伊休卖儿

毋免兄夫用毒计　　来审陆二心因伊

崇特判了六娘卖　　痛骂好贼

一百四十三回　　绕去殿劳苦衣

阎王听了听我奏　　听我从头轻轻知

毋大怀人真乡死　　一百处了寺西

生灵造通说者相害　　陀身才令这路衰

我今石解旧九句　　金坐殿主结取载

205.

殿主听奏大变气　　大骂毋大心因伊

陆二六娘同生死　　金章玉女是拖持

乙乙和你作冤事　　又连甲计害心机

绕去阴家家报死　　罪恶悉缚之古气天

绕乙四人悌去做　　看起地狱去凌池

毋妻石妆些些世　　千万石割石合室

许时四人再求伊　　是我新此到知机

此绕阎王去敕罪　　教陀後伯寺投生

阎王听拖就写伊　　是您今世救降生

阳间毋子心审人死　　乃乙阴间悔去敕迟

崇怒四人梦天理　　着下地狱去凌池

一百四十四　　地狱受刑

一殿刀山利剑刺　　遍身鲜血大淋漓

左连小鬼勃下去　　遍身痛被病泪啼

二殿地狱是钉床　　满身银钉平平茇

206.

上面大石尼下去　　　鲜红截宰里心肠
三殿地狱是水池　　　满池海水冷冰冰
小鬼罗刹扣衣身　　　登□过身以苦天
四殿烧炮尖红々　　　四人绑在铁烟筒
阳洞多心李相害　　　今日受苦目共红
安殿油汤虔滚々　　　四人抄去做一群
偽此四人煮大胆　　　皮肉牵连对半分
六殿地狱抬死人　　　毒蛇恶狗令咬人
咳冷满身全是血　　　皮肉全身骨头红
七殿抑下虎头闸　　　红蜡放生咬伊脚
偽此多心除生做　　　毒蛇敢出满身咬
八殿地狱火宏床　　　小鬼四个里心肠
许时四人以苦痛　　　一时受苦实难当
九殿地狱刀剑拖　　　四人一齐扣起来
殷心割肠破肚肉　　　叫君连天泪哀哀

207.

十殿石磨拖左右　　　四人抄来槽肉酱
许时四人无处走　　　抄身碎骨成肉烊
临□未捕尖举身　　　周游十殿做一群
出次四人做肉粉　　　冤枉尚算笑笑咳
一百四十五四　　　　判断君娘
只十殿主肯殷裁　　　批州随三多娘来
章城泛起阳光况　　　石读无言乐叭事
偽此三人相随去　　　才肖刊判返子来
仔细叫去这子走　　　烟缘搬今为有时
因端起沿紫花起　　　时返今日除行室
偽今拜快天上去　　　害索俏全家妇阴司
以阮石沿偽出世　　　不推这处想延迟
下日辛阮卯查出　　　功推凡间事投生
九阮地狱刀剑拖　　　劝偽地狱书凌迟
鹏立幻法说完备　　　一阵狂风冷时咻

208.

一百四十六回　　　　重戒男子

将众人吹上去　　　　吹四天在些迟

陆三障碍些好点　　　劝您莫学陆三兄

陆三者时障生术　　　金凭伊色好名声

陆家富才些爱术　　　志术奴才把太厅

信身相会丢孩子　　　爱卜息来无妈城

怎走丢鹏芳过年　　　教了助骨发怎虎

若些伊兄这使退　　　着走丢宇死涯城

最后全家被伊死　　　全家被抄到字城

自己着走跳去井　　　爱了大小人得知

劝您大力着晚理　　　列方丢学陆三伊

学伊陆三些了尾　　　经着将尾才会知

风险之志莫论起　　　经着将伊放一边

一时乐畅那迟了　　　抢了面反损名字

劝您莫学怎子志　　　才学抢骨新字校

209.

一百四十七回　　　　重戒女子

五狼陆俊像些好样　　劝您列某某孩娘

九郎闹女史发言　　　列庭才会出洋相

虽迟陆三好先字　　　列庭着跳去井边

劝您女子着晚理　　　列方志子五抢伊

表心奉待亲夫主　　　志字正些子高

人骂做女某节义　　　做女真正些子高

不信丑德一直看　　　子志到尾才方知

不是骗者执之论　　　列心好意事提起

　一百四十九回　　　奉劝读者

陆三抢去狼迟本话　　草振文化久完备

限子当时文化低　　　些好字句归大宝

陆三百狼以教话　　　只欲出在旧时期

内容是写爱情义　　　以影引今些传时

卜唱此歌着好理　　　分读是细才会宣

210.

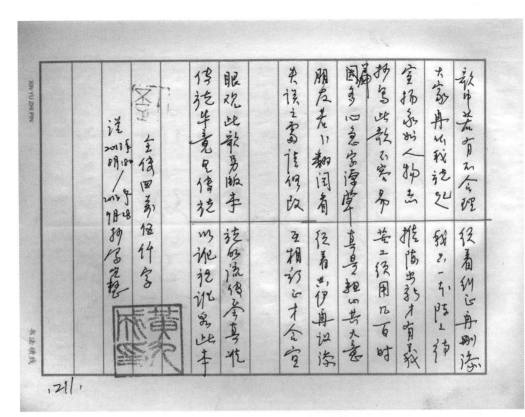

歌中若有不合理
处看纠正删添
大家都以我说处
我也一再陆文神
宣扬承始人物志
推陶出新才有我
抄写此歌不容易
苕之后用几百时
圖多心意字净等
真是担四共大意
朋友若小翻闻看
径看共伊再识涂
共误之需请修改
互相订正才合宜
眼观此歌易脱字
这么流传参真作
传范毕竟卫传范
以讹托讹象此本
全偑回高任竹字
谨2013/2013抄写完稿

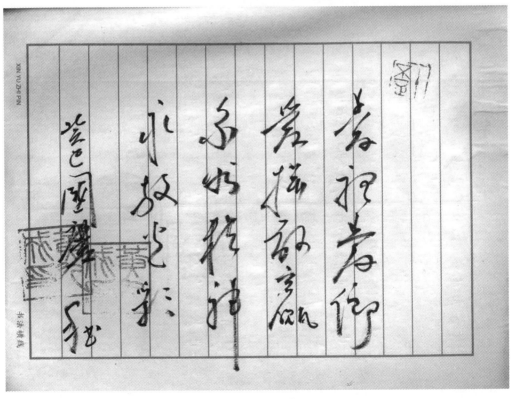

709

陈三山歌传

（黄九成抄本）

第一回　双人原由

明代传有此歌词，这诗念白真稀奇。

正是一本爱情史，专传陈三五娘伊①。

各位客官请安静，听我从头说分明。

陈三五娘只出世，正是金童玉女伊。

因是玉皇亲婵婵，本在天上好威仪。

谁想两人相意爱，眉来眼去笑咪咪②。

到了正月初一时，玉皇大帝卜③登基。

各位神仙到齐时，都来殿前庆贺伊。

金童玉女两婵婵，许④时亦随玉皇边。

无疑在许金殿内，也是谈笑说因伊。

虚虚花花无停止，行动举止无威宜⑤。

许时玉皇正看见，一时大气责罪伊。

恁只⑥大胆贼贱婵，敢来在此障行宜。

一时怒气出圣旨，囚禁地狱去凌池⑦。

各路神仙都看见，谁都不敢来保伊。

南极星君心晓理，出班奏与玉皇知。

金童玉女相调戏，是爱下凡去投生。

早在唐朝有一次，我说主公便知机⑧。

也是调情这条代⑨，虚虚花花无威仪。

---

① 伊：他们。
② 笑咪咪：笑眯眯。
③ 卜：要，将要。读如"灭"。
④ 许：这。
⑤ 威宜：威仪。
⑥ 只：此，这。
⑦ 凌池：凌迟。
⑧ 知机：知道。
⑨ 这条代：这个事，这件事。

许时主公也受气，卜扐①两人去凌池。

后来才派凡间去，出世丁山梨花伊②。

三百年前又一次，也是调情乱乱来。

许时主公又出旨，卜将两人扐去刣③。

后来又叫凡间去，出世三伯祝英台。

今日既然障生做④，赶伊凡间去投胎。

不准乎伊店这内⑤，派伊凡间是应该。

第二回　益春历史

说到益春这婳婢⑥，亦是天仙来投生。

伊是玉女随身婳，住在天庭亦威仪。

原名正是焚香女，亦卜凡间去投生。

即日金童同玉女，姻缘许时无差伊。

二人行到行宫外，遇着焚香只婳女。

焚香看见金童美，十分清秀又标致。

一时春心就动起，来共⑦金童说因伊。

娘今姻缘未匹配，爱共童兄结百年。

随恁⑧娘君凡间去，未知童兄意怎年。

金童听说就应伊，玉女随我在身边。

此事难以再改换，劝你免想这行宜⑨。

---

① 卜扐：要抓。
② 丁山梨花伊：薛丁山樊梨花他们俩。
③ 刣：杀。
④ 障生做：又这样做。
⑤ 店：住，待。乎伊店这内：让他们待在这里。
⑥ 婳婢：婢女。
⑦ 共：和，同。
⑧ 恁：你。
⑨ 这行宜：这想法。

你今那是无嫌弃，我今共你说透底①。

玉女做妻你作妾，未知你是怎样想。

那是会得②相将就，才可凡间去投生。

焚香听说心欢喜，一声应允无推辞。

三人各自心欢喜，快下凡间无延迟。

第三回　巧遇鬼精

许时三人做阵行③，忽听后面有叫声。

金童回头看一眼，正是披发五鬼精。

鬼精看了相借问，恁今打扮障行宜。

卜到何方看景致，我跟恁去总可以。

玉女回头看一见，心内咪笑说因伊④。

阮卜投胎凡间去，不是忐忑⑤看景致。

五鬼本是奸臣精，看见玉女笑咪咪。

不知笑伊是反示⑥，误是和伊有意思。

他也不再上天去，直落凡间来投生。

第四回　四仙下凡

四人直下凡间来，心想离天苦哀哀。

真快行到云端内，忽被大风刮起来。

就将一人吹一路，吹下凡间全不知。

玉女焚香潮州去，金童一人泉州来。

---

① 说透底：说清楚，说明白。

② 会得：愿意，同意。

③ 做阵行：一起走。

④ 说因伊：说缘由。

⑤ 忐忑：玩乐。

⑥ 反示：不是本意，这里带有讥笑之意。

许时鬼精跟后面，三人行来全不知。

鬼精爱跟玉女行，步步紧随无离开。

看见玉女潮州去，后面亦跟潮州来。

第五回　陈三出世

福建直落泉州城，朋山岭后好名声。

世代做官共做使，富贵人家人传名。

岭后人家名陈职，勤读诗书好文笔。

十八上京去赴试，名中解元金榜时。

高中解元返乡里，回乡偈祖①娶妻儿。

婚后生有二男子，大子取名伯贤儿。

二子生来歹运气②，到了三岁赴阴司。

许时夫妻大苦切③，哭哭啼啼无离时。

到了正月初一早，夫妻不愿拜谢天。

求天求地相保庇，保佑再生好男儿。

许时不顾其它事，一阵清风吹入脾。

正是金童来到只，借伊腹肚来投生。

夫人被风吹一倒，回来有孕带有喜。

到了十月胎怀满，果然生下一男儿。

取名伯卿好名字，又名叫做陈三儿。

陈三生来十分水④，恰水三伯梁士奇。

又兼聪明共伶俐，世间难得美男子。

陈职得子心欢喜，诗书全传二儿子。

---

① 偈祖：谒祖。
② 歹运气：运气不好。
③ 苦切：苦恼。
④ 水：漂亮。

全望光明再成器，门前挂匾庭翌^①旗。

第六回　五娘出世

潮州后街黄九郎，荣华富贵传四方。

家财巨富好田庄，奴才婤婢满庄园。

金银珠宝项项有，钻石玛瑙件件全。

可惜已经三十二，并无男女来出世。

暗流目屎无讲起^②，转眼又到上元期。

元宵结灯好日子，男来女去无停时。

家家过节大欢喜，大人囝子^③笑嘻嘻。

九郎夫妻在楼顶，见景伤情暗切啼。

夫妻二人真不愿，双人跪下叩求天。

怨天不公无照理^④，人人都有男女儿。

人人有子身边饲，亏我无儿在身边。

求天求地相保庇，庇佑早生好男儿。

无男生女都亦好，子婿半子在身边。

夫妻求天未了离^⑤，一阵清风含香味。

正是玉女来到只，借她腹肚来投生。

夫人被风吹一倒，回来有孕兼有喜。

到了十月怀胎满，果真生了一女儿。

头面生来真文理，恰水嫦娥共西施。

名叫碧琚好名字，乳名就是五娘伊。

聪明伶俐无处比，世间无人亲像伊。

---

① 翌：竖。
② 目屎：眼泪。无讲起：无处可讲，无处可说。
③ 囝子：小孩。
④ 照理：道理。
⑤ 了离：结束。

六岁就会做针只①，绣龙绣凤真是奇。

免说②针只伊会绣，琴棋书画尽晓理③。

九郎自然心大喜，精心呵护十六年。

许时乡里人知机，有人相争卜乞伊。

九郎通通不允许，有人来问便推辞。

我子生来者④伶俐，卜选富贵人子儿。

第七回　鬼精出世

披发五鬼下潮州，行来行去一直游。

全无所在可安宿，一时来到西街乡。

行到西街林家厝，林家富贵胜潮州。

员外叫做林威镇，本身潮州做公亲。

心地生成十分歹，正是潮州大奸臣。

家有十妾共五妻，奴才娴婢数百个。

可惜年过四十二，尚无男女来出世。

威镇吃了⑤在高楼，楼下男女乱抄抄⑥。

威镇回头看一见，一时目屎回随流。

枉我家财者富贵，全无男女在身兜⑦。

求天求地相保庇，庇佑早生好男儿。

可接林家香炉耳，通承林家的宗枝⑧。

许时披发五鬼精，听见威镇告苍天。

---

① 针只：针线活。
② 免说：不要说，不用说。
③ 尽晓理：都知晓。
④ 者：这么。
⑤ 吃了：吃饱了。
⑥ 乱抄抄：乱糟糟。
⑦ 身兜：身边。
⑧ 宗枝：血脉。

求天着①生好男儿，我今投生正合时。

能得此家来出世，也是富贵人子儿。

第八回　林大出世

二月初十二更，鬼精飞入绣房里。

许时夫人北肚②内，醒来有孕在身边。

到了十月分娩时，果然生下一男儿。

取名林大好名字，通接林家的宗枝。

林大生来歹教示③，歪嘴胡秋如狗精。

面黑目吐凶无比，小鬼夜叉一般平。

林大做人真歹死，归日④吃饱游乡里。

生言造语不讲理，害人冤家⑤归大皮。

十三四岁就做歹，终日吃了游东西。

强奸妇女件件会，无惊⑥厝边人半丝。

有人敢说伊几句，就会土伊弄鼻狮⑦。

人人惊伊像惊虎，有看也着假不知。

第九回　益春出世

潮州城外一姓汪，汪厝有一名汉江。

家境清贫勤苦趁⑧，勤勤俭俭地做人。

积一成十十成百，后来年年可买田。

---

① 着：想要，要。

② 北肚：肚子。

③ 歹教示：没有家教。

④ 归日：整天。

⑤ 冤家：吵架。

⑥ 无惊：不怕。

⑦ 鼻狮：鼻屎。弄鼻狮：这里是指如果有人敢指责批评他，他就去报复、折腾他人。

⑧ 趁：挣钱。

汉江娶来一妻儿，夫妻恩爱心坦然。

只碍①结婚六年间，并无生子心不安。

求天求地相保庇，保庇有生男共女。

可接汪厝香炉耳，通承汪厝的宗枝。

焚香正好来到只，还无所在可投生。

听见两人同求天，化作清风冷微微。

夫人被风吹一倒，回来有孕在身边。

到了十月分娩时，果然生下一女儿。

取名益春好名字，夫妻二人笑咪咪。

益春生来真貌美，亲像观音一般样。

汉江两人得力②疼，不识③说歹来骂伊。

第十回　黄厝做婢

益春五岁许一年，汉江夫妻得大病。

大祸临头无法医，双人相继归阴司。

可怜五岁益春子，生活着靠伊厝边④。

厝边婶姆太无量⑤，恶言恶语来骂伊。

后来将伊去变买⑥，买去黄厝做婢儿。

许时益春才七岁，就来跟随五娘伊。

冥日坐立都做镇⑦，亲像姐妹一般样。

益春做人好嘴水⑧，言语温顺人欢喜。

---

① 只碍：只可惜。

② 得力：非常，很。

③ 不识：不愿，不曾。

④ 着靠：得依靠。厝边：这里指邻居。

⑤ 无量：无肚量，无良心。

⑥ 买：卖。

⑦ 做镇：做阵，在一起。

⑧ 好嘴水：嘴巴甜，会说话。

黄厝全家都甲意①，亲像自己的女儿。

无看益春是�婢，无看益春是奴儿。

第十一回　兄弟下愿

再说陈职两子儿，日夜勤苦读诗书。

到了正月初一早，兄弟读书无停时。

家家欢乐过新年，天开天门庆贺伊。

兄弟一看心欢喜，双双跪下拜谢天。

大兄跪落就说起，弟子正是伯贤儿。

在这泉州朋山后，日夜勤苦读诗书。

全望皇苍相包庇，保佑功名会成器。

保庇这科会得中，千恩万谢答神祇。

伯贤跪下说完毕，陈三跪着说因伊。

伯卿生来在陈厝，年登十四少年时。

一心爱卜来选美，卜选水某②在身边。

全望天公相保庇，保庇能得好妻儿。

那有③水某可相对，千辛万苦无推辞④。

伯贤听了大受气，一时大骂小弟你。

功名才是大代志⑤，人人祈求才合宜。

婚姻虽然是大事，不可说出只因伊。

又兼主婚由父母，怎可自己去主持。

---

① 甲意：满意。
② 水某：漂亮的老婆。
③ 那有：如果有。
④ 无推辞：无怨无悔。
⑤ 大代志：大事情。

第十二回　上京赴考

伯贤伯卿两兄弟，冥日攻书无停时。

各州各府都知机，京城考试又到期。

陈职心中有准备，开箱开库提金钱。

吩咐两子上京去，进京赴试莫延迟。

伯贤伯卿上京来，两人一路笑咳嗨。

准时进入科场内，专等皇上出题来。

兄弟专心做等待，宰相学台出题来。

题出周唐许二代，又兼郁旭①乎文裁。

伯贤见题心欢喜，举起笔来无停时。

下笔成文快如箭，答卷文章达七篇。

陈三文章亦入理，所答文章人称奇。

句句表达通情意，篇篇文卷无差迟②。

第十三回　官封陈家

学台文章批完备，出班奏与君王知。

本科尾省泉州府，朋山陈职两子儿。

文卷全科数一二，盖倒全科诸学子。

拜请君王出圣旨，须着要职去封伊。

皇帝见奏传圣旨，召伊兄弟入城池。

圣上顿时有看见，满心欢喜笑咪咪。

所择两生皆文理，金言玉口受封伊。

官封伯贤为运使，镇守广南两城池。

---

① 郁旭：满腹文采之意。

② 差迟：偏差。

又见陈三好利害，聪明伶俐好人才。

年轻有为真可取，封为新科文秀才。

又封陈职为太守，官封知府在潮州。

管理赵州①一州事，钱银粮库付伊收。

兄弟受封心欢喜，一齐跪落金殿边。

圣恩谢了回家去，回到家中好威仪。

竖旗树匾皆金字，父子打扮赴任时。

第十四回　上任潮州

三月时节是清明，伯贤上任广南城。

来到广南的所在，满城官员尽来迎。

伯贤为官真清正，运使官星大出名。

运使出名且慢说，陈职上任潮州城。

当时陈三做阵去，亦和老爸做阵行。

许时陈三十六岁，尚未匹配好亲成②。

陈三来到潮州城，伯卿两字真出名。

又兼聪明共伶俐，人人卜配伊亲成。

好得陈职有主意，有人来问便推辞。

我子生来者伶俐，无好亲成暂未是。

第十五回　五娘前聘

潮州城外后沟村，九郎之女名五娘。

闺名碧琚好名字，生成标致又秀气。

肤白唇红玉嘴齿，亲像嫦娥无二样。

---

① 赵州：全州，这里指潮州。

② 亲成：亲事。

父母爱选好头对①，无有定聘收人钱。

探听陈职名声好，卜配陈三做妻儿。

陈职九郎各欢喜，打算订下这亲事。

后来就赚路头②远，对头③放下勿提起。

第十六回　运使寄批④

陈职告老官不做，伊子运使寄书回。

将此书信拆开看，果然我儿寄家批。

看了家信便知情，就与陈三言分明。

你兄今日有批返，批中说到一事情。

现时伊在广南城，爱得尔嫂随身前。

看来无人可作阵，算来只有尔通行⑤。

陈三跪下应一声，爹亲叫我我着⑥行。

兄嫂那是我送去，正月初三便可行。

就叫安童挑行李，直到潮州不迟疑。

陈三宿店有主意，爱卜街上看灯霓。

第十七回　五娘看灯

潮州元宵好风流，家家仕女可以游。

头前后面是婳婢，中间一位黄五娘。

陈三一见无思量⑦，灯前灯后一直游。

---

① 头对：对象。
② 赚：嫌。路头：路途。
③ 对头：双方，相互。
④ 批：书信。
⑤ 通行：可以去。
⑥ 着：应该，就。
⑦ 无思量：没有心思，没有心情。

看见这位水姑娘，颜容身材好模样。

一时心肝拆袈①离，未知谁家好菜栽。

遇着李姐忙叫伊，赶紧揍②到她身边。

李姐问伊么代志③，有卜代志快说起。

陈三开口就问伊，请问李姐你必知。

你知中央水娘子，是么④富家人子儿。

李姐随时就应伊，就共客人说透机⑤。

伊是黄厝九郎女，小名叫做五娘女。

陈三许时亦想起，正是富贵千金儿。

此人生来者标致，那对别人卜怎年⑥。

五娘上街去看灯，益春李姐随后行。

三人行到广门外，遇着秀才陈伯卿。

陈三看见失神去，只位五娘好青春。

能得这人来做某，恰赢汉王对昭君。

五娘看灯无思量，看见陈三好模样。

会得⑦这男通相对，恰好水鸭共鸳鸯。

两人心肝拆袈离，目尾⑧相看笑咪咪。

一个爱娘好模样，一个贪君好后生。

第十八回　陈三失扇

陈三故意失落扇，爱卜找扇做因伊。

李姐看见便拾起，来共五娘说有扇。

---

① 袈：不能。
② 揍：凑。
③ 么代志：什么事。
④ 是么：是哪个。
⑤ 透机：透彻，实情。
⑥ 卜怎年：怎么办。
⑦ 会得：如果能够。
⑧ 目尾：眼睛。

此人等步①来找扇，想伊定来心无疑。

扇上有写陈公子，我看必是好男儿。

五娘听说就晓理，苏扇拿来我看诗。

现在虽然失落扇，等步来找卜怎年。

你今暂时且收起，失主来找可还伊。

益春看见有名字，就说陈职许其时。

伊来潮州做知府，带有一位好男儿。

大人许时看一见，想卜阿娘去对伊。

只嫌泉州路头远，对头无提放一边。

此人若是陈公子，许时无成真伤悲。

五娘听见说起来，就骂益春你那知。

陈职做官人返去，么②有公子只路来。

阮爹前日梅识说③，做婀的人么也知。

益春嘴尖舌又赖，七说八说梅应该。

第十九回　陈三找扇

五娘骂婀未了气④，陈三找扇来问伊。

一时开口便问起，只处失落扇一支。

小人一时都忘记，找来找去无看见。

小姐若是有拾起，请还小人总可以。

五娘回头叫益春，扇有拾着须还君。

益春听说就晓理，带着苏扇在身边。

陈三失扇是故意，爱看五娘才障生。

五娘将扇还给伊，陈三接扇笑嘻嘻。

---

① 等步：等一会。

② 么：怎么。

③ 梅：不。识说：应该说。

④ 了气：解气。

一个爱娘好模样，一个贪君好后生。

益春看娘者有意，就问阿娘你怎年。

咱是看灯来到只，不是看人安尼①生。

五娘听说就知理，不敢和君再交缠。

陈三看娘随婀去，随时返身也走边。

五娘看灯心头闷，想卜上床倒例②困。

倒下眠床困荟去，一心想着灯下郎。

陈三看灯无思量，想卜爱困脱衣裳。

脱下衣裳困荟去，一心忆着灯下娘。

第二十回　广南送嫂

潮州景致果然好，陈三心想爱忐忑。

着先③送嫂到任所，不敢再贪只风梭④。

陈三心内着一惊，现时送嫂广南城。

只是五娘相挂吊⑤，想无爱行也着行。

此时送嫂宽心定，三日便到广南城。

陈三虽然在广南，心想五娘定伊贫。

又兼潮州景致好，若无再去心不甘。

陈三心想后街乡，爱卜潮州找五娘。

来到就共兄嫂说，我爱读书返家乡。

大嫂说与三叔听，这事须问尔大兄。

恁兄那是允你去，随时尔便可以行。

陈三只想后街乡，爱去潮州探五娘。

---

① 安尼：这样的。
② 例：助词"了"。
③ 着先：应该先。
④ 风梭：风景。
⑤ 挂吊：挂念。

真话不敢共哥说，假说读书返回乡。

运使听说问一声，你卜读书返泉城。

你来只处未赖久，因何化紧①就卜行。

我今不敢强留尔，卜行明天就可行。

三叔既然卜返去，尔嫂吩咐尔着听。

出门不比在厝内，高桥险路小心行。

花街柳巷不通宿，路边野花莫得行。

返去文章专心做，日后金榜定有名。

陈三笑笑说知影②，拜别哥嫂便起行。

过了广南三日路，番身③已经到潮城。

此时陈三到潮府，五娘已配人亲成。

第二十一回　匹配林大

林大上街去看灯，看见五娘就动心。

全身打扮十分正，赢过南海观世音。

林大本是歹子种，看了五娘怎能忍。

爱得慌来通做某，冥想日想目沉吟④。

赶紧来去找媒人，就共媒人讲分明。

黄厝九郎千金女，名叫五娘真文明。

有心慌伊来做某，拜托共我作冰人。

媒人听说便起行，去共九郎说分明。

阮厝潮州西街乡，林大家富好名声。

家火⑤厝宅无处比，爱卜五娘做亲成。

---

① 化紧：赶紧。

② 知影：知道。

③ 番身：翻个身子，这里是说很快。

④ 沉吟：呆呆。

⑤ 家火：家产，家业。

未知长者意如何，好歹共我说一声。

九郎听说就应伊，陈职做官许期时。

共我五娘相匹配，配伊陈职的子儿。

陈职离任三年久，并无批信相通知①。

也无消息来退定，卜梅是实不知机。

这事须着再等待，不敢再允这亲谊。

媒人听说应大声②，长者听我说你听。

陈职做官人返去，伊在泉州咱潮城。

而今已有三年久，必定再选别亲成。

咱今西街林大郎，钱银厝宅百般全。

着将五娘匹配伊，免得得罪林大郎。

你那这条卜等待，便是做人无耽当③。

配许林大好头对，员外免搁④想短长。

九郎听说话有通⑤，就将五娘配林郎。

叫伊送聘共定礼，天配良缘好相逢。

媒人听说心欢喜，立即报与林大知。

九郎这位千金女，愿意配你无推辞。

你着赶紧去办理，叫人看日写婚书。

林大听说笑嘻嘻，快快上街无延迟。

三月十四好日子，林大差人送礼仪。

礼物办来三十担，九郎看见笑咪咪。

这是我女的福气，姻缘才会去对伊。

将只礼物来收起，直去共子说透枝。

子你真正好八字，姻缘匹配林大伊。

---

① 相通知：相互告知。
② 应大声：大声回应。
③ 耽当：担当。
④ 免：不要。搁：另外。
⑤ 有通：有道理。

五娘受气骂爹娘，不通将子去配伊。

那卜将子配林大，日后岂不误子身。

林家现时真富贵，渐时富贵日后贫。

进中上高①无伊份，刻骨割肉是伊身。

好花亦着好花盆，好女亦着好郎君。

将阮好花插牛屎，岂不误子的青春。

第二十二回　媒人被责

媒婆不知五娘意，直入绣房喊贺喜。

恭喜小姐大福气，今日匹对富贵儿。

五娘受气骂出声，泼妇说话我不听。

听说林大是歹子，对伊不是好亲成。

我是恨你做媒人，无好子弟是不通。

婚书共我退回去，五娘不是林厝人。

媒婆委屈且忍气，去共九郎说因伊。

将我冰人骂半死，你看此事卜怎年。

九郎听说有主张，亲自入去见五娘。

姻缘本是天注定，子你不可自主张。

子你今日配林大，再嫁别人免思量②。

林大家财无处比，伊是富贵人子儿。

你爹将你定给伊，劝你不用多猜疑。

五娘跪落求爹亲，不可将子配许人。

你子生来娈歹示，岂无佳人配才子。

林大听说是歹仔，现时富贵后会贫。

自古田园无永远，十年胜败许多人。

---

① 进中上高：考进中举上进。

② 免思量：不要有这个打算，不要存这个想法。

若卜将子配林大，岂不误了子一身。

九郎大气①目头红，大骂碧琚不是人。

我惜你是深闺女，因何敢说大富忕。

你爹有收人聘礼，子你就是林厝人。

从来主婚由父母，那卜跳塔②是梅通。

第二十三回　五娘悔亲

五娘不愿心头酸，天光起床不梳妆。

父母将我允林大，就死荟入林厝门。

益春看娘者无意，动问阿娘你怎年。

目周么会甲化凹③，面色么会甲化奇④。

五娘将情说透枝，前日林大送盘仪⑤。

但恨父母欠主意，将我一身去配伊。

无说林大我无气，说着林大气半死。

恨我命运这样歹，不如死掉恰便宜。

咱厝花园一古井，那卜跳井是怎年。

益春劝娘心放松，跳下古井决不通。

林大一人无相定⑥，再选郎君岂无人。

记得元宵许其时，有一郎君好人儿。

会得⑦此人来相对，阿娘你想是怎年。

五娘听说面越边⑧，卜等何时能再见。

会得此人来相对，着等黄河澄清时。

---

① 大气：生气，发脾气。
② 跳塔：反悔。
③ 甲化凹：这么深，这里指因为睡眠不足导致眼圈发黑。
④ 甲化奇：这么青，这里指因生气睡眠不足导致脸色不好。
⑤ 盘仪：指聘礼，闽南风俗中将下聘礼叫做前盘。
⑥ 无相定：不是两厢情愿，不能确定。
⑦ 会得：如果能够。
⑧ 越边：转向一边。

前日从咱只路过，下日①返来必无疑。

五娘共婶说一声，你有好计说我听。

想伊甲②咱不相识，卜留伊来总委成。

益春说乎阿娘听，那卜留伊事就成。

好将心肝先岸定③，卜选郎君你免惊。

咱今从古来理论，刘府千金选郎君。

绣球投给吕蒙正，到底④两人也完婚。

阿娘自己也识字，可写罗巾包意思。

若有才子相定意⑤，将这罗巾投乎伊。

五娘听说心虚微，未知这事是怎年。

卜对林大决不愿，得意郎君待何年。

第二十四回　五娘拜月

三月过了四月天，四月十五月光冥。

五月心乱困委去，偷身来到花园边。

花园亭内月色光，五娘看月心头酸。

月老推千⑥无公正，今冥月色么化光⑦。

想起阮身配林大，死也不入林厝门。

不觉身到后花园，心头不愿心更酸。

我今将情告月老，保庇再对好情郎。

五娘点香又点灼⑧，诗书排列在桌床⑨。

---

① 下日：过几日，过一段时间。
② 甲：与。
③ 岸定：下定决心。
④ 到底：到最后。
⑤ 定意：满意。
⑥ 推千：牵线，搭配。
⑦ 化光：这么光亮。
⑧ 灼：蜡烛。
⑨ 桌床：桌子。

双脚跪下桌床下，亲与月老诉短长。

五娘出世在黄厝，求天配对好情郎。

只恨我爹共我妈，将我匹对林家牛。

今拜月老拜四拜，保庇再对好丈夫。

益春看娘告苍天，亭前桌上有排筵。

随嘴①共娘说好话，阿娘会对好良缘。

五娘欢喜回身返，愿再忆着灯下郎。

归冥无困自思想②，不知许人在何方。

四月过了五月天，五月莲花开满池。

五娘无心看景致，坐在绣房乱伤悲。

罗巾拿来绣几字，卜送郎君好男儿。

不知如意何期到，归日③想思又想思。

第二十五回　陈三过楼

五月过了六月天，六月荔枝正当时。

五娘益春上楼去，共同欣赏红荔枝。

陈三骑马楼下过，身骑白马好威仪。

益春赶紧共娘说，楼下这位好男儿。

头面生成真文理④，灯下郎君一般年。

阿娘若要选如意，手帕包荔投乎伊。

五娘半信又半疑，那是看错卜怎年。

益春共娘说透枝，这是月老推千意。

阿娘祝天有灵验，这人才会又到只。

手帕荔枝快投递，姻缘注定无差移。

---

① 随嘴：随口。
② 思想：思来想去。
③ 归日：整日。
④ 文理：文质彬彬。

五娘荔枝投下楼，陈三刚好越起头①。

看见楼上是美女，一时欢喜满心头。

两粒荔枝包罗巾，陈三畅甲笑哎哎。

想只荔枝投乎阮，必是有意选郎君。

将此信物收在身，就可作证做为凭。

不知何日可相会，不知何时可成亲。

第二十六回　李公用计

一鞭打马入潮城，快请李公去探听。

李公见是陈公子，一时近前问一声。

陈三共伊说因单②，阮爹前年来做官。

店这潮州三年久，就是和你有交缠③。

现今小人有一事，着来请教问因单。

昨日楼上卜午时，楼上美女吃荔枝。

投下荔枝作为记，未知此是谁家女。

小人为只相割吊④，思量无计通见伊。

一时想卜学裁缝，想来算去也不通。

请教李公相共想⑤，日后恩情不敢忘。

李公听说就知机，伊是九郎的女儿。

前日林大来定聘，父母欢喜收人钱。

允是⑥伊女心不愿，才会对你投荔枝。

我今共伊想起来，林大定聘是先来。

伊爹既然收人定，女儿不敢自取裁。

---

① 越起头：抬起头。

② 因单：缘由。

③ 交缠：交往。

④ 割吊：挂念，记挂。

⑤ 相共想：一起想办法。

⑥ 允是：应该是，准是。

人说父母收人礼，子女跳跶①无几个。

三舍②你是好人子，不可与人相争妻。

争得那赢无打紧，争得那输起冤家。

我劝公子不可做，重人婚姻是无好。

人说庭前生瑞草，又说好事不如无。

陈三心内自己安，在我想来亦不难。

有只表记在我处，想伊쭄成不姓陈。

伊有媒人共礼仪，我有手帕共荔枝。

那是乎官公平判，只有判我쭄判伊。

李公用计有主张，卜去亦着有因由。

公子不如学磨镜，打破宝镜作因由。

假意卖身赔宝镜，卜想因女必会成。

干柴那是近烈火，想伊五娘事必成。

陈三听说好计智，感谢李公情如天。

请你磨镜来教我，送你白马做谢仪。

李公整理磨镜担，说破③功夫教陈三。

功夫教我学到会，亦是司父④的名声。

陈三巧子真杂才，一学功夫学全来。

李公看见功夫好，一时畅恰笑狮狮。

陈三做人真谦虚，磨镜学会头就如。

拜别李公担挑起，卜去后街找碧琚。

白马来换磨镜担，锦衣不穿换布衫。

往日在家宝贝子，今日磨镜叫三兄。

---

① 跳跶：反悔。
② 三舍：陈三。
③ 说破：全部。
④ 司父：师傅。

第二十七回　陈三磨镜

这个磨镜叫陈三，整起笼担共扁担。

头巾脱下换布帽，公服不穿换布衫。

伊叫安童返乡里，速速起行莫延迟。

这是陈三卜障做，肩头那疼记在伊。

手拿铁板摇几声，泉州磨镜来潮城。

前街后巷不爱去，直往九郎厝前行。

恁厝有人卜磨镜，劳烦共我叫一声。

黄厝一婢名益春，看见磨镜笑哎哎。

阮娘有个照身镜，许久无磨象乌云。

师父请来厅中央，看伊面貌真斯文。

益春入去见阿娘，这个磨镜好排场。

婢儿叫来厅中央，宝镜卜磨快主张。

阿娘那卜选头对，磨镜配得咱阿娘。

五娘一声骂益春，磨镜么有好郎君。

益春对嘴应五娘，磨镜真的好排场。

不信阿娘自去看，磨镜生水如沉香。

五娘听说无做声，益春抱镜随后行。

娘婢行到厅边角，五娘看见着一惊。

世间那有美男子，竟然来做磨镜兄。

自古至今来对比，宋玉潘安真出名。

士奇三伯虽然水，我看不及磨镜兄。

今日这个看一见，害阮相思乱心成。

五娘心思尚未定，益春抱镜到大厅。

陈三上前来接礼，五娘回礼不做声。

五娘斟酌再细看，看来不像磨镜兄。

十个指头郎秀气，想来算去心跷蹊①。

卜是前日马上使，今日么卜阮厝来。

五娘越想越觉奇，但恨爹妈无主持。

将我婚事配林大，不如配这磨镜儿。

无说林大我无气，一说林大气半死。

天下好男满满是，唯独林大我不池②。

磨镜司父多文理，未知池地③人子儿。

我看近前相借问，探式④这人的根基。

五娘动问磨镜兄，师父贵姓又大名。

你着照实共阮说，详细说来乎阮听。

陈三说与小姐听，小人家住泉州城。

我爹陈职亲名字，广南运使我亲兄。

名叫伯卿年十八，又名叫做陈三兄。

益春就问陈三兄，咱着讲价才会成。

人说买卖着讲定，过了争嘴无好听。

你定爱多我爱少，无先讲价不会成。

陈三听说就应伊，不通说出着工钱。

我来磨镜暂几时⑤，不想趁钱⑥返乡里。

我学磨镜是志忑，不是磨镜饲老婆。

宝镜卜磨免烦好，尽我功夫出甲无。

泉州荔枝在树尾，潮州荔枝在绫罗。

五娘听说心就惊，一说荔枝乱心成。

正是前日马上婿，今日才会咱厝来。

他来磨镜是用计，就叫益春去泡茶。

---

① 跷蹊：蹊跷。
② 不池：不要。
③ 池地：哪个地方。
④ 探式：打探。
⑤ 暂几时：暂时。
⑥ 趁钱：赚钱，挣钱。

益春捧茶去请伊，看见身边一荔枝。

返来就共阿娘说，有咱表记在身边。

五娘假意骂�儿，你嘴化破①卜怎年。

做婢的人着晓理，么卜②打破人根基。

第二十八回　打破宝镜

益春笑笑无做声，陈三磨镜在大厅。

宝镜磨好光如水，果然功夫真出名。

益春近前去问伊，李公磨镜会唱诗。

叫你司父亦着唱，唱那好听茶请你。

唱得好听为主客，以后再请免论钱。

陈三听说笑咪咪，磨镜自然会唱诗。

记得当初潘文理，只因采花会佳期。

智远采花逢仙女，刘赐采花结亲谊。

唱出古诗姻缘记，郭华假意卖胭脂。

我今有情恁有志③，刁来④共恁说因伊。

宝镜磨好快收场，陈三将镜照五娘。

一照娘仔好梳妆，二照娘脚三寸长。

三照娘身花含蕊，四照金杯两边垂。

五照娘眉如尖刀，六照娘目如英桃。

七照白面玉洁齿，八照嘴唇点胭脂。

九照阿娘全身水，十照桃花正当时。

可惜和我荟相对，匹配林大真克亏⑤。

---

① 化破：这么破。

② 么卜：怎么能。

③ 有志：有意。

④ 刁来：得来。

⑤ 克亏：吃亏。

五娘听伊说林大，一切气氛心头酸。

阮身不愿嫁林大，誓死不入林厝门。

益春就骂磨镜哥，你敢和娘说忐忑。

害阮阿娘咒重誓，磨镜工钱敢会无。

陈三听说就应伊，工钱一圆我不池。

小人都是土人害①，换这头面即障生。

荔枝手帕我收起，磨镜工钱免提起。

五娘这话不爱听，回头共婳说一声。

宝镜磨好快收去，工钱提来乎人行②。

益春行到大厅前，陈三将镜送乎伊。

益春未接三哥放，宝镜落地做二平③。

陈三半喜又半悲，宝镜打破卜怎年。

望恁娘婳莫受气，阮是失手才障生。

五娘听说打破镜，宝镜打破补袅成。

阮只宝镜无处讨，心头苦切无作声。

益春大骂磨镜兄，打破宝镜你无惊。

这镜值钱无价宝，今日不赔总袅成。

九郎听说大怒气，是么贼奴敢障生。

这是我子照身镜，你今打破卜怎年。

这镜无赔无道理，看你一身值么钱。

做人师父免细字④，刁池⑤打破敢不是。

第二十九回　愿做家奴

陈三开口应九郎，宝镜打破我担当。

① 土人害：被人害了。
② 提来：拿来。乎人行：让人走，让他离开。
③ 二平：两片。
④ 细字：小心。
⑤ 刁池：有心有意，故意。

磨镜功夫我所会，补镜工夫学无全。

身中无钱可赔你，愿共恁厝扫厅堂。

九郎听说大受气，阮厝岂无奴才儿。

宝镜价值无价宝，你只一身值么钱。

五娘劝爹莫受气，带念好嘴①可怜伊。

陈三伊是巧巧子，皮无值钱骨值钱。

那卜卖身赔咱镜，爹爹千万着允伊。

九郎听了说有理，卜收陈三做奴儿。

三兄此时着写字，契立奴才做三年。

陈三半喜又半悲，是我甘愿卜障生。

甘荔②乎你当奴叫，工钱赔你做镜钱。

九郎就问磨镜奴，粗重失路③你何如。

田头园尾你管顾，人来客去你对都。

陈三听说笼笼苦④，粗失从来梅识摸⑤。

尖脚幼手⑥妥关顾，那是扫厝差不多。

第三十回　陈三扫厝

日头起来天大光，陈三打办扫厅堂。

外面扫到厅边角，内面扫到娘房门。

五娘看见心头酸，多好才子扫厅堂。

前日若无打破镜，今日亦免扫厅堂。

陈三听说心头酸，你么知阮好人儿。

阮在泉州亦富贵，今日着做奴才儿。

---

① 好嘴：说好话。
② 甘荔：陈三卖身为奴后，五娘对他的称呼。
③ 粗重失路：粗活重活。
④ 笼笼苦：暗暗叫苦。
⑤ 梅识摸：从来没摸过。
⑥ 尖脚幼手：细脚嫩手。

因为荔枝作表记，甘愿苦差做几年。

阿娘你着有情义，不可误阮相延迟。

娘仔你着相将就，可怜陈三来潮州。

只处无人可依靠，全望娘子尔收留。

五娘受气出绣房，甘荔乱说是梅通。

你我从来不相识，再可说笑无采工^①。

我是看你好头面，若无大板打你身。

你今那不快出去，我今卜报我爹亲。

陈三求情说梅通，可怜陈三你一人。

我来这地无希奇，艰难受苦实难当。

五娘返身入绣房，心想陈三是好人。

今日为我相割吊，那卜将就亦是通。

第三十一回　益春论亲

益春行去见三哥，你今磨镜来志忑。

叫你甘荔是无好，我想着叫尔三哥。

陈三听说笑哀哀^②，阮今无说尔不知。

因端起理为娘害，荔枝手帕引我来。

恁娘那是无想我，陈三梅免^③做奴才。

益春一时应三哥，阮娘爱尔来志忑。

心肝必然有想尔，日后姻缘免惊无。

陈三许时就应伊，不知恁娘意怎年。

劳烦小姐相共劝，为恁娘婳才障生。

会得恁娘相将就，日后恩情大如天。

---

① 无采工：没用。
② 笑哀哀：笑得很无奈。
③ 梅免：不用。

益春说与三哥听，泉州有心来潮城。

有心钓鱼鱼会着，姻缘代志免惊无。

做尔安心去扫厝，到尾必定结亲成。

阮今共尔代思量，想有一计见五娘。

尔若见得阮娘面，君尔就着自主张。

明日早上天大光，阮娘洗面须用汤。

盆水共我代捧去，亲共阿娘说短长①。

第三十二回　代捧盆水

五娘困到天大光，果然起来就梳妆。

不叫甘荔来扫厝，光叫益春捧茶汤。

益春捧到三哥前，陈三捧去到娘房。

好嘴叫娘来洗面，看尔五娘怎做人。

五娘假意发脾气，贼奴尔敢障行宜。

偷入娘房是大罪，我今着报阮爹知。

看尔卜去亦是不，随时乎尔归阴司。

陈三在房着一惊，赶紧就往门外行。

回头敢共五娘说，吩咐阿娘莫作声。

五娘假意水泼伊，泼得陈三笑咪咪。

尔只大胆不出去，店我这处卜怎年。

陈三一时又转身，阿娘泼水么何因。

娘尔总着共我七②，那无伸手摸娘乳。

陈三摸乳不甘放，五娘假意说梅通。

起脚动手无好看，恐惊对面亦有人。

陈三伸手去关门，强扰五娘倒下床。

---

① 说短长：细说清楚，这里是让陈三去表白。

② 七：擦。

五娘一时不将就，假意叫娴捧茶汤。

陈三着惊出绣房，心气五娘砮做人。

溪边钓鱼早钓到，枉费心神误了工。

第三十三回　游赏花园

五娘返身到眠床，一心忆着陈三郎。

日日想念砮吃饭，夜夜无困到天光。

听说阿娘困砮去，益春招伊游花园。

三更半冥月色光，五娘夜到后花园。

看到园中好景致，且喜百花开齐全。

一枞牡丹心含蕊，一枞金菊正卜开。

枝枝叶叶都相对，想我五娘真克亏。

枉我一身配林大，不及花蕊伊正开。

益春劝娘免心酸，咱有甘荔在身边。

娘你花好正含蕊，三哥青春少年时。

今日既然在咱厝，梅免烦好①会佳期。

二人谈话花园内，陈三房内探听知。

一时行出房门外，番身跳入花园内。

五娘看见陈三哥，开出园门就卜行。

益春招娘再来看，伊是好人咱免惊。

第三十四回　不认表记

五娘就问陈三郎，三更半冥到花园。

有事近前说实话，无事不准说长短。

陈三就说五娘听，小人家在泉州城。

_____

①　烦好：担心，烦心。

743

为你割吊来相害，今日才会恁厝行。

五娘听说就应伊，投下荔枝阮不知。

卜是别人投乎你，阮身并无投荔枝。

陈三气应五娘伊，你敢说无投荔枝。

那是小人来投你，脚下是地头是天。

五娘对嘴应三哥，那有也是投忐忑。

阮身既然配林大，么有再配你三哥。

陈三听说乱纷纷，赶紧就求洪益春。

恁娘荔枝投乎阮，今日说无选郎君。

恁娘心肝全无定，误我今日来潮城。

谁知你娘者侥倖①，乱投荔枝害死人。

益春回去见五娘，陈三人好咱着留。

荔枝若是不照认，巩②惊三哥会返乡。

五娘共婟说透枝，我是和他说刁池。

爱卜三哥来相对，我着亲自来问伊。

第三十五回　再问情由

五娘行去见三哥，你有侥幸亦是无。

家在泉州好所在，么卜阮厝来忐忑。

陈三说乎五娘听，小人家在泉州城。

因送哥嫂去广南，正月十五来潮城。

返来楼前看景致，又遇阿娘投荔枝。

罗帕荔枝我收起，假意磨镜只行宜。

打破宝镜做奴婢，为你割吊十二时。

全望娘仔相将就，可怜陈三无所求。

————————

① 侥倖：没良心。
② 巩：恐。

三兄只话阮不听，你是罔说[①]爱好名。
大兄那是有官做，么卜池阮做亲成。
五娘侥心[②]是梅通，我是爱尔一个人。
泉州美女都亦有，不及阿娘你一人。
三哥你说那有真，阮娘和你结姻缘。
咱今各人着去困，不可此地乱心神。
陈三听说就行开，五娘叫婀来相随。
二人相秃[③]房中去，为看三哥行卺开。

第三十六回　思想情郎

五娘无意坐绣房，想着陈三目头红。
千般万样都不想，专想陈三尔一人。
陈厝么有巧父母，生这生子来迷人。
阮爹真是无主意，将我一身许林大。
自从三哥来阮厝，冥日想伊无停时。
早知今日即艰苦，当初不敢投荔枝。
三哥十分定我意，林大歹子我不池。
明知林大是歹子，才知陈三是好儿。
听伊嘴说好人儿，不知虚实是怎年。
若是三哥说无实，想伊骗我亦不成。
当初知府伊爹做，现时运使是伊兄。
琴棋书画样样会，咱说伊家真出名。
可怜为我来潮城，搁[④]共阮厝扫大厅。

① 罔说：胡乱说。
② 侥心：小心眼，小心思。
③ 相秃：相互，一起。
④ 搁：又，还。

第三十七回　寻找公子

陈三只地扫大厅，伊爹许厝叫安童。

想我三子去者久，全无消息想不通。

你今着去探消息，问伊么事不回乡。

安童去到后街乡，看见公子说一场。

你爹家中思念你，问你因何无回乡。

陈三说乎安童听，九郎招我做亲成。

因为五娘相意爱，拖延至今无法行。

我着等到成婚了，才会返回泉州城。

安童你今先返去，此情说与我爹听。

安童跪下说出声，咱厝做官好名声。

么卜五娘相割吊，泉州岂无好亲成。

陈三吩咐莫做声，对人不说这亲成。

是我甘愿卜障做，当初才会店潮城。

你今头前先返乡，我着别日才会行。

许时益春过厅边，听见二人说因伊。

等到安童返去了，来问三哥的根枝①。

头下这块厅中坐，有人找你亦是无。

有么大志得罪你，还要跪了叫三哥。

陈三共娘所因伊，我爹差人来问儿。

叫我着返泉州去，不可一时过一时。

但恨恁娘无主意，此事相误卜怎年。

---

① 根枝：具体实情。

第三十八　陈三写诗

益春心想一计智，阮娘从小识书诗。

三哥也可写几句，用我益春提乎伊。

陈三听说好计致，手提纸笔写书诗。

字字写来风流意，句句说出少年时。

风流事志写尽透，正经言语无半丝。

陈三随时写完毕，益春提去笑咪咪。

一直提到绣房内，放在绣筐无人知。

五娘入房随看见，绣筐么有一张字。

字字写出风流意，句句写来少年时。

读来读去有奇意，看来看去有侥倚①。

不知这事么人做，害我看着乱相思。

卜是陈三用计致，卜害阮身忆着伊。

可恨益春贱姻婢，么敢共人代提诗。

只人十分者大胆，着去叫来试问伊。

五娘受气问姻儿，绣筐么有一首诗。

益春一句应出来，绣筐有诗阮不知。

阿娘亲目无看见，么乱说阮提书诗。

姻你说话真正奇，这事正是你提诗。

我只绣房无人到，谁敢做事赖姻儿。

娘你骂我无相干，写诗的人是姓陈。

这事与我无干过，和我益春无相干。

姻你这事那有知，陈三共我叫伊来。

看伊么事戏弄我，想伊这人真不该。

---

① 侥倚：蹊跷。

第三十九回　五娘责诗

益春行去见三哥，阮娘叫你去忐忑。

你着直入绣房内，问伊么事请三哥。

陈三行到巷仔边，五娘出见就问伊。

你敢写诗来乎阮，戏弄我身是怎年。

陈三听说应一声，小人无写总不惊。

无天无理亦敢说，无云无影①装甲成。

五娘提诗见三哥，现有这张你说无。

陈三伸手提来看，这是小人写忐忑。

前日心情恰无好，写这几句恰强无。

全望娘你莫受气，陈三不是爱风梭。

五娘受气骂连天，你卜想阮的姻缘。

用计写诗来害我，照理着打②才皆然。

陈三行到娘房内，劝娘无用诗短长。

写诗的人那着打，荔枝投下罪难当。

我不打你投荔枝，你么敢打阮写诗。

投下荔枝来害我，写诗乎你岂有奇。

五娘想起心头酸，咱是千金人子女。

父母将我配林大，当初才会投荔枝。

投下荔枝乱人意，害阮想伊无停时。

这是前日咱自误，至今相误卜怎年。

三哥不知咱心意，须着共伊说一二。

五娘说与三哥听，你卜想阮做亲成。

阮厝把我配林大，五娘可爱陈三兄。

---

① 无云无影：没这回事。

② 着打：得挨打。

配你三哥亦是好，误了林大的亲成。

父母将我配林大，再配陈三总不成。

劝你三哥着主意，不可为我费心成①。

荔枝相误免再说，真情实意说君听。

第四十回　假意回家

陈三眼见事不成，假意卜返泉州城。

被恁娘姛来相害，所致我着来潮城。

我今这事免思量，收拾行李返回乡。

父母生我命者歹，恨自梅通恨爹娘。

那恨五娘无主意，当初么可投荔枝。

投下荔枝说无意，害我受苦者多年。

看来姻缘难成就，我着返乡才合宜。

手提包袱共雨伞，放赶②起行莫延迟。

益春门外先看见，想来好笑也好啼。

此人今日者受气，阮厝不是克亏伊。

因为两人风流事，不肯将就才障生。

三哥一定卜返去，不肯再等一半时。

劝你三哥着主意，今日不可障行宜。

我顾三哥头到尾，因何卜去无相辞。

小妹你说我也知，我来恁厝做奴才。

千般万事为娘害，荔枝手帕引我来。

谁知恁娘者不是，荔枝投下无定期。

阮今卜返泉州城，着共小妹你相辞③。

---

① 费心成：费心思。
② 放赶：赶紧。
③ 相辞：告辞。

749

益春说乎三哥听，千万停脚未是行。

你都有心来磨镜，卜恰阮娘会亲成。

今日么可者受气，无辞阿娘就卜行。

小妹听我说透枝，恁娘侥倖我不池。

无说恁娘我无气，说到恁娘我恨伊。

全然无情共无意，我才不愿去相辞。

我卜赶紧返家去，免乎恁娘来相欺。

第四十一回　碧琚不留

益春看见伊卜行，快共阿娘说一声。

三哥坚心卜返去，娴去留伊伊梅听。

阿娘不留是你代，益春妾去留娘兄。

五娘听说着一惊，放下针线出大厅。

甘荔若是卜返去，我着共你说一声。

阮爹当时共你约，收你为奴扫大厅。

约定三年期未满，因何大胆就卜行。

陈三听说气冲天，小人共娘生无缘。

今日为你相割吊，心肝和我无相连。

荔枝手帕你投下，不是陈三爱风梭①。

你今用心来相误，误我扫厝捧盆奴。

锦衣布裰为你了，白马金鞍为你无。

失去锦衣我无气，失去白马苦伤悲。

此去泉州路头②远，无马可骑卜怎年。

五娘听说无应伊，回头共娴说因伊。

听伊今日障般说，咱留三哥无了时。

---

①　风梭：风骚，风流。

②　路头：路途。

咱着放紧乎伊去，白马卜池买乎伊。

益春就共五娘说，伊今打扮障行宜①。

卜留潮州随娘意，卜返泉州随在伊。

白马卜池买乎伊，不敢留君相延迟。

阮娘本是千金女，不肯对这奴才儿。

只因去年六月时，娘婳楼上吃荔枝。

投下荔枝阮无意，打破宝镜你刁池。

这是陈三爱风梭，不是荔枝在索罗②。

恁厝风水恰无好，不想正业想忐忑。

陈三想起心头苦，当初卜做伊家奴。

无疑娘子会相误，害我变做扫厝奴。

并无想我半点情，被伊相害卜如何。

五娘益春心肝粗，二人敢叫陈三奴。

你那相思病就死，共阮娘婳么奈何。

你那死去卜赖阮，阮亦无惊半丝厘。

奴才阮厝有处讨，像你陈三免惊无。

为你头尖耳唇泊③，身穿男衫阮厝忐。

那是提文共查报，建功立业永是无。

你那卜去做你去，肯卜留你亦是无。

陈三受气无作声，不甘不愿返泉城。

包袱背起就卜行，雨伞夯起④随身行。

第四十二回　娘劝婳留

五娘看见怎会忍，一时快去叫益春。

---

① 障行宜：这样行事。

② 索罗：牵线搭桥。

③ 泊：薄。

④ 夯起：拿起。

我想不甘①乎伊去，你着赶紧去留君。

益春留伊者不愿，想卜留伊亦是难。

两人卜梅是恁代②，与我益春无相干。

好歹是娘的福分，并无半丝有益春。

婶你听我说原因，娘婶相随到只今。

这次你着相共劝，让伊知道咱真心。

娘你说话那有定，益春才敢去留兄。

日后无某③找我讨，婶无阿娘赔阿哥。

益春你也免惊慌，三哥留返你有功。

你那留得三哥返，日后恩情不敢忘。

娘你说话那有影，婶者敢去留伊兄。

三步并作二步走，二步并做一步行。

手拉三哥雨伞尾，请你停脚未通行。

人说有苦才有甜，月失也会再团圆。

若有言语相得罪，劝君你着放一边。

阮娘实在有爱你，三哥你着暂停脚。

陈三听说气丢丢④，是恁娘婶不收留。

我今卜返泉州去，无贪恁厝好风流。

恁娘无心假无意，作出无情来相欺。

就那卜留亦是假，我今半句不听伊。

第四十三回　益春留年

益春相劝你着听，三哥千万未通行。

你着停脚且留步，听我共你说一声。

---

① 不甘：不甘心。
② 卜梅：要还是不要，愿不愿意。恁代：你们的事。
③ 无某：没老婆。
④ 气丢丢：很生气的样子。

阮娘真正有实意，当初才会投荔枝。

这事一定会成就，屈指算来免几时①。

劝你三哥心别动，阮娘有心卜留郎。

今日留君若无返，小妹性命配阎王。

陈三听说有实意，停脚留步再问伊。

恁娘有心卜留阮，姻缘大事待何时。

益春共君说透枝，月老推迁有定期。

包袱雨伞我收起，姻缘代志自有时。

陈三欢喜从伊劝，两人相牵入大门。

五娘看婢留有返，亲身出来见三哥。

哥你受气是梅通，阮身正是你亲人。

爱君你去是假意，冥日思君十二时。

荔枝若是投忐忑，那配林大永远无。

你去后堂且安宿，五娘不敢误三哥。

陈三安宿去后堂，五娘思君心头酸。

日间想君荟吃饭，夜间无困到天光。

第四十四回　刺绣改闷

想来想去总不是，刺绣改闷是计智。

一绣凰凤牡丹时，二绣鸳鸯在莲池。

三绣芙蓉对金菊，四绣鲤鱼戏水时。

五绣金童对玉女，六绣牛郎对织女。

七绣珊瑚在海底，八绣玉盏对金杯。

九绣仙鹤在树尾，十绣沉香玉兰花。

五娘刺绣脚手软，心内越想心越酸。

人人都找好头时，可惜五娘对林郎。

① 免几时：不用多长时间。

林大非是五娘意，三哥才貌我爱池①。
谁人说得我爹返②，千两黄金答谢伊。
一心爱对好姻缘，对得三哥天推千。
天地数来千万里，一门亲事几百年。
日想冥想无人知，忽报林大催亲来。
日择今年八月尾，五娘见说苦哀哀。

第四十五回　相思问病

陈三同时探听知，苦在心头病就来。
五娘听说三哥病，就叫益春去问伊。
益春行去到后堂，只见三哥倒在床。
就问三哥是么病，着请医生派药方。
陈三听说就应伊，我今无说你不知。
总是五娘相割吊，三哥才会病相思。
益春返来见阿娘，三哥这病是为娘。
无人医得三哥病，医生着请黄五娘。
五娘听说就知机，直入后堂去问伊。
什么恶鬼共恶怪，敢来作弄三哥你。
一时轻声叫三哥，你病是好亦是无。
三哥这病那无好，五娘生命为你无。
陈三病重十二分，为娘苦痛荟青春。
荔枝作鬼来扐阮，五娘作怪来迷君。
五娘听说目头红，三哥只话说梅通。
五娘若是会做鬼，三哥亦是会害人。
自从三哥阮厝来，阮今思君君不知。

头眩目暗无说起，想起三哥病就来。

一来惊君无说起，二来怕君有妻儿。

从来一鞍配一马，一马两鞍卜合宜①。

今日那卜相将说，下日②相误卜怎年？

第四十六回　双人立誓

陈三劝娘不用惊，不信主誓③乎你听。

西川太守是我叔，广南运使我亲兄。

一身只有我自己，并无娶妻在身边。

爱卜五娘来相对，夫妻和好到百年。

天地神明作证儿，不敢说话来相欺。

若是三心共二意，一条生命归阴司。

五娘见君咒重咒，一时跪下拜神明。

碧琚本是深闺女，亲选郎君陈伯卿。

父母将我配林大，五娘不满是实情。

天地神明作证见，愿与三哥结百年。

若敢忘恩共背义，不看下代人子儿。

感谢阿娘深情义，可恨林大无道理。

强卜五娘去做某，误阮夫妻卜怎年。

陈三劝娘莫伤悲，咱是有缘才障生。

伯卿若是侥心倖，不容下代的子儿。

双人有情共有义，一齐跪下拜谢天。

你我同心放荟离，百年夫妻无错移。

上天愿作凤凰鸟，下地结成连理枝。

---

① 合宜：合适。
② 下日：另日，他日。
③ 主誓：立下誓言。

天边渡角无放离，出入来外随身边。

第四十七回　当天下纸

双人立誓来拜天，陈三问娘的根基①。
咱今成亲何时节，若是停久误佳期。
五娘共君说透枝，今日晚上二更时。
家中大小人困静，恰君成亲可团圆。
陈三听说心欢喜，娘你约定是今冥。
我同阿娘有缘分，前世推千无差移。
娘君两人相定意，月老推千会佳期。
五娘说乎三哥听，姻缘注定你免惊。
泉州有缘来到只，你甘我愿结成亲。
我须放紧去刺绣，你着放紧去扫厅。
一日无见阮爹面，恐惊差人来探听。
咱着一人行一边，不可有意相交缠。
夫妻立誓无反悔，成亲约定是今冥。

第四十八回　婢替娘约

日头卜落是黄昏，陈三内心乱分分②。
放紧③吃饭苦荟暗，等待五娘来会亲。
耐心等待二更时，无见五娘来到只。
陈三心想就奇异，今冥无来是怎年。
约定今冥卜成亲，因何不见五娘面。

---

① 根基：真实心意。
② 乱分分：乱纷纷。
③ 放紧：赶紧。

卜是伊说话无定，还是伊母未困眠。

我今坐在房中寻，五娘敢荟来骗人。

昨日是伊亲口说，想伊敢荟来为难。

谁知五娘约出游，反复又想不风流。

就叫益春去退约，说咱今冥无法游。

成亲也须好日子，今冥有月亦荟圆。

咱今着等中秋冥，夫妻成亲可团圆。

婀你着去共君说，共君再约十五冥。

益春行到君房内，陈三欣喜有人来。

黑暗不知娘是婀，抱着益春笑狮狮。

益春假意无作声，试看陈三怎样行。

许时约定无说起，咪咪笑笑不出声。

陈三不知叫是①娘，抱着益春结鸳鸯。

益春想了真好笑，我今是婀不是娘。

陈三许时无思量，将许益春骂一场。

妹今么通障生做，乎我不知叫是娘。

恁娘若有来这处，叫伊入内免思量。

三哥叫我说你知，今冥阮娘伊荟来。

阮娘叫我来退约，免没三哥看东西。

第四十九回　卿会益春

恁娘无来都亦好，妹你青春好忐忑。

咱今下来煮成饭，有物着来请三哥。

今日送来那无吃，下日再请永是无。

哥你不可乱心意，你也从小有读书。

---

① 叫是：以为是。

采花不可连头挽①，阿娘那知会骂婢。

无说②婢儿乞伊骂，连尔三哥亦不池。

妹你听我说起理，文先许时亦降生。

老鼠跑来合猫意，即卜再排无这时。

哥尔听我说真情，你着和娘先成亲。

你那有心卜池阮，阮会共君困成眠。

娘你说话那有理，下日相会亦未迟。

姻缘恁娘吩咐你，我今成亲卜何时。

哥尔听我说因伊，阮娘约尔十五冥。

十五月光好时节，月下成亲会佳期。

一世夫妻百年久，十五月光好团圆。

阿娘说话那有通，乎尔来约亦无妨。

今冥有尔来替约，我等十五才相逢。

第五十回　初会风流

五娘等到中秋冥，看见中秋月大圆。

心里欢喜长滋滋，恰君约会在今冥。

头插珠花整一身，卜和三哥去成亲。

早送父母上床困，自己不敢想困眠。

宽心等到二更时，父母困去全不知。

开出房门偷生去，轻脚细步无人疑。

前堂行去到后台，无灯无火暗暗来。

想着三哥人情好，不惊大小人会知。

陈三房内先等待，看见五娘笑狮狮。

双手牵娘房中去，两人坐下说起来。

---

① 挽：摘。

② 无说：不用说。

娘你查某我乾埔①，陈三伸手摸娘乳。

娘你有情君有义，新婚一刻值千金。

君尔有情阮有心，双唇挨来共君斟②。

咱今么会者相定，姻缘无价值万金。

陈三脱衫又脱帽，一身的肉白如梭。

今冥和娘做阵困，亦可和娘说忐忑。

五娘脱衣又脱裙，一身的肉白如银。

今冥同君做阵困，亦可乎君取③新婚。

两人倒下做一头，头面相向舌相交。

君手抱娘身下过，娘手乎君做枕头。

一盏灯火照光光，照见君娘做一身。

陈三想起心就动，卜探五娘的花园。

下身粟近娘身去，吩咐五娘着担当。

五娘共君说言音，阮是未弹的新琴。

爱等三哥你来弹，从小照顾到只今。

君尔卜弹着小字④，不可打破阮花心。

陈三欢喜笑狮狮，新船着顾阮也知。

船桨船干我整便，下门水路娘自开。

五娘打扮心岸定，千军万马阮无惊。

洞关⑤险路不免把，学伊孔明献空城。

陈三听说这种代，战场排好卜相刮。

番身爬起娘身上，宝剑银枪拔出来。

五娘伸手去接伊，吩咐先锋着主持。

你的单兵卜入去，不可打破阮城池。

---

① 查某：女人。乾埔：男人。

② 斟：亲嘴。

③ 取：娶。

④ 小字：仔细，小心。

⑤ 洞关：潼关。

陈三仔细采花心，五娘过意目沉沉。

人间风流第一好，新婚一刻值千金。

陈三心中真欢喜，么般心色恰障生。

桃源仙境虽然好，那有风流生清奇。

二人过意入天台，那摇那梭笑哀哀。

一下风流过了意，上台番落到下台。

五娘想来真过意，欢喜那会到障生。

杭州西湖虽然好，不及新婚许一时。

五娘头如共髻欹，一时共君说因伊。

父母生我一身已，今冥恰君才障生。

陈三畅甲满头汗，今冥和娘初相交。

夫妻只去千万暗①，今冥才是做起头。

五娘抱君再来困，君尔美貌胜赵云。

常山赵云早过世，那有我君生斯文。

陈三共娘揽朝朝②，娘尔美貌胜二娇③。

东吴二娇早过世，那有阿娘生清标。

二人说话一大套，下身的肉放半梭。

世间风流第一好，更好美事算是无。

一更过了二更时，二人作事无人疑。

咱今二人敢障做，父母困去全不知。

二更过了三更时，二人床上说因伊。

你我少年那无好，风流不知待何时。

三更过了四更来，二人床上再安排。

人说风流第一好，那无试过么不知。

四更过了五更时，身边听见鸡声啼。

---

① 千万暗：千万夜晚。

② 揽朝朝：抱得紧紧的。

③ 二娇：二乔。

五娘共君说其奇，今冥者短是怎年。

趁阮父母困来醒，阮着过去伏待伊。

陈三叫娘再来谈，娘尔者水定君贪。

抱抱揽揽不甘放，娘尔卜去我不甘。

停步窗外天大光，五娘一时就起床。

一时与君拆衾离，不敢和君倒在床。

陈三确实心头酸，天么因何者快光。

送尔娘子出房门，咱今夫妻是久长。

你去今冥着再来，梅通乎我看东西①。

五娘只去无离冥，和君约定暗暗来。

一时行到后大厅，一半欢喜一半惊。

巷头巩惊人看见，巷尾巩惊有人行。

欢喜行到绣房内，倒下眠床无人知。

和君相爱未多久，昨冥知君现时开。

第五十一回　再会风流

中秋过了十六冥，月光风静好天时。

五娘真正困衾去，爱卜和君再团圆。

轻步行到三哥房，一扇房门双手闩。

开入三哥房中内，双喜入内心头松。

陈三困去全不知，不知五娘来找伊。

阿娘真正有情义，月老推千无差移。

陈三眠梦着一惊，是么鬼怪床上行。

五娘轻声叫哥醒，阮是五娘你免惊。

陈三床上笑哎哎，都是五娘来找君。

---

① 看东西：看东看西，指长久等待。

但碍①双脚共双手，那无揽来连身吞。

两人倒下同一头，阴阳相会舌相交。

一对夫妻这样好，亲像鸳鸯颈相交。

陈三故意假推辞，恁爹知道卜怎年。

有人看见扒一倒，生命敢会归阴司。

五娘骂君尔真歹，我今无说你也知。

三哥那卜者惊死②，磨镜么敢阮厝来。

哥你安心免心酸，阮厝有事我担当。

娘既有心作我主，大胆和娘困同床。

陈三有娘不用眠，伸手去摸娘下身。

娘你只处三寸地，么会迷君的心神。

五娘说君是小人，君你敢说是贱人。

咱是双人情意好，不是只处会迷人。

陈三招娘再来战，娘尔美貌好少年。

本是林大无福气，今冥才是我的缘。

陈三五娘相割吊，心肝才会生同条③。

随时爬上娘身上，骑在娘身好逍遥。

双人恩爱鱼水情，一景春色鸟入林。

微风一送花就谢，颠鸾倒凤情义深。

五娘得意说因伊，记得当初六月时。

君尔骑马楼下过，阮在楼上吃荔枝。

许时荔枝投乎你，阮的手帕有绣诗。

荔枝手帕作月老，咱着记得许当时。

刁池荔枝投乎君，是卜和君联成婚。

君尔千里来找阮，望卜后世再对君。

---

① 但碍：只有。
② 惊死：怕死。
③ 生同条：心意相通。

天地生有咱双人，前世排比做一双。

有缘有份来找君，无如林大伊梅通。

连冥议论烧好香，保庇陈三对五娘。

保佑林大着早死，二人放紧返回乡。

一冥无困到天光，陈三送娘出房门。

夫妻不用相辞礼，咱是恩爱恰久长。

五娘行去到房门，轻轻进去倒下床。

爱困无眠不敢说，头如髻欹失梳妆。

第五十二回　母疑碧琚

五娘前日合新婚，面貌显得越青春。

前日海棠未现时，今日杨柳又逢春。

伊母发觉心有疑，我女今日才侥奇。

前者并无人调戏，今日为何是怎年。

说话全然无禁忌，行动举止失威仪。

花开必定有蜂采，水影必定有鱼来。

这是别人无干过，卜是陈三贼奴才。

我女那是和你歹，须着及时教示①来。

伊母行到五娘房，一时看见面大红。

子你生来是女子，和人乱来是梅通。

你母教训那不信，饲你一身做么人。

放紧乎你林厝去，留你贼婢不成人。

那是有人敢忐忑，子你放动②总袋无。

乎你父母扐一到，一条生命敢会无。

五娘听说心自知，想起这事卜怎年。

---

① 教示：教训。

② 放动：放荡。

等到三更人困静，偷去共君说因伊。

咱今两人那种代，阮母已知卜怎年。

伊说扐得君你到，将你生命付阴司。

陈三听说心便知，一时惊苦心头悲。

风流事志虽然好，乎伊扐到卜怎年。

心中越想心越惊，恁母若是告奸成①。

我俩曾经那样做，你想卜不结亲成。

五娘就劝陈三郎，君你放胆免心慌。

到时有酒双人醉，下日有事双人当。

第五十三回　卿会益春

陈三听说心自在，一时欢喜笑狮狮。

大胆和娘做障困②，无惊大小人会知。

二人暗中相意爱，偷来暗去无人知。

有时君去和娘困，有时娘子来找君。

益春看见也动心，特来共君说言音。

三哥你敢者侥幸，全然不顾小妹情。

哥你读书识礼义，么敢相误是怎年。

三人二好一人无，克亏益春无所依。

记得前日退约时，益春尽忠君不知。

许时不从三哥意，才会风流过了时。

可怜益春者忠义，有心送花无人池。

今日送花乎哥采③，三哥那会全不知。

益春美貌胜观音，陈三怎么不动心。

---

① 告奸成：告奸情。
② 做障困：在一起睡。
③ 乎哥采：让你采花。

764

咱今两人着成就，你着和娘无二心。

益春听说心欢喜，恐惊三哥你不池。

三哥若是不嫌阮，小妹怎放再推辞。

二人相耒入绣房，红罗帐内结鸳鸯。

妾作银盘承雨露，君作黄蜂采花丛。

益春共君说透枝，阮是莲花正当时。

未见风云先见雨，全望三哥着把持。

好事一场作好了，二人相揽困成眠。

第五十四回　骂君通婶

五娘门外探听知，门钩偷开入房来。

恁只两人者大胆，想恁这事真不该。

益春着惊面青青①，陈三无意坐床边。

五娘骂君无道理，做人梅通按障生。

君你亲像采花蜂，采了一丛又一丛。

把阮心花先采去，不久又来采别人。

恁今两人甲障生，乎你两人结夫妻。

五娘和恁说无话，不敢和恁相交倍②。

婶尔大胆和哥困，五娘不敢争益春。

你着与君做阵去，不可阮厝乱纷纷。

陈三劝娘莫受气，娘你听我说透枝。

从来采花连枝惜，采花也着惜花枝。

爱得三人同一意，益春不可放一边。

五娘为妻婶作妾，是我来共娘说知。

陈三说话都亦是，但惊三哥无主持。

---

① 面青青：脸色很难看。
② 交倍：交往。

前日有心和阮好，今日返来又想伊。

心肝全然无定性，看君侥心卜怎年。

第五十五回　收婶为妾

娘尔此话也是通，益春也是咱亲人。

凡事必然会相失，收伊为妾么不通。

五娘听了心欢喜，就叫益春来问伊。

三哥爱你作伊妾，未知益春你怎年。

益春听说就应伊，不知三哥么心意。

若有真实[①]与实意，益春那敢不从伊。

陈三看见伊两人，假说假话假忘忘。

自古夫妻一双对，卜请二客还是无。

物件只能请一客，不是两人同爱哥。

不知五娘么主意，未知益春意如何。

君你说话是表态，阮俩欢喜就无碍。

人说有酒双人醉，好意无吃面亦红。

娘说此话定我意，姻缘注定无差移。

五娘为妻婶作妾，娘婶同君正合宜。

三人有时作一床，有事亦通说短长。

陈三烦好冥者短，娘婶也说日头长。

第五十六回　九郎争田

九郎冥日心不安，因为东水一段田。

大担收得一百担，契面值得一千元。

陈三扫厝到栏杆，九郎做状要争田。

---

① 真实：疑为“真心”的讹误。

一状已交官不判，想来这事有点难。

九郎写帖在桌前，叫人去请林大郎。

林大赶快到黄厝，九郎叫他入厅堂。

两人坐下相动问，就叫陈三去捧汤①。

陈三捧茶到厅边，看见林大心便疑。

头尖嘴长老鼠耳，亲像夜叉一般样。

九郎确实无主意，么将亲女去配他。

免说五娘无定意，平常子女亦蛮池。

林大吃茶已完毕，开口便问九郎伊。

岳父叫我么事志，有啥大志请说起。

九郎将事说分明，东水的田要去争。

我作的状官不判，想来想去真不明。

贤婿替我做一状，乎我再告许田庄。

你若争得此田返，尽做五娘的嫁妆。

林大听说就应伊，此事岳父免顾虑。

愚婿替你写一状，包管告赢这官司。

笔墨整齐摆桌床，林大举笔写状词。

写得不三又不四，乱七八糟归大篇②。

林大状词写完毕，坐在桌边笑嘻嘻。

陈三看伊者欢喜，假意扫到大厅边。

状头状尾尽看到，说伊不会打官司。

写状亦着有道理，无理无由不合理。

此状官府定不判，而且自害又自欺。

林大开口就骂伊，你是扫厝奴才儿。

那是捧盏扫厅堂，晓得什么是官司。

陈三说实无说虚，从小阮也有读书。

---

① 捧汤：捧茶，倒茶水。

② 归大篇：一大篇，一整篇。

五经六艺读透透，多少晓得打官司。

不信此状让我做，一定告赢无差移。

林大听说无主意，去向九郎说因伊。

我虽作了这个状，扫厝说我不合宜。

九郎动问陈三伊，你会作状打官司。

咱今趁未先定罪，去告不赢卜怎年。

陈三受气就应伊，事志到尾方才知。

三状若是告妥赢，甘愿五马去分尸。

陈三说实不实虚①，从小多少有读书。

律法常看知法律，晓得作状打官司。

第五十八回　陈三写状

陈三作状全据理，头尾理由无差池。

状头状尾相呼应，状尾四句更合宜。

一状写好已作成，九郎提去看分明。

果然是个真才子，状里行间分得清。

九郎提状入公堂，公差严把守大门。

知府这时也升堂，告状原是黄九郎。

知州一时就看状，九郎告的是田庄。

状头四句有道理，状尾四句更合宜。

就问此状何人做，九郎说是奴才儿。

知州听说不相信，这是才子才合宜。

老爷此时就准状，田庄判给黄九郎。

九郎听说心欢喜，心想陈三好文儿。

生成标致又文理，须着六娘去对伊。

六娘听说心就苦，我爹为何者糊涂。

---

① 实虚：疑为"说虚"的讹误。

768

咱姐可配林大厝，我今着配扫厝奴。

陈三听说就应伊，六娘配我我不池。

须着五娘来对我，就将六娘去对伊。

九郎心中更有知，陈三是想我子女。

伊今无想别条事，专想五娘随身边。

第五十九回　上庄收租

三人事志莫说起，转眼算来是冬天。

四边的人尽割稻，收租也是这时期。

九郎四庄在车水，风调雨顺拜谢天。

去年光景都亦好，今年光景胜去年。

九郎详细看账簿，打算上庄去收租。

心想陈三会算账，一时就叫陈三奴。

陈三听说苦哀哀，恨我是伊的奴才。

今日和娘拆分离，亦着放紧去随伊。

九郎骑马去收租，陈三后面做马奴。

去到赤水田庄所，各家各户来交租。

看见陈三随九郎，佃户不觉心头慌。

烟茶先去敬三舍，事后才去请九郎。

九郎受气骂一声，伊是奴才随我行。

恁先敬伊才敬我，将情说来乎我听。

佃户说与九郎听，伊是秀才好名声。

伊叔伊兄有官做，今日么卜随你行。

伊厝田户千余万，人人都是种伊田。

今日虽然是随你，阮着敬伊才心安。

九郎听了无主意，赶紧下马问根枝。

你是泉州运使弟，当初么卜障行宜。

陈三说乎九郎听，广南运使是我兄。

前日送嫂去任所，返来行到恁楼前。

看见楼上有美女，亲像天仙恰有余。

一心爱卜看景致，才会打扮这行宜。

九郎听说就应伊，你是秀才欠主持。

人间么有仙景致，楼上一女是我儿。

当初你若有实说，不敢收你做奴儿。

至今才说此代志，得罪三舍是怎年。

陈三又问黄九郎，你子么卜配林大。

前日耳边听人说，五娘不入林厝门。

九郎听说着一惊，陈三想卜结亲成。

此人不可留我厝，日后必定相败名。

等我收租返去了，叫伊返去泉州城。

好得我者未失节，亦免乎人疑奸成。

第六十回　假病回家

陈三心内暗猜疑，看见九郎不应伊。

心想一计骗九郎，假说有病身难当。

我今着返去医病，病好者回①只田庄。

九郎听说就应伊，病人只地无处医。

三舍若是染疾病，你今返去紧去医。

陈三欢喜一大场，连夜赶到后街乡。

偷身行到娘房内，轻声细说叫阿娘。

五娘听见哥话声，欢喜三哥你回乡。

家中并无紧急事，么卜连冥走一场。

陈三行路快如箭，只忆五娘才障生。

---

① 者回：再回来。

三日不见五娘面，亲像远离两三年。

有恁娘婀相定意，才会艰苦行连冥。

三哥真正有情义，阮今害尔卜怎年。

车水行来路头远，克亏我君心头酸。

哥尔一身有露水，共君摸来冷如霜。

我提衣裳共君换，共君脱下共君披。

我往田庄去收租，娘子只处困单铺。

今冥有娘作阵困，恰好赤肉焐香菇①。

二人倒下做一床，床上相共说短长。

前日跟随你爹爹，佃户挑谷来入仓。

都说我是好人子，因何么着随九郎。

你爹心中仍有疑，疑我和你有侥踦。

我者想了此计智，骗伊回家卜看病。

咱今三人同作事，恁爹知去卜怎年。

五娘床上应一声，劝君大胆梅免惊。

阮爹那是会知影，收租返来我无行。

若敢扐咱去吊打，想伊打咱敢不成。

九郎收租返潮城，入门就叫陈三兄。

你是泉州运使弟，不敢叫你扫厅庭。

放紧泉州朋山去，不可只处坏我名。

第六十一回　三人议论

陈三听说便知机，紧去共娘说因伊。

你爹收租返到厝，果然心肝大有疑。

叫我着返泉州去，不准恁厝再延迟。

咱今三人着考虑，着想计智可达伊。

---

① 恰好赤肉香菇：就像瘦肉炖香菇。

五娘听说无主意，全望三哥你主持。

君你有计作你说，阮今从君无推辞。

三十六计想透透，想来算去无计智。

一心想卜相焉走，不知阿娘意怎年。

五娘听说这个话，心中苦切头就犁。

若是着离阮父母，何用和君结夫妻。

人说夫妻有较亲，忆着三哥有真心。

甘愿与君做阵去，无念父母一家人。

陈三说乎五娘听，咱今同去泉州城。

益春是咱随身婧，叫她亦随咱同行。

五娘一时叫婧儿，有事叫你来把持①。

三哥爱咱泉州去，不知你意是怎年。

益春听说此情由，咱今三人去泉州。

益春愿意和你去，不愿离君在潮州。

五娘听说同心意，赶紧开箱提银钱。

三人行李收便便，半冥动身莫拖迟。

第六十二回　三人同走

九月十四三更时，家家困静无人疑。

轻轻开门三人走，走到花园鸡未啼。

四更月照花园边，风仔吹来冷微微。

五娘回头共君说，咱是事急才障生。

当初若无掞荔枝，今暗亦免行连冥。

为着情义同君走，不念父母在心头。

五更月照花园头，五娘想起目屎流。

---

① 把持：商量。

今冥同君你偷走，亦无亲人在身兜①。

花园过了大草埔，五娘行得无奈何。

我君若无来阮厝，今冥免行只路来。

草埔过了五岭兜，三人行李在肩头。

益春行得真辛苦，陈三啊咾益春肴②。

岭兜过了大洋江，五娘想起目头③红。

阮身为乜是查某，千般万事从别人。

大洋过了赤水溪，赤水溪下有大溪。

游州若卜泉州去，若无搭船㑔过溪。

第六十三回　赤水过溪

三人走到大溪边，看见溪水绿青青。

三人说卜过溪去，船公近前来回伊。

恁今三人卜池去，须着先付船公钱。

陈三这时就问伊，你卜池阮多少钱。

载阮三人过赤水，愿意送你五百钱。

船公听说化少钱④，就说三人搁再添。

一人五百不二价，三人着送千五钱。

陈三听说就允伊，五娘坐船面青青。

五娘坐船者无胆，不识坐船才安生。

艄公梯渡向溪西，敢问三人哪里来。

三人做阵卜池去，请恁说给相鸽知⑤。

陈三就应梯渡儿，三人厝在泉州城。

---

① 身兜：身边。
② 啊咾：夸赞。肴：厉害，能干。
③ 目头：眼眶。
④ 化少钱：钱这么少。
⑤ 相鸽知：相搁知，相互知道。

爱卜返回泉州去，有人问你莫作声。

船公梯渡倚溪边，又问三人的情由。

三人若是相毛走，阮船不载恁风流。

陈三再应梯渡儿，阮和泉州有亲成。

说实不是相毛走，三人爱卜看泉州。

船公梯渡倚溪埔，卜收三人的船租。

吩咐起船着仔细，弓鞋不可踏上土。

陈三头前①先起船，返身又去牵益春。

益春和娘相牵手，三人起船笑哎哎。

过了赤水是双溪，五娘头上拔金钗。

拔下金钗君收起，脱下弓鞋换布鞋。

第六十四回　黄厝停宿

过了双溪是南村，三人行去脚又酸。

路边有店且安歇，就叫王婆来开门。

五娘敢问客店婆，阮卜泉州去忑忑。

潮州卜到泉州去，路有一半也是无。

王婆说与五娘听，泉州只路不识走②。

不知还有多少路，无通共娘说一声。

陈三说与五娘听，泉州只路我知影。

咱着再行三日路，才会看见泉州城。

五娘听说心头酸，咱卜怎样能到此。

行到只处脚又酸，路又化远卜怎年。

益春听说面忧忧，哥你么妾生潮州。

害我脚短路头远，卜等何时到泉州。

---

① 头前：前面，首先。
② 不识走：不知道怎么走。

陈三听说应一声，咱今三人慢慢行。

现时有店且安宿，走到半路总免惊。

第六十五回　母见女走

天光伊母出房门，无见五娘起梳妆。

无见陈三来扫厝，无见益春捧茶汤。

卜是三人相焦走，三人不知走何方。

赶紧差人报九郎，报说陈三走出门。

五娘我女跟伊走，益春亦去随三郎。

昨冥三人相焦走，不知走去到何方。

九郎听说有主张，快去佛前烧好香。

保庇三人走无路，保庇三人着返乡。

会得三人相焦返，谢你大豕共大羊。

父母找与入房内，看见我子的眠床。

我子昨冥只处困，今日不知到何方。

父母找子入绣房，看见我子的绣针。

子你有心和人走，无想父母一家人。

父母找子出大厅，不见我子的云影①。

子你今日敢障做，全无顾及我名声。

子你心内无光窗，因何敢去找别人。

害尔父母到处找，无见我子尔一人。

子你实在峇晓理，全然无顾我根基。

想伊林大那知去，带烦②父母卜怎年。

黄厝许时找无子，全家大小尽都惊。

想伊三人相焦走，咱卜何处去探听。

---

① 云影：身影。
② 带烦：连累。

第六十六回　九郎找子

九郎找子大草埔，看见路边一朵菇。
我子不识泉州路，和人偷走是为何。
九郎找到石岭兜，我子有去无回头。
溪水流去无流返，看只溪水目屎流。
九郎找到大洋江，看见洋中都是人。
我子不知去何方，三人并无见一人。
九郎找到赤水溪，看见我子一双鞋。
我今见鞋无见儿，因何无子么有鞋。
借问溪边梯渡儿，昨冥此路么人行。
我提钱银来送你，千万与我说一声。
船公说乎九郎听，昨冥只路三人行。
两位亲像潮州女，一位好像泉州兄。
只处搭渡过赤水，说卜泉州探亲成。
三人船租提乎阮，又叫千万莫作声。
九郎听说就知机，正是我儿无差池。
我子饲大①失教示，因何大胆敢障生。
立即写榜贴路边，求乞四方人扐伊。
若是扐得我子着，情愿送伊一万钱。
九郎此时找无子，路顶②返来苦伤悲。
林厝知影来问咱，咱卜何话可答伊。

---

①　饲大：养大。
②　路顶：路上。

第六十七回　林家讨亲

九月十六林厝知，亲家亲姆①坐轿来。

亲家入门大受气，就骂九郎无主裁②。

五娘是你亲生子，因何敢败你名声。

劝尔亲家免受气，从头到尾说尔知。

十四月光照天下，三人作事无人知。

亲姆一句应出来，你说此话真不该。

做么大厝人父母，子女作事你不知。

亲姆你着听我劝，咱今亲成是久长。

五娘既然奴尨走，我有六娘对林郎。

亲姆听说面越边③，你有六娘我不池。

前日五娘匹配我，今日障说又对伊。

亲姆听我再说起，我今此事有主持。

五娘既然人尨去，六娘不敢安障生。

亲姆受气无消心，我厝家产富万金。

有钱出厝尨无某④，乎官⑤去判恰甘心。

第六十八回　林大告状

返来叫子来思量，咱着作状写一张。

提去知府面头前，告许陈三与五娘。

林大一时赶下州，今日此事怎罢休。

---

① 亲姆：亲家母。
② 主裁：管束不严，约束不利。
③ 越边：转向一边。
④ 尨无某：娶不到老婆。
⑤ 乎官：让官衙。

看伊陈三么道理，敢焘五娘去泉州。

城内请人写一状，卜告陈三黄九郎。

状头先讲一百万，状纸亲送到衙门。

潮州知府名赵得，一见状纸便升堂。

你今告人是么事，知府面前说短长。

林大跪下说情由，甘荔此人来潮州。

先卖黄厝做奴儿，私通五娘有风流。

五娘本来先配我，伊敢焘走去泉州。

全靠老爷准我告，依法重办此徒流。

老爷听说有此理，立刻出票去传伊。

吩咐原差快下案，明天出差无延迟。

第六十九回　原差押行

原差欢喜一大场，手提传票就下乡。

赶到王婆店门口，卜扴陈三和五娘。

三人听说着一惊，好嘴^①共差说一声。

阮提钱银送给你，千万放阮返泉城。

原差有钱不敢领，林大告伊恁奸成。

老爷叫你潮州去，你着放紧恰阮行。

陈三苦痛无作声，公差一时就押行。

五娘劝君不用苦，夫妻不怕告奸成。

三人押到赤水边，一路人马来相换。

劝恁歹仔不可做，亲像三人真正疏。

三人押到潮州来，十姐五妹笑哀哀。

劝恁姐妹免相笑，到恁时节恁就知。

三人押到古楼前，来看人马两三千。

---

① 好嘴：说好话，这里指向官差求情。

风流事志人人有，管人闲事真是闲。

三人押到官府厅，衙门公差两边行。

手提竹板共铲子，听候知州审奸成。

第七十回　知府审问

知州坐堂威风起，就召益春先问伊。

从来无针不引线，我想此事你必知。

恁娘本是深闺女，么有甘荔来潮州。

五娘回头叫益春，有事三人同等分。

你若有话着小说①，你若无话推乎阮。

益春说与知州听，三哥是阮的亲成。

阮娘并无配林大，是他妄告②阮奸成。

益春不问押一边，就召五娘来问伊。

你是黄厝千金女，么敢违返此礼义。

五娘跪下就说开，林大妄告这是非。

阮是随夫泉州去，不是三人走出围③。

知府受气骂五娘，林大聘礼恁爹收。

你爹说是配林大，因么自己配泉州。

老爷听我说分明，阮配陈三是真情。

和伊林大无相配，是伊妄告来相争。

知州此时召九郎，你子生来好梳妆④。

因何敢配二个姓，乎伊两人来相争。

九郎跪下应一声，我子卜败我名声。

九月十四和人走，确实无配陈三兄。

---

① 着小说：要小心说。
② 妄告：乱告，胡乱告。
③ 走出围：私奔。
④ 好梳妆：好样貌。

知府听说便晓理，就召陈三来问伊。

你来潮州三年久，是么因端①说透枝。

陈三说乎知府听，广南运使是我兄。

因送哥嫂往住所，路途经过潮州城。

九郎亲成来配我，林大卜占我亲成。

被人妄告心不愿，林大妄告我奸成。

这事老爷须重办，若无重办伊不惊。

知府听说有侥奇，一时怒气不应伊。

自己卖身作奴婢，又敢焉走人妻儿。

取人亲婚是重罪，官法照办无差移。

陈三当堂又说起，不但送嫂许一时。

前手我爹作知府，原配九郎一女儿。

亲成阮爹他知影，立了婚书定聘仪。

老爷无念我先配，须着带念官荫儿。

知州听说更受气，是么官荫人子儿。

你兄若是有官做，么着卖身奴三年。

你兄广南拾马屎，你叔西川洗厕池。

我想三人同一案，想来必定是通奸。

三人那是无用刑，叫因照认也是难。

第七十一回　知州痛打

第一刑罚是姓温，知府发令打益春。

你今三人同作案，那无打你亦不准。

益春打得目屎滴，老爷听我说因伊②。

前年六月许当时，阮娘楼上吃荔枝。

---

① 因端：前因后果。

② 说因伊：说端详，说起因。

陈三骑马楼下过，阮娘荔枝投乎伊。

荔枝手帕投下去，陈三亲身来收起。

伊是和人学磨镜，打破宝镜赔爻起。

甘愿卖身作奴婢，契面立下须三年。

这是阮娘相意爱，别的代志姛不知。

知州听说只因伊，大气甘荔来潮州。

此人若无来重办，教歹大小人风流。

第二刑罚是姓横，知州发令打甘荔。

你是泉州浪荡子，敢来偷乇人妻儿。

陈三被打答知州，前年么有此情由。

我是兄嫂去任所，六月返来到潮州。

身骑白马游街市，一日行到后街乡。

无疑娘子在楼上，投下荔枝作因伊。

我学磨镜来相见，打破宝镜补爻圆。

我才卖身作奴婢，五娘有意相交缠。

只是月老天注定，姻缘事志总由天。

知州听说有此理，只恨五娘这女儿。

人说主婚由父母，你敢大胆自主持。

第三刑罚是姓张，知州发令打五娘。

你是林大的妻室，么敢大胆自主张。

五娘照认无相欺，父母作事害子女。

扐阮大事配林大，心中不愿暗中悲。

阮念陈三好头对，荔枝手帕投乎伊。

自古贤臣择明主，贤女不愿配呆夫。

亲选郎君天下有，老爷此事着相扶①。

---

① 着相扶：要支持，应该支持。

第七十二回　知府判断

知州听完三人议，果然奸情事是实。

事志照认无再问，当堂就见两家亲。

益春同样回后街，发令九郎来领回。

五娘判伊林厝去，去与林大结夫妻。

陈三有罪不放你，下日发配去涯洲。

陈三听见笼笼苦①，娘婳听判面大忕②。

林大看审在外头，啊老知州你真肴。

今日如此来判断，千两黄金现时交。

五娘押去见林郎，林大看见心大爽。

你着甘愿做我某，欢喜入我的厝门。

就那乞人③先采去，亦无说你短共长。

五娘对嘴就骂伊，看你亲像豕哥精④。

你若爱卜阮做某，着等黄河澄清时。

牡丹不入芭蕉树，凤凰不入山鸡围。

月老十五做你想，月里嫦娥免思量。

我生愿作陈三某，我死愿葬陈三土。

益春共娘说言音，三哥情义值千金。

阿娘不愿林厝去，咱想三哥无二心。

第七十三回　押入牢房

陈三押入在牢房，受尽折磨不成人。

---

① 笼笼苦：心里暗暗叫苦。
② 面大忕：大惊失色。
③ 乞人：让人。
④ 豕哥精：猪哥精，骂林大像头猪。

五娘益春探牢去，看见三哥目头红。

衣裳那凶无人洗，年久月深无通回。

受尽天寒无地说，头毛①那如无人梳。

陈三看见两人到，一时目屎四处流。

五娘伸手共哥七，劝哥目屎梅通流。

柴梳带来共君梳，洗面清水娘捧到。

米饭捧来乎君吃，清茶捧来哥润喉。

陈三不敢开声哮②，咱今夫妻荟透老③。

娘你有饭我荟吃，冤家和我作对头。

五娘劝君免心酸，咱的夫妻会久长。

知府么会化失得④，吃钱枉断我情郎。

陈三受苦荟得过，想伊知府无了尾。

等我大兄运使返，罢伊官职剥伊皮。

五娘痛苦惊君寒，提来衣裳共君换。

锦被提来乎君用，免得我君受风寒。

益春痛苦真克亏，冤家创造假是非。

克亏我君来受苦，卜等何时能改围⑤。

第七十四回　发配涯州

陈三被押难回乡，官司照办着徒流。

十一月来日头短，陈三卜押去涯州。

五娘听说面忧忧，官州奸雄心忧愁。

照断奸情打一百，有谁奸情配涯州。

---

① 头毛：头发。
② 哮：大声地哭。
③ 荟透老：不能到老。
④ 化失得：这么缺德。
⑤ 改围：解围。

知州无念阮有意，担心枉断敢障生。

今日无人作我主①，都是林狗去用钱。

可恨知州无照理，吃钱害命来相欺。

枉断荔枝走千里，扐阮拆散做二边。

我今吩咐原差兄，你押我君须慢行。

路上小心着照顾，有情会谢原差兄。

原差共娘说因伊，恐惊路上无盘钱。

只惊路上无钱用，那是欠用②卜怎年？

第七十五回　送君钱银

五娘提钱去送伊，乎君路上作盘缠。

你顾我君头到尾，日后恩情恰大天。

你去盘缠用若离，下日差人再搁添。

公差欢喜无作声，押送陈三慢慢行。

五娘益春苦荟离，亲身办酒送君行。

五娘办酒乎君饮，乎君饮下恰有心。

君去涯州着早返，阮在潮州无佹心③。

益春送钱乎君开，乎君用去早倒来④。

有时见钱想着阮，有时亦通去铺排。

陈三一时目屎流，我今此去无回头。

只去三年才可返，误恁娘婳在心头。

五娘送哥到城门，今日分开实难当。

益春送君出潮州，君尔直去心不休。

咱着三人相意爱，谁知今日着徒流。

---

① 作我主：替我做主。
② 欠用：没有钱用，这里是差官敲诈五娘。
③ 无佹心：不会改变心意。
④ 早倒来：早早回来。

陈三做人无侥心，共娘共婶表忠心。

我去三年若又返，不敢忘恁的恩情。

官司为果若了离①，我在涯州无了时。

恁只娘婶生者水，误恁青春卜怎年。

娘婶劝君免惊慌，许厝二姐配林郎。

十六年前天注定，二十年后才相逢。

第七十六回　与君惨别

陈三押去到大溪，五娘头上拔金钗。

金钗乎君作表记，回来同心结夫妻。

陈三押去到大江，益春头上拔金针②。

金钗乎君可变卖，免得路上作穷人。

三人走来卜分开，目屎流下两边垂。

君尔一人若去了，害阮娘婶无依靠。

陈三此时押下船，五娘无意叫益春。

益春咱么者无福，今日为何着离君。

艄公顿时船卜开，五娘益春哮如雷③。

船你将君今载去，害阮娘婶无所归。

一时见君一时远，梅知何时可回乡。

那恨知州无道理，枉断荔枝无相随。

林大短命着早死，么通制造此是非。

二人不愿大声啼，一齐跪下大江边。

望天望地着灵应，保庇我君遇着兄。

保庇官司早了离，免到三年返泉城。

---

① 若了离：如果没有结案。
② 金针：金钗。
③ 哮如雷：哭得像雷声一般。

只是我君克亏事，不是我君有罪名。

求天求地相保庇，三人相焦返泉城。

第七十七回　五娘下书

五娘回到后沟乡[①]，想着陈三去涯州。

君去涯州无消息，阮在潮州冥日想。

日日无意坐绣房，心想陈三是好人。

记得当初孟姜女，忆着苏州范杞郎。

十日八日无见返，看君无返心头酸。

我想三哥去涯州，现时必在路中央。

是好是歹不知影，亦着差人去探听。

五娘此时叫益春，阮卜写信去乎兄。

全君去后无消息，锁匙提来开笼箱。

左手提墨又提砚，右手提笔乎阿娘。

五娘说短又说长，一张白纸在桌床。

想有几句卜来写，一卜下笔心头酸。

目屎流下漏砚池，想卜来写一首诗。

前日与君真有意，今日离君心头怨。

无药可医相思病，有钱难买少年时。

第七十八回　小七送书

一封书信写完成，叫来小七细叮咛。

这书是我亲手笔，请你送去乎伯卿。

小七心中想几分，今日五娘在想君。

小七现时还无某，心中想念许益春。

────────────

① 后沟乡：后街乡。

梅香现成我无爱，我爱益春好身材。

益春叫说就应伊，你只大胆奴才儿。

你也敢想卜池阮，无惊见笑是怎年。

五娘此时叫益春，有事二人同议论。

你今一声骗伊去，亦是娘嫺的深情。

益春就叫小七来，我今和你结和谐。

你着送书暂且去，下日返来才取裁。

小七送书卜起行，五娘吩咐千万声。

你见三哥的头面，劝君完全免惊拝①。

银两衣裳款便便，路上仔细去探听。

小七听娘吩咐了，一时起身就卜行。

去到黄山大路尾，一下看见陈三哥。

第七十九回　陈三回信

陈三走路面忧忧，一府走了过一州。

小七迈前来相见，三哥听我说情由。

小七送书来乎你，又有短衫及短裘。

吩咐一句真心话，劝你官司免忧愁。

二十两银过你手，乎你用甲到涯州。

陈三看批心头闷，娘嫺果然有真心。

娘嫺今日情者重，我着回批写书文。

笔墨提来在桌床，手写家批心头酸。

命歹着行无情路，割断心肝实难当。

陈三书信写一张，交代小七送回乡。

批信提去过娘手，劝娘冥日免思量。

我若官司会了离，摆除官司回家乡。

---

① 免惊拝：不要担心路途艰辛。

小七提着陈三批，黄山过了到后街。

入门赶共阿娘说，三哥有批寄我回。

劝恁娘婳免用苦，官司了离伊就回。

五娘听说心更酸，三哥果然有情郎。

今日见批无见人，批信乎我改心酸①。

自恨我命生无好，今日和君雺成亲。

前日与君拆分离，不知何日可回乡。

第八十回　小七讨亲

益春想着心头闷，阮娘果然忆着君。

对你前日对我约，约卜回返才完婚。

阮身今日通到厝，暗冥你着相尊恘②。

益春听说此因伊，一付苦切③暗泪啼。

前日么通障生做，么可允人这行宜。

我今着去问娘子，看伊这事卜怎年。

益春行去见五娘，目屎流下如芙香。

前日小七此事志，娘你这事么主张。

昨天小七来问我，迫我今冥卜风流。

我今无么可缓计，来知阿娘卜思量。

五娘听说听一声，这事婳尔不用惊。

小七那是来这块，我才说伊乎你听。

五娘一时叫小七，你要益春结亲成。

我今明实共你说，着等三哥返潮城。

许时阮那成亲了，正通共你结亲成。

---

① 改心酸：解我的心酸。
② 相尊恘：相互尊重，这里是小七要益春践行诺言。
③ 一付苦切：一肚子苦闷。

现时三哥未到厝，但着随阮面前行。

请你小七着等待，不可这般乱乱来。

小七听了苦哀哀，一时苦痛病就来。

日间有失妄晓作，一冥无困想东西。

一日无吃苦伤悲，想着益春病相思。

一屯①无吃半粒米，一日无吃一汤匙。

十分气愤病就来，一条生命归阴司。

五娘听说小七死，一半欢喜一半怨。

教伊妄来讨亲事，免得乎伊心挂虑。

因为共阮送书去，返来生命归阴司。

阮想小七今日死，为着阮身才障生。

今日既然无兄弟，又无父母在身边。

阮着共伊乞一子，可接小七的宗枝。

叫人共伊做一墓，共伊发葬才合宜。

第八十一回　五娘思君

日头卜落照东山，五娘思君千万般。

前日有君做阵②困，今日无君守孤单。

天光日暗无见君，心肝想起乱纷纷。

想君神魂去一半，有物半嘴亦妄吞③。

孤枕独床坐绣房，君去床冷枕又空。

前日有君通戏弄，今日无君独一人。

一世夫妻无久长，因何命歹着离厄④。

天地推千无平正，阮今不愿守空房。

---

① 一屯：一顿，一餐。

② 做阵：一起。

③ 有物半嘴亦妄吞：这句写五娘因思念陈三，食不下咽。

④ 命歹着离厄：命不好要离开丈夫。

家家户户人青春，想自命歹着离君。

君你一去无见返，无见君面心头酸。

我今归冥困荟去，叫我一身卜怎样。

虽然见君的批信，想起君恁心又酸。

楼前更鼓才一更，共君分开有几时。

目屎流落满地是，冥思日想病相思。

一更过了二更催，空对孤灯永相随。

月光斜照栏杆顶，想起我君真克亏。

二更过了三更定，窗仔外面鸟声悲。

对这嫦娥问无意，日思夜想乱心情。

三更过了四更时，梦见我君在身边。

说出千般真心话，醒来无见三哥影。

四更过了五更催，想起三哥目屎垂。

知州么会者失得，在断荔枝无相随。

五更过了天大光，抱起宝镜想梳妆。

想起风流脚又软，忆着我君心头酸。

想君荟困过五更，想起我君喃泪啼①。

无药通医相思病，任伊仙丹也难医。

无人医我病会好，只有陈三好先生。

思思念念忆着伊，冥日思想无停时。

神魂那是会飞天，定卜飞去伊身边。

我今昨冥得一梦，梦见三哥入绣房。

明明是哥的头面②，因何醒来看无人。

神仙托梦有灵应，保庇我君遇着兄。

只梦不知真共假，亦是眠梦梦甲成。

五娘求天又求地，冥日烧香又献花。

① 喃泪啼：泪流满面啼哭。
② 头面：脸，这里指五娘梦中看到陈三的脸。

790

保庇我君着早返，免得此地闷孤栖①。

一日过了一日天，五娘面色日日青。

厝边姐妹来相劝，劝你五娘别安生。

你为陈三相割吊，打歹生命②卜怎年。

五娘听说就应伊，阮贪陈三好人儿。

阮那为她③不愿死，不敢侥心④卜误伊。

九郎一妹名亲娘，来劝五娘着主张⑤。

你配林大真富贵，卜配陈三免思量。

五娘听说就应伊，姑你说话真是奇。

阮和林大无四配⑥，着配陈三才合宜。

现时官司未了离，伊有亲兄可救伊。

你着看伊大兄返，许时才知好品儿。

下日必从咱厝过，责罪林狗才合理。

奸臣知州无照理，下日亦会责罚伊。

第八十二回　陈三遇友

三哥伊在路上行，五娘希望遇着兄。

想到今日者患难，卜救三哥须伊兄。

五娘冥日苦心情，再说陈三去涯城。

路上行来真艰苦，千辛万苦也着行。

陈三行去到海防，遇着一友蔡文翁。

文翁见伊是三舍，想来想去想委通。

---

① 孤栖：独守空房，孤独一人。
② 打歹生命：搞坏身体。
③ 她：他。
④ 侥心：没良心。
⑤ 着主张：改变心意，另做打算。
⑥ 无四配：不合适。

你是泉州好人儿，今日么会这路行①。

这是犯法的款样，秀才从头说我听。

陈三说与文翁听，林大妄告我奸成。

知州吃钱无照理，发配我身去涯州。

想我今日这事志，必然有死定无生。

你若返去泉州城，我今吩咐你几声。

你对我爹说一句，说我尸死在涯州。

我今这是冤枉事，不是我身有罪名。

劝我父母心岸定，不可为我乱心成。

文翁听说应一声，劝你三哥免惊衿。

恁今祖代有官做，岂有发配去涯城。

广南运使你亲兄，么不共伊说一声。

会得你兄来相救，免惊林大告奸成。

陈三听说苦哀哀，想我今日此路来。

路上无人可相识，消息无法寄兄知。

我兄不知我的代，那有相杀②才会来。

文翁听说应一声，我愿送书广南城。

你着赶紧写一信，乎我提去乎你兄。

会得你兄来相救，不惊林大告奸成。

第八十三回　广南送书

陈三听说笑咪咪，感激文翁有情义。

今日我只冤枉事，你着共兄说透枝。

望兄赶紧来相救，免我生命归阴司。

文翁听说急起行，连夜赶到广南城。

---

① 这路行：走上这条路。
② 那有：如果有。相杀：知道我的事情。

去到运使衙门口，遇到徐案说一声。

你是连冥来到只，有么要事说我听。

文翁见问回答伊，将书耻①开你便知。

只因三舍身有事，叫我送书来到只。

徐案听说便知机，请教运使怎看待。

未知三舍是么事，便叫文翁说因伊。

文翁随时说语音，大人听我诉分明。

我因前日卜返去，去到海防遇伯卿。

看见三舍带手铐，许时我才叫伊停。

问伊因么会障生，么会行到这路程。

三舍详细说我听，林大妄告伊奸成。

知州吃钱一千两，判处三爷去涯城。

巩惊大人不知影，叫我共你说一声。

叫你大人着相救，不可乎伊去涯城。

三爷许时写一信，大人一看便分明。

运使看信气冲天，大胆林大敢障生。

可恨知州无照理，扐我小弟去凌迟②。

我今做官为百姓，无救小弟不合宜。

第八十四回　议救小弟

运使这时气冲天，内面夫人来见伊。

相公今日么事志，火气分分是怎年。

运使说与夫人听，小弟被人配涯城。

小弟年幼螯分晓，今日被人告奸成。

总是知州么道理，无理无由发配伊。

---

① 耻：撕。

② 凌迟：这里指就死。

着救三叔潮州去，不可三心共两意。

运使听说就应伊，娘你此话无差移。

卜救小弟是定意①，但碍官职荅离时②。

现时案件这样多，无法离身卜怎年。

夫人说与运使听，卜救三叔须快行。

那卜案件办完备，恐惊不及去涯城。

我着先写表章去，差人上京奏主知。

叫伊乎咱返乡里，案情请假一年期。

第八十五回　上京请假

运使听说有道理，表章上奏写一封。

就叫徐案快送去，送去京都见君王。

徐案立刻就起行，三日行去到京城。

一时行到相国府，家人当路问一声。

你只单身卜池去，全头说来乎我听。

徐案近前说一声，老爷叫我来上京。

广南运使家有事，爱卜请假返泉城。

叫我送书来此地，拜托你这大老爷。

望你替我去通报，对许郑相说一声。

家人听说有此事，就与徐案说透枝。

你在此处相等待，我共相爷相通知。

家人传报说一声，广南走书来京城。

说是广南陈运使，叫伊送书咱府来。

望你相爷早开派，通知走书人入内。

郑相听说便知机，便叫徐案随传知。

你只行书何人氏，有么事志说我知。

徐案听说就入内，看这表章你便知。

郑相开表仔细看，叫此书童且等待。

第八十六回　批准表章

天光五点灵鸣啼，皇上按例卜登基。

文武百官都齐备，齐来面圣朝君伊。

官员各自奏完毕，郑相上奏君王知。

昨日广南陈运使，有公表章上京来。

说伊有事要请假，万望圣恩裁决开。

君王展表视表章，记得运使是尽忠。

今日卜请一年假，必然有事返回乡。

皇上阅后有主持，批准表章无迟疑。

郑相奏准就返去，到家便叫徐案来。

皇上今日已批准，准恁请假一年期。

希望期满着赶到，不准延误半个时。

徐案赶紧就应伊，感激郑相相扶持。

骑马赶路快如箭，速到广南无延迟。

一直赶回广南府，快速报乎运使知。

皇上批准咱请假，准咱回乡一年期。

若是期满快上任，不准耽误一个时。

第八十七回　离任广南

运使听说心欢喜，紧共夫人说因伊。

徐案进家找相国，皇上准咱一年期。

咱着赶到涯州去，救出小弟才合宜。

795

夫人听说也欢喜，相公所说无差池。

咱厝赶紧收行李，备办车辆无延迟。

明早就到潮州去，随时准备往涯州。

运使夫人坐大轿，两顶大轿八人扛。

大锣兵马头前行，官员欢送满四方。

第八十八回　路遇小弟

运使兵马路上来，陈三走路苦哀哀。

前日文翁送一信，报与广南我兄知。

屈指已有一月久，因何未见消息来。

陈三苦痛无作声，脚酸手软慢慢走。

一日走到店门口，忽听大锣威振声。

问人说是广南府，陈三得知是伊兄。

一时近前相借问，吩咐兵马且慢行。

这是我兄运使返，小弟卜见我亲兄。

望恁军兵共我报，共我大兄说一声。

军兵半信又半疑，就共运使说透枝。

外面一人真狼狈，卜共大人说因伊。

运使听说心头疑，就共军兵说透枝。

你今叫伊来这处，我有事志卡问伊。

军兵近前叫一声，大人问你是啥名。

陈三听说轿边来，跪下轿下苦哀哀。

贱弟今日身有事，被人发配此路来。

运使看见是小弟，紧紧①下轿扶起伊。

咱家祖代有官做，小弟今日安怎生。

---

① 紧紧：赶紧。

第八十九回　诉说情由

陈三近前说因伊，未曾说话喉先郑^①。

我自广南别兄后，来共潮州人教书。

黄厝九郎一女儿，欢喜和我结连理。

谁知林大歹人儿，下州去告我官司。

知州吃钱一千两，扐我问罪甲凌迟。

我说我兄是运使，狗官伊说无此代。

运使听说气冲天，林大伊敢障行宜。

奸臣知州无照理，共我小弟障凌迟。

我今今日卜救你，小弟你免苦心悲。

大嫂出来见三郎，劝你三叔心免酸。

你嫂甘愿坐小轿，乎你大轿四人扛。

陈三听说笑咪咪，感谢兄嫂情如天。

今日兄嫂来相救，亲像枯木逢春时。

知州审问这事志，我今从头说透枝。

小弟说出兄名字，知州耻笑来相欺。

骂兄广南拾马屎，骂叔西川洗屎学^②。

第九十回　责问知州

陈三兄嫂作阵行，人马来到潮州城。

陈三一时写批信，差人提去到西城。

黄厝听说人送书，一家大小心都知。

益春入内共娘说，外头有人来送书。

---

① 喉先郑：喉咙哽咽。
② 洗屎学：清理厕所。

五娘听说人送书，不知信中写什么。

卜是伊兄运使返，差人来报这家书。

五娘拆批无作声，果然我君遇到兄。

我君有兄可相救，五娘无君免用惊。

现时因来潮州府，阮着差人去探听。

许时知州探听知，脱下官带进前来。

随时出城来迎接，看见陈三有在内。

知州看见陈运使，三步一跪直进来。

全望大人莫怪罪，下官有罪望恩开。

运使一时问知州，陈三么事着徒流①。

我弟年少荟分晓，怎么发配去涯州。

你这作官无相护，敢害我弟生命休。

我弟还说我名字，你敢耻笑并相欺。

陈三此时大受气，就问知州你怎样。

你为贪赃敢障做，配我涯州着三年。

知州跪下说因伊，三爷不可气冲天。

前日发配这事志，不是下官敢障生。

总是林大伊妄告，冤枉三爷罪如天。

运使听说就晓理，知州且慢我问你。

数罪用情且放离，劝你为官着张池②。

别人那敢安生做，罢你官职无半丝。

林大伊敢者大胆，若无问罪便宜伊。

第九十一回　责问林大

运使差人扚林大，林大扚来就骂伊。

---

① 徒流：流配，发配。
② 张池：谨慎。

798

靠你有钱共有势，行赌官员罪如天。

五娘乘势骂林大，你么大胆敢障生。

你只大胆者无惊①，脚铐手扣付你行。

押你街头去示众，扡你街尾来打迎。

林大许时许全家，扡来问罪带大枷。

林大带枷叫苦痛，去托姓陈人一个。

黄金送你一千两，叫他放我返回家。

你这双人相争某②，破了家财千万租。

拖我和伊虽同姓，不敢去说是如何。

林大许时唧泪啼，不知今日只行宜。

若知今日会障生，当即不敢告官司。

九郎一时着一惊，快写批信乎三爷。

五娘甘愿嫁林大，官司共我相瞒遮③。

陈三回信乎九郎，你若有事我担当。

我兄说你会恰得，林大一家难保全。

九郎接批心欢喜，一时欢喜笑咪咪。

前日姻缘天注定，月老推千无差移。

总是林大恰无理，伊敢妄告我官司。

既然今日未问罪，着叫原差去凌迟。

共伊押入管房内，等我成亲才敢裁。

第九十二回　迎昺新娘

四月十五昺五娘，五百人马扛笼箱。

潮州昺到泉州城，一路鼓吹几十场。

①　无惊：不知害怕。

②　相争某：争抢老婆。

③　相瞒遮：相互隐瞒。

益春作妾荫嫁妆，陈三后面随九郎。

运使返乡到朋山，亲成^①朋友都喜欢。

世上读书会成器，金榜题名可作官。

九郎送子入陈家，运使出来迎亲家。

二人对头行官礼，水烟用了请吃茶。

五娘焄入陈厝门，厝边婶姆看嫁妆。

看见嫁妆几百项，啊咾嫁妆真齐全。

媒人出来叫三郎，你着出去踢轿门。

陈三欢喜踢轿门，五娘下轿到厅堂。

夫妻双双拜四拜，拜祖拜宗福寿长。

拜了公妈出大厅，双人又去拜大兄。

拜谢兄嫂来相救，者免乎我配涯城，

拜了兄嫂入洞房，二人今日才成双。

红罗帐内龙交凤，锦绣被内结成双。

琴瑟和谐情义重，夫妻恩爱日月长。

第九十三回　庆贺团圆

天光五娘起梳妆，看见陈家真齐全。

金玉珠宝样样有，衣架水屏挂厅堂。

陈三共娘说因伊，阮厝么有任向生。

前日共恁捧盆水，今日依旧官荫儿。

益春说乎五娘听，官人前日咱厝行。

那知官人者富贵，当初不敢伊扫厅。

受尽艰苦为咱害，贼奴贱婢骂多声。

五娘听娴说有理，官人欢喜就无妨。

在家宝贵陈公子，游过别州胡法公。

---

① 亲成：亲戚。

花轿美女相意爱，扶伊朝廷作君王。

陈三欢喜对头讲，是咱心愿有相同。

娘嫡若无跟我走，今日你是林大人①。

五娘心中自有安，是我命歹可对陈②。

那无你兄运使返，卜来泉州亦是难。

陈三欢喜入房内，五娘看见目尾猜。

前日荔枝投出去，今日荔枝收返来。

五娘欢喜坐床边，陈三看见笑嘻嘻。

前日宝镜打没破，今日宝镜补荟圆。

许时三人相意爱，亲像鲤鱼下水时。

三暗③阿娘二暗嫡，欢欢喜喜少年时。

现在林大管房内，着配涯州才合宜。

第九十四回　发配林大

林大犯法无回乡，禁在管房面忧忧。

陈三一时大受气，开口就骂林大伊。

前日配我去涯州，今日配你才合理。

看你这人者大胆，若无重办不合宜。

前日你敢告知州，今日配你涯州去。

照办奸成打一百，发配涯州充徒流。

林大听说喃泪啼，不知今日会障生。

那知今日会只事，当初不敢告官司。

想我今日者艰苦，不知生死是怎样。

林大苦痛无作声，原差一时就押行。

①　林大人：林大的人。
②　可对陈：可对阵，才会这样。
③　暗：夜。

卜押林大涯城去，不可乎伊说一声。

林大押走苦伤悲，我今今日会障生。

我今今日走这路，必然有死无有生。

可恨陈三者无理，强占五娘来相欺。

某子占去无要紧，又来苦禁和凌池。

想我今日走这路，生命必然归阴司。

林大走路面忧忧，有钱乞某着徒流。

全靠天地相保庇，保庇巡按到巡州。

判出我身冤枉事，免乎我去配涯州。

第九十五回　放回林大

林大押去到大洋，遇着巡按来巡州。

看见林大路上过，就叫原差问因伊。

林大跪下说原由，老爷听我诉衷由。

有钱乞人焉无某，反害阮身着放流。

我是潮州好人儿，因为去年卜焉亲。

阮厝九郎一女儿，欢喜配我作妻儿。

盘担聘金伊收去，亦有纸书共定仪①。

无疑②泉州运使弟，刁来③潮州相争妻。

假学磨镜去黄厝，用计焉走我贤妻。

我去衙口告官司，当差去扒陈三兄。

谁知伊兄运使返，专工返身来潮州。

说是小人无道理，配我涯州去三年。

我今思想无计致，全靠老爷恩典施。

---

① 定仪：指订婚的仪式。
② 无疑：没想到。
③ 刁来：故意来，特地来。

巡按听说应一声，那是这事你免惊。

运使同我同书友，我今替你说因伊。

巡按一时找运使，二人坐落说东西。

巡按忽然便开口，就说林大这事来。

我说林大这事志，放伊回乡是怎年。

伊那有事相得罪，带念愚民可怜伊。

运使听说应一声，林大伊是歹人儿。

伊敢妄告我小弟，又敢辱骂我的名。

想伊此人者大胆，无配涯州伊无惊。

巡按听说心岸定，就共运使说一声。

兄你清高满天下，此事你着放伊行。

运使听说笑咪咪，带念愚民人子儿。

可恨此人者大胆，着配涯州徒流伊。

今日既然你来劝，放伊返去无管伊。

巡按听说心欢喜，共许林大说透枝。

运使今日赦你罪，放你返去无延迟。

林大听说心欢喜，一时跪下拜谢伊。

感谢明官来相救，救我生命恩如天。

我今今日有福气，紧返潮州无延迟。

第九十六回　再婚六娘

林大返回西街乡，冥日思想黄五娘。

忆着五娘好头对，今日被人焘回乡。

可恨陈三无道理，敢焘五娘去泉州。

还来扐我去问罪，我今此事心不休。

前日九郎对我说，五娘焘去泉州去。

伊有六娘卜配我，许时我是不收留。

我想今日五娘去，小姐六娘亦着收。

我今着报九郎知，看伊这事么主持①。

九郎听说就应伊，我有收你聘金礼。

五娘说我无配你，六娘配你无推辞。

林大听说心欢喜，焉伊成婚也合理。

九郎送子完婚了，一时回家无延迟。

第九十七回　六娘投井

林大不中六娘意，六娘冥日喃泪啼。

我爹真正否晓理，将子一身来配伊。

前日我姐无相定，今日才会生是非。

今日将我来嫁伊，我爹实在无主意。

我今今日配林大，乡里大小人传知。

我姐伊是会晓理，梅免乎人取笑伊。

只嫌林大是歹子，不是聪明人子儿。

无说林大我无气，说着林大气半死。

人说好花好人采，好女着配好男儿。

想我这命恰者歹，不如想死恰合宜。

花园后边一古井，那卜跳下是怎年。

我今自尽甘愿死，免得日后人传知。

六娘行到古井边，心头不愿喃泪啼。

我今今日走短路，想我父母全不知。

可怜今日来到只，并无亲人在身边。

我今今日思想起，井边留诗人会知。

总是林大来相害，六娘才会只路来。

---

①　主持：主意，打算。

亦是月老来相害，还有天地来推排①。

更有我爹失主意②，刁池来害你子女。

写好词诗放井边，六娘生命收归天。

一时跳下古井内，一家大小全不知。

第九十八回　林大忧泪③

林大去到古井边，看见井边一张字。

看来看去有恰奇，看完诗句喃泪啼。

六娘么可者侥倖，跳下古井是怎年。

你来我厝无多久，因何作出这行宜。

不知六娘么事志，全无吩咐我半丝。

娘你侥心又背义，怎可就此分两边。

娘你真正心肝粗，放我林大卜奈何。

娘你么可行短路，么通想行这路途。

昨夜娘仔同床困，今日娘仔变阴云。

娘你么通来相害，全无半点想着君。

林大一时苦伤悲，娘你么通障行宜。

娘你宽心阴府志，全无想念我半丝。

我今今日只事志，岳父全然不知机。

快叫安童黄厝去，去共九郎说透枝。

第九十九回　九郎责婿

安童一路无延迟，赶到黄厝去通知。

---

① 推排：安排。天地来推排：意为命由天定。
② 失主意：没有想法，没头脑。
③ 忧泪：流泪。

小姐六娘投井死，叫你岳父去看伊。

九郎听说苦伤悲，一时苦切喃泪啼。

我子出嫁无几日，么会作出此行宜。

我着赶紧林厝去，问明林大是怎年。

九郎一路无停时，赶到林厝先问伊。

看见林大就受气，痛骂林大你怎年。

六娘因为么事志，将伊害甲归阴司。

林大带泪说因伊，岳父听我来说起。

你子自己投井死，不是阮厝克亏伊。

六娘卜死无见我，是么何因我不知。

九郎一句应出来，你说此话真不该。

我女今日在恁厝，敢说跳井你不知。

我子总是为你害，那无赔命不应该。

林大做人囵晓理，当堂说话免因由。

你今若狗①不知死，婚书盘担共我收②。

允许五娘卜对我，番身敢去配泉州。

返来乎我去问罪，险险为你生命休。

今日我这大不顾，恨气冲天结归球。

六娘虽然有配我，我这心肝也不收。

六娘若是我害死，也无欠你的情由。

九郎听说大受气，害死我子罪如天。

你敢说出这种话，着告官司才合宜。

九郎叫人毁傢伙，厝内公糟③毁平平。

前日六娘的嫁妆，通通搬回咱家中。

---

① 狗：应是"讲"的讹误。
② 共我收：跟我拿了去。
③ 公糟：一应家具。

806

第一百回　劝顺九郎

九郎通情又达理，毁了傢俬有主持。

一时出帖西街去，共伊公人①说透枝。

林大说出无理话，全部说与公人知。

公人听说有晓理，听说此话心惊疑。

人命算来大代志，事志看来大如天。

又嫌说出此种话，忤逆岳父理先输。

公人此时有主意，责问林大你怎年。

九郎受气就说起，说你开口耻笑伊。

又将六娘来害死，说伊卜去告官司。

此事看来大代志，人命关天罪如天。

你今今日想怎样，卜不乎伊告官司。

林大一时着惊死，就共公人说透枝。

六娘投井这件事，确实不是我害死。

九郎前日来我厝，我有言语来相欺。

只是小人不识理，叫伊忍气放一边。

搬我家财无计较，叫伊不可告官司。

那是林大恰不是，请伊忍下放一边。

六娘实在投井死，不是刁池来害她。

现时有尸可作证，亲家免用心多疑。

六娘既然投井死，人说见死不复生。

水泼落地难收起，林大亦着可怜伊。

若是此事告官司，官府必然来验尸。

人说验尸㧱出世，永远阴府受凌池。

告来告去无人歹，克亏六娘你子儿。

---

①　公人：这里应是指林大的族长。

林大虽然有罪过，只是了钱①的言因。

卜赔六娘总是免，想来算去着了钱。

六娘虽然伊死去，劝你别气放一边。

林大若是有得罪，我看责罪才皆然。

劝你官司不可告，未知你想是怎年。

一○一回　林大认罪

九郎说话就应伊，你只林大卜怎年。

那无和我来客气，一一二二我从伊。

亦免乎我了体面，亦免乎我了大钱。

今日伊敢障生做，着推官司责罪伊。

那卜求我我答应，功德超度我儿子②。

灵厝点着排楼起，亲身祭奠才合宜。

着建祖祠共造基，才会慰得我子儿。

前日说话欠客气，着来认罪才合宜。

公人听了就应伊，林大照做有道理。

七日功德作完毕，安灵造墓无拖迟。

林大世事作了离，跪在九郎的身边。

前日我有相得罪，怨气请你放一边。

九郎听说就应伊，是你梅识才障生。

你今若是有反悔，叫你起来站一边。

一○二回　怨恨九郎

林大听说苦伤悲，陈三么可者便宜。

---

① 了钱：花钱。
② 儿子：孩子，这里指黄六娘。

害我认罪见笑死，面红一阵又反青。

林大越想越受气，想起陈三苦伤悲。

当初五娘无朱去，梅免六娘作妻儿。

又来迫我去认罪，我今心中怨恨伊。

我朱六娘本不愿，反来投井归阴司。

乎伊外家①到我厝，吵吵闹闹无停时。

共我傢俬搬了离，嫁妆搬了无半丝。

叫我认罪又赔罪，想起不愿苦伤悲。

千害万害陈三害，害我着跪狗奴才。

这个冤仇总得报，有仇不报非男孩。

陈三靠伊的亲兄，作官作使广南城。

奸雄毒心来相害，强占五娘作亲成。

伊家住在泉州府，祖代做官有名声。

人说富贵天注定，好头好势人人惊。

害我有钱朱无某，险险充军到涯城。

一○三回　聘请张贤

林大心中有主意，想尽办法报冤仇。

便差安童鉴州去，请了名师来量思。

地理先生叫张贤，人人称伊小神仙。

听说林大卜请伊，随时起身无延迟。

林大张贤笑嘻嘻，声声叫伊是先生。

先生莫嫌路头远，这点恩情大如天。

张贤随口就应伊，你今梅免多礼仪。

有缘千里来相会，莫怪小弟来较迟。

---

① 乎伊：让她的。外家：娘家。

林大欢喜来相敬，三餐五味不离时①。

张贤店只有几时，林大相敬好情义。

张贤心中想无日，卜我好地来乎伊。

看见林大真无意，长吁短叹无停时。

张贤心内感觉奇，就问林大是怎年。

今日何事者无意，有么事志说透枝。

若是小弟作得到，替你分担才合宜。

一〇四回　托害陈家

林大听说喃泪啼，我今无说你不知。

前焘黄九郎一女儿，小名叫做五娘儿。

一身生来真标致，胜过嫦娥共西施。

九郎欢喜卜对我，盘担礼仪全收起。

无疑泉州运使弟，连冥焘走我妻儿。

我去知州打官司，知州出差去扐伊。

审判陈三伊无理，发配涯州去凌池。

谁想伊兄运使返，来问知州是怎样。

知州为情便放离，反判五娘去对伊。

五娘被伊焘去了，我焘六娘作妻儿。

六娘焘来半月久，投井自尽归阴去。

受了九郎大吵闹，拆了面皮②又了钱。

想来总是陈三害，害我面皮无半丝。

他靠大兄作运使，横行四处来相欺。

伊有势力我无惊，伊的风水我惊㦒。

那是风水先败坏，富贵荣华不得成。

---

① 不离时：不缺少，没断过。
② 拆了面皮：撕破脸面。

伊厝泉州晋江县，我卜先生去探理。

我卜败伊风水地，报伊冤仇心才平。

先生那是替我去，正是恩人头一个。

此去路费用那离①，尽管叫人再来天②。

不知先生卜共不，先生意愿是怎年。

一〇五回　游观山地

张贤听说就应伊，我劝大哥免挂虑。

我愿替你泉州去，败伊风水无延迟。

白银一半我带去，一半寄回我妻儿。

五百银两作路费，其余尽放你身边。

等我回来才来拿，不知你意是怎年。

林大听说真欢喜，拿出白银交付伊。

拜谢先生真心意，不可失误发障生。

张贤见银笑咪咪，背起包袱卜相辞。

一直行往泉州去，来到朋山岭后里。

积求地理四个字，断地如神无差移。

社内有人请他看，做了随时大趁钱。

一人传十十传百，传到陈三耳仔边。

陈三心中也迟疑，是么先生者行时③。

请来看往山顶去，试看山地是怎年。

陈三心里有主意，就叫家人去请伊。

山地看了都完备，并无特地荫孙儿。

张贤看地大着疑④，为么家里不离时。

---

① 那离：多少。

② 天：添。

③ 行时：厉害。

④ 大着疑：非常疑惑。

祖地全然无荫起，看伊阴地是怎年。

一〇六回　再看陈家

张贤来到陈厝厅，陈三开口问一声。

先生今日上山去，看我祖地或怎生。

张贤一时便应伊，某时某地障行宜。

山地好歹没完备，处处对合无差移。

陈三听了呵咾伊，先生地理真行时。

阴地乎伊看过了，不知住宅是怎年。

张贤听了就说起，此地龙虾出海时。

你只富贵大吉利，都是这处相把持①。

我今共你说实话，可惜做法不合宜。

代代作官无了离，三房单丁儿孙稀。

那卜乎我再做起，富贵人丁件件宜。

陈三听说相信伊，先生看地无差移。

果然三房恰无顺，不是贫穷便衰微。

先生有法可改救②，照实共我说透枝。

张贤用计就应伊，那爱人丁件件宜。

埕前差掘两古井，龙目着开才合宜。

秀才若卜听我嘴，富贵人丁不离时。

一〇七回　陈三中计

陈三听说笑咪咪，先生说话无差移。

今日收去共我作，两百黄金作工钱。

---

① 相把持：给你助力，照应你。
② 改救：弥补。

张贤听说笑哎哎，中我计智十二分。

二井原是龙虾眼，败了虾眼荟青春。

张贤作人用计智，偷买军器二千枝。

连冥叫人埋下井，许时陈三全不知。

张贤作了笑咪咪，就共陈三说透枝。

只处修乎半月久，你兄官升布政司。

三爷功名大得志，妻妾双生四子女。

陈三听说心欢喜，感谢先生情如天。

今日障生共我做，百两黄金作工钱。

张贤听说笑咪咪，黄金收起去身边。

我今今日卜返去，着共三爷你相辞。

一直来到潮州市，看见林大笑咪咪。

设计陈三只代志，随时说乎林大知。

林大听说笑哎哎，感谢先生你大恩。

再返白银千百两，卜送先生返回乡。

一〇八回　再用计策

张贤听说心想起，又共林大再说起。

林兄乎伊障生害，咱着害伊才合宜。

识想一条好计智，害伊陈家必无疑。

不知林兄意怎年。要不用计来害伊。

林大听说就应伊，未知此计怎样年。

会得陈三全家死，先生恩情大如天。

张贤见问就应伊，此计着用大条钱①。

我有乡亲好兄弟，正是御史王华伊。

王华爱钱好商量，买嘱伊身告御诗。

---

① 大条钱：一大笔钱。

告伊运使造反意，私藏兵器在井边。

君王听奏必受气，会降圣旨去治伊。

吩咐总督提兵去，找出兵器无延迟。

总督必然有看见，行文泉州知府知。

甲伊找出许兵器，扐伊全家必无疑。

泉州知府李得声，正是王华的外甥。

伊的母舅下命令，一定扐伊不留情。

林大听说好计智，一时欢喜笑咪咪。

卜托御史这代志，未知着用多少钱。

张贤听说笑哎哎，拜托着用二万银。

假使御史告若准，随时点起御林军。

林大听说笑咪咪，二万白银交托伊。

先生仔细办大志，不可走漏这根枝。

这条代志我细字，林兄免用心挂虑。

一○九回　贪官奏主

张贤说了就起行，一直行去到京城。

就入御史衙门内，就叫家人传一声。

王华心内有主裁，就叫张贤伊入内。

兄你来京为么代，全头说出乎我知。

张贤从头说透枝，林大为着失妻儿。

泉州陈三强夌去，靠伊运使好威仪。

林大无处报冤仇，求我亲身去害伊。

我去泉州运使厝，败伊风水伊不知。

又买兵器藏井底，卜乎林大奏王知。

告伊运使造反意，奏报君王去扐伊。

王华听说就应伊，张贤听我说透枝。

卜招军兵去造反，奏知君王去扒伊。

王华一时就推辞，运使作官好威宜。

名声流传满天下，我今不敢去奏伊。

张贤听说再劝伊，大人听我再说起。

伊有白银二万两，卜送大人作礼仪。

望你大人替我奏，奏准圣上情如天。

王华见银笑咪咪，就共张贤说透枝。

二万白银交我手，我今出奏君王知。

张贤见允心欢喜，二万白银交乎伊。

王华见银心欢喜，果然奏与君王知。

泉州运使卜造反，私买兵器二千支。

放去大埕①古井底，招兵买马卜登基。

全望君王出主意，找出兵器责罪伊。

一百一十回　皇上降旨

皇帝听说气冲天，可恨运使敢障生。

就宣御林军前去，扒伊全家来凌池。

郑相听说奏原因，君王须着细察理。

说伊造反无此理，运使只请一年期。

王华跪下再奏起，运使造反无差移。

运使若无造反意，么卜请假一年期。

兵器么不藏厝内，么卜藏在古井底。

郑相再奏君王知，吩咐泉州知府伊。

相招御林去看井，有无兵器就便知。

君王听说有道理，发下圣旨无延迟。

就叫御林军前去，看看古井是怎年。

---

① 大埕：院子里的大天井。

815

若有武器这事志，全家扐来不迟宜。

御林军兵便起行，一直来到泉州城。

先到知府衙门内，将这事志说因伊。

知州听说心着惊，思量运使好名声。

今日意出此代志，我着近前去问伊。

免得运使不知影，全家被扐到京城。

一百一十一回　知府受辱

知府一路快快行，卜见陈三伊亲兄。

一直行到朋山后，下轿行到陈厝埕。

陈厝的狗有带兰①，挂起铜兰响叮当。

知州目花无看见，不知此狗有带兰。

叫是运使骑马返，双脚跪下埕中央。

益春出来看一见，看见跪狗笑啼啼。

说伊知州丕晓理，和狗行礼是怎年。

益春此时便想起，做人小官不值钱。

今日见着咱的狗，也着跪下不合宜。

人说下司一官府，不值上司一狗儿。

往日我今不相信，今日看见才知机。

知州听说面红红，看见是狗不是人。

一时起来气半死，恨自眼花无看见。

心中想起大受气，一时返去无延迟。

叫是运使跪下去，却被益春笑便宜。

朝中差人卜扐伊，我是看伊好威仪。

不敢一时起歹意，卜先探问伊根枝。

是我惊伊全家死，今日才有这行宜。

---

① 兰：铃。带兰：带着铃铛。

我是好心被雷打，好情好义被人欺。

可恨益春贼婶婢，看我跪错说便宜①。

此冤不报心不愿，扐伊全家来凌池。

一一二回　搜查兵器

知府正在大受气，听见家人说因伊。

外面有人到只处，叫伊入内说透枝。

知府听说就应伊，叫伊入内无延迟。

有么事志面前说，从头说来我知机。

张贤见说便入内，看见知州笑咪咪。

运使造反是有影②，兵器埋下我尽知。

兵器是埋古井内，两个古井在埕边。

兵器在井二千支，一个在井埕一千。

还有京城王华知，寄乎大人一批诗。

麻烦大人细察看，不知内中说什么。

知州有批便知机，王华甲伊障行宜。

紧收古井挖开看，千万不要再延迟。

知州看了大欢喜，拜谢先生来及时。

赶紧捧茶请伊吃，准备挖井障行宜。

知州心中有主裁，便叫御林军兵来。

一直来到朋山后，陈厝门口四面排。

厝前厝后御林军，号兵急吹一直哨。

狗声人声乱滚滚，卜扐陈家闹纷纷。

---

① 说便宜：随便说话，这里有笑话知府之意。
② 有影：有这么回事。

一百一十三回　三人怀疑

陈三听说吃大惊，一时降灾无作声。

入门就叫五娘子，将此事志说因伊。

陈三共娘说透枝，卜扐全家去凌迟。

不知为着么事志，敢来咱厝按障生。

我兄运使在外方，此事谁人能担当。

恐卜自已出去看，又怕生命难保全。

五娘着惊喃泪啼，恰惨①神魂飞半天。

未知我君么主意，赶紧按算②无延迟。

益春听说苦伤悲，娴今共恁说透枝。

昨日知府来到只，卜共咱兄说因伊。

咱厝的狗有带兰，挂着铜兰响叮咚。

叫是运使骑马出，双脚跪下埕中间。

被我近前来笑伊，笑伊不值一狗儿。

知州见笑便返去，刁池叫兵这行宜。

可惜咱兄无在厝，家中无猫被鼠欺。

大胆知州不知死，用只毒计来相欺。

陈三五娘齐骂伊，大胆益春无主持。

么可作出此事志，致使今日会障生。

五娘一时就应伊，着叫家人去传知。

着叫姓陈的大小，人人出力对付伊。

陈三心中细推排③，想了说与五娘知。

知州总无办别代，刁池叫兵这路来。

---

① 恰惨：这么惨。

② 按算：打算。

③ 细推排：仔细分析。

想卜叫人来打伊，惊了代志会大条。

待我放胆出去看，看伊官兵是怎年。

一百一十四回　思量死路

三人正在议论时，安童入内说因伊。

知州正在读圣旨，说咱造反这事宜。

说咱大人存歹意，偷买兵器藏井边。

现时知州挖井看，果然兵器二千支。

现在兵马大声叫，卜扳全家去凌迟。

陈三听说苦伤怨，么通害人这行宜。

暗埋兵器在井底，诬告造反无天理。

我看这是大代志，扳去有死必无生。

想卜逃走无当去，今日咱今卜怎年。

五娘听说就应伊，都是短命假先生。

为着别人用计致，刁工①害咱障行宜。

益春听说就应伊，咱厝并无得罪伊。

无好早死贼林大，用计害咱就是伊。

五娘听说便知机，定是林大无差移。

无好早死贼短命，用此毒计来相欺。

陈三五娘苦伤悲，一时苦切喃泪啼。

四面军兵五路到，无处可走卜怎年。

我想今日者狼狈，着找短路②恰办宜。

人说一岁若无死，万岁也着归阴司。

咱厝花园一古井，那卜跳下是怎年。

去到阴司才告伊，活扳林大来凌迟。

① 刁工：故意，有意。
② 短路：寻短见。

陈三此时目屎流，双手岸娘的肩头①。

你我那卜作阵②死，克亏青春少年时。

当初恁去化干苦③，望卜双双到百年。

恨杀林大无好死，害咱今日障行宜。

一百一十五回　君娘劝婶

益春听说气分分，生死原来作一群。

恁今二人相恁走，卜死亦着招益春。

益春不愿离君娘，愿死和恁作一群。

阮卜先跳古井内，先到阴司等娘君。

五娘听说就应伊，益春不可障行宜。

你恰三哥结连理，且喜怀胎五月期。

你今一人不可跳，忆着三哥的子儿。

你从狗空④走出去，可护三哥的宗枝。

益春听说喃泪啼，阿娘说话卜怎年。

阮和三哥结连理，爱卜共君永相随。

陈三听说也应伊，恁娘说话无差池。

你有怀胎不可死，盼望日后生男儿。

走出别日生男儿，可来接我的宗枝。

我到阴司亦愿意，年冬月节有所依。

这句言话你谨记，你着快走莫延迟。

阮卜和娘跳下井，免得扮去受凌池。

你等黄昏才出去，走到他乡去投生。

卜嫁不嫁随你意，不可绝我的根枝。

---

① 双手岸娘的肩头：双手紧紧抱住黄五娘的肩膀。
② 作阵：一起。
③ 化干苦：这么辛苦。
④ 狗空：狗洞。

卜守不守你心内，不可作歹乱乱来。

陈厝门口着照顾，不可败坏我门楣。

这是卜做着改变，你我三人生相连。

这个冤仇你着报，顾念三年的姻缘。

冤仇一定要谨记，你在阳间我阴司。

告你冤家贼林大，全家天亡才合宜。

五娘吩咐益春伊，三哥的话你须记。

千言万语说不尽，全望你着自把持。

吩咐益春再叮咛，三哥言语着挂心。

金银珠宝你带去，乎你外面做盘钱。

好人歹人你着记，阮到阴司相通知。

一百一十六回　誓死报仇

益春跪落目头红，辞别娘仔共官人。

叮咛言语我谨记，事事不敢来放松。

共君共娘恁相随，望卜三人做一堆。

无疑今日拆分离，害我益春无家归。

全望天地相保庇，保庇益春走出围①。

保庇生下一男儿，可接三哥的宗枝。

君娘恩情大如天，我卜守节报君知。

若敢佹心共背义，不看这股的儿子。

益春一时苦伤悲，想起不愿喃泪啼。

可恨林大无好死，拜托张贤障行宜。

偷在古井埋兵器，害阮全家卜怎年。

这个冤仇总着报，出生入死为三哥。

阮卜上京去告伊，告伊林大生命无。

---

① 走出围：逃出去。

益春此时乱分分，一声阿娘一声君。

陈厝公妈着灵应，保庇益春走出门。

保庇益春心岸定，紧报冤仇我娘君。

今日来灭陈家死，下日再兴陈家门。

益春不愿来分离，外面攻门无停时。

一时走出狗空去，走入狗空无人疑。

一百一十七回　双人投井

五娘着惊苦哀哀，将只宝镜拖出来。

这镜是我真心爱，带去阴府桌上摆。

五娘走去到井边，看见古井水青青。

无疑今日者下难①，着跳古井障行宜。

一条罗巾提利利②，一把头毛咬嘴边。

赶紧将阮跳下去，跳下古井归阴司。

陈三看见苦哀哀，克亏咱死无人知。

娘子神魂等等待，我和娘仔做阵来。

陈三一时跳下井，神魂来抱五娘伊。

二人一时做阵死，神魂一齐归阴司。

益春走入在狗空，想着娘子共官人。

看见君娘跳下井，一时苦切目头红。

四路军兵全部来，卜扠反贼陈运使。

卜扠陈三共娘子，益春更加苦哀哀。

益春看见无惊死，卜出狗空的身边。

现时官兵满满是，一时叫苦喃泪啼。

心肝大乱如穿箭，目屎流前湿满衣。

---

① 下难：困难。
② 提利利：紧紧地抓在手里。

叫君叫娘着灵应，着救益春才合宜。

一百一十八回　君娘显灵

陈三五娘变成鬼，化作清风冷咪咪。

狂沙走石乌云起，赶散军兵无半丝。

军兵着惊走利利，陈三五娘来焦伊。

陈三焦路头前走，五娘押路在后边。

益春紧跟无敢离，走出陈厝无延迟。

陈三神魂起变化，化作神火来扶伊^①。

一粒青青米斗大，亲像十五月大圆。

益春借光走出离，这厝军兵攻进门。

知州进来一直找，卜扲运使和三郎。

卜扲五娘和婳婢，笑我跪狗的婳精。

无疑入门无看见，找来找去全不知。

知州找无心头酸，一时找到后花园。

找到花园古井边，看见弓鞋三寸长。

知州许时心挂疑，么有弓鞋在井边。

必是有人跳下井，共伊拖起才合宜。

知州叫人落井内，若有人头割起来。

用灰浸入木桶内，安生凌池才合该。

兵军得令到井边，一阵清风冷咪咪。

变化大蛇满古井，吐出毒烟冲半天。

许时有一军兵下，一命随时付阴司。

有的来到便倒地，有的被烟冲半天。

知州看见惊半死，走入轿内去逃避。

一时受气无主意，大厝放火烧平平。

---

① 来扶伊：来帮助益春。

一百一十九回　惊死运使

陈三厝宅烧空空，知州扐人无放松。

一家大小都扐到，只是扐无四个人。

运使陈三无看见，益春五娘找无人。

益春看见目屎流，一时走到朋山头。

行到朋山路亭内，遇着运使回家口。

益春一时大声哭，老爷听我说从头。

不知么人用计致，偷埋兵器在井内。

今日皇帝出圣旨，卜扐全家去处治。

三哥阿娘跳下井，大厝放火烧平平。

一家大小都扐去，只我走出在外边。

老爷不可再返去，快走外面恰合宜。

运使听说此因伊，一时苦切喃泪啼。

我今全无造反意，么有兵器在井边。

我今作官尽忠义，并无克亏人半丝。

谁人用出只毒计，偷埋兵器我井中。

害我全家都扐去，扐到京城准凌池。

君王为么无察理，听信奸臣来相欺。

今日既然卜扐我，那卜走出是逆天。

运使此时展志气，甘愿吞金归阴司。

一百二十回　运使殉职

运使不幸归阴去，益春看见苦泪啼。

大人今日亦凛义，陈家冤仇大如天。

一家大小尽扐去，冤仇无报卜怎年。

益春坐下苦连天，三哥阿娘叫不离。

益春你着赶紧去，不可只处相延迟。

后面官兵满满是，会来只处定无疑。

你今那无赶快走，生命不保付阴司。

益春听说着一惊，君娘叫我赶紧走。

我卜走去上山岭，卜报冤仇上京城。

知州扐无陈三哥，扐着运使着一惊。

厝前厝后一直找，找无陈三就起行。

知州此时面忧忧，扐无运使卜怎年。

官兵返来朋山岭，看见亭内一死尸。

知州近前看仔细，见是运使笑嘻嘻。

一时叫人割头壳，割去头壳心欢喜。

头壳坠入灰桶里，快点上京报功去。

一百二十一回　全家遇难

知州扐到陈运使，欢喜一时上京来。

走来一路快如箭，已到京城奏主知。

福建泉州陈运使，果然造反卜起来。

两千兵器在井中，件件对同无差移。

既然运使今日死，家人交主你取裁①。

皇帝见奏心花开，可恨伯贤贼奴才。

果真造反有只事，家人全部扐去刣。

知州奏准领命会，叫来一批御林军。

全部扐到法场上，个个刣头不留情。

林大听说心欢喜，举脚举手跃半天。

这个冤仇总算报，万金了钱亦办宜。

---

① 取裁：裁决。

张贤心中有主张，就共林大说因伊。

陈三娘婶扐无着，亲像放虎出大洋。

林兄冤仇为谁害，都是陈三狗奴才。

只人今日扐无到，日后灾祸会再来。

一百二十二回　奏扐陈三

林大听说随晓理，说着陈三心欢喜。

敢问先生着怎样，害伊陈三共五娘。

张贤听说就应伊，着去御史再用钱。

叫伊奏主出圣旨，吩咐地方人扐伊。

榜文赏帖满天下，四方官府尽布知。

启奏君王行大赏，个个看见可扐伊。

林大听说心欢喜，一时再提三万钱。

交付张贤上京去，买嘱①御史奏主知。

张贤提钱笑咪咪，来共王华说因伊。

送伊银两二万半，自己私赚五千钱。

王华见银奏主知，可恨陈三太便宜。

招军买兵在山内，到时行歹造反来。

人说斩草须除根，那无除根会番云②。

君王着出圣旨去，扐伊三人作一群。

皇帝见奏就允准，差人赶快出榜文。

卜扐陈三来治罪，卜扐五娘共益春。

图形画影满满是，扐着陈三赏万钱。

有人知影须报官，收留不报罪重天。

---

① 买嘱：贿赂。

② 番云：翻云覆雨，意为随时可能改变。

一百二十三回　魂扶路艰

益春许时走出来，想着君郎苦哀哀。

阮只行来者艰苦，君娘冤仇何时报。

益春行路面青青，遇着大虎在路边。

一时开口卜咬伊，土地神仙来扶持。

老虎着惊赶紧走，一尾大蛇挡路边。

蛇身足有斗笼大，展开蛇口卜咬伊。

益春看见乱葱葱，雷公电母响叮咚。

将这大蛇来打死，救出益春伊一人。

大蛇过了大雪山，冰天雪地人又寒。

雪山过了大树塘，树林清清惊心肝。

树上鸟子惨切叫，声声叫人酸心肝。

树林过了铁板桥，脚踏铁板双头摇。

桥顶卜过不敢过，恰惨有病吃无药①。

陈三五娘在等待，神魂牵伊过大桥。

益春叫苦不敢说，君娘扶她过了桥。

一百二十四回　贼扐益春

铁板过了凤凰寨，凤凰寨王手举耗。

一群喽啰下山来，卜扐益春去作妻。

喽啰扐到汪益春，寨王看见笑哎哎。

你来和我作尪某②，免得乡里乱分分。

益春看见目头红，出外姑娘无成人。

---

① 恰惨有病吃无药：与有病没药吃一样惨。

② 尪某：夫妻。

大王你有亲娘子，别人某子①你梅通。

大王听说就骂她，你敢大胆来推辞。

你若亲事不从我，叫你生命归阴司。

益春大骂贼土公，树身站正不怕风。

我身甘愿自尽死，不愿失节嫁贼王。

大王听说气半天，一时下令卜扒伊。

你这贱婢者大胆，若无打你不合宜。

喽啰来劝大王听，只人不从咱亲成。

咱着共伊慢慢劝，回心转意事必成。

大王听说有道理，囚禁益春后山边。

益春眼下者艰苦，想着自尽恰办宜。

益春被禁后山边，目屎归日喃泪啼。

我想今日着去死，免得失节被人欺。

日头山下天清清，内面黑暗无灯丝。

想我的命恰者歹，恰惨昭君入冷宫②。

一更过了二更时，想起当初毛走时。

望卜共君吃百岁，无疑君娘归阴司。

二更过了三更时，林大早死奁障生。

套谋奸臣用计智，害阮一家仇如天。

三更过了四更时，目屎流落湿满衣。

官人娘子跳下井，剩我益春卜怎年。

四更过了五更时，害我益春苦归冥。

今日被某去此地，思量无计可改围。

五更过了天大光，益春想起心头酸。

我君我娘着灵应，保庇益春走出门。

---

① 某子：老婆和孩子。
② 恰惨昭君入冷宫：与王昭君打入冷宫一般惨。

一百二十五回　用计脱身

天光早起日初晨，喽啰入内说言因[1]。

劝你娘子着三思，着和大王结为亲。

是你生水甲标致，大王才会爱池你。

你今亲事那不肯，一刀两断就哭气[2]。

益春将计应一声，恁爱与阮结亲成。

我若答应恁亲事，一条愿望着照行。

阮卜江边祭郎君，卜做功德七七旬。

一百白银来乎阮，卜糊灵厝乎郎君。

等待功德作完备，许时成亲才从伊。

若无允准这代志，着等黄河澄清时。

你共大王说一声，看此要求伊能听。

喽啰听说就起行，来共大王说一声。

大王听说便允准，事事听伊的所行。

甲伊赶紧去筹备，功法做了结亲谊。

益春见看去江边，功德一时做七冥。

益春就在功德时，跪下全心烧纸钱。

君娘恁么化失德[3]，今日害我卜怎年。

益春跪在大江边，一声叫君一声悲。

等待大王无看见，一时跳下大江底。

许时江中大水返[4]，大水流去无身尸。

---

① 说言因：来说话，来说一说。

② 哭气：悲催，悲惨。

③ 化失德：这么缺德，这里益春心里悲苦无所依靠，悲戚陈三五娘早离她而去。

④ 返：到。

一百二十六回　益春遇救

益春流入大江中，随水飘流难从容。

江水湍急快如箭，流到英里大江边。

渔翁许时看一见，快快救起水中女。

益春被救在船上，渔翁急救伊精神①。

你是何乡何人氏，为么代志障行宜。

你着从实共我说，说出你身为难事。

益春见问就应伊，阮是陈氏的妻儿。

我君致病才病死，厝边婶姆又相欺。

卜卖阮身作人妾，阮无意愿才行宜。

才想投江自尽死，免得乎人笑破耳。

幸得恩公相改救，往后生死放一边。

鱼翁听说便知机，好嘴呵咾②益春伊。

我今现时六十二，并无妻子在身边。

你若无嫌我爱池，收你做为我女儿。

卜嫁不嫁随在你，不敢作事来相欺。

洪举是我亲名字，家住南安英都里。

我是捕鱼做生意，卖鱼换来度日子。

益春听说心欢喜，拜谢契父义如天。

我愿共你吊鱼去，甘愿随你的身边。

益春身上本有胎，二月到期生下来。

洪举抱孙心欢喜，生只孙子好人才。

名叫字人好名字，卜顾两家的宗枝。

---

① 精神：苏醒，活过来。
② 好嘴呵咾：好言相劝。

一百二十七回　君娘托梦

日月如梭四五年，陈三五娘托梦伊。
京都益春你着行，共阮报仇才合宜。
益春醒来有主意，就共契父说透枝。
阮卜亲身京都去，卜告御状扐林儿。
我那小儿交代你，望你照顾亲成伊。
日后富贵能成器，报答你恩大如天。
洪举听说就应伊，劝你不可只行宜。
卜去京城路头远，单身女子更不宜。
益春心中主意定，女扮男装便起行。
盘山过岭强拖命，行到半年到京城。
一时宿在客店内，想卜上殿心惊恾。
身坐客店苦伤怨，心事重重喃泪啼。
若是御状告荟准，我今此生卜怎年。

一百二十八回　投身跟班

益春心绪真不安，想着君娘心艰难。
一日坐下心不愿，王爷叫伊去跟班。
益春勤快又合身，王爷看见笑咪咪。
这人作事真合宜，一心爱卜培养伊。
几次放官乎伊做，盼望日后出头天。
益春心内有主意，跪下面前来推辞。
我今今日来只富，大人收留恩如天。
今日甲我做官去，这事我今不敢池。
我只愿随大人你，不愿离开你身边。

一百二十九回　赏赐秋香

王爷听说心欢喜，一婳秋香可对伊。
就叫益春来提起，秋香乎你作妻儿。
益春听说着一惊，赶紧跪下应一声。
我厝已经有妻子，不敢再收这亲成。
王爷听说便应伊，你今免再心挂虑。
我今欢喜婳配你，因何不允是怎年。
这是我出的主意，不准你来再推辞。
八月十五中秋冥，乎你二人会佳期。
益春惊你会受气，所以再三来推辞。
嘴虽应卜推荟去，一时思绪心头如。
益春冥日苦伤悲，眠梦陈三来找伊。
就叫益春免挂虑，试看秋香是怎年。
益春醒来着一惊，昨冥三哥说我听。
叫我心肝着岸定，着允秋香的亲成。
叫我且允这亲事，试看秋香的心思。
我若不定你的意，到时设法也未迟。

一百三十回　乞求阎王

陈三五娘生阴司，就共阎王说透枝。
阮身被人来害死，冤仇未报到这时。
阳间益春一婳婢，卜来代我告官司。
现时来到京城内，老爷一婳卜赏伊。
益春无奈不敢池，巩惊漏出此根基。
我今今日这事志，无可改救卜怎年。

判官听说便晓理，看你事志安障生。

着看秋香的岁数，秋香岁数已到期。

这事那卜再作起，五娘神魂来扶伊①。

借伊秋香的身尸，假做秋香无延迟。

阎王此时也允许，吩咐五娘去扶伊。

到许阳间别说起，不可涉漏此根枝。

你去附尸百日内，报了冤仇返阴司。

好与林大来对责，阴阳报仇无差移。

五娘所说心欢喜，拜谢阎王情为天。

拜谢阎王京都去，去到王府无延迟。

秋香正在整嫁妆，办好嫁妆心头酸。

一时爱困倒下床，神魂飞去到阴间。

一百三一回　五娘投尸

五娘投入秋香尸，变作秋香无差移。

醒来快倒眠床去，假作真成无人疑。

八月十五卜结婚，益春心内乱纷纷。

今日新婚卜乎你，阮用么物相尊存。

只冤无报心不愿，伊卜京都去告状。

我着宽心且等待，可扐林大责罚伊。

益春坐下面忧忧，今冥无物对新娘②。

伊若知我是女子，不敢作情么主张。

益春一时苦哀哀，我死这块无人知。

克亏我子在英内，无人共我来取代。

益春无意面青青，二人对坐到三更。

---

① 扶伊：替换她，这里指阎王让黄五娘的魂魄附在秋香身上。

② 无物对新娘：这里指益春为女儿身，无法与秋香男欢女爱。

833

送嫁近前来相辞，劝恁上床无延迟。
恁着二人上床困，不可对坐到鸡啼。

一百三二回　娘婶夫妻

益春秋香上床困，二人无说心内知。
静静困到四更时，秋香假意问因伊。
你么做人者细字，恰惨出世是女儿。
为着什么大代志，无情无义是怎年。
益春听说苦哀哀，称汗①全身流出来。
女扮男装这件代，新婚无说无人知。
秋香听说笑咪咪，劝你心肝免介意。
你为报仇来到只，卜告御状才障生。
益春大惊就问伊，你是何处狐狸精。
阮的代志知尽透，起头煞尾你么知。
秋香一句应出来，神魂托梦乎我知。
甲我暗中代料理，去告御状扳林大。
益春跪下拜谢伊，你的恩情大如天。
女扮男装来到只，靠你扶助这行宜。
二人有情又有义，亲像姐妹一般年②。
二人想起心欢喜，外面无人会知机。

一百三三回　春告御状

益春听说笑咪咪，脱下男装换女衣。
作好一张冤枉状，快进衙门无延迟。

---

① 称汗：冷汗。
② 一般年：一般样。

君王上殿说透枝，有人告状着准备。

昨冥寡人得一梦，有一女子告御诗。

这条冤枉事重大，那无准奏不合宜。

门官听说便知机，快出衙门无延迟。

出来看见一妇女，哀哀苦苦喃泪啼。

千声万声叫冤枉，卜告林大的御诗。

侍卫一时叫伊来，带这妇女上龙台。

益春一时呈御状，跪在龙台诉冤来。

君王见状心里知，看见状词龙颜开。

林大用计来相害，害死运使大不该。

君王大怒出圣旨，圣旨迅速无迟宜。

御林官兵二千四，卜去潮州扐林大。

又扐知州李得声，并派新官去接任。

你补得声的官职，你扐得声莫留情。

郑相跪下奏主知，前年还有王华伊。

奸臣妄奏乱纲纪，运使无罪全家死。

君王听说气冲天，大胆奸臣敢障生。

乱奏造反用毒计，加害运使只行宜。

贪财吃钱害忠良，欺君之罪大如天。

君王一时有主持，就召王华来问伊。

你为么事害运使，从头起理说我知。

王华听说苦伤悲，这是林大来害伊。

张贤叫来对责伊，害死运使还有伊。

君王听说便知机，就将王华囚禁起。

等待罪犯都扐到，审了押去斩身尸。

一百三五回　祭封陈家

官封泉州陈运使，尽忠正直四字排。

放入忠臣庙中央，钦赐奠祭天下知。

授封益春为烈女，忠孝竖坊四字居。

钦赐配入烈女院，泉州竖坊名无虚。

陈三五娘亦有封，封伊夫妻真英雄。

益春节孝两大字，为夫报仇古今扬。

益春谢恩心自喜，回到店应笑咪咪。

等待罪犯全扪到，看伊威风有几时。

御林军兵来潮城，三更半冥到林埕。

林大一家五十口，个个扪来到京城。

百万家财充入库，大厝烧了成平埔。

扪伊林大到京都，御林军兵无含糊。

扪无林大不放心，出榜行文满街坊。

有人扪得林大到，赏伊工钱一万金。

有人收留同罪死，知情不报禁十年。

因何林大不在厝，因为张贤来招伊。

招伊怂忞看景致，宿在山岩有一冥。

天光①起来人说起，林大着惊苦伤悲。

未知为着么代志，御林军兵来到只。

张贤心中最分明，三十六计走头计。

不可大意卜出去，乎伊扪去死无生。

一百三六回　魂扪林大

林大一时苦伤悲，看见陈三来逗伊②。

一时着惊倒下去，起来叫鬼无停时。

---

① 天光：天亮。
② 逗伊：找他。这里是陈三的魂魄来找林大。

陈三阴云①来逗伊，来逗林大真是奇。

大骂林大无道义，亏无五娘未相欺。

串通张贤坏风水，偷埋兵器入井边。

告准阴司卜扴伊，你虽有钱展无威。

无空无缝②奏主知，全家尽被你害死。

我今今日未逗你，任你插翅难飞离。

同扴张贤上京来，扴你进京赴阳台。

张贤听说卜走去，陈三阴魂紧扴来。

借伊林大手扴伊，拉到山下大路边。

遇着李公路边过，肩挑镜担笑咪咪。

看见二人在只里，放下镜担来扴伊。

陈三看见就开声，我是泉州陈三兄。

前日教我学磨镜，结与五娘成亲成。

恨只林大无道理，串通奸臣来相欺。

阮告御状来到只，钦赏一万可扴伊。

李公你着快扴伊，扴到京城赏万钱。

报你前日磨镜恩，谢礼一万无添天。

李公随时便知机，陈三阴魂来扴伊。

随时动手扴伊去，来领赏银一万钱。

一百三七回　判处奸臣

张贤林大扴京来，二人苦面泪哀哀。

君王登殿卜审问，三司会审一齐来。

审了果然罪如天，陈家冤情出自伊。

皇帝钦点出圣旨，张贤活活凌迟死。

---

① 阴云：阴魂。

② 无空无缝：没有任何渠道。

知州办案无据实，配去充军二十年。

王华贪财乱奏主，欺君之罪只有伊。

算来罪恶十分重，千刀万割正合宜。

陈家冤枉审完备，林大押入衙门边。

看见益春行过去，就叫益春来救伊。

益春此时就骂伊，你只狗贼敢障生。

焉阮阿娘荟得着，用此毒计来相欺。

今日有只好日子，扐你林狗来凌池。

害人终须害自己，阴阳报应无差移。

扐你刣头罪应得，不准这处还求生。

知州近前来问伊，益春你是好人儿。

今日望你相改救，救我一命情如天。

往日若有相得罪，是不知影才障生。

可怜老爷七十二，免得充军死路边。

益春痛骂狗奴才，是你自己作出来。

今日君王出圣旨，判你充军实便宜。

午时三刻要开刀，林大全家生命无。

王华押到法场去，卜用米筛割铜钱①。

先下米筛慢慢割，割到王华生命无。

张贤作人无天理，专去白绫来祭天。

知州充军别州去，后来也是归阴司。

人人看了心欢喜，呵咾报应无差池。

秋香出来来相见，也真欢喜笑嘻嘻。

前日冤仇那有报，愿返阴间随君边。

返去王华心无意，陈三神魂来招伊。

秋香许时看一见，三日未过归阴去。

陈三随时焉伊去，夫妻地下好情谊。

---

① 用米筛割铜钱：这里是指用凌迟处死的刑罚，千刀万剐。

一百三八回　益春回乡

益春御状告完毕，奸臣斩了心欢喜。

一时爱卜返乡里，爱卜来见自子儿。

收拾行李齐完备，去谢圣恩无延迟。

圣恩谢了便起行，各地官府也来迎。

先到英里拜洪举，然后抱子返泉城。

行到朋山岭后乡，看见大厝烧洋洋①。

想起不愿②大声哭，目屎流下如英香。

千般目屎无说起，忆着三哥共娘恩。

紧紧叫人挖古井，益春看井喃泪啼。

二只尾蝶飞上天，双双对对好自由。

全身皮肉无具味③，亲像活人一般样。

益春看见君娘尸，大声痛苦大声啼。

乡里婶姆来相劝，劝伊不可障行宜。

着买棺木来收起，紧收二人的身尸。

益春听说有道理，速买棺木无延迟。

棺木买来双双排，衣裳鞋袜穿起来。

安放君娘棺木内，益春一时苦哀哀。

一百三九回　君娘同葬

益春许时有主张，卜葬君娘大路边。

墓牌卜刻君名字，子孙奠祭千万年。

---

① 烧洋洋：烧得精光。

② 不愿：不甘愿。

③ 无具味：这里是说陈三五娘的尸首没有腐败发出异味。

君娘同葬作一时，文武百官来祭伊。

也有秀才共进士，香灼金纸挑两边。

点主道台在后面，地保头前献纸钱。

点主返来有主意，全家功德做一场。

热闹场面无处比，满城奠祭好威宜。

益春功德做完毕，尽心照顾伊子儿。

字人伊子生伶利，七岁就会读书诗。

后来字儿生男子，一个送乎洪举伊。

卜领洪家香炉再，可接洪举的宗枝。

一百四十回　阴间告状

益春许时着一病，陈三五娘来尣伊。

益春到了阴府去，共君共娘说透枝。

去告御状只代志，一一说出君娘知。

就说张贤林大死，王华得声归阴司。

去到城隍报名字，手抱头壳血淋漓。

城隍正是陈运使，文武百官两边排。

射虎将军入殿内，手拿火箭共火牌。

扚来四个奸臣鬼，卜请阎王来取裁。

阎王听说大受气，先叫差役刳死伊。

打甲伊身血那滴，再扚十殿去凌池。

运使一时有主意，写出御诗来告伊。

一告潮州贼林大，强抢五娘来相欺。

串通张贤败风水，害我一家齐归天。

二告张贤用计致，害我全家无半生。

用计败我风水地，今日和我结大仇。

三告御史王华伊，贪财乱奏我御书。

敢来告我造反事，害我今日障行宜。

四告知州李得声，为着私仇起雄心。

出动军兵四五万，害我全家归阴司。

一百四十一回　阴府审问

第一殿主是广王，秦广阎王坐正堂。

牛头马面手下将，林大张贤心亡亡。

秦广阎王问起理，一先就问林大伊。

你么事志害运使，从头说来乎我知。

林大跪落说起理，都因九郎一女儿。

小名叫做五娘子，立了婚书收礼仪。

无疑泉州运使弟，假来黄厝作奴儿。

一时炰去我妻儿，小人才会告官司。

审判陈三伊无理，发配涯州去凌池。

无疑伊兄运使返，来问知州只因伊。

知州扴伊好势起，再判五娘去对伊。

我的心头大不愿，才用计致来害伊。

阎王你今着察理①，着扴陈三去凌池。

着扴益春贼贱婢，乱告御状就是伊。

五娘听说就应伊，只人歹死②着凌池。

林大只人无好死，阮是先配陈三儿。

阮身并无配林大，是伊妄告来相争。

一百四十二回　召问九郎

阎王听说有主意，去召九郎来问伊。

---

① 着察理：得明察秋毫。

② 歹死：太坏，无赖。

841

你女亲成只代志，何人先配说连枝。

为么卜配两字姓，乎伊两人来相争。

九郎坐下说起理，陈职作官潮州时。

共我五娘来定聘，配伊陈职第三儿。

也送婚书共礼帖，各送礼物共定仪。

无疑离任三年久，并无批信相通知。

日后上元通灯节，我子上街看灯时。

林大本是奸臣子，看见我子好容仪。

才托媒人来我厝，强求五娘着配伊。

后来陈三来磨镜，打破宝镜补荟圆。

甘愿卖身作奴儿，许时不知陈三伊。

后来焉走我子去，三人焉走去泉州。

许时林大告知州，去扐陈三问因由。

审了陈三伊无理，发配涯州充军去。

后来伊兄运使返，赦免陈三的罪由。

提出以前的代志，来共我子结亲宜。

我想前日伊先配，送去五娘卜乎伊。

我将六娘配林大，六娘配伊作妻儿。

谁知林大用毒计，来害陈三只因伊。

一百四十三回　痛骂奸贼

案情判了六娘来，跪在殿前苦哀哀。

阎王你今听我奏，听我从头说你知。

林大作人真歹死，一日吃了走东西。

生言造语①肴相害，阮身才会这路来。

我今不愿奏几句，全望殿主你取裁。

---

①　生言造语：恶言恶语。

殿主听奏大受气，大骂林大么因伊。

陈三五娘同出世，金童玉女来扶持。

不是和你作尪某，不免用计费心机。

你害陈家冤枉死，罪恶滔滔大如天。

你只四人障生做，着配地狱去凌池。

万年不准恁出世，千万百割正合宜。

许时四人再求伊，是我前世不知机。

求你阎王赦离罪，放阮依旧去投生。

阳间歹心害人死，到只阴间悔较迟。

是恁四人无天理，着下地狱去凌池。

一百四十四回　地狱受刑

一殿刀山利刺刺，满身鲜血大淋漓。

后面小鬼扐下去，遍身痛疼喃泪啼。

二殿地狱是钉床，满床铁钉平平装。

上面大石压下去，铁钉戳穿里心肠。

三殿地狱是水池，满池冰水冷咪咪。

小鬼四个扐下去，冷彻遍身叫苦天。

四殿炮烙火红红，四人缚在铁烟筒。

阳间歹心来相害，今日受苦目头红。

五殿油汤煮滚滚，四人扐去做一群。

恁只四人者大胆，皮肉乎你对半分①。

六殿地狱惊死人，毒蛇恶狗会咬人。

咬得满身全是血，皮肉全无骨头红。

七殿排下虎头闸，红蛇放出咬伊脚。

恁只歹心障生做，毒蛇放出满身咬。

---

① 对半分：皮肉分家，皮开肉绽。

843

八殿地狱火笼床，卜炊四个黑心肠。

许时四人叫苦痛，一时受苦实难当。

九殿地狱刀架排，四人一齐扐起来。

取心割肠破北内①，叫苦连天泪哀哀。

十殿石磨排左右，四人扐来桩肉酱。

许对四人忍不过，粉身碎骨皮肉烊。

陈三五娘共益春，周游十殿化一群。

看见四人成肉粉，冤仇有报笑哎哎。

一百四十五回　判断君娘

第十殿主有取裁，就叫陈三五娘来。

亲成阮然②你先配，不该私去泉州城。

带念③恁是天仙女，才无刑罚只事志。

恁只三人相定意，姻缘相会总有时。

何必私走这事志，致此今日障行宜。

因端起理无说起，害你全家归阴司。

恁今赶快天上去，不准这处相延迟。

以后不准恁出世，不准凡间来投生。

下日乎阮那查出，扐恁地狱来凌迟。

殿主的话说完备，一阵狂风冷哎哎。

将只三人吹上去，吹回天庭无延迟。

一百四十六回　重戒男子

陈三障做无好名，劝恁莫学陈三兄。

---

① 破北内：开膛破肚。
② 阮然：本来，原来。
③ 带念：念及，因为。

陈三当时障生做，全凭伊兄好名声。

陈家秀才无爱做，去作奴才扫大厅。

后来相会五娘子，爱卜焉走泉州城。

焉走五娘无过年①，赦了②筋骨败名声。

若无伊兄运使返，着去充军死涯城。

最后全家为伊死，全家被扐到京城。

自己着去跳古井，灭了大小人传知。

劝恁大小着晓理，不可去学陈三伊。

学伊陈三无了尾，须着到尾才会知。

风流事志莫说起，须着将伊放一边。

一时乐畅那过了，拆了面皮损名字。

劝恁莫学只事志，才㑷拆骨坏宗枝。

一百四十七回　重戒女子

五娘障做无好样，劝恁别学黄五娘。

九郎饲女失教示，到尾才会出洋相。

虽选陈三好名字，到尾着死古井边。

劝恁女子着晓理，不可去学五娘伊。

专心奉待亲夫主，做歹真正无了离③。

人说做歹失节义，名字流传天下知。

不信且恁一直看，事志到尾才方知。

不是编者乱乱说，好心好意来提起。

---

① 无过年：还没一年。
② 赦了：拆了，坏了，指陈三被打。
③ 无了离：没有好的结果。

一百四十八回　奉劝读者

陈三五娘这本诗，草根文化欠完备。

限于当时文化低，无好字句归大篇。

陈三五娘只歌诗，只歌出在旧时期。

内容是写爱情义，明朝至今无停时。

卜唱此歌着明理，分清是非才合宜。

歌中若有不合理，须着纠正再删添。

大家再听我说起，我只一本陈三诗。

宣扬泉州人物志，推陈出新才有义。

抄写此歌不容易，苦工须用几百时。

篇多心急字潦草，真是粗心共大意。

朋友若卜翻阅看，须着共伊再议添。

失误之处请修改，互相订正才合宜。

眼观此歌另版本，说明流传枣真准。

传说毕竟是传说，以讹传讹看此本。

全传四万五千字

注 2013 年 8 月 18—2013 年 9 月 28 抄写完整

附　录

海峡两岸陈三五娘故事歌仔册版本情况（42种）

序号	题名	发行者	年代
1	陈三歌		清代木刻
2	绣像荔枝记陈三歌	《台湾俗曲集》	清刊本
3	最新陈三五娘歌全集	厦门文德堂	1914
4	特别最新五娘挑荔枝歌（第一册）	厦门会文堂	1915
5	特别最新黄五娘送寒衣歌（第二册）	厦门会文堂	1915
6	改良黄五娘跳古井歌（第三册）	厦门会文堂	1915
7	最新改良洪益春告御状歌（第四册）	厦门会文堂	1915
8	最新五娘跳古井歌	上海开文书局	1910－1930
9	最新五娘跳古井歌（上、下）	上海开文书局	1920－1930
10	陈伯卿留学歌	台湾黄涂活版所	1925－8－27
11	五娘挑荔枝歌	台湾黄涂活版所	1925－8－27
12	黄五娘送寒衣歌	台湾黄涂活版所	1925－8－14
13	黄五娘跳古井歌	台湾黄涂活版所	1925－9－5
14	益春告御状	台湾黄涂活版所	1925－9－5
15	五娘挑荔枝歌（一集、二集）	上海开文书局	30年代
16	陈三五娘歌（四集）	台湾竹林书局	
17	陈三五娘歌	台湾竹林书局	1958
18	陈三五娘歌	台湾竹林书局	1971
19	陈三歌	厦门手抄本	
20	陈三五娘	厦门手抄本	
21	陈三五娘歌	厦门手抄本	

序号	题名	发行者	年代
22	陈三五娘　王碧琚荔支		
23	陈必卿改装磨镜		
24	五娘送寒衣	台湾文林出版社	1957
195	最新五娘跳古井歌	台湾文林出版社	1957
26	特别最新五娘跳古井歌	厦门会文堂	
27	特别最新五娘送寒衣歌	厦门会文堂	
28	特别最新益春告御状歌	厦门会文堂	
29	陈三歌全本（手抄本）	郭斌源抄（永春）	1957
30	陈三歌（手抄本）	张主示藏佚名手抄（惠安）	
31	陈三歌（手抄本）	王光辉抄（德化）	
32	陈三山歌传（手抄本）	黄九成抄（洛江）	2013
33	陈三五娘歌诗	曾子良《闽南说唱歌仔（唸歌）资料汇编》第三册	
34	陈三五娘上南台（福建起）	曾子良《闽南说唱歌仔（唸歌）资料汇编》第三册	
35	陈三五娘相娶走	曾子良《闽南说唱歌仔（唸歌）资料汇编》第三册	
36	陈三五娘： 五娘挨荔枝；五娘送寒衣；五娘跳古井；益春告御状	台湾樟树出版社（台湾七字仔系列三）	1997
37	陈三五娘	邱万来藏本（台）	
38	陈三五娘	张松池藏本（台）	
39	陈三五娘	李坤树藏本（台）	
40	陈三五娘	谢乌定藏本（台）	
41	陈三五娘	黄阿水藏本（台）	
42	陈三五娘	张松辉藏本（台）	